星野智幸

ひとでなし

文藝春秋

目次

第一章　架空日記　9
第二章　毛の長いものたち　79
第三章　屋根裏部屋の動物　161
第四章　萌える黄昏　219
第五章　記者の森　363
第六章　世紀末の畑　411
第七章　つる草の繁茂する歴史　489
第八章　ひとではない　577

主要登場人物（登場順）

第一章　架空日記

鬼村樹（おにむら・いつき）　1965年7月13日生まれ。
セミ先生
　1947年生まれ。幻が丘小教員で、イツキの担任。
唯田惣嗣（ただ・そうじ）
　幻が丘小のイツキの同級生。神社の長男。
古久保（ふるくぼ）　イツキの同級生。地元の地主の息子。
ヨシミッちゃん（好光）　イツキの同級生で同じマンション。
カズちん　イツキの同級生で同じマンション。
畑見かえで（はたみ）　イツキの同級生で同じマンション。
嘘つきアッコ　イツキの同級生で同じマンション。
鬼村泰子（おにむら・やすこ）
　1935年東京生まれ。イツキの母。旧姓久保寺。
鬼村岬（おにむら・みさき）
　1969年裾野市生まれ。イツキの弟。
渡瀬枝美（わたせ・えみ）
　イツキの同級生で同じマンションの隣人。
オーツ（大津）君　イツキの同級生で新興住宅民。
安本健人（やすもと・けんと）
　イツキの同級生で新興住宅民。
林君（はやし）君　イツキの同級生。
金城（きんじょう）君　イツキの同級生。
花村夕（はなむら・ゆう）　イツキの同級生で新興住宅民。
鈴原弥栄子（すずはらやえこ）
　イツキのかつての同級生。クアラルンプールから転校してきた。
マーク・ハネガー　父の同僚のアメリカ人。
鬼村修（おにむら・おさむ）
　1930年東京生まれ。イツキの父。
　自動車部品メーカー勤務。1976年死去。
枡本（ますもと）さん
　マンションでイツキに英語を教えている先生。
松保（まつほ）のおじいちゃん　イツキの母方の祖父。
鷹岡（たかおか）君　イツキと同い年の、カブスカウト仲間。
サッコおばさん　父の妹、タツキの叔母さん。

…………………………

ニッキ…　イツキの分身。
ミツバチ先生…　セミ先生の分身。
ダダ…唯田の分身。
ハカマダカズキ…　イツキの分身。
ニッキー…　イツキの分身。
ミッキ…　岬の分身。
タツキ…　イツキの分身。
ミツキ…岬の分身。

第二章　毛の長いものたち

黒山（くろやま）　松保中のイツキの同級生。

泉美彦（いずみ・よしひこ）　松保中のイツキの同級生。

早稲川（わせがわ）　松保中のイツキの同級生。

雨池（あまいけ）　松保中のイツキの同級生。

梢（こずえ）
　松保中でイツキの同学年。電車通学で、サッカー部。

きのこ先生　松保中サッカー部顧問。

活田（いけだ）先輩　松保中サッカー部前部長。

紫畑（しばた）先輩　松保中サッカー部二年生。

潮越亮（しおこし・りょう）
　松保中のイツキの同級生で、サッカー部。

遠藤啓司（えんどう・けいじ）
　松保中のイツキの同級生で、サッカー部。

結木（ゆうき）先輩　松保中の二年生。電車通学で、バスケ部。

第三章　屋根裏部屋の動物

マイケル松本（まつもと）
　百人高校の同級生。「同列クラブ」一員。

…………

オリムラタツキ… イツキの分身。
オバーチャン… 父方の祖母の分身。

久保寺孝司（くぼでら・こうじ）
　1964年生まれ。イツキの母方のいとこ。

光谷（みつたに）部長　松保中サッカー部二年生で新部長。

財田将人（たからだ・まさと）
　松保中のイツキの同級生。電車通学。

富樫文子（とがし・ふみこ）
　財田将人の母。イツキの母の泰子と、松保中時代に同級生。

…………

小枝（こえだ）… 梢の分身。
アマノガワ…雨池の分身。
タカラマサキ… 財田将人の分身。

…………

ナッコオバサン… サッコおはさんの分身。
「ネバダ」店長…タツキのバイト先の店長。
ミミさん… ネバダのバイトの大学生。
スズさん… ネバダのバイト。
マチコさん… ネバダのバイトの大学生。
モグちゃん… ネバダのバイト。

第四章　萌える黄昏

桂子（けいこ）
1977年生まれ。セミ先生の娘。ぐりちゃん。

木崎（きざき）みずき
原綿大学の友人。同い年。山歩きサークル「一歩一歩」の同期で「黄昏族」のメンバー。

タロー先輩　原綿大学の山歩きサークル「一歩一歩」の先輩。

吉岡龍一（よしおか・りゅういち）
1964年生まれ。「一歩一歩」の同期で「黄昏族」メンバー。

浜川芽衣（はまかわ・めい）
1964年生まれ。「一歩一歩」の先輩で「黄昏族」メンバー。

渡瀬遙海（わたせ・はるみ）
1983年生まれ。渡瀬枝美の娘。

坂本（さかもと）ベロニカ
1962年7月12日エクアドル、キト市生まれ。1982年に日本人男性と結婚し、4月に来日。

トミおじさん（久保寺富男）　1948年生まれ。イツキの母方の叔父。

チャコ　トミおじさんの友人。ダイヤモンド街のバーのママ。

袴田数樹（はかまだ・かずき）
1965年生まれ。硫黄大学文学部三回生。

施肥住人（せひ・すむんど）　『人生は夢』創設者。

······························

ぐら…ぐりちゃんの分身。
ミズチ…みずきの分身。
マイ…芽衣の分身。
タツ…龍一の分身。
メロニカ…ベロニカの分身。
イスキ…イツキの分身。
新志（あらし）トルメンタ…イスキとメロニカの息子。

第五章　記者の森

宗田虎太郎（むねた・こたろう）　國民日報の同期。

正井（まさい）「みんスポ」採用の同期。鰻和支局で研修。

佐藤均（さとう・ひとし）
鰻和支局で二期先輩の県警キャップ。

デスク　イッキの上司。
馬場（ばば）記者
　中部中央新聞の一期上の記者で、市政・県政で一緒。
千鳥（ちどり）市議　安保党鰻和市議の幹部。
益田（ますだ）市議
　安保党鰻和市議の若手。地元で病院を経営する一族。
米本敬（よねもと・たかし）代議士
　鰻和選出の若手代議士。元大蔵省職員。
名倉総太郎（なぐら・そうたろう）　鰻和選出の中堅代議士。
支局長　イッキの上司。
フィリピンパブのホステス　支局長の愛人。
伊達（だて）さん　真実新聞の一期上の女性記者。
島川（しまかわ）さん　名倉代議士の地元秘書。
箸田（はしだ）県議　安保党舞山県議団幹事長。

第六章　世紀末の畑

オバタリアン（尾畑英次）
　1959年生まれ。オバタリーアの創設社員。
加治木（かじき）夫妻　日系ペルー人。団地市場経営。
小出(こいで)ルーカス　日系ブラジル人。オバタリーア代表。
モニカ　1969年、ペルー生まれ。オバタリアンと結婚。
ルセーロ　1990年、日本生まれ。モニカの娘。
匡一（きょういち）さん
　オバタリーア創設社員。元商社テヘラン駐在員。
チューチョ　カニャンドンガで働くコロンビア人。サッカー選手。
ジョシート（上原芳都）
　1965年生まれ。カニャンドンの常連。
弁護士になる。
光本直子（みつもと・なおこ）
　1968年、仙台生まれ。梢のパートナー。

…………

マスラ…益田市議の分身。
ヨメモト…米本代議士の分身。
威太郎（いたろう）…ニッキの息子。

第七章　つる草の繁茂する歴史

ルピータ　梢のチームメイト。メキシコ系アメリカ人。

キャスリン　ルピータの恋人。

ニッキー　ヨシミッちゃんの取り引き先の商社社員。日系二世のアメリカ人。

折村樹（おりむら・たつき）　東京クイアで知り合った、詳細不詳の人。

新関（にいぜき）アナマリア　1998年、ペルー生まれ。女子サッカー日本代表。

第八章　ひとではない

トフティさん　ケバブ屋を営む亡命ウイグル人。

……………

ルピート…ルピータの分身。

カタリーナ…キャスリンの分身。

ミツコ…光本直子の分身。

……………

ルセリート…ルセーロの分身。

マサオ…正井の分身。

柚原（ゆずはら）さん…鈴原弥栄子の分身。

ジェイちゃん…桂子の分身。

ひとでなし

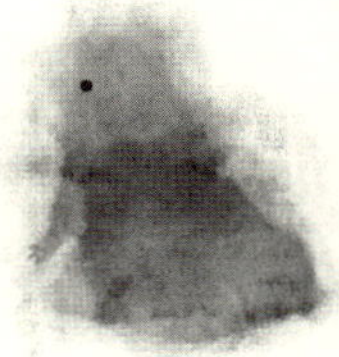

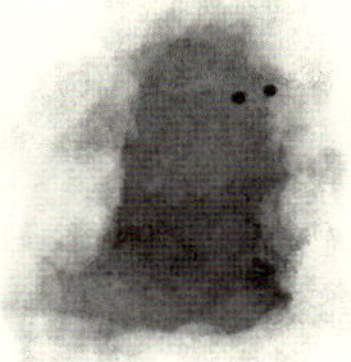

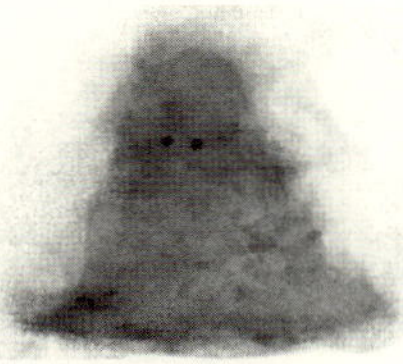

第一章

架空日記

嫌な気分は何もかもノートにぶちまけて、言葉の部屋に閉じ込めなさい。

尊敬するセミ先生からそう教えられたのは、鬼村樹《おにむらいつき》が小学五年生の梅雨時《つゆどき》だった。

春に他校から幻《まぼろ》が丘小《おかしょう》に赴任してきた若いその先生は、最初の朝礼でだしぬけにギターを弾いて自作の自己紹介の歌を歌って、生徒たちをぼんやりさせた。よく響く美声でいきなりトーン高く歌いだすので、イッキはその先生を密かに「セミ先生」と名づけた。

セミ先生は授業中だろうが何だろうがのべつ幕なしに歌に乗せて話すので、日常がミュージカルのようになった。授業中に当てられた生徒がふざけて歌って答えると、セミ先生も「♪授業中にー　歌っちゃー　ダメだー」と歌で返したりして異様に盛り上がったりする。このミュージカル授業は、授業が面白いと子どもから聞いた親が問題視して、禁止されてしまったけれども。

それでもセミ先生は、毎日、朝礼の時間に歌うことはやめなかった。生徒それぞれに合ったテーマソングを、一曲ずつ披露するのだ。イッキには「五木の子守唄」を授けてくれた。先生が「〽おどま　盆ぎり盆ぎり　盆から先ゃ　おらんとー」と歌い出し、生徒たちには「〽裏の松山セミが鳴ーく」と歌い返すよう、教えた。イッキは自分の主題歌ということで高揚し、イッキが独唱で返すよう指示されると、意気揚々と歌いあげた。……つもりだったが、元来、歌の苦手なイッキの声は音程の綱渡りから落下し、上ずってかすれ、まるで裏声ですすり泣くような詠唱となった。

「淡谷《あわや》のり子ぉー」とイツキの歌声を真似して囃したてたのは、声と存在の大きさでクラスを牛耳っている唯田惣嗣《ただそうじ》だった。たちまち古久保《ふるくぼ》ら取り巻き連中が大げさに爆笑し、クラスじゅうがつられて大笑いする。

さらに悪いことに、セミ先生が歌詞の内容を、「貧しくて奉公に出された女の子が、自分が死んでも誰も気にしてくれないだろうと嘆く切ない歌だ」と説明したものだから、唯田たちは、裏声で「のり子ですぅ〜。のり子はもう死んでますぅ〜。死んでも誰も覚えてません〜」とイツキをいたぶる材料にした。

何日かたってその状況を察知したセミ先生は、朝礼で「ソウジがうっ死《ち》んだちゅて　誰《だい》が泣いてくりゅろ」「カンタがうっ死んだちゅて　誰が泣いてくりゅろ」などと唯田や古久保の名を入れて歌い、「何で唯田が死んでも誰も泣いてくれないのか、理由はわかるよな？　先生としては、そんな寂しい真似はやめてほしいな」と諭した。それでいったんはイツキへの揶揄は収まった。

ギターは教室に置きっぱなしで、誰でも弾いてよいことになっていた。当初こそ奪い合うように皆ギターを弾きたがったが、ひと月もすると飽きて、しつこく空き時間に練習しているのはイツキだけになった。

イツキも先生のように、本当はセミになりたかった。音痴でも堂々とできればよかった。セミ先生は変わり者だけど笑われない。歌が上手いせいもあるだろうけど、どこか圧倒されて笑う余裕が奪われるような感じがある。しかも高音で歌っているときは、男の声か女の声かわからないほど澄んできれいだ。イツキも裏声でなく、この世を超えたそんな声で歌えればよかったのに。

セミ先生のように、自由自在で気持ちのままに歌いたい。自分の声がダメならギターに歌ってもらえばいい。そう悟って、イツキはギターをモノにしようと格闘を始めた。放課後にセミ先生からギターの手ほどきを受けたりもした。けれどイツキのギターの腕が上達することはなかった。その間もなく、ギターがなくなったので。

あと二週間ほどで昼の時間が最長に達しようという、梅雨の入り後の晴れた夕暮れ。イツキはいつものように先生たちが帰ってもまだ練習に熱中しており、手元が見えにくくなって初めて、自分が全身朱鷺《とき》色に染まっていることに気づき、ようやく帰ることにしてギターを教室の隅に立てかけた。

そのときイツキの左足を悪魔が引っかけた。何もないのに何かに引っかかったのだから、悪魔以外に考えられない。イツキは神を信じなかったが、悪魔はいると思っている。不本意に笑われる人間は、悪魔がいると思っていれば、自分のせいにしないですむ。

転びかけて慌てて手を伸ばした先には、ギターがあった。ギターに手をついてはまずいと思い、手を引っ込めようとしたが、時すでに遅く、手でギターを払った格好になった。

イツキとギターはそれぞれ逆方向に飛んだ。イツキは肩から壁の尖ったところに突っ込み、ギターはネックを床にしたたかに打ちつけ、不穏な和音を奏でて折れた。

イツキは萎《しお》れた花のようになって、田ノ内《たのうち》川の土手を一人とぼとぼと帰った。夕暮れが川面に映って、銅色の光る帯になっている。通学路は土手と並行した未舗装の道路で、危ないから土手を歩いてはいけないと学校から言われていたが、みんな少し近道になる土手を使っていた。

去年の春、まだセミ先生もおらずギターもなかったころ、イツキが同じマンション「幻が丘ビラージュ」に住むカズちんとヨシミッちゃんと下校中に、この土手でイモムシ集めに夢中になっていた畑見《はたみ》かえでと嘘つきアッコをからかったら、どういう経緯か自分たちも一緒にイモムシ探しに熱中していたことがあった。三ミリぐらいのちっこくてカラフルなイモムシ。ビーズを集める感覚だった。

同じマンションの子とは遊べる。イモムシ拾いで絆が深まって、カズちんは江戸川乱歩の『緑《りょく》衣《い》の鬼』を貸してくれた。ちょっと変態ぽくて妖しい雰囲気に引き込まれたイツキは、江戸川乱歩の虜《とりこ》になった。カズちんは、手分けして江戸川乱歩全集とホームズ全集を買い集め貸しっこしているマンションの本好き仲間に、イツキを加えてくれた。

さらには、カズちんが秘密で書いている探偵小説も見せてくれ、ときどき放課後の小説書きに、カズちんのうちに誘ってくれた。

イツキの家は、入院している父の世話をしに母が病院に行ったりスーパーのパートに出たりして不在のことが多いから、カズちんのうちに呼んでもらえることは嬉しかった。そういうときはまだ幼稚園児の弟、岬《みさき》も連れていき、カズちんの一個上のお姉ちゃんに遊んでもらった。

いざ小説を書こうとすると、何も思いつかずにイツキはぼんやりしてしまう。カズちんと構想を語り合っているときはいくらでも話がふくらんでいくのに、大学ノートの白いページを前にすると、自分の頭も白紙になる。

とりあえず頭に浮かんだ冴えないアイデア、江戸川乱歩を読んだ人が影響を受けすぎて実際に殺人を犯してみるという短編を書き始めたら、自分がどこにいるのかわからなくなるぐらいのめり込んだ。カズちんから「おやつ休憩」と言われたとき、現実の外へ引きずり出されたような違和感を覚えるほどだった。不思議なことに、のめり込めばのめり込むほど、完成からは遠ざかった。

田ノ内川の土手をのろのろ歩いたので、幻が丘ビラージュに着いたころには暗くなっていた。A棟九階までエレベーターで上がり、いつも携帯している鍵で九〇六号室を開ける。

ごはんの香りとともに、「遅い！」と母の叱責が飛んできた。「何時間、岬を一人にしとくの！」

「俺は一人でも平気だもん」と岬は強がったが、母は取り合わず、「まだ入学したばっかりなんだから、一緒に帰りなさいって言ったでしょ」とイツキに言う。

「渡瀬《わたせ》にちゃんと頼んだから」イツキは言い訳をする。隣の九〇五号室の渡瀬枝美《えみ》に、岬と一緒に帰ってしばらく預かってくれと頼んでおいたのは事実だった。枝美は同じ学年で、一、二年生のときはクラスも一緒だった。

「渡瀬さんにあんまり迷惑かけないの。もっと仕方なく頼まなきゃならない時、たくさんあるんだから」

母の帰りが遅くなると、イツキと岬は渡瀬さんのうちで夕飯を食べさせてもらうことがある。

「それであんたはこんな遅くまで何してたの」

「ギターの練習」答えるなり、ネックをへし折られたギターの無残な姿が浮かんで、イツキの胸がえぐられる。

そう、と母はそれ以上は叱らなかった。

「先生は悲しいな。ギターが壊れたことじゃなくて、壊してしまったなら先生に教えてほしかった」と、セミ先生はクラスの皆の前で、翌日の朝礼の時間に言った。

「先生はいつまでも待つから、言う気になったら先生にだけこっそり打ち明けてくれないかな」と、皆の前でなくていいから名乗り出るよう促した。イツキである可能性が高いことはセミ先生もクラスの皆も知ってるだろうに、とイツキは思った。

「のり子はぁ、ギターが好きなんですぅ」案の定、唯田が裏声で言った。いつもどおり、取り巻き男子たちが大ウケする。

「唯田か。自分がしたことを隠すために、人のせいにしてるのか」とセミ先生は言った。

「え、俺のせいかよ？　先生が決めつけんですか。ひってえ」唯田は言い返した。

「先生は自分で名乗り出るように言ったんだ。告げ口するなら、それだけの理由があると先生は考えるけど、いいか？」

唯田は舌打ちして、バレバレなのによ、と聞こえるように独りごちた。

放課後、イツキはセミ先生に謝りに行き、弁償しますと言った。

「鬼村が自分で謝りに来たことが弁償だよ。それでいい。でも、先生にすぐに教えてほしかったな。怒られると思ったかもしれないけど、すぐに言ってほしかった」

「先生は怒らないで、ただがっかりして、でも何でもないふうに、仕方ないな、鬼村は悪くない、とか言うと思ったんです。それがつらくて、どうしていいかわからなくて」

セミ先生はイツキの顔をじっと見た。

「よくないぞ、鬼村。よくない。鬼村の腹の中には、悪い気持ちがいっぱい溜まって、おかしなことになってる」

イツキは動揺したが、平静を装って、「そんなことないです」と言った。

「悪い気持ちはちゃんと外に逃がしてやらないと、鬼村のことを中から食い尽くしてしまうぞ」

「ギョウ虫じゃあるまいし」

「ギョウ虫じゃないよ。鬼村自身の一部だよ。だからタチが悪いんだ」

「イツキは病気だってことですか」

「誰にだって悪い気持ちはあるから普通のことだ。ただ、鬼村はそれをうちに溜め込んで、育ててしまっているから、少し厄介なことになってる」

「どうしたらいいんですか。先生や親に話せってことですか」

「もちろん、それも大事なことだ。親や先生が信用できるなら、話したほうがいい」

「信用できない場合は?」

「架空の日記を作って、そこに全部書くんだ」

「架空の日記って、普通の日記と違うんですか」

「違う。自分に都合のいいお話を作って、そこに洗いざらいぶちまけるんだ。そして、悪い気持ちを日記という部屋の中に閉じ込める。というか、悪い気持ちの自分に、言葉という棲家《すみか》を作ってあげる。先生もやってることだぞ」

「へえ。先生でもそんなことするんですね。読みたい」

「他人には絶対見せないから、書けるんだよ」

「架空日記、イツキも書くから、参考のために見してください」

「これはね、自分との約束なんだよ。自分に、他人には言わないと約束するなら秘密を話そうってことで、書くんだよ。だから、聞いた自分も、話した自分との約束を守らなくちゃいけない。

日記の内容を他人には教えちゃいけない。自分で自分のことを信じるって、そういうことだ。自分で自分を信じることを、自信という。鬼村にはまだ自信ができてないんだな。だから、日記で自信を作るといい」

「先生は日記書いて自信満々になったんですか」

「先生は自信満々なんかじゃないぞ。ただ、自分についてくよくよしなくはなった。弱い自分や悪い自分には、架空日記という居場所ができたから、外で暴れる必要がなくなったんだ。書いたらすぐ忘れる、そうすれば悪い自分も安心して日記の中で遊んでられるからな。まあ、こっちがわざわざ読み返したりしなければ、自動的に忘れるもんなんだよ。夢みたいなもんだ」

イツキはその晩、辞書で漢字を調べて、大学ノートの表紙に「架空日記」と赤紫の太い油性ペンで記すと、練習のつもりでギターの一件を書いてみた。去年カズちんと書いてた小説みたいなもの、そんなら慣れてる、と気楽に臨んだが、まったく思うようには書けなかった。

一九七六年六月八日（火）くもり
前の日の夕方、ミツバチ先生のギターをこわしてしまった。悪マがニツキの足を引っかけてころばして、ギターがぶつかって、ギターはネックが折れてしまった。悪マのせいなので、ニツキのせいではない。先生が大事にしてるギターだったので、ニツキは悲しくなって、すぐしょく員室に行ったけれど、ミツバチ先生はもう帰っていた。ニツキは、次の日、朝六時に学校に行って、校門でミツバチ先生を待ちぶせて、先生が来たから、ギターをこわしましたごめんなさい、とあやまった。ミツバチ先生は、さすがニツキだな、すぐにあやまって先生はうれしいぞ、と、ほめた。すぐに先生にあやまってよかったとニツキは思います。

「うーん、これは架空日記とは言えないな。鬼村はこれを書いてて楽しかったか?」

次の日の放課後に試作の日記を見せたら、セミ先生は首をかしげて、そう言った。

「いやあ、必死だったんで、よくわかんないです」

「自分に都合よく書くっていうのは、こういうことじゃないんだよな。これはどっちかっていうと、言い訳だろ?　言い訳しても、自分は楽しくないだろ?」

そう指摘されればそのとおりなので、イツキはうなずいた。

「自分が楽しくなくて、何というか、やましい気分が残るような文章は、偽善というんだ。架空日記は偽善とは違う。架空日記では、自分に正直に嘘をつく」

「先生、何言ってるか、まったくわかりません」

「悪魔のせいだってところ、正直じゃないんじゃないかな。事故なら誰のせいでもないんだから、悪魔に責任押しつけるのはずるい嘘だろ。正直な嘘ってのは例えば、骨が折れた弁償しろってギターから因縁つけられて、自分のせいじゃないから困った、とか」

「イツキ、先生の言葉がちんぷんかんぷんです。やっぱり先生の実例を見してください」

「そうだなあ。本物は見せられないから、例えばを話そう。例えば、歌う授業のこと。あれは禁止されたけど、先生はちっとも悪いと思ってないんだ。続けても全然かまわないと思ってる。この気持ちを日記に書くとしたら、こんな感じになる」

セミ先生は即興の日記を語り始める。

「『今日は、道徳の時間が歌合戦に変わった。一人暮らしのおばあさんの庭を掃除してあげる話を、生徒に朗読してもらったら、その生徒が途中から歌にし始めて、驚いたことに隣の席の子が、違うメロディーで同じ箇所を歌いだして、きれいなハーモニーができて、クラス中が次々加わって大合唱になった。

俺は鳥肌を立てて聞いていたが、それだけではすまなくて、歌の苦手な鬼村などは、歌わずに皆の歌に合わせて、庭を掃除する踊りを始めた。すると、今度は踊りに加わる生徒も出てくる。俺も思わず踊ってしまった。

ダンスをもっと上手くなりたいというので、昼休みにはみんなでダンスを練習した。その日の下校時には、ダンスで帰る子もいた』、とかね」

「先生、自分のこと『俺』って書いてるんですか」イッキはすごい秘密を探り当てた興奮で、声がうわずった。

「あくまでも、例えば、だよ。本当にどう書いているかは、教えられない」

「いいです、教えてくれなくて。でも先生が自分のことを『俺』って書いてるって、イッキが勝手に信じるのは自由ですよね。他の人にはバラしませんから。これは日記に書いとこう」

セミ先生は苦笑して、「鬼村は、架空日記だから架空の名前にしようと思って、イッキじゃなく『ニツキ』にしたんだな。イチじゃなくてニか、考えたな」と言った。

「これは練習なんで、本番では何て書くか、秘密です」

「そう、それでいい。でも、何で先生は『ミツバチ先生』なのか、よかったら教えてくれないか」

よかったら、という条件付きである以上、よくないからイッキは先生の問いに答えなくていいと判断し、「先生は何で教室では自分のこと、『先生』って呼ぶんですか。本当は『俺』なんでしょ。職員室では何て言ってるんですか。『俺』ですか」と質問し返した。

「何でだろうな。先生だけじゃないだろ、自分のこと『先生』って呼んでるの。他の先生方もみんな、『先生』って言ってるんじゃないか」

「武藤先生は『私』って言ってます。あとはみんな『先生』かな」

「職員室では、先生は自分のこと、『私』って言ってるな。『俺』じゃない。『俺』はもっと私生活の時間に使う言葉だ。武藤先生はどうして教室でも『私』なんだろうかな」

セミ先生は考え考え、独り言のようにつぶやくと、「よし、決めた。先生も今度から、自分のこと、『私』って言うようにしよう。職員室と同じように、教室でも『私』って言う」と勝手に宣言し、「その代わり、鬼村も自分のこと、『私』って言うようにしないか」と誘ってきた。

「絶対嫌です」イツキは一戦交える覚悟で、即座に断った。

「そうか、じゃ仕方ないな」とセミ先生はあっさりと引き下がった。

「何で先生はイツキにも『私』って言わしたいんですか」

「うん、誰もが自分のことを漏れなく『私』って呼ぶようになったら、いろいろ楽かなと思ってね。でも今、思いついただけだから」

宣言どおり、セミ先生は翌週から、自分のことを「私」と呼んだ。朝礼の後に、「ようし、私からは以上だ。他に何かあるか？　なければ一時間目の算数を始めるぞ。今日は私の歌はナシだ」と言い、教室はその瞬間、時間が抜け落ちた。一瞬の空白の後、何人かの爆笑が響き、すぐに皆も笑ってよいのだと気づいて、続いた。

「何が可笑しいんだ？　私の頭に角でも生えてるか」

　理由はわかっているくせに、セミ先生は微笑みながら聞いた。クラス中が、答える必要はないと理解していたので、ただ笑い続けた。イツキは笑わなかった。

　休み時間には、男子生徒たちはふざけて「私」で話した。

「サル、サル、メガネザール、私のスーパーカー消しゴム盗ったでしょ？」オーツ君が、黒ぶち眼鏡をかけた秀才、安本健人《やすもとけんと》をニヤけた顔でからかうと、安本は「盗ってねえよ、私が忘れただけだろ」と言い返す。

「私から借りればいいじゃん」と唯田がふざけ、イツキのほうを見て、「何、私は今日、欠席ぃ？」と取り巻き男子に裏声で問う。「昨日から風邪気味だったから、私、休みー」と古久保も裏声で言い、「それでこんな声になっちゃったわぁ」と自分を指して爆笑する。

「おい、そこの私。ギター・ハカイダーの私だよ。おい。聞こえてんだろ、ハカイダ。私のカー消し、知らねえ？　カウンタックの」唯田はしつこくイツキにからんでくる。

「カー消しも壊したんじゃねえの」と古久保。取り巻きの爆笑。

「ハカイダ、あそこのイン・キンな二人組も壊しといて」唯田が林《はやし》君と金城《きんじょう》君を顎で指す。取り巻きのガハハ。

　イツキは無視した。

　帰宅したイツキは、すぐさま架空日記を開いて、猛然と書いた。

一九七六年六月十四日（月）くもり

ミツバチ先生はきょう、ギターがなくなったかわりに、『私』という楽器を持ってきた。たいていの生とが初めて聞いたので、ショックだった。わらう子もいれば、聞きたくなくて耳をセロテープでふさぐ子もいた。

ミツバチ先生はちょっとだけひいて、教室のすみっこにおいた。ギターみたく、自由にいじっていい。クラスの子どもたちはえいきょう受けやすいから、みんな『私』をひきたい。『私』をとりあって、ひっぱりダコした。みんなミツバチ先生のことをほんとは好きで、ミツバチ先生みたくかっこよくなりたい。けど、ミツバチ先生のまねするのははずかしいから、ミツバチ先生をバカにするふりをしてまねしている。それがかっこ悪いってわかってない。

ダダとか男子たちは、『私』のひき方がよくわからない。てきとうにひくので、めちゃくちゃな音だった。ニッキは耳がおかしくなりそうだった。ニッキに『私』もおしつけてむりやりひかすけど、ニッキはギターでたいこうした。でも『私』にむ中になってる男子たちは聞こえない。ギターのことはもうわすれている。

ミツバチ先生は、クラスのみんなで『私』でまたミュージカルできるって信じている。ニッキはギターだけなら参加してもいい。

セミ先生に見せたい気持ちと、見せるのには抵抗がある気持ちとがせめぎあった結果、イツキは見せないことにした。

そう決めたとたん、イツキは本格的に架空日記を書き始めたという手応えを得た。これが本物だ、これがイツキ独自の架空日記だ、と確信した。確かに、人に言えなくて人に言わないから、成り立つ日記だった。人物の名前が、先生に見せた「ニツキ」から「ニッキ」に変わったのも、もう仮の姿ではない証拠だと思った。ニッキなんて、浅田飴みたいだけど。

セミ先生はごくたまに、「鬼村、日記書いてるかー」と尋ねてきた。イツキが「毎日書いてます」と答えると、「ほーかほーか」と満足そうにうなずくだけで、それ以上は突っ込んでこない。イツキはもっと探ってほしいと物足りないものの、セミ先生に大人として認められたような誇らしさも感じた。

クラス内の「私」ブームは、ギターほどには続かなかったが、ギターがイツキに浸透したのと同様、二人の男子に染み込んだ。クラスのコミュニティから外れて「イン・キン」と名指されていた林君と金城君の男子二人組が、一人称を「私」で定着させたのだ。生徒同士で話すときも、授業中に当てられたときも、どの先生に対しても、「私」と言った。

さらに家庭でも「私」を使っていることが、授業参観日に明らかになった。授業中に当てられて「私」を使った林君の父親が、授業の後でセミ先生に相談したのだ。セミ先生は「私がそう勧めたんですよ」と平然と答えて、林父は絶句した。また学校で問題になって「私」禁止令が出されるんじゃないか、と危惧されたが、林父がそうした行動には出なかったのか、それ以上は何も起きず、林君と金城君は「私」を使い続けた。

ギターを壊して以降、イツキは唯田ら幹部男子から「ハカイダ」と呼ばれ続けた。「のり子」と呼ばれてもイツキは無視し続けたので、別のダメージを与えるべく「ハカイダ」に変わったらしかった。

そもそも、唯田や古久保ら、わが物顔でのさばっている連中は、古くからこの土地に暮らす地元民で、近年、田畑や里山が切り拓かれて流入してきた新興住民とはそりが合わなかった。唯田は神社の宮司の息子、古久保は学校前の文具店兼駄菓子屋を営んでいる地主一族の三男で、代々の親同士がつながっている。

イツキは、「お」にアクセントのある「俺」という地元民特有の発音を、小学校に入学して初めて聞いたときに印象的に感じて無邪気に真似をしたため、唯田たちを挑発した格好になった。以来、地元組からはブルマーを頭にかぶせられるなどの嫌がらせを受け続けたが、オーツ君や安本ら新興組が助けてくれるかというとそうでもなく、イツキを笑うことを地元組との距離を縮める材料にした。同じ幻が丘ビラージュの子たちだけが本当に信用できる友達で、あとはどちらとも曖昧に仲よくしている地元組の大人しく気のいい子たちと、イツキはゆるくつながっていた。

何と呼ばれようとイツキは卒業まで一回たりとも応えなかったので、「ハカイダ」は無効だったと結論している。あの連中が「ハカイダ」と呼んでいたのはイツキとは異なる存在のことで、この世には存在しておらず、あいつらのファンタジーにすぎない。「ハカイダ」にも応えないでいたらイツキは完全に無視されるようになったが、あの連中が無視しているのもイツキとは異なる架空の存在なので、イツキとは無関係だった。

一九七六年七月五日（月）くもり

ニッキとうりふたつ、生年月日も頭の中身も親もそっくりな、ハカマダカズキってやつと、自分の部屋で知りあった。学校から帰ってきたら、いた。すごく自分なのに、自分じゃない人と話すのは、アヤシイ気分。鏡を見てそこにうつっている人を、自分とはちがう人と思いこんでるアブナイ人みたい。

ハカマダはお笑いがとくいで、歌うと自然にみんながバカウケして、もっと歌うとみんな倒れてふるえるっていう。さらに歌うと、教室じゅうの物がこわれる。われたり爆発したりして、こなごなになるんだって。

こんなにニッキに似てても、ニッキとちがう才能だ。ニッキはギターひいたりすると、教室じゅうがおどりだす。狂ったようにおどって、みんなどこかへ飛んでってしまう。

ニッキはハカマダに「ニッキを歌ってこわして」と頼んだけど、ハカマダは「ニッキこわしたらハカマダこわしたことになるからやめとく」って答えた。

ハカマダは自分もこなごなになれて、そうするとだれにも見えなくなるから、教室でとう明人間になれる。そして好きなときにもとにもどれる。「じゃあ、いたずらしほうだいじゃん」とニッキが言うと、ハカマダはざんねんな顔だった。ニッキがはずかしくなって「そんなのすぐあきるよね」って言うと、ハカマダは「ちかれたびー」って答えた。そして、「ニッキには今ハカマダの姿は見えてる?」って聞いた。「ほんとは今ハカマダはとう明のところ。でもニッキに見えるのは、ニッキがハカマダとちがう世界にいるから」

「ちがう世界って、どうゆうこと?」とニッキは聞いた。

「ハカマダの部屋とニッキの部屋は重なって、二重になってて。でも別の世界だから、重なっててもぶつからないんだよ」

「ゆうれいと人がぶつからないみたいに?」

「そう!　そんな感じ」

「ハカマダ、ゆうれいなの？」

「ちがうよ。ハカマダがゆうれいなら、ニッキもゆうれい。別の世界の人は、おたがいゆうれいのように見える」

ニッキはいひょうをついて、急にハカマダをさわってみたけどさわれた。あく手してみたらできた。

「このまま二人で出かけたらみんなびっくりするかな」

「しないって。ハカマダは今とう明だから。ニッキひとりごとって感じ」

「ふうん」

ごはんの声がしたので、ニッキは一階におりて夕飯を食べた。家族と食べた。それから部屋にもどったら、ハカマダはいなかった。二度といなかった。ニッキがハカマダとまた会うことは一生なかった。

でもニッキは、ハカマダがハカマダの人生の中にいるとわかっている。ニッキがニッキの人生の中にいるのと同じ。違う世界にハカマダはいると知っている。


この架空日記を書き終えたとたんイツキは、自分が夢の中にいることを自覚して夢を見ているときのような、自分が自分から剝がれる感覚を覚えた。そして、実際にハカマダという別の自分がこの世界に重なるようにして存在していることを、確信した。自分はいつの間にか自分とハカマダに分岐したけれど、ハカマダはハカマダとしてあちらでハカマダなりにがんばって生きている。そのことをお互いに感じながら、出会うことはない。ハカマダはもはや、架空日記の中でのみかろうじて接触できる存在だから。

そんな悟りのような宇宙観が一瞬だけイツキの脳内で花火のように輝き、すぐに霧消していったので、イツキは自分が何を考えていたかも忘れた。


翌日は日直だったから、八時前に学校に行った。日直の相方の花村夕《はなむらゆう》が笑顔で「♪アァ～　火曜八時はー　どうしたどうした」とドリフの替え歌で挨拶してきたとき、イツキは自分がハカマダであるとの錯覚を覚え、わざと音痴な歌を歌わせようとしているのかと疑って花村を無視しそうになったが、自然に「♬じゃんじゃん降るよっと　どっこいじゃんじゃん降るよっと」と、リズムよく振付まで交えながら弾ける歌声で返せたので、安心した。花村も「♪雨やめ　雨やめ浅田飴」と手拍子でノってくれる。

「イツキのちょっとかすれた声って、こういう調子のいい歌に合ってるよなあ」花村が羨む。

「声褒めてもらえるのはサンキューだけど、イツキとしては踊りが見どころ」

「ギターも弾けんでしょ。音楽何でもできると、何か天才ぽくて、ずるくない？」

イツキは思わず教室の隅を見渡したが、ギターは置いてない。

「ハカイダってどうしたっけ。違う、ハカマダだ」とイツキはつぶやくが、「誰？」と花村は話についていけない。

「花村は知らないか。知らないならいい」

イツキは打ち切った。イツキにもハカマダだかハカイダだか、自分の口をついて出たその名前が何であるのか、わからなかったから。自分がどうして突然、知らない名前を口にして花村に尋ねたのか、不思議だった。自分が一瞬、自分ではないかのような奇妙な感覚に囚われた。でも、その違和感もすぐに溶けて消えた。

日直日誌を取りに、イツキは職員室へと下りる。

セミ先生は日誌を渡しながら、「今日は雨やみそうもないから、道徳の時間のサッカーは中止だな」と告げた。セミ先生はしばしば、道徳の時間に校庭が空いていると、先生の大好きなサッカーを生徒たちにさせるのだ。セミ先生の影響を受けやすいイツキは、サッカーにものめり込んでいる。

「えー、サッカーは雨でもするもんだって、先生言ってたじゃないですか」

「雨のときはやりたくないって女子が多くてな」

「そんなの、ほっときゃいいですよ」

「こんなときのために、とっておきの策があるんだ。クラスのみんなには視聴覚教室に集まるよう連絡しといてくれ」

「映画ですか?」

「まあ、始まればわかる」

それはビデオだった。セミ先生に言われてイツキも毎週土曜日の夕方に見ている「ダイヤモンドサッカー」という番組を、学校の最新機材を使って先生が録画したものだった。道徳の時間に見るのだから、これも学校教材なのだろう。

西ドイツのリーグの、バイエルン・ミュンヘンという名門チームの試合で、バイエルン・ミュンヘンにはセミ先生が一番好きなフランツ・ベッケンバウアーという選手がいた。イツキは、馬の前半分のような姿をしてると思った。

そのベッケンバウアーのタックルに倒れて、地獄の拷問を受けているかのように苦悶する相手チームの選手を見て、イツキはにわかに愉快な気分が高まり、その選手の顔真似をしてうめいてみせた。案の定、唯田を始めみんなにはバカウケだった。

セミ先生がビデオを止めた。そしてイツキに、「鬼村はどうして笑わせたんだ？　ここはみんなに笑顔が必要な場面か？」と問うた。

イツキはセミ先生に批判されてにわかにやましさでいっぱいになり、「すいません」と小声で謝った。

「私は理由が知りたいんだ。なぜなら、痛がってる選手を見ても、私はちっとも笑いたくならないからな。何か面白いところがあったのか？」

イツキにも理由はわからなかった。それで「どこも面白くありません」とまたつぶやくように答える。

「それは正直な答えじゃないな。何も面白くなかったら笑わせないだろ」

セミ先生の言うとおりだと思った。何かを愉快に感じたことは事実だった。その何かの正体を、イツキは必死で心の奥に潜って探るが、愉快に感じた心はどこかに雲隠れして見当たらない。

答えられず押し黙ってうつむくイツキに、セミ先生は「まあ、わかったら教えてくれ。肝心なのは、鬼村がその理由をわかっていることだから」と言うと、ビデオの続きを再生した。

セミ先生は暗に、架空日記でこの件を考えるよう促したんだろうとイツキは理解し、その晩、架空日記で自分がタックルを受けて痛がる話を書こうとした。

けれど、書く寸前に頭から飛んでしまったのは、日記を開いて目に入った昨日の回をつい読んでしまったからだ。

ハカマダという名前を見たとたん、心臓を握りつぶされるような苦しさを覚えた。ハカマダとニッキの会話を読むにつれ、実際にこんな会話をしたことがあるという実感がわき、巨大な恐怖と怒りが膨れあがり、わがことのように過剰に身近に感じられるのに、記憶はぼんやりしている。ハカマダという人物がどこから浮かんできて架空日記に書くことになったのか、その過程を思い出そうとすると、泣き叫びたいような衝動が押し寄せてくる。

息ができなくなって、イツキは日記を閉じた。気分を変えるためにも、タックルを受ける話を書きたかったが、怖くて日記を開き直せない。日記に触ることも見ることも、つらい。

その日、イツキは初めて架空日記を休んだ。

架空日記を休むことは、夕飯を食べないみたいな感覚だった。次の日の朝に起きたとき、イツキは病み上がりのようにふらついた。あまり眠った気もしない。

その日は日直でもないのに、前日と同じ時間に学校に行って、セミ先生のもとに駆け込んだ。

「昨日、タックルされた選手を茶化してしまったことについて、日記で考えようとしたんです。そしたら、前の日に書いた日記を読んじゃって、イツキの知らないハカマダっていう子が透明人間だって話が書かれてて、そんなの書いた覚えないんですけど、何か他人事《ひとごと》じゃない感じで、頭真っ白になって、わけわかんなくなって」

イツキは泣いていた。セミ先生は眉を八の字にして、「そうか、それはキツかったな」とイツキの前頭葉あたりをなでた。そしてイツキの目を見て、「まず言っておくけど、鬼村はハカマダじゃないからな。そのハカマダという子は日記の中の架空の人で、鬼村が責任を感じる必要はない。それは忘れないでくれ」と言った。イツキは少し気持ちが落ち着いて、うなずく。

「鬼村が日記を読み返したのは、初めてか？」

イツキは少し考え、首を振る。「初めてのころは、どうやって書いていいかわからないし、何度も読み返しました。それで書き直しました」

「ほーか。それはまあ当然のことだな。最近は読み直したりしてないか？」

「最近はしてないですね」

うん、とセミ先生は深くうなずき、「基本的にはそれでいいんだ。架空日記で大事なのは、書きっ放しにするってところだ。書いたら放置、そこが肝心」と言って、またうなずく。

「聞いてないですよ。教えてくれればいいのに」

「人に見せず自分でも読み直さずって、最初に私は言ったぞ。まあ忘れててもかまわない。今回のことで鬼村も、日記の正体を肌で知っただろうからな」

「肌で知ってないです。何ですか、日記の正体って」

「架空日記はだな、夢の一種なんだ」

「そりゃあ空想を書いてますもんね」

「違う、違う」とセミ先生は首を振った。「夢物語とか夢と希望、とかの夢じゃなくて、眠ってるときに見る夢のこと。夢ってのは、寝ている間に書いた架空日記みたいなもんなんだよ」

「架空日記は夢の一種で、夢っていうのは架空日記なんですか？　わけわかんないんですけど」

イツキは、まるで黒ヤギさんと白ヤギさんの手紙みたいな説明だ、と思う。

「ううむ、そうだなあ。じゃあ、この喩《たと》えならわかりやすいか。鶴の恩返し、知ってるよな？」

イツキは不審な表情でうなずく。

「まず、鶴は女の人の姿をしている。正体が鶴であることは、人間に知られてはならない。それで恩返しの機織《はたお》りをするために、部屋に籠るよな。どんなことがあっても決してこの部屋をのぞきなさんな、って釘刺して。何でのぞいちゃいけないんだ？」

「恥ずかしいから」

「秘密があるからだろ。秘密って何だった？」

「その人の正体は鶴だってこと」

「そう。鶴の姿で、自分の羽根を使って布を織ってるってことだ。架空日記というのはこの、開けてはいけない機織り部屋と同じなんだよ」

「書いてるとこは人に見せちゃいけない、ってこと？」

「そうだ。架空日記は、鬼村のその日の出来事や感情の切れ端をいろいろ集めて、現実とは違う話に作り直すだろう。その作業の姿は、誰にも見せちゃいけないんだ、自分を含めて」

「どうして？」

「日記を書いているのは、鬼村であって鬼村じゃないから。鬼村も知らない裏の鬼村が日記を書いてる。裏の鬼村は秘密の存在だから、表の鬼村にも知られたくないんだ」

「イツキの知らない裏イツキって誰ですか」

イツキは自分の背中を見ようとする。

「自分の中に、自分ではよくわからない意味不明な部分があることは、鬼村も感じるだろ。思ってもみないところでカッとなったり、笑ったり泣いたり、自分とは思えないほど残酷なことしてしまったり」

あっ、とイツキは思い当たった。「昨日の、イツキが笑わした事件……」

「そうだな、それだ」セミ先生は苦笑してうなずいた。「鬼村がどうして笑わせたりしたのか、自分で考えてもはっきりしなかっただろ。それは鬼村からは見えない場所に理由があるからなんだよ。その見えない場所ってのが、裏鬼村の棲家である日記の部屋だ」

「でもイツキは、内容は忘れても、日記を書いたことは覚えてます。裏イツキが書いているんだったら、どうしてその時間、表のイツキは気を失うとかしてないんですか」

「裏とか表っていう言い方は便宜的なもので、神と悪魔とか、ジキル博士とハイド氏とかみたいに、はっきり分かれてるわけじゃない。二重人格みたいなこととは違う。表の自分と裏の自分はもっとグチャグチャに混ざっていて、きれいには分けられないんだ。ただ、表の自分がすべての自分を理解してコントロールしているわけじゃないってことだけは、覚えといてくれ」

「何でもかんでも、表のイツキが偉そうにすんじゃねえ、って話ですか」

「うーん、ま、極端に言えばそうなるか。裏の自分にも縄張りがあるんだから表が手を出しすぎるな、ってことだな」セミ先生もイツキの飛躍した解釈に合わせた比喩を使う。

「だったら、少しは顔出してもいいじゃないですか。何で裏の自分はそんなコソコソしてるんですか。どうして表のイツキは裏のイツキのこと、知らないままでいなくちゃならないんですか」

セミ先生はしばし目だけで上を向いて考えた後、閃《ひらめ》いたという顔をした。「例えば、心臓、あるだろ。心臓はずっと休みなく動いているじゃないか」

「休んだら死んじゃいますからね」

「自分の胸に手を当てて、鼓動を感じることできるよな。心拍数を数えることもできる」

「あれ、先生、イツキの心臓動いてない！」イツキは胸に手を当てて大声を出す。

「心臓はこっち側」と、セミ先生はイツキの手を左胸にずらす。「また笑わそうとしたな。裏鬼村の仕業か？」

「ビビったあ、死んでるかと思った」

「でもって、その鼓動を死ぬまでずっと欠かさず数え続けるのは不可能だろ。ああ今私の心臓は動いてるなって、二十四時間、鼓動のたびに意識しながら生きるなんて無理だろ。どうしたって忘れてしまう。その意味では、心臓は裏方なんだよ」

「ああ」

「心臓は、そこにあることはわかってても、姿は見えないし、普段は忘れてる。忘れたままでいることが大事なんだ。さもないと何もできない。食事もできないし、勉強する暇もないし、仕事もしてられないし、人と話すこともできない。いくら心臓が動いていても、心臓にかかりきりになったら、そのうち死んでしまう」

「裏のイツキは心臓みたいなもんですか」

「役割は全然違うけど、そういうことだ」

「何してるかはよくわからないけど、裏のイツキの任務は裏のイツキを信じて任しとけ、と」

「そういうこと」

「それはわかりました。けど、じゃあ、何でわざわざ架空日記書くんですか。書いて、しかも読み直し禁止にして、忘れるんですか。だったら、最初から書かなきゃいいじゃないですか」

「裏の鬼村も鬼村の一部なんだから、どこかで知っておかなくちゃならないんだ。でも裏の鬼村の実態を直視したら、表の鬼村は拒絶反応起こしてしまうかもしれない。裏の鬼村はそれを避けるために、表の鬼村にも呑み込みやすいお話に整えて、一回きりという条件で見せてるわけだ。そのおかげで、鬼村は自分のわけわからない部分を、自分の一部だと受け入れられる。日記がなくなったら、鬼村は裏の自分と折り合いをつけられなくなって、自分戦争を始めてしまうかもしれない」

「自分同士が殺し合うんですか？」

「おいおい、おっかない言い方はよしてくれよ。そんな血なまぐさい話じゃないぞ」

「先生が戦争とか言うから」

「そうだな、戦争って言い方をした私が悪い。どんな言葉に喩えるかで、イメージは決まっちゃうから、言葉の選び方は気をつけないとな。架空日記を書くときもそうだぞ」

セミ先生の慌て方を見てイツキは、下手をしたら本当に自分同士の殺し合いになるんだなと確信した。足元の地面は薄い氷みたいなもので、氷の下には真空が広がっている気がした。下腹部が、便意のような重痛い感覚に捉われる。架空日記を書き続けて振り返らないようにしないと、立ち止まったら重みで氷が割れてたちまち底なしの真空に呑み込まれる、と思った。

それから何日かは、イツキは架空日記を読み返さず忘れることに成功し続けたけれど、もう大丈夫だとうっかり油断した日に、前日の記述が目に飛びこんできた。まったく覚えのない、とんでもないことが書いてあって、イツキは全部読んでしまった。

一九七六年七月十三日（火）晴れ　誕生日

お母さんとまたけんかした。お母さんが、「アメリカのパスポートが期限だから新しく作ってきなさい」と言った。お母さんはお父さんの入院で忙しいから、いっしょに行けない。「ユキおじちゃんといっしょに行きなさい」と言った。ニッキは、「アメリカのパスポートなんかいらない。使ってないじゃんか」。するとお母さんは、「新しいのを作らないと、ニッキはアメリカ人じゃなくなっちゃうんだよ。あとあと役に立つんだから、きちんと手続きしなさい」とお母さんは怒った。ニッキは「ほしいなんて言ったことない。お母さんたちが勝手にもらったんだから、そっちが手続きすればいい。ニッキは関係ない」と言い返した。「いい加減にしなさい」とお母さんはどなって、食たくをバンとたたいた。それでミッキがびっくりして泣いた。お母さんも泣いた声で「お願いだから言うこと聞いて。ユキおじちゃんが全部やってくれるから、いっしょに行ってね」と頼むので、ニッキも悲しくなって答えなかった。

学校では、ニッキのふるさとは東京だった。生まれた場所の話やいなかの話をするのは、ニッキはいやだった。だから、親の実家がある東京で生まれたことにした。

ジャカルタから転校してきたマサル君は、太ももが大きくてまっ白で、ダダたちがよくシッペしている。指のあとがピンク色についておもしれえ、とさわいでいる。マサル君はいやがるけど、ダダたちはやめない。

クアラルンプールから転校してきたゆず原さんは、美人で目立つので、人気がある。男子はちょっかい出して話したがる。女子はなかまになりたがる。けど、ユウ村とか、みんなかげで、「ゆず原さんはずるい」とか「調子乗ってる」とか、かげ口している。英語しゃべってみて、ジスイズアペンて言ってみて、とかよく言われている。ゆず原さんは英語はできないって言っているのに、ひつこく言われる。

だからニッキはアメリカ人じゃないと思う。

読んだ瞬間に頭に浮かんできたのは、赤ん坊のイツキがどこかのビーチで、外国人の幼児たちに囲まれて一緒に遊んでいる写真だった。アルバム数ページにわたる連続写真で、アップで捉えられたイツキが喜んだり顔をしかめたりしている。白人の女の子や男の子が差し出すシャベルを受け取って、砂をすくって飛ばしたり、人形をもらって抱きしめたりしている。

そんなアルバムなど、イツキは持っていなかった。何しろイツキは東京生まれで、海外など行ったことはないのだから。三年間アメリカの支社勤務でシカゴに在住していた両親は、イツキの生まれる三か月前に日本に帰国して、イツキはアメリカ人になりそこねたのだ、とよく言われていた。

架空日記なのだから、書かれているのは仮に自分がアメリカに生まれていたとしたらの話なのだろうとイツキは思うが、それなら鮮明に記憶しているビーチの赤ん坊の写真は、いったい何なのか。持っていないはずの写真に、懐かしいほどのしっかりした記憶があるのは、どうしたことか。

マサル君とゆず原さんには、心当たりがある。平田《ひらた》アンジュ君と鈴原弥栄子《すずはらやえこ》さんだ。

アンジュ君は小学二年生のときにジャカルタから転校してきて、よく太ももにシッペや平手打ちをされていた。イッキも一緒にシッペをした。

アンジュ君は三年生になるときに、また転校した。理由は知らない。イッキはもう顔もよく覚えていないが、色白な太ももに赤くくっきり残る手のひらの形と、「もうやだ」とベソをかくふてくされたようなアンジュ君の声は、記憶にあった。

鈴原さんは三年生でクアラルンプールから転校してきた。大人っぽくてきれいで、みんながときめいた。四年生になって、男子の間で好きな人の名前を打ち明け合わねばならなくなったとき、イッキは鈴原さんと答えておいた。「好きな人は鈴原さん」な男子はたくさんいたので、それで自分が品定めされることはなかったし、目立たずにすんだのだ。

鈴原さんは五年生のクラス替えで別のクラスになったが、相変わらず大人っぽくて人気者である。やっかみを聞いたこともあるが、陰口で貶めるような言葉は、あったとしてもイッキは知らない。ただ、鈴原さんは大変だな、と感じてはいる。自分こそが一番陰口を言いたいのかもしれない。

誕生日の日記を読んで以来、イッキが漫然としているときなどに、アメリカでの記憶があれこれ甦るようになった。正確には、イッキがアメリカで生まれ育った幼児期の記録の記憶である。

例えば、父親が録音したカセットテープで、父親の同僚のハネガーさんという人が、言葉を話し始めた一歳児のイッキに、英語で話しかけている場面。

Hi, Jimmy, do you know who I am?

……。

Ancle Mark! What is this, Jimmy? What is this?

……。

Gun. Say "gun".

ガン。

Yeah very good! So smart boy. What is this?

ガン。

Yes it is! So clever Jimmy!

ジミーというのは、そのマーク・ハネガーさんがつけてくれたイツキの英語名ジェームズJamesの愛称だ。ハネガーさんは鬼村一家全員にJapanのJで始まる英語名をつけてくれて、父親はジョンJohn、母親はジャネットJanet、その後日本で生まれることになる岬はジュリアンJulianだった。

お返しに父親は、ハネガーさんに「羽根賀」さんと漢字名をつけてあげた。一家の帰国後、ハネガーさんは定期的にカードを送ってきて、必ず「羽根賀」と署名がしてあった。返信文を父親が英語で下書きし、イツキはその英語を自分の字でカードに書き直さねばならなかった。わたしは英語を勉強して少し話せるようになりました、みたいなことを毎回、父親は書いていた。イツキは、あまりよく覚えていないハネガーさんを騙しているようで、カードを書くのは気が進まなかった。

いや、そんなことは起こっていない。ハネガーさんなる人からカードなど届いていないし、返信も書いていない……はずだ。それならどうしてこんなに鮮明に、こと細かな記憶があるのだろう。

「ハネガーさんって、覚えてる?」と思いきって母親に尋ねてみる。

「あら、懐かしい名前。そういえば去年はクリスマスカード来てなかった気がするわね。こっちも忙しいから、来てたけどろくに見てないだけかもしれないけど。ハネガーさんがどうしたの」

「カード見たい。イツキはハネガーさんに会ったことある?」

「あるでしょ、覚えていないの? 札幌に住んでたとき、ハネガーさんご夫妻が遊びに来て、一緒に北海道一周のドライブしたでしょう。写真もあるはず」

「カセットは? イツキが赤ちゃんで、言葉話し始めたばっかで、ハネガーさんが英語で話しかけてるやつ」

「あるはずないでしょ。あんたがハネガーさんに会ったのは北海道のときが初めてなんだから、もう幼稚園行ってたでしょ」

「あのさ。イツキは日本で生まれたんだよね?」

「何言ってんの。月寒《つきさむ》デパートで拾ったとか、疑ってんの?」と母親は笑って取り合わない。

「そろそろハネガーさんに英語でカード書いてみたくなった?」

「無理に決まってんでしょ」

イツキは同じマンションのA棟七階に住む、枡本《ますもと》さんというアメリカ暮らしの長かったおばさんのところに、英語を習いに通わされている。同じマンションの同い年の、畑見かえでとヨシミッちゃんも一緒で、岬をおミソで連れていくこともある。母は、お父さんのように英語ができるようになってほしいという期待を込めつつ、入院中の父の世話をするので家を空けがちなために放課後の子どもたちの安全な居場所として、枡本さんにお願いしたのだった。

けれど、子どもたちに本気で学ぶ意欲はないので、スヌーピーの原語版を開いて枡本さんに説明してもらったり、アルファベットのビスケットで簡単な単語を作ったりするだけ。どんな初歩的なレベルであれ、ハネガーさんに英語で手紙を書く力など、身についていない。

自分がニセ者に乗っ取られていくような不気味さに怯え、イツキはアメリカで生まれた記憶を、思い出すはしから架空日記に書きつけていった。その記憶自体が架空なのだから、特に脚色することもなく、思い出すまま書いていい。書けば書くほど、アメリカ生まれの自分は生き生きと存在感を増していく。架空なのは今の自分で、イツキは本当はアメリカで生まれていて、日記にあるように、東京で生まれたと自分を偽り信じ込み、アメリカ生まれであることを忘れてしまった、という気がしてくる。

北海道一周旅行の写真も引っ張り出してきて、確認した。大柄で顔の長い色白白髪のおじさんと、レインボーマンの「黄金の化身」色の髪をした小柄なおばさんが、観光地で鬼村家族と写っていた。けれど、アイヌコタンではハネガーさん夫婦と父親の写真しかない。「あんたが熱出してお母さんはつきっきりだったんだから」と母は説明した。

イツキは、扁桃腺を腫らしてしょっちゅう熱を出しては、さけの子幼稚園を休んでいた。そのたびに母には「いい加減にしてよね」と小言を言われたので、病気になるのが怖かった。岬が風邪をひいて熱を出したとき、イツキは「いい加減にしなさい！」と叱って、母に引っぱたかれたことも思い出した。

札幌の社宅の裏の原っぱには、アメリカンスクールがあって、イツキは近所のケンちゃんとカトちゃんとともに、しばしば校庭に忍び込んだ。校庭といっても原っぱと地続きで、形だけポプラ並木で仕切られていたが、出入りはわけなく、大雨や雪解けの後は窪地に大きな池もどきの水たまりができ、ゲンゴロウやヤゴを取ったりした。アメリカンスクールの生徒たちと鉢合わせもし、基本的には「敵」なので、異なる言語で罵り合いながら水をかけ合ったりするのだけど、何度か一緒に遊ぶという展開にもなった。そしてそれはものすごく楽しかった。

イツキの耳にはあっちの生徒たちが話している言葉が意味として入ってきて、自分でもびっくりし、反応しているイツキをアメリカンの子どもたちが仲間っぽく扱ってくれ、イツキは英単語を口にして、ケンちゃんカトちゃんを置き去りに、アメリカンの子たちと一緒に笑っている自分の姿が、澄んだ陽光にきらめく水のしぶきとともに、鮮明に浮かんでくる。やっぱり自分はアメリカ生まれなんだと思わざるをえない。

これが自分戦争ってやつかもしれないとおののいたイツキは、一学期の終業式のあと、セミ先生に相談した。

「先生、架空日記、またうっかり読み返しちゃったんです」と切り出す。

「ほーか。絶対に読むなって言われたら、逆に読みたくなるもんな。まあ仕方ない、鬼村のせいじゃない」

「でも読んじゃったら、やっぱりよくないことが起こって。日記では、イツキはアメリカ生まれってことになってるんです」

「ほう。架空日記らしい設定じゃないか」

「日記の中でだけならいいんですけど、あれ読んじゃってから、普通の時間も、イツキがアメリカにいたときのこと、いろいろ思い出しちゃうんです」

「鬼村、やっぱり素質あるぞ。自分の空想を本気で信じ込めるその能力、鬼村の才能だ」

イツキはもどかしく感じ、首を振って訴える。

「先生、違うんです。空想とかじゃなくて、正真正銘、本物の記憶があるんです。アメリカ生まれの細かい証拠、いろいろ思い出して止まんないんです。現実の自分のほうが嘘で、日記のほうが本当になっちゃってるんです。日記に乗っ取られかけてるんです！」

「そこだよ、肝心なのは。架空日記が表の鬼村と混ざってるわけで、裏と表の自分が分けられずに一体化してる証拠なんだ。前にも言ったとおり、表の自分と裏の自分はぐちゃぐちゃに混ざっていて、きれいに分けられるものではないだろ。しかも表の自分の一部と裏の自分の一部はしょっちゅう入れ替わったりしてるんだ」

「何言ってるんだか、よくわかりません」

「例えば、暑い日に家族で出かけてコーラを飲んで、すごく美味しかったりするよな」

「うちはアメリカにいたころ、お母さんが赤ちゃんのイツキにセブンナップあげたら、セブンナップばっかり飲みたがる子になっちゃったから、子どもにはソーダ水飲ましてくんないです」

「ほーか。じゃあ、ちょうどいい例だ。楽しくて美味しかったから、またコーラを飲みたくなるよな。それでお小遣いでしょっちゅうコーラを買って飲んでいたら、お母さんに見つかって、無断でコーラばっかり飲んでたことを叱られる。歯が溶けると言われたりして」

「それ、お母さん言ってました」

「それでもコーラが忘れられなくて、こっそり買って飲み続ける。美味しいけれど、今度は罪悪感も持つようになるよな。お母さんはもうコーラを敵視していて、うちでは絶対に子どもには飲ませない、と言っている。そうなると、コーラを飲むイッキは、だんだん裏の自分に変わっていくんだ。コーラを家族と夏に飲んだ楽しい記憶は、表のイッキの記憶。でも、罪悪感と、親に対する反抗的な気分とを持ちながら、隠れて飲んでいるイッキは、裏の自分になりかけてる。そうやって、コーラを夢中で飲んでる一人の自分の中に、表と裏の自分が複雑に混ざっていって、両方が現れてくるんだ」

「先生はイッキにコーラ飲みたくさしたいんですか、我慢さしたいんですか？」

セミ先生は苦笑し、「だからときに表の自分が裏に乗っ取られれば、自分のありのままが垣間見えるわけで、むしろ望ましいことなんだよ」と結んだ。

「何かそういうこととは全然違うと思います。もっと怖いことなんです。イッキ、ピンチです」

「まあ、怖いことっていうのはそのとおりだな。ある意味、自分が壊れていくんだから。でも、作り直されて生まれ変わるから大丈夫だ。新しい自分を信じて、任せて、恐怖に支配されないよう忘れることが大事だ。だからもう日記は読み直さないようにな。あと、他人にも言っちゃいけないぞ、私にも」

「ああ、先生、わかってない。全っ然わかってない。これ絶対、あんまいいことじゃないです。もう架空日記、やめます」

「きつかったら、気の済むまで休むのもアリだな」

「や、め、ます！」

啖呵を切ったのはいいが、イッキには架空日記の中止などできなかった。その日だけ休んで、翌日の晩にはとうとう、アメリカに生まれてアメリカで生きている自分が日記を書いていた。書いてから気づいた。自分には絶対に書けない話が書いてあったので、気分が変になった。

自分ではない自分が書いた日記もここには現れるのか。だとすると、あっちの自分も、このイツキの書いた日記の文章を目にしたりするかもしれないのか。頭おかしすぎる。やっぱり、知らないほうがいいんだ。

すぐに日記を閉じて寝床に入り、翌日には忘れた。

一九七六年七月二十一日（水よう日）

日記を一日さぼったら、ママにしかられた。「書くことない」て言ったら、「日本語の練習なんだから、書くことなくても毎日書くの」て言いつけられた。「ないのに何書けばいいの？　わかんない」て言ったら、「書くことがないて書けばいいでしょ」て言われた。なんか、だまされた気がする。

だから、ニッキーは書くことがないことを今書いています。これでいい？　どうせママがぬすみ読みしてチェックするから、返事はここにしてね。

ミッキーも日記を書かされてるけど、すぐ英語で書いちゃって怒られてる。

学校のあと、ジャックとエミリーとジュン君と、ミシガン湖のビーチで泳ぐことになってたけど、ジャックが熱出したからやめになった。ジャックのパパが車を運転してくれるから、ジャックが行けないとみんな行けない。

パパが、仕事を半分さぼってロストチキンやいた。パパのとくい。ニッキーはあんまり好きじゃないけど、パパにおいしいて言わなきゃなんない。とくべつのごちそうのムード、出さなきゃなんない。ミッキーはきのこのとこが好きで、きのこばっか食べる。子どもみたい。子どもか。

夏休みは日本に行って、おばあちゃんちに行くてゆう。


予定していた松保《まつほ》のおじいちゃんち行きは、イツキだけ後半からの参加になった。前半は、イツキの所属しているカブスカウトのキャンプの日程と重なってしまったからだ。今年はあちこちからいとこが勢ぞろいする夏休みになって、特に秋田から耀一《よういち》と華子《はなこ》が三年ぶりに来るので、イツキはカブスカウトよりおじいちゃんちに行きたかった。

息子の引っ込み思案を直すという父の意向で、イツキはいやいやカブスカウトに入団させられた。六年生になる来年からはボーイスカウトに上がるけど、母親を説得してカブで辞めることを吞ませたので、引き換えに、カブスカウト最後の行事には参加するよう約束させられた。カズちんは、カブの活動はあんがい少年探偵団みたいで面白いと言うのだけど、イツキは、制服を着たら少年探偵団とは違う、と思う。

その相模川キャンプで、イツキにとって最初の試練が始まった。

イツキの所属する鋸浜《のこはま》87団の他に、近隣の四つの団が参加する合同キャンプで、ボーイ隊が行う国旗掲揚や弥栄《いやさか》も合同、尻尾取りも無数の子どもたちが入り乱れ、スクランブル交差点であるかのような壮観を呈した。

尻尾取りとは、スカウトの制服の一部であるネッカチーフを、制服の半ズボンの後ろに挟み込んで尻尾とし、この尻尾を取り合う競技で、取られたら脱落でその場でしゃがまなくてはならない。この大尻尾取り大会は最後の一人になるまでの時間無制限ルールで、実際には最後の二人になった段階でもう決着はつけられず、二人が優勝となった。そしてその一人に残ったのがイツキだった。

イツキは尻尾を一つも取ることなくひたすら逃げ続けて、最後まで残った。もう一人の優勝者である鋸浜19団の鷹岡《たかおか》君は、十七本も獲得していた。表彰されて握手した後、鷹岡君はイツキに言った。

「最初のほうで鬼村君は手強いってわかったから、ずっと狙ってたんだよね。でも取れなかった」

「そうなの？　知らなかった。ずっと逃げてただけだから」

「ほんとセンスあるよね」

鷹岡君はにっこりと微笑んだ。三日月形の丁寧な唇に白い歯がつややかなその笑顔は、あたりが透明になってまぶしく感じるほど爽やかだった。黒曜石のようなアーモンド形の黒い目と、カギ形が美しい「へ」の字の眉は、作り物のように完璧だった。

この完璧さはあれだ、と気づく。加藤剛《かとうごう》だ。『風と雲と虹と』の加藤剛。平将門《たいらのまさかど》の加藤剛。じろじろ見ては失礼だと思って、イツキはよそを向いて、「たまには臆病でもいいことあるんだな」と言った。

「わかる。ぼくも臆病だから、人の隙ばっかり観察してるんだよね。それが今日は活きた」

イツキ同様、平均よりやや小柄で痩せていて、運動に秀でているような姿形ではない。鷹岡君の言っていることは事実なのだろう。

参加者が大人数のため、テントを張るのではなく、大きな集会施設で雑魚寝だった。夕飯のカレー作りも、調理班がその施設の台所で行うことになっている。その間、後片付け班のイツキは、先に風呂に入ってこいと命じられた。

大量のソラ豆をさやからむいて茹でるかのように、服を剝《は》いで裸になった子どもたちがわらわらと大浴場のお湯に浸かっていく。

こっそりパスしようとしたのに班長が点呼を取りやがって逃れられなくなったイツキが、脱衣場でぐずぐずしていたら、「鬼村君」と鷹岡君に声をかけられた。

「そこにでっかい川あるんだからさ、お風呂じゃなくて川に入ればいいのにね」

鷹岡君はそう言いながら、もじもじしているイツキを尻目に、猛スピードで脱衣していく。そしてパンツを脱いでタオルを腰に巻く瞬間、目に入った鷹岡君のうりぼうの形に、イツキは衝撃を受けた。それはまるでお父さんのようだった。

「早く入ろうよ」と屈託なく鷹岡君はイツキの手を引っ張り、イツキは自分のうりぼうが鷹岡君のと張り合わんばかりに伸び上がって暴れるのに手を焼き、「トイレ行ってくるから先入ってて」と言うが、「おしっこなんてお風呂の中でしちゃえよ」と取り合わない鷹岡君の強引さに負け、腰をエビの形に深く曲げてタオルを巻き、尖ったうりぼうの暴挙を悟られないようにした。鷹岡君がイツキの目を見て笑顔になったとき、鷹岡君はわざとやってるとイツキは感じた。

キャンプファイヤーの間も、鷹岡君はイツキのほうに寄ってこようとしたが、イツキはその気配をいち早く察知してはコソコソと移動して逃げた。まだ尻尾取りが続いているかのようだった。イツキは尻尾の代わりにうりぼうを守っている気分だった。

試練のキャンプも終わり、夏休みも終盤の、残暑の厳しい日。母は父の病院に行き、岬は友達のところに遊びに行っていて、家にはイツキ一人だった。

戸締まりを確認すると、冷蔵庫に入れておいた使用済みの単一乾電池二つを、自分のパンツの中に入れる。「ちびてー！」とイツキは一人で叫ぶ。そして電池ごと、パンツの上からうりぼうを揉む。こうすると冷たくて気持ちいいのだ。

この冷却方式を発見したのは、札幌の幼児時代だ。以来、夏の盛りには、冷蔵庫で乾電池を冷やして下着の中に入れるようになった。特にパンツの中が気持ちいいと気づいたのは九歳のときで、それが禁断の手段であろうことは何となく察せられたので、岬にも気づかれないように用心した。岬が知ると、すぐ親に話してしまうから。

そして去年。電池とうりぼうを揉んでいるうち、だんだん空を飛んでいるような高まりがあって、いつしかうりぼうをじかに激しくはたいたりなでたりしていた。うりぼうは急上昇したかと思うと、頂点でふわっと宙返りして着地した。イツキはぼうっとなり、うりぼうはしゃっくりしていた。何が起きたのかわからなかったけれど、跳び箱が跳べたときとか鉄棒からジャンプして着地できたときみたいに快感だった。

気持ちよさに溺れて頻繁に繰り返していたら、今年の初めごろ、うりぼうはしゃっくりと同時に白い痰を吐いた。イツキは愕然とし、自分はもう死ぬのかもしれないと覚悟した。いけないことを続けた結果、悪い病気になって、でも誰にも相談できない。

死にたくなければやめないといけないと思い、心を鬼にしてうりぼうを無視してみた。ふた月ほど無視し続けた日の朝、拗ねたうりぼうは勝手に痰を吐いていた。絶望したイツキは、いつ死んでもいいと思って、またうりぼうをかまい始めた。

よく冷えた電池と一緒に揉んでいると、鷹岡君のうりぼうがイツキの目の前に浮かんでくる。それはもううりぼうではなくて、イノシシだった。鷹岡君もイツキと同じことをイノシシ相手にしているのだろうかと思い描くと、自分のうりぼうもイノシシになるような気がした。

たいていの時間、イツキの頭の中には鷹岡君が浮かんでいる。鷹岡君がまたイツキを困惑させるようなことを言ったりしたりして、それに対しイツキはこう言い返して切り抜けようとか、機先を制してあんなことを仕掛けてギャフンと言わせてやろうとか、空想の予行練習をしている。間違ったふりをして、今度のカブスカウトは鷹岡君の所属する鋸浜19団に参加してやろうか、と計画したりもした。

その日もイツキは鷹岡君と脳内で牽制しあっていた。夏休みが明け、二学期が始まったばかりの土曜の午後、ほとんど誰もいない静まり返った校舎の廊下をイツキは歩いていて、突き当たりは保健室だった。

「♪あなたの言葉が　注射のよおおに」と歌う声が耳に入り、脳内の鷹岡君から現実へと意識が戻った瞬間、視線が合ったのは、保健室前の廊下で服を着替えながらピンク・レディーの振付を真似している畑見かえでだった。

目が合うなり、畑見かえでの胸が尖っているのも見え、イツキはすぐさま踵《きびす》を返して廊下を逆方向に歩き始める。おしゃべりな畑見かえでの甲高い声が、「え、見られた？　まあやだ、見るかな、やらしい。でもこんなとこで着替えてる私も悪いか」と、保健室内にいる誰かと話すのが、廊下を走って追いかけてくる。イツキも走って逃げたいが、うりぼうが暴れ始めて、ズボンあたりの自由がきかない。知らんぷりで自然を装いたいのに、うりぼうのせいで変に前のめりになってしまう。

しゃっくりのさせすぎのせいで、何にでも敏感に反応してしまうのだろうか。反応する基準は何なんだ。好き勝手すぎて、わけがわからない。やっぱりうりぼうのことなんか放っといて、イツキはもっと自由に好きに生きるのがいいのかもしれない。

学校では畑見かえでをどうにか避けているものの、木曜放課後の枡本さんの英語教室はどうにもならない。案の定、枡本さんの部屋の前で待ちかまえていた畑見かえでは、「白状しなさいよ、見たんでしょ?」とだしぬけに問い詰めてきた。

「見てない」と答えたが、目も見られずにうつむき、息だけのささやきのような小声では、嘘ですと自ら表明しているようなものだ。

畑見かえではふんと鼻を鳴らし、「そう言うと思った。覗いたわけじゃないんだから、もっと堂々と本当のこと言やいいのにさ。でも、やっぱ、見られたってことは恥ずかしいから、なかったことにしてほしいのよね。言いふらさないでちょうだいね」と命じた。

イツキはぶっきらぼうに、「見てないんだから、なかったことにするもクソもない」と言い捨てると、枡本さんの家のチャイムを鳴らした。英語を習っている間、畑見かえではイツキを睨んでいたけれど、イツキは無視し続けた。

レッスンが終わり畑見かえでが所作ごとに大きな音を立てて帰った後、もう一人の生徒であるヨシミッちゃんが「畑見ガエル、すっげ不機嫌だったな」と言った。

「そう?　関心ないし」

「関心とかじゃないだろ。そんな言い方すると、すっげ関心あるみたいじゃん」

「どうしたらそう見えるの。目、ついてんの？」

「おま」

だいぶ大人になったけれど、低学年のころはガキ大将タイプだったヨシミッちゃんは、今でも怒らせると手がつけられない。ヨシミッちゃんの顔の筋肉に力が入るのを見て、イツキは慌てて謝った。

「ごめん。たぶんこっちが不機嫌なせいだと思う。さっき始まる前、畑見が話しかけてきたの、シカトしちゃったから」

「ふうん、イツキは愛想悪いこと多いからな」

ヨシミッちゃんのその評価にも軽いショックを受けたけれど、続くヨシミッちゃんのふざけ半分の仕返しは、イツキには決定的なダメージとなった。

ヨシミッちゃんは、「俺、兄ちゃんから聞いたんだけどさ、もう俺らって、子ども作る準備、始まってるんだって」とニヤニヤしながら言った。

イツキにはヨシミッちゃんの言っている意味がまったくわからず、「ヨシミッちゃんの兄ちゃんのアイス、美味いよね」と、思いついたことを返した。牛乳に砂糖を混ぜて凍らせただけで、本当はちっとも美味しいと思っていないのだけれど、愛想よくしなければと反省して、言ったのだ。

「兄ちゃんのアイス食う？　うち来る？」

愛想のいいイツキは断れなかった。

ヨシミッちゃんの家を訪ねると、中学二年生の兄は、ヨシミッちゃんの一つ下の妹とともに、テレビを見ていた。共働きの両親はまだ仕事から帰っていない。ヨシミッちゃんが「兄ちゃん、あの話、教えてやって」と悪だくみ感満載のニヤけた顔で言うと、兄もそっくりの同じ顔になって「おっし」と立ち上がり、ヨシミッちゃんとイツキを自分の部屋に招き入れる。妹もついてこようとして、「おまえはテレビ見てろ」と制され、「またサベツだー」とイツキにはわからない言い方で抗議するが、兄は取り合わずにドアを閉めて鍵をかける。「あとでお父さんに言いつけてやる」との非難の声はドアにはねつけられる。

その部屋は兄と弟とで共用しており、兄が秘密を隠しておけなくなったから、ヨシミッちゃんに子どもの作り方を教えたのだという。兄は何やら説明を始めたが、イツキはよく呑み込めず、「おまえ鈍いなあ」と呆れられてしまった。

「実際に見せるしかないよ」とヨシミッちゃんが言い、兄は戸惑った顔をしたが、「まあ、好光《よしみつ》に見せるのと一緒だもんな」と一人で納得して、「じゃ、特別に見せるから、ビビんなよ」と念を押される。そして、女の人の裸が写っている『平凡パンチ』のグラビアページを広げ、それだけでビビっているイツキの前でズボンもパンツも下ろし、獰猛な姿勢のイノシシを荒々しくかまい始めて、何としゃっくりに至らせたのだ。

兄はさらに具体的にいろいろと説明して、「おまえらもやってみろ」と命令したけれど、イツキがあまりにも青ざめて凍りついているので、中断した。

「ショックでかかったか。でも人間、誰しもやってることなんだぜ」と兄が言っても、イツキの耳には入らない。ヨシミッちゃんが「ミルクアイス食おうぜ」と促しても、動けない。

イツキが畑見かえでに翻弄されているらしいと踏んで、ヨシミッちゃんは下世話にからかったのだとはわかったが、兄から大人の知識を得ているヨシミッちゃんはしばしばこうして上に立つような意地悪をしては優越感に浸る癖があって、それ以上でも以下でもなく、腹は立たなかった。問題はイツキとうりぼうの関係にあると思った。うりぼうはイツキの手に余る存在であり、自分の任ではないと感じた。辞めたかった。誰かに代わってほしかった。

その晩、イツキはうりぼうと訣別する日記をしたためた。

一九七六年九月九日（木）雨
うりぼうが言うこと聞かない。小さいときはかわいかったのに。今ははんこうき？　言うこと聞かないから二ッキがバツとしてほっぺたをはたくと、うりぼうはペッとつばをはく。汚いからしかると、またつばをはく。それで二ッキがまたひっぱたくと、ペッとつばをはく。あたりかまわずつばをはく。それでしかってはたくと、またつばをはく。きっとつばをはきたいから、わざと言うこと聞かない。

毎日、はたいてつばをはいて、はたいてつばをはいて、二ッキは困った。つかれた。そして「もう勝手にしなさい」と言って、ほっといた。それでもうりぼうはときどき勝手につばをはく。二ッキは知らんぷりした。ごはんもあげなかった。何もしてあげなかった。

そうしたら、うりぼうはだんだん弱った。元気なくなって、いつもしょんぼりして、つばもはかなくなった。つばをはく元気がなくなった。

それでもあまやかしたらだめだから、二ッキはほっといた。

そうしたら、うりぼうはひからびてしまった。黒ずんで、ちぢんだ。かれた花みたくなった。

ニッキはあわててエサをやったり、水をかけたりしたけど、茶色ぽくひからびたままだ。

でもよく見ると、茶色ぽいカラの中が動いている。

あ、これはサナギだ！　ニッキは気がついた。うりぼうはサナギになったのだ。

とうとう大人になるのかな。イノシシになって出てくるのかな。

夜明け前で暗かった。うりぼうのサナギがむずむず動き出すので、ニッキは目がさめた。パジャマのズボンがきつくて、ふとんをどけた。そうしたら、サナギが大きくなって、立っていた。そして、背中が割れて、中から黒い生きものが、のびてくる。力いっぱいのびている。そったりのびたりして、それは出終わった。

それはサナギに少しとまっている。そして、羽が広がってきた。

羽が広がったもようは、イノシシの顔がついてた！

イノシシチョウだ！

日がのぼってきたとき、イノシシチョウははばたいた。イノシシチョウはふわっと浮き上がって、寝ているニッキの上を三回まわった。

そして窓から朝の空に飛んでいった。

ああ、うりぼうは大人になって独立したね。ニッキはうれしくなった。ニッキの足の間はもう何もなくて、朝の晴れの空とおんなじ。ニッキは心が軽くなって、ニッキも空飛べそう。ニッキは自由。これでもう、タカのうりぼうのこともカエルのとんがり見たことも考えなくなれると思った。


目が覚めた瞬間、布団から半分はみ出してまだ眠っている、死体みたいな自分の姿を見下ろしたような気がした。

意識がはっきりしたときに視界に映っていたのは、板目板の天井すれすれをふらふらと飛んでいる、黒く大きなアゲハ蝶だった。黒いビロードのような羽が青や緑に光るので、ミヤマカラスアゲハかもしれない。残暑が厳しく東に面した窓を開けて寝ているので、うっかり入ってきたのだろう。岬が起きたら捕まえにかかるから早く逃げてくれるといいけど、と心配しながら、宝石色に輝くアゲハの舞を楽しむ。

やや強い風が吹き込んできて、アゲハは煽られ、次の瞬間には蝶ではなくトンボであるかのような素早さで風上に飛び、窓から空に戻っていった。イツキは後を追って窓から顔を出し空を見上げたが、アゲハの姿はなかった。

イツキはそのまましばらく、空のパステルブルーを眺めた。ずっと見ていると吸い込まれそう

になる。宙に浮いて、ふわふわと漂えそうな気がする。空中をあいまいに揺れるクラゲ。海には

ぷかぷか浮いてるだけの生き物がいろいろいるのに、何で空中にはいないんだろう。

自分がお皿にあけたプッチンプリンみたいな、半液体的な気分だった。本当は形がないのに、

長いこと容器に入って形のあるふりをしていて、でもそこから出されて形が崩れ始めて、カラメ

ルみたいに四方八方気ままに流れ散る。とりとめもなくなって、どこまでが自分かわからないけ

れど、それが心地よい。だから今、自分の成分の一部は、空に流れ出してしまっているのだ。そ

して元には戻らない。

首が痛くなって、仰向けていた頭を戻す。

幻が丘ビラージュ九階からの眺めはよく、目の前の桜山は濃い緑に覆われ、その緑からマンシ

ョンの外廊下の蛍光灯目がけて、カブトムシやクワガタやカミキリやカナブンの類が夜中に飛ん

でくる。男子たちは夏休みには、ラジオ体操の前に全階の廊下を歩いて、甲虫の収穫を競い合っ

ているが、イツキには関心がない。

マンションと桜山の間を流れる田ノ内川は、文字通り田んぼの中を通り、幻が丘小学校までの

通学路に沿っている。イツキが札幌から越してきて新入学したときは、まだ田ノ内小学校の分校

だった。三年までしかなく、四年に上がると、もっと遠い田ノ内小学校本校まで防空壕だらけの

山道を通うことになるはずだったが、新興住宅地の子どもの急増により、二年生になったときに

鋸浜市立幻が丘小学校として独立した。だからイツキは幻小の第五期生だ。校舎も、壊れそうな

木造平屋から、鉄筋コンクリート三階の立派なものに変わった。プールもできて、本校まで通わ

なくてよくなった。

この田園風景は、父親の趣味だった。東京は城南《じようなん》育ちの父には里山への抜きがたい憧れがあり、東京の実家から電車で一時間弱の鋸浜市田ノ内区の田んぼのど真ん中に、三棟の十階建マンションがそびえ立つ幻が丘ビラージュの建設計画が発表されるや、すぐさま購入したのだった。

しかし転勤に次ぐ転勤で、ようやく入居できたのは、マンションが完成してから三年後。そのころにはすでに父の健康は翳りを見せており、初めて吐血して最初に入院したのがイツキ小学二年の秋。以来、父は入退院を繰り返し、自宅に父のいない時間が増えていった。

イツキの部屋にミヤマカラスアゲハが迷い込んだ日から数日後の週末、父は半年ぶりに退院してきた。削りすぎた鰹節《かつぶし》みたいに、顔も胴体もそげていた。

しばらくはぎこちなくも温かい団欒の日々が続いたが、父は決して元気とはいえず、穏やかな気候の日に一度だけイツキと岬を連れて田ノ内川の土手を散歩したきりで、毎日、床に伏せっていた。母はつきっきりで世話をしていたが、いつも寝室の扉は閉められているので、詳細はイツキたちにはわからない。ただ、父と母のくぐもった不機嫌な声が漏れてくる頻度が増えていくことに、怯えていた。

自分たち子どもができるだけ父のそばで過ごせば、両親の不機嫌な声の割合も減るだろうとイツキは考え、英文付きのスヌーピーの漫画を持っていって読んでもらおうとしたりした。

父が上機嫌なのは、恐竜が絶滅したのは水の惑星が衝突したからだとか、ユリ・ゲラーが時計を直せるのは壊れかけたテレビを叩くのと一緒だとか、ブラックホールの正体だとか、自動車が動く仕組みだとかを、イツキや岬に教えているときだった。退院中だった今年の冬には、突然天体望遠鏡を買ってくれて、一緒にすごく早起きして、東の窓からウェスト彗星を観察した。

けれど今、父はスヌーピーを朗読していても、すぐに疲れて目を閉じてしまう。

その日は、枡本先生の宿題のクロスワードパズルを手伝ってもらおうと思って、帰宅するなり寝室を開けた。

母は父の上半身を裸にして肩に注射を打っていた。「今は入らない」と即座にイッキに命じ、イッキもくるりと反転してふすまを閉めたのだが、父の脇の下に手術の痕があり、母がすばやくタオルをかけてそれを隠したことが、頭に焼きついて離れなくなった。

父は二年前に胃の手術をし、お腹に大きな樹木のような手術痕があった。父はそれを隠すことなくむしろ冗談のネタにし、一緒にお風呂に入ったときなど、その木から花が咲いて実がなって鳥がそれを食べるといった即興の創作を語ってくれた。

なのに、なぜ今、別の手術痕については隠すのだろう。

また、洗面所の戸棚に保管されている大量の使い捨て注射器が父の治療のためだということも、秘密でも何でもなかった。ゴミになった注射器に触ってはいけないと釘を刺されていたけれど、イッキはこっそりかすめ取って洗い、その注射器でスイカの汁を吸い取ってカナブンに注射してみたりしたことのほうが、秘密だった。だから、父に打っている場面を見るのを、母が禁じる理由がわからなかった。

秋分の日の朝、両親の寝室の扉は開いており、それは入ってもいいという合図でもあるので、イッキが中をのぞくと、父はベランダでラジオ体操めいた運動をしていた。

「イッキもするか?」と誘ってくれたので、イッキも後ろで真似をした。

「お父さんの胃潰瘍が治ったら、みんなで銀座にマクドナルドを食べに行こう」と、父はいつになく張りのある声で言った。

「猫の肉使ってるから嫌だ」イツキは笑って答える。

「そんなわきゃあない。それは行けない人のやっかみだな。イツキだって、アメリカにいたときは食べてるんだよ」

イツキの頭は空っぽになったが、すぐに中身は戻ってきて、「イツキはアメリカにいたことないでしょ」と自信のない声で弱々しく反論した。

「あ？　そうだったっけ？　そうだったな。生まれる直前で帰る羽目になって、イツキはアメリカ人になりそこなったんだったな。そうだった、そうだった。何、勘違いしてるんだ、俺は。病気でずっと寝てたって、お父さんの頭はシャキッとしてるからね」父は自らの頭をげんこつでコツンと叩いて笑う。

うん、とイツキは浮かない声でうなずいた。イツキは自分がどこで生まれたのが正しいのか、確信から見放されていた。お父さんとお母さんもニセモノなんじゃないだろうか。あるいは自分が作り物で、ヒトの子どもだと思い込んでいる人形とかなのかもしれない。人工的に仕込まれた記憶に矛盾があって、混乱しているのだ。

「そうだ。今日はお父さんとあんころ餅を作ろう」と上機嫌な声が聞こえた。イツキはワオと歓声を上げて、喜ぶふりをした。

天気もいいし子どもたちと散歩がてら材料を買いに行くと言い張る父に、母は買い物は自分が行くから無駄な体力を使わないでほしい、と懇願したが、調子のいいときぐらいは外に行かせてくれ、と言われて、しぶしぶ承知した。

帰宅して小豆を煮ている間に、父の具合はみるみる悪くなる。母に、ちょっと休んでから続きをすればいいと言われても、おまえのアク取りはいい加減すぎてえぐみが残るから任せておけない、今日は特別なんだから妥協のない本物を食べたいんだ、と突っぱね、母も不機嫌に、じゃあ勝手になさい、とエプロンを外し、岬が、つまんないからテレビ見るとぐずり始め、イツキも疲れたと訴えて寝転がってSFジュヴナイル文庫を読み始めたので、ようやく父も鍋の火を止めて、少し寝かせておけば柔らかくなるからな、お父さんも寝かせて柔らかくしよう、と自分に言い聞かせて床に入った。

夕刻になって目が覚めると、父の熱はむしろ上がっていた。母も子ども二人も、続きは今度の日曜でいいと言うのに、父は、俺が食べたいんだ、したいようにさせてくれ、と言い張り、ゆで汁につけてあった小豆に砂糖を加えてまた煮る。

その間に、餅米を餅つき器で蒸し、できあがったあんこを冷ましている間に、蒸した餅米を今度は餅につく。新しもの好きの父が買ったものの、入院ばかりで今回初めて動かしてみる餅つき器なので、思うように使いこなせない。

できあがりが硬いとか柔らかすぎるとか父は納得せず、ついには、もう一度餅米を蒸すところからやり直す、と言い出し、母が、いい加減にしてちょうだい、自分の体を一番にしてよね、みんなそのために我慢してるんだから、と強い口調でたしなめたとき、父が「お荷物ならお荷物だって、はっきり言え！」と動物の吠えるような声で怒鳴った。父の声とは違う、聞いたことのない響きに、岬は固まり、表情が落ちる。

その様子を見た母は、イツキと岬に子ども部屋に入っているよう命じ、ふすまを閉めると、低い声で父を非難した。父も言い返し、声のトーンが上がるたびに母が「子どもたちに聞こえる」と諫め、父に批判を畳みかけ、言い返す言葉を失わせ、沈黙が降りたとき、岬は読んでいるふりをしていた漫画を放り出し、イツキも落下してくる大きな何かから自分の頭を守るように腕で抱える。

その瞬間、人を打つ乾いた音がふすま越しに響く。

また一拍の沈黙の後、イツキがふすまを開けるのと同時に、「何だこんなもの！」と今度は母が未知の動物の叫び声を上げ、作りたてのあんこを詰めた大きな円形のプラスチック容器を床に叩きつけた。蓋のしていない容器の底が床にぶつかった瞬間、中身の大量のあんこがふわっと浮き上がり、また容器に戻り、でも一部のあんこは容器の丸いふちの外に落ち、絨毯に三日月形の模様を作るのが、イツキにはスローモーションで見えた。

イツキはあんこを拭き取らなくちゃと思ったが、左の頬から目のあたりを赤く腫らした母は、ごめんね、あんたたちは何も悪くないからね、と言ってイツキを抱きしめ岬を抱きしめ、夕飯はお父さんに食べさせてもらいなさい、と言うと、寝室に入って扉を閉め、それきり出てこなかった。

イツキは岬の手を引き、マンションの廊下に出た。もう離婚するんだ、と思った。そうなったら岬とは別々になるのかもしれない。「岬はイツキと一緒にいたいよね？」と岬に聞くと、岬は指をしゃぶりながらうなずく。イツキは、二人ともお母さんと一緒にいられるようお願いしよう、と心に決める。

父が廊下に出てきて、天丼を取ろう、と中に入るよう促す。

味のしない天丼を食べている間、灰色の顔の父は学校の日常などを尋ねてくるが、イツキは自分が何を答えているのかもわからない。

寝る段になって父が寝室に入ろうとしたとき、イツキは「お父さん、入らないで」と止めたが、父は悲しそうに微笑んで、「大丈夫だ、もうあんなことはしない」と言った。

翌日、岬と一緒に学校から帰ってくると、父も母もいなかった。呆然としていると母が電話してきて、お父さんは具合がよくないからまた入院した、と言った。離婚しても弟と別々にしないでほしいと頼もうとしたが、言えなかった。

その日は、隣の渡瀬さんのうちで夕飯を食べさせてもらった。

渡瀬枝美宅でこうしてときおり夕飯を一緒に食べていることは、友達には絶対に内緒だった。イツキからしたら渡瀬枝美はたんなる隣人のおとなしい子だが、今、学年ではエレガントで上品なお嬢として人気急上昇なのだ。バレたら、えげつない見世物にされるに決まっている。確かに渡瀬のお母さんはとても品がよく、家の中も高級な感じでいい香りがし、とても鬼村家と同じ造りの部屋には思えず、イツキが気後れするのはやむを得ない。

この日は、デザートの手作りマドレーヌを食べている最中に岬が急に泣きだし、もうエミリーと会えなくなるかもしれない、と言った。それで初めて、岬は枝美のことを好きなのだと、イツキは知った。

イツキは自分が解決するしかないと思い定めた。そして架空日記を書いた。

一九七六年九月二十四日(金)晴れ

あした土曜日、カブちんとトシミッちゃんと学校から帰ったとき、幻が谷ビラージュの集会所でおそう式の用意をしている人たちがたくさんいた。それを見たらニッキは、お父さんが死んだとわかった。お父さんが死ぬなんて思ったことなかったのに、お父さんが死んだってわかった。それからのニッキは、テレビを見ているみたいになった。ニッキは自分じゃない感じだった。ニッキは、知らない人のようにニッキ自身を見ている。

A棟のピロティで、ナッコおばさんが待っていた。黒い服を着て、サングラスして、ハンカチ持って、泣きながら、「ニッキちゃん、いい、おちついて聞いてね。お父さんがね、けさね、天国に行きました」と言った。そしてナッコおばさんはすごく泣いた。そしてニッキをだきしめて「悲しいね、いっぱい泣いていいんだよ」と言いながら、すごく泣いた。ニッキは泣かなくて、ナッコおばさんの鼻水がついたらやだな、と思った。

九階のニッキのうちの中は、人でいっぱいだった。みんな黒い服を着ていた。いろいろな人が泣きながらニッキに何か言った。ナッコおばさんがお母さんを呼んできた。お母さんもサングラスをかけていたけれど、泣いてなかった。そしてニッキに、お父さんはきのう入院してから意しきがなくなって、きょうの朝なくなったと説明した。ニッキは、なんで自分はお父さんが意しきなくなって死ぬあいだ、ふつうに学校に行ってたんだろうと思った。そしてお母さんに、お父さんが死んだからうちはこれからお金のことが大変だから、お父さんのお墓は作らなくていいと思うと言った。お母さんは、そんなことは心配しなくていいと泣きそうな声で言った。

するこ とがないし、いろいろな人に泣いて何か言われるのがいやだったから、ミッキといっしょにマンションのろうかに出た。ろうかから下の公園を見たら、カブちんやトシミッちゃんがマンションの他の子たちとドッチボールしていた。

　カブちんはドッチボールさそってくれなかったな、と思ったら、お父さんが死んだ日にドッチボールしちゃいけなくて、お父さんが死んでない子たちはドッチボールしていいんだ、とわかって、ニッキは急に悲しくなって泣いた。そしてミッキに、もうお父さんは死んじゃったから、ケンカもりこんもなくなったから、心配なくなった、と言った。ミッキは、エモリーんちのマドレーヌ食べたいと言って泣いた。ニッキも泣いた。

　そこにナッコおばさんが出てきて、ニッキたちが泣いてるのを見て、「悲しいときは思いきり泣きなさい」と言って、思いきり泣いた。ニッキはいらいらして泣けなくなった。それでミッキの手を引っぱって、階段をおりて下の階に行った。うちはお金が苦しくなるからお墓はぜったいいらないって、一人で大声でどなった。


　書き終えたとたん、自分は悪魔と契約するような禁断の行為に手を染めたのだと気づき、慌ててページを破ろうとした。けれどすぐに、ページを破ろうが日記を焼こうが、書いてしまったという事実はもう消えない、と理解する。書いてしまったということは言葉に出してしまったということで、心の奥の言葉にならない領域で薄ぼんやり望むともなく望んでいるのとはわけが違う。発せられた言葉は、発した自分の中で現実を形作り始める。言葉にするという行いは魔術的な作業なのだ。だから架空日記は力を持つし、その力は恐ろしくもある。読み直すことは、その言葉の魔術力をまた発動させることだから、避けなくてはならない。

　日記を閉じて一晩眠れば、目覚めたときには忘れているだろう。でも、自分は言葉で父をこの世からいなくならせようとするような人間である、という事実は変わらない。イツキはその事実に、ひどく傷つき打ちひしがれた。罰してやらねば気がすまない。自分を罰する日記を書こうと考えたが、セミ先生の「自分戦争」という言葉が浮かんできて、思いとどまった。そんなことをしたら、表の自分が裏の自分に言いがかりをつけて自分戦争を仕掛けているようなもので、卑劣だ。どんな自分でも、自分は自分。逃げたり別れたりすることはできない。それがセミ先生の教えだ。

イツキは日記のノートを引き出しにしまって鍵をかけると、押し入れ上段のベッドに潜り込んだ。

お葬式の直後だから、月曜日は休んでいいと言われたけれど、イツキは悲しい人でいることが耐えがたくなっていたので、避難するつもりで登校した。

けれど、クラスメイトからも先生方からも、深刻な顔で、「お悔やみ申し上げます」を言われ、あとは誰も近寄ってくれないので、早退けした。そして夕方までマンションの前の桜山公園で時間をつぶした。何をしても悲しむ人の行動になってしまうことが、苛立たしかった。

母の憔悴を除けば、何も変わらなかった。父は入院していて自宅にいないことが普通だったので、父がこの世にいない、という感じはしなかった。悲しみたくたって悲しみようがないということだ、と自分に説明する。

自分は心が壊れた冷たい人間なのかもしれない、と何度、自問したことか。父の妹のサッコおばさんみたいに、素直に泣き続けて目を腫らせられれば、どれほど楽になれたことか。

もちろん、イツキも涙が止まらなかったりもしたのだ。父の亡骸《なきがら》を霊柩車まで見送るために、葬儀会場の集会室からイツキが遺影を持って出たとき、会葬のカズちんや渡瀬枝美など友達が泣いているのを見たら、イツキも感情が崩壊した。けれど、そのときに感じたのが、よかった、これで自分も人並みに泣けている、という安堵だった。安心したら、涙が止まらなくなった。そしてその安心の中には、これでもう両親の離婚の心配に苦しむことはない、岬とばらばらになることについて対策を考えたりもしなくていい、という解放感も含まれていた。

でも葬儀が終わって一家三人の生活に戻ると、じわじわとやましい気持ちが滲み出てきて、息が詰まる。悲しむことよりも安心することが優先された自分が、ひとでなしに思えてくる。何もかも自分のせいなので自分がどうにかしないといけない、という焦燥に駆られる。

ひと月が過ぎると、母はスーパーのパートに加えて、学研配りの仕事も始めた。学研の『科学』と『学習』という付録付き月刊誌を、近所の定期購読者たちに届けるのだ。イツキと岬も手伝った。別々に送られてくる雑誌と付録を、一つのビニール袋にセットにし、届け先のラベルを貼り、その家を訪ねて、代金と引き換えに渡すのだ。友達の家を訪ねたときは、変な気分だった。貧乏人で惨めなような、大人で誇らしいような。

十一月に四十九日の法要が終わったあと、お墓はお父さんが好きだった富士山の見える富士霊園に買った、来年の春にはできあがる、と母が告げた。そして話を急ぐように、「納骨のときはみんなで裾野に泊まろうかな。ね?」と楽しげに提案した。

「何しに行くの」イツキは冷たく尋ねる。

「懐かしいでしょ。幼稚園入る前、裾野に住んでたの、覚えてるよね? 岬はまだ赤ちゃんだっかる。

たから覚えてないだろうけど」

「俺、覚えてる」岬は覚えているはずがないのに、言い張る。イツキに倣って自分のことを「ミサキ」と呼んでいた岬も、小学校に入って半年もたつと、友達のように「俺」と言い始めた。最近では、イッキが「イツキ」と自称していることを、「幼稚園児みてえ」とからかうようになった。岬がそうからかわれて「俺」と呼ぶように変わったのだろうことは、イツキにも経験からわかる。

岬を無視して、イツキは母に答える。「覚えてるけど、行って何すんの？　住んでた社宅とか見ても、何とも思わないんだけど」

「内田《うちだ》君とか、懐かしいでしょ」

「別に。わざわざ会わなくていいもん。裾野なんか行かない。ていうか、富士霊園なんか行かない。お母さん、一人で行ってくればいいよ」

「何、バカなこと言ってんのよ」

「バカはそっちでしょ。お墓はお金かかるからいらないって、あれほど言ったのに、無視したのはお母さんでしょ。子どもの意見なんかバカらしくて聞けないんでしょ。それで生活苦しくなるに決まってるんだから、どっちがバカだよ」

「親にバカバカ言いなさんな！」平手打ちするように母はピシャリと言いつけた。

「じゃあ謝ってよ、勝手にお墓作ったこと。何でイツキの意見、無視すんの。死んだ人より生きてる人のほうが大事でしょ」

「あんた、お墓なしで、じゃあお父さんどうするの。どこにお骨《こつ》置けばいいの」

「うちに置けばいい。そしたら近くにいることになるし」

「そんなわけにいかないの」

「いくよ。うちでそう決めればいいだけ。うちのお父さんなんだから」

「あたしはお父さんにお墓でゆっくりしてほしいから」

「死んだ人にはゆっくりもクソもないね」

「ひっぱたくよ」

「お墓なんか、いらないったらいらない。お父さん、死んだかどうかわからないんだから。イツキはお父さん、死んでないと思う。それなのにお墓なんて、おかしいでしょう」

言ってしまった。一生、言わないつもりだったのに、もう言ってしまった。

でもこれがイツキの正直な実感。他に含むところはない。父が死んだという現実感がなく、たんに死んだと言われているから死んだと思っているだけで、もしかしたら死んでいないかもしれないとも感じている。

もちろん、お葬式では死に顔を見たし、冷たい頬《ほ》っぺたに触ったし、お花をたくさん入れて棺ごと焼かれるのも見たし、お骨も拾った。それらが仕組まれた嘘だったなんて思ってはいない。ショックで現実を拒絶している、というのでもない。

にもかかわらずイツキには、A棟一階のピロティでサッコおばさんより父の死を知らされた瞬間から今の今までがすべて空想のように思えるのだ。本当の出来事ではないのに間違ってその中を生きているような違和感がぬぐえない。

けれど、母はイツキの言葉を批判として受け取っている。言ったらそうなるだろうなとわかっていたから言わない決意を固めたのに、あっけなく言ってしまった自分にがっかりだ。

「あんたがそう思うのも、わけないよね」と母はにわかに涙ぐみながら言う。「全部お母さんが悪い。あんたたちにお父さんの病気のこと、ちゃんと説明しなかったから。危篤になったらすぐあんたたちを連れて行くべきだった。お父さんの死に目に会わせられなかったの、お母さんのせい。きちんとお別れしないまんま突然お葬式だったたから、イッちゃんは現実を受け入れらんないんだよね」


母のせいではなく自分のせいだとどこかで感じているのに、イツキの口を衝いて出た言葉は、「何で教えてくれなかったの」という問いだった。これも理由を知りたいだけだったが、母には非難に聞こえただろう。

「言えるわけなかったの、お父さんにだって言えなかったんだから。お父さんはね、本当は癌だったの。でも自分では胃潰瘍だと思ってるから、そのうち治るって信じてて、そんなお父さんに、治るのは難しい癌だなんて言えっこないでしょう」

「クモ膜下出血って言ってたのは嘘だったの？」


母は父の死因をクモ膜下出血と説明した。その難しい病名をイツキが知っていたのは、愛読している江戸川乱歩の死因と同じだったから。お父さんは江戸川乱歩と一緒の病気で死んだと思うと、ほんの少し心が解放されるのが不思議だった。

「直接の原因はクモ膜下出血だけど、ずっと治療してたのは癌だった」

「お腹の手術も癌？」


母はうなずいた。「最初は胃潰瘍って診断されたけど、なかなか治らなくて、他の病院で検査してもらったら胃癌だった。でもそれで手術して、いったんは治ったんだよ。でも癌ての は難しくて、胃じゃない場所に移って、また別の癌になったの。それでお医者さんには、半年ぐらいしか生きられないって言われて、丸山ワクチンとかいろんな新しい治療を試して、結局、一年以上生きたんだから、お父さんはがんばったんだよ」

母はもう言葉を継げないで、しきりに洟《はな》をかんでいる。

「じゃあお父さんは自分が癌だったって知らないんだから、癌では死んでなくて、お父さんは死んでない。本人はまだ生きてるつもりだと思う。だからお墓なんかいらない」

死んだのは癌になった父で、癌に罹っていると思っていない父は死んでない。それが正しい現実だとイツキは腑に落ちた。これが自分の現実だし、父の現実だ。お墓を必要としているのは、その現実とは違う、夫が癌になって死んだ現実を生きている母なんだ、と納得した。作るのは、母のためのお墓なんだ。

「お父さんに生きててほしかったのは、お母さんだって一緒よ。でもこれから自分たち独りでやってくためには、受け入れなくちゃしょうがないじゃないの」

お母さんはそう思うだろうな、とイツキは孤独を感じた。

これからずっと、イツキはショックすぎてお父さんの死を受け入れられなかった、とお母さんに見なされ続けるのだろう。それはお母さんの空想の中にあるイツキの姿であって、現実のイツキじゃない。現実の自分を無視されるのはきつい。でも、イツキの現実をお母さんに受け入れさせることは、逆にお母さんの生きている現実をイツキが無視することになる。

このねじれた関係をどうしていいのか、イツキにはわからない。

「子どもたちは小学生までは自由にのびのびさせるけど、中学に入ったらもうちょっと厳しくするって、お父さんは言ってたんだよ。再来年にはもう中学生なんだから、イツキにもしっかりしてほしいの」

母がいきなり、イツキのまったく予期しなかった未来を暴露して、イツキはひどく動揺した。

「厳しくって、何」

「うちにばかり籠もってないで、もっと男らしく外でスポーツとかして、勉強もしっかりやって、いい大学めざしてほしいってこと」

「そんな先の話、わかんない」

「まあ、それはそう。あと、あんたが中学生になったら、すずしろ台のおばあちゃんちに一緒に住むことになってたんだよ。そのほうが受験に有利だから」

「そんな話、聞いてない！」

「お父さんが病気で、話は全然進まなかったからね」

「お母さんだって、それでいいわけないでしょ？　すずしろ台のおばあちゃんの世話、ずっとするなんて嫌でしょ？」父親の実家のおばあちゃんは陰気で、イツキは苦手だった。

「お父さんと一緒にその話はなくなったんだから、もういいの。とにかく、時間かかっていいから、お兄ちゃんのあんたには、今は家族三人になったことをしっかり理解してほしいの」

「してんじゃん。だからお墓いらないって言ってんの」

「いい加減にしてちょうだい。その話はもうおしまい」

どこまでも母の現実とは平行線をたどり続ける自分の現実を、きちんと記録しておこうとイツキは思い、架空日記に現実の日記を書くことにした。それは現実だから、いつもの架空日記の「ニッキ」ではなく、別の自分、例えば「タツキ」という名前になるだろう。

一九七六年十一月十二日（金）晴れ

タツキが中学生になった最初の日曜日、お父さんはお祝いにローストチキンを作ってくれた。お父さんはローストチキンを作ることが好きで、とっておきのごちそうだ。お母さんも喜ぶ。けど、タツキとミツキは本当はあんまり好きじゃない。でも、お父さんが作るのは特別なときだから、うまいうまいと言ってたくさん食べる。お母さんは本当はワインを飲みたいけれど、病気をしてからお父さんはお酒を飲まないので、お母さんもがまんする。

お父さんはパンも焼いた。ドイツパンで固くてすっぱい。タツキとミツキはお父さん手作りのドイツパンも苦手。お母さんもドイツパンは苦手。でも、前よりましになった。前は石ぐらい固くて、お母さんがむりにかじったら歯が欠けた。タツキがふざけてそのパンでミツキのおでこにゴンってやったら、たんこぶができてミツキは泣いた。そのパンは食べられなかったので、おろしがねですってパン粉にした。それでも固くて、まるで砂だったので、お母さんはこっそり捨てた。

病気が治ったとき、ヤスコおばさんがこう母をくれた。お父さんの二才下のおばさんだけど、タツキは会ったことがない。お父さんのお父さん、だからタツキのおじいちゃんは、こう母でパンを作って売っているという。こう母というのはカビの親せきで、食べものをくさらせるけど体にいいんだって。ヨーグルトとかと同じだって。そのこう母を、ヤスコおばさんが送ってくれた。

それでお父さんはパンを作ってみた。そうしたら石ができた。食べられないんじゃ、体にいいとか関係ない。

それに比べたら今のドイツパンはまし。ちゃんとかめる。体にいいから、タツキとミツキはローストチキンのしるにつけて食べた。

でもヤスコおばさんだけじゃなくて、タツキとミツキはおじいちゃんともほとんど会ってない。タツキがおじいちゃんに会ったのは八才のとき。ミツキは四才。だからよく覚えてない。お父さんが病気していたから、すずしろ台のおじいちゃんおばあちゃんちには、あんま行かなくなった。

次はタツキが十二才のときで、おじいちゃんとおばあちゃんはりこんしてて、おばあちゃんしかいなかった。おじいちゃんとおばあちゃんがりこんするかもしれない話は、お母さんとお父さんがないしょ話してるときに、タツキに聞こえた。タツキが小四のときはずっとその話していて、ないしょ話しながらひそひそした声で口げんかしていた。

お父さんは病気が治ってから、しょっちゅう、すずしろ台のおばあちゃんちに行くようになった。

おばあちゃんは体が悪くて、いっつもタツキやミツキに、おばあちゃんはこんなに手がふるえておはし持つのも大変だからごはん食べるのもいっしょうけんめい、タッちゃんにお手紙書くのもすごく時間かかるんだよ、こしが痛いからすわったり立ったりも一人でするのが難しくて、歩くのもやっとだから、買い物に出かけるのもひっし。とか、いろいろなやみをタツキやミツキに言ってくるので、タツキたちは困る。おばあちゃんといるときんちょうするし、気分が暗くなる。お年玉もおばあちゃんが一番少ない。家は大きいけれど、木が多くてカがたくさんいて、うす暗い。

すずしろ台のおばあちゃんちは、同じ家にナッコおばさんとハルおじさんが住んでいて、ナッコおばさんはタツキやミツキに、うちのお父さんがどんなに頭がよくて偉い人か、ずっとじまんして、あんたたちはあんなりっぱなお父さん持って幸せなんだからねってひつこく言うから、ナッコおばさん苦手。ハルおじさんはいつもおさけのにおいがして顔が赤いから、やっぱり苦手。だからおばあちゃんちに行くのはあまり好きじゃない。お母さんのおじいちゃんちは明るいし、いとこのコーちゃんとかいるから楽しい。だから松保には毎年お正月と夏休みに、とまりがけで遊びに行く。

すずしろ台と松保は電車で一《い》っことなり。どっちも東京の城南区。けっこう近いのにぜんぜん違う。ふしぎ。

それでローストチキン食べながら、お父さんは「タツキももう中学生だから、半分大人だな。大人なんだから、しっかりしないといけない。これまでお父さんが病気だったせいで、タツキには好きにさせてたけれど、これからはちょっと厳しくするよ」と言った。

タツキは「ゲゲッ」と声を出してしまった。

「まず、しっかり勉強すること。これはあたりまえだな」

「じゅくなんか行きたくない」タツキは先に言っといた。

「それはまだいい。頭に入れといてほしいのは、中学のあとは高校。高校は国立の学校に入りなさい。まあ、学芸大ふぞくとか教育大ふぞくだな」

「まだ早すぎるんじゃないの」お母さんが言った。

タツキにはお父さんが何を言ってるのか、ちんぷんかんぷんだった。小学校の友だちには、中学受験してけいおうとかほうせいとかとういん学園とか玉川学園とか入った子もいるけれど、お父さんの言っている学校は聞いたことがない。

「お父さんは学芸大ふぞくの中学に行ってたんだ。三年間、級長だったんだぞ。まあ、お父さんと同じ高校に行けとは言わないから、国立をめざしなさい」

病気をしてお父さんは性格が変わったのかな、とタツキは考えた。でも、急に教育パパになったんじゃなくて、お父さんはもともと教育パパで、でも病気で教育パパになる元気がなかったんだろう。

「あと、これからは自分のことは『ぼく』って呼びなさい」お父さんが命令した。

「やだ」タツキはすぐにことわった。

「やだ、じゃない。今まで大目に見てたけど、もう大人なんだから、子どもじみた呼び方ははずかしい。一人前の男子として、『ぼく』と言いなさい」

タツキは答えるのをやめた。どうせ答えたって、もっと怒って強せいするだけ。

「お父さんが言いたいのはだ、半分大人としてのじかくを持つように」

「大人にならなくていいもん」とタツキは口答えしてしまった。

「タツキだっておちんちんに毛がはえ始めてるだろ。お父さん知ってるぞ。なりたいなりたくないじゃなくて、いやでも大人になるんだよ」

「お父さん!」お母さんが注意した。

その話をタツキはバラしてほしくなかった。お父さんは、小学校のクラスのダダみたいにいじ悪だ。

「あと一つ、だいじなお知らせがある。今、おばあちゃんちはしゅうりしていて、来年に終わったら、うちはおばあちゃんちにひっこす。これからは東京のいっけんやだぞ」

「タツキとミツキの学校はどうなるの？」タツキが聞いた。

「そりゃ転校だよ。東京の中学校と小学校だぞ」

ミツキは「やだ。行かない！」とさけんだ。タツキは「転校なんかしたら勉強できなくなる」と言った。

「東京の中学のほうが受験にはむいてるよ」お父さんは言った。「ナッコおばちゃんもいっしょに住むから勉強教えてくれるし、ハルおじちゃんも来年けっこんして、あそこにもう一けん建てるから、にぎやかになるぞ」

タツキはつらすぎて泣きそうになったけど、がまんした。ミツキは「おれはひっこさない」と言いはった。

「本当はタツキが中学に入るのに合わせてひっこす予定だったけど、お父さんの病気でちょっとえんきになったけど、だいたい計画どおり。うちがおばあちゃんちをつぐんだ。おまえたちのしょうらいのためになるから」

タツキは、家出するしかないと思った。お父さんはお父さんで好きに生きればいい。タツキはタツキの好きにする。そこはべつべつ。お母さんもお母さんの世界があるし、ミツキも同じ。お父さんはもう関係ない人だとタツキは思った。それが正しかった。

第二章

毛の長いものたち

満員電車に乗り込むにはコツがあった。イツキも十二歳から急速に背が伸び始め、それまでの貧相な体格に比べれば標準の中学一年生よりいくぶん大柄になっていたとはいえ、大人にはかなわない。だから自分をパズルの一ピースであるとイメージし、このピースがぴったりはまりそうな小さな隙間を、電車を待つ客の列の間に見出し、乗り込む瞬間に順番も無視して突っ込む。失敗すると弾き飛ばされて乗れなくなるので、タイミングが重要だ。それぞれの人がどちらの方向に進もうとしているかを見極めること。乗り込み客がいっせいに右側に入っていこうとしたら、その流れを避けるようにして自分は左を目指す。左右に分かれるようなら、真ん中にいる。サッカーのドリブルで相手をかわすときと同じ要領だ。

浜急春夏線《はまきゆうはるなつせん》の幻《まぼろ》が丘《おか》駅から、都内に向かう電車に乗ること約三十分。母方のおじいちゃんの家のある松保《まつほ》駅で降りて、十分くらい歩けば、城南《じようなん》区立松保中学校に着く。幻が丘ビラージュから幻が丘駅まで徒歩十五分だから、遅くとも七時十五分にはうちを出なくてはならない。

松保のおじいちゃんのうちに引っ越すことが決まったのは、小学六年の夏休みだった。その夏はおじいちゃんちに一週間も泊まり、イツキがいとこたちと存分に楽しんでいる間、母は両親やきょうだいたちと家族会議を重ね、今は知り合いに貸している離れを取り壊し、父の生命保険のお金で新しく建て直して、イツキたち三人が住むことを了承してもらった。

決定を聞いたとき、イツキはもともと持っていなかった故郷を失ったと思った。あちらこちら

と転勤ばかりだったし、生まれは親たちの実家のある東京ということになっているけれど記憶はないし、イッキにとって鋸浜《のこはま》市の片田舎である幻が丘は、改名される前の田ノ内《たのうち》だったころから初めて長く暮らした土地であり、愛着も芽生え、自分に故郷と呼べる場所があるとしたら幻が丘だと思っていた。

それなのに離れなければならないのは、いやおうなく家族の形が変わったから。母子三人で生きていくためには、仕方のないことだった。お墓はいらない、と思う覚悟と同じで、自分には故郷もいらない、というわけだ。

新しい家が完成するのは中学一年の秋なので、それまでは越境入学した松保中学に電車通学することになった。イツキの気持ちは高ぶった。電車で東京に通うなんて大人みたいだし、毎日が冒険ではないか。

小学三年生の岬《みさき》は、引っ越してから転校することになった。岬は引っ越しを断固拒絶して、去年の夏の間は母と絶交した。母とは口をきかず、母に言いたいことをイツキに向かって話した。母の言葉に対しては、イツキが復唱しないと返事をしなかった。

卒業式の後にクラスで最後の通知表を渡すとき、セミ先生はイツキにこう言った。

「事実上の転校だな。東京だし、慣れるまでは緊張するだろうよ。そんなときこそ、架空日記の出番だぞ。日記に大活躍してもらって、何とか乗り切れよ。私も大学出て新潟から鋸浜に来て、いろいろきつい目に遭ったけど、架空日記で乗り切ったんだ。それが架空日記の原点だ」

そして餞《はなむけ》に、日記用のノートのセットを贈ってくれた。セミ先生は卒業生一人ひとりに合った贈り物で送り出してくれたのだ。最後はセミ先生のテーマソングである「若者たち」をセミ先生のギターの伴奏で、生徒たちは各パートに分かれて泣きながら歌った。

中学最初の試練は、寝癖を放置していることに起因した。入学式の日は母にドライヤーで直してもらったが、二日目は母も簿記の学校があるため、イッキにかまっていられなかった。

イッキの剛毛は跳ね上がる癖があり、小学校時代から毎日髪を爆発させていた。それでもまったく気にせず、起きたときのままの髪形で登校していた。セミ先生はイッキの髪形を称して、「児雷也《じらいや》」と呼んだ。学級文庫にあった古い映画雑誌で、架空の忍者、児雷也ものの歴代作品が特集されていて、そのヘアスタイルが四方に破裂したイッキの髪と似ていたのだ。イッキは寝癖がひどいときには、印を結んで呪文を唱える真似をしてクラスのウケを取ったりしていた。

だが、ここは東京山の手の城南区、しかもクラスの生徒たちにとってイッキは正体のわからないよそ者。いきなり髪を爆発させてきたら、格好のターゲットである。さっそく朝礼の始まる前の時間に、黒山《くろやま》という男子生徒が寄って来て、「どこ小?」と聞いてきた。

「幻が丘小。鋸浜にある」イッキは答える。

「鋸浜から来たんだ?　今どこ住んでんの?」黒山は聞く。

「幻が丘ってとこ。春夏線で通ってる」

「マジかよ、すげえ。じゃ、友達とかいないの?」

「二年の久保寺孝司《くぼでらこうじ》君がいとこ」

黒山は取り巻きの顔を見たが、誰も知らなかった。

「電車通学だと、朝早くて時間ない?」

イッキはうなずく。

「時間ないから、髪の毛そのままなんだ？」

「んー、イツキは髪形なんかどうでもいいから」

爆笑が起こった。取り巻きの一人が「イツキとか言ってるよ」と手を叩いてウケている。

「イツキは髪形とかどうでもいいんだ？」と黒山も大笑いしながら確認した。

「関係ないでしょ」イツキは低くつぶやいたが、伏し目になっていくのが自分でもわかる。

「関係ないでしょー。こいつ、面白えじゃん」また別の取り巻きがイツキの口調を真似する。

「クロちゃん、マメコぶってたら一回イボコンかましといてよ」

通りがかった眼鏡の小柄な男子が笑いながら股間を指差し、イツキにはまったく意味不明なことを言った。黒山一味は爆笑し、「しとく、しとく」と言った。イツキはそいつを睨みつけたが、そいつは目をそらして去っていった。

イツキは休み時間は教室にいないように、学校の中を歩き回った。黒山たちとトイレで鉢合わせするのは避けたいから、トイレも違う階の離れたものを使った。

翌週の月曜日、登校するなり、黒山から「おお、フロー。今日も髪形バッチリじゃん」と言われた。イツキは自分のことだとは思わずに応えなかったら、「フロー、シカトしてやんの」と取り巻きの泉《いずみ》が騒いだ。

「フロー、おまえだよ、イツキちゃんだよ」早稲川《わせがわ》が近寄ってきて、目の前で指さす。

「フローなんか知らない」とイツキは答えた。

「知らなくていいよ、知らないほうがいい。浮浪者のフローだとか、知らなくていいよな」黒山が大声で言うと、笑いが起きる。

イツキは翌朝、髪を濡らしてなでつけ、ドライヤーをかけた。けれどイツキの形状記憶剛毛は、時間とともにまた跳ね上がってくる。イツキはフローと呼ばれ続け、フローと呼ぶ者をイツキは無視し続けた。帽子をかぶっていけばはぎ取られ、頭にぺったんこに貼りついた髪を「カツラだ、カツラ」とまた爆笑される。

イツキは毎晩、黒山に苦しめられない世界を架空日記に書こうと努めた。けれど、実際には言葉による憂さ晴らしにしかならなかった。イツキには、書くことが殴ることみたいに感じられ、書いたあとにはひどく落ち込み、日記を焼き捨てたくなった。その感情は身に覚えのあるもので、たとえ日記を焼こうが捨てようが、その言葉を書いた事実は消えないのだから、日記を消すことは不可能だということもわかっていた。

一九七八年四月十二日（水）雨

いつも元気で明るい風呂山《ふろやま》君のたった一つの欠点は、死んでいることだ。風呂山君は死んでいる。

今日も給食の時間に、風呂山君はニッキの席にやってきて、「牛乳あげるよ」と言って、ニッキのスパゲティの皿に牛乳をかけた。風呂山君は死んでいるから、物を食べても意味がないのだ。だからニッキは言ってあげる。

「フロ、生きろ、生きろ！　生きるんだ！」

ニッキは風呂山君に生きてほしい。みんなの利益なんだから、とっとと生きてほしい。風呂山、生きろ、生きろ、早く生きれ！

一九七八年四月十三日（木）雨

今日も風呂山は死んでいる。ほんと、早く生きればいいのに。そうすればクラスも平和になるのに。

風呂山の死んでいることは、ほかの人にもうつる。風呂山となかいいヒズミとか汗川《あせがわ》とか、みんな死んでいる。それは風呂山がわざとうつしてる。死んでるから脳みそはくさっていて、考えないで自動的にほかの人に近づいてうつすのだ。風呂山のうちは、家族もみんな死んでるらしい。

ニッキにもうつそうとして、いつも近よってくる。ニッキは心のなかでじゅもんをとなえて、ぼうぎょする。

「フロ、生きろ、生きろ、生きるんだ！　安らかに生きろ！」

その週の金曜の休み時間、イツキがいつものように校内を徘徊していたら、「鬼村君《おにむら》」と後ろから呼ぶ声があった。同じクラスの雨池《あまいけ》という男子だった。

「ぼくもしてたよ、小学校んとき、校内をこうやって散歩してた」と雨池は言った。

「どこ小？」

「一寝小《ひとね》」

「黒山も一寝小？」

雨池はうなずき、「泉と早稲川も一緒。泉は三年にお姉ちゃんがいて、ちょっとスケバンっぽいけど、意外と美人で勉強もできる」と説明した。

「うちのクラスって、だいたい一寝小なの？」

「半分以上は。あとは松保小と、夕暮《ゆうぐれ》小から少し。夕小の子たちはほとんどが夕中に行くから」

「それ以外はイツキだけか」

「そだね。だから、わかんないことあったら、何でもぼくに聞いていいよ」

イツキは学校で徘徊している時間を、雨池と過ごすようになった。雨池はおしゃべりで、イツキが聞いていようがいまいが何でも教えたがったが、おかげでクラスの人間関係も把握できたし、イツキにはありがたかった。いきなり地獄から始まった中学生活だったが、感じのよい友達ができて、這い上がれる機運が兆したと思った。

だから、雨池が「今度イツキんち、遊び行ってもいっかなあ？」と尋ねてきたときには、戸惑いが二割、喜びが八割だった。

四月下旬の土曜日、雨池と下校し、そのまま春夏線に一緒に乗った。クラスメイトと帰宅の電車に乗るのは不思議な感覚だった。

雨池は座席に座るなり、駅の売店で買い込んだコメッコとポテコとラムネを食べ始め、道中の半分も行かないうちに食べ終わった。雨池は幻が丘駅の売店でも、クリームパンを買った。イツキは「お母さんがおやつを用意してるから」と止めたが、雨池は「でも歩いて十五分もかかるんでしょ。俺、もたないよ」と聞かずに、クリームパンを三口で平らげた。その結果がこのカバ体形か、とイツキは思ったけれど、言わなかった。

おやつに出されたモンブランとハッピーターンを食べながら、雨池はイツキの母親に、いろいろからかってくる子たちがいるけど、イツキ君はしっかりしているし、ぼくが間に入ってうまくやってます、みたいなことを言っていた。料理が好きで、お父さんもお母さんも働いているので自分がご飯の支度をするから、作ることが趣味になって、ついでに食べることも趣味になってしまった、と笑いを取った。

弟と共同の子ども部屋に入ると、雨池は本棚を見て「これ全部読んだの?」と驚き、「エッチな雑誌とか隠してんでしょ?」と本棚の裏側や机の引き出しを勝手に漁る。「そんなのないから」と否定しても、「えー、いい子ぶってない? 正直に行こうよ」ととりあわず、今度は岬の机の引き出しを開け始めた。

「いい加減にしなよ」イツキはたしなめて雨池の体を押さえる。雨池はニヤニヤし、「何か弟の弱み、見つかるかもよ」としつこいので、「見つける必要ない」と大きな声を出した。

人生ゲームや七並べをしたが、雨池はゲームにひどく弱く、劣勢になると投げやりになってすぐ放棄してしまうので、外で遊ぶことにした。マンションの下にある原っぱに行っておしゃべりをしていたら、雨池がいきなり体当りしてきて、イツキは突き飛ばされた。

「何だよ急に」と怒ると、「冗談、冗談」と笑って肩を叩く。「冗談だってば。冗談」と笑い続けながら、肩を叩く力が増していき、ついには「全然冗談」と大笑いして、げんこつの尻でイツキの背中を力任せに叩きまくる。イツキは咳き込み、「頭おかしい」と非難して逃げる。イツキは背が伸びてから足も速くなったので、体の重い雨池からは難なく逃れられる。

雨池は息を切らし、「もうしないから」と言って手でおいでおいでをするので近寄ると、体当たりをかまそうとする。かわすと、雨池はもんどり打って草原に転げる。大の字になってはあはあ言っているから、「もう懲りたでしょ」とイツキも横に仰向けになる。風が気持ちよく、目をつむる。とたんに、脳天に衝撃が走り、閉じた視界に星が瞬き、鼻の奥がツーンとした。雨池が容赦のない頭突きを食らわせたのだった。

駅までは自転車で見送ったのだけど、雨池は、もう疲れたから自分が自転車に乗りたいと言い出し、代わってあげると、猛スピードで漕ぎ始めた。イツキも頭に来て全速力で走り、雨池の自転車と並走した。雨池は驚き、これでもかとさらにスピードを上げたが、イツキは自分でも信じがたいことに平然とついていき、雨池のほうが先に息が上がってしまった。

日曜をはさんで明くる月曜日、イツキは登校すると真っ先に、雨池に「筋肉痛なんなかった？」と話しかけた。すでに教室にいた泉と早稲川がこちらを注視しているのがわかる。雨池は体を丸めてうつむいて、イツキを無視した。泉と早稲川が近寄ってきて、「おやおや、お友達どうしですか」と言った。雨池は顔を真っ赤にして目を伏せ、うにゃ、と首を振る。

「アマガエル、今度はいつ雨降る？」と泉が雨池の顔をのぞき込むように尋ね、雨池は、や、ちょっと、わかんないから、としどろもどろに答え、「雨降るときはちゃんと鳴いて知らせてケロ」と泉が言うと、それが合図となって早稲川が「ケロケロ、ケロケロ」と雨池をからかい、雨池はさらに顔を赤くして丸くなる。「部活うざったいから雨降んねえかなあ」と泉がつぶやき、早稲川が「バスケ部は雨、関係ねえじゃん」と頭をはたき、「フローは部活入んねえの？」とイツキに聞き、泉が「ヘアスタイル部？」と応じてわざとらしく爆笑し、イツキは無視して席に着く。

休み時間にイツキが校内散歩していると、雨池が追いついてきて、「何であいつらの前で話しかけるわけ？　お互い嫌な目に遭うってわかってんだろ」となじってきた。イツキが答えずに雨池をじっと見ると、雨池は愛想笑いを浮かべ、「冗談、冗談」と言った。「でも、気をつけようよ」

「アマガエル」とイツキが言うと、雨池は顔を赤くし、「何だよ」と弱々しく抗弁する。

「イツキは無視できても、泉は無視できないんだ?」イツキはつっけんどんに言う。

「そんなしたら、もっとからまれる」

「今だってからまれてるじゃん」

「頼むよ、友達なのに」

「おやおや、お友達どうしですか」

雨池は不服そうに頬を膨らませ、口をとがらせ、わかったよ、と言った。その日も、雨池と下校した。

一九七八年四月二十四日（月）曇り
アマノガワ君はすぐ人に星を分け与える。人がぼんやりしているときに、すきをついて後頭部を強くぶったり、頭突きかましたりして、星を見せる。抱えきれないほど星を持ってるから、誰かにあげないと、星にうまって息ができなくなるのだ。

でも星をもらってくれる人は少ない。アマノガワ君は星をあげられそうな人を探して、うろうろする。ニッキはあげられそうな人だと思われて、やたらと星を見せられる。

それでもアマノガワ君の星は増えるばかり。あげる量より、アマノガワ君がもらう星の量のほうが多いからだ。

アマノガワ君が大星持ちになったのは、小学校でみんなから星をもらい続けたからだろう。で

もアマノガワ君が星をわたせる人は誰もいなかったのかもしれない。それで星をためこんで、体もどんどんふくらんでいった。

誰にどうしたら星をあげられるのか、アマノガワ君にはわからない。それで、星のことをよく知らないニッキを見つけて、みんながアマノガワ君に星をくれるのと同じやり方で、星をわたしてきた。

星をもらい続けたアマノガワ君が学んだことは、星をあげられそうな人にむりやり星をわたすやり方だけだった。いらないなら「いらない」と断ることは、学ばなかった。だから、アマノガワ君にはいまだに星をくれる人がたくさんいて、全然減らない。

アマノガワ君は、ニッキがアマノガワ君と同類で星をあげられるタイプの人だと思ってるから、星をわたしてくる。ニッキは最初、星のことをよく知らなかったから、珍しくて喜んで星をもらった。でもすぐにいらなくなった。

ニッキが星をもらわなくなったら、アマノガワ君はどうするんだろう。星だらけになって、重力が限界こえて、ブラックホールになるのかな。


梢《こずえ》と話すようになったのは、ゴールデンウィークの直前だった。電車通学にも慣れ、スシ詰めの中でも文庫本を読む技を身につけ、自分だけの空間を作っていた。だから、イツキと同じ車両の同じ扉に乗っている松中《まつちゅう》一年の女子生徒と、互いに知らんぷりをしたまま過ごすことにも慣れつつあった。

痩せて背がひょろりと高くやや猫背で、短めの髪にすだれのような前髪で目を隠しているその女子は、よく日に焼けて精悍な空気をまとい、明らかにイッキとは異なるカテゴリーに属しており、言葉をかわす可能性など皆無だと思っていた。

その日は電車が少し遅れ気味なせいで、人の凝縮がいつも以上で、呼吸が苦しいほどだった。幻が丘駅の次の、乗降客が多い美ヶ原《うつくしがはら》駅で、イツキもその女子も、降りる人の流れに巻き込まれてホームに吐き出された。

イツキは諦めて一本待とうと決めたが、女子は果敢に乗り込もうとして中年男性の突き出た腹部に弾き返され、扉は閉まった。女子が舌打ちしたタイミングでイツキと目が合い、とりあえずイツキは「おっさんの腹」と言った。

「ぶよぶよして気色悪《わ》りいんだよ。くっつけてくんなっつうの」と梢は吐き捨てるように言い、また舌打ちをした。

「松保の改札近いからつい先頭乗っちゃうけど、ここ一番混むもんね」

「自分もそれ、思ってた。自分、もっとすいている車両に乗りゃいいじゃん、て」

二人でうなずき、後ろから二両目を待つ位置へと移動した。

梢は、「苗字嫌いなんで、自分のことは梢って呼んでくれるとありがたい」と言った。イツキも真似をして、「イツキのことはイツキって呼んでくれるとありがたい。イツキもイツキのことはイツキって呼んでるんで」とお願いすると、梢は小さくウケてうなずいた。イツキは普段は説明できないし理解もされないことを初対面からさらりと言えて通じたことに、少なからず驚いた。

梢は、幻が丘駅より一駅遠い狐尾《きつねお》駅から乗っているのだった。おじ夫婦が松保で蕎麦屋をしていて母もそこで働いているので、越境入学することにしたという。地元の中学は校内暴力で荒れていて、高校受験のためには東京の平和な中学のほうが有利だと、親に言われた。

「わかる、イツキも父親から同じこと言われた」

「親の教育熱の犠牲者か、自分ら」

「でもうちはもうすぐ松保に引っ越すんだよね」

「そこまで行くか、教育熱」

「そうじゃなくて、うちはおととし父親が亡くなって、母親が一人で子育てするの大変だから、母方のおじいちゃんちに引っ越すことになった」

「でも、受験のために東京の中学行けって言ったのは、親父《おやじ》さんなんしょ。その親父さんがもう亡くなってる?」

イツキは混乱した。「いや。父親が亡くなったの二年前だからまだ中学の話なんかしてないし、そもそも入院ばっかでほとんど話さなかったし」

「さっき、親父さんに言われたって、確かに言ったっしょ」梢がイツキの目を凝視する。髪でよく見えなかった梢の眼は、イツキには動物の目を思わせた。イツキはうなずき、「なぜか言われたような記憶もある。どうしてだろう」とつぶやいた。

「場合によっちゃ、親父さんがいるような気がするときもあるっしょ。そういうもんなんで」

梢にそう言われると、確かにそういうもんだという気がしてくる。

「じゃあ、あれか、梢んちは去年米軍機が墜落したあたりの近くだったりする?」とイツキは話題を変えた。

柔らかく陽気に見えた梢の顔が、にわかにこわばり無表情になった。

「ごめん、近いとかって話じゃないよね」イッキは神妙になる。

「友達の親戚の家が燃えた。その友達と一緒に、自分もたまに遊びに行ってたうち」梢は無表情な目でイツキを見て言った。

「茂志田《もしだ》さん？」

梢はうなずく。

「そっか。うちのクラスにも茂志田さんいたし、弟のクラスにも茂志田さんいた。みんな親戚でしょ。イツキもショックだった」

近くの基地から飛び立った米軍機がエンジン火災を起こし、操縦士が後先考えずに早々と脱出した結果、住宅街のど真ん中に機体が墜落、あたりの家々を炎上崩壊させた。

クラスの何人かは放課後に、墜落現場を見に自転車を走らせていった。学校に戻ってきて興奮気味に現場のすさまじさを話し、拾ってきた真っ黒のボルトを自慢気に見せた。連鎖して興味を掻き立てられた友達から「俺らも行こう」と誘われ、イツキも行きたくてたまらなくなったけれど、父親が退院してくる日だったから行けなかった。

米軍機墜落事故の翌日、セミ先生は朝礼で自分の子どもの話を始めた。歩けるようになったらもういっときもじっとせずに動きまくって、何かをたくさんしゃべるんだけどまだ自分専用の言葉だから私にはさっぱりわからなくて、でも歩き回ってしゃべりまくってきゃっきゃ笑っていつでもご機嫌なんだ、かわいくてかわいくて仕方ないよ、そんなうちの子と同じくらいの小さな子と三歳のお兄ちゃんが、昨日の米軍機墜落で家ごと焼けて亡くなった、と報告して泣いた。私は悔しい、と言った。クラスの半分ぐらいも泣き、イツキも涙ぐみ、セミ先生は、野次馬根性で現場に行くなんてことはしないでほしいと頼み、イッキはぼんやりした罪悪感から自分を責めた。

そんな話をぽつぽつと打ち明けると、梢は「そっかあ、そういうことかあ」と一人で納得した。

「だからイッキの親父さんはときどきいる気がするんだ。いまもいたよ」

イッキはまたうろたえた。あの日、野次馬になれなかった理由は、簿記学校で母の帰りが遅いため岬と一緒に下校しなければならなかったからで、父親はもう死んでいるはずだった。なのになぜ、父が退院してくるはずの日だったと思ったのだろう。

「死んでるとか死んでないとかって、そんなはっきり分かれてるもんじゃないんで。知らない人は、死んでることと生きてることは別だと思ってるけど、もっと混ざってんのが事実だし」梢は爽やかな表情になって言った。

混ざってる、そうかも。イッキは妙に納得できた。自分が父の死に責任を感じていることと、子どもを米軍機墜落で亡くした親たちがどこかで責任を感じていることとが、あのとき交わったのかもしれない。

イッキは、あの米軍機墜落事故のときの自分のいたたまれなさと後ろめたさを、言いたくても誰にも言えず、梢に初めて話せたのだと気づいた。初対面なのに何でだろうという思いと、初対面だから話せたのかも、という思いが交錯する。

「たぶん、受験に有利っていう屁みたいな理屈を呑んで東京に電車通学することにしたのも、自分はあっこを離れたいんだと思う」

梢の顔に血が通い表情が生きていくさまを見て、梢も口にしてこなかった心を初めて言葉にしたんだろうな、とイッキは悟った。

以降、ほぼ毎朝梢とおしゃべりをしながら通学するようになったが、梢が乗っていない日もあって、遅刻したのかと聞くと、水曜と土曜の週二回は早朝に登校してサッカーの自主練をしているのだという。

「サッカー?」イツキは耳を疑った。

「イツキは部活入ってない?」

「サッカー部なの?　サッカー部って、女子も入れんの?」

「頼み込んだ。バレーとかバスケみたいに女子チームありゃいいけど、ないんで」

「女子、梢だけ?」

「何人か勧誘してんだけど、自分、まだ松中に友達あんまいないから」

イツキは驚いたけれど、よく考えればセミ先生の道徳の時間にサッカーしたときは、男子も女子も一緒くたにわいわい盛り上がっていた。ドッジボールだってそうだ。梢もあんな感じでサッカーしていたのかもしれない。

そう尋ねようとしたら、梢が企んでいる雰囲気丸出しの笑顔でこちらをのぞき込んでいる。梢のほうが上背があるから、少しかがむような姿勢になる。

「イツキもサッカー部入ったらいいっしょ」

「え、イツキが!」

幻小時代、たいていの教科の成績はそこそこ良かったものの、体育だけは万年Cだったイツキは、自分が体育会系の部活に入ることなど考えられなかった。けれど、梢から示されてみれば、セミ先生のサッカーの時間は大好きだったから、サッカーを本格的にやってみるという選択も、ありはありかもしれない。

「あ、今やる気になったっしょ」梢の笑顔に勝ち誇ったような色が浮かぶ。「決まりー」と言って、梢は両手でタッチを求めてきた。イツキはフラフラと手を出して、梢の手がそれを叩いた。その瞬間、運命の変わるスイッチが押されたような気がした。

次の部活がある日の放課後、イツキは体操着に着替え、梢と待ち合わせてサッカー部の練習に顔を出した。緊張で手足唇がずっと震えている感じがした。自己紹介しなくてはならないとき、口がこわばって言葉が出てこない。真っ白になりかける頭で、「イツキは」という一人称を使うのが怖いのだと気づき、とっさに、梢がいつも使っている「自分は」という言葉が口から出た。

「自分は、鬼村樹と言います。一年A組でっす。サッカーは小学んとき遊びでしたくらいでありますっ。よろしくお願いしまっす!」

「軍隊じゃないんだから、そんなしゃっちょこばらなくていいよ」と顧問の数学教師が言った。色白で小柄で細く、頭だけ大きく珍妙なおかっぱで口ひげ、イツキの頭の中には「きのこ先生」という言葉が浮かんだ。

その日は梢がつきっきりで、イツキは基本的なボールの蹴り方を教わった。小学校時代はいかに適当に蹴っていたか思い知らされたが、経験のあるぶんマスターは早く、梢は「イッツキー、すげえ。行けるっしょ、行ける」とはしゃいで繰り返す。

部活は月木金の週三回で、ときどき土曜。皆に追いつくために、イツキは梢の朝練に加わることにした。自主練で相手がいるのといないのとじゃ大違い、このためにイッツキー誘ったんで、と梢は喜んだ。すると、中学からサッカーを始めた初心者の新人男子も、交ぜてほしいと頼んできた。自分も朝練したかったが、女子と一対一で自主練したら何言われるかわからなくて切り出せなかったけど、鬼村が平然と梢の相手を始めたので頼みやすくなった、と言う。

日曜日には何回か、梢の家とイツキの家の中間にある桜山公園で練習をした。里山の斜面にある土むき出しの公園でひたすらリフティングをしたら、小学生のように泥だらけになった。合間におしゃべりをし、互いの小学校時代や家族のことを話す。梢は、三つ上の兄が地域の少年サッカー団に入っていた影響でサッカーを始めた。サッカーをする子は少ないから人数がいつも足りなくて、梢も勘定に入れられたのだ。そうやって参加していた妹組が他に二人いた。年上の兄たちに交ざってプレーするので、妹組の上達は著しく、テクニックや視野が発達した。

「お兄ちゃん、今もサッカーしてる?」

梢は桜の葉っぱをちぎってこすってにおいをかぎながら、「グレた。地元の狐中《ねつちゆう》入ったら、サッカー部はツッパリのたまり場で、取り込まれちまった」と言う。

「梢が地元の中学入らなかったのは、それもあるんだ?」

「たぶん。もういろいろ、あんま考えなくていいとこに出たかったから」

「三つ上だと今高校生?」

「兄貴の話はもういいっしょ。三回続けて負けたほうがライスチョコおごりね」と言って梢は立ち上がると、リフティングで球をよこしてきた。「イツキの負け確実じゃん」と抗議しながら、イツキは負けた。

二週間後にゲーム練習に初めて参加を許されたときには、イツキの上達に皆が拍手で合格を表した。

部長の活田《いけだ》先輩は「けど、その格好、どうにかなんねえ?」と、泥がうっすら染みついた白い体操着を指差す。イッキは言われて気がついたが、部員は皆、松中サッカー部の深緑のユニフォームか有名クラブのシャツかジャージを着ており、体育の格好なのはイッキだけだ。

「これじゃダメですか?」

「ダメってことないけど、ちょっとは形から入ろうよ」

「はっきりいってダサい。サッカーはダサくてはいけない」

サッカー部で圧倒的に上手い、二年生の紫畑《しばた》先輩が言った。イッキよりも小柄でくるくるパーマで頭が倍以上に膨れあがり、その天才っぽさも併せてイッキは原田真二《はらだしんじ》を連想した。

「自分ち、お金ないんですよ」イッキは正直に言った。

「俺、もらいもんで着ないシャツあるけど、よかったら今度持ってくる」と申し出てくれたのは、同じクラスの一年生エースフォワード、潮越亮《しおこしりょう》だ。

翌週火曜日、給食のときに、亮は水色と白の太いストライプのシャツを渡してきた。アルゼンチン代表のユニフォームだ。幻小を卒業する前、セミ先生が「今年の六月にはアルゼンチンでワールドカップがあるから、絶対に見るんだぞ。私の予想ではアルゼンチンが優勝だ」と言っていた。そのアルゼンチンのユニフォームをイッキに着てよい、と運命が告げている。

「ほんとに借りていいの?」

「俺はオランダ悲願の初優勝信じてるんで、裏切れないから」

確かに亮のトレードマークは、オレンジ色のオランダ代表14番のシャツで、制服のワイシャツの下にもオレンジ色のTシャツを着ている。あの中途半端に長めの髪も、オランダの伝説ヨハン・クライフを真似たものだと気づく。

「着てみれ、イッツキー」と促したのは、やはりサッカー部員で、亮といつもつるんでいる遠藤《えんどう》啓司《けいじ》だ。梢がいつも呼ぶとおりにイツキを呼んだらしい。

制服のブレザーを脱いでワイシャツの上からかぶると、「おー、ワイルド」と啓司は評し、「イッツキー、髪伸ばしたらもっとアルゼンチンぴったし来るな」とアドバイスした。

「言えてる。ケンペス目指しなよ。寝癖もなくなるよ」と亮も賛同する。

「サンキュー」

イツキが礼を言うと、亮は片手を挙げて応え、その手で髪をかき上げた。エースってのはこういう仕草もいちいちサマになるんだよな、とイツキは見とれた。

その日は部活はなかったので、雨池と帰ろうと校門で待ち合わせたが、雨池は先に帰ってしまっていた。

翌日、また嫌がられるだろうと思いつつ、朝練の後で、「何で昨日は先帰っちゃったの？　用があるなら言っといてくれればいいのに」と尋ねると、雨池は顔を真っ赤にしてうつむき、答えない。

やはり嫌がられたかと諦め、席に戻る。今度は黒山が通りがかりに、「鬼村、サッカー部入ったんだって？」と聞いてくる。イツキは耳を疑い、「は？」と聞き返して黒山を見返すと、黒山もうつむき、自分の質問を打ち消すように手を振って離れていく。

また別の日には、休み時間に「鬼村」と女子バレー部の五嶋《ごとう》から初めて声をかけられた。

「朝練やってんだって？　亮とかも来てる？」

首を振ると、「そっか」と言って去っていく。「自分のこと、イツキって呼んでくれるとありがたい」とその背中に言うと、「ＯＫ、イッツキー」と答えが返ってくる。そして数日後には、サッカー部内はおろか、黒山組も含めてクラス中が「イッツキー」と呼んでいた。

中間テストが終わり、総合の結果が順位で発表されたのには驚いたが、イツキはクラスで八位と悪くなかった。授業で当てられても一度も答えられたことのない雨池は、最下位だった。

雨池はもう、イツキには近寄ろうとしなかった。イツキと目が合うと、すぐに背を向けて遠ざかる。イツキが一人で下校中、「冗談だって、冗談」という雨池の声が聞こえてきたことがあって、そちらを見ると、笑顔の雨池が同じクラスの気の弱い西《にし》の背中を拳で叩いていた。

潮目が変わるというストーリーの架空日記を自分は書いたんだろうか、とイツキは訝ったが、日記を見返したい気持ちは抑えた。それでも、これは罠でそのうちより深い落とし穴にはまるのではないか、という不安を、日記に記さずにはいられない。

一九七八年六月七日（水）晴れ

松保駅をおりてわりかしすぐ、ニッキは何かおかしいと感じたけれど、何がおかしいかは、学校に着くまではっきりしなかった。校門を入ったら、生徒たちがみんなツメエリの学ランを着ていたので、これが変なんだとわかった。今日は何か行事があって他校の生徒が来てるのかな、とニッキは思ったけど、自分の教室に入ってもみんな学ランだった。みんな学ランってことは、女子はいない。ニッキだけ、いつもどおりコン色のブレザーだった。

風呂山がニッキのほうを見て、「どうしちゃったの、ニッツキー」と大声で笑った。クラスにいた全員がニッキをふり返って爆笑した。ニッキにはその笑い方がわざとらしく感じた。ニッキだけ違うかっこうをしていることに驚いたっていう感じじゃなく、ニッキだけ違うかっこうをしてくることを知ってて待っているふうだった。みんな笑う準備ができている感じだった。

「間違い探しする人ー！　教室の中に間違いはいくつありますか？」ヒズミがふざけてそんな質問をさけぶと、みんなが手をあげて、口々に「一人だけ違う制服の子がいます！」と答えた。

ニッキは、何でみんな学ランなのか、聞きたいけど聞けなかった。もう帰りたかったけど、それは負けな気がして、だまってすわっていた。

そこにアマノガワが現れた。ニッキはすがる気持ちで見たけど、アマノガワも学ランだ。「あ、アマさん」と汗川があいさつして、目でニッキのほうを示して、アマノガワも「おう、ゴリさん」と返事しながらニッキを見て、爆笑した。

ゴリさん？　『太陽にほえろ！』かよ！

「あー、やらかしたね、この間違いはまずいでしょ」アマノガワはニヤケ顔で言ってくる。

ニッキは全力をふりしぼって、「どうしてみんな急に学ランなの？」と小さな声でアマノガワに尋ねた。

アマノガワが「『どうして？』、だってさ」とニッキを真似して教室を見わたすと、教室がまた爆笑した。息が苦しくなって顔もだんだん下向きになっていくニッキに、アマノガワは「冗談だって、『冗談』と言って、背中をどんどんと強くたたく。

「冗談の意味がわからない」とニッキがつぶやくと、「全部冗談。おれら、ずっと冗談でブレザー着てたんだよね。でもニッツキーだけ本気で着てたかあ」と笑いながら言う。

「本気も何も、そういう決まりでしょ。このブレザー、二年生のいとこのお下がりだし。いとこもずっと冗談で着てたなんてわけない」

「それがあるんだな。ずっと冗談、いつも冗談、ぜんっぶ冗談。だって本当は学ランだもん。な、デンカ?」

アマノガワが確認するようにヒズミを見ると、ヒズミは「じゃなきゃ、今日着てねえから!」とさけぶ。

「まさか、冗談に気づかなかったかあ。こんなにわかりやすい冗談だったのにね、一人だけ本気とはなあ。かわいそうなことした。ごめんねえ」アマノガワはニヤケながら謝る。

笑いの中に、ごめーん、わりいわりい、と輪唱みたく声が続く。

「それ、女子の制服とカン違いしてんじゃねえ?」風呂山から新しい矢が飛んできてニッキの心臓に突き刺さる。

「あ、そっかあ。ボン、鋭い」とアマノガワは手を打つ。「ごめんね、それも冗談。うち男子校だから。毎日女子が来てたのも、冗談だから。なのに、ニッキ、間違って男子校入っちゃってるね」アマノガワがひときわ声を高くする。

「いいよいいよ、冗談だからさ。あしたから女子校行けばいいだけよ」風呂山がおついしょうすると、クラスの笑いがまたさくれつする。

「ボンはやっぱ頭いいよな。全部おれの冗談わかってるよね」とアマノガワは風呂山の後頭部を強くひっぱたく。

「アマさん冗談きついから、ニッツキーはアマさん最下位でおれにおんねん晴らしてるとか、本気で信じちゃってるよ」風呂山が苦笑して言うと、「やりすぎたか？」とアマノガワはおどけ、またクラスが爆笑のうずになる。

ニッキはぼう然じしつして、授業の始まる前に学校を出て帰宅した。

自宅の玄関に入るなり、「何、カン違いして学校行ってるの。今日はひっこしでしょ」と母の声が飛んできた。家じゅうのものがダンボールにしまわれているところだった。

ニッキはしばらくもうろうとし、ようやくわれに返って、「うん、だから引き返してきた」とごまかした。

箱づめが終わると、ひっこし屋さんが来てトラックに積んだ。からっぽになった部屋に、「これでお父さんのうちともサヨナラね」と母は言い、その声はがらんどうの部屋にやけにひびいた。母はカギを管理人さんにあずけて、管理人室の入り口にある、電球がつくかどうか試すソケットにミッキは指をつっこみ、「ああっ、ビリビリするう、おれ、死んじゃう！」とさわいで、母と管理人さんにしかられる。

三人で幻が丘駅まで歩き、春夏線に乗って、松保駅まで行くと思いきや、おりたのはその一つ手前のすずしろ台駅だった。

「どこ行くの？」ニッキが不安になって尋ねると、「おばあちゃんちに決まってるでしょ」と母は怒ったように答える。

おばあちゃんちで「早かったな」と出むかえたのは、父だった。

「何でお父さんがいるの」ニッキは思わずさけんだ。こわくて頭がおかしくなりそうだった。

「治ったんだよ。治ったから帰ってきた」父は笑顔で答えた。

「だってお父さん、亡くなったでしょ。おそう式もしたし、おせんこもあげた。死んだのは治らないでしょ！」

ニッキがパニックになってわめくと、「冗談だよ、冗談。全部冗談。お父さんはピンピンしてるよ」と父は笑った。「さ、これから新しい生活だ。タツキもあしたから教駒《きょうこま》に転校だぞ」

「今は筑駒《つくこま》でしょ」母が訂正する。

「あ、そうか。その呼び方は安っぽくて慣れないな。男子校なんだから、ぴしっと男らしくしろよ」

「タツキ」とは誰だかわからない、キョーコマとかツクコマとか、何を言われてるのかニッキにはさっぱりわからない。この人たちはロボットなんだろうか。うちは宇宙人に乗っとられたのだろうか。

ニッキはこんな茶番劇からは退場することにした。でも退場のしかたがわからない。

誰か、助けてください。

相談したいことがあるから途中下車していい？と梢に頼まれたのは、夏休みが明けた翌週末の朝練の日だった。車内でも学校でも聞かれたくない話なんで、と言われて、松保駅まで残り半分の蟹川《かにがわ》駅で降りる。

梢にしては珍しくもじもじしていて、「そんな難しい話なの？」と聞くと、首をブンブン振って「いやいや、簡単簡単。案外、松中の生徒って電車通学多いっしょ」と言った。

「そうなの？　自分、あんま知らないんで」

「自分らと違う時間に乗ってる子もいるし、春夏線じゃない電車で来てる子もいるし」

「で？」梢がなかなか本題に入らないので、イツキは促す。

「で、ですねえ。蟹川駅から乗ってくる人もいて」

「ここ？」イツキは思わずあたりを見回す。

梢はうなずき、「自分らと違うドアのとこ乗ってるし、その人いつも遅刻してるらしいんで、知らなかったんだけど、こないだ自分が遅刻して適当なドアんとこ飛び乗ったら、いたんだよね」

「話したの？」

梢はまたブンブンと首を振る。「気づかれないようにした。そんで降りてから尾行した」

「尾行？　松中に行くに決まってんでしょ！」

「２－Ｃの教室に入ってった」

「イツキのいとこのクラスか」

「そ。お願いの理由はそれ。イッツキーのいとこさんとその人はダチらしいんだわ。だからね、今度、自分ら一緒にその人と同じ電車乗って、イッツキー、話しかけてくんない？」

「何でイツキが？　孝ちゃんの友達ってことはわかったけど、イツキとは何の関係もないっしょ？」

「イッツキーなら、いとこさんのこととか話題あるっしょ。それで結木《ゆうき》先輩と仲よくなったら、自分も仲よくなれるんで」

「結木先輩っていうんだ？　その結木先輩とお近づきになりたいと？」

「なりたい」

「じゃあ、孝ちゃんに結木先輩のこといろいろ聞いとこうか」

またブンブン。

「わあった、わあった、つきあうよ」

バスケ部のエースと梢からは聞いていたけれど、結木先輩はイツキより小柄だった。ズボンから開襟シャツを出し、ガムを噛みながらドア際に寄りかかり、ポケットに手を突っ込んで、アンニュイな表情で窓の外を見ている。

梢がこれまで結木先輩のことを知らなかったというのは嘘だ、とも思った。長い前髪をすだれのように垂らして顔を覆っているのが、梢そっくりだったから。何であんな暖簾みたいな髪形がいいんだろうと、イツキには不思議だ。

イツキは亮からアルゼンチンのユニフォームを貸してもらって以来、髪を伸ばし始めた。適度なところで切ろうと思っていたが、セミ先生の予言どおりアルゼンチンがワールドカップで優勝し、得点王になったケンペスが、カールした長髪を馬のたてがみのようになびかせて走る姿にシビレてしまったため、そのまま伸ばし続けていた。剛直毛だから、とてもケンペスのように華やかではなく、頭から刷毛をぶら下げているようだとイツキは思っているが、寝癖からは解放された。

部活の顧問のきのこ先生には何も言われなかったものの、まあ、きのこ先生から髪形のことを言われたくはないが、夏休みが明けて授業が始まると、担任の教師からは、汚らしいから切ってこい、と命じられた。イツキは、切るけどうちはお金ないんで少し待ってください、などと言って、のらりくらりやりすごした。

校則が緩かった穏やかな松中の周辺校でも、校内暴力の嵐が吹き荒れ始めていて、松中の教師も神経質に厳しくなっており、本物の不良と地続きな天才紫畑先輩は、あのくるくるこんもりの頭を金色に染めたために、切らなければ部活禁止を言い渡され、頭に来てスキンヘッドにしてきた。オランダ命の亮も、オランダが決勝で負けたショックもあってか、やや短めの真ん中分けに髪形を変えて、「スケベ分け」とはやし立てられていた。

結木先輩は、イツキのその髪に反応したのだった。

イツキが話しかけようと近づく前に、気配でこちらを向いた結木先輩は、「松中のケンペス目指してるってか」とあちらから言ってきた。

虚を衝かれたイツキは、「え、自分すか?」と自分を指差し、結木先輩がイツキの髪を見ているのを理解した。

「結木先輩もすか?」

すだれの前髪だけでなく全体に結木先輩の髪は長く、ワイルドに外にカールしている。さぞかし教師には睨まれていることだろう。

「一緒にされんのは心外だな。俺のはロジャー・ウォーターズ」

イツキがわからずにうろたえていると、「自分もピンク・フロイド、よく聴いてるっす。『マネー』とか、断然いいっす」と背後から梢が助けてくれた。

結木先輩の口元が三日月になったのは、微笑んでいるのだろう。美しさ完璧の歯並びだった。梢のテンションが一気に高まるのが、呼吸の気配だけでイツキにも伝わる。

「コージのいとこでしょ」イツキに言った。

「あ、はい。十一月からは孝ちゃんと同じとこに住みます」

「コージんちに引っ越すの？」

「あそこ、おじいちゃんちなんで、同じ場所にちっこい家建ててんです」

「それ、レザーカットしたほうがいいよ」

結木先輩はまたイツキの髪を見て言った。何を言われているかわからないイツキが聞き返そうとしたところ、「オッケーです。自分があとで教えといてやるんで」と梢が引き取った。

「それがいいね」と結木先輩は言い、右手でさっと前髪を払い、すぐに手を櫛のようにしてナチュラルに垂れるよう、すいた。

けれど、イツキの目には、前髪を払った場面で風景が永遠に止まった。一瞬現れた目と眉は、この宇宙の理想形だった。

イツキには見覚えがあった。正確な記憶は脳内のどこか端っこも端っこにしまわれて探し出すのは不可能だけど、イツキには忘れられない完成度。大岡越前《おおおかえちぜん》、という言葉が浮かんだ。そう、加藤剛《かとうごう》に似ている。

後にいとこの孝ちゃんから、結木は一年のとき「エチゼン」とあだ名をつけられそうになったけれど、本人が目指しているのはロジャー・ウォーターズだから荒々しく拒絶して、それ以来結木の前で「エチゼン」は禁句になった、と教えてもらった。

結木先輩にうっかり「加藤剛似ですね」などと口にしなくてよかった、とイツキは胸をなでおろした。結木先輩はつまり、大岡越前の加藤剛に似ていると思われないために、あのすだれ髪で眉と目を隠しているわけで、イツキとしてはもったいなさすぎて悔しく感じるほどだった。

その日の部活では、イツキも梢もぼうっとしてしまって、練習に身が入らなかった。サッカーを放り出してバスケ部の練習を見に行きたい衝動に駆られた。

イツキは、梢の胸の内が手に取るようにわかる、と思った。今、自分が感じているときめきは、そっくりそのまま梢の感じているものだろうから。

でも、イツキはそのときめきに完全には身を任せきれずにもいて、というのも、ときめきの内容を精査してみると曖昧模糊としすぎているから。自分がすっかり梢の気分になって盛り上がっているだけで、いわば映画の主人公に同一化して興奮している観客ということなのか、自分自身が当人として結木先輩にくらくらになって、その状態が梢と同じだから共感しているのか、いまひとつはっきりしない。前者だとすると、イツキは梢が高揚していること自体に喜びを感じているのであり、イツキの関心は梢にある、という結論になる。後者なら、梢をさしおいてでも結木先輩が一番なのかもしれない。

その晩、寝つけなかったのは、結木先輩の美形な部分が頭から離れないからだけではなく、自分が梢と結木先輩のどちらにのめり込んでいるのかわからなくて、もやもやしたからだ。

気づいたら、かつてのうりぼうを無自覚にいじっていた。そんなことは二度と起きないと確信していたので、ショックはすさまじかった。自分が乗っ取られたかのようだった。

かつてうりぼうだと見なしていた部分は、今のイツキにはもっとつかみどころのないクラゲに感じられた。いたずらに水増しされてふくらみ、こちらの気持ちを無視して、勝手に開いたり閉じたりしながら伸びたり毒を飛ばしたりする。

イツキには、クラゲの行く手を阻むすべなど皆無だった。ただただクラゲが好き放題にふるまうのを、手をこまねいて傍観するだけだった。

一九七八年九月十九日（火）晴れ

エチゼンクラゲは毛が長すぎて、クラゲっぽくない。このふさふさした生き物は何だろう、と思って近寄ると、それはワナだ。毛のすきまからこっちをねらっているアーモンドみたいな目を見てしまうと、たちまちこっちもエチゼンクラゲに変えられてしまう。エチゼンクラゲの姿を見続けないといられない頭になって、エチゼンクラゲに変わった自分の姿をずっと鏡で見てしまう。エチゼンクラゲに変えられた自分にうっとりして、自分をかわいがってしまう。ニッキも小枝《こえだ》もエチゼンクラゲに変えられてしまって、鏡ばっかり見ていて、もうおたがいのことは目に入らない。それなら、おたがいのことを見ていればすむのに。だって、二人とももうエチゼンクラゲなんだから。

梢は朝練のない日に遅刻することが増えた。イツキの新居は完成間近で、電車通学の日も終わりが近づいているのに、梢と自由におしゃべりできる朝の特別な時間が奪われていくようで、少し寂しくもあった。

一緒に通学する朝練の日には、梢は結木先輩について楽しげに報告してくる。先輩は髪を切ってきただとか、かっちょいい帽子をかぶっていただとか、じつは密かにエレキベースの練習してるだとか、だるまさんがころんだは意外と苦手だとか、好物は生野菜だとか、断片的な情報を伝えてくるばかりで、イツキには結木先輩本体の話を聞いているという実感がない。梢は、結木先輩との親しさが深まっているかどうかという問題を直視したくなくて、小さな話をウキウキとちりばめてくるんだろう、とイツキは推し量った。近寄っているのは自分なのに、他人事として観察している第三者でいたいかのようなのだ。

次第にもどかしくなってきたイツキは、「梢、バスケ部に移ったほうがいいんじゃない？」と口走ってしまった。

梢の顔が凍りついた。無表情になり、色まで抜けて灰色になっていく。

「なして、そんなこと言う？」

「いや、だって、もっと長い時間、先輩の近くにいられるっしょ」

「イッツキーにまで言われたくねえよ。先輩のためなら部活も変えろ、と？　サッカーなんて自分にとっては結木先輩ほどの価値もないってか？」

「そうは言ってないけど」

「言ってるっしょ。冗談にしろサッカー部辞めるなんて考え、自分の中のどこ探したって見つかんない。なのに、みんな言う、公式戦、女子は出られないから部活変えたら、とかって平気で言う。秋の新人戦、梢はメンバー登録できないから、マネージャーに転向しないか、とかって」

「きのこ先生が？」

「マッシュと光谷《みつたに》部長」

夏休みが終わって三年生が引退すると、二年の光谷先輩が部長になった。きのこ先生のことは、部員たちは「マッシュ」と呼んでいる。どっちにしてもきのこだ。

「光谷部長より梢のほうが実力上じゃん」

「マネージャーしたくてサッカー部入ったんじゃねえし。だったらあんな頼み込んで入れてもらったりしねえし。サッカーしたいからサッカー部にいるんであって、他のことと取っ換えられるかっつうの。なのに、イッツキーまで結木先輩のためにバスケ部移れとか言いやがって、自分、殺す気？」

梢の剣幕にイッツキは落ち込み、泣きそうになった。

「ごめん、そんなつもりじゃなかった」

「そんなこと、わかってる。そんなつもりじゃないのに言われるからきついんであって」

「言いたかったのは、そろそろアタックしちゃっていいんじゃないってことであって」

「自分が結木先輩に？」

梢は驚いた顔をしていた。

「だって、お近づきになりたかったんしょ？」

「もうなってるし」

「つまり梢は今のままでいいの？」

「ふむ」と梢は考え込んだきり、しばし答えられなくなる。ようやく「自分の望みがわからん」とつぶやく。

「だったら、なおさらはっきりさせるっきゃないっしょ」

「その必要があるやいなや」

「感触はどうなの。結木先輩、冷たい？」

また少し考え、「会話は弾んでる。音楽の趣味、コズとは合うよねとか言われてるし」

「コズって呼ばれてんの！　マジかよ！　それは脈ありっしょ」

「『エ』まで呼ぶの、めんどくさいって」

「時は熟してるね。当たって砕けろだ」

「砕けるのかよ」

その後も迷う梢を焚きつけ、部活のない日に結木先輩を待ち伏せして、偶然を装って一緒に帰る時間をとってもらう作戦を呑み込ませた。梢は、イツキも同行するなら、という条件で了承した。保護者同伴みたいなのはありえない、とイツキは渋ったが、さもなければ絶対にやらないと梢も頑固なので、イツキも受け入れた。

作戦は、案外と聡い結木先輩にただちに見抜かれた。松保駅で結木先輩は二人を見つけるなり、「あれ、ひょっとして俺のこと、待ってた？」と言った。いやいや、まさか、と答えたが、肯定したも同然だった。

「そうだ、イッツキーって泉美彦《よしひこ》と同じクラスなんだって？」結木先輩はこちらが話を切り出す前にそう尋ねてきた。イツキとしてはその話題は避けたかったのだが、とうとう発覚してしまったらしい。

「泉ってバスケは上手いんすか？」

「わりとね。人の裏をかくプレー、けっこうするよ。何その苦い顔。そうは見えないってか？」

「見えないっすね。そんな頭脳、あると思えないんで」

「性格軽いよね。でも、人の嫌がることを嗅ぎつける勘があるっていうのかな。あれもセンスだね」

「ずっとバスケだけしときゃいいのに」

「気が合わないか」

「好きくないっすね。あ、こんなことチクらないでくださいよ」

「大丈夫。人の秘密って、言いふらさないでここにしまっとくほうが、価値高くなるから」と自分の胸を指差す。

「大丈夫。人の秘密って、言いふらさないでここにしまっとくほうが、価値高くなるから」と自
「先輩、ちょっと陰険ぽくないすか」

「生き抜く知恵だよ。イッツキーもそういうとこあるだろ」

「ないっすよ、考えなしなのが悩みなくらいで」

「どうだか」と結木先輩は梢を見る。梢は「言われてみれば、似てるとこあるかも」と言った。

電車が来たので、三人で乗る。席には座らず、最後尾の車両の、車掌室前の空間に陣取る。

「秘密教えてくれたかわりに、美彦の情報もあげるよ。あいつ、二、三年生の女子にモーレツにモテるって知ってた？」

「えっ、どうして？」

「イッツキーにはわかんないか。美彦って三年に姉貴がいるだろ、バスケ部の前の部長のカノジョなんだけど、その姉貴の友達連中が、弟君《おとうとぎみ》かわいいかっこいい将来ものすごい色男になる今から押さえとこうって騒いで、部活に押しかけてくるもんだから、二年の女子にまで噂が広がって、ファン急増中」

「泉のこと、知ってる？」と梢に確認するが、梢は首を振る。

「そばかすに隠れてるけど、じつはアイドル並みの美男なんだってさ。でも同じクラスに彼女い

るんだろ？」

「さあ。知らないっす」イツキにはまったく見当もつかない。

「けっこうぼうっと生きてんだねえ」

「泉なんかよか、結木先輩こそモテて大変なんじゃないすか」イツキは目的地に向かって進路を修正する。

「バスケ部はたいていモテるよ」

「またそんな一般論を」

「サッカー部は違う？」

「どうすかね。紫畑先輩とか、どうなんだろう」

「紫畑！　あいつはやばいから！　女たらしのケダモノだから」

「何となくわかるよね」とイツキは梢に同意を求めたが、梢は硬い顔をして反応しない。緊張しているんだろう、とイツキは思う。

「危ないやつって、モテるよね。不良っぽいやつとかさ。同じ男からしたら、ああいうのはやばいだろって思うけど、女子はそういうのに魅力、感じるんでしょ」

「結木先輩も、そういうの憧れるっすか？」

梢が尋ねた。いよいよ来たか、とイツキも覚悟を決める。

「憧れてると思う？」結木先輩は含み笑いを隠しながら聞き返す。

「ツッパリとかには興味ないと思うけど、ロジャー・ウォーターズもかなりやばいっすよね」

「ああ」と結木先輩は納得した顔でうなずいた。「確かにね」

「仮にっすよ。仮に、自分が結木先輩に惹かれてるとしたら、それはやっぱ、女子は危ない男子に惹かれるから、って話になるんすか」

結木先輩は少し考えてから、「それは俺の望むところとは違うかな」と答えた。

「結木先輩としては、自分がやばい男子だからモテる、っていうのは嫌すか？」

「紫畑みたいな意味でやばい男とは思われたくないよね。けど、この人に溺れそう危険、みたいな意味だったら、つきあう前段階の男女には普通にあることなんじゃないの？」

「また一般的な話にすり替えてません？　じゃあ、先輩は危険な女子に惹かれたりしないんすか？」イツキが突っ込む。

「イッツキーはどうよ？」結木先輩は聞き返してくる。

「自分の話はおいといて」

「おいとかないよ。コズのこと、危険な女って感じてる？」

「イッツキーは関係ないっす。自分と先輩との可能性を、自分は聞いてるわけで」梢がとうとう告白した。

結木先輩は笑いを押し隠しながら、梢を見て、イツキを見て、また梢に視線を戻した。

「お似合いだと思うんだけどなあ」

「先輩、逃げないでください」梢ははっきりと命じた。

結木先輩はようやく観念したようにうなずいた。

「ごめんね。可能性はないってこと、それなりにほのめかしてきたつもりだったんだけどなあ。まあ、はっきり言わないと悪いね」

そこで一息つくと、結木先輩は真面目な表情になって梢を真正面から見据え、芝居がかった調子で説明し始める。

「コズのことはすっごい好き。かわいい妹みたいに好き。でもカノジョにするには年上が好みなんだよね。教え合える関係っていうのかな。妹だとこっちが一方的に教える感じになるでしょ。あと、運動系の部活してる子は無理かな。だから同じバスケ部もありえない」

「ごっつぁんです」

梢はそう言って頭を下げるや、ちょうど開いた扉から、これまで降りたことのない駅に疾風《はやて》のように飛び出した。イツキは一瞬惑ったが、結木先輩に目で挨拶してすぐに後を追う。

イツキは追いつき、「大丈夫?」と声をかける。梢はイツキがいないかのようにホームのベンチに座る。イツキは隣には座らず、「ごめん、こういう展開は予測してなかった」と言った。

梢は大きく息を吸い、「自分は予測してたけど、当たって砕けろってけしかけたのはイッツキーだし。あっさりけしかけられてる自分が愚かだってこと」と一気に言った。

「いや、マジ愚かなのは自分のほうで、何でわからなかったかなっていう」とイツキ。

「それマジでムカつくんだけど。イッツキーずっと、自分のしゃべり方、真似してるっしょ。おちょくってんの?」

「えっ?」イツキの頭の中は真っ白になった。自分、梢のしゃべり方、真似してる?と言おうとして、そのフレーズが梢の口調そっくりなことに初めて気づき、何も言葉を出せなくなる。

「別にいいし。真似されたからって減るもんでもないし。今まで気にしてなかったし。でも今はムカつく。違う話し方してくんない?」

「そんな、急に言われても困るし……困ります。えと、イツキとしては脈ありだと思ってたわけでして、それはイツキにこういうことの経験がないから読みが甘すぎたせいで、でも失敗怖がって仕掛けなかったら梢らしくないって思ったし、でも梢のことなのに自分、無責任だったと思います」

「敬語で話せなんて言ってねえし」

電車が来たが、梢は乗ろうとしない。

「けど、先輩の断り方にはがっかりしたな。かなり偉そうだった」イツキが批判を口にすると、梢はうつむいてしまった。

「あれはないよ。自分がモテるからって、いい気になってる」イツキが怒りを控えめに表明しても、梢は反応しない。

「イツキは、サッカーをしてる梢はイカすと思うけどね。じゃなきゃ、サッカー部入ってないし」

石のように固まった梢がかすかに痙攣《けいれん》するので、イツキは言葉をやめる。先に帰れ、と梢が小声を絞り出したので、わかった、と了承してイツキは一人で電車に乗った。

一人になるなり、イツキは自分の偽善を罰したい衝動に駆られる。梢が非難するよりもずっと巨大で重い罪を、イツキは本当はわかっていて犯した。意識の端に追いやって気づかないふりをしてきたけれど、もう自分にもごまかせない。

梢をけしかけたのは、自分が諦めるためにほかならなかった。梢が当たって砕ければ、すべての芽は摘み取られるので、喜びも苦しみも味わわないで済む。差し迫る恐怖が自分の中にあり、逃げるために梢を促したのだ。

でも、いったい何を諦めようとしたのか。わからないし、考えたくない。でも、もう目をそらすこともできない。

一九七八年十月二十八日（土）雨

きょうも電車で小枝とおしゃべりしながら学校に行ったけど、小枝という親友がいることはさっかくだとわかった。トンネルで窓に映った自分たちを見たら、小枝しかいなかった。

ニッキは、小枝が作り出した架空の友だちだった。小枝は、知らない中学に入って、電車通学で、本当には学校にとけこめてないから、心のつうじあう友だちがほしかったのかもしれない。それで同じ電車に乗っているエチゼンクラゲ先ぱいとも親しくなりたくて、架空の友だちのニッキに相談したのかもしれない。そうじゃなければ、エチゼンクラゲと親しくなりたいと思わない。なぜなら、エチゼンクラゲはやさしいようで、じつは自分中心で、いい気になっていて、思いどおりにならないとシカトしたり不きげんになったり偉そうになったりする、いやな人だから。それなのにエチゼンクラゲのことばかり考えてしまうのは、なぜなのだろうか。

エチゼンクラゲとつきあいたいかといったら、ぜったいそんなことはない。いやな性格の人とわざわざつきあって不ゆかいな気持ちになりたいわけがない。いったいどこが気になるんだと目をつぶって考えると、ピアノのけんばんみたいな白い歯とか、お正月の黒豆みたいにぬれた黒い大きな目とか、きりっと折れ曲がったまゆとか、あと強そうなクラゲの腕。そういうのが頭に浮かんでくると、ちょっと宙にうかぶような、気持ちよさを感じる。それで自分のミズクラゲをいじってしまう。

でもそれはエチゼンクラゲ先ぱいを人として好きなんじゃない。エチゼンクラゲの体の一部が気になるだけで、それはエチゼンクラゲ先ぱいではない。そんな気になり方は、人としておかしいと思う。異常なのかもしれない。ヘンタイ?

でもエチゼンクラゲは、人としてそんけいできないから、人としてじゃなくて、体の一部だけ関心を持つくらいでちょうどいいのかもしれない。そうしたら、エチゼンクラゲに何を言われても、いんけんな目にあっても、そんなに傷つかないのではないだろうか。相手は人じゃなくて、たんなる体の一部なんだから。

だからニッキでもある小枝はエチゼンクラゲに告白してつきあうことになった。エチゼンクラゲを体の一部としてだけ、楽しむのだ。エチゼンクラゲの触手と、自分のミズクラゲの触手で戦うのだ。ヘンタイでけっこう!

日記を書いたあとでイツキはひどく落ち込み、またしても自分を処罰したい衝動に駆られた。処罰のつもりで日記を書いたはずなのに、書き終えたらさらに処罰せずにはいられなくなって、ミズクラゲをいじって毒を飛ばしてしまう。落ち込みはさらに深まり、自分はもう死ぬんだと思いながら眠りにつく。

一九七八年十月二十九日(日)雨

ごっつぁんです、と小枝がおすもうさんみたいな言い方して出ていったとき、迷っていたニッキに、エチゼン先ぱいは「早く追いかけろよ」と命令した。

ニッキはホームで追いついた。そして、予測があまかったとあやまったら、小枝は「ニッツキーは当たってくだけろって言うし、エチゼン先ぱいは、ニッツキーとおにあいだからつきあえって言うし、みんな無責任だ」と怒った。

ニッキは、「でも小枝は自分がどうしたいのか、気持ちわからないんでしょ」と言った。

小枝はニッキを見て、「ぜんぶためしてみるしかないってか」とエチゼン先ぱいみたいな言い方をした。「当たってくだけたから、今度はエチゼン先ぱいの言うとおりに、ニッツキーとつきあってみるしかない」と言った。

「ちょっと待ってよ、どうしてそういう話になるの」とニッキはこうぎした。

「ニッツキーは自分のこと、どう思ってる?」と小枝が聞いてきたので、ニッキは「わかってるでしょ。アベック希望とかじゃないし」と答えたら、「そうじゃなくて、好きかどうか聞いてるわけで」と追きゅうしてくるので、「小枝はどうなの」と聞き返したら、「うわ、エチゼン先ぱいのマネかよ」といやな顔をした。自分だってマネしてるくせに、と思ったけど言わなかった。

「マネじゃないよ、まず自分の気持ちを言うべきでしょ」とニッキが言うと、「好きに決まってるっしょ」とヤケクソな感じで言うから、「それはつきあいたいって感情とは違う『好き』でしょ。だから困るんで」とニッキは言い、小枝もうなずき、「ニッツキーはどうよ」とまた尋ねてくるから、「ニッキも好きだけど、妹みたいに好きとかじゃない。家族とかの『好き』じゃない。けど、友だちの『好き』ともちょっと違う気がする」と考えながら言った。

小枝は「だいたいそんな感じ」とうなずいて、「どういう『好き』ならつきあっていいのかわかんないんで、自分ら、もうつきあってみちゃうしかないっしょ」と言った。でもニッキにはどこか投げやりに感じられたから、「何か、エチゼン先ぱいにおどらされてない？」と疑問を言った。「エチゼン先ぱいの話、忘れたくて、無理してニッキとつきあおうとしてない？」

小枝は無表情になって、「かもね。でもどうでもいいから。何かためしてみないと、自分のことわかんねえし」とはき捨てるみたく言った。小枝がはき捨てるみたく言うときは、本当に自分をツバにしてはき捨ててるときなので、そのときは小枝は自分自身のことをきらいになっているんだろう。

「ニッキも自分がどうしたいのかまったくわからないな」と共感したら、「もうためすっきゃないっしょ」と小枝はいせいよく言った。

「でも、つきあって何すんの。いっしょに電車乗って話して、いっしょに朝練して、いっしょに帰るとか？　今までと何が違うの？」

「デートして、おたがいの体をいろいろくっつけて、そのうちエッチなことすんじゃないすか」

小枝が急に敬語で言うから、ニッキも緊張して、クラゲがふくらみ始めてしまった。準備運動とかで小枝と組になって体をくっつけたりはいつもしてるけど、そうじゃないくっつきとかは想像できないし、したくもない。「それって、ほんとに自分らのしたいこと？」とニッキは言った。それなのに、クラゲはどんどんふくらんでいく。

「いっか、そういうことしないでつきあっても」と小枝は提案した。

「いいよ、そういうことしないでつきあっても」とニッキも同意した。

「つまり、これまでどおりじゃん」小枝がびっくりしたように言うので、「さっきからその話してる」とニッキはあきれた。でもよくよく考えると、「なら、まわりが、自分らはつきあってると思うのも、仕方ないし」とニッキは言って、「まちがってたのは自分らってことかあ」と小枝は言って、笑いだそうとしたけど、泣きだした。悲しい気分はニッキも同じで、ニッキも目をこすった。

まちがってるのは、自分らじゃないし。

架空日記を書けば書くほど、はっきりさせなくていいことをはっきりさせているような気がして、イツキはつらくなる。

それでも書かずにいられないのは、はっきりさせないでいることは自分はいなくていいと言われているのに等しいと感じるから。自分がい続けるためには、自分が何者でどんな仕組みになっているのか、日記で探るしかない。

けれど、自分の正体をあやふやながら日記で見てしまうと、猛烈に一人ぼっちだという気分に沈む。ずっと息が苦しいと思っていたら、自分の正体は水の中の生き物であることがわかったような、どうしようもなさ。あるいは、じつは宇宙人なのに、まわりに一人も同類がいないから、どう生きていいのかわからない宇宙人。

苦しくなると、日記のほうを否定したくなる。日記で、無理やり自分をねじ曲げようとしてしまう。

一九七八年十月二十九日（日）雨

桜山公園で待ち合わせて、小枝とデートした。買ってきたカールをいっしょに食べた。手そうを見てあげるとウソをついて、小枝の手をとって、「運命線が手の外にまでのびて、ニッキの運命線とまざってる。ニッキの運命線も手の外にはみ出てるんで」とかてきとうなことを言ってもりあがった。

桜山のてっぺんまで行けるのかな、行ってみたことない、行ってみよう、ってことになって、木の間を登った。道はなかった。そのときに手をつないで、小枝を引っぱった。ニッキとしては小枝を引っぱってあげたつもりだったけど、小枝のほうがニッキを引っぱっていると小枝はしゅちょうした。そうかもしれない。

木の中でまよって、てっぺんにはたどりつけなかった。と中でつかれて、木によりかかって休んでいたら、ニッキはクラゲが太りはじめて、がまんできなくなって、小枝を抱きしめた。小枝もニッキを抱きしめた。部活してる小枝とは違って、~~小枝の体はあったかくてやわらかくて、それでニッキは小枝の口びるだけ見て、自分の口をつけてみようとした。クラゲが筋肉モリモリになっ~~×、×××××××××。

→ダメ、ぜったいダメ、架空日記にこんなこと書いちゃダメ。こんなの、自分へのこうげきだ。自分戦争だ。忘れること！

月曜日の通学電車では、いつもと変わらない車両で梢と顔を合わせた。

「オッス」と梢は挨拶してきた。

「メス」とイツキは答えた。

「つまんねー」

「ウケ狙ってないし。たんなるお約束」

イツキが懸念していたほど、梢に憔悴した感じはなかった。

「今日も部活行くっしょ?」安心したら、イツキは失言した。たちまち梢の顔はこわばり、「何でそれ聞く?」と声も険しくなる。

「ごめん、わかりきってること聞いて」

「わかりきってるって、イッツキー、わかってねえし。自分にとってサッカーは先輩の話より大事だって全然わかってないから、そんなこと聞くんしょ」

「俺、梢にサッカーやめてほしくなかったから」

「話聞いてんのかよ」梢は吐き捨てるように言ってそっぽを向いてすぐまた向き直り、「今、何つった?」と怖い顔で詰問した。

「サッカーやめてほしくない、って」

「その前。『俺』っつった? 自分の聞き間違え?」

「いや、言ったけど」

「どういうこと?」

「梢が話し方真似すんなって言うから」

「ちょっと八つ当たりしただけっしょ」

「そうかもしれないけど、俺もある意味自分が梢気分でいたりしたから、間違ってけしかけたりしたんだと思うんだよね。だからもうちょっと自分は自分ってならないとまずいなって思って」

「それが『俺』って、完全に間違ってない?」

「『イツキ』も『自分』もダメなら、『俺』とか『ぼく』をやってみるしかないっしょ」

梢は疲れたように首を振った。

「あーあ。何言ってんだか。イッツキーは男子っぽくないとこがよかったのに、いまさら男子すんのかよ」

「もう逃げたくないんだよ。このままじゃいられないんだなって反省したし」

「マジで言ってる？　それ、一番まずいっしょ。結木先輩のゲスな言い分に振りまわされてんの、自分じゃなくてイッツキーっしょ。あんな話、無視すりゃいいんであって。だから自分は何も変わらないし、変えないし、イッツキーにも変わってほしくないし」

「でも、俺、梢をあんな目に遭わせて、責任感じるから」

「ほんっと気色悪いんで、自分を俺呼ばわりすんの、やめてくんない？　俺俺言ってると話の内容まで俺になってるって、自分で気がついてる？　責任感じるとか、イッツキーは自分の監督じゃないんで」

「そんなつもりないって。ただ、あまりにも何もわかってなさすぎで、自分のこの先が心配になるし、もうちょっとみんなの感覚知らないとやってけないって学んだから、『俺』を試しとこうかなって。あくまでも、仮の自分って感じで」

梢はもうイツキを見ようとしなかった。そっぽを向きながら、「まあいいよ、したいんならすればいいっしょ。したくないことでも一度はしてみるのも悪くないかもしんないし。でも自分は寂しいなって、それだけ」と平板に言った。

「俺も寂しいよ。今度の日曜日、引っ越しなんだよね。今週いっぱいで電車通学、終わっちゃう」

ふうん、と梢は窓の外を眺めながらうなずき、そう、と息だけでつぶやいた。

引っ越しは暴力的だった。家具が運ばれて家の中ががらんどうになっていくさまは、自分の故郷が重機とかで強引に取り壊されていくような感覚だった。何もなくなって、日焼けの跡だけが廃墟のように残る壁や床を見回し、母は「これでお父さんのうちともサヨナラね」と感傷的に言った。イツキはデジャヴだと感じた。管理人さんに挨拶に行き、管理人室の入り口にある、電球の通電を確認するソケットに岬が指を突っ込んで、「ああっ、ビリビリするう、俺、死んじゃう！」と騒いで叱られたのにも、既視感があった。

水が涸れて死んでいく花瓶の花みたいな気分で電車に乗っていたけれども、新居に着いて自分専用の個室に荷物が運ばれるのを目撃したとたん、歓喜が一気に爆発した。この部屋の扉を閉めれば、そこは一つの独立した別世界になるのだ、と思うと、新しい故郷はこの部屋に作ればいい、とにわかに前向きになる。二階の北向きで、押し入れの隅からは屋根裏の物置にも入れる。南向きの岬の部屋は、ベランダに通じているから洗濯物を干すために母が出入りするが、イツキの部屋はそういうこともない。母は個室を息子二人に与え、自分は一階のリビングで寝起きした。

明けて月曜日、朝も一時間以上遅く起きても平気だし、楽ちんすぎて笑えた。岬は転校生生活が始まるから、ひどくナーバスで不機嫌だったけれど、小学校は徒歩二分という異常な近さで、岬はしつこく自慢してくる。

東京での新生活に慣れるのは、予想していたよりずっと早かった。通学路を歩きながら、松保駅の踏切を渡るたび、別のイツキが降りてきて鉢合わせするような錯覚を覚えた。梢と出くわさないか、必ず確かめたが、なかなか会わない。電車の時刻を変えたらしいけれど、部活中にわざわざ尋ねる理由を見つけられない。

イツキが自分から話しかけないかぎり梢と会話する機会は激減し、内容も個人的なことがらは消えてしまい、部活に関する話題ばかりだった。明らかに自分は梢にとってその他大勢のチームメイトの一人にすぎず、朝練も、イツキが一人で必死に「何事もない日常」を送っているふりをするばかりで消耗し、行くのをやめてしまった。イツキが参加しようがしまいが、梢は他の部員たちと自主練を続けている。

部活の帰りに、朝練にずっと出ている初心者だった部員から肩を叩かれ、「今何時?」と聞かれた。

「そうね、だいたいね」とイツキは正しく答える。

「梢と別れたってことでいいの?」とそいつは遠慮なく聞いてきた。

「ずっと見てたでしょ?　最初からつきあってないし」

「はいはい。ともかく、梢はいまカレシなしってことは事実ね?」

「ずっといねえっつうの」

「オッケー、オッケー。つきあってないし、別れたんでもないから、イツキが何となく元気ないのは別の理由だし、俺も慰めたりしねえから。ってことでいいんだろ」

イツキは絶対に越えられない壁がそこにそびえていることを、思い知らされた。「俺」を使ってみた自分を、こき下ろしたくなった。梢の言うとおりだった。自分はこんなことを一度たりともしたくなかったし、しなくてよかったのだ。

イツキは苦々しい記憶と「俺」を、サッカー部とともにまとめて葬り去った。イツキはその年の年末、サッカー部を辞めた。

一九七八年十二月三十一日（日）晴れ

大みそかこう例、けりおさめの納会試合を、今年は夕暮が丘中の女子サッカー部とやった。夕中は弱いから、うちら松中女子サッカー部が少し手を抜いても、3−0で楽勝。そのあとで夕中の子たちといっしょに、夕暮が丘の銭湯「たそがれ湯」に行って汗を流して、コーヒー牛乳を飲んだ。勝ったほうのおごりっていうルール。まあ、お金の出どころはシメジ先生だけど。シメジ先生だけ一人で男湯で、うちらに聞こえるようにヨーデルを歌った。かみ形も性格も変わってるシメジ先生。

小枝はフルーツ牛乳派だった。それでみんなはどっち派か調べたら、フルーツ牛乳派のほうが多かった！

コーヒー牛乳のほうがおとなの味だってニッキが言ったら、わかってない、コーヒー牛乳は給食とかふつうにいつでも飲むし、おとなになっても飲むけど、フルーツ牛乳はめずらしくてきちょうで、おふろ屋さんや温泉で湯上がりに飲むときの特別感は段ちがい、とフルーツ牛乳派の夕中キャプテンが主張した。小枝も、どうせほっといてもおとなになるんだから、おとなぶる必要ないっしょ、むしろ子どもに返れる時間のほうが大事だし、と言って、フルーツ牛乳派から大ぜっさん。子どもに返る時間の大切さわかるって、おとなのしょうこだよね、とか言いあっていて、ニッキも、確かに、となっとくした。

小枝はほんと、おとなだよ。来年は小枝が部長になるのはまちがいない。いまも事実上、エースだしね。

小枝はサイン帳とか回したりもしないいし、女子っぽい話題に加わったりもしない。お高いだとか言う子もいるらしいけど、女子サッカー部に入って一緒にプレーしてみたらいい。どんだけ熱くて、みんなのこと考えてるか、実感できるから。

試合しておふろ入っただけなのに、キャンプしたみたいな気分になれるのは、やっぱり大みそかだから？

ニッキは小枝といっしょに電車で帰って、真夜中に自転車でくるみ神社に行った。小枝と待ち合わせて、初もうで。幻小時代の子もたくさん来ていて、もりあがった。これも子どもに返る時間？

楽しすぎて、終わりがなければいいのに。


二年生に上がり、クラス替えが行われて何日かたったころ。部活もないため一人で帰宅するイツキが松保駅の踏切を渡ったとき、改札脇の柵に腰かけた松中の制服の男子が、「鬼村樹でしょ。久保寺泰子《くぼでらやすこ》の息子の」と母の旧姓を出して声をかけてきた。

不審げにうなずくと、「俺のこと、わかんない？　つれないなあ、同じクラスになったのに」と言う。それでもイツキにはわからず、「ごめん、まだ同級生、全員把握してないんで」と言うと、「そこがイッキのいいとこなんだろうね」と皮肉っぽく返す。そして「俺は財田《たからだ》。財田将人《まさと》」と、「マイ・ネーム・イズ・ボンド。ジェームズ・ボンド」みたいな言い方で名乗り、「イツキのお母さんと俺の母親は、松中で同級生だったんだよね。聞いてない？」と言った。

イツキが首を振ると、「ま、聞いてみてよ。聞けばわかるから。俺はおふくろから何度も聞かされてるから」と言い、イツキがうなずくと財田も満足そうにうなずく。

「イツキは幻が丘から電車通学してたんでしょ。俺は二年から電車通学になったんだよね。かげろう平ってわかる？」

「幻が丘の三つ先でしょ」

「四つね。去年の秋、かげろう平の手前に、とこしえランドっていう駅が新しくできたから」

「ああ、そうだったかな」

引っ越してから半年もたっていないのに、幻が丘に住んでいたころの自分が、もう他人に思える。だから、財田から「そうだ、今からうちに来ない？」と誘われたときも、唐突だなという思いより、遠くて億劫だ、という面倒な感覚のほうが先に立って、即座に「無理」と断った。

「今度来なよ。俺ら、母子家庭仲間だからさ。うちは離婚だけどね」

かげろう平に新居を建てている最中に離婚となり、建築士の父が設計した家は、父が住むことなく慰謝料として母に渡った、と財田は説明する。

「俺は一人っ子だし、ばかに広くて部屋余ってるんだよね。だからイツキも泊まれるよ」

押しつけがましいなと思ったものの、今、友達のほとんどいないイツキは、クラス内で浮いているらしい財田がかまってくるのを、不快には感じない。財田の連日の誘いはイツキには未知のことばかりで、次第に惹かれていく。

例えば、初めて喫茶店に入ったのも、財田の導きによるものだった。隣の駅のすずしろ台まで歩き、制服のワイシャツを脱いであらかじめ下に着ていたTシャツ姿になり、商店街の「喫茶マロニエ」でコーヒーを頼むのだ。財田は、そこで流れているジャズだとかブルースだとかロックだとか、アメリカ系の音楽が何であるかを教えてくれる。もっと本格的に知りたいなら、うちに来ればいろいろ聞かせてあげられるよ、と誘ってくるので、もう断れない。

初めて降りたかげろう平駅は、典型的な春夏線の住宅街だった。春夏線の敷設とともに開発された新興住宅地で、駅前に鉄道会社の経営するスーパーがあり、平たくて空の大きい建売メインの住宅街が広がる。街路樹はまだ若くて細い。

そんな住宅街の、駅から徒歩十五分くらいのところに、財田の新築住宅もあった。特に大きくはなかったが、母と息子の二人で暮らすには広かった。

財田の母は美ヶ原の設計事務所で働いており、日中は不在だった。ステレオのセットは、イツキの家のリビングくらい広い財田の部屋に置かれている。財田は自慢のレコードコレクションを次々と聞かせてくれたが、イツキはすみに立てかけてあるエレキギターのほうが気になってしょうがない。財田がトイレに行っている隙に思わず手にとって、セミ先生に教わった「スカボロー・フェア」を不器用に奏でてみる。「まさか、弾けんだ！」と、戻ってきた財田は驚いた。

財田はアンプにつないで何やらかっこいいロックのフレーズをいくつか弾いてみせたが、イツキは知らない。

「マジで？『スモーク・オン・ザ・ウォーター』だよ？　何でギター弾けんのに知らないの？　何で無駄に弾けんの？」と財田は嘆いた。

イツキがセミ先生の話をすると、「フォーク信者か、ダサいな」と財田がつぶやいたので、「財田はバンドでもやってるの？」とイッキは聞き、財田は「いや。これは趣味だから」と答えになっていない答えをする。財田が聞かれたくないだろうことを無意識に尋ねたのだと、イツキは後で気がついた。

財田のギターは、弾き方は一流っぽく見えるけれど、音は三流以下だった。イツキにもそれはわかった。

要するに、財田は見栄っぱりなだけだった。髪はサッカー部の潮越亮がしていたようなやや長めのスケベ分け、派手なデザインのミュージシャンのTシャツをいつもワイシャツの下に着て、第三ボタンまで外し、腕まくりをし、髑髏《どくろ》のバックルの水色の布ベルトをし、黄色いスポーツバッグを背中側で立てるように肩にかけている。そしてときどき、意味もなくサングラスをかけたりマスクをしてくる。読んでもいないくせに、太宰治だとか三島由紀夫だとかの文庫本をわざと机の上に放置しておく。正直、格好も言うこともうさんくさい。だからあまり信用されていなくて、浮いているのだろう。

けれどイツキには、不良になるのでもなく、まわり中に反抗的で誰ともつるみたがらない財田の態度が、自分の現状の気持ちと通じ合って感じられた。母同士のつながりを口実にしているけれど、財田も同じ感覚をイツキに嗅ぎつけて近寄ってきたんじゃないか、とイツキは思った。

なので、財田に強引にギターを買うよう勧められ、蟹川駅の真花島《まかしま》百貨店にある「シャイン・レコード」で、店長と懇意である財田が割引も呑ませて、基本の一式を貯金をはたいて買わされたときも、共犯者として世界にデビューしたかのような高ぶりを覚えた。

買ったばかりのギターを抱え、蟹川河川敷に降り、財田にチューニングしてもらう。そして弾いてみようというとき、財田はポケットからばらばらと新品のピックを何枚か取り出し、「好きなの選びなよ」と言った。

「イッキ用のはおまけでつけてもらったじゃん」

「何枚あってもいいでしょ」

「うちから持ってきたの?」

財田はにやけて首を振り、「かったんだよ」と「か」にアクセントを置きながら言った。

イッキがわからずに眉間にしわを寄せると、財田は「誰にわかんないふりしてるわけ?」と嫌みっぽく言う。

「ほんとにわかんないんだけど」

「世間知らずだなあ。狩りだよ狩り。狩猟。獲物取るやつ。お金出していただくのは、買う。お金出さないでいただくのは、狩る。このピックは狩ったの」と、「狩」にアクセントを置き続ける。

「シャイン・レコードで?」

財田はうなずく。

「だって、店長と仲いいんでしょ。いろいろまけてもらったでしょ」

「いいんだよ、儲かってる店なんだから。お店ってのは、狩られる損失まである程度見込んで商品の値段つけてんだから、事実上、おまけでつけてもらったのと一緒」

「一緒じゃないでしょ」

「余計な心配しなくていいって。こういうのは許される範囲なの。イッキは世間知らずなんだから、この機会に学んどきゃいいの」

　イツキがかたくなにピックを受け取ることを拒絶すると、財田は上目遣いになって声を落とし、

「店長からしたら、これ、俺が狩ったのか、イツキが狩ったのか、わからないよね。俺と店長の仲だから、俺の言い分、信じるんじゃないかな」と言った。

　イツキは背中から突き落とされたような気がした。いつの間にか、逃げ場を失っていた。落ちるしかなく、しかも落ちた先では囚われの身として、命令に服従するしかないのだ。

　心が剝がれて自分のものではないみたいに感じた。痛みも苦しみも悲しみも、何も感じない。

ああ、死んだようなもんだな、と落ちていく自分をどこか高いところから眺めながら悟るだけ。それは味わったことのない快感でもあった。いや、心地よさも感じないのだけど、そのことが爽快なのだ。自分じゃなくなるって、こんな楽なことなのか。

　毎週一緒にギターの練習しようと、財田は買う前に言っていたけれど、一度も実現することはなかった。財田は労力をかけてギターを弾けるようになることになど、関心はないのだ。イツキは一人で練習した。たまに財田の家に行ったときにイツキが練習の成果を披露しても、「へえ、よくやるねえ」と冷笑を浴びせるだけだった。

　それよりも財田が熱心にイツキに手ほどきしたのは、「狩る」テクニックだった。店の商品をかばんやポケットにいかに滑り落とすか、文具店やスーパーで実践してみせる。そしてイツキにもやってみるよう、促す。

　自分で予想したとおり、イツキは何の抵抗もなく、指示通りに狩っていた。感情が動かないので怯えや緊張もないため、難しいことは何もなかった。

罪悪感すら感じないことがやましく、架空日記で帳尻を合わせないと怖かった。

一九七九年六月二十七日（水）雨

かげろう城城主、タカラノカミ将人は、三度のメシより狩りが好きだ。ヒマさえあれば狩りをしている。

狩りをしているときのスリルが好きだ。スリルがないと、生きている気がしない。生きていることに意味はないから、スリルこそが生きることのすべて。タカラノカミは生き続けるために、四六時中狩りをした。

特に、タカを使った狩りが好きだ。えものを見つけたら、よく訓練してあるタカを空に放す。タカはむだなく確実にえものをしとめる。タカラノカミの体が、タカにまでえん長したみたいな感覚。そのときタカは、タカラノカミの一部なのだ。

そのタカがニッキだった。ニッキは魂を抜いてある。しゃっくりを止めるときみたく、急に高いところから突き落とすと、体だけ落ちて魂はその場に残ってしまう。自分で勝手にピンチになっていたニッキの魂は、突き落とすだけで楽々つかまえられた。ドライアイスを入れた魔法びんに魂を保存しておくと、からっぽの体は飼い主の言うことを聞く。

ニッキは魂を抜かれて、何も気にしなくてよくなり、何も考えないですみ、楽ちんだった。タカラノカミが飛べと言ったら飛べばよかった。野原のうさぎを見せられたら、体にまかせて自動的につかまえればよかった。人生楽勝だった。

でも、取れと命令されるものがだんだん大きくなっていって、ニッキも楽勝じゃなくなっていった。番犬を狩るのは手ごわかったし、牛はなかなか死ななくて、そのうち牛の飼い主が来て、あやうくニッキが殺されるところだった。牛をあきらめてニッキは逃げた。

最後はクマだった。タカラノカミが家来の忠告も聞かずに山の秘密の場所に入ったら、クマに出くわした。それでニッキに戦えと命令したのだ。

ニッキは善戦したけど、最後ははたき落とされて、ふまれて、首をかみ切られた。でも魂が抜かれてるから、痛くもなかったし、悲しくもなかったし、ただ、ああ死ぬんだ、と客観的に知っただけだった。

それは魂を抜かれていることより、さらに楽だった。命令に従うことさえしなくていいのだ。もうなんにもしなくていい。何も感じない。これもそう悪くはないな、と思ったけれど、思った自分ももういない。楽だ、ということさえ消えた。ただ何もないだけ。

欲しいから狙うわけではなく、取れそうだから取るだけなので、「収穫」は手元に残しても犯罪の証拠にしかならず、たいていは捨ててしまった。

例外が服だった。財田はイツキの格好がダサすぎると挨拶のように腐し続け、自分の古着を回してきたりして容姿作りを指南した。髪形にも文句をつけ、薬局で整髪料をいくつも狩らせた。

そしてとうとう、蟹川駅のジーンズショップで、ベルトとTシャツを狩ることを強制された。財田が店員と話しながら急に「あーっ！　財布忘れた」と絶叫するから、その隙にイツキが狩り、何食わぬ顔で財田に「お金貸すよ」と言って一品だけ買う、という作戦で、難なく成功した。

イツキとしては学校で目立ちたくないから、地味な姿でいたかった。このままうっすらと中学社会からフェイドアウトして、高校で立て直したかった。

けれど、財田の指南は適切すぎて、イツキの望まない効果が表れていった。

まず、クラス内の特定の女子と目が合うことが急に増えた。イツキは気にしないことにして反応しなかったが、次には、置きっぱなしの教科書の間に告白の手紙が挟まっていた。

さらに、一人で帰宅した日、途中でクラスの女子に待ち伏せされ、じつは友達がイツキのこと好きなんだけど二人だけで会ってあげてくれないか、と頼まれた。ごめん、できない、と即答すると、やっぱりね、冷たいよね、感じ悪、ああ断られてよかった、と嫌みを浴びせられた。イツキは自分が財田と同じような人間に見られているという事実を、はっきり認識した。そしてそれは間違いではないのだ。

夏休みに入り、しばらく財田と離れる期間ができると、イツキは何もすることができなくなった。何をしたいのか、わからない。家にいると岬が邪魔くさいし、誰もいないと家具の一部になった気がするので、毎日午後の一番暑い時間帯にペガサス五輪公園のプールに通い、ひたすら泳いだ。

八月の半ば、夕飯を食べ終わったころに、財田がイツキの自宅を突然訪れた。ちょっと外に出ようと言われてついていくと、松保小の前に原付きバイクが止めてあって、そこに同じ学年の女子がいた。一年のときに同じクラスだった末田百合《まつだゆり》だ。

末田百合はイツキを見ると、一瞬にしてトレードマークの笑顔になり、手を振って「久しぶりー」と言った。イツキはこの芝居がかったところが嫌いだった。

「というわけ」と財田は言った。

「何が、というわけ?」とイツキは理解を拒否した。

「ね、言ったとおりの反応でしょ?」と財田は末田百合に言い、「マチャト、さっすが」と末田百合は大げさに驚いた。

「別にうちらの件で来たわけじゃない。イツキに頼みがあってさ」と財田は末田百合を見ると、「ワカコ、知ってるでしょ」と末田百合が引き取る。友人が待ち伏せて、二人で会ってほしいと頼んできた子だ。末田百合とも友達なのか。

「ほんっといい子だから、まずは一回、会ってくんないかな。映画行くとか」

「元気なくて痩せちゃってるんだってさ。ダメならダメでいいから、イツキと直に会って言ってほしいんだって」と財田も推す。

「だったら何でこっちに直に頼んでこないの。あれこれ友達なんか使っちゃって」

「緊張してできないんだよ。わかるでしょ」財田が擁護する。

イツキはワカコのことを思い出してみるが、クラスでもイケイケのグループにいて、とてもそんなタイプには思えない。

「何企んでるのか知らないけど、陰謀のにおいがする」

イツキが言うと、末田百合はとたんに意地の悪そうな不平顔になり、「ほうら」と財田を責めた。

「俺はこれから百合と一緒にいるわけじゃん。イッキとつるむときも百合がいることになるから、だったらイッキにもカノジョがいたら、二・二になってちょうどいいでしょ」

「話がピーマン」イッキははねつける。

「だよね。マチャト、説得力ゼロだよ。もうやめようよ」末田百合が降りる。

「やっぱり陰謀か」とイッキがつぶやくと、末田百合は「そういうわけじゃないんだけど、マチャトが、どうしてもイッキにカノジョ作ってほしいって言うから」と説明する。

「つまり嘘なんでしょ」と疲れたようにイッキが指摘すれば、末田百合は首を振り、「ワカコがイッキ本命なのは事実。ただ、今は別のカレシいるからね。でもイッキがオッケーなら、速攻でイッキに乗り換えること必至」と請け合った。

「何で財田はイッキにカノジョ作ってほしいの？」イッキは尋ねる。

「イッキのこと好きな子がいて、その子がイッキと相性バッチリだったら、何とかしようって思うのが友達じゃん」

「イッキは世間知らずだから、女も世話してあげようってか」

思わず投げやりに口にしてしまった言葉に、財田がムッとした表情で「友達にそういう言い方する？」と声を低めたのは、図星だったからだろう。末田百合もドスのきいた表情でイッキを睨んでくる。

イッキは「気持ちはありがたいけど、自分のことは自分でできるから」と言い、財田は不満げに「まあ、まずは自分で失敗しないと経験も積めないからね」と嫌みで終わらせた。

「そっちこそ、捕まんなよ」とイツキはバイクを見る。

「大丈夫。堂々としてれば、うちらは高校生に見えるから」

「盗んだの？」

「百合の兄貴のを、ちょろっと借りてね」財田は声を潜める。無断で拝借したようだ。

「イツキは乗らないよ」と先に断ったら、財田はふんと鼻で笑い、末田百合は「マチャト、さすが」とつぶやいた。

家に戻ると、母親が「お友達？」と尋ねてきた。

イツキは雨池の一件以来、学校での交友関係を母にはあまり話してこなかった。イツキなりの反抗期であると同時に、うまくいっているとは言えない自分の学校生活のことで、母親の心労を増やすことだけは避けなければならない、と思っていたから。

母は春まで二年間、簿記学校で学んで二級の資格を取った後、松保の新居から自転車で通える小さな計器メーカーに学校の紹介で採用され、経理担当として働き始めた。

朝は息子たちより早く起きて朝食を作り、洗濯をし、帰宅してから風呂を洗って沸かし、夕飯を作り、後片付けをする。休日には掃除や買い物をする。子どもたちはほとんど何も手伝わない。

男の子とはそういうものだと母も諦めている。

すると、それまで低かった母の血圧がぐんぐん上がり始めた。ストレスを抑えるため、母は難しい年ごろの息子の不機嫌には触れないようになった。それでも、夜遊びするような友人がいたら、さすがに無視できないだろう。

「富樫文子《とがしふみこ》さんって覚えてる？」とイツキは尋ね返した。

「松中同期のふー子のこと？　何であんたが知ってんのよ」

「今来てたやつは、その富樫さんの息子。財田将人っていう」

「あら、そう。息子さん、あんたと同い年だったたっけか。確か、建築家と結婚したのよね」

「去年離婚したって」

「え、そうなの？」

「仲よかったの、富樫さんとは？」

　母は答えず、「ふー子の息子がイッキと友達になるとはねえ」とため息をつくと、「そのマコト君てどんな子なの？」と聞いてきた。おっちょこちょいな母親は、こういう間違いを日常的に犯して気にしない。

「マサトね。すかした野郎だよ。ちょっとワルだけど、本物のワルにはなれないやつ。まあ、社会勉強だと思って、つかず離れずでつきあってる」

「つけ込まれたりしてんじゃないでしょうね？　何かあったら言いなさいよ」

「やっぱ、富樫さんの息子だったら、そういうことしそうって思うんだ？」

「誰であれよ。あんた気が弱いから、ほんと心配よ」

「イッキのことわかってるような言い方、よくできるよね。まあ、どう思っててもいいけど、イツキはあんたが思ってるより危機管理はちゃんとできてますから大丈夫」

「親に向かってあんたとは何よ、あんたとは」

「しょうがないでしょ、反抗期なんだから。それより、将人がどんなやつかは正直に話したんだから、将人のお母さんのこと教えてよ」

「そうねえ。何につけ、目立つ子だったわね、よくも悪くも。よく言えば華やか、悪く言えば派手。勉強もスポーツもできて、気位が高くて、先生にも生意気な口きいて目をつけられて」

「いいとこのお嬢さん？」

「豆腐屋の娘よ。四つ上のお兄ちゃんが陸軍の予科士官学校に入って、その妹であることが自慢でね。そのせいじゃないかな、あの自信と誇りは」

「で、仲よかったの？」

「よかったっちゃあ、よかったんだろうね。みんなはそう思ってたでしょう」

「何その引っかかる言い方。お母さんは仲いいとは思ってなかったってこと？」

「ふー子の本心がよくわからなかったから。どういうわけかあたしに敵愾心《てきがいしん》持ってて、徒競走とか成績とかで急にムキになって張り合おうとしたり、かと思えば、無二の親友であることをアピールしてきたりして、何か振りまわされる友達だったかな」

イツキには少し文子さんの心理がわかる気がした。母親の能天気なところにイライラするのだろう。能天気だから、夫を亡くしても細かいことを気にせずにふんばれるのだ、と理解すると同時に、能天気だから、イツキの心の細かい部分に気づきもしないのだ、と報われない気持ちになる。

「卒業してからもつきあいはあるの？」

「うん、お互いに社会人になってからも、ときどき会ったり連絡とったりしてたわよ。それぞれ結婚してからは、年賀状くらいになったけどね」

きっとその年賀状で子どもの誕生も報告し合っていて、あちらは長男が同い年だと覚えているのに、イツキの母親は忘れてしまったのだろう。まあ、母の人生、それどころじゃなかったことも確かだが。

「離婚はすると思ってた？」イツキは踏み込んでみた。

「うーん、そこまではわからないけど」

「けど？」

「ふー子はおつきあいとかも派手なほうだったし、つきあう相手も派手な人が多かったからね。まあ、結婚前からトラブルも一度や二度じゃなかったでしょうし」

母はそう言ってから急に我に返り、「あんた、ふー子に会ったんじゃないでしょうね？　変な目で見ないでよ」と慌てて注意する。「いやだ、あたしったら、余計なことをうっかり」

「正直でいいでしょう。財田の家にはときどき行くけど、お母さん働いてるからいっつもいなくて、まだ会ったことないんだよ」

「今の話はいったん忘れてよ。子ども時分のこっちの一方的な印象なんであって、現実の財田君のお母さんは、自分の目を信じなさい」

「言われなくたってそうしてる」

「今度うちに来たら、上がってもらいなさいよ」

「やだね。お母さん、そういう目で見るでしょ」

一週間後、財田と末田百合はそれぞれ、小動物っぽい白いスクーターに乗って現れた。二人乗りするからもう一台はイツキが運転してくれ、とヘルメットを渡そうとする。くっついて乗りたきゃ一台は置いてけばいい、と言うイツキに、「ここまでしたのに、俺らの努力を台なしにするわけ？　百合なんか、そのためにバイクの運転、こっそり練習したんだよ？　全部イツキのためだよ？」と脅迫してくる。それでもイツキが首を振ると、財田は思いつめた表情になる。

「そっか。傷ついたな。こんな目に遭うんなら一蓮托生だ。今から俺、イツキのお母さんに挨拶してくるわ」

そう言うや、財田はすばしっこく駆け出してイツキの家のある小路に入り、イツキが追いつく前に呼び鈴を押していた。イツキは財田の腕を引っぱって去らせようとしたが、押し問答の声が聞こえたのか、イツキの母はただちに扉を開けた。

「初めまして、富樫文子の息子の財田将人です。イツキ君にはお世話になってます」

財田はイツキの知らない爽やかな高い声と曇りのない笑顔で、自己紹介した。

「あっらー。こんばんは。お母さん、そっくり。なかなか男前じゃない？」母の声もよそいきで上ずっている。

「いやあ」

「ほら、上がって」

「いえ、今日は近くまで来たんでイツキ君を散歩に誘っただけで、友達待ってるんで、またゆっくりうかがいます。あ、母がよろしくと申してました」

「あら残念。久しぶりにふー子と会いたいわね。今度親子セットで会いましょう。お母さんによろしくね」

この世にこれほどの茶番はあるだろうかと泣きたくなるほど、イツキはへこんだ。「気が済んだかよ」と財田に弱々しく言うと、「いやあ、イツキのお母さんだね、どこをとっても。思ってた以上に、思ってたとおりだよ」と上機嫌に答え、「気を取り直してバイクに乗ろう。走れば気も晴れるって。住宅街の路地だけにするからさ」と促す。

言われるがままイツキはバイクに乗り、運転は思っていたより難しくなく、しかも五分ほど走って、末田百合の兄の友達にバイクを返しに行っただけだった。イツキは一人で歩いて帰宅した。十分満足したのか、財田はもう夏休みの間は現れなかった。

二学期が始まると、財田は早くも末田百合と別れていた。「お互い、用済みだから。いわゆるひと夏の経験ってやつ?」と説明する。イツキが表情を停止しても気にも留めず、「イツキもそうなるといいなと思って誘ったんだけどなあ」と未練がましく言う。イツキは、どう反応しても食いつかれるだろうから、何も反応しない。

「それにあいつ、何かと兄貴と比較して文句言ってくるから、うざったくて」

「財田だって兄っぽくふるまってたじゃん」

「どこが。俺とあのチンピラ兄貴を一緒にすんな」

「そうじゃなくて、末田百合を妹扱いしてたでしょ。経験者が教えてあげる、みたいな」

「そりゃあ、あいつよか俺のほうがいろいろ経験あるからね。あいつだって、俺のそういうところが頼もしかったんだろうし」

「はいはい」

「嫉妬するくらいなら、俺の言うとおりワカコとつきあって、大人になればよかったんだよ。経験者入りするチャンスだったのになあ、もったいない」

面倒になって帰ろうとすると、ゲーセンに行こう、と引き止められる。去年から大ブームのスペースインベーダーにイツキは関心がなく、財田もガキの遊びだなどと軽蔑していたことも、二人が意気投合するポイントだったのに、今さらどういう風の吹き回しだろう。財田はおなじみの皮肉屋の笑みを浮かべて、まあ、やってみればわかるから、と詳しくは語らない。

夕暮が丘の繁華街にあるゲームセンターに入り、二人で並んでゲーム機に向かうと、財田が腕前を見せる。いつの間に経験を積んでいたのか、かなりのもので、名古屋撃ちなるテクニックまで披露した。イツキの驚きに財田はニヤニヤしながら、「秘密があってさ。あとで教えたげる」と言い、イツキにもやってみるよう促す。イツキが財布から百円を出そうとすると、「いいから、いいから。今日はイツキのデビューだから、俺のおごり」と言って、ゲームをスタートさせる。

初心者のゲームはすぐ終わってしまうが、財田は金のことは心配すんなと言って、すぐにゲームをスタートさせる。いくら注ぎ込んだのかわからなくなるほど、思う存分ゲームを繰り返した。おかげで案外上達したし、何より、すぐにまたインベーダーゲームをしたくなる。

「やばい、まだインベーダーがチカチカ見える」イツキはゲームセンターを出てから、消えない残像を追い払おうと瞬きを重ねる。

「中毒になるぐらいやり込まないと、本当の面白さってわかんないからね。明日も行こう。これさえあれば、したい放題だし」と財田はポケットからライターを取り出した。カチッと押すが、火は出ない。見れば、ガスは空になっている。

この電子ライターは改造してあって火はつかず、こいつをゲーム機のコイン投入口につけてカチッとやると、お金が入ったと勘違いしてゲーム機がスタートになる、と財田は説明した。「今どき、真面目に百円玉入れてやってるやつなんていないよ」

イツキは理由がわかってスッキリした。やはり財田はインベーダーゲームに関心があるわけではないのだ。

ゲームセンターに入り浸る日々が始まった。同じ松中の連中ともしばしば出くわしたし、夕中の不良もいた。みんな「カチカチ」でゲームをしていた。手元を見ればわかる。イツキも腕を上げていき、財田から自分専用のカチカチをもらって、それぞれのゲーム機で遊ぶようになった。子どもたちは慣れたものだった。慣れすぎてしまった。

その日、「カチカチ貸して」とまわりに聞こえる大声を出したのは、松中の一年坊主だった。イツキが気がついたときには、大人たちが出入り口を塞いでいた。逃げようとした子どもたちを、警官とゲーセンのスタッフが倒して押さえつける。もう逃げられないからおとなしくするようにと、お巡りが大声で告げる。イツキは最初から諦めて、ただ座っていた。財田は大人を殴って逃げようとして、逆に殴られていた。

身体検査を受け、電子ライターを取り上げられ、中学生八人と高校生二人が外に停まっていたマイクロバスに乗せられ、雨の中、警察署へ連れて行かれる。すでに学校の教師たちが待っていた。

ロンドン橋が落ちた、とイツキは思った。いつ落ちてもおかしくなかったけれど、ここで落ちた。

警官と教師から、おまえらは犯罪者だ、この汚点はもう消せない、一生後悔しながら生きることになる、などと重苦しく忌まわしい説教を受ける。夜まではそれぞれの親が現れ、大半の者は帰された。

イツキも母親の到着を待っていたが、財田は帰れなかった。すでに三度目の補導で、母親が引き取りに来るのを拒んだためだ。結局、松中の技術科の若い教師が、今晩は俺のところに来い、と言って引き取ることになった。イツキはその教師と財田に、イツキのうちに来ればいい、母も異論はないはずだから、と申し出た。教師はイツキに、もっと自分を大事にしろ、つるむ仲間をきちんと選ばないと、将来の自分のクラスが決まってしまうんだからな、みたいな忠告をして、財田とイツキを切り離した。イツキは頭に来て、教師を無視し財田に、いいから一緒に帰ろう、と呼びかけたが、財田はイツキに反応せず、体育座りで脚の間に頭を埋めたままだった。

数日欠席したのちに登校した財田は、丸坊主になって、眉を細く剃っていた。イツキも近寄りがたく、その日は一人で帰ろうとした。しかし、松保神社の手前で財田は待ち伏せしていた。

「これからはツッパリで行くんだ?」イツキは仕方なくふざけた。

財田は目を細めてイツキを睨み、「そういう冗談、言う?」と低い声で言った。

「マジで怖いから」とイツキが目をそらすと、ようやく笑って、「丸刈りにさせられたら、眉毛が目立っちゃって。俺の眉、太いでしょ。だから薄くしたら、もっと失敗した」とくだけた。

「イツキは罰、食らわなかった?」

「おこづかい二か月なしと門限五時。あと、塾に行かされることになった」

イツキが補導されたから警察に行ってくるので岬に夕飯食べさせてください、と母が祖母に頼んだとき、心臓の悪い祖母は絶句して胸を押さえ、顔をゆがめたそうだ。「おばあちゃん、本当に心臓止まりそうになったんだよ」と祖母は戻ったイツキに言い、こんなことは二度としないでほしいと釘を刺した。

「なるほど、イツキのお母さんらしいね」と財田はよそを見ながらつぶやく。

「財田のお母さんは、もう許してくれた？」

「最初から許してもらいたくねえし」財田はまた不機嫌になり、目を細める。

「うちに帰ってないとか？」

「帰ってるよ。親父に連れてかれて」

「お父さんが来たのか」

「教師の家行くのは嫌だったから、逃げ出して、父親に連絡したら、来たんだよ。親父んとこは新しい家族いるから、こっちから押しかけるわけいかないし。そんで俺の話聞いたら、制裁だって言って尻をしたたか殴られた。今でもアザになって痛《いて》えよ」

財田は神社の境内でズボンを脱いで、青くなった尻を見せた。

「そんでかげろう平の自宅に連れてかれて、母親に謝らせられて、反省の印に髪の毛刈られて、また問題起こしたら俺がただじゃおかないからな、文子も何かあったら俺に連絡しろとか言って、したら今度は母親がキレて、都合のいいときだけ父親ヅラするな、ってケンカが始まった」財田はそこで珍しくため息をつく。ため息とともに表情も落ちる。

「俺は母親の金をちょろまかしてたんだけど、母親は全部知ってて、あんたがほいほい際限なくこづかいを与えてきたせいだ、って親父をなじって、俺のちょろまかした分をあんたが返せとかってなって、俺は二人とも死ねばいいって思ったね」

「だからうちに来ればよかったのに」とイツキはつぶやいた。

その瞬間、財田が一変、剣幕を見せた。据わった上目遣いでイッキを凝視すると、「おまえ、すっげえ上からもの言ってるって、わかってる？」と責めてきた。

え？ とうろたえるイツキを、「俺は孤児《みなしご》かよ」とさらに批判する。

「行くとこのないかわいそうな子をうちに引き取ってあげましょう、ってか。はっきり言って、教師たちより俺のこと見下してるよね。病原菌扱いされるほうがまだマシなんだけど。事実、俺はバイ菌だし。でもイツキは俺といても感染しないだろ、偽善っていうバリアーがあるから」

そんなことない、と財田には抗弁したかった。財田にはこういう複雑さがあるから気が合うのだし、そのことに強く影響されている。

でも同時に、めんどくさい、とも感じていた。一人で勝手に傷ついていく財田に、もうつきあいきれない、と疲れ始めてもいた。それで何も言えなかった。

イツキが押し黙っていたら、財田はイツキの母に言及してきた。

「俺の母親が言うにはね、イツキのお母さんは何でも完璧にできたんだって。しかも自分では完璧にできてるってことを気にしてないから、全然、嫌みがない。うちのおふくろは見栄っぱりだから、ちょっと人よりできることがあると、すぐこれみよがしになる。そういう自分が嫌で、イツキのお母さんと親しくなって変わろうとしたんだけど、何か見えない壁があったんだってさ。ずっとその理由が謎だったんだけど、あるとき、イツキのお母さんがあんまりに健全すぎて人の恨みとか憎しみとかがわからないんだって気づいたら、身分の差みたいのを感じてショック受けたんだと。うちの母親がそういうドス黒い感情を溜め込んでても、全然わからないから、まったく気にしない。そこにはね返されて、仲いいはずなのに気持ちが通じ合ってる実感がない。イツキのお母さんはいろんな人に慕われてるけど、一人で生きてるんだって言ってたよ。で、俺はイツキもそっくりだと思うわけ」

財田の母親がイツキの母に感じてきたその無力感は、イツキにも深く理解できた。まさに、自分もその犠牲者だから。なのに、今、財田はイツキもそんな人間だと言う。

「親子だから似てるのは当然だろうけど、親子だから同じって決めつけるのは、安易すぎないかなあ」イツキは動揺を押し殺して、穏やかに反論する。

「いやいや、俺がイツキにずっと感じてたことだって。気が合うのに、どっか越えられない壁があるんだよね。その壁にぶち当たると、自分だけ惨めになる。イツキは俺がそういうことで落ち込んでも、落ち込んでることすら気づかないでしょ」

「お互いさまなんじゃないかなあ。自分だけ傷つけられたみたいに言うけど、こっちだって財田の言ったことにショック受けたりしてるし、でも財田はわかってないってことあるし」

「イツキはさ、まともなんだよ。自分がまともだってこと、気にもしない人がまともなんだよ。そこに隙間はない。俺は絶対そこに入れないし、入れてもらえない」

イツキの中で突然、財田をズタボロにしたい衝動がこみ上げてくる。財田そっくりの皮肉な笑いで自分の顔がゆがむのを感じながら、「イツキがまとも、か。知りもしないで」と吐き捨てる。すぐに、財田の術中にハマって余計なことを言いかけているのかもしれないと気づき、「でも、よくお母さんとそんな突っ込んだ話するよね。中二になってもお母さんとそんなに仲がよかったとはね」と嫌みで方向転換した。

「うちはまともじゃないからね」と財田もすぐさま嫌みで返してくる。「母親は俺のこと嫌いなくせに、急に俺に長話してくることがあるんだよ。勝手にしゃべって、勝手に満足して。別に俺の感想なんか求めちゃいないし、俺が話しても聞いてやしない。俺だって相手なんかしたくないけど、母子家庭で母親も一人で大変なんだってのはわかるから、聞くしかなくなる。そのへんはイツキもわかるでしょ？」

「そんときの財田がいい聞き手なのは、想像つく」とイツキはうなずく。財田の無表情がほんの少し緩む。

「母親はね、俺が女たらしになると思って嫌ってるんだよ。父親に似ていくんだって思い込んでるから。俺がいくらそうじゃないって証明しても、父親に似てる部分ばっかり探して、ほら似てきてるって思ってて、ありのままの俺のことは見てくれない。だから、じゃあいいよ、お望みどおりにしてやりましょうって、こっちもなるわけだよ」

イツキの心が石のように固まる。財田の異性との話は、イツキにはよくわからない。わかりたいけれど、心が拒絶する。

イツキの様子を見ていた財田の表情が、にわかに曇り一つなくなった。イツキの母に見せたような、爽やかで表しかない少年の顔。

「俺さ、電車通学になって親しくなった先輩がいてね。結木さん。知ってるよね？」

イツキの心にバリアーが張られる。財田はもうイツキの反応など関係なく語り続ける。

「俺と結木さんが同類なのは、イツキでもわかるでしょ。気が合うから何でも話せちゃう。それで結木さんから教えてもらっちゃったんだよね、イツキが結木さんにぞっこんだったこと」

逃げ場を失っていると思っていたけれど、本当はまだいくらでも逃げ道はあった。今、イツキは決定的にすべての逃げ道をなくした。本物の窮地は、陥ってみたときに初めてわかる。そしてそのときにはもう手遅れだ。

「それは事実じゃない」とイツキはか細い声を絞り出した。財田や結木先輩みたいな決めつけが、イツキ自身にも把握できないイツキのあり方を殺す。

「うん、結木さんの思い込みかもしんないよね」

財田の笑みは依然として透きとおるようで、嫌みを微塵も混じえていない。

「でも財田はそれを信じたんだ？」

「いやいや、わからないよ。そういうこと、俺は詳しくないし」

「そういうことって、何？　イツキにはわからない。イツキは『そういうこと』と関係ないから」

財田は笑みを深くした。慈悲深いとさえ形容できるような表情。

はたとイツキは理解した。憐れみだ。財田は、イツキを憐れんでいるのだ。純粋に、思う存分、復讐として。

「否定したくなる気持ちはわかる。誰だって、自分がまともじゃないって事実を受け入れるのはきつすぎるからね」

「さっきはイツキはまともだって言ってたくせに。イツキは自分のことをまともだともまともじゃないとも思ったことない」

「俺だってイツキがどうかなんてことはわかんないよ。だから、友達として、確かめるお手伝いをしてやったんじゃないか」

財田はこの時を待っていたのだろう。そのために、ワカコのことなど、「お手伝い」を周到に準備してきたのだ。もはや逃げ場がなくなって身動きの取れないイツキを、粉々に砕け散るまで、ゆっくり破壊するために。

「さっき財田は、お母さんが財田のお父さんに似てる部分ばっか見て、財田自身を見てくれないって怒ってたよね。財田もそれをイツキにしてるんだけど。財田が見てるイツキは、イツキじゃないんだけど」

「そうかもね。俺はどうせろくでもない人間になるって思われてるから、親の欠点の寄せ集めになっていってるんでね、そういう目でしかイツキのこと見てないかもね。ありのままのイツキなんか見てないかもしんない」

財田は純粋そうなまなざしを遠くにやった。

「でも、ごめんね。イツキは運が悪かったよ、俺みたいのにからまれて。ありのままの自分って何？　そんなの、ほんとにあんの？　俺の経験からすると、誰だってそういう目で見られたから、そういう人になってくんだよ。人の本性は、他人の目が決めるんだ。本当の自分なんか、それこそ当人の思い込み。見られ方次第でいくらでも簡単に変わっちゃう」

財田は、他意のない者だけが持つ透明な喜びに満ちた声で続ける。

「イツキはもう俺や結木さんにそう見られてるんだから、まともじゃいられないね。これから先、いくら俺に言われたことを忘れようとしても、俺がそう見たっていう事実はもう消えない。イツキはそのことを拒絶するにしても受け入れるにしても何にしても、その事実から自由じゃいらんないから」

財田のかける呪いを聞きながら、イツキは、なぜ自分なんだ、と引っかかった。財田はなぜイツキに目をつけたのか。理由があるはずだ。

答えはあっさりと見つかった。

「つまり財田は、お母さんにそういう目で見られて、そういう人間になって、お母さんからイツキの母親のこと聞いて、お母さんのために仕返ししてるわけだ。イツキを財田の仲間に堕落させることで、イツキの母親をやり込めたいっていう財田のお母さんの恨みを晴らしてあげてるんだ？　究極の親孝行だね、マザコン将人」

「人のことは言えないでしょう。母子家庭の男子なんかみんなマザコンだろうよ」

財田は超然と言い放ったが、純なる憐れみの表情はもう曇って、いつもの嫌みが顔をのぞかせている。

「イツキのためにこんなに情熱かけてるけど、ほんとはそれだけのエネルギーかけてお母さんに言い返したいんでしょ。それができないから、こんなことしちゃって、まあ何というか」

財田から強い殺意を感じた。イツキの内側から憐れみの感情がほとばしっていたから。財田の憐れみは成就せず、イツキに奪われた格好になったから。

「三万円、貸してよ。おふくろからちょろまかした分、返さなきゃなんないから。親父に返されるのは、ほんと屈辱なんでね」

財田は低い声と上目遣いで命令してきた。

「嫌だって言ったら？」

「俺とイツキの友情も考え直さなくちゃならなくなる」

イツキは後日、三万円を貸した。三万円で清算できるなら安いもんだと思った。その後もまた一万貸せ、五万貸せ、とつけ込んできたが、貸せないから友情を考え直してくれ、と断った。

一九七九年十月十四日（日）晴れ

タカラマサキは珍しいことに種から生まれた。正確には、種から芽が出て大きな木に育って、花が咲いて桃の実がなって、その桃の実がでかすぎてゴロゴロと川に転がり落ちて流されて、河口で浮いているところを、釣りキチにすくいあげられた。釣りキチは持って帰って、こんなでかい桃はみんなで分けないと食いきれないと友だちを呼んで皮をむいたら、果肉はちょっとしかなくて、果肉にうもれていた赤ん坊が泣きだした。桃の果肉でベトベトしていたけど捨てるわけにはいかないから、ジャンケンで引き取る者を決めて、フウコが持って帰った。

土に植えて水をやっていたら、中学生男子になって出てきた。フウコは自分のことをお母さんと呼ばせた。木から生まれたタカラモノだから、タカラマサキと名をつけた。

マサキは学校で自分の同類を見つけた。あのときジャンケンで負けたヤッチャンが、その後でかいミカンを海で見つけて、むいたら出てきたのがニッキだ。マサキは自分らは同じ種類だってニッキに教えたけど、ニッキはあまりわかっていないようだった。マサキはニッキにも、珍しくも種出身であることをもっと気にしてほしかった。

マサキがクラスメイトとかと話したり遊んだりすると、クラスメイトはいやな思いをしてマサキに近寄らなくなる。マサキは自分は種の出だからみんなとは違っていて、野ばんになってしまうのは仕方ないと思った。なのにニッキにはそういうことは起こっていないから、納得がいかなかった。

それで、種の自覚を持つのは、子どもを作ったときだとひらめき、ニッキにメスの種とつきあわせようと考えた。でも種出身のメスはなかなか見つからないので、とりあえず種ではないメスとくっつけてみようとした。そうしたら、ニッキとケンカになった。

ニッキは「自分ら、種なんでしょ。だったらオスとかメスとかあるわけない」と言いはった。マサキは本当は詳しくわかってなかったけど、「俺はあると思う。そうじゃなきゃ種は子孫が残せない。だいたい、俺らオスの形してるし」と言い返した。

「アゲハの幼虫にはでかい目の模様があるけど、あれは本物の目じゃないでしょ。ナナフシも枝に似てるけど枝じゃないでしょう。似てるけどそれそのものじゃないものなんて、いっぱいあるよね」とニッキは反論した。さらに、「種出身であることを大事にしたいとか言いながら、種とは関係ない、オスかメスかにこだわってるとか、変でしょう」と言った。

「どうせ俺は変だよ」とマサキはひねくれた。フウコが言うようにタカラモノなら、どうしてこんな嫌われるんだ？　だったらもうタカラモノやめてやる。タカラモノの反対は、ゴミ？　クソ？　アホ？　野郎？

マサキはグレて、フウコの飲んでいるビールを飲み、タバコを吸った。何もかもぼんやりしてどうでもよくなるから、ビールばっかり飲んでいたら、石原裕次郎みたく顔がふくらんでいった。そのふくらみ方は急で、あっというまに体が見えなくなって、巨大な顔ばっかりになった。ラフレシアみたい。

体がなえたからもう学校にも来られなくなって、ニッキが家をたずねると、マサキはベッドの上で咲いていた。マサキの顔のまま咲いていた。もうしゃべることはできないのに、ニッキには声が聞こえてきた。マサキの声というより桃の声だった。

桃の声は「すぐにまた男子中学生に生まれ直すから待ってて」と言った。「ニッキもそのうちこうなるよ」とも言った。「ニッキはミカンでしょ」と答えると、「とにかく、そのうちにまた会うことになる。だって、こうやって繰り返して、何度も会い直してるから」と言った。

「そうなの？　ニッキは覚えてない」

「仕方ないよ、種は記憶力悪いから」

ニッキは中学を卒業してから、ミカンの実になって、今度は大学生に生まれ直した。マサキはもっと早く生まれ直しただろうけど、どこでどうしているか、ニッキにはわからないし、再会していたとしても、記憶力が悪いから覚えていない。


卒業間近になって、一年以上疎遠でいた財田に、「あの三万は貸したんだよね？　貸したってことは、返してくれるってことだよね？」と言ったら、「ああ、忘れてた。悪いね。利子つけて五万返すよ」と言って、その場で自分の財布から五万円を出そうとしたので、三万円だけを受け取った。「んなはした金、もらっときゃいいのに」と財田は言い捨て、縁は完全に切れた。さらに壊れて底なしになっていく財田を見るくらいなら、三万円の返却など言い出さなければよかったとイツキは後悔した。

第三章

屋根裏部屋の動物

イツキには高校時代の記憶があまりない。物心つく以前のできごとのように、おぼろげで断片的だ。壮絶な経験をして記憶喪失になったとかではなく、早々に高校生活から脱落して、架空日記を書くことのほうが重要になっていったからだ。

日々、ものすごい集中力で日記を書いていたことは、鮮明に覚えている。日記を書くことが、生きることだった。日記を書くことで時間は進み、命はながらえ、イツキは十代後半を生きられた。

入学した段階では、自分を立て直す気満々だった。

高校受験では、家計に負担をかけたくないという思いから、内申点で合格安全圏の都立百人《ひやくにん》高校一本に絞り、いっさい滑り止めは受けなかった。チャンスは一回のみと決めたことへの不安は、秋の模擬試験の朝、猛烈な腹痛に襲われて会場へ行けなくなるという形で現れた。救急車を呼ぶ寸前に治まり、夜はぐったり寝転がってテレビで山口百恵《やまぐちももえ》の引退コンサートを眺めながら、受験当日もこんな目に遭って中学浪人して、自分も人生引退するのかもしれない、と諦めかけたりもした。

そんな重圧を乗り越えて合格した百人高校であり、城南《じようなん》区の貸与型奨学金の申請も通り、イツキの高校生活への期待はふくらんでいた。

けれど、では自分をどう立て直すのかと考えると、行き詰まってしまう。自分を「俺」の類で呼ぶ毎日をまた繰り返すことは、もはや不可能だ。ごまかして無理をすると、財田《たからだ》とつるんだときのような陰惨な結果に終わることは、すでに証明済みなのだから。

今までどおり「イツキ」を続けるか、セミ先生がかつて提案してくれた「私」を試してみるか。セミ先生がいきなり歌いだして堂々としていたあの自然な感じを、懐かしく思い返す。セミ先生が「私」を使い始めたのも、あの自然さの延長だったと、今ならわかる。あのとき先生の誘いを素直に受け入れていればよかった。でも、まだ遅くない。

というわけで、イツキは高校生活を「私」でスタートした。どう思われどんな目で見られるかは、想定のとおりだったし、これまでの学校生活で慣れている。

その勢いで、イツキは女子バスケ部の門戸を叩いた。女子バスケ部の顧問の教師と部長にかけあい、私を入部させてほしいと頼んだ。中学時代に、男子サッカー部に入りたいと訴えて入部した女子がいたこと、イツキは男子の部活は無理なので女子部に入れてほしいこと、バスケはまったくの初心者でたぶん一番下手だから問題ないだろうことを力説する。

顧問の教師は困惑し、部長は怒りに震え、断固として拒まれた。

即座にこの入部懇願事件は、クラス内の体育会系の女子たちを経由して広まり、イツキを見る目はまた変化した。女子の部活に潜り込むために女子を偽装する変質者、という見解が定まった。のっけから、また迷走してしまった。ついうっかり、安易に自分を梢《こずえ》とみなして行動してしまった。自分だって梢のようになれるとどこかで信じているのに、その道は見つからず、梢には届かない。

まあ、自分が女子だったらイツキを仲間だと思えるわけないよなあ、と自嘲的に反省する。自分でも女子だとは思っていないし、男子っぽくはないにせよ、特段、女子っぽくもないし、たいていの女子とは話題も合わないし、女子から見ればイツキは男子だ。でも男子とも話題は合わないし、男子の中にいても自然ではいられない。

文芸部とか手芸部に入ればよかったのかもしれないけれど、下心を偽装して厚顔無恥な行動に出る変態と認定された後では、どこにも行く先はない。

つまり一人でいろってことだ。

その事実を受け入れたあとは、記憶が飛んでいる。ただひたすら架空日記を書いていたことだけ、覚えている。まったくありえない架空の話を書いていたことは確かなのだが、現実の日常生活でしたこと起こったことも取り込んだ気がするし、逆に日記に記したせいで現実の行動に影響したこともあった。

とにかくそのすべてを含めて、イツキは日記の中を生きていた。イツキは水中にいて、現実世界は水の外であるかのように、ぼやけて輪郭がなかった。自宅だけでなく、高校からの帰宅途中に電車を降りて、知らない街の知らない喫茶店やマックやダンキンドーナツで書いたりもした。日記書きをしただけでなく、そこでバイトをしたような気もするが、それが現実だったか日記の中の出来事だったか、それともその両方だったか、あやふやだ。

正確に言えば、イツキは高校生活よりはよはっきりと、日記に書いた設定を覚えている。連日、「ニッキ」ではなく「タツキ」の日常生活を書いていた。架空日記上のイツキの分身は通常「ニッキ」なのだけど、ときおり、ニッキとは違う別の分身が現れる。「タツキ」は、父の病が治って生きているという世界での分身だ。

ニッキとして現状よりまともな世界を生きている架空日記を書こうとしたけれど、筆が動かなかった。心をうつろにして手が書くままに任せたら、タツキが現れた。けれど、日記内でどんな出来事が起こったか、詳しいことは覚えていない。なぜタツキが再び現れたのかも考えないようにした。

日記を思い出そうとしたことはほとんどない。書き終えたあと思い返さないようにしていたら、存外に忘れられるものだった。本物の夢と同様。

一九八一年四月二十日（月）晴れ

オリムラタツキは今日も世界を愛している。

人類をまるごと愛している。

誰も漏れることなくあらゆる人間一人ひとりに平等な愛を注いでいる。

完全な人類愛を実現するには、特定の誰かといっさい仲よくならないことが、その秘けつだ。

だからタツキはいつも一人でいる。そうすると一秒ごとに、人類への愛おしさがあふれ出てくる。

ああ、私はこんなにも人間が好きだ。人間って、身勝手でおろかで間違いばかりおかして、泣いたり笑ったり怒ったり後悔したりして、地表をうろちょろはい回ってアクセクして、何て愛らしいのだろう。

タツキは地上に生まれた人間をすべて、人類の歴史始まってから今この瞬間世界のどこかで産声を上げた赤ん坊まですべて、愛している。まるで神のように。

一九八一年四月二十一日（火）晴れ

オリムラタツキの通う都立千人《せんにん》高校は生徒の自主性を重んじる校風がウリなので、週イチで適当に休んだくらいでは何も言われない。午前中はサボったり午後からフケたりしても、親に連絡が行くこともない。遊び人も人生落後者も入り交じって目立たない。

髪形も自由だ。軽音の連中にはカーリーヘアとかドレッドヘアもいるし、赤髪立ててるのもいるし、いかがわしく口ヒゲはやしてるやつもいる。

タツキは髪を切るのが面倒になったので、無造作に伸ばしている。男の髪形も女の髪形もしたくない。だから放置している。

学校では寝ているか本を読んでるかしている。変態認定されているから、『家畜人ヤプー』とか『ドグラ・マグラ』とか『悪徳の栄え』とかをわざと机に置いている。魔よけみたいなもの。

一九八一年四月二十二日（水）晴れ

千高《せんこう》は私服だ。私服であることは自由なようでいて、めんどくさい。毎日、着るものを考えなくてはならない。同じ服ばかり着ていたり適当すぎたりすると貧民扱いされるし、コーディネートが間違っているとダサいとバカにされるし、ケッタイな格好をしていると目立ちたがり屋と敵視される。

そういうのがいやな人の中には、中学時代の制服を着ている子もいるが、タツキは中学時代なんかオサラバしたいわけだから、わざわざ着る気にはなれない。

だから貧民視されるのを覚悟で、安いジャージのセットを三色買って回しながら着ていたら、漢文と音楽の教師にダラシないとケチつけられた。

じゃあ保健体育の教師もダラシないんですか？　ってなことを聞き返したら、体育の先生はいつでも動ける格好が必要だってことぐらいわからないのか、とヘリクツをこねやがった。私だっていつ災害が起きても暴漢におそわれても動ける格好してるだけです、って言い返すと、教師をオチョクるな！とどなられた。

頭に来たので、白衣を買ってジャージの上にはおることにした。四六時中、学校のどこにでも白衣の教師がいるなら、白衣の生徒がいたっていいでしょう。

そしてますます誰も近寄らなくなった。

一九八一年四月二十三日（木）晴れ

渋世《しぶよ》のスクランブル交差点をわたり、センター街をぶらついてたら、マクドナルドが目に入った。高校生になったら、友達と帰りにマックに寄ってシェイクを飲んだりするものだと思っていた。しないんだったら、働く側に回るのもいいかもと思い、バイトを考える。

帰ってからハハに、マックでバイトしようかと思う、と言った。ハハは、私は別にかまわないけど、オトーサンにも相談しなさい、と答えた。

だいぶ遅くに帰ってきたチチに相談したら、不キゲンな声で、「チャラチャラすんな。高校生の生活の場は高校だろ。だからいいかげん、部活に入れ。それで髪を切れ」と言い渡された。

「入りたい部活がないからムリ」と言うと、「オマエはコクリツ高を受験するって約束を破ったんだから、大学はコクリツに入るコト。そのためには、共通一次で苦手な科目を残しちゃいけない。オマエは理数系が苦手なんだから、それを克服するような部活に入ればいいじゃないか。数学部とか科学部とか天文部とか、何かあるだろう」とムチャを命じてくる。

「約束破ったのはオトーサンでしょ。子どものとき、元気になったら家族でマクドナルドに行こうって言ってたのに、元気になっても実現しなかったじゃないか。あんときかなえられなかった願いを、今自分でかなえようってわけ。もう人には頼らない」

「仕方ないだろ、病気だったぶん、オレも仕事を取り戻さなきゃならなかったんだから。だったら今度の日曜にでもみんなで銀座のマクドナルドに行ってみるか?」

「いつの時代、生きてるの? もう期限はすぎてるんだよ。子どもだった時代は戻らないんだよ」

「いずれにしても、バイトは禁止。バイトするなら学費も全部自分で出しなさい」

チチはあきらめさせたくておどしたつもりだろうが、墓穴を掘ったな、とタツキは内心ホクソ笑んだ。高校を辞めれば、バイトをしてよいということになるのだから。

一九八一年四月二十四日(金) 晴れ

ミツキは塾に通っていることが、今日、わかった。中学受験のために今月から塾に入ったという。しかも、名門大学まで続いている私立を目指すというではないか。

タツキは一ツブで二度ダマサレタと思った。一つは、タツキはコクリツに入れと命令されているのに、ミツキは私大の附属中学でいい、ということ。もう一つは、ミツキが塾に行っていることを、タツキは知らされていなかったこと。

「長男と次男とでは、能力の伸ばし方が違う」とチチは言った。ワケわからない。

「笑っちゃうな。お城とか家業とかもないサラリーマン家庭で、長男とか言ってるよ。意味ないでしょ?」

「何だその口のきき方。オレがもしあのとき病気で死んでたら、オマエは長男として家族を支えなきゃならなかったんだぞ。そういう自覚を持てってコトだ」

「ミツキ、バカにされてんぞ」タツキが腹いせに言ったら、去年あたりからナマイキになって兄をケイベツし始めたミツキは、「オレは期待を裏切らないから、自覚とか言われないんだよ」とせせら笑った。

「じゃあ、私に期待しなくていいから、ミツキをコクリツに行かせればいい」

「うちの中で女言葉使うな!」パシンとチチのビンタが飛んできた。

「何だ、この暴力オヤジが」タツキははたき返そうとしたが、ハハとミツキに止められた。病気で貧弱になったチチよりタツキのほうが体格でまさり、シャレにならないから。

「止めなくていいぞ、なぐり返したけりゃなぐれ。そのほうがよっぽどまともな男だ。反抗期なら男らしく反抗しろ。オレは情けないよ」

「情けないのはこっちだよ。病気で出世争いから脱落して、事務職に異動させられて、うちでエバるしかなくなったんでしょ」

またはたかれるから、言うやいなやタツキは家を飛び出した。

夜の街を二時間歩き続けたら、海に出た。飛び込んで泳いじゃおうかと思った。それで死んだらそれも運命。けれど墨汁みたいな暗闇の海には、水死よりも恐ろしいものが含まれていそうで、怖気づく。波音のしない都会の海のほとりで、空がうす紫になり始めるまですわっていた。

一九八一年四月二十五日（土）雨

帰りは少し走って、家族が起きるギリギリ前に何とか家に入れた。体調の悪いフリをして、学校は休んだ。そのうち雨が降ってきた。

すずしろ台のオバーチャンちを建て直したこの家は、二世帯のデカい家で、一階にオバーチャンとナッコオバサンの部屋があって、二階はタツキの家族のうちになっている。

二階にもキッチンとトイレはあるけど、夜はタツキのハハが作った夕飯を、一階のダイニングでオバーチャンといっしょに食べる。

ハハはそのことについて、チチとケンカしている。自分もスーパーのパートをしたいから、ときどきはオバーチャンにも一人で食べてほしいという。あるいはナッコオバサンの担当する日も作ってほしいという。チチはそんなことは決して認めない。

チチは病気が治ってこの新しい家に引っ越してから、本当に小うるさくなった。みんながウンザリしていることにチチは気づかず、何でも指図して口をはさんでくる。ここは会社じゃないっていうの。

タツキはもう小学生のころみたいに、チチとハハが離婚するかもしれないと不安になったりはしない。したけりゃすればいい。どうぞご自由に。

けど、そもそもハハが離婚にふみきるわけがないと思っている。ほんとにその気があるのなら、もうとっくに離婚してる。どうせ本人は子どものためにガマンしているとか思ってるのだろうけど、それは自分に言い聞かせるための言いわけだ。

この家族のつながりは、タツキの思うほどヤワではなかった。むしろタフすぎて手ごわかった。タツキは、オヤキョーダイたちが当然視するカゾクという強固な義務に、息の根を止められそうだった。カゾクからリコンしたいのは、タツキだ。


この一週間と同じような架空日記を、時ところかまわず、イツキは手の動くままにしたためた。授業中だろうが放課後どこにいようが真夜中だろうが、衝動のおもむくままに書いた。現実も空想も、はたまた夢で見たことも、区別せず区別つけられず、日記内の生活に統合された。

イツキは日記のしもべで、日記のないイツキは自動操縦のロボットのようだった。規則正しく高校に行き、ほぼ誰とも話さず、授業が終わったらすぐに学校を出て、タツキのように街をうろちょろした。タツキのように髪を伸ばしっ放しにし、ジャージ姿で過ごした。教師に注意されても、すみません、とだけ言って、聞く耳を持たなかった。

母親はどこかやさぐれたようなイツキの様子を心配しているようだったが、ひどく落ちこぼれたり問題を起こすふうでもないので、何も言わない。成績がよく運動もでき、格好まで何だか小ジャレて、すっかり東京の小学生として輝いている岬《みさき》は、兄のうらぶれたさまを小馬鹿にするようになっていた。

ゴールデンウィーク前の休日のこと。母に頼まれて扇風機を下ろすため、イツキは久しぶりに、自室の押し入れから屋根裏部屋に上がった。

東側の壁の奥に置かれたコタツ机が目に留まる。いままで誰かがそこに座ってくつろいでいて、ちょっとトイレにでも立って外しているだけ、というような生活感が漂っている。三畳程度の広さで、布団を持ち込めば臨時の寝室にならないこともない。屋根が低く迫っているので立つことはできず、かがまないとならないが、コタツ机に座って読み書きするくらいなら問題ない。イツキは屋根裏で生活するさまを空想した。家族から独立できる場所が、ここにあった。

一九八一年四月二十六日（日）晴れ

チチが営業部でよく海外出張していたころ、あちこちで民芸品を買ってくるのが趣味だった。飾りきれない民芸品をしまうため、チチは広めの屋根裏部屋を作った。

屋根裏部屋には天窓ふうの大きな換気口が開いており、最初の春にはスズメバチが入り込んで巣を作りかけた。オバーチャンちの敷地は、ちょっとした森ほどにウッソウと木がしげっているのだ。換気口に網戸を張り、春にはハチが巣を作ろうとしていないかチェックするのが、タツキの役割になった。タツキの部屋の押入れに、屋根裏部屋への入り口があるから。

今年もそうして屋根裏を確認し、そこで文庫本を読んでいるうちに居眠りしてしまい、冷たい空気に震えて目がさめたときは、もう夜の八時過ぎだった。

あわてて階下に下りようとしたところ、「クラスメイトの連絡網あるんだろ、電話してみたほうがいいんじゃないか」とチチが言っているのが聞こえてきた。

「タツキはクラスに友達なんかいねえよ」とミツキがバカにしたように言う。

「中学のときの友達ならわかるかも」とハハが言う。

「ありえないって。一人でどっかフラフラしてるだけだって。そのうち戻ってくるって。他に行くとこねえんだから」ミツキが自信満々の口調で言う。

「まあ、明日までに帰ってこなかったら一一〇番でいいな」とチチが結論する。

自分は家出したと思われているらしい。それなら家出してやろうじゃないの。

しばらくすると、タツキの部屋をハハがのぞきに来るが、誰もいないので引き返していく。屋根裏部屋はまったく意識されていない。タツキは独立の手がかりを見つけた。

一九八一年五月五日（火）晴れ
屋根裏部屋で唯一の裸電球がついている電線を分岐させて、コンセントを取りつけることに成功した。これで電熱器も使えればラジカセもかけられる。ゆくゆくは小さな冷蔵庫も持ち込みたいしテレビもほしい。夏には扇風機、冬にはヒーターも必要だ。古いコタツ机があるので、食事や書きものはこれでオーケー。
換気口からはロープで出入りできるようにした。カブスカウトで習った中間者結びで簡易なはしごを作る。これで家の中を通らずに出たり入ったりできる。トイレとフロ場の上の屋根を伝い、隣との塀に下りられるので、ロープを出しっぱなしでも外からは見えにくい。
ゴールデンウィーク中、真夜中に上り下りの訓練を重ねた。足袋《たび》を履いて屋根の上を猫のように静かに歩く練習もした。あとはタツキが太らずに、換気口をギリですり抜けられる体形を保つことが肝心。

一九八一年五月二十八日（木）曇り

タツキはついにバイトを始めた。

「ネバダ」という、渋世と新塚《しんづか》と原塚《はらづか》にしかないマイナーなアイスクリーム店。伸ばしっぱなしの髪の毛で採用してくれたのは、人手不足のこの店だけ。

人手不足なのは理由があって、いまいち客が来ないからバイトの数も少なくて、その結果、人の量より仕事の量のほうが多くて、自分の担当以外の仕事もしなくちゃならなくて、ハードすぎてバイト同士で和気あいあいおしゃべりするヒマなんかなくて、工場とかみたいな雰囲気でシケてるから、みんな辞めてもっと明るいバイトに行ってしまう。

そういう説明を、店長自らがするのだ。それでも働けますか？と店長は面接の最後に聞いてきた。まさにタツキにうってつけ。

何より、店長を除くと男はタツキだけというのがよかった。女子とは話題が合わなくても問題ないけれど、男子と話題が合わないと失格のラク印を押された気がするから。

かせげるだけかせぎたいから、平日昼間のシフトも入れた。学校があるわけだから普通なら怪しまれるはずだけど、店長は知らんぷりをしていた。

初日は店頭で、先輩バイトがアイスをスクープする要領を見学したあと、トイレ掃除やゴミ袋の入れかえなどを指示どおりにこなした。

家族から見たらタツキの行動に変化があるわけではなく、誰も気づかない。

ハハもチチの反対を無視してスーパー「ラビーダ」でのパートを始めている。オバーチャンは一人で夕飯をとることが多くなって、ハハへの文句をチチやナッコオバサンに言ってるらしいけど、二人ともめんどくさくなってナマ返事している。それでミツキにグチをこぼしたりして、ミツキもオバーチャンを煙たがっている。

一九八一年六月五日（金）晴れ

ボサボサの髪をテキトーに帽子に入れていたら、お客さんのお金を受け取りそこねて落として拾ったとき、帽子も落ちて髪がバラけて、お客さんにイヤそうな顔をされた。すぐさま、大学生のバイトのミミさんが髪ゴムを貸してくれて、ちっこい団子状にまとめてくれた。

閉店したあと、そのお団子を見て、スズさんと店長が、わりと似合うねと言ってくれた。タツ君は顔がツルンとして子ども顔だから、そうやってると男の子か女の子かわからなくて、ウチの雰囲気に合ってるかも、って。

ちょっとホッとした。人間に髪の毛なんかなければいいのにって最近は思っていたから。でもハゲたいわけじゃない。最初から馬のタテガミとかニワトリのトサカみたいに、手入れなんかしなくていいようにできてればいいのに。

ミミさんは一番トシが近いから、一番話しやすい。本当はヨシミという名前で、漢字だと「美美」と書く。ヨシミと呼ばれることはほとんどなくて、ミミと呼ばれる。オヤのふざけた趣味のせいで恨んでると言っている。タツキはミミさんと名前を交換したい。

一九八一年六月十二日（金）雨

人生で初めて給料をもらった。茶封筒の中には、一万円札と五千円札と小銭。すごい大金。家に着くまで、カバンに現金が入っているのを気づかれて誰かにねらわれるんじゃないかとドキドキした。郵便局には貯金しないで、自分の机のカギ付きの引き出しにしまう。次の給料をもらったら冷蔵庫を買う予定。

でも働くって、すごいな。魔法みたいだと思った。仕事はけっこう大変だけど、タツキなんかぺーぺーでまだ仕事を覚えてる最中で、正直なところ、おカネをもらえるほど役に立ってる気がしない。なのに一万五千円もくれた。いいのだろうか。

でもそう考えると、おカネってワケわからない。タツキがネバダで一時間働けば、五百五十円もらえる。山手線の一番安い運賃が百十円。マクドナルドのハンバーガーが百八十円。タツキの働きが山手線の初乗りの五倍価値があって、ハンバーガーの三倍価値があるのか、いまいちピンとこない。働き続けているうちに、わかるようになるのだろうか。

一九八一年六月十六日(火) 曇り
うちの店は若いカップルや子ども連れが多いけど、今日の夕方は中年のオッサンが来て、全部のフレーバー一個ずつのつめあわせを頼んできた。
全部で二十種類だから、十個入りボックス二つにして、カップにスクープしていたら、「一個の量が少ない! わざとやってんだろう! オレはごまかされねえぞ、ちゃんとスキマなく盛りつけろ」と命令してきた。
まあ、アイスの量や形に文句をつけるお客さんはよくいるから、すみませんと口だけ謝って、文句言われないような見栄えに直していたら、今度は「そんなチンタラしてたら先に入れたのが溶けるだろ!」とケチをつける。ドライアイスを置きながらだから大丈夫ですと答えたら、「げんに溶けてるだろ！　よく見ろっての。それだよ、それ。新しいのにかえろよ」と最初にスクープしたカップを指さす。そして、「こんなやり方だったらどんどん溶けてくんだから、店員総出でいっせいに盛りつけろ」と言う。

　手のあいているスタッフはいなかったので、「それより私一人でやったほうが早いかと」と答えると、「ひっでえ店だな。手みやげで持ってくっていうのに、そんな溶けたの食わせられるか！　ヤメだ、ヤメ。サーティーワンで買うからもういい」とどなって、出ていってしまった。

　もうアイスは半分入れてしまった。私が自腹で払わなきゃならないのかと、頭に来ながらヘコんでいると、店長が「それは店の責任」と言ってくれた。

「あんなのはマシなほうでね、電話で注文して取りに来ない人もいるし、この場で土下座して謝れだとか社長に謝罪に来させろだとか要求する人もいるし、食べかけをつき返してくる人もいる。他の店舗だけど、自分のう●こを混ぜて凍らせて返そうとしてきた人もいたよ。世の中、イヤなヤツっていうのはどこでも一定の割合、いるもんだ。タツ君はあんな大人にならないようにね」

　まずいものをガマンして食べてるみたいなゆがんだ顔をして、店長はそう言った。店長も苦労してるんだな、と思った。

　でもタツキは、そのおしゃべりの中に、ほんのちょっとだけど店長の満足感も混ざっているのを察知した。店長は、タツキにそういう説明をするのが気持ちいいんだろう。

一九八一年六月二十五日（木）雨

　昼間にバイトを入れてない日は、学校に行くのがかったるい。もう学校なんか行かないで、全部バイトにしてしまいたくなる。そうすれば、週休二日で一日八時間働いたとして、九万円近くになる！

勉強なんか自分一人でできるから、そうしたほうがかせげるし、誰とも話さないで一人でいるだけなのに学校行くのは無意味すぎるし、いくらたんたんと過ごしててもやっぱりむなしくないわけじゃないし、高校生がだんだん子どもっぽく感じられるようになってきて、同じ教室にいるのがバカらしい。学校の人間関係なんか、ムダ以外の何ものでもない。仕事してるほうがよっぽど社会勉強になる。高校なんか義務教育じゃないんだから、大学にしちゃえばいい。中学を出ても勉強したい人は、大学に入って七年間学べるようにすればいい。トシとかも関係なく。

だから今日もサボった。サボるんだったら、シフト入れとけばよかった。ヒマだから秋場原《あきばはら》に行って、冷蔵庫とかテレビとかの下調べをした。ハイポジのテープがやったらめったら安くて、九十分の十本セットを二パックも買ってしまった。

ついでにレコード屋にも寄って、まだ手に入れてなかったYMOの『BGM』と久保田早紀の『エアメール・スペシャル』と、ジャケットに写っている人と目が合ったファニア・オール・スターズというバンドのライブの輸入盤1と2を、まとめてドンと買ってしまった。何しろ自分でかせいでるからね。

一九八一年七月十三日（月）晴れ

ハハから誕生日プレゼントを現金でもらった。何に使われるかわからないからおカネでのお祝いはダメだと言われたけど、じゃあお年玉は現金で問題ないの？　入学祝いもおカネだったよね?と反論したら、オトーサンにはナイショよと言って、しぶしぶ現金二万円をくれた。去年はソニーのラジカセ「サー・スリー」を買うのに半分出してもらったから、去年より減ったことになる。何に使われるかわからないから、あんまり大金は出せないってことなんだろう。
でももっとショックだったのは、二回目のお給料が四万円を超えていたせいで、二万円がはした金に思えたことだ。これっぽっちか、ってガッカリした。おカネなんてすぐ慣れるんだな。怖い。

一九八一年七月十七日(金)晴れ
誕生日プレゼントにもらった現金と給料を合わせて、冷蔵庫と扇風機とテレビをいっきに買った。こないだ行った秋場原のあの中古家電屋さんで目をつけていたやつ。シャープの白黒十インチのテレビが一万円、ナショナルの小型冷蔵庫が二万円、日立の扇風機はほぼ新品で三千円。来週の月曜日、家に誰もいないお昼前に、配達してもらう。オバーチャンも老人クラブに行く日なのだ。
これで何とか、夏休みを快適に過ごす準備が整った。もうすでにクソ暑いから、マジメに働いて早めに準備しといてよかった。小型冷蔵庫にはちっこい製氷棚もついてるから、氷が大活躍してくれる。そうだ、冷凍枕も買っておこう。

一九八一年八月二日(日)晴れ
暑い。屋根裏にいるのは耐えがたい。ひっきりなしに汗がしたたり落ちて、まるで減量中のボクサー。扇風機の後ろにアイス枕をつけると涼しい風が来るけど、つけ焼き刃だ。熱くなった屋根板がヒーターになって、真夏に暖房つけてるようなもんだから。

本当だったら、屋根裏に完全に閉じこもり、食事もふくめて連続して何日過ごせるか、夏休みの間に試すつもりだった。カブスカウトで使っていたテントマットとシュラフを持ちこんで、おまるも買ったし、調理用の電熱器とナベと皿も用意したし、水を入れておくタンクも備えた。そのタンクは、チチが病気だったとき「活きた水」なるものにハマって、高額な機械でイオン水とかいうのを作って、その水をためておくでっかいタンクで、小さな蛇口がついている。こんな形で再利用することになろうとは。

おフロをどうするか問題を除けば、自宅キャンプ生活の準備は完璧なはずだったんだけど、暑くて寝袋なんかいらないし、電熱器なんか使う気にならないし、そもそも熱帯夜すぎて眠れない。

そんなわけで、結局、うちにいるときはエアコンのきく自分の部屋で過ごしてる。

というか、たいていバイトしている。時間があり余ってるから。ほぼ毎日、朝から夕方までシフトを入れている。チチにバレないように、日曜だけ休むようにして。何しろ、これから完全独立したら、自分で食ってけるだけの食費をたくわえておかなくちゃならないから。できれば今月は十万かせぎたい。夢の月収十万円。

一九八一年八月五日（水）雨

アイスクリームショップはわかりやすい。暑くなればお客さんは増えるし、気温が下がると、晴れててもお客さんが減る。にわか雨が降ると、避難してくるお客さんで満席になりやすい。夏休みは、どことなくバカンス気分だから、人はアイスを食べやすい。つまりタツキたちは忙しい。

今日は雨が降ってから気温が下がったので、夕方はお客さんが減って、ちょっと余裕があった。忙しいシーズンだからバイトも多くて、いつもはシフトが重ならない人たちが一緒にいたりするのがめずらしい。

ミミさんとマチコさんがそうだ。マチコさんも大学生で、じつは二人とも山登りのサークルに入っていることが判明して、意気投合。ミミさんは来週、マチコさんはその次の週に、北アルプスに行くんだそうだ。登山サークルは女子が少ないから、話が合う女同士が会うことはなかなかなくて、ミミさんとマチコさんはフィーリングも合うらしくて、今日はすごい盛り上がり方をしていた。

それで仕事が引けてから二人で飲みに行こうとして、路上でお店選びに迷っているところに、運悪くタツキは出くわしてしまった。二人から一緒に飲もうと電磁石級の威力で誘われて、未成年ですから、と断っても、大学生だって十九歳は未成年だけど飲んでるから問題なし、と取りあってもらえず、引き入れられてしまった。

わかっていたことだけど、タツキは酒のサカナにされた。最初はどの山が好きかとか、オススメの山のチャームポイントとか、どんな危険な目にあってヒヤッとしたかとか、二人で盛り上がっては、タツキに説明するだけだったけれど、よっぱらってきたら男女関係の話になって、サークル内でつきあうとぜったいシュラ場になるとか、なぜ自分は山好きの女という変わった性格なのに男となると一般に美しい男にホレてしまって痛い目にあうのかとか、そんな濃い話に突入して、こっちにホコ先が向くわけだ、タツ君はカノジョいる？　好みのタイプは？

これがアイスクリームショップのバイトの普通なんだと思う。マックでバイトしてもデニーズでバイトしても、きっとこうなんだろう。

この職場は、それがないからよかったのに。暗めで殺ばつとしていて、バイト同士が和気あいあいしてないから、タツキも生息できたのに。

カノジョはいりません、好きなのは宇宙人ですけど、出会ったことないからどんなタイプが存在してるかもわからないです。

苦しまぎれにそう答えたら、やっぱり勝手に解釈された。

宇宙人！　変人ってこと？　あ、じゃあ、モグちゃんみたいな人？　モグちゃん宇宙人でしょ、チョコミントにしょうゆかけてるからビビったら、スイカに塩かけるとおいしくなるじゃんとか言うし、バイト始めたとき、カップにスクープしたアイスをコーンにのせ直したから、え、何で？ってみんななって、そしたらそれがきれいに盛りつける正式な手順だと思ってたんだって。笑えるー。タツ君、モグちゃんとか、どう思う？

人間です。

二人が爆笑するので、「別におかしくないですけど」とマジメな顔で言ったら、「笑ってる場合ですよ！」と返された。

一九八一年八月十日（月）晴れ
事態は悪いほうに転がっている。忙しくなるお盆休みを前に、今日、店長が従業員全員での飲み会をもよおしたのだ。タツキはゴウモンを受けているようだった。なぜといえば、全員での飲み会などという前例のない暴挙に及んだのは、ミミさんとマチコさんのタッグが、タツ君と飲むと面白い、お酒飲まなくてもタツ君の反応がカワユイ、とふれ回ったからで、じゃ今度タツ君とみんなで飲もうという話が店長の耳に入り、それなら一肌ぬごう、と展開したわけだ。

予測どおり、ミミさんマチコさんとの飲みのときのアレが、大規模に集団で繰り返された。宇宙人ネタが山火事的に燃え広がり、芸能人でいうと藤谷美和子《ふじたにみわこ》とかタイプでしょ？　タツ君にピッタリの宇宙人が友達にいるな、紹介するから今度コンパしよう、最初のデートは月に誘ったらバッチリ行けるよ、宇宙人攻めるなら自分も宇宙人じゃないとね、タツ君はもう十分宇宙人でしょう、鹿みたいだし、そう、中性的だよね、宇宙人には性別ってないのかも。

入れ替わりの激しいこの店ではベテランになるスズさんが、お店にいるときとは別人のように人生の先輩風吹かせて、タツキに女性の扱い方指南を始めた。仕事のときはタツキの立場に立って教えてくれるのがすごくわかりやすくてありがたかったけど、この場合はタツキの感覚には合わなくて苦痛だった。

驚いたのは、店長がスズさんを抑えてくれたこと。

スズさん、まあ、人にはいろんな道があるから、タツ君はタツ君のやり方をこれから学んでくんで、そのくらいにしときましょうよ、むしろその女性扱いのゴクイ、ぼくに教えてほしいところです、と言って、スズさんはあきれて、店長は大人でしょ、大人からだったら受講料取るよ、給料に上乗せでいい、と笑いに誘導して、タツキはその局面からは解放された。

店長〜、だったら飲み会自体を開かないでくださいよー。

一九八一年八月十七日（月）晴れ

あれ以来、バイトに行くのがキツくなってきた。

幸い、忙しすぎて団らんするヒマなんかないし、もとどおり殺ばつとしてきたし、モグさんが急に辞めたりして仕事は完全にパンクして、急きょバイトを雇ったけどまだ半人前だし、そんなこんなで、タツキがかまわれたりはしなかった。

それでも、前とは同僚たちの目が違う気がするのだ。タツキなんかがバイトで入ってきたせいで、それまで職場では消えていた、性別なるものが俗世にはあるという迷信を、皆が思い出して信じ始めたかのようなのだ。

好意がハミ出してまた話を振られたり誘われたりするんじゃないかと不安で、タツキは誰の目も見ないようにしている。自分はゴルゴンに囲まれていると思って、十万円達成のためにガマンしている。

一九八一年九月一日（火）晴れ

よっしゃ、十万円達成。給料袋が厚いぜ。

こんなに大金かせぐと、パーッと使いたくなる。秋場原行きそうになったけど、ムダな電化製品買ったり、ゲーセン行ったり、レコード買ったりしそうなので、こらえた。ムダ使いしたくなければ、どこにも行かないのが一番。

目標も達成したし、このままネバダとはオサラバしようと思っていたのだけど、もとの会話の少ない職場に戻ったので、もう少し様子を見ることにした。北アルプスを登ってきたミミさんとマチコさんも、登山グッズの店でバイトすることになって辞めたし。
しかし、全然涼しくならないので、なかなか屋根裏部屋生活を始められない。残暑、たいがいにしとけ。

一九八一年九月十日（木）曇り
ミミさん、まさかの出戻り。バイトするはずだった「ライチョウ」という登山ショップに、マチコさんしか採用されなかったという。「ライチョウ」はマチコさんの登山サークルの先輩が紹介してくれて、でも働きたいのが二人ってことは伝わってなくて、面接に行ったら相手は困っていて、どこか他の店で求人が出たら連絡するって言われたけど、もうどうでもよくなって、わざわざネバダを辞めて他でバイトしようとしたことが間違いだった、マッチンってけっこう抜けててイマイチ信用できないんだよね、とかグチっていた。
何か、急に気が重くなってきた。

一九八一年九月十二日（土）雨
突然涼しくなったので、ここんとこ、屋根裏で寝ている。雨が降ると屋根に雨の当たる音が、部屋にいるときよりじかに大きく聞こえる。テントで寝ているときみたいで、非日常感覚が心地よい。自分が水の生き物に思えてくる。実際に水にまみれたくなって、真夜中に静かに換気口から屋根の上に出てみた。すべりそうで怖かったけど、ただ座ってぬれていると、それが本来あるべきタツキの姿に感じられてくる。あちこちの屋根の上に、本当は水の生き物であるタツキの同

類が出てきて、雨を喜んでいるのだ。カタツムリやカエルやミミズみたいに。そして、人間なんか、この世のどこにもいないのだ。

一九八一年十月五日（月）曇り

休けい時間にひかえ室でミミさんと二人きりになったとき、大地震の直前みたいな、ものすごくイヤな予感に襲われた。

次の瞬間、ミミさんが声をひそめるようにして、「タツ君て、男の子が好きなの？」と言った。

顔がバズーカ砲で吹き飛ばされた気がした。

「違います」と否定したけど、声はかすれてしまった。

「でも顔、赤いよ」とミミさんは指摘した。

「何でそんなこと聞くんですか」タツキは感情的になって聞き返した。

「大丈夫だよ、私、そういう友達いるし、男の人が男の人を好きになるのは変なこととか思ってない」

「私は違います」

「そっか。ヤッキになって否定しなくても大丈夫だよ。むしろ応援してるから」

「決めつけないでください。ミミさんに答える義務ないし」

「そうだよね。ごめん、悪かった」

ミミさんは謝ったけれど、顔は笑っていた。

タツキはその日かぎりでバイトを辞めた。履歴書を返してもらった。人生も返してもらいたいかった。

一九八一年十月六日（火）晴れ
換気口から空をながめていると、同じアキアカネがぐるぐると飛び続けているのが見える。うちの屋根の上空をナワバリとしているのだろうか。他のアキアカネが入り込んできたら、ものすごいケンマクで攻撃して追い払っていた。

ナワバリの上の空はどこまでも全部ナワバリなんだろうか。雲の上まで、空気がなくなる成層圏の上まで、このアキアカネのナワバリなんだろうか。

ヒトもトンボみたいなもので、自動的にナワバリにこだわってしまうだけなんだろうか。

タツキのナワバリはこの屋根裏の空間だけ。というか、どこに行っても追い払われるから、ここしかなくなった。

ここはアリスの不思議の国のようなもの。現実の中にあるのに、ほとんど誰にも見えない。本当は時間の流れも、空気の濃さも、重力も、月の回る速さも、現実とはかすかに違う異世界。

そこに住むタツキも異人。というか、異生物。

一九八一年十月七日（水）曇り
秋場原に行って電子ジャーと電子レンジとオーブントースターと電気毛布をヤケ買いした。中古だけど、レンジが高かったのでけっこうな出費。じゃないとヤケ買いの意味がない。
屋根裏部屋に戻ったタツキは、貧血みたいになって、しばらく頭に霧がかかった。うたた寝をしたかもしれないし、消えかかる自分を必死につかまえていただけかもしれない。

霧が晴れてきたら、タツキは自分の根っこをいじくっていた。栄養を吸わない根っこ。余計なものばかり吐きだす根っこ。長らく無視して、根っこが何をしても、ないことにしていたのに、今は自らもてあそんでいる。いじくるほど、涙が出てくる。腐った汁も出る。どうして腐って落ちてしまわないのだろう。

寝転がってラジカセを耳もとに置き、外の世界に音がもれないよう音量を絞って、ファニア・オール・スターズのライブをくり返し聞く。このバンドのアルバムは、どこの貸しレコード屋に行っても置いてない。だから、ひたすらこのライブ盤ばっかり聞いてる。

このすごいリズムに身を任せていると、自分についた汚れが落ちていく気がする。メガネを洗う超音波みたいに、熱い音楽の波がタマシイのケガレをふるい落としてくれる。根っこも落ちればいいのに。

レコードのジャケットを眺めながら聞いていると、自分がライブ会場の熱気の中で踊っている感覚になる。濃いクミンと汗のにおいが充満している。タツキは、こちらに濃い視線を向けている、ジャケットの女の子だ。波とか雲とか雨とかの自然現象みたいに、意思をこえて体が動きリズムをきざんでエネルギーが放出され、その熱波に人が引き寄せられる。お互いが波動で引いたり押したりし合う。

屋根裏では立ち上がれないので、タツキは寝転がりながら、小さく踊る。踊り方なんか知らないから、リズムに合わせてただ震えているだけ。でもタツキには、ライブ会場で激しく動き回転する、ジャケットの視線の女の子である自分が見える。

女の子だけじゃない、そこにいる男たち、女たち、演奏者たち、どれもがタツキだ。タツキは男ではない。タツキは女ではない。タツキは男を好きではない。タツキは女を好きではない。タツキは誰も好きではない。タツキはただひたすら人類を愛す。全宇宙が凝縮されたこの屋根裏世界から人類に愛をそそぐ。

愛しい人類よ、私の愛で滅びなさい。

一九八一年十一月四日（水）曇り

ついに自宅内家出を決行した。昨日の夜は屋根裏にこもって、夕飯のときもダイニングに下りなかった。

寝る時間になってもタツキがいないから、何かあったんじゃないかとハハが言いだし、チチとミツキは、前にも無断で外をうろついて帰らなかったことあるだろ、またアレだ、ほっとけ、と取りあわない。

タツキはその様子を、屋根裏の床、つまり二階の天井板に上から聴診器を当てて、聞いていた。聴診器は、中古品を何でも扱ってる秋場原のよろず屋で二千円で買った。「盗聴器」として売っていた。だから盗聴している。

カップラーメンで夕飯をとり、トイレはおまるですませ、シュラフで寝て、五時前に起き、食パンにチーズをのせてオーブントースターで焼いて食べ、牛乳を飲み、五時半すぎには北側の換気口からロープで外に出た。駅二つ分くらい歩いて浜急秋冬線《はまきゆうあきふゆせん》で渋世に行き、時間をつぶしがてら高校まで歩いた。

それでもかなり早く着いたので、誰もいない校庭をうろついていたら、サッカーボールを見つけて、ゴールにけり込んでみると、タツキの足はサッカーを忘れてなくてけっこうきれいな軌道でスパッと決まり、快感で泣きそうになった。一人でドリブルしたり、見えない敵を相手にフェイントで勝負したり、ドライブシュートを決めたりして、架空のゲームを楽しんだ。

授業中はいつになくよく眠れた。寝ているフリとはやっぱり違う。

午後はすぐに帰宅した。ハハはパートのない日で家にいたので、ただちに叱られた。

昨日はどこにいたの、高校生のうちは外泊は禁止、どうしても帰れないなら電話しなさい。

ハハには、反抗期なんだから言いつけを全部は守れない、この家はオバーチャンがいたりオバサンがいたり、いつも監視されてるみたいで息が詰まる、だからときどきは一人暮らしの友達のうちに泊まる、と説明した。ハハは疲れたようにため息をついて、そんな言い訳、オトーサンには通用しないよ、とだけ言った。

実際、通用しなかった。

一人暮らしの友達のうちなんて非行の温床だろ、悪い影響を受けるに決まってるんだから禁止、とにかく外泊なんか禁止、おまえが帰ってこないって聞いたら、オバーチャン、心臓止まりそうになって寝込んじゃったんだからな、オバーチャンを死なせたくなかったらちゃんとうちに帰れ。

オバーチャンをダシにするのか、とタツキはチチのひきょうさが情けなくなって、たぶん見下すような顔をしたのだろう、ミツキが底意地の悪そうな声でこう言った。

友達いるフリしちゃって、みじめー。全部ウソだっての。落ちこぼれに友達はいねえから。

友達のうちじゃなければ、どこに行ってたんだ?

チチの追及に、あくまでも友達のうちと言いはったが、もう誰も信じてはくれない。

ともかくだ、何かあったら、オレの代わりに責任者になるのは長男のおまえなんだから。そのとき遊び歩いてたんじゃ困るんだよ。もっと自覚を持ちなさい。

いいじゃないの、責任者になりたがってエバってる秀才がいるんだから、私じゃなくて、そっちに任せれば。

タツキの抗弁に、またチチの手が飛んできたが、予測していたので難なくかわす。これだから家にいたくないってことがわからないんだね、と言い捨てて、玄関から家を出た。

これで、タツキは小さく家出を繰り返すもの、という頭を家族に植えつけることができた。

一九八一年十二月二十四日（木）晴れ

年賀状仕分けのバイトが始まった。自宅内家出は計算していた以上に費用がかかり、もっとたくわえが必要だったので。

バイト中は家出を中断することにする。経済的に厳しいとかいろいろ理由はあるけれど、一番の本音は、屋根裏での生活にへたばった。立つこともできない空間にずっといるのって、何かの罰を受けている気分。

寝転がっているしかないので、筋トレをしている。換気口にラップを張っても夜はおそろしく冷えるため、腕立て腹筋を各百回やって自分を温めている。自分暖房。筋トレしてると、少なくとも肉体としては自分は存在してるな、って手ごたえがある。三島由紀夫がボディービルに打ち込んだのも、こんな感覚もあったのかな。

トイレを大も小もおまるだけですますのも、気が滅入る。ニオイが耐えがたい。それで家族が寝静まったあとの時間帯とかに、換気口から外に出て、公園の公衆トイレを使うようにした。水道があるから、タオルをぬらして体をふいてフロがわりにもなる。公園の利用でだいぶ不便は解消されたけれど、それでもこの寒さの中、大のたびにいちいち夜の公園に行くのは疲れる。ずっと外で生活している、家のない人とか、すごい。

一九八二年一月一日（金）晴れ

中学受験のために塾に通っているミツキは、冬期講習が終わったら追い込みに入るらしい。部屋で音楽聞くときはヘッドホンにしなさいとハハから言われた。つまり、タツキには家出していてほしい、と暗に求められたのだろう。冬休み終了を待たずして、屋根裏に戻る。

一九八二年二月十一日（木）晴れ

ミツキは本命に合格したらしい。スポーツで有名な私立で、系列の名門大学にも七割が進学できるという。タツキはバイトで家にいないから、合格を三日遅れで知った。

ミツキに、合格祝いに何か買ってあげる、と言ったら、ウォークマンと答えた。買えっこないだろうと、からかってきたのだ。

タツキもムキになって、秋場原できれいな中古を探しまくり、新品といつわってプレゼントした。ミツキは素直に驚き、お礼を言ってきた。昔のミツキがほんのちょっと顔をのぞかせた。

一九八二年二月十七日（水）雨
ダウンした。熱が三十八度台、ノドが痛くて鼻水が止まらない。カゼ薬を飲んで、自室で寝ている。まあ、こんな生活していたら、体壊すな。毎日、明け方まで弁当工場でバイトして、そのまま学校に行って、学校ではほとんど寝て、うちに帰って少し寝て、夜に出勤。やっぱり春休みいっぱいまでで限界。

食欲もないから、雑炊とかうどんとかをハハが作ってくれる。失そうしたら、こういうときも全部自分でやらなくちゃならないと思うと、ちょっとくじけそうになる。今日は体が弱っているから、気持ちも弱くなる。

高校辞めて働いて一人暮らしを始めればいいのに、と何度も思う。でもそれは失そうでも家出でもない。たんなる自活。タツキが目指しているのは、社会生活じゃない。

屋根裏部屋は異界だ。現実の世界とはちょっとだけ違っている。そこに入ったら誰にも見えない、そういう死角だ。死角こそがタツキのいる場所。タツキ自身が死角人間。

つまり、この世界から消滅したいのだ。

一九八二年三月六日（土）雨
春休みに家族で大島に旅行に行くけど、タツキも行きたい？とミツキから言われた。ミツキの合格&卒業祝いだそうだ。
むろん、バイトが忙しいからそれどころではない、と断った。それが望みなんだろうから。後でハハに、家族旅行っていつ決まったの、と尋ねたら、ミツキが合格した直後で、タツキにはミツキから相談すると言うから任せていた、という答え。今ごろ相談してきたの？と尋ね返されて、相談じゃないよ、旅行の予定があるけど行きたいなら加わってもいいよ、みたいな告知だった、と説明すると、なるほど、とハハは厳しい顔をした。

夕飯のときに、ハハは大島の旅行には参加できない、仕事が忙しいから、と言った。チチは激怒したが、全員が参加できるようオトーサンがきちんと調整すべきでしょう、そうしなかったオトーサンが悪い、八つ当たりはよしてくれる、と突っぱねた。ミツキは不機嫌な顔で押し黙り、タツキはバカらしくなって席を立つ。おまえはいつなら行けるんだ？とチチが声をかけてきたが、タツキは答えなかった。チチとは半年近く、口をきいていない。

二年に進級してクラス替えがあってしばらくしてから、イツキは休み時間や放課後に、座席が同じ縦の列の男女五人と、ナポレオンというトランプゲームをするようになった。場に出てくる札を読み込んで誰が敵か味方か、どんな戦略で勝つか、集中して頭を使い続けていると、余計なことを考えずにすむので、教室にいるのが少し楽になった。

「同列クラブ」といつの間にか呼ぶようになったその面々を仕切っている者はいないが、どんな状況でもほとんど勝つ絶対的に強い松本《まつもと》君が、ゲーム中は何となく中心ではあった。恐るべき切れ味で先を読む思考の持ち主で、観察眼も鋭く、勝つときは容赦なく、イツキはアル・パチーノ演じる『ゴッド・ファーザー』の三男マイケル・コルレオーネに顔も背格好も仕草も性格も似ていると思って、密かにマイケル松本と名づけていた。小柄で、非情なまでに冷静沈着、世界の最深部からくっきりしたギョロ目を光らせ、低いバリトンの声で話し始めると、つい誰もが聞いてしまう、隠れたカリスマ性の持ち主だった。

イツキはどうあがいてもマイケル松本には歯が立たず、毎日の勝負の八、九割はマイケルのものだった。ナポレオンになろうが副官になろうが連合軍になろうが、マイケルは誰よりも早く全員の手札を読み尽くし、怒濤の攻めで勝利する。その鮮やかさを味わうだけでも、快感だった。

トランプ以外の場面ではマイケルが仕切ることはなく、集団合議制だった。ナポレオンをしていないときのマイケルは、カリスマ性も切れ味も消えて、ただの地味で凡庸で一番前に座っている存在感の薄い生徒だった。

そのようにして、イツキは同列クラブでナポレオンをするために学校に行っていた。地学研修のグループも、音楽の授業でのグループ演奏発表でも、修学旅行の班も、イツキは同列クラブの面々と行動をともにした。

イツキは、忌避されて孤立していた自分が、なぜグループに所属しているのか、不思議だった。同列クラブの面々は、イツキがひどく忌まれていたことに頓着しないのだった。イツキには不可解だったが、考えてみれば忌み嫌われる理由のほうが不可解なのであって、同列クラブの面々は理解できない現象に関わらなかっただけかもしれない。

何しろ、互いにとりたてて気が合うというわけでもないし、親しみの感覚も薄いし、重なり合う性格や考え方もない。積極的に嫌なこともないかわり、意気投合して熱狂的に盛り上がったりもしない。普段どんな会話をしていたのかも印象がない。

恋愛がらみの関係や話題が皆無だったことは確かだ。あれば、イツキの記憶には脱落感が刻まれただろうし、早々に離れていただろう。とにかく、席が同じ列であることとナポレオンだけでつながった関係で、帰属意識をそこに置くような場ではなかった。だからこそ、居心地は悪くなかった。

イツキは伸ばしていた髪を切った。

一九八二年四月七日（水）雨
きのうで春休みが終わってバイトも辞め、今日の始業式はちゃんと学校に行った。

クラス替えがあったけれど、タツキにとっては背景が緑から青になるとか、夕焼けから朝焼けに変わるとか、その程度の変化。一年のときと同じように、誰とも話さず、ただいて、ただ帰った。

帰りはロープで屋根裏に入る。今日からいよいよエンドレスの失そう生活をスタートさせる。もう家族のいる世界には帰らない。長期の休みでも、家族の前に姿は現さない。

と言いつつ、昼間は二階に誰もいないので、キッチンで食べ物を漁る。バイトを辞めた以上、節約第一だ。

中学生になったミツキが選んだ部活は、意外なことに吹奏楽部。楽器にもブラバンにも、音楽にさえあんまり興味ないようだったのに。タツキが知らなかっただけで、じつは詳しいのかもしれない。

家族は他人だからね、わからないのが普通なのだ。血のつながりとか、幻想にすぎない。父であれ母であれ弟であれ、そのへんの知らないおじさんおばさんガキンチョと何ら変わらない、タツキにとって他人。

自分以外は皆、他人。いや、自分も他人かも。

一九八二年四月十一日（日）晴れ

本格失そうから四日たったけれど、家族が騒ぎだす感じはない。ミツキは今日は小学校時代の友達と遊びに行ったし、チチはテレビでゴルフを見ている。この屋根裏部屋には、買ったもののすぐ病気になって一度しか使っていない、チチのゴルフクラブセットが眠っている。病気のときは四十キロ台にまで落ちたチチの体重は、去年のいつごろからか増え始め、今は七十キロに迫るだろう。

チチが家にいることがうっとうしいハハは、友達と観劇に行った。都民劇場の会員になって、定期的に見に行っている。

タツキがいないことはもはや標準なのだ。

退屈なので外に出て、カニ川まで散歩していると、川原の芝生でミツキがカノジョらしき女の子と手をつないでいるのを目撃。あわてて芝生に寝転がって帽子を顔にかぶせたら、そのまま居眠りした。

ひなたぼっこしていると、光合成で自分が〇・一ミリぐらい成長した気がし、それならご飯はもう食べなくていいかなと思ったけど、やっぱりおなかの減った自分にガッカリし、通りがかりのパン屋で焼きそばパンを衝動的に買い食いし、そんなおカネの使い方をしていたらたちまち所持金は尽きると反省する。

夜、ラーメンを作って食べているときに、珍しく母親がタツキの部屋をノックし、「おスシ取

るけど、食べる?」と声をかけ、返事がないので開けようとしたけれどカギがかかっていて、
「いないか」とつぶやいて引き返した。タツキはラーメンのニオイがもれないようナベにフタをした。
一九八二年四月十四日（水）曇り
担任の教師から、「お母さんから、息子は毎日学校に行っているでしょうか、って問い合わせがあったけど、オリムラ君は家に帰ってないんですか?」と聞かれた。「帰ってるけど、部屋に閉じこもって親とは没交渉です」と答えたら、教師はそれ以上追及しないで、「お母さんが心配してるから、たまに顔は見せてあげなさい」とだけ言った。さすが、生徒の自主性を重んじる千高。帰宅したら、自室のドアの下のすき間に、母親がメモをすべりこませてあった。「干渉はしないから、元気かどうかだけ知らせてください。母より」と書いてある。それですぐに外に出て、公衆電話からハハのパート先のスーパーに電話して、ハハが出たら、「タツキは元気です」とだけ告げて切った。身代金を要求する犯人みたいだと思った。

一九八二年四月十五日（木）雨
また部屋のとびらの下にハハからのメッセージがはさんであった。
「昨日は電話をありがとう。ほっとしました。冷蔵庫に晩ごはんが入っているから、必要に応じて食べてもらってかまいません」
台所に入って冷蔵庫を開けると、保存容器にカラアゲと煮物が入っている。すでに空腹だった

ので、屋根裏に戻って米を炊き、カラアゲと煮物をレンジで温め、食べる。夜遅くなってまたお腹がすいたので、カップラーメンを食べる。

一九八二年四月十六日（金）晴れ

今日は学校を休んだ。ハハが午後からパートに出たあとで、二階に下りて冷蔵庫をのぞく。タツキのご飯は用意されていた。たぶん昨日の夜の残りの、焼きそば。タツキは遅い昼ごはんとして、それを食べた。食べ終わると、カニ川の土手をジョギングした。

母親に電話したのは失敗だったのだろうか。のっけから家出を骨抜きにされている気がする。イドコロが知られているのだから、もはや失そうではない。少なくともハハに対しては。このご飯を食べ続けることは、飼いならされていくということなのか。タツキはハハに放し飼いにされている動物みたいなものなのか。

でも、このご飯を食べないと、早晩経済的に行きづまってしまう。またバイトをすればいいのだけど、それでは社会で生きていることになって、失そうではなくなる。究極的にはヒトの世から行方不明になりたいのに。

一九八二年四月二十七日（火）曇り

何だかんだ言って、ハハの用意するご飯を食べてしまう。カネの面でも助かるし、作る面倒も省けるし、ハハを心配させないですむ。

ただ、ときおりドアの下にはさまれるメッセージがうざったい。「学校はどうですか」とか

「また一言でいいから電話で声を聞かせてちょうだいね」とか「ゴールデンウィークにはたねやの柏もちを買うから、たまには食べに来たら?」とか、うるさい。干渉しないって言ってたのに、このザマだ。反応は返さないが、でもご飯は食べてしまう。

もっと心をオニにしなくては。まず、休日は自分で料理するようにしよう。本当の計画では、完全失そうは完全自炊を意味しているはずなのだから。

一九八二年五月一日(土)曇り

ゴールデンウィーク中は誰かが家にいるので、朝早い時間に外に出て、夜遅くなるまで時間をつぶしている。

これがキツい。チャリンコが使えればなあ。でもバレるから使えない。

今日はペガサス五輪公園まで歩いて、ベンチや芝生でぼうっとしたり居眠りしたり、草サッカーの試合見たり、写生したりしていた。

松保中《まつほ》では、毎年秋にこの公園で写生大会を行う。

一年のときは、写生なんかそっちのけで小枝《こえだ》とおしゃべりしていた。小枝となら話が終わることがない。

あのときは「軍曹ごっこ」をした。サッカーチームを軍隊とカン違いしてる人って多いよね、という話になって、サッカーってただの遊びっしょ、なのに何で軍隊っぽい言い方になんだろう、「常勝軍団」とか「指揮官」とか「一撃を食らわせた」とか「○○砲」とか、そのせいで軍曹みたいにふるまう主将とか監督っているっしょ、と小枝が言い、ほらこんな感じでさ、と軍曹的サッカー人のマネを始めたのだ。小枝の軍曹は、一セリフごとにビンタをする。「キサマはー（パンッ）、写生大会の日にー（パンッ）、上官のことをー（パンッ）、写生するんじゃないっ（パンッ）。キサマのー（パンッ）、してることはー（パンッ）、写生じゃなくてー（パンッ）、モノマネだーっ（パンッ）」

タツキは、「突撃ーっ」と叫んで自分だけ後方に退却していく軍曹を披露した。小枝は「それは軍曹じゃなくて、帝国軍人」と笑った。

二年目はタカラマサキと、三年の女子たちをナンパした。まだインベーダーゲーム補導事件の前だった。三年女子三人と公園周辺のサ店に入ってダべった。サ店から出たところを見回りの教師に見つかって、タツキはダッシュで逃げた。マサキは三年女子たちが捕まらないよう、教師を引きつけながらゆっくり逃げて、わざと捕まった。あとでマサキに、「真っ先に逃げるなんて見そこなったな」と軽べつされた。

三年生のときは、一人で写生した。

一九八二年六月十八日（金）曇り

日記に書くことがなくなってきている。毎日、何も起こらないことの繰り返し。一言もしゃべらない日もある。まったく声を出さないのでノドがさびついて、久しぶりにしゃべろうとすると、うめきみたいな音になる。

そもそも時間が前に向かって流れているのかすら、わからない。昨日と今日を入れ替えても気づかないだろう。季節という背景がなければ、一年をシャッフルして一枚引いて、はいこれが今日ですと差し出されても、それが何月何日何曜日のことか区別はつくまい。

この日記だって、毎日書いているつもりでいるけど、確信はない。昨日を三回も書いたかもしれないし、その分、おとといとさきおとといと今日を飛ばしたかもしれない。

連続した直線をたどるようにして生きていると思ってるけれど、じつは破線の切れ目が見えてないだけかもしれない。

同列クラブは、マイケルがあまりにも強すぎて次第に他のメンバーの勝ちたい意欲が低下したため、存続が怪しくなっていた。最も同列クラブに執着しているのはイツキだったから、崩壊は由々しき事態であり、何とか食い止めたいと知恵を絞ったあげく、動機づけのために何かを賭けようと提案した。

金銭を賭けるのはいかにも悪ぶっている気がして芸がないと却下され、最初は通学路にある駄菓子屋でチェリオやホームランバーをおごるとかだったけれど、大した動機づけにはならない。一人が「ぼくが億万長者だったら、うちの城を賭けたんだけどなあ」と言い、別の一人が「じゃあ、これから億万長者になるつもりで城を賭けなよ。将来、本当に城を手に入れたら、ナポレオンの勝者に譲るの」と展開し、「私だったら、私が作って流行することになるターコイズブルーのパーカを賭けるな。ブランド名はブルーカンガルー」とまた別の一人が言い、イツキは啓示を得て、「それだよ、それ！　自分の未来の一部を賭けに出せばいい。架空の権利というかさ。誇大妄想じみた計画でもいいし、ありえない願望でもいいし」と言った。

「でも実際には何もないいんだから、むなしくない？」とそれまで黙っていた一人が尋ね、イツキは「賭けたものと勝ち取ったものとを一覧にして、将来的に実現できたあかつきには、本当にその約束を果たすってことにしよう。お城を本当に所有するに至ったら、この賭けでお城を勝ち取った人を招待するとか、ターコイズブルーのパーカを大ヒットさせたときには一着プレゼントするとか」と答えた。

「ああ、じゃあ、俺が会社を立ち上げたら採用する、とかでもいいね」

「その逆もありかも。その立ち上げた会社に移籍して働いてあげる権利を賭けるとかさ」

空想の権利をベットするこの方式は、効果があった。

中でもひときわ人気が高く、皆が目の色を変え、ゲームを白熱させたのは、「中森明菜と友達になる権利」だった。

「明菜とつながりあるの?」と、その権利を賭けた明菜ファンの子に尋ねると、「ないよ」との答え。

「じゃ、ありえなすぎてその気になれないよ」と一人が却下する。

「ありえなくもないんだよ。だってうちら、明菜と同い年だよ? 中学とかで同級生になっててもおかしくなかったんだよ」明菜ファンはねばり強く説得する。

「明菜も昭和四十年生まれだっけ?」

「昭和四十年七月十三日の火曜日生まれ。もうあと四日で十七歳」

「私とまったくおんなじ誕生日だ!」イツキは思わず叫んだ。

ええっ!とみんながイツキを見る。同列クラブの面々だけでなく、会話が聞こえていたまわりのクラスメイトも皆、驚いてイツキを見る。

「じゃあ、明菜が十七歳になる日にイツキも十七歳になって、明菜が二十歳になる日にイツキも二十歳になるのか！」

「あたりまえでしょ」誰かが呆れる。

「イツキの誕生日を祝えば、必然的に明菜の誕生日も祝っちゃうことになるんだ！」

「すっごい。運命を感じるな」羨ましそうにイツキを見たのはマイケルだ。

「確かに、それだったら明菜の友達になる権利っていうのも、あながち絵空事でもない気がしてきた」と、ありえなさすぎてその気になれないと言った子が意見を変えた。

「え、どうして？」とイツキは尋ねたが、あたりはいっせいに「だよねー！　急に身近になった気がするよね」と興奮している。

「イツキももう他人って気がしないでしょ」

「いや、他人でしょう。他人じゃなかったら、何なの？　きょうだいとかいとこじゃないし」とイツキは答えた。

「何か、双子とか？」

「親違うし！」

「分身？」

「どこからどう見ても別人でしょ！」

「ほら、物静かなのに存在感があるとことか、けっこう似てる」

「そんな人、いくらでもいるでしょう」

「目のはじっこが二重の感じがそっくり」

「確かに、私も中森明菜も、目が二つあるとこや鼻が顔の真ん中についてるとことか、瓜二つだよね」イツキは皮肉で返す。

まわりはいろいろとイツキと明菜の共通点を挙げていったが、むろんどれもこじつけであり、その理屈が成り立つならイツキはどんな人間の分身でもありえた。

結局、明菜と友達になる権利を賭けたその熾烈なゲームを勝ち取ったのは、イツキだった。一同は、運命だ運命だ何かあるよこれは、と興奮したが、冷ややかに受け止めたはずのイツキ自身が、その晩、明菜と友達としておしゃべりしている夢を見てしまったのである。

目覚めて多幸感に包まれながらその夢を思い出したとき、イツキは動揺した。特に何の思い入れもないはずだったのに、無意識では友達になりたかったのか？　同列クラブで話題になるまで、名前さえおぼつかなかったのに。

翌日、イツキは正直に明菜の夢を見たことを告白した。

「もう？　出逢いはスローモーションじゃないじゃん！」

「さっそく明菜と友達になる権利を行使したってことだな。うちも身を削って宝物を賭けた甲斐があったってものよ」明菜のことを言いだした子が、感慨深げに言った。

「身は削ってないでしょ」

「削ったよ。だって、うちはもう明菜と友達になる可能性を失ったんだから」

「というか、夢でしょ？　友達になったって言える？」一人が疑義を呈する。

明菜ファンはため息をつき、「イツキは幸福な気持ちで目覚めたんでしょ？」と尋ねた。

「うん」

「しかもファンとアイドルじゃなくて、対等な友達として会話してたんでしょ？」

「うん」

「それ以上に大事なもの、他にある？　その感情を生身のイツキが体験したことが現実なんであって、それこそがイツキがナポレオンで勝ち取ったものなんだよ」

「ともかくさ、来週火曜日が十三日でしょ。イツキと明菜の誕生日、盛大にお祝いしようよ。明菜の友達になったイツキの友達であるわれわれも、もう明菜の友達なんだから！」

「有名人になると親戚を名乗る人が増える、みたいな」

「シェーキーズのピザ食べ放題、行こう！」

「いいとも！」

一九八二年七月十三日（火）曇り
誕生日は冷凍のピザを買ってきて、オーブントースターで温めて食べた。今日で十七歳。特に何も感じない。

こないだ貸しレコード屋で借りてテープにダビングした、中森明菜という歌手の「スローモーション」という曲を、ヘッドホンで聞いている。

中森明菜も今日が十七歳の誕生日だという。日本中で今日、十七歳になった人はどのくらいいるのだろう。一万人？　十万人？　世界中ではどのくらいいるのだろう？　百万人？

その中で中森明菜は、芸能人になってテレビに出て売り出し中で、ファンがどんどん増えている。一方、タツキは友達もなく家族とも関わりが消えかけて屋根裏に閉じこもり、誕生日に一人で冷凍ピザを食べている。中森明菜は盛大なごちそうとケーキを贈られて、はなやかな誕生日をすごしていることだろう。アイドル歌手の常として毎日三時間くらいしか寝ていなくて、タツキは昼間も寝ているから十時間くらい寝ている。

でもね、ほんの一瞬だけど、一人でピザを食べながら「スローモーション」をヘッドホンで聞いてるうちに、急に涙が出てきて、自分と中森明菜が入れ替わる感覚があって、さびしいのによくここまで生き抜いているな自分、ってほめてあげたくなった。誰が誰をほめたのかわからないけど、何かジワっときて大丈夫だって思えた。しかも、この屋根裏部屋にはそのときタツキも誰もいなかった。雑然とした無人の物置が、未来のタツキの目に映った。

ほんとに一瞬の感覚で、あとはまた知らないアイドル歌手だった。

一九八二年九月六日（月）雨

気がついたら、もう九月になって六日も過ぎていた。同じ一日を繰り返しているから、カレンダーが進んでいく理由がわからない。なので、学校にも行き忘れていた。

行き忘れていると学校は存在しないかのようだし、行っても行かなくても繰り返しという点では違いがないとなると、わざわざ現状を変えてまで登校する理由が見つからない。

もはや意図せずとも、学校から自然消滅しかけている。こうやって、あるがままに人の世からフェイドアウトして、自分の世でリンカクをくっきりさせていくのが望ましいあり方。おしなべて快調じゃないですか。

一九八二年九月十四日（火）晴れ

タツキの部屋のドアの下に、久しぶりにハハからメッセージ。

「毎日でなくていいから、高校には行ってください。卒業だけはしてください」

担任からハハに連絡が行ったのだろう。学校から消える以上、自宅からもできるだけ消えようと思い、タツキは先週から昨日まで一秒たりとも二階に下りていない。ハハの用意する夕飯も食べていないし、誰もいない間にシャワーを浴びるのもやめたし、トイレさえおまると公園だけですます努力を始めた。

飼われているという状態が、幻と化しつつある。

一九八二年十二月十日（金）晴れ

ここのところの急激な冷え込みで、タツキは熱を出してコタツで寝込んでいた。屋根裏部屋の空気は外気並みに冷たく、上半身はセーターとヤッケを着込んでも震えが止まらない。

このまま死んでしまうのかな、と心細くなって、タツキは下に助けを求めたい気持ちに傾いていく。

久しぶりに盗聴用の聴診器で二階の様子を探ると、チチとミツキが、ブランド私立大学を面白おかしくランク付けするテレビ番組を見ているようで、ミツキの自己主張の強い声と、チチの大きな笑い声が響いてくる。

「そういや、アオダイショウは最近、食べ物漁ってないみたいだね。もう飢え死にしてんじゃない？」コマーシャルに入ると、ミツキが話題を変えた。

「どうもあんまり外に出てないみたいだぞ。井伏鱒二《いぶせますじ》の『山椒魚』って名作、知ってるよな?」

「誰それ」

「オマエは中学入ってから頭悪くなったな」

「しょうがないじゃん、附属校入ったら誰でもそうなるよ」

「大山椒魚って天然記念物の生き物が、太りすぎて岩の間から出られなくなった話だ」

「アオダイショウがその山椒魚みたいになってるってこと?」ミツキは大笑いする。

「そんなわきゃないだろうけど、減量中なのかもしれんな」と言ってチチも笑った。

「やだよ、どんどんデカくなってこの家が破裂するとか、カンベンしてよ」ミツキは冗談をエスカレートさせて一人で爆笑している。ハハが教えたんだろうか。チチもミツキも、タツキが屋根裏に閉じこもっていることをとっくに知っていた。知ってて知らんぷりをしていた。

　どうして発覚したのかはどうでもいい。とにかく、タツキの努力はまったくむなしかったのだ。失そうしたつもりでいたのは自分だけ。自分を見失ったのは、自分だけ。

　まさに飼われている生き物。心配する必要さえない、そこにいることさえわかっていれば放置して大丈夫な、管理しやすい生き物。

屋根裏はどこにも属さないタツキだけのホームだと思っていたのに、ただのオリムラ家のオリだった。

このまま何もしないでうんこもおしっこもたれ流して、命ごと干からびてしまいたい。

一九八三年一月十五日（土）晴れ
寒くて夜明け前に目が覚めたとき、屋根裏部屋のすみの暗がりに気配があった。タツキが目をこらすと、タッチャン、おいで、とか細く震えた声が聞こえた気がした。目が慣れてくると、小さなおばあさんらしきものが手招きしている。

体じゅうにゾクッと鳥肌が立って叫びだしそうになり、急いで布団に頭までもぐった。するとすると、耳もとで、タッチャン、おいで、と聞こえる。

タツキが絶叫すると、タツキは普通に布団に寝ていた。頭までかぶったりはしていない。イヤな夢だったとつぶやき、裸電球のスイッチを入れた瞬間、先ほどのすみの暗がりにオバーチャンが縮こまってるのが見えた気がしたが、明かりとともに消えた。

それは未明だったから夢だと解釈したけれど、夕暮れにうたた寝して目が覚めたときに、まだ夕日の残るすみっこにオバーチャンが背を丸め、タッチャンのオトーサン以外みんなオジーチャンに言いくるめられてあっちに行っちゃったんだよ、だからオバーチャンは一人ぼっち、タッチャンだけだよこんな話聞いてくれるのは、とボソボソつぶやいているのが聞こえたのは、夢とは断言できない。

タツキは体育座りをして、オバーチャンの独り言をじっと聞いた。やがて日が落ちきって部屋の中に闇が満ちると、声とともにオバーチャンの姿も溶けていった。
タツキは自分の頭がおかしくなりつつあるのだと思った。

一九八三年三月八日（火）晴れ
食べ物にこと欠き始めても、タツキは階下に下りない。エネルギーが低下しているから、たいてい横になってウトウトしている。
チチが屋根裏と押入れをつなぐ入り口から顔を出して、久しぶりにオトーサンの誕生日を祝うことになったんだ、今日はオトーサンがローストチキンを作るから、オマエも来なさい、と言った。返事をせずに凝視していると、時間とともにチチの影もオボロになって、最後はすっかり透明になった。
住んでいる家には住人の気配が常に染みついていて、主《あるじ》が留守にしているときなど、気配が主の真似をして好き勝手にふるまったりするのかもしれない。もしかしたらこの自分は、タツキ自身ではなくて、タツキの気配なのかもしれない。

一九八三年四月四日（月）晴れ
タカラマサキに仕込まれた、商品を「狩る」テクニックが生きてくるとは、よもや思いもしなかった。
昼間にスーパーで買い物をしていたとき、ほんとに無意識に自然に、棚からククレカレーを買い物袋に落としていたのだ。たぶん、自動的に今がチャンスと判断して、体が動いたのだろう。

あの当時と違って、音が聞こえそうなほど心臓がドクドクしていたけど、お会計をすませても気づかれることはなかった。

生きていくにはこれしかない、と理解した。

節約して食べる量を減らしてはいたけれど、限界に来ていた。元気がなくなると、食べることも生存することも、どうでもよくなってくる。公園に行くのもおっくうで、排せつ物がたまってニオイがきつくなることも気にならなくなる。この状態はヤバすぎる、と思えるうちに何とかしたかった。

今ある十五万円くらいの貯金で一生、生きていかなくちゃならないのだ。そんなのどう考えてもムリで、だったら「狩る」しかない。

続けてもう一軒、大きめのスーパーに寄って、トマトとチーズを狩ってみた。難なく成功。人生、こんなふうにつながるのか、と驚きだった。これでいいのか？

一九八三年六月十七日（金）曇り
まだ生きている。春に狩った食料で生きながらえているが、それも尽きつつある。でも狩りに行く気力がない。
ハハはショウコリもなく、「そのままのタツキでいいからね」とか「生きてくれてさえいれば何も望まない」とか、宗教の啓発みたいなメッセージを毎日、ドアの下にはさんでくる。本当に新興宗教とかに入ったかもしれない。だとしても、気持ちはわかる。タツキに言われたかないだろうけど。

ドアを破ってここまで顔を突っ込んで安否を確かめたりはしないだけ、ハハは理解がある。タツキがまだ生きている空気を感じているんだろう。

まったく困るのは、オバーチャンやチチだ。気配がちょっかいを出してくる。どこまで自己主張が強いんだ。

タツキは主張する自己を消したい。このオリに自己を閉じ込めて、絶滅させたい。

同列クラブの面々は四月から予備校に通っていたが、イツキはそんなことにお金をかけられないから、通信添削の講座を始めていた。受験勉強はそれで問題ないと思ったものの、各大学の試験の傾向だとか大学の特色だとかといった情報がわからなかった。同列クラブでもそういった話題が中心を占めており、イツキはしばしば蚊帳の外に置かれた。

そこで、面々に勧められるままに、世《よ》ゼミの夏期講習だけ受けてみることにした。その結果をイツキは、受験にまつわる情報の大半はどうでもいいことで、熱心にその情報を交換しあってしまうのは、不安をまぎらわすためと、勉強から逃避する口実だ、と結論づけた。

理系科目は苦手なので、共通一次はパスすることにし、私大を三つだけ受験することにした。母も、奨学金前提なら残りの学費は出せると了承してくれた。

第一志望の大学の学園祭を見に行ったとき、イツキは今度こそ自分を立て直せるかもしれない、と思えた。それで受験勉強にも本腰を入れた。一浪すると試験が大きく変わる端境《はざかい》期であるうえ、経済的に宅浪するしかないため、何が何でも現役合格する必要があった。

いつの間にか、イツキが架空日記を書く割合は減っていた。意識しないまま、イツキはもはやタツキを生きてはいなかった。

一九八三年七月五日（火）雨

珍しく二階に下りた。誰もいないうちの冷蔵庫を漁り、冷たいコロッケをその場でむさぼり食った。空き巣に入っている気分。

さらに一階にも下りた。オバーチャンと話そうとして、オバーチャンの部屋に入ったら、物置と化していた。リビングにいるかもと思ってのぞいたら、確かにいた。

遺影となって。

知らない。知らされていない。

いつ亡くなったのか。亡くなってお葬式をしたのにタツキは屋根裏にいたから気づかなかった、なんてことあるのだろうか。

誰にだまされていたんだろう。

そんなの決まってる。タツキだ。タツキは信用ならない。タツキの頭は壊れてる。タツキの心は崩れてる。

一九八三年十一月二十四日（木）晴れ

今朝五時過ぎに目が覚めてしまって眠れなくなり、猛烈にお腹がすいたので、静かに二階に下りた。

押入れから自室に下り、自室のドアを開けたとたん、目の前のミツキの部屋のドアも開いて、ミツキと鉢合わせした。

観念して、おお、久しぶりだね、とタツキは言った。けれど、ミツキの寝ぼけ眼はタツキを見ておらず、何の反応もないままトイレに入っていく。

ムシされたのかと思って、今度はあえてトイレの前で待って、ミツキが逃げられないようにした。

トイレから出てきたミツキは、まったくタツキに触れることなく通りすぎて、部屋に戻った。タツキも屋根裏に戻って眠った。

次に目覚めたのは、ハハが帰宅する物音でだった。タツキは急いで一階まで下り、おかえんなさい、と言った。ハハはタツキにちらりとも目をやらず、いないかのように靴を脱いで二階に上がっていく。タツキは追いかけて二階に上がり、お腹すいたよ、と言ってみた。何の反応もない。

タツキの心はオフになって、力なく食卓のイスに座りこむ。

ハハはタツキの目の前で食事を準備し、ミツキが帰ってきて、二人は向き合って食卓につき、夕飯を食べ始める。タツキはイスの一部のように固まり、そこにいることを気づいてもらえない。ハハは夕刊に目を落としミツキはテレビに目をやり、ほとんど言葉も交わさず黙々と食べている。

タツキはカボチャの煮付けを素手でつまんで食べてみた。カボチャは一個減り、タツキは美味しく煮付けを食べられた。けれど、次にハハがカボチャをハシで取ったとき、それは先ほどタツキがつまんで食べたピースだった。

同じようなことがかつてもあったような気がした。そっくりの異世界二つが重なるように存在しているから、一つの世界にいるように錯覚する。でもそれぞれの世界を生きる者同士は、知覚できない。お互いに相手は幽霊みたいなもの。

一九八三年十二月二十八日（水）晴れ

屋根裏部屋はゴミ溜めになっていた。このまま自分も埋もれてゴミの一端をなしてもかまわなかった。

けれど、ゴミの間に少なくないゴキブリが動くのを目撃したら、激しい嫌悪感がわきあがり、まだそんな感情が動くのかと感心し、せめて年始はきれいに迎えたいと一念発起、大掃除に取りかかる。

生活に不要なものはすべて捨てる。オバーチャンの家具や雑貨。タツキやミツキの幼いころの絵やら文章やら成績表やら。そして、チチが海外で買ってきた膨大な置物、飾り物、民芸品。チチが趣味で描いた素朴な油絵。

それら油絵の束のはざまに、黒い額縁に入ったチチの肖像写真を見つける。見覚えのあるモノクロの遺影。病気をしていたころの、最も細おもてだった顔。

チチも亡くなっていたということか。もはや驚きはしない。そんなこともあるだろう。遺影に見覚えがあるということは、タツキはチチの葬儀に出たらしい。会葬者がいっせいに泣くのを見たような記憶がぼんやりとよみがえるが、記憶は信用できない。

位牌も出てきた。「日學道修居士」と書いてある。チチの名前「修」の字が使われているこの戒名を、タツキはすでに知っている。「じつがくどうしゅうこじ」という読みが口からよどみなく発音される。

チチは病を克服できなかったのか？　病にうち克ってこの家を建て、威圧的にふるまい、結果的にタツキを屋根裏に締め出したんじゃなかったのか？

チチが病気で死んでいたなら、どうして自分はここにいるんだ？　何のためにハイティーンの時間を捨てたんだ？

自分を罰するため？　ワケのわからないやましさにさいなまれる自分を、お望みどおりお仕置きするため？　そして自分だけ解放されるため？　あるいは、自分が人並みの男子になれないことを、チチのせいにしておくため？　あるいはたんに、自分が最悪な道をたどらないよう、ふさいでおくため？　自分が生き延びるために、犠牲が必要だった？

いずれにせよ、とタツキは激しい憤りと憎しみに身を任せる。タツキは、チチの死を知っている者に都合よく引っぱりだされ、閉じ込められ、塗炭の苦しみをなめさせられたのだ。

タツキの生を利用し奪った者に、永遠の呪いあれ。

第四章

萌える黄昏

「パンチパーマですか！」久しぶりにカズちんに会うなり、イツキは愉快な気分がはじけた。

「板前修業始めるからさ、こうなっちゃったんだよね」相変わらずのにこにこ顔で、カズちんは自分のつぶつぶ頭をなでる。まるで仏像。

同じ幻《まぼろ》が丘《おか》ビラージュの住人で、小学校時代、いつも一緒に登下校していたカズちん。おっとりのんびり屋さんで、誰からも嫌われないという特性を持つカズちんは、イツキを緊張させない数少ない友達だった。小説を読み書きするのが好きだったカズちんが、パンチパーマの板前さんになるとは。


　小学校卒業以来、六年ぶりの再会だった。高校を卒業した春休みの日曜日に、イツキたちは有志のクラス会ということで、美ケ原《うつくしがはら》にあるセミ先生の自宅に集まっていた。

　幹事の唯田《ただ》物嗣《そうじ》が言うには、地元組は今でもよく一緒に遊んでいて、セミ先生に進路の報告に行ってお祝いしてくださいよとねだったら、引っ越していった連中とも会いたいなと言うので、何人かに声をかけた。

　イツキが誘いに応じたのは、ひとえにセミ先生とカズちんに会いたかったから。自分の原点の人たちに触れて、仮死状態だった高校時代にケリをつけたかった。さもなければ、イツキをなぶった地元組の子たちとわざわざ会い直す理由はない。特に唯田は音頭を取っていた中心だ。けれど、電話をかけてきた唯田は、子どものときは俺ひどい態度だったよね、申し訳ない、というひと言から始めるなど、非常に大人だった。

時代は変わったのだ。六年前のセミ先生はちょっと長めの前髪を斜めに流していたけれど、今は短くしてサラリーマンぽさが漂っている。

でも中身はまったくセミ先生のまんま。キッチンからリビングに顔をのぞかせ、イッキがもう来ているのを見ると、いきなり「♪おどま　盆ぎり盆ぎり　盆から先ゃ　おらんと－」と、響く声で歌った。歌がさらに上手くなっている。イッキは息が止まりそうになり、「♫裏の松山　セミが鳴ーく」と歌い返した。

「先生、いきなり自分が死ぬ歌で出迎えですか！」

「鬼村《おにむら》は相変わらず書いてるか？」セミ先生は架空日記のことを尋ねた。

クラスでおちゃらけ役だったオーツ君が、「何かいてんの？　マス？」と笑いを取ろうとして、セミ先生に「大津《おおつ》は原稿用紙作りが仕事か？」と封じられた。

「書いてますよ。高校時代はちょっと書きすぎました。でもおかげで大学生になれました」

「ほーか、ほーか」とセミ先生は例ののほほんとした調子でうなずき、それ以上は突っ込んでこない。

「どこ大生？」と詮索したのは、畑見《はたみ》かえでだった。畑見も同じ幻が丘ビラージュの住人で、英語教室仲間でもあった。

「原綿《はらわた》大学の商学部」

「オー、原大《はらだい》、パラダイス！」と原綿大学のキャッチフレーズを叫んだのは、ちょうど到着してリビングに現れた、目元の涼しいモデルっぽい男子だった。長身にデザイナーズブランドを着こなし、マッチカットで隙なくキメている。こんな男子、いたっけ？

「俺のこと、わかる？」

イツキの内心が聞こえたかのように、男は含み笑いを浮かべてそう聞いた。思い出そうと努めるイツキの頭の中で、こちらに向かってくる男の、モデルっぽさとは似合わない、尻を突き出し大股で歩く姿に、安本健人《やすもとけんと》のシルエットが重なった。この涼しい目元にセルロイドの黒縁眼鏡をかぶせると、確かにあのメガネザルと呼ばれたガリ勉になる。

「ヒント言う？」と急《せ》かす安本に、イツキは「安本」と答えた。

「何だ、わかるなよ、つまんねえ。でも、ちょっと意外だったでしょ？」と得意満面の笑みで自分を指す。

原綿大学は、俗に「東京セブン」と呼ばれる首都圏の新興大学群の一校で、規模も小さく目立たなかったが、近年、キャンパスを鋸浜《のこはま》市の郊外から副都心の新塚《しんづか》に移し、芸能人を毎年入学させ、大ヒットしたドラマの舞台となってから、人気が急上昇した。イツキは、他大学は全滅し、本命ではなかった原大に補欠合格したのだった。

「原大には俳優の景山遊児《かげやまゆうじ》が入学するんだよね」なぜか安本が自慢げに教える。

「マジ？　やだ、私、原大、遊びに行く！　イツキ、幼なじみのよしみで紹介してよね」

色めきたった畑見が、聖子ちゃんカットをいじりながらイツキに頼む。

「安本はどこ大？」イツキが聞く。

「俺は会計の専門学校。高校では遊びまくったからねえ。ベンチャービジネスの時代、遊び心こそが勉強って気づいちゃったんで。大卒重視の安定企業なんかもう時代遅れよ。卒業したらベンチャー起こすから、進路で困ったら相談してよ」

「彼、もとの頭がいいからさ、大学行かないほうがかえって近道なんじゃないかしらね」

畑見が安本を見て言う。畑見は小学生のときから常に早口のおしゃべりが止まらず、どこにいるかまわりに知らせ続けているようなところがあったけれど、さらに過剰なアピールが増していた。

「もしかして畑見も同じ学校なわけ？」

「私は日野見《ひのみ》学園の短大。原大、わりと近いから、原大のテニサー入ろうかな？　一緒に入らない？」

「テニスはいいかな」イツキが首を振ると、「ほんと、イツキは昔から私に冷たいよね」とカズちんに同意を求める。

「冷たいって言えるほど仲よくなかったし」イツキはそっけなく否認する。

「聞いた？　この言い草。英語の教室でもさ、私がわからなくて困ってても、イツキは絶対助けてくれなかったでしょ。ヨシミッちゃんは答え、教えてくれたよ？」畑見はなじる。

「答え教えちゃったら、自分のためにならないでしょ。それに、ヨシミッちゃんは親切じゃなくて、教えたがりだから教えたんだよ」

「それはそう。俺様ヨシミツだからね。でも、例えば私がヤンキーにからまれたとして、ヨシミッちゃんなら零コンマ一秒で助けに動いてくれるけど、イツキなら五秒以上かかるね」

イツキは言い返せなかった。自分でもそう思うから。

「仕方ないよ、イツキはなかなか人前に姿を見せたがらない臆病な希少動物だから。畑見ガエルだけにつれないわけじゃないでしょ」カズちんが助け舟を出してくれる。

「その呼び方禁止って言ったじゃない。この子たち、小学生のまんま成長止まってる？　罰として今度、湾岸にドライブ連れてってよ。知ってる？　カズちん、もう免許取ってホンダ・シティ乗り回してるんだよ。イツキも行こ」

「ぼくのじゃなくて親父《おやじ》のだよ」

「事実上カズちんのでしょ」

「ただいまー」

セミ先生のお子さんのぐりちゃんと一緒に買い物に行っていた唯田が、帰ってきた。どんぐり眼《まなこ》のぐりちゃんは、四月から小学校に上がる。本当の名前は桂子《けいこ》だけど、一人称が「ぐり」なので、みんなもぐりちゃんと呼ぶ。

子どものころから大柄な野球少年だった唯田は、ますます立派な体格になり、顔つきも老成してまるでぐりちゃんと親子のようだった。しょっちゅう顔を合わせているのか、ぐりちゃんは唯田にとてもなついており、あぐらをかいた唯田の膝の上に乗る。カズちんと唯田以外が声をかけても、人見知りをして答えない。

昼食は、手巻き寿司だった。オーツ君は、わざと豆腐やらポテトチップやら板チョコやらを巻いては、「うっわ、人生で一番まずい！」「俺って天才？　食べちゃっていいとも！」などと大げさなリアクションを繰り返す。ぐりちゃんは次第にうちとけていく。

それぞれが近況を語る。唯田は地元神社の宮司の息子で、後を継ぐため国学院大学入学を決めていた。オーツ君は親戚の経営する大津商会でもう働き始めている。花村夕《はなむらゆう》は高三の途中で弘前に引っ越し、父方の祖父母の家に下宿していて、四月からは弘前《ひろさき》大生になるという。

安本の表面だけの変わりようよりも、花村夕の別人ぶりのほうが、イッキには驚きだった。女子のリーダー格であり、男子から憧れられていることを意識してふるまう華麗な自信家だった花村は、今は物静かで声も小さく、あまり人と目を合わさず、笑わない。

幻が丘ビラージュの友人たちの動向をカズちんに尋ねると、ヨシミッちゃんは父親の仕事の都合でアメリカのサンフランシスコに引っ越したという。嘘つきアッコは何と京都大学文学部に受かったらしい。

「うちのお隣さんだった渡瀬《わたせ》枝美《えみ》は？」と聞くと、カズちんは目を泳がせ、畑見が「もうお母さん」と答える。

「あのおとなしくておしとやかなエミリーが！」イッキが仰天すると、「そういうの、関係ないよ」と花村がぼそっと言った。

「相手は？」イッキが素朴に尋ねるが、誰からも答えはない。

「未婚で実家で子育てしてるって、何で言わないの。そんな隠すべきこと？」花村が怒ったように言う。

「おーし、それ以上は今度、本人から聞こうな」とセミ先生が割って入った。

だが花村は収まらない。「私だって妊娠したよ。親に産むこと禁止されたけど。カレシと離すために故郷《いなか》に送られて、弘前大学。私のしたことは犯罪なわけ？　どうして恥になるの？　理解できない。黙ってたくないから、今日は話しに来た」とぶちまける。「枝美ともたくさん話したよ。枝美は子どもに人生を恥ずかしく思ってほしくないってずっと言ってた。それなのに、友達が隠したりしたら、その子は恥ずかしい人生送ってることになっちゃうじゃんか」

「詳しい事情は知らないけど」イツキは思わず口を開いていた。「エミリーは偉いと思う。うちも母子家庭だから、母親だけで子育てするのがすごく大変なことはわかる。うちなんかただの病死だけど、それでも父親がいないと劣った気分になるんだよね。憐れまれたくないから、父がいないって言いたくないって思ってしまう。エミリーはもっと変な目で見られるだろうから、きついなと思う」

「夕は悪くないよ」畑見が、涙ぐんでいる花村の肩を抱く。

「俺は夕のカレシ知ってるけど、いいやつだよ」と唯田が言う。「だから俺もこういう仕打ちはやりきれない」

「唯田が、今日は先生やみんなに話せばいいって誘ってくれたんだよね」と花村。

「でも、渡瀬の相手はクソ野郎でしょ。妻子ある教――」

「唯田。あとは本人から聞こうって言ったよな」セミ先生が止める。「渡瀬本人が話したいなら、こういう機会を作ろう」

唯田はうなずく。カズちんは涙ぐみ、オーツ君と安本は黙ってうつむいている。

重苦しくなっていく座を救ったのは、今やすっかりなじんで主役気分のぐりちゃんだった。

「おーし、みんな、サッカーの時間だ。外にお出かけですよ」と号令をかけた。その姿があまりにもミニ・セミ先生だったので、みんなは笑ってしまった。

セミ先生のアパート前の空地で、四対四に分かれてボールを蹴る。イツキだけ別格に上手く、二番手は何とぐりちゃんだった。ボールが足に吸いつき、人の逆を取るのが巧みだ。一同はプレーごとにいちいちどよめく。

卒業後もサッカーを練習したのはイツキだけだった。セミ先生は喜びを全面に表し、「ぐりがサッカー大好きだから、ときどき教えに来てくれないかな」とイツキに言った。

「先生がサッカー好きにしたんでしょ」

「おとしの夏もワールドカップ三昧だったしな。こんな環境だったら、大嫌いになるか大好きになるかしかないよな。その結果、ぐりは将来、岬君《みさき》を目指してるんだよ」

「え、何でうちの弟?」

「そうじゃなくて、『キャプテン翼』の岬君」

「誰ですか」

「知らないのか、大人気のサッカー漫画。鬼村は知っててくれよ。うちにあるから読みに来るといい。月一ぐらいでどうかな」

イツキは喜んで了承した。自分がセミ先生の役に立てる身になったことが不思議だった。生きていてよかったと思った。

次にイツキが訪ねるときには、ぐりちゃんのお母さんに会えるのだろうか。渡瀬枝美と花村夕の話の後では、尋ねにくかった。セミ先生が話そうとしない限り、聞いてはいけない気がした。もしかしたら、本当はぐりちゃんには、イツキより梢《こずえ》が必要なのかもしれないとも思った。

十代のうちに二人もはらんでるとか、うちの学年の女子、なんつうか、積極的だよね、と笑いを含んだひそひそ声でオーツ君が安本に耳うちするのが、イツキの耳に聞こえてしまう。安本は、俺も気をつけないとな、とおどけて、二人して笑いを忍ぶ。

イツキは周囲をうかがうが、安本とオーツ君の会話が聞こえたのはイツキだけらしい。

帰宅後、イツキは今年初めて架空日記を開いた。昨年末に書いたきり、受験を口実に日記を封印していた。自分は変節したという後ろめたさがあって、日記から目をそらしたのだ。どう変節したのかは、自分でもよくわからない。ただ筋を曲げて裏切った、という気分が消えない。新しいページに日付を記し、セミ先生になりかわった立場で書き始める。

一九八四年三月二十五日（日）晴れ

教え子たちが帰ったあと、ミツバチ先生は残ったスシ飯をおいなりさんにした。ぐらちゃんとダダも手伝ってくれる。ダダは毎週のように手を貸してくれるが、ダダばかりに頼るわけにもいかない。

ぐらを寝かせてから、ミツバチ先生は予定表を確認する。明日は七年前の教え子である国崎《くにさき》が、ぐらの保育園のお迎えと相手をしてくれることになっている。国崎は保母さんを目指しているから、実地として役に立つ、と快く引き受けてくれる。

こうして毎日日替わりで、平日昼間に時間のある友人や元教え子に、ぐらの面倒を見てもらっている。無報酬で手を借りているので、いつも申し訳ない気持ちでいっぱいだ。

でもそうしていろいろな人に親代わりになってもらうことで、ぐらは今のところまっすぐ育っていると感じている。母親がいないことへのやましさは消えないけれど、その欠けた部分が欠落とならないような関わりを、ぐらには与えられていると信じている。

今日、ニッキが来てぐらと遊んでくれたのは、また新しい広がりだ。二人は相性がいいと予感

していたけれど、事実、サッカーで通じ合っていた。ニッキはぐらのこれからの生き方の、よい手本となってくれるんじゃないかという期待がすごくある。だから、日替わり親代わりの一員に加わってもらった。

ニッキにはうちが父子家庭であることも、その事情も話していないので、もやもやしているだろう。次に来たときには、きちんと話そう。

木崎《きざき》みずきと意気投合したのは、般教の政治学概論でだった。同じ英語クラスのみずきは、イツキの履修した他の科目でもしばしば見かけた。たいてい一人で受講しているところも、イツキと似ていた。それで政治学概論が終わったときに、「私ら、よく出くわさない？」と声をかけたのだ。

みずきはうなずいた。みずきも気づいていたらしい。「履修に似た傾向があるよね。基本、聞いてて面白い授業でしょ」

「そう！　授業ってさ、まともに聞くとじつは面白いよね」

みずきも同意する。「楽勝科目って、たいがいつまらない。先生も、どうでもいいから適当に授業して、そのぶん単位も甘くするって感じ。楽して単位取るために退屈に耐えるって、実際は損してる。だから損しない授業を選んでる」

同感の嵐に高ぶって、イツキはさらに踏み込んで違和感を表した。「一般的には、楽勝科目を選ぶのは授業に出ないためでしょ。誰かのノートをコピーして、試験やレポートを乗りきって。それで浮いた時間、何するのかっていうと、バイトとかサークルとかだよね。バイトはともかく、私はサークルとかでつるむその時間が苦痛。わざわざ時間を捻出して、我慢してみんなとつきあうくらいなら、授業の時間のほうが楽」

「楽勝科目取らなければ、誰からもノート貸してとか頼まれなくて済むしね」

そんな会話を交わしたので、イツキはサークルが苦手だと承知しているはずなのに、みずきはゴールデンウィーク前に、サークルに一緒に入ってくれないかと頼んできた。尾瀬《おぜ》に行くのが子どものころからの憧れで、そのためには山歩きのサークルに入る必要があり、「一歩一歩」という緩めの山サークルを見つけたという。

「六月のシーズンには、女子中心で尾瀬に行く企画が毎年あるっていうんだよね。何なら、それに参加したら辞めたっていいから」

山歩きサークルというのはイツキには既視感があり、どうにも気が進まなかったが、合わなかったら尾瀬の後で辞めればいいのであり、イツキは応諾した。

「一歩一歩」にはたしかに女性が多く、先輩たちも優しくて新歓コンパでも飲みを強制したりせず、イツキもここならやっていけるかもと安心して参加した那須高原での新歓合宿で、裏切りは始まった。

一つ目は、直前になってみずきが参加をキャンセルしたことだった。「言ったじゃん、尾瀬に行きたいだけだって。イツキも行かなくてよかったんだよ。そんなの自分で判断しなよ」と後でみずきは言った。

二つ目の裏切りは、安い温泉宿の大部屋で飲み会が始まると、イツキに目をかけてくれていた三年生のタロー先輩が真っ先に、「イッキ、イッキ、イツキ！」と手拍子で煽ったことだった。イツキは飲めない質《たち》だからと断るものの、全員から合唱されて逃げ場を失う。仕方なくコップ一杯のビールを飲み干すと、わんこそばのようにすぐに注がれてまたイッキコールが始まる。

どのくらいの時間がたったのか、気がつくとイツキは眠りこけていた。いつ意識を失ったのかも覚えていない。頭がひびの入ったガラス細工のようで、首ごと切り落として新品とつけかえたい。大部屋の電気は消えて薄暗いが、じっとしていると少しずつ目が慣れてきた。あたりには、やはり泥酔したのであろう者たちが転がっている。

少し離れたところに、うごめいている者たちがいる。そのリズム、息遣い。どうやら性交をしているようだった。うめきが漏れて、上になっている者が下の者の口をふさぐ。ふさいだら興奮したのか、動きが激しくなり、手で押し殺された声がより強く漏れる。

イツキは寝ているふりをしようとしたが、にわかに胃からこみ上げてきた。たまらずに起き上がって、一番手近な座敷の掃き出し窓を開き、ぶちまける。間一髪間に合ったと思った。

もう気づかいもやめて、重なっている二人のそばを通って、洗面所に行く。二人は動きを止めてタヌキ寝入りをしていたが、男は三年の丸木《まるき》先輩、女は四年の平井《ひらい》先輩であることがイツキには認められた。

うがいをして鏡を見ると、着ていたトレーナーの胸にベッタリと吐瀉物がかかっている。もう干からびている部分もある。眠りこける前から何回も吐いたらしい。全身からゲロのにおいをさせているだろう。キンキンと痛むひびだらけの頭だけでなく、ゲロまみれの体も取り替えたい。自分を全とっかえしたい。

時計を見ると、午前二時過ぎだった。四時にはもう起きて、茶臼岳《ちゃうすだけ》に向かわなければならない。こんな状態でみんな、山なんか歩けるのだろうか。

男子の寝室に戻る。着替えて寝床に入ると、隣で寝ている男が「大丈夫？」と声をかけてきた。法学部一年の吉岡龍一《よしおかりゅういち》だ。

「ゲロ吐きまくったらマシになった」

「イツキ、死んじゃうかと思った」

「だったら寝てないで救急車呼んでよ」

「タローさんが大丈夫だって言うから。事実、大丈夫だったわけだし」

「急性アル中で死んじゃう学生って、こういう感じで放置されるんだろうな」

「結局、たいていは死なないんだよ。死んじゃうのは事故に遭うようなもんだろ」

「吉岡はうまいことイッキから逃れたんだ？」

「俺は酒に弱いふりしてるけど、本当は強いんだよ。でも強いってバレたらつぶされるから、先につぶれたふりしといた。自分の身は自分で守らないと」

「みずきみたくキャンセルすればよかった」

「みずきは己をよくわかってるよね。うちは山のサークルにしては女子が多いけど、それって、テニサーとかイベサーからはあぶれちゃう子を狙って集めてる気がするんだよね」

「ああ、だから尾瀬」

「そう、あれは新人女子を釣る餌。何か、上の学年に行くほど、女の先輩少なくない？」

「それ、思ってた」

「理由があるんだと思うよ。新人の女子たちとか、ちょっと涙ぐましいでしょ?」

「何が?」

「アピールがさ。山サークルなりにぶりっ子してるっていうか」

「さっき、大部屋で目が覚めたら、丸木先輩が平井先輩とエッチしてた」

「マジ? タローさんの予言、当たったか」

「予言?」

「平井さんって、こないだ卒業した先輩とつきあってたけど、卒業したら別れたんだって。で、丸木さんはずっと平井さんを狙ってて、チャンス到来と。女は別れたときが狙い目、寂しいから落ちやすいんで、新歓合宿では丸木さんは勝負に出るだろうって、タローさんは言ってた。そっか、ほんとに勝負に出たんだ。やるな、丸木さん」

「そうなのか。勝負に出たって、酔わせて無理やりとかじゃないよね?」とイツキ。

「うーん、丸木さんならありえるかも。あの人、女はやったモン勝ちって思ってるとこあるでしょ。テニサーにカノジョいるし」

「丸木さん、平井先輩の口ふさいでた」

「ひえー、生々しー」吉岡が奇声を上げる。

「口、ふさがれたいかな」

「イツキもぶりっ子かよ」

「吉岡も、何だかんだ、女はやったモン勝ちって思ってるんでしょ」

「口ふさいだからって、強引にしてることにはならないでしょう。人がいるとこでその気になっちゃったら、口ふさぐってこともあるだろうし、スリルって盛り上がる材料だし」

「吉岡もその状況なら口ふさぐし、そういうセックスに憧れるんだ？」

「無理無理、俺には無理。ビビりだし、相手もいないし。つまり、ビビらないで強引にでも危険な誘惑に引きずり込める男に、女は寄っていくんだろうね。きわどいところに連れてって、みたいな女のファンタジーっていうのかな、そういうのをかなえられる男は、女に困らないってことか」

吉岡は一人で考察して、一人で勝手にため息をついた。イツキは、中学のときに結木先輩が似たようなことを口走って梢が激しく反発したことを、苦みとともに思い出す。

「私は誰かとつきあうってことがよくわかってないから、とんちんかんな意見かもしれないけど」とイツキは言ってみる。「今の話は、吉岡の思い込みのような気がするんだけどな。そんな男にならなくちゃ無理なんだったら、カノジョなんかいらないいんじゃない？」

「やっぱ、イツキ、ぶりっ子だわ」吉岡は嘆く。「俺はね、告白するたんびに、龍ちゃんは安心できるいい友達だけど、つきあうって感じにはなれない、ってさんざん断られてきたんだよ。俺はいっつも、いい人枠。女は結果的に自分を傷つけるような身勝手な男を、どうしてだか求めてるんだよ。それができないやつは、ずっと童貞でいろって話」

「問題は童貞なの？」

吉岡はまたため息をつく。「イツキと話してると、童話の世界にいるようだよ。童貞を捨てることは年ごろ男子の悲願だろ。ただ捨てるだけなら手はあるけど、それじゃダメなんだよ。やっぱり一生の思い出になるような捨て方をしたい、こんな年まで後生大事にとっといた以上」

「吉岡のほうがずっと乙女チックでしょう」

「いいんだよ、乙女チックで！　何とでも言えよ！　十九になってもまだ童貞なんだから、夢ぐらい見させろよ！　今年はいよいよ二十歳、どうすんだよ俺」

「その夢が、身勝手な男になって口をふさぐセックスで童貞を捨てるってこと？」

「いや、そんなものは夢じゃない。汚すぎる。だいたい童貞なのに口ふさぐセックスなんて、ハードル高すぎる。いいんだよ、俺は今のままで。いい人だから友達でいてねって関係で、ディズニーランド行く感覚で友達としてエッチして童貞捨てて、楽しかったよねって。それでいい」

「だからカノジョなんかいらないじゃん」

「まあ、そうとも言えるのかな。いや、話ズレてる。絶対ズレてる。俺の願いとイッキの言ってることは、似て非なる」

イッキは笑いを押し隠しながら、「似て非なるよね。私は吉岡ほど乙女チックじゃないし、吉岡みたいなファンタジーとしての女友達も必要ないしね」と同意した。

「うるせえよ」と誰かが言い、イッキと吉岡は口を閉じた。イッキの意識はすぐにフェイドアウトする。


新歓合宿から戻ったあと、サークルメンバーの溜まり場となっている茶店《さてん》で、イッキはタロー先輩を、「うちは飲ませないとか言っといて、山で閉じこめたら泥酔させるって、あこぎすぎないですか」と非難した。

タロー先輩は悪い悪いと困った顔で言い、お詫びにと言ってイッキと吉岡にダンパのチケットを差し出した。「友達が主催してるやつで、そんな派手じゃない、わりとカジュアルな初心者向けだから、後学のために行っとくのも悪くないと思うよ」と説明する。吉岡の顔を見ると乗り気なようで、「じゃ、行ってみる?」と言うので、イツキも仕方なくうなずく。

「五千円だけど三千円でいいから。普通のダンパの相場は八千円だからね、そうとうお得だよ」と、タロー先輩はまた詐欺師になった。

タロー先輩の指南どおり、自分たちなりに背伸びしてオシャレをしたはずだったが、会場のディスコの入り口に着いてみると、まったく場違い。イツキは、シマウマの群れの中にロバの自分が混じっている気分だった。吉岡と、まいったね、どうする、どうする、と一万回ぐらい繰り返したものの、結局、入場もできずに引き返した。

タロー先輩に、事実と違う説明で商品を売りつけられた、契約を解除してほしい、とサークルの退会をほのめかすと、「そうだったかあ。あの野郎、俺もだまされたな。申し訳ない。マジで埋め合わせするから」と保留にされた。数日後、「本当のお詫び」として、イツキは「マジでおいしいカテキョー」のバイトを紹介された。

タロー先輩の親戚の高三男子で、信用金庫役員の息子だった。一時間半教えて一万五千円を週二回と、目ン玉の飛び出るほど高い時給なのには理由があった。親との問題を抱えており、学校でも問題児となって、エスカレーターで上がれるはずの大学進学が絶望的となり、どんな大学でもいいから合格させてほしいという要望だった。親があてがう家庭教師を馬鹿にしてふざけまくるため、どの先生もふた月と続かず、根気よく面倒見てくれるなら大学名にはこだわらないということで、学歴的にはいまいちの原綿大生に頼んできたのだった。

自宅ではなく先生の家で教えるというのが条件で、五月半ばの最初の授業に現れたその子は、長身であかぬけた爽やかな身なりで、一見、礼儀正しかった。けれど、英語の問題を解かせているうち、口を手で覆って激しい呼吸の音を響かせ始める。イツキは「ダース・ベイダー禁止」と小さく言った。

「あ、わかりました?」とその子は嬉しそうに言った。「これ、こないだの模試で、後ろの席のやつがやってたんですよ。他の受験生の気を散らす作戦。ダース・ベイダー使えるなと思って、今練習したんです」

「こっちの気を散らしてどうするんだよ。私は受験生じゃないし。作戦失敗してるよ」

「ですよね。模試でやんないと練習にならないですね。じゃ、ヨーダのつもりで解きます」

「R2-D2でもいいよ」

「あ! それですね。ロボットなら、解けないからってイライラしませんもんね。R2-D2で行こ。ヨーダじゃ修行が必要だからな。でも、間違ってもC-3POにしちゃダメですよね。あいつ、ロボットなのにあんまり頭よくないですもんね」

「しゃべってばかりだとC-3POになっちゃうよ」

「やべ」

この些細な『スター・ウォーズ』談義だけで、その子は武装解除した。遊び友達との珍妙なエピソードをあれこれ話してきて、適度に聞いていれば、イツキにもそれなりに従う。学力もゆっくりと上昇していった。

あるとき、「先生んちって、いっつもきれいですよね」と言われたので、「そっちはそんな汚いの?」と尋ね返すと、「俺がプッツンして壁殴ったりモノ壊したりするんで、ボコボコですよ。直してもすぐ壊すから、もう諦めて直さないんです」と答えた。

「それでうちに来て勉強してるわけか」

「まあ、そういうことです」と言ってから、その子は堰《せき》を切ったように家族の問題をぶちまけ始めた。イツキはただ聞いた。自分は理解されないという孤独感のぬか漬け状態であると、イツキには他人事でなくわかった。それはキツいね、大変だよな、などとうなずくだけで、アドバイスめいたことは一言も言えなかった。カテキョーとして年長者として、これでは失格だなと落ち込んだ。

けれど、その子は変わらずに通い続け、精神的にもわずかずつ落ち着き、翌年の受験ではかろうじて一校だけ引っかかった。大学なんて無理なレベルから現役合格できたということで、本人も親もいたく喜び、感謝された。そして「ほんの気持ち」として、現金百万円を渡された。おかげさまで浪人対策の分が浮いたので、と言われた。イツキはその子のやるせなさがまた理解できた。その子は事前に、絶対に親はお礼って言って大金を渡してくるだろうけど、先生、断らないで受け取ってくださいよ、うちからしたらすっごいまともなお金の使い方なんだから、と言っていた。ヤクザの息子を合格させたらフェアレディZを贈られた東大生カテキョーの話もサークルで聞いていたから、イツキは受け取った。

だがそれは来年の話で、現在のイツキは六月下旬の尾瀬に来ている。二年と三年の女の先輩二人が主催する二泊三日のハイキングで、新入生は男二人女三人が全員参加、男の先輩は二年一人と三年二人の計十人だ。

本当は企画の中心は四年の平井先輩のはずだったが、新歓合宿からほどなくしてサークルを退会してしまった。原因が丸木先輩にあるらしいことはサークル内で共有されていて、この尾瀬行きも丸木先輩は参加を禁止された。

電車とバスを乗り継いで約五時間、さらに三時間ほど山を登って、尾瀬沼のほとりの山小屋に泊まる。その日はあいにくの雨で、到着したときにはぐったりだったが、そのぶんよく眠れ、翌朝、日の出の時間に起きたときには、尾瀬沼一面にかかる霧に朝日が乱反射する幻想的な光景を見ることができた。

みずきは早朝のスペクタクルを目にしたとたんスイッチが入り、尾瀬のために買ったという高級一眼レフを手に、話しかけがたいほどの集中力で写真を撮り始める。オリンピックで競技する選手を見ているかのようだった。

一番混む時季を避けたため、名物のミズバショウの群生は終わっていたけれど、萌える緑が柔らかく一面に光り、空気も緑色の香りがし、別の惑星にいるようだった。緑にまみれて緑の空気と水を取り込んでいると、イツキは自分も肌から緑の生物に変化していく気がした。里山と川に囲まれた旧田ノ内《たのうち》、今の幻が丘で小学校時代を過ごしたイツキは、人間より草木に囲まれているほうが気質に合っていた。

山頂を目指す客よりだいぶ遅れて朝食をとると、尾瀬沼北岸を往復するコースを行く。沼のほとりの林と湿原を縫う木道を、のんびりと歩く。イツキはみずきと縦になったり横になったりして進んだが、何しろみずきが写真撮影に夢中なので、あまり会話がない。吉岡は先導する二年の浜川芽衣《はまかわめい》先輩とずっとおしゃべりしている。他の女の新人は、後ろの男の先輩たちと親睦を深めている。
沼尻平《ぬしりだいら》で休憩して引き返す。イツキは歩いているときより、草木の中でたたずんでいる時間のほうが好きだと思った。白いポワポワした花や黄色や紫の小さな花が、点々と咲いている。途中の林でオコジョを見かけたが、気づいたのはイツキだけのようだったので、自分一人の出来事にしておく。

小屋の手前で、まだ行ける組は大江湿原に向かい、疲れた組は小屋に戻る。イツキは小屋に戻り、みずきは当然、湿原の写真を撮りに行く。

朝に作ってもらったおにぎりを小屋で食べると猛烈に眠くなり、イツキは部屋で昼寝をした。外は風が吹き始め、雲が増えてくる。昔の、木造平屋だったころの松保の祖父母の家で寝ていると錯覚する。

起きてから寝転がって文庫本を読んでいると、「暗くない?」とみずきが現れて電気をつけた。いつの間にか日が暮れようとしている。みずきは今までずっと歩いて写真を撮っていたという。すごい体力だねと感心すると、そのためにワンルームマンションと大学との往復一時間は交通機関を使わずに歩いていると答える。

三十六枚撮りのフィルム十本を撮りきったとか、そのうち二本はポジフィルムにしてみたなどと、みずきとおしゃべりしていると、吉岡と浜川先輩も現れた。

「こっからだと夕焼けがきれいでしょ」と浜川先輩は部屋の明かりを消す。とたんに窓の外に炎色の空の明かりがつく。

「ほんとだ。雲が燃えてる」

西からの風に吹かれて散らばった雲に、夕暮れの光が映えて、空は錦のパレットと化していた。ターコイズからラピスラズリ、アメジストの空気に、ガーネットやルビーの色の雲がたなびく。空全体がオパールのようだった。そしてじっくりと万華鏡を回すように、色合いや混ざり具合が間断なく変化していく。

イツキも色の一部にすぎなかった。無限の空と、草と木と水の大地にあって、イツキは細い木に等しかった。体の表面で、光と色の移ろいを反射させているだろう。

イツキは、畳で思い思いの姿勢をとって空に魅了されている、三人の姿を盗み見た。全身に光を反映させて、人間はたんなるスクリーンだった。

山の端に燠火《おきび》のようなくすんだ臙脂《えんじ》の光となって最後をねばり、今日の陽の光が消えたとき、イツキはため息をついた。

「どこにいるのか、わからなくなってた」とみずきがつぶやく。浜川先輩もうなずき、「夕暮れを見てると、自分が入れ換わるな」と独りごちる。

「自分がちっぽけな存在に思えて楽になるのかなあ」吉岡が浜川先輩に言う。

「そうかもしれないけど、それだけじゃないんだよね」

イツキには浜川先輩のニュアンスがわかる。自分もあの現象の一部で、人間という観点が無意味になる瞬間。「人間じゃなくてよくなるというか」と言ってみる。

「そう！　それ！」と直ちに浜川先輩は反応した。

「逢《お》う魔が時ってやつですか」納得したといった調子で吉岡が確認する。

「たぶん違うと思う」とみずきが答えた。浜川先輩もうなずく。

「じゃあ何よ」吉岡は少しむくれる。

「魔に逢うんじゃなくて、自分が魔になるというか」イツキが説明する。

「狼男？」

「うーん、まあ、広く捉えれば狼男みたいなものと言えなくもないかな」イツキは吉岡も仲間に入れたい。

「ま、夕焼けの光を見ると変身しちゃう動物がいてもいいよね。そんな魔物なら私もなりたいかな」浜川先輩も手を貸す。

「いいよね、夕焼けにこんなにうっとりして、その酔い心地を分かち合っておしゃべりして気分いいって、何かいいよね」

機嫌の直った吉岡が嬉しそうに言う。その無邪気さにイツキも嬉しくなって、「あんまり他の人とこういう感じにはなれないよね」と同意した。みずきと浜川先輩もうなずく。

「浜川先輩もですか？　私とみずきは最初からサークルのノリについていくことを放棄して入ったんですけど。吉岡はついていこうとして早くも脱落してるし」

「俺はそういうノリじゃないサークルだと思って入ったんだよ」

「私もかな」と浜川先輩が言った。「けど、同期にはそう思ってる人がいなかったから。なぜか今年は三人もこんなはぐれ雲がいて、うらやましい。一浪して入ったら、私もその一人になれたんだろうね。実際、吉岡とは同い年だし」

「そう、六四年生まれ組だよね。しかも同じ獅子座」

「だから、先輩呼びしないでいいよ。同期のように扱ってほしい」

「オッケー、浜川。一留しちゃおうよ。一緒に卒業しようよ」さっそく吉岡がはしゃぐ。

「一留しても下の学年には見てくれないでしょう」

イツキは閃《ひらめ》いて手を叩いた。「サークル内サークルを作って独自に活動すればいい。その中ではこの四人は学年なし」

「おお、いいねえ！」吉岡は即座に反応する。

みずきはうなずくが、「どうしてサークル内サークルなの？　四人で辞めてサークル作るのじゃダメなの？」と至極もっともな疑問を口にする。

「もちろんそれでもいいんだけど、サークル内サークルのほうがスパイの潜入活動みたいで楽しいでしょう」

「何、細胞？」吉岡はよく知りもしないで左翼用語を口にし、「古《ふる》っ」と浜川に呆れられる。

「つまり、一歩一歩で山に行きながら、こうやってハイキング活動中に独自の集まりをするってこと？」みずきが考えながら尋ねる。

「それもいいけど、四人でとびっきりの夕焼けを求めて旅をする、っていうのはどう？」

イツキが思いつきで提案すると、三人は一斉に賛成した。

「俺たち夕暮れ族ってことだな」吉岡の言葉に、「それじゃ愛人バンクでしょ」と浜川が笑う。

「似てるんだけど、黄昏《たそがれ》族、はダメかなあ？」イツキがおずおずとうかがう。三人は呑み込めない顔で返答しない。

「サークルのノリって、つまるところ、売れるか売れないかの話でしょ。カレシ、カノジョのことにしても、人気にしても、何が楽しいかにしても、お金そのものにしても」

「まあ、そうだね」浜川がうなずく。

「私らってそういう基準とは違って生きてるんだから、売り買いからは脱落してますってメッセージを込めて、黄昏族」

「別に枯れちゃいねえよ」吉岡は不満そう。

「黄昏の『がれ』は、『枯れる』の『枯れ』じゃないけど」イツキが苦笑する。

「いいじゃん、枯れてたって」とみずき。「枯れるって植物の言い方でしょ。植物には植物の欲望があるんだよ。生き死にまぐわいみたいな動物の基準じゃなくて、枯れてるか枯れてないかの世界で、私たちには私たちの欲望がある。美しい夕焼けに溺れたいとか」

「確かに。株で増える草なんて、どこから自分でどこから別の個体なのか、はっきりわからないもんね。それ、いいな」イツキはみずきの説明に啓示を受ける。

「じゃ、ま、暫定的に黄昏族結成ってことで」浜川がまとめる。

「規約として、サークル内恋愛禁止にしよう」吉岡が言う。

「当然だな」とみずき。「そういう話題も、そういう言葉自体も、ない関係だもんね」

「今から発足だよね？　あーっ、すっげ楽！　この解放感、たまんねえ」吉岡はもうずっと先へ進んでいる見えない夕暮れに向かって叫んだ。

「他の先輩たちは？」イツキが思い出したように聞く。

「下の食堂でビール飲んでる」吉岡が答える。

「合流する？」

「いいよ、しなくて」

「いや、夕飯、早く食べとこう。動物基準の人間どもができあがってからだと、めんどくさいことになる」みずきが冷静に言うので、黄昏族の面々は一階に降りた。

黄昏族の活動はたちまち日常化した。天気予報を見て夕焼けが美しそうだと見越せば、溺れられるスポットを求めて四人で都内をさまよう。公園であったりビルの外階段であったり、路地であったり歩道橋の上であったり、吉岡のバイト先のファミレスの窓際であったり。週末には、鎌《かま》川《がわ》県や百《もも》葉《は》県の海辺で夕陽を見てうまいもんを食べて帰るといった、日帰り活動もした。おかげで皆、天気予報の能力が発達した。

夕方になると四人だけ別行動を取るものだから、イッキはタロー先輩から、「四人でデキてるの？　俺も交ぜてもらうわけにはいかない？」と下卑《げび》た探りを入れられたりしたが、「すみません、秘密結社なんで、血の掟を明かすわけにはいかないんです」とはぐらかした。

夏休み中は「一歩一歩」の本格的な夏山ハイキングがあるうえ、イッキと吉岡はそれぞれ運転免許を取りに山形に合宿に行ったりし、またそれらの費用を稼ぐためにバイトにも勤しみ、黄昏族の活動は九月まで中断した。

再開第一弾は、せっかく免許を取ったのだからと、レンタカーを借りての西伊豆ドライブ。ユースホステルの四人部屋に一泊する計画だ。残暑とは言いがたい酷暑日だった。

「久しぶりに集まると、帰省した気分だな。やっとうちに帰ってきた、みたいな」ハンドルを握っている吉岡が言う。

「私は故郷がないから、帰省の感覚ってわからない」斜め後ろからイッキが言う。

「知らなくていい、そんなもん。そもそも私たち家族じゃないし」吉岡の後ろの席のみずきはそっけない。

「そうだけど、何ていうか、好きな人だけ集めて家族になったら、家族ってもっと居心地よくなるかもしれないでしょ。そういう意味で家族」吉岡が、俺いいこと言った、みたいな満足げな声になる。

「それなら『家族』とか言わなくていい。私、ご近所とか父親の同僚とかで、家族ぐるみのつきあいとかさせられてきたけど、ほんと要らないんだよね。くるまれる家族の身にもなってみろっていうの。だから何でも家族って単位でまとめるの、うざったい」

「みずきはキツいなあ。ねえ？」と吉岡は助手席の浜川に助けを求める。イツキではみずきに同意するのがオチだから。

「ずっと思ってるんだけどさ、みずきとイツキは、みずき、イツキって呼ばれてて、私とこいつは浜川、吉岡って呼ばれてるけど、家族ってくくりが嫌いなら、ファミリーネームやめて名前呼びしない？」

「それ！　俺は人生でほぼずっと龍ちゃんって呼ばれてきたわけよ。だから、吉岡、吉岡って呼ばれると、教師に呼びつけられてるみたいで居心地悪いんだよね。俺の名前は龍ちゃんであって、吉岡ではないと言いたい」

「そんな力説しなくても、龍ちゃんって呼ぶよ、龍ちゃん。もっと早く言えばよかったのに、龍ちゃん」芽衣が言う。

「俺のこと『龍ちゃん』って呼んでください、とかのっけから言ったら、みんな引くでしょ」

全員がうなずく。

「ほらね。まあ、龍、でもいいや。もう八月で二十歳になっちゃったし、『ちゃん』はそろそろおしまいだな」と声も小さくなる。

「負けるな、龍ちゃん」芽衣が拳を握る。

「ネバー・ギブアップ、芽衣ちゃん！」

「私に『ちゃん』はつけない」

「そんなら俺も『ちゃん』はやめる」

「龍！」

「芽衣！」

「イエーイ！」

二人の盛り上がりを無視してイツキは、「だったら、みんな、自分のことも名前で呼べばいいのに」と言い出す。「何で、自分とか相手を指すときは私とか俺とか君とか、別の言い方になるのか、わかんないんだよなあ。名前があるなら、自分も含めて名前で呼べばシンプルなのに」

「わからないとか言いながら、イツキも『私』って使ってる。そう思うなら、一人称をイツキにすればいい」みずきがイツキにカメラを向けて言う。

「ずっとそうしてたんだよ。でもいろいろ、それじゃ生きていけなくなった。だから日本語では一番普遍的な感じのする『私』にした」

「『私』だって奇妙に思われるんじゃないの？」と芽衣。

「思った」と龍が正直に告げる。「でも、イツキは他にも変わったところだらけだったから、変わった人が変わってても変わってなかった。そんで、慣れたら変わった人とも感じなくなった。だから一人称イツキでもいいんじゃないの」

「龍が『ちゃん』をやめたから、私も『イツキ』には戻らない」

「龍、飛ばしたがるから、私が運転する」

芽衣の指摘のとおり、龍は東名高速道路の追い越し車線を走り続け、スピードメーターは百二十キロを指している。

「大丈夫、安全にスピード出してるから」

「龍は止まる技術がないのにトップスピードで滑走してる初心者スキーヤーだから」

確かに芽衣の運転は判断が的確で、安心感が違った。芽衣は運動神経がよく、龍はスポーツ音痴なのだろうと、どちらの時代も経験しているイツキは思った。

「みずきは免許取らないの?」芽衣が聞く。

「時間の無駄。死にたくないし。フロリダにでも住まない限り、車なんか運転しない」

「何でいきなりフロリダ?」龍が尋ねる。

「つくづく湿原好きだなあ」イツキがぼそっと感嘆する。

「それで通じるのかよ」龍が呆れる。

堂ヶ島で見る夕陽は、鎌川や百葉の海のものと変わらなかった。

「何だ普通だな、とか、だんだんスレてくよね」芽衣がため息をつく。

「舌が肥えるというか」みずきも同意する。

「それが大人になるってことだ」龍がもっともらしく言い、イツキは「スレてくたびれてくんだから、黄昏族の本領でしょう」と肯定する。

「でも、島が点在してるだけで、がぜん見栄えはする」カメラのファインダーを覗きながらみずきが評する。

「実物よりキレイに撮ってね」と龍がおどけてカメラの前に立ち、「邪魔なものは海に落とす」とみずきに凄まれる。

いくら慣れようがふざけようが、そうしている自分たちの誰も、オレンジ色の光に染まることを免れることはできない、とイツキは驚きとともに考える。この驚きの感覚は毎回、初めてのように新鮮だ。自分が夕暮れを鑑賞する側であるかのようにふるまうけれど、すべてはこの光の手のひらの上の出来事。人間も動物も植物も、生き物はおしなべて光の手のひらの上で蠢《うごめ》くだけの現象にすぎない。

夕暮れは、ふだんは見えないその光の手のひらを一瞬だけ露わにする。そして、かすかに知覚したその手のひらの途方もなさに、イツキはその都度、度肝を抜かれてしまうのだ。一匹の蟻に自我はあるか?という問いを突きつけられたかのように、意識が遠のきそうになる。ただの現象にすぎない人間に、意思なんかあるのか？　私たちに個体なんか、存在しないんじゃないか？

「俺さあ、丸木さんのこと、どっか憎めないんだよね」龍が深刻な調子で切り出した。

「何よ、急に」芽衣が嫌そうな顔をする。

「いや、丸木さん、こないだキリマンジャロ、登ってきたでしょ。あれ、平井さんの件の禊《みそぎ》だったんだって」

「洗えばきれいになるとでも?」みずきが厳しく問う。

「そんなこと思っちゃねえよ。丸木さんだって、そんな安易な気持ちじゃなかったと思う」

先日、龍が溜まり場の茶店に顔を出したら、タンザニアから戻ったばかりの丸木先輩が報告に来ていたのだという。サークル内では唯一、本格登山派の丸木先輩には、キリマンジャロは特段難易度の高い山ではないとはいえ、今までで一番の挑戦であることは確かで、夏の間みっちりトレーニングを積み、気を抜いたら死ぬこともありうると覚悟して、友達のいる稲田《いなだ》大学のサークルに参加した。

「宇宙飛行士と同じだと思ったんだって。ちっこい一個のミスが命取りになる。それでパーティーの仲間に夢を断念させることもありうる。そうならないような生き方をしたいって強烈に思ったら、自分がいかに不真面目に生きてきたか、思い知らされて惨めだったんだって。人生ドブに捨てて生きてきた、本気で好きだった人を大事にしなかったたって言って、泣くんだよ。あの思い上がりの権化《ごんげ》みたいな丸木さんが、酔ってもないのにだよ」

「何かに酔ってるから泣けるんでしょ」みずきは手厳しい。

「まあ、丸木さんのことをみずきがどう思おうが、それはいいんだ。俺が言いたいのはだ、やっぱり俺らも海外を目指さないとダメだと思うんだよ」

話を見失って三人は反応できず、一呼吸置いてから芽衣が爆笑した。

「丸木先輩の、ちょっといい話から、どうしてそこに、つながるの！　腹痛《いて》え」

「何聞いてたんだよ。あの悪役をコロッと善人に変える海外ってすげえなって話だよ！」

「海外ってくくりが、大雑把すぎるー」芽衣は笑いの発作にはまって、呼吸困難だ。

「さすがキリマンジャロって話ならまだしも」イツキも可笑しくてたまらない。

「だって、俺らじゃキリマンジャロ、行けないじゃろ」

「ヒー、もう止《や》めれ」芽衣の笑いのセンサーは壊れて、何にでも反応しっぱなしになっている。

「わからないかなあ。俺らにとって、丸木さんのキリマンジャロに当たるものは、海外の夕焼けだろ。それを見に行こうって提案してるんだよ」

イッキとみずきは、ようやく納得できたという顔をしてうなずき、芽衣はまた爆笑して過呼吸に陥りかける。まだ何か言い足そうとする龍を、「芽衣が死ぬ」とみずきは手で制する。

しゃっくりのような笑いをひとしきり繰り返して落ち着いた後、芽衣は「龍の頭の中の回路、図にしてみたいよ」と言った。「で、海外の夕暮れね。いいんじゃない？」

「私も考えてみたんだけど」イッキがおずおずと提案する。「ハワイなんかどう？」

芽衣がまた笑い始め、「お、夕陽に映えるダイヤモンドヘッドってやつ？」と龍が応じると、呼吸困難に陥る。

「何、俺、おかしなこと言った？」

「龍のせいじゃないよ。芽衣にとって龍は、笑いを引き起こすアレルギー物質になっちゃったってこと。芽衣の体質の問題」みずきが解説する。

「え、芽衣にとって俺はブタクサ？」

また芽衣の息が止まりそうになり、会話を休む。

一息ついてからイッキは、「ワイキキのオアフ島じゃなくて、ハワイ島に行ってみたいんだよね。ダイナミックな海、火山、天文台、そういうところの夕陽」と真意を説明する。

「詳しいね」芽衣が感心する。

「みずきに写真集見せてもらって」

みずきはうなずき、「黄昏族とは関係なく行こうと思ってた」と言った。

「冷たくない？　まずはみんなを誘おうよ」龍が憤慨する。「つまり、俺が言い出さなかったら、みんなで一緒にハワイには行けなくて、みずきが一人で行って、帰国してから『絶景だった』とか写真見せられて、『自慢？』とか嫉妬して、黄昏族の間に隙間風が吹いたかもしれないってことか」

「そうそう、龍のおかげで助かった」みずきが事務的に答える。


西伊豆から戻ると、ハワイ旅行の準備が始まった。本屋に行って『地球の歩き方』を立ち読みしたり、格安航空券を扱っている代理店に行って相談したりした結果、時期は学園祭期間である十月の末、カイルア・コナを拠点として三泊し、レンタカーで島をめぐると決まった。

とにかく時間がないので、まずは急いでパスポートを申請しなくてはならない。イツキは城南《じょうなん》区役所の出張所に行って、戸籍謄本を取得した。

そのいかにも役所らしく古くさい書面に目をやって、イツキは凍りついた。出生地について、「昭和四拾年七月拾参日アメリカ合衆国イリノイ州シカゴ市で出生父鬼村修《おさむ》届出」と書いてあるではないか。

白く霞む頭の中で、東京生まれとされてきた自分はニセモノだったのか、という声がかすかに響きこだまする。

母に質さねばならない。そう決意して自分の中の怒りを掻き立てるのだが、炎は燃え盛らず、その晩も翌日も言い出す気力がない。ニセモノはニセモノらしく、本物のふりをして疑わずにさっさとパスポート申請しろ、とまた声が聞こえる。けれど体が動かない。

このままではパスポートを取れない、いっそハワイ行きを断ろうか、と諦めかけたら、イッキは架空日記を書いていた。

一九八四年九月十二日（水）曇り

ミズチに電話して、ハワイには行けなくなった、三人で行ってほしい、と告げた。ミズチは怒ることなく根気強く、理由を聞かせてほしいと求めたけれど、ニッキは話せないと突っぱねた。

これでスッキリした。いくら自然にふるまい、チマタの学生とおりあいをつけたふうを装っても、ニセモノはニセモノであることから逃れられない。正体を隠していても、自分は生まれも性も曖昧なニッキであることは変わらない。

仮装で演じた学生生活はすべてニセモノ、幻影だ。ニッキじゃないふりをしている名ナシの芝居だ。ニンゲンのふりをしている、ナニモノカ。生き物ですらない、だから名前の持ちようがない、ただの現象。

現象だから、意思はない。ただ周囲と同じであろうとするだけ。カメレオンが自分の意思でも何でもなくただ自動的にまわりの色や形に擬態するように、自然とまわりの者に擬態するだけ。けれど、戸籍謄本からニッキが正体を見せてしまった。擬態は失敗し、名ナシは夜の日陰のように消滅した。

名前のあるニッキは、日記の中に監禁されている。ニッキは言葉で書かれないかぎり、存在もできない。だからニッキは自分で自分を存在させるために、書き続ける。書いて世界を存続させ続ける。架空日記が続く限り、ニッキ以外はすべて名ナシのニセモノ。

　本当は、世界すべてが架空日記なのだ。ありとあらゆるニンゲンは、ニッキのようなのだ。擬態するモノたちがその真実を覆い隠し、擬態しないニッキを架空日記に押しこめる。ニッキが書いて存続させ続けている架空の世界こそ、この世の現実の姿。


日記を書き終えた刹那、イッキはハワイ旅行を諦めた自分を日記内に解き放ってやった、と実感した。旅行を断念したのは日記の中の出来事で、現実には旅行を選んだのだ。それでようやく翌日、出生がアメリカである件を母親に問うことができた。

　母は人形のような顔になった。「まあ、気づかれるのも時間の問題だとは思ってました。覚悟してたより遅かったくらいよ」とセリフの棒読みのように言うと、疲れはてた表情になり、「徴兵に取られるのが怖かったから、イッキにはアメリカ人でいてほしくなかったのよ」と打ち明けた。

「あんたが生まれたときはまだベトナム戦争真っ最中だったでしょ。アメリカにはあの当時徴兵制があって、若い人をどんどん徴兵してはたくさん戦死させて、それを拒否する人はこてんぱんにやられて、そんなのを見てたから、子どもにアメリカ国籍なんか必要ないって私は思っ

た。でもお父さんは、自分で選ばせるべきだっていう意見で、あんたを身ごもってからもう毎日ずっとケンカよ」

「自分で選べるの？」

「徴兵される年になる前に自分で選べばいい、ってお父さんは言ってたけど、戦争がひどくなったら徴兵の年齢だって下がるかもしれないじゃない。少なくとも私が子どものころの日本はそうだった」

「それでお母さんがお父さんを言い負かしたんだ？」

「私が離婚まで言ったからね。形の上では、私の言い分を呑んだことにしたんでしょう。私もそのときはお父さんが折れてくれたって信じたわよ。じゃないと産むのがつらすぎたから。お父さんがわかったって言ったときから、もう考えないようにした」

「本当のところ、どうなの？」

「わからない。お父さんとはこの話は一切しなかったから。私があんたに、生まれは東京だって言い聞かせても、お父さんも何も意見はしなかった。だからあんたは日本生まれってことになったし、そう言い続けてれば私もそれが本当だった気がしてくるしね。でも、あんたがアメリカ時代の写真を覚えてたのには、ドキンとしたわよ」

「何であのとき本当のことを教えてくれなかったの？　もう問題なかったはずでしょ」

母はそこで急に涙ぐんだ。

「やましかったんだよ。ベトナム戦争が終わるあたりで、アメリカは徴兵制をやめたってお父さんに教えられて、私はイツキからアメリカ国籍を奪ったのかもしれないと気づいて、何てことしたんだって後悔したの。それで言うのが怖くなった。いつか気づかれるってわかってても、そのままにしてしまったんだよ」と震える声で言う。

イツキは自分の感情がよくわからない。怒りが自然に爆発すれば、どれだけ楽になれたことか。他人の身の上を聞いているような無感覚さ。「まあ、いいよ。どうせ今と何が変わるわけでもないし」とつぶやく。

「もしかしたら、お父さんがこっそりアメリカに出生届を出してたかもしれない。その場合、あんたにはアメリカの国籍があることになる」

父も何も言わないで亡くなったから、きっと届け出はしなかったのだろう、とイツキは思った。届け出ていたのに言わずに死んだのだとしたら、それも悲しすぎる。

「それって、どうやったらわかるの？　もう一生わからないまま？」

「アメリカ大使館に聞いてみたらわかるかもしれない。英語だけどね」

「そういえば、アメリカのパスポートを更新しに、トミおじさんと大使館に行きなさいって言われたことあったよね？」

父の入院で手いっぱいな母がそう命じて、気に食わなかったイツキは行かないと口答えしたような記憶が、ふいによみがえる。

「あるわけないじゃない。お母さんは知らないって言ってるでしょ。疑いたくなるのはわかるけど、もうごまかしても意味ないわよ。信じなさいよ」

曖昧だけど現実感のあるこの記憶はいったいどこから来るのか、気にはなったが、母の言うことはもっともだ。

「お母さんはイツキにアメリカ国籍があってほしい？　それともないままでいてほしい？」とイツキは母を試すが、「あんたはもう成人間近なんだから、それはあんた自身の問題。申し訳なかったけど、調べて決めるのは自分ね」といなされる。

一九八四年九月十五日（土）

およそ一か月前のこと。ソ連がボイコットしたロス五輪の閉会式の最中に、ソ連がアラスカに大陸間弾道ミサイルを撃ち込んだ。USも直後にシベリアにミサイルを撃ち返した。ソ連は核搭載のミサイルを準備した。

それから一週間で、Selective Service System に登録されている男性が順次、徴兵された。ニッキーも去年、十八歳で登録していたから、徴兵された。今度は訓練じゃない。本当に戦線に送り込まれるかもしれない。

その後はミサイルは飛んでないけれど、ワルシャワ条約機構軍は東ドイツとかチェコとかの西側国境に兵を集結させている。

ニッキーは日本語ができるから、日本のUS基地に派遣すると言われた。

こんな形で日本に帰るのは耐えがたい。来年は東京の稲田《いなだ》大学に留学する予定なのに。

シカゴに電話すると、Mom は泣くばかりで話ができなかった。Dad は、おまえは日本人でもあるんだから、しっかりおばあちゃんたちを守るんだぞ、と言った。ミッキーは、死ぬくらいなら逃げろよ、と言った。

死ぬくらいなら、今、行方不明になろうかとも思った。でもそうしたら親に迷惑がかかる。

『Hair』というミュージカル映画を思い出した。ベトナム戦争に徴兵された若い男が、恋人に会うため、友達に身代わりで訓練を受けてもらっていたら、急な出動命令が下って、友達が戦場に送られてしまう。そしてその友達は戦死してしまうのだ。

あの友達みたいな気分。

結局、両国の首脳が電話会談して、戦争は回避されることになった。それでニッキーも日本に派遣されることなく兵役を解かれて、ロスの下宿に帰ってこられた。

できることなら月に移住したい。

やはりハワイは常夏の島。十月の末でもTシャツ一枚で心地よく過ごせる。日なたはそれでも暑いほどだ。

何しろ空が広い、地面が大きい。解放感に龍はずっと叫びっぱなしだ。コナ空港近くのハーツでレンタカーを借りるさいにも、シボレーのカマロを見つけて奇声を上げて飛び跳ね、こんなの二度と運転できないからカマロにしようと言って、四人は乗れねえよと芽衣に却下された。四つドアの車にすべきだということで選ばれたのは、シボレーのマリブという車種。いかにもアメリカっぽい四角くでかい自動車で、車に関心のないイツキにはたんに運転しにくいだけだったけれど、龍はすっかりご機嫌でずっとハンドルを離さないので、任せておく。

一学年上の芽衣はすでに海外旅行経験者で、去年の夏はサイパン、今年の春にはヨーロッパをバックパッカーで巡っており、出国手続きやら外国人の客室乗務員対応やら入国審査やらに怯えるイツキたちを、なめらかに引率した。それだけで芽衣がはるかに大人に見えてくるから不思議だ。

初日は、まずカイルア・コナで泊まるドミトリーを決めて荷物を置いてから、コナ・コーヒーの美味しいお店を教えてもらって昼食を取る。イツキには美味しいのかどうかわからなかったが、龍と芽衣は、コクがあるとか香りが深いとか何とか言って満足している。

その後でハワイ島北端部へドライブし、海岸で日暮れを待つ。向こうに見える島はマウイ島だ。北側の海はなかなか風が強く波も荒く、まるで餌に群がる魚影のように、サーファーたちが浮いたり沈んだりしている。

「私、本当はサーファーになりたかったんだよね」

芽衣の思わぬ告白に、三人は「ええーっ！」とのけぞる。

「テニサーとかのノリは無理とか言ってたのに、憧れてるのはサーファー？　どゆこと？」龍が聞く。

芽衣は皮肉な笑いを浮かべて、「こういう反応が来るからサーファーを断念せざるをえなかったの。サーフィンが卓球みたいだったら、今ごろバリバリだよ」と説明し、「あーあ。生まれる時代と場所を間違えたな。七〇年代にハワイで青春を送る若者に生まれたかった」と嘆いた。

「サーフィンが好きなわけね、サーファーじゃなくて」みずきが確認する。

「そうそう。正確に言うと、サーファーになりたいんじゃなくて、サーフィンをする人になりたかったってことだね。子どものころは鴨川に住んでたでしょ。近くの浜でサーフィンしてる人、普通にいたし、もっと言うと、シーワールドに通って育ったから、イルカになりたかった」

「あれはイルカ族か。なるほどね」たくみに荒い波を乗りこなすサーファーたちを眺めて、イツキが納得したように言う。イツキの頭には、曲芸のようにリフティングをするマラドーナまで浮かんでくる。

冷たい北風に体が冷えてきたので、車に入る。夜に出発し早朝に到着したフライトでは十分に眠れなかったため、四人ともたちどころに寝入った。

みずきに後ろの座席から揺さぶられて目が覚めると、線香花火のように色を濃くした太陽の球が、水平線に落ちかけている。隣の運転席の龍を起こすと、「おおっ！　温泉卵の黄身だ」と叫んだ。

外に出て、肌寒さに震えながら、色の変化に身をさらす。

日本の海での夕暮れと、見かけは同じだといえば同じだけど、感覚は別物だった。陽の球が大きく感じるし、空も色が濃いし、空気は甘く香る。日本の秋のような透明感は少なく、色のグラデーションも乏しく、濃い紅《くれない》の光が液体となってこぼれるものの、太陽のそばで滞留してあまり大きくは広がらない。

イツキは三人を見る。クリムゾンの光に染まっている。日本の夕暮れだと、光を浴びると平面になったように感じるが、ここの光はみんなを立体的にする。

翌日、キラウエア火山の火口をトレイルする前、入り口のビジター・センターで溶岩の流れる写真を見たとき、「昨日の夕陽の色だ」とイツキと芽衣が同時に言った。「空にキラウエアの溶岩が噴きこぼれるのか、キラウエアの溶岩がいつも黄昏れているのか」とイツキはつぶやく。

山歩きサークルのメンバーでもあるので、本領を発揮して活火山トレッキングぐらいはするつもりでいたが、まさか、ところどころ水蒸気が噴いているカルデラの火口を歩けるとは思わなかった。

まずは火口の縁の、熱帯雨林の遊歩道に入る。何メートルもある巨大シダの森で、茶色い剛毛に包まれた人の顔ほどもあるゼンマイが、そこここに芽生えている。タランチュラめいたゼンマイ群。この光景、小学生のころに図鑑で見た恐竜の世界の背景だ、ＳＦの名作『失われた世界』の舞台のよう。今度カズちんに教えてあげよう。

遊歩道を下りきると一転して開け、一面ねずみ色の溶岩で覆われた平らな火口が広がる。

「ほら、これなんかも噴火で真っ赤な溶岩が噴き上がってるふうだ」

みずきが接写しながら示したのは、赤いパンクヘアのように逆立っている線だけの花。何もない岩の平原にぽつんと生えている、丸っこい葉の灌木だ。

「おお、トンガってるねえ。反抗期でしょ、この花」龍が面白がる。「近づきすぎるとガン飛ばされるよ」芽衣も冗談に乗る。

だが、誰よりも心をつかまれていたのはイツキだった。この髪形にすればいいのだ！

小学校時代は「児雷也」と称された、やたらと跳ね上がるイツキの硬い暴れ髪は、おしゃれに関心のないイツキの手には負えず、半ば放置するように長めの髪で十代を過ごしてきた。大学に入ってからは理容室から美容室へと鞍替えし、美容師さんの勧めるとおりに、サイドと後ろの生えぎわは刈り上げて、その上の部分はやや長めにしている。跳ね上がる部分を刈り上げているので、すっきり見える。

でも逆転の発想で、いつも逆立てていれば短い髪でも行けるのではないか。この花のように。みずきの撮った写真を美容師さんに見せて、この花の髪形にしてください、とお願いしよう。何なら赤毛に染めてもらってもいい。

「どしたの？　この花に恋しちゃった？」龍がイツキの顔を覗き込む。イツキは花を凝視して薄く笑いながら、自分の髪を上に梳《す》いていたのだ。イツキは龍にうなずく。

「おおっ、ついにイツキに好きな人ができた！」龍が叫ぶ。「人じゃないでしょ」即座にみずきが訂正する。

「好きっていうか、これになれたらいいな」

冗談ではなかった。イツキは梢以来、初めて自分が真似したい対象が見つかったのだ。自分でも奇妙だと思うが、この花に共感している。何かわかる、と思う。

その花が「オヒア・レフア」という名前だと知ったのは、次の日の午前にハワイ独特の植物を集めた民族植物園で見たときだった。ハワイ固有のオヒアという木にレフアと呼ばれる花が咲くのだと説明が書いてある。

それなら自分はイツキという木にレフアという花を咲かそう。イツキ・レフア。自分の新しい名前だ。

英語の説明なのであくまでもイツキの怪しい理解だが、オヒアは溶岩の固まった不毛な岩の大地に、真っ先に根づいて育つ植物の一つらしい。昨日歩いた火口でも咲いていたし、その後で夕暮れを味わった島南部の、見渡すかぎり真っ黒い溶岩のみの海岸でも見た。

何もないところに最初に芽吹き、咲く花。波長が合う理由がわかった気がした。

午後からは、天文台銀座をなしている高度四千メートルのマウナケアで夕暮れを楽しむ、サンセットツアーに参加する。みずきの強い意向でツアーに申し込んだのだが、けっこうな料金のため龍と芽衣は断念、イツキとみずきの二人での分派黄昏活動となった。

しっかりと防寒をし、迎えのワゴンに乗る。途中のミッド・レベル・ファシリティという施設でサンドイッチが配られ、高山病対策として小一時間、高地に体を慣らす。

施設の外をゆっくり散歩していると、またしても髪を逆立てたパンクヘアの植物に出くわした。今度は銀髪だ。花ではなく、葉が逆立っている。銀色の細身のアロエといった感じ。みずきに写真を撮ってもらうと、いたく気に入ったらしく、「こいつはいいな。こいつはいい」と独り言を繰り返す。

再びワゴンに乗り、半時間で山頂に到着。

地球ではない星に降り立ったかのようだった。草木の生えていないなめらかな山肌は、一面の雲海に囲まれている。イツキは天に浮いていると錯覚する。大気は冷たく澄みきって、呼吸をするとまるで冷凍したガラスを吸っているよう。あらゆる存在にくっきりとした濃い斜めの影が宿る。

着いたときはまだ日暮れ粒子が大気に二割ほど混じっている程度だった。少し歩くだけで息が上がる。イツキはゆっくりと腹式呼吸をする。

ほどなく天頂あたりは藍色に染まり、インクが沈むようにして空の端まで闇の素を広げていく。陽のまわりは薄く裂かれた雲がたなびき、浅葱《あさぎ》色やだいだい色の光を乱れ映す。雲海は濃い影を際立たせ、波のような起伏を鮮やかに見せる。

イツキは間違ってキリコの絵の中に迷い込んだ気がした。都会ではなく、雲上の無人の街を切りとったキリコの世界。

澄みわたった空気は、光のグラデーションも濃厚にする。群青から深いクリムゾンまで段差も途切れもなく色は移り変わり、イツキがその名を知らない、あるいはもはや名前のない名ナシの色たちが無数に現れ、静かにたたずんでいる。

イツキはその切り分けられない色たちに、無言で語りかけられている気がした。自分の体内が、同じなめらかに変わる色たちに染められているのを感じる。体表はスクリーンとなって刻一刻と変幻する光を反映し、体内は無数の色に切れ目なく分解され、矛盾しながらすぐに混ざってイツキを織りなす。色が分かれては混ざりを繰り返し、イツキの中にリズムが刻まれる。そのリズムが血を循環させ、呼吸をさせ、イツキの命となる。自分は色の波動という現象なのだと悟った。

太陽が華々しく光を撒き散らしながら、雲海の奥に沈んでいく。イツキは自分が太陽より高く浮いている気になる。陽の沈む速度がいつもより速く感じる。たちまちあたりの色は濃密多彩になり、イツキの目がくらむ。頭上では星が次々と姿を現し、金属音を立て始めている。

三脚に載せたカメラで一心不乱に写真を撮り続けていたみずきが、「この世のものとは思えない。というか、この世ってすげえな」とつぶやいた。

「ここ」とイツキは天上を指し、「宇宙にむき出しなんだけど。宇宙にじかに開いちゃってるんだけど。怖くない?」と聞く。

ファインダーから目を離し、体を起こしてこちらを見たみずきは、ブルッと震え、「もうダメだ、凍える」と言ってイツキに身をぶつけてきた。「こういうときはおしくらまんじゅうでしょ」「乾布摩擦ね」と言いあって、イツキも胴体をこすりつける。

日が落ちたら三十分以内に下山しなくてはならないということで、ワゴンに乗り込む。先ほどの施設に戻り、外で星空を観察する。半月より少し太った月が輝いているため、満天の星とはいかなかったが、それでも液体のように星の光が天空に流れを作り、渦巻いて見える。

「黄昏族史上、最高の夕暮れだった」とみずきが感慨深げに言った。

「龍と芽衣も来ればよかったのにね」

しかし二人には、来ないことで手に入れたものがあった。

夜の十一時にようやく宿に戻ったイツキとみずきに、フロントのスタッフが、宿泊客がほとんどいないので追加料金なしで四人部屋から二人部屋二つに移ってもいいと龍と芽衣に提案したら、二人は喜んで移っていったと告げる。示された二人部屋に行くと、みずきとイツキの荷物が置かれて龍と芽衣はおらず、もう一つの二人部屋をノックしたら、ビールでできあがった龍と芽衣が現れた。

「どうして私と芽衣じゃなくて、龍と芽衣が同じ部屋になるの？」みずきの声には不審がこもっている。

「ね？」と龍は何も説明していないのに同意を求めるように芽衣を見た。

「まだ何も言ってないよ」と芽衣がたしなめる。

「いやあ、ほら、ちょっと己を試すっての？　やってみたくて。克己心ってやつ？」

「肝試し？」とイツキは眉間にしわを寄せて混ぜっ返した。龍の言わんとする意味を、理解できても理解したくなかった。

「恋愛禁止って言いだしたのは龍だよね」みずきは単刀直入だ。

「だから試すんだよ。何で俺はそんなことを言いだしたのか、知りたいんだよ。本当に恋愛を断ち切りたいのか、サークルのノリでの恋愛ごっこが嫌なだけで、それが取っ払われて自分のペースであるがままの気持ちでいられるんなら、やっぱり恋愛したいのか」

「そういうことなら外でやりなよ。黄昏族内でされると迷惑」みずきが突き放す。

「人間関係上、この中で試さないと意味がないってことは、もうみずきもわかってるでしょ」

龍が次第に悲愴な表情になっていく。人間関係上、代えのきかない相手である芽衣は、天井の隅あたりに視線を固定して、会話に加わってませんと自分に言い聞かせている。

「今までだって、四人部屋で一緒に寝起きしてたんだから、それが半分に分かれたからって、さして変わらないでしょ」龍は言いつのる。

イツキがため息をつく寸前、みずきがため息をつき、イツキがつき終わった瞬間、芽衣がため息をついて、はからずも三人でため息の輪唱をした。四人は顔を見合わせ、「絶妙じゃない?」と芽衣が言い、「確かに私ら、息が合ってる」とみずきも同意し、「ちょっとズレ始めたけどまだハーモニーできてるって意味だよね」とイツキが深読みし、「俺だけそこから脱落ってこと?」と龍が泣きそうに言う。

「龍はジョーカーだから。はい、今ここで一人、ため息をつく!」

芽衣の指導に、龍は健康診断を受けているかのような深呼吸をして、「この二人の息も合ってることは確かだ。つまり芽衣を通じて、龍と私たちも息が合ってるってことになる」とみずきが強引な解釈で締めた。

部屋に戻ってからイツキは、「みんなの前でオープンにしようとしただけ、龍は私たちのことを考えたってことでしょう。陰でコトを進めることだってできたんだから」と言った。

「黄昏族を結成する前から、こうなることはわかってたのにな。龍が恋愛禁止なんて言ったのは、うまく行かないかもしれないことが怖くて、事前に自分に言い訳を作っといたってことでしょ」

「みずきは怖いなあ」

「イツキだってほんとはわかってるくせに。気づかないふりするよね、自分に対して。まあ、それだけの理由があるんでしょ。聞かないけど」

「みずきさ、そういうこと、わかってても言わなくていいよ」

みずきはしょんぼりした顔になってうなずき、「そう、それが私の欠点。いつもはストッパーかけてあるけど、黄昏族だと無防備になって、ついやっちまうんだな」と言った。「だって、怖いって言われても真に受けないでいられるから」小声でつけ足す。

聞かないけど、みずきにも理由があるのだと思い、その理由が自動的にあれこれ想像されて、イツキも元気がなくなってしまう。

二人で消沈してベッドに座り、無言の時間が流れる。

「で、どうする？　私たちも肝試しする？」

ギョッとしてみずきを見ると、ニヤニヤしているのでまったくの冗談だとわかった。

イツキは、ふだん龍と同部屋になるときより、今みずきといるほうが楽だと感じた。性の違いと圧迫を感じない。

帰国日の朝、チェックアウトでフロントに現れた龍と芽衣は、完璧なカップルの容貌と態度に一変していた。二人で一つの体みたいにくっつき、始終、視線をからめている。

帰国便の座席は前後二人ずつに分かれたので、当然、カップルが隣同士になる。明かりが落ちると、二人が濃厚にキスをしているのが、背後の席の気配と音で伝わってくる。

じっと我慢していたみずきが、「箸が笑っても転がる年ごろっていうけど、それだね。人前だろうがどこだろうが、自分たちの世界なら何だってできるって確認したい年ごろなんだよ」とささやく。

「箸が転んでも笑う、じゃない？」とイッキが笑いを押し殺して腹を痙攣させると、「イッキがお年ごろの娘さんかい」とみずきはぶっきらぼうに返す。

ラブラブの二人とは黄昏れられないので、しばらくは分派活動が続いた。「これじゃサークル内サークル内サークルだ」とぼやきつつ、後期も履修の重なることが多いみずきと、昼さがりから夜までだらだらと過ごすことが増えた。

「ほんと私たちって、友達いないな」イッキが漏らすと、みずきはイッキの顔をまじまじと見て、「私は黄昏族以外にもつきあいはあるよ。写真仲間とかいるし」と言う。

「マジで？」イッキは自分が動揺していることに動揺する。

「そりゃそうでしょ。イッキといないときだって私の生活はあるんだから」

「私、みずきといないときの生活、ないかも」

みずきはウケて、「そっかあ、イッキはドラマとかの登場人物なのかあ。私の視界から消えたら存在も消えちゃうんだ？」と笑い、「じゃあ、存在が消えないようにずっと一緒にいてあげようか？」と意地悪そうなニヤケ顔でいう。

みずきの言葉は冗談になっていない、とイッキは深刻に受け取り、「みずきにはわからないだろうな、存在が消えちゃうことの快感」とうそぶく。

その週末、イツキはいたたまれなくなって、セミ先生に電話してみた。

「ちょうどよかった。月曜日、空いてないか？　ぐりの学校のお迎えを頼みたいんだけど」といきなり言われた。頼んでいた人に用が入って、困っていたのだという。

師走最初の月曜日、指定されたお迎えポイントに立っていると、唯田がカノジョを連れて現れた。

「あれ、鬼村君？　覚えてない？　鈴原弥栄子《すずはらやえこ》だけど」と、その芸能人のように鮮やかな存在感の女性は言った。小学三年のときにクアラルンプールから転校してきて、四年生まで同じクラスにいた鈴原さんだった。男子人気圧倒的ナンバーワンだった鈴原さんがイツキを覚えていたことに驚き、「覚えてないわけないでしょ。しかしビックリの展開だな」と言って、イツキは二人を見た。

「だよね。でももう俺ら、六年目なんだよ」唯田は穏やかに言う。

「え。ってことは……中二からつきあっててまだ続いてる？」

「な」と唯田は鈴原さんを見て、鈴原さんはイツキを見てうなずく。カレシカノジョというより、夫婦っぽい。

お迎えポイントで、一緒に下校してきた友達と別れたぐりちゃんが、満面の笑みで鈴原さんに駆け寄って抱きつこうとしてイツキが目に入り、急に固まる。

「あれえ、春休みに一緒にサッカーしたでしょう？　覚えてない？　髪形のせいかな」イツキはしゃがんで微笑みかけ、逆立てた短髪を示すが、ぐりちゃんはうつむいてしまう。

「イツキ、もっと頻繁に来ないと。ぐりちゃん、あのあとイツキのことずっと待ってたんだよ」唯田が代弁する。

「そっか、ごめんね。あとでサッカーしようね」

ぐりちゃんはうつむいたまま、ちらちらと目のはしでイツキを探ってくる。

「先生もイツキに代役を頼んだんなら、そう言ってくれりゃよかったのに」合鍵を出してセミ先生宅のドアを開けながら、唯田が言う。イツキはぐりちゃんの持っている鍵で入るよう、セミ先生から指示されていた。鈴原さんはぐりちゃんのランドセルを開けて、学校からのプリント等を確認する。

「何か、二人の子みたい」イツキが思わず漏らすと、二人は苦笑し、「三分の一くらいはそんな感覚あるよね」と唯田が言う。

「十代のうちから子育てに関われるのはラッキーって思ってる。いつか自分の子どももほしいけど、大学出てからやりたいこともあるし、まだ当分先だろうから」

鈴原さんの成熟した言葉に、イツキは気後れを感じる。「大学出て何やりたいの？」

「スチュワーデス。激戦だからほとんど無理だと思うけど、挑戦だけはしてみる」

イツキは無力感さえ覚えた。「唯田は鈴原さんのこの前向きさに感化されたわけ？」

唯田は何を言われているかわからないという顔をし、鈴原さんが「惣嗣はいびり魔だったもんね」と解説すると、「ああ、俺がおとなしくなったいきさつか。弥栄ちゃんに感化された……って言っていいの？」と鈴原さんの顔をうかがう。

「違うでしょう。いびり魔のときの惣嗣とつきあうとか、論外だし。私もそうとうエグいことされたよ？」

「最低だったよね、俺」

「だから中二のときに、野球部の後輩から復讐されたんだよね？　後ろからバットで頭を殴られて。あれで惣嗣は変わった」

「まあ、あの事件は大きかったけど、あれで反省したとかでもないんだよな。たんに何もかもどうでもよくなったっていうか。殴られたときはね、ああやっぱり来たか、ってホッとしたんだよね。これで死ねればいい、って自分でも思った。でも病院から戻ったら、俺は被害者で、退部と謹慎処分を受けたのは後輩のほう。何か笑っちゃったよ。もう全部どうでもよくなって、人にちょっかい出す気力もなくなって、いくらでも簡単に謝れるようになってさ。それって誠実なのかっていうと、かなり怪しいでしょ。だから、俺は変わったようでいて、変わってないのかもしれない」

「鈴原さんは、唯田がまともになったからつきあったわけ？」

鈴原さんは目を上に向けて少し考え、「わからない。もう忘れた」と答えた。「つきあう理由って、本当ははっきりしないでしょ。憐れに感じたとか、変われることに感動したとか、弱ってるときこそじわじわ首を絞めてやろうと思ったとか、いろいろあったかもしれないけど、そんなのごくごく一部の理由で、たいていは説明できないと思う。そんなことより重要なのは、今、どんなつきあい方をしてるかであって、お互いがまあ不満なく我慢しないで一緒にいられるなら、もう過去の経緯とかはどうでもいいんだよ」

「そうそう」と唯田も深くうなずいている。

「それが長続きの秘訣ですか」イツキは冗談めかしてコメントしながら、怖いカップルだと感じた。底知れない沼みたいなものが、お互いの中にある。でも、その沼に引きずり込まれつつある自分も感じている。「今が大事、過去はどうでもいい」という、魅惑的な沼に。

「いつまでおしゃべりしてるの。約束は守ってよね」ぐりちゃんがサッカーボールをイツキに差し出した。

せっかくだからイツキに基礎から教えてもらおうと、アパート前で蹴り方や止め方の練習をしていると、セミ先生が帰ってきた。ゲームをしないと気が済まないぐりちゃんの仕切りでもう三十分、五人で試合をしてから、部屋に戻って天ぷらそばの出前を頼む。

「イツキはもっと早く来てくれると思ってたのにな。そのつもりでミニゲームできるくらい、あちこち声かけておいたのに。どうだ、新年早々に、蹴り初《ぞ》め大会とか？」

親子から同じような恨みをぶつけられて、イツキは可笑しかった。後期試験が終わってからなら大丈夫ですと答え、二月頭の日曜日に集まることになった。うまいこと校庭が空くようにしておくと、セミ先生は張り切っている。大人って案外子どもなんだな、とイツキは安堵を覚えた。

大学生活の話題を肴に、無心に楽しい夕飯を終えると、イツキは温まった心を抱くようにして帰路についた。電車の中で窓ガラスに映る自分の姿を他人の感覚で眺めていたら、ぐりちゃんのお母さんの件をセミ先生の口から聞かなかったことに気づいた。てっきり、セミ先生はイツキに教えてくれるつもりでいるとばかり思い込んでいたので、心に隙間風が吹き始める。すると鈴原さんが浮かんできて、「今が大事、過去はどうでもいい」と言った。それだな、とイツキも思った。

元日には、久しぶりに黄昏族が再集結した。初日の出ならぬ初日の暮れで願掛けをしようということで、浜名湖近くの砂丘へレンタカーで出かけた。龍と芽衣も二人きりの世界の探索は済んだのか、辟易するほどの密着はなく、運転席と助手席には芽衣とイツキが座って、交互に運転した。

イツキは凍えながら落日に、黄昏時が永遠に終わらないでください、と願った。どんな願を掛けたか龍が尋ね回り、芽衣は「わかってるでしょ」と答え、みずきは「私は平均寿命まで生きて、死ぬときは釧路湿原で、ってお日様に頼んだ」と言った。

鰻屋で夕飯を食べてから予約してあった国民宿舎にチェックインし、以前のように畳の四人部屋に入る。そして、イツキは龍と、みずきは芽衣と、それぞれ大浴場に向かう。

龍とサシで風呂に入るのは初めてであり、イツキは少し緊張していた。懸念していたとおり龍が何のてらいもなく前を隠さずにスッポンポンになると、つい目が行ってしまう。自然にしなければと意識しすぎた結果、不自然に目が向いた。すぐにそっぽを向いたものの、それが不自然さに拍車をかけた。

「よよ？　やっぱり見ちゃいますか。興味惹かれましたか」

龍のニヤケ顔にイツキはしどろもどろになって、「あ、いや、まあ、ずいぶん長いなあと思って」と、よけいなことを口走ってしまう。「でしょう？　やっぱりそう思うよね？」龍は自信家の声になる。「俺、思うんだけどね、もし股間が顔だったら、俺、けっこう美少年じゃない？　背が高くて、見目麗《うるわ》しくて」

「自分の股間を見つめてうっとりしてるの？」

「いやいや、客観的に見てだよ。イッキだって今、思わず見ちゃったでしょ。比べてみる？」龍はイツキのタオルを取る真似をする。イツキが激しく背を向けたので、龍は少し驚いてやめ、神妙な調子で言う。

「何か理不尽だなって思うんだよね。人間の体の一部でしかない、顔とか体の長さとかだけが評価ポイントになってて、それで人生が決まったりするわけでしょ。そんなの、自分の努力と関係ないじゃん。だったら、脇毛の完璧な人ほどモテるとか、向こうずねの形のよさこそが一番とか、あってもいいのに。そんで、俺は股間が顔だったら、そこそこイカしたと思うんだよ」

「確かに、月代《さかやき》が標準の侍の世だったら、ハゲはそれほど不利じゃないかも」

「まあ、でもね、今はこいつが大活躍中だからいいんだ」と龍は股間を指す。「最初はね、芽衣のが狭すぎてきついのかと思ってたの。怪我させちゃうんじゃないかって。けど、すごい柔軟性なんだよね。そりゃあ、あそこから赤ちゃんが出てくるんだから当然だよね。お互いにきついと思ってたけど、たぶん現実にはこっちは大柄であっちは締まってるってことだと思う。でさ、これがフィットしてくるとね、すっげ、いいんだよー」

龍の根が少しずつ起きかけている。自分の話に自分で興奮しているらしい。

イツキの意識は霞みかけた。想定よりずっと最悪のことが起こっている。龍はこれが言いたかっただけなのだ。自分は性的に実力派であるとひけらかしたくて仕方ないのだ。

「龍さ、この話、芽衣がここにいたとしてもできる？」イツキは全力で自分を律して尋ねる。

龍はギョッとして、「ここだけの話だろ。俺が言ったなんて、芽衣にはバラすなよ」と声を低める。

「何でこんなこと、私に話すの」

「イツキだからこそじゃないか。俺がこのことにどんだけ悩んできたか、イツキならわかってくれてるから話すんじゃないか」

「よかったね、童貞時代も終わって、今は全盛期で、おめでとう、とか言ってほしいの？」

「そりゃ、悪かったよ、しょうもない自慢みたいなことして。イツキには何も起こってないのに、自分ばっかり浮かれて」龍はしょんぼりし始める。

「違う。芽衣が話してほしくないことを私に話したら、芽衣より私を大事にしてることになるって言ってんの。それで私には芽衣の秘密を話してもいいって思ってるんだったら、私も他人のプライバシーを大切にしない人だと龍は見なしてるってことになるわけ」

「え？　え？　何言われてるかわからない」

「芽衣や私の気持ちも考えろって話」イツキにしては語気鋭く言い放つ。

「え、考えてるでしょ。……考えてないのかなあ？」龍は弱々しくつぶやく。

「こんな話、聞かされる身にもなってみなよ」

「う―ん、そりゃ楽しくないのはわかるけど、俺だって友達や先輩から山ほど聞かされてきたし、ひがんだりはしても、いちいち腹なんか立てなかったけど」

「そういうことに疲れたから、黄昏族に共感したんじゃないの？」

「そうだけどお……」龍は何か言い返したそうにしたが、そこで口を閉じた。

明け方にイツキは目が覚めてしまい、眠れなくなったので、たまには日の出でも見るか、と一人こっそり部屋を抜け出そうとすると、どこ行くの、と小声でみずきが聞いてきて、答えると一緒に行くと言った。

レンタカーを走らせて朝日の映えそうな場所で停めて、イツキはぼんやりと太陽を眺め、みずきは写真を撮り、珍しくイツキを被写体にし、さらには三脚で二人の記念撮影をした。

空や太陽の色自体は夕暮れと同じレベルできれいだけど、その後で明るくなって昼間になっていくのって、どうしても前向きになるよね、その感じが嫌だよね、何か感動の物語とかにからめとられてるみたい、そうそう、おまえも進歩しろって圧迫されるみたいな、と確認し合う。やっぱり私たちは黄昏族なのだ。

部屋に戻ると、中から言い争う声が聞こえた。イツキが静かに扉を開けると、まだ寝巻き姿の龍と芽衣がふとんに座り込み、こちらを見て口をつぐむ。「どうしたの？」と問うみずきに、龍は「くだらない話。気にしないで」と言い、芽衣はその龍を睨む。

「話したいことがあったら、相手のこと気にしないで、言っちゃっていいから」とみずきは言い、芽衣は「別にいい」と小声で言い、「とりあえず、朝ごはんに行こう」とイツキが促す。

硬い雰囲気をほぐそうと、みずきとイツキが必死で日の出の感じ悪さを語っていると、龍が「尾瀬で夕焼けじゃなくて、もし朝焼けをみんなで見てたら、黄昏族じゃなくて日の出族になってただけかもね」と言った。

「黄昏族の反対は、かわたれ族じゃないの？　日の出族じゃ何だか暴走族っぽい」

イツキの細かい指摘に、龍が「名前はどうでもいいんだよ」と苛立ちを表し、芽衣が「夕暮れでも朝焼けでも、何でもよかったんだよね。四人で同じ感情を抱いたことが肝心だったんで」と、しんみり言った。

チェックアウトしてから、浜名湖を車で一周する。龍が運転し、寝不足のイツキは後部座席でうたた寝する。

今ひとつ盛り上がらず、もう帰ろうということになり、芽衣の運転に代わって東名高速道路に乗り、ほどなくしたところで、芽衣はカーステレオから流れていたマドンナのカセットを止めると、「本当は龍のこと、好きじゃない」と爆弾発言に及んだ。

沈黙が皆を窒息させかける。助手席の龍がマドンナをまたかけて、すぐ芽衣に止められる。

「全部なりゆき。龍とはウマが合ったからおしゃべりするのは楽しかったし、ハワイではなりゆきですることになっちゃって。そういうのを拒むのはダサい女だと思って、しちゃって。それはそれでよかったけど。そのままつきあってるってことになっちゃって、でもまあそういうものかと思っていったんは受け入れたし。クリスマスの夜をシティホテルでっていう念願も果たせて、それもよかったんだけど。でも、何か恋愛とは違う。気持ちが入らない。ごっこしてるみたい。そのへん龍と温度差があって、私は続けるの無理。道を間違えたから引き返そうって言うと、龍は怒鳴り散らすから、話できない」

変なタイミングで切って息継ぎをしながらぽつぽつと話すので、運転席の後ろに座っているイツキは芽衣が泣いているのかと思ったが、ベソをかいているのは龍だった。

「全部楽しかった話ばっかじゃんよ。それのどこが問題なんだよ」

「楽しいことと、好きだっていう気持ちとは、必ずしも一緒じゃない。今だって四人ですごく楽しいけど、みんなと恋愛してるわけじゃないでしょ。なのに、恋人同士みたいにしなくちゃならなくて、気持ちがついていかないから待ってって言っても、龍は聞いてくれないから」

イツキは気が遠くなりそうになる。いずれこういう展開になることは、生まれる前からわかってた、とぼんやり思う。どうせすべてはこうなるのだ。

「つきあうって、そんなもんでしょ」龍が、わかってほしいという感情を前面に出して訴える。「本当の運命の相手に出逢えるやつなんてよっぽどラッキーな人間で、そんなこと、たいていの人には起こらないんだよ。だから、身近でそこそこ好きな人とつきあって、それを恋愛に育てていくんじゃないか。うちのサークルのカップル見てたって、ほとんどそうでしょ。俺は精いっぱい努力してるよ。だから芽衣にももうちょっとがんばってほしいんだよ」

「私はそういうのに乗れないから、黄昏てるんだけど」

芽衣の一撃に、龍が大きく息を吸うのがイツキにはわかった。

「黄昏、黄昏って、いつまでも続けられると思ってるの？　たんなるモラトリアムでしょ。その間に大人になる練習をしろってことでしょ。だから俺は無理をしないように、少しずつ芽衣と一緒に大人になっていこうとしてるんじゃないか」龍は一気に畳みかける。

「一緒じゃないよ、私に無理を押しつけてる」

「わかった。それは俺が悪かった。急ぎ過ぎてたかもしれない。ちょっとその気になり過ぎてたかもしれない。でも、進んでる方向は間違ってないんだよ」

「間違ってるんじゃないの」とみずきが口を挟み、イツキが「私たちはちょっと黙っとこう」と制する。みずきは不満そうにイツキを見る。しかし、龍はもう激昂し始めていた。

「じゃあ、何？　みんなそろってカレシカノジョいない人生を永遠に続けるの？　学生時代に一回はカップル生活、経験しときたいでしょ？　さもないと社会に出てどんどん普通の人生から遅れてっちゃうよ？　取り返しつかなくなるよ？　それでいいの？　俺は嫌だよ」

「私にも恋愛だって思える恋愛にしてよ。そういう努力は全然してないじゃないか。恋愛に育ててくとか言って、たんに世間の恋愛マニュアルに合わせようとしてるだけのくせに。社会から取り残されたくないって、そういう意味なんだったら、どうぞ一人で世間の恋愛に突っ走ってください」

芽衣の言葉が刃《やいば》と化す。斬りつけられた龍も、斬り返さずにはいられない。

「いつまでもピーターパンしてるわけにはいかねえんだよ。目、覚ませよ。ちゃんと黄昏族を卒業できるように手を貸してやってるのに、拒否すんだったら、そっちこそどうぞ幼稚園児でいてください」

「私は女だからピーターパンじゃないけどね。龍にはわかんないでしょうね」

「俺は芽衣と一緒に社会復帰したかったけど、俺の力不足だな。ゴメンな、救い出せなくて」

「そこまでにしよう」みずきがさえぎって、近づいてきたサービスエリアに車を入れるよう、芽衣に指示した。

みずきはコーヒーとソフトクリームを四つずつ買って、皆に配った。

「この寒いのにソフトクリーム？」とイツキがこぼすと、「甘いものが必要なの」とみずきは有無を言わせず、龍は「頭を冷やせってことだろ。もう冷えたよ。俺も芽衣も」と疲れた声でつぶやいた。猛然とかじりついていた芽衣は、もう食べ終わりかけている。

「私、一歩一歩、辞めるわ」とみずきが言った。

龍は、へんっ、と失笑し、「夏山ハイクの後、一回も顔出してないじゃん。事実上、辞めたようなもんだったでしょうが。俺と芽衣はちょくちょく顔出してたけど」と嫌みっぽく言う。

「私も辞める」と芽衣も言った。

「カモーン」龍が肩をすくめる。「しゃあない、俺は本格的に山やるかな」

一九八五年一月二日（水）晴れ
「本当はタツのこと、大好き」とマイは追い越し車線から走行車線に戻りながら言った。「だけど、じつはニッキのことも同じくらい大好き」と爆弾発言をした。

「そりゃ、俺とニッキはセットだからな」動揺を押し隠しながら、助手席のタツは懸命に冗談を飛ばす。

「それだけじゃなくて、ミズチのことも大好き」さらにマイは爆撃を重ねる。

「そ、ありがと」ミズチはそっけなく答えた。

「冗談と思ってるでしょうけど、本気なんだな、これが」とマイはバックミラーでミズチを見た。

「タツとしてることは全部、ニッキとミズチともしたい。じゃないとタツとは本当の恋人ではいられない。だって、おんなじだけ好きで、おんなじだけ仲いいんだから、みんなとカップルにならないと嘘になる」

「カップルっていうのは、二人組のことでしょ」とニッキが細かく訂正する。

「じゃあアベックでもいい。とにかく、タツとだけ恋人で二人だけの世界に閉じ込められて、まわりは手出ししません、みたいなのはもう無理。四人でつきあいたい」

「アベックも二人組のことなんだけどな」というニッキのつぶやきを押し退けて、タツが「俺だけじゃ不満てこと?」と声を荒らげる。

「話聞いてた? そんなこと一言も言ってない」

「狙いはニッキなんだろう? それをごまかすために、ミズチまで巻き込んで、こんな言い方して」

「タツは被害妄想が強すぎるよ」呆れたように言うマイに対して、「誰だって勘ぐりたくなるよ。マイの言ってることはぶっ飛び過ぎて、誰もついてけない」とミズチが言った。

「ミズチは四人じゃつきあえない?」マイが確かめる。

「四人とか何とか以前に、私は今のままでいい。今までみたいに黄昏族であちこち行って、ぽろぽろおしゃべりしてれば満足」

「ニッキは?」

答えようとするが、言葉が出てこない。

「ほうら、困ってるよ」タツが勝ち誇る。

「私としても、ミズチと同じかな。でも、四人でつきあってみたら、自分がどう感じるかはまだわからない。絶対無理とかじゃないかもしれない。そういうことはありうるかもしれない」自分は何を言ってるのだろう、とニッキは慌てるが、すでに遅い。

「ニッキは正直だね。やってみないとわからないよ。やってみようよ」

「ニッキ、バカなの? どれほどありきたりな結果になるか、わからないの?」ミズチが責める。

「いや、その、乱交みたいなことになるのは私も避けたくて」

「なるでしょう！　どんなに自由なつもりでいようが、結局はそういう話に行き着くんだよ。わかりなよ」

「そう……なんだろうとは思う。けど、わかれって言われても、未知すぎてわからない」

「乱交とか言われて、逆に揺れてる俺」

タツが苦悩しているようなシワを額に寄せてみせる。期待を押し隠したその表情は、まさにミズチが予告する結末を示していた。

「マイに賛成なんだったら、私は黄昏族を降りる。陽は沈んだと判断する」ミズチは三人を見回して言った。

「私も賛成はやっぱできないかな」ニッキも同調する。

「オーケー。無理強いすることじゃないから、私もそれでいい。で、私もタツとはカレシカノジョ関係は解除ね。四人とも同じでいたい」

「俺はどうなるんだよ。俺の気持ちは無視かよ」タツが悲愴な声で叫ぶ。

「同意がないとつきあいは成立しないから、仕方ないね」ミズチが冷静に告げる。

「俺の陽は沈んだってことかよ。こんなんじゃ俺はもう黄昏族にいられないよ！」

三人は黙り込む。マイはカーステレオでプリンスをかける。仕方ないね、とミズチがつぶやく。ニッキは車の窓を開けて、助手席で水分が抜けてカラカラの皮になったタツを、外に飛ばすように捨てる。車の中は、最初から三人しかいなかったかのようである。

春分の日に「さよなら冬の太陽」と銘打って、三人で世野木《よのぎ》公園に集まった。顔を合わせるのは、一月十六日に芽衣の黄昏成人祝いをしたとき以来である。早い花見の気分で、芝生に座り缶ビールを飲んでいたが、やはり冷える。冬の陽がすっかり沈むと、みずきがいい店を知ってるからと立ち上がった。

それは原塚《はらづか》の「ネバダ」というアイスクリーム店だった。

「凍えたって言ってんのに、アイス屋？」イツキはうんざりした声で抗議したが、みずきのアイス好きには何をもってしても対抗できないのも知っているので、諦める。

イツキがフレーバーをなかなか決められずにいると、店員の女性が「何色が好き？」と聞いてきた。

「紫かなあ」

「好きな食べ物は？」

「蕎麦ですかね」

「海と山ならどっちが好き？」

「うちら、一応、もと山歩きサークルのメンバーなので、山です」

「ホント？　私も山やってるんだよね」とその店員は嬉しそうな声をあげた。名札を見ると「ミミ」と書いてある。

「何座？」

「蟹座」

「よし。診断の結果、君に合っているのは、抹茶とラムレーズンだね」

ミミという店員は有無を言わせず二つのフレーバーをカップに盛った。

「『もと』ってことは、やめちゃったんだ？」

「ええ、いろいろあって」

「そっか。また山行きたくなったら、声かけてよ」

イツキは曖昧な愛想笑いでごまかし、すでに席について食べ始めている二人のところに行った。

「ナンパされてたの？」と芽衣がからかう。

「あの店員さん、山やってるんだって」

「へえ、女なのに珍しい」芽衣が言うと「自分もな」とすかさずみずきが突っ込む。

「また登りたくなったら声かけて、って言われた」

「やっぱ、ナンパだ」と芽衣。

「狙いは私たちだ。女同士で登りたいんだよ。けど、山はもういい」みずきが言う。

「このあと、どうする、私たち」イツキが言う。

「また海外旅行しようよ」芽衣は春休みにはタイに行くと言う。

「金ないからなあ」みずきが渋る。

「カメラに注《つ》ぎ込むからでしょ」イツキが指摘する。

「イツキは何したい？」みずきが尋ね返す。

「何かしたいけど、何かはわからない」

「基本、人任せだよね」芽衣が少し非難する。

「イツキが一番よく使う言葉って、『よくわからない』」みずきも同意する。

「だって、実際わからないんだから、わかったふりはできないでしょう」

「正直なのはいいけどさ、もうちょっと自分の意思を示してほしい局面はある」

「イヤなことや、やりたくないことはわかるんだけどね」

「決まった。イツキのしたいことを探す、をしばらくテーマとしよう」みずきが言う。

「やだな。自分探しの旅に出よう、みたいで」

「別に困ってないなら、ほっとけばいいんじゃない？」芽衣が投げやりに言う。

「そう、ほっといてほしい」

「私も本気じゃないよ。ただ、三人で退屈をしのぐには、何か縛りがないとね」

イツキは、三人でしたいことを自分が提案しないと黄昏族はバラバラになっていくな、と予感した。みずきは一人で写真を撮っていればいいし、芽衣はどんどん海外旅行に行くだろう。

だが、何も思いつかないでいるうちに、黄昏族で集まる機会は間遠くなっていった。たまに行きつけの茶店でだべるぐらいで、遠出やドライブはおろか、夕暮れを求めて街中をさすらうこともなくなった。

夏休みになってからは、顔も合わせなくなった。芽衣がネバダの常連客になって店員のミミと親しくなり、一緒に山へ行くようになっただけでなく、ついにはネバダでバイトを始めて忙しくなったことに加え、まったく予期せぬ変転がイツキに訪れたせいだった。


七月三回目の日曜日、ぐりちゃんサッカーのために、セミ先生が現在勤めている銀《しろがね》小学校の校庭に集まった。気温が上がる前の、午前八時集合だ。

二月にガネ小の校庭で蹴り初め大会をしたとき、渡瀬枝美が子どもと一緒に来ていた。同じ枝美とは思えないほど大人びたオーラがあって、イツキが話しかけられずにいたら、枝美のほうから「変わらないね」と近寄ってきた。

「成長してなくて」とイツキは頭をかき、さっきまでカズちんに抱っこされて今はよちよちしながらも歩き回っている子どもを見て、「名前、何ていうの?」と聞く。

「遙かな海って書いて、はるみ」

「かわいいね」

「かわいいって言葉じゃ足りないぐらい」

「すごいなあ。私なんか自分がまだ子どもなのに」

「子どもができるってことは、子どもを産んで育てる力があるってことなんだよ。だから、自分の心が子どもか大人かなんて気にしないでいいの」

「そう考えられることがもうすごい大人」

圧倒されてイツキの声が小さくなっていくと、枝美は「岬は元気?」と話題を変えた。

「四月から高校生。生意気がだんだん落ち着いてきたよ」

「今度二人でうちに来なよ。お母さんがイツキと岬に会いたがってるから」

「お母さんお父さんは元気?」

「遙海のおかげで、スーパー元気。イツキのお母さんは?」

「元気だよ。母にも言っておくよ、エミリーのうちに遊びに行ったらって」

「イツキのお母さんも一人で子育てしたんだよね。話、聞きたいな」

イツキは突然、泣きたい衝動に駆られた。原因はまったくわからない。ただ、自分がこの世にいてはいけない気がした。

「どうしたの？　お母さんに何かあったの？」

涙をこらえるだけで精いっぱいのイツキを、枝美が心配する。イツキは首を振り、「まだ隣に住んでたら、今度は私が近所の世話焼きおばさんになったのにな、エミリーのお母さんがしてくれたみたいに」と言った。

「隣に住んでなくても世話焼きおばさんになってよ」と枝美は笑った。かつてのような、内気そうなはにかんだ笑顔だった。

「エミリーは無理してない？」

「してるよ。でも必要な無理しかしてないから大丈夫」

「すごいなあ」

「すごいすごいって、あんまり特別視しないでよ。子ども産んでからウンザリの一つがそれなんだよね。子どもがいようがいまいが、それぞれ違う道を歩いてるだけで、生きてきた時間は同じ十九年なんだから」

「わかった。今度遊びに行くよ」

サッカーが終わると、セミ先生は「渡瀬もまた遙海ちゃん連れて来てくれよな。次に来るときはもうボールをバシバシ蹴るくらい大きくなってるぞ」と誘った。そして皆に向かって、「君らもそうだったけど、子どもってのはほんとにあっという間に大きくなるんだよ。だから頻繁に顔合わせたいんで、毎月恒例にしようかと思う。第三日曜はどうかな。雨の場合は翌週に振り替えで」と提案した。

以降、イツキは欠かさず参加している。

セミ先生は顔が広くて、毎回いろいろな人が集まってきた。唯田と鈴原さん、ときどきカズちゃん、ぐりちゃんの友達とそのお母さん、同じアパートの青年、近くに住む大家のおじさんとその孫の小学生女子、大学時代の女友達とその子ども兄妹、セミ先生がたまに参加している地域の料理教室仲間という女性、ガネ小の元教え子で男子サッカー部の中学生、ガネ小の生徒たち。その他よくわからない謎の人たちも出入りする、つかみどころのない集いだ。

イツキの役割は、てんでばらばらなサッカー初心者たちの誰もがまんべんなく参加できるよう、練習とゲームを仕切ることだった。セミ先生と相談しながら、その都度、即興でルールを発明していく。

その日は、外国人も来ていた。料理教室仲間のサトコさんが、同じ教室の坂本ベロニカさんを連れてきたのだ。セミ先生も以前から誘っていたらしく、いたく喜び、「オラ、ブエノスディアス！」と知らない言葉でベロニカさんに挨拶し、ベロニカさんは「おはよございます」と日本語で答える。

前夜が熱帯夜だったから、朝早めでも暑かった。うっすらと雲はあっても陽射しは肌をあぶり、成人女性陣は早々に木陰へと退散。その中でベロニカさんは暑さも紫外線ものともせず、子どもたちと駆け回っている。

「タフですね」

休憩時間は一人でぽつねんとしているベロニカさんに、イツキは声をかけた。

「力、余ってるみたいです」ベロニカさんは汗を拭きながら満面の笑みで言う。顔じゅうで楽しいと告げている。

「サッカー、したことあるんですか?」

「少ないです。エクアドールでは、サッカーを好きは男。すごく好きくて怖いでしょ。だから女の人は、サッカーのこと、好きやないです」

「エクアドルの方なんですか」

「そう。キト、わかる? カピタルね」

「カピタル?」イツキは聞き返す。

「日本のカピタルは東京《ときょ》。エクアドールのカピタルはキト」

「ああ、首都ですね。キトが実家ですか」

「そう、実家! 夫婦《ふふ》ゲンカすると、実家に帰らせてただきます、ってゆでしょ」ベロニカさんはそう冗談を言って笑った。

「じゃあ、夫婦ゲンカするたびに、キトに帰らなくちゃならないですね」イツキが冗談で返すと、

「それ、いいねー。お母《か》さんに会いたくなったら、夫婦ゲンカすればいいね」と笑う。

「ダンナさんもエクアドルの方?」

「シュジンは日本人」

「どうやって知り合ったか、聞いてもいいですか」

「シュジンがキトの会社にいたとき、会いました。私のお兄《に》さん、車売るの仕事です。私は高校《こうこ》のあと、おにさんと仕事したでしょ。シュジンは車作るの会社。シュジンはおにさんと仕事して、私も知りました」

「日本は長いんですか」

「私、そんな歳とってないよ？」ベロニカさんは目を大きく見開き、心外な質問をされたという顔をする。目が大きいので、瞳の縁が全部見える。肌と似て、琥珀色に透きとおった猫目石のよう。

「ごめんなさい、聞き方が悪かったです。日本にはどのくらい住んでるんですか？　日本語がペラペラなものだから」

「テレビで勉強《べんきよ》してるよ。お笑いでね。日本に来たのが、一九八二年《せんきゆひやくはちじゆに》四月。だから三年。あなたの名前は？」

「あ、私ですか？　イツキです」

「イスキさんは何歳？」

「こないだ二十歳《はたち》になったんですよ」

「はたち？」

「二十歳です」

「私より三歳若いね。誕生日《たんじよび》はいつ？」

「七月十三日です」

「マジで？　私の誕生日は七月十二《じゆに》日だよ。一緒にお祝いするでしょ」

「しましょう、しましょう」

ベロニカさんと盛り上がっていると、「いつまで休んでるの？」とぐりちゃんからお叱りが飛んできた。

サッカーが終わって着替え、スポーツドリンクを飲んでいると、ベロニカさんが寄ってきて、「これ、私の電話」とメモをイッキに手渡す。「サッカーの日、誘ってください」

「毎月、三番目の日曜日ですよ」

「雨は休むでしょ」

「その場合は、次の日曜です」

「連絡してください」

「いいですけど、サトコさんも連絡してくれますよ」

「私、もう料理《りょり》教室《きょしつ》、行かないから」

「そうなんですか?」

「みんな、子どももいるでしょ。私、子どももいないから、ちょとつらいでね」

「ああ。サッカーの子たちは大丈夫?」

「子どもは好きよー。おかさんたちがちょっと大変」

「わかりました。連絡します」

「イスキさんの電話も教えて」

その必要はあるだろうかと思いつつも、イッキは電話番号を渡した。

近くの中華料理屋で冷やし中華を食べ、セミ先生が学生時代はバンドを組んでビートルズに熱中していた話などを聞いて、同世代組がグループサウンズの話題で盛り上がり、食べ終わった子どもたちが店の中をうろちょろし始めたところで、お開きとなった。

子どもたちをずっとかまっていたベロニカさんは、すっかり人気者だった。店のピンク電話で帰宅の連絡を入れ、イツキにはわからない言葉で話している。

「何語なんですか?」と尋ねると、「スペイン語。気になる?」と聞き返される。

「何か耳に心地いい響きですね」

「そでしょ? 今度教えますね」

「ぜひ」

「さようならは、チャオチャオね」

「かわいいですね。じゃ、チャオチャオ」

ベロニカさんは笑いながら親指を立てて、「チャオチャオ」と返した。そして「車だから」と言って銀小学校に戻っていった。


「スペイン語を教えるの約束、今週《こんしゅ》、どですか?」とベロニカさんからさっそく電話がかかってきたのは、翌々日の昼下がりだった。イツキはまさか本気の約束だとは思っていなかったから戸惑ったけれども、特にすることもなく暇なので、応じることにした。

指定された美ヶ原駅近くのファミリーレストランには、ベロニカさんのほうが先に着いていた。

「ベロニカさんはこのへんに住んでるんですか?」

「さん、はいらないね。ベロニカでいいよ。一番近いは、さくら山駅」

「美ヶ原の次ですね。私は小学生のころ、さらにもう一つ先の幻が丘に住んでたんですよ。そのころはさくら山駅はなかったんですよね」

「新しい駅でしょ」

「そう。桜山っていう、桜の木がたくさん生えてる山があったんです。それが全部削られて住宅街になって駅もできたんで、びっくりしました」

「うち買うとき、それ言ってたよ。桜の山、なくして、タウンにしたって。私のうちもそのタウンね」

「不思議な気分です。子どものころはよく桜山で遊んで、この山の向こう側はどうなってるんだろうって、別の知らない世界を想像していたのに、山ごとなくなるなんてね」

「山の向こから、ベロニカが来たでしょ」とベロニカは笑った。

「確かに、想像したことのない世界から来たんですよね。エクアドルか。どんな街なんだろう」

「あとで写真、見せるよ。でも今は勉強」

ベロニカは本格的なスペイン語の教科書を用意してきた。

「いろいろ見たけど、これが一番いいね。スペイン語教えるとき、これ使ってるよ。でも、スペインのスペイン語ね。エクアドールのスペイン語とちょと違う」

教科書の最初から教え始める。挨拶から自己紹介、天気の表現等々。ベロニカの後について発音を練習し、教科書を見ながら持参したノートに書き写し、最後はベロニカの言った質問を教科書を見ないで書き留め、返答する。

一時間ほどで終了し、ベロニカは「よくできました。おすかれさま」とねぎらってくれる。そして、「これ、本の内容《ないよ》、私が読んだ」とカセットテープを差し出した。

「こんなちゃんとしたレッスンなら、きちんとお金払わないといけませんよね」高額を請求されるのではないかと、イツキはやや腰の引ける気分で尋ねた。

「いらないよ。このお店の、お会計《かいけ》ってゆの、そのお金だけ。本はイスキが買うね。カセットはあげる。コピーたくさんあるから。あとは……気持ちちょうだい」と手のひらを出して笑う。

「でもスペイン語を教えるの、仕事にしようとしてるんでしょ？」

「そだけど、まだ私も先生になるの勉強中《べんきょちゅ》だよ。だからお金もらえない。イスキが私に日本語を教えて」

「そうしましょう。でも私は教科書とか全然わからないな」

「私がわからないを教えて」

「オッケーです。何でも聞いてください」

「今はいい。今日《きょ》は、何てゆう、試食？」ベロニカと一緒にイツキも笑う。

「お試しレッスンですね」

「そ、お試しね。イスキ、友達の話し方してほしい」

「ああっ、すみません。っていうか、ごめん。敬語じゃ堅苦しいよね」

「そう、敬語だと私、おばさんみたいでしょ」

「そんなつもりはないから。友達だよね。わかった」

「あと、カセット、B面は音楽入ってるよ」

「おお、エクアドルの音楽？」

「ラティノアメリカの音楽。サルサてゆう」

「サルサって、もしかして、ファニア・オール・スターズみたいな音楽？」

「ファニア・オール・スターズだよ！」

「ほんとに？　アナカオーナとか？」

「そうよー！　キタテ・トゥとか」

「デスカルガとか？」

「ファニアじゃない、ペドロ・ナババハとか、グルポ・ニチェとか、クンビアも入ってる」

「それは知らないな」

「イスキ、何でファニア知ってる？」

「高校生のころたまたまレコードを買って、ずっと聞いてたと思う」

　あのジャケットの写真を見るだけで、別世界に引き込まれたファニア。熱気のこもったライブハウスで聴衆がひしめいて踊る中、こちらを鋭く見ている女性の冷たく熱い視線。イツキの目を食い入るように見ているベロニカのまなざしが、一瞬ジャケットの女性のものと重なり、区別できなくなる。

「ファニアを知ってる日本人、珍《めずら》しいね。初めて」ベロニカも興奮している。「エクアドールでは、音楽大事。空気だよ。空気ないと、死ぬでしょ。音楽ないと、死ぬよ。苦しいなる。それで、音楽あったら踊りもね。音楽は踊るのため。イスキ、ファニア好きなら、踊りも必要《ひすよ》。イスキに踊りも教えたい」

　イツキは運命が訪れたと感じた。ベロニカに踊り方を教わったら、まさに自分があのジャケットの子に乗り移って、あの生命の源のような場で踊り狂うのだ。

「踊り、教えてほしい」

「今日、時間ある？」

「あるある」

「ここじゃ難《むずか》しでしょ。うちに行く?」

さすがにまずいのでは、とイツキはためらったが、行かないとも答えられない。イツキが顔をこわばらせていると、ベロニカは「無理やりはダメね。ベロニカの悪いところ」としょげた。

「公園とか?」とイツキが提案すると、「カセットの機械がないよ」と言う。ラジカセを持っていないということらしい。

「仕方ない、踊りのレッスンはまた今度、計画しよう」

ベロニカの目に怒りの炎が灯るのが、イツキにもはっきりわかった。

「日本の人は、そやってすぐ諦めるでしょ。ベロニカはラティノアメリカの人。したいこと、はっきり言うね。したいこと、する。ベロニカはイスキに踊り教えたい、イスキは踊り知りたい。何で諦めるしなきゃならない? 二人とも踊りたいなら、踊ればいでしょ」

そう言うと、荷物をまとめて席を立った。イツキは観念した。会計を済ませると、駐車場で待っているベロニカの車に乗る。

ベロニカの家までは、車でほんの五分程度だった。高い建物のない、空の広いニュータウンの建売住宅。財田《たからだ》の家があったかげろう平《だいら》そっくりの街並み。

家に入るとき、イツキはついあたりの人目を確認したけれど、ベロニカは堂々としていた。

家の中には独特の香りが充満していた。甘くてスパイシーな香り。人工的に香りをつけているという感じではなく、その家に染みついた気配のようなもの。イツキはいきなりよそ者であることを突きつけられた気がして臆した。

「お邪魔します」ゆっくりと上がる。

「暑いね。すぐエアコンつけるから」

ベロニカはリビングのレースのカーテンを引き、エアコンをつけ、冷たい麦茶を出してダイニングテーブルの椅子に座る。テーブルの上には大きな白い百合の花が活けてある。香りの源はこの白百合のようだ。

家の中はあまりにも整然と飾ってあって、イッキには準備されているように思えた。

「カセット、貸して」

先ほどベロニカからもらったテープを渡すと、ベロニカはそれをミニコンポのデッキに入れる。聴いたことのない曲がかかる。

「音がよくない、ごめんね。おにさんがラジオを録音したのカセット送って、私がダイビングした」

さっそくベロニカはパーカッションの音に合わせて体でリズムを刻んでいたが、歌が始まると立ち上がって、「練習《れんしゅ》、スタートね」と言ってイッキの手を取り、向き合う格好で立たせた。

「男の人の手はこう」イッキの右手を自分の腰に回し、左手をベロニカの右手とつないで、肩の高さぐらいまで上げる。

「メロディーアは聞かないで、リトゥモを聞いて。プン、プププ、プププ、プン。プン、プププ、プププ、プン、プン」

口と同時に右手もリズムに合わせて揺すっていたかと思うと、「ウノ、ドス、トレス、ン」とつぶやいて、ステップを踏み出した。

「私に合わせる。私が前行ったら、イスキ、後ろ」

こう、と言いながら、足を出したり引いたり横に踏み出したりするが、イツキはまったくついていけない。「ラビーダ・テ・ダ・ソルプレッサ、ソールプレッサ・テ・ダ・ラビーダ、アイ、ディオス」と歌と一緒に口ずさむベロニカの足にぶつかったり絡まったりして、ついにはコケてしまう。恥ずかしくて、気持ちが縮んでいく。

「リトゥモ聞くの練習ね」

ベロニカは手を離してイツキを一人で立たせ、リズムに合わせて「チュン、チュン、チュン、チュンチュン」と人差し指を振る。しかしイツキにはどの音がリズムなのか、複雑すぎてわからない。しかも、体を揺すれば、「ここ動くはダメ」と肩や頭を押さえられる。「動くは腰のここね」とヒップの上部を指示されるが、そこだけ動かすことなどできない。

イツキの知っているファニアの曲が次に始まると、ベロニカは自分が立って、またイツキの右手を自分の腰に回させ、「イスキは動かないで、私のリトゥモ感じるね」と、ベロニカの動きを手で感じるよう求める。

それは猫ののどをなでるみたいな感覚だった。皮膚の下の筋肉と骨が、予期しているのとは異なる複雑で自由な動き方をしている。皮膚の下で、波がうねっているようだった。

波に乗るような感覚でリズムをつかもうとし、適切なタイミングで自分もそのうねりと一体になる。イツキは目を閉じて、呼吸を波に合わせることに全神経を集中させた。

突然耳もとで、も、だめ、と吐息が聞こえたと思うと、ベロニカが唇に吸いついてきた。イツキに戸惑いとまも与えず、寄生植物の強靱な根のような舌はぐいぐいと伸びてきて、両の腕は万力のようにイツキの胴を締め上げる。

拒んだり力ずくで引き離したりする選択はすでに断たれている。すると、されるがままになっていた自分の体が、ベロニカを写しとって積極的に反応し始めた。同じように抱き締め、同じように深くキスを返していく。

そこからは時間が変質した。コマ送りで出来事が進んでいく。腕で締め上げあったままの格好でベロニカに導かれて二階に上がり、最初からカーテンの引かれているその薄暗い畳の部屋に入り、エスカレーターを二段飛ばしで下りるかのように服が剝ぎ取られていき、イツキも手間取りながら相手の体をむいていき、互いの口や体表に強靱な根である舌や手を差し向ける。

イツキは、落ち着いて理性的になることを回避しているのだった。事態を認識したら絶望する。だから恐慌をきたしたままでよいのだ。しかも、予想できなかったわけではない。可能性を知りながら飛び込んだのだから、拒むという反応は封じなければならない。そのためには、がむしゃらに進むほかない。

飛び飛びの時間の中で、ベロニカはイツキにまたがっていた。根っこをイツキが送り込んでいるはずなのに、イツキのほうがねじ込まれている感覚だった。

イツキのイメージとしては、自然界に自生している植物のイツキが根っこごと強引に引っこ抜かれ、鉢に植えられ、新しい水苔か何かで根っこを包まれ固められる。自分の意思と関係なく植え替えられる感覚が、ねじ込まれている感覚と等しいのだった。

鉢の中で新たに養分を得た根っこは、次第に生き生きとし、四方八方に網目状に伸びていく。この植物は、溶岩台地のような土のない場所で根っこを伸ばして岩にしがみつく。伸びる根っこは別の株の根っこと絡まりあい、支えあいながら、成長していく。

そうやって互いに根っこを挿し込んだり抱き込んだりしあううちに、ベロニカから芽が生えてくる。脚のつけ根、へそや腋の下、肘の内側、顎の下、目、鼻、口、耳から、緑の芽が吹く。ベロニカがあえぎ、声を上げ、イツキの名を呼ぶたびに、次々に緑の芽で体が覆われていく。

イツキも芽吹いているだろう。全身が先端になったようにかゆくくすぐったく、恍惚感が閃光となって走り、その都度芽吹いては、葉や枝となって開いていく。二人はねじれあいながらジャックの豆の木のように猛スピードで伸びていく寄せ植えだった。

やがて二人の毛髪が逆立ち始め、ベロニカの毛は夕暮れのオレンジ色に、イツキの毛は夕陽の真紅に色づいて、二輪のオヒアア・レフアが満開となる。頭花はすぐに盛りを終えて花びらを落とし、今度は銀色の毛髪が伸びてふんわりと広がり、綿毛となって飛んでいく。

しかし現実には種を飛ばしてはならない。あ、あ、ヤバい、と言ってイツキは身を引き離そうとするが、ベロニカは、大丈夫なのよ、と訴えながら、イツキを逃さない。イツキはもがきながら、終わってしまった。

虚脱と不安と絶望と到達感とに同時に侵されぐったりしているイツキの耳もとに、抱きついているベロニカが「テ・アモ」とささやいた。「何？」と聞くと、「愛の言葉」と言って、また情感あふれるキスをしてくる。

いまひとつ反応の悪いイツキの目に不安を読んで、ベロニカは「大丈夫なのよ。私、子どもできない」と言った。ベロニカからは強いスパイスの香りが立ちのぼる。

意識的にか無意識にか、ベロニカはおのれを罰するようにしてこんなことをしたんだろうか、それに呼応するようにイツキも自分を痛めつけたのだろうか、とイツキはいたたまれなくなる。今さらながら、無防備なふりをして露悪的な選択に身を委ねたことに、自己嫌悪を覚える。ここでやめる、引き返す、二度と繰り返さない、と自分に誓う。

けれども、イツキは自らの意思を裏切るほうにばかり進んでしまう。

その晩にはもう電話がかかってきた。シュジンは入浴中だという。短い時間にイツキに「愛の言葉」をふんだんに浴びせ、自分にも語るよう求める。心も体もイツキを欲していることを、ベロニカの言う「ベロニカ語」を駆使して表す。

「イスキはベロニカのうち。ベロニカはイスキのうち。うちに帰ってきて」「電話、声聞こえても、体、ないよ」「ベロニカとイスキはも、ベロニスキ。ベロニスキは体一つ。二すに切ったら痛いね」「私の心臓《しんぞ》、そっちにあるでしょ。このままじゃ、私、死ぬよ」

イツキは、こってり甘いベロニカスペイン語を真似て反復させられる。

「スペイン語で心はコラソン。メ・ソブラ・ムーチョ・コラソン。言って」

「メ・ソブラ・ムーチョ・コラソン」

「ヨ・タンビエン。テ・キエロ・ムーチョ」

「どういう意味?」

「あなたがいない、生きられない。すごくほしい。イスキ、スペイン語で言ってほしい。ノ・プエド・ビビール・シン・ティ」

「ノ・プエド・ビビール・シン・ティ」

「テ・デセオ」

「テ・デセオ。何？」

「愛しあいたい」

翌日はシュジンが出勤するなり電話してきて、会いたいと繰り返す。イツキは散歩に連れ出される犬のようにハッスルして電車に乗っている。

週末でも隙を見つけてかけてくるし、平日にはイツキからも電話をするよう、意識づけされる。

「イスキ、ずっと待ってるでしょ。動くは私ばっかり」

「私が待ってばかりいるってこと？」

「そ。私、それ好きやない。イスキも何かしてほしい」

イツキはみずきと芽衣にも、基本的に人任せだと指摘されたことを思い出し、先手を取ることを試みた。早朝にベロニカの家の近くまで行き、シュジンが出勤するのを見届けたら呼び鈴を押す。休日に公衆電話からかけてシュジンが出たらベロニカに代わってもらい、会いにきてほしいと拗ねる。蟹川《かにがわ》駅まで呼び出して、真花島《まかしま》百貨店でピアスをプレゼントする。下着をつけずに訪ねる。

そんな自分を自分とは感じられず、他人のような感覚で眺めながら、イツキはベロニカの喜ぶツボを探り続けた。

怒濤の二週間が過ぎ、お盆休みが迫っていた。ベロニカはシュジンの実家に帰省するため、五日間、連絡が取れなくなると言う。

イツキの腹で全身トゲだらけの毒感情が猛然と暴れだし、抑え込めなくなる。いつものようにベロニカから愛の言葉を求められると、報われない気持ちが爆発して黙り込む。

「どして言わない？」

「別に」

「あー、怒ってるね。ベロニカに言いたいことあるでしょ」

「別に」

「別に。それ、日本の人の、悪いところ。ラティノアメリカの人、気持ち強いよ。ガマンできないよ。ガマンしない。だから気持ち、言葉にする。日本の人、ずっとガマンしてる。だから言葉しないいね。言葉少ない。私、日本でガマンガマン。ベロニカ、日本の人やないから、それはすごく難しいよ。頭おかしくなるでしょ。だから、イスキには気持ち、言葉してほしいよ。気持ちの言葉、たくさんないと、ベロニカのエネルギ、なくなる。私、それでエネルギ、なくなった。そのとき、イスキ、来てくれたでしょ。だからイスキは、気持ちの言葉、ずっとしゃべってほしい」

「でも、ベロニカは自分の聞きたい言葉しか、欲しくないでしょ。ベロニカのための言葉を真似させるだけじゃないか。それ、私が気持ちを言ったことになる？」

「イスキがもっと自分の気持ち言葉にするがほしいよ。でもイスキ、しない。だから、話すのレッスンしてる」

「それはどうも。おかげで気持ち言えるようになったよ。テ・アモ。ほらね？」

ベロニカの顔つきが変わった。

「イスキも私をバカにする。悔しい」と涙をこぼし始める。イツキは慌てるが、ベロニカはイツキの手を振り払い、怒りを伝える。

「しょっちゅ、私、バカにされてる。日本の人、とても親切。でも、私のこと、ちょとバカにしてる。でも気がつかない。傷つくよ。料理教室とかエアロビックとかで、仲よくなるね。私、気持ち話すでしょ。ガマンしない。したいこと、好きとか嫌いとか、言うね。そすると、みんな、私がシュジンのこと、だまして結婚したって思ってるよ。私が、セドゥシオン、何てゆ、セクシーなことしてだましたって」

「誘惑?」

「それ。私のこと、悪い女って思ってるよ」

ベロニカは辞書を引き、「この言葉、言いたくない」と単語を指さす。

putaという単語が示されている。スペイン語はほぼローマ字読みだから、「プータ」と読むのだろうか。意味は、売春婦。

「みんな、そ思ってる。そ思てなくても、そゆうインプレッシオン持ってる。そゆ目してる。そゆ目で私見てる。みんなは気がつかないでも、私はわかる。感じるのよ。日本人、お金あるから、それで結婚したって。私、ほんとに傷ついてるよ。血ィがずっと出てる」

これほど絶望に打ちひしがれるベロニカの表情を、イツキは初めて目にする。

「日本の人、親切で冷たい。ほんとには助けてくれない。一人でつらいのよ。だから、サッカーの日、イスキが話してくれて、嬉しかったよー。私、一人でさびしいを感じてくれたでしょ。イスキ、ベロニカのこと、バカにしてないってわかった。私、大人の話するでも、日本語、子どもみたいなる。みんな、私のこと、頭悪いて思ってる。イスキは、そやない。だからイスキとおしゃべりすると、ベロニカはベロニカでしょ。ベロニカは生きてるでしょ。わかる?」

イツキは、自分がそれほどまでに細やかな気遣いをもってベロニカと接していたという自覚がなく、誤解が積み重なって恋愛の山が築かれているのかと思うと、二重の罪悪感に襲われた。恋愛自体が偽りかもしれないうえに、非力で無力の自分が、ベロニカの悩みを引き受けられるかのように期待されることの間違い。

「聞きにくいけど、ダンナさんは力になってくれないの?」

「それが難しいね。あの人は、すごくいい人。優し人。落ち着いてる人。でも、言葉少ないね。何考えてるか、言わない。いつもニコニコ。でも、しゃべらない。安心の生活けど、ときどき、おじいさんと生きてる気持ち。ベロニカ、まだ若いよ。安心だけじゃ足りない。でもシュジンはわからない。私がしたいことしてって言う。優しいね。私より十歳上けど、もっと年取ってるみたい。気持ち、平ら、ってゆう? 私のこと、興味《きょみ》ない。そう、私のこと知りたい気持ち、少ない。私、お皿みたい。そこにある物」

「物じゃないでしょ。こんなに気持ちたくさんの人」思わずそう「ベロニカ語」で言ったイツキに、ベロニカは静かに抱きついた。

「子どもいたら、私、物じゃない。子どももいないから、物になる。私と話ない。私、何のためいる?」

「子どものできない原因、お医者さんに調べてもらった?」

ベロニカは首を振り、「シュジンが、そ思ってる。昔の恋人と、子どもできたことあるって。その子は生まれなかったって。だから、妊娠しないは、私のせい。シュジンはそ言う」と言った。

「それだけじゃ、どっちに原因があるのか、まだわからないんじゃないかなあ」

イツキは言うそばからパニックに陥る。ベロニカに原因がないのなら、毎日のようにとんでもない危険を冒していることになる。

すでに起きているかもしれないあらゆる可能性が、いっせいに頭に押し寄せてきて、イツキは身動きの取れなさに絶望する。運命はもう決まってしまっているかもしれない。その運命に、どのように対処していけばいいのか、重すぎて考えることができない。

イツキは、自分が性愛を忌避してきた理由の一つを見た気がした。増殖したくないのだ。

「イスキ、どうなるは神様が知ってる」

ベロニカはイツキの不安を見越していた。イツキは、これはベロニカの罠なのか、とまた恐慌をきたしそうになり、その疑惑の淵に落ちたら自分は虎に変わると思い、踏みとどまる。

「どうなるも、私はイスキと一緒。イスキ、何か、新しい生きる、始めてるでしょ。私は、何かわからないよ。でも、イスキの新しい生きる、私も一緒に見つけたい。一緒に冒険したいのよ。この気持ち、愛だよ」

イツキはベロニカに愛おしさとやましさと逃げたさとを、矛盾した一つの塊として覚えた。その感覚を意識の外に押しやるために、ベロニカと体を絡ませる。

ベロニカ夫妻の帰省する日、イツキの心はロックされ、毎秒、ベロニカが今何をしているか以外のことは考えられなくなった。脳を止めたくても、自分では止められない。

張りつめた心を致命傷寸前まで切り刻んできたのは、夜七時のニュースだった。羽田発大阪行きの日航ジャンボ機が行方不明となっているという速報が入ったのだ。ベロニカも大阪に向かっているはずで、もし飛行機ならこの便に乗っている可能性もある。イツキの手は震え、接着剤で固めたかのように顔はこわばり、頰のあちこちが勝手に痙攣する。

夜の十一時過ぎに、ベロニカから「私、大丈夫《だいじょぶ》。飛行機《ひこき》やない」と一秒だけの通話があるまで、イツキは生きた心地がしなかった。互いの身の上に何かあっても他人なのだと、思い知らされた。翌日以降も感情は荒れ狂い、留守宅とわかっているのにひっきりなしに電話し、虚しさに歯ぎしりする。

この苦行を境に、二人のタガは外れた。

お盆の明けた午後、玄関の扉を開けたベロニカはすでに裸で、いきなりイツキの口に吸いついてきた。さまざまな交わり方や物体を試したり、イツキに暴力的になるよう求めたり、ショッピングモールに行って非常階段で始めたりする。友達のうちに泊まると嘘をついて一泊旅行をし、一歩も部屋を出ずに限界に挑戦したり、ペアルックのTシャツを買ってベロニカの家の近くで着たりする。

みずきが言っていたような、「人前だろうがどこだろうが、自分たちの世界なら何だってできるって確認したい年ごろ」のせいとばかりは言えないと、今のイツキは思う。そこには、生き急いで生を飛び越えて死へ突っ込んでいくような感覚がある。愉楽といたたまれなさが渾然一体になっている。何だってできる自由を行使しているつもりで、実際には囚われの日々なのだとわかっているが、囚われているがゆえに自分ではもうどうにもできない。

スペイン語のレッスンは、カムフラージュの効果も見込んで、美ヶ原駅近くのファミレスで続けていた。よく二人で一緒にいるのは、あくまでもスペイン語を教わるためなのだ。

秋の午後、イツキが先に着いてベロニカを待っていたら、通路を歩いてくるカズちんと目が合った。

「あれ、イツキじゃん。どうしたの?」

イツキの動悸は外にまで音が聞こえそうなほど激しく、顔が火を噴きそうに熱くなって汗が出たが、素知らぬ顔でカズちんの問いかけを無視し、「今日、休みなんだ?」と問い返した。

「文化の日の代休。イツキ、最近、全然サッカーに来ないじゃん」

「何かとタイミングが合わなくて。カズちん、何かたくましくなったよね」

カズちんは二月に会ったときにはもうパンチパーマはやめて、角刈りっぽい短髪になっていたのだが、今はもともとのぽっちゃり体形がガッチリしてきて、パンチ時代よりも迫力があった。

「体力作りにエグザスで筋トレ始めてね」

カズちんは、紺と白の太いストライプのラガーシャツをうっすらと盛り上げている、自分の胸から二の腕あたりを見る。そして急に、「待ち合わせの友達が来たから行くわ」と言って出て行った。すれ違いにベロニカが入ってきて、見覚えのある顔にカズちんは振り返り、ベロニカがイツキの席につくのを目撃して驚くのを、イツキは視線を向けないようにしながら確認する。

ベロニカに今の出来事を小声で話すと、「その人、サッカーのとき、みんなに言う?」と聞くので、イツキは考えてみて、「たぶん言わないと思う」と結論した。

「でもその人、どしてお店来て、すぐ出てった? 変だよ。その人も、友達、イツキが知らないがほしかったでしょ」

イツキは笑いたくなった。カズちんも慌てていたのかもしれない。お互い秘密を持つ年ごろなんだな、と親のような気分になった。

年末が近づくと、またお盆休みのときと同じ感情が繰り返された。イッキは苛立ちをコントロールすることができなくなり、そんなイッキにベロニカも苛立ち返す。些細な口ゲンカが増え、イッキはもう終わりだと思い詰めたりした。

「ベロニカのこと、疑うなら、も難しいね。私、愛を証明する。これ、最後の証明。来年二月、エクアドールに帰る。おかさんに会うね。私一人、二週間《にしゅかん》。イスキ、来て」

イッキは絶句する。世界を股にかけての駆け落ち？　自分はそこまでしちゃうのか？　現世から逃げ出すような感覚。それもいいかも。

「聞いてる？　私と同じ飛行機乗って、でも別々にして、着いたあとも別々。知らない人。私はおにさんの車乗って、イスキはタクシーでホテルに行くね。それでたぶん、次の次の日、私と会う。それからはベロニカとイスキのほんとの時間」

話しながらベロニカは興奮し、感極まり、それをイッキに行動で示す。二人は液体が多くなる。

実現に向けての最大の問題はお金だったので、イッキは急遽バイトをかけもちして何とか捻出した。その間、逢い引きはできなくなるが、一世一代の飛翔のために我慢する。

そして二月中旬になり、とうとうその日が来た。

成田空港ではうろうろして、シュジンとスーツケースを引いているベロニカを見つけた。あえてすぐそばまで寄って、すれ違う。緊張もときめきも何の感情も湧かず、他人の行動を俯瞰で見ているかのようだった。

まるで架空日記を書いているかのようだ、とイッキは考えた。このところ、架空日記をまったく書いていない。現実が架空すぎて、書く余地がないのかもしれない。

機内ではいくら寝ても時間が余り、アメリカ経由で乗り継ぎをし、日本を出てから二十四時間以上経てキトに到着したのは、現地時間の深夜に近かった。

空港の建物は、日本の地方都市の鉄道の駅を思わせるほどこぢんまりとしていた。人も少なく、スーツケースをピックアップするターンテーブルではベロニカと並んで待ったが、互いに他人のままだった。

タクシー乗り場に移動し、出発前にベロニカが予約してくれたホテルのメモを、運転手に見せる。空港からそう遠くなかったようで、すぐに着いた。ベロニカが日本で渡してくれたスクレの紙幣が役に立った。

標高が三千メートル近いキトでは高山病のおそれがあるから、事前の忠告に従って翌日はほとんど動かなかった。ホテルのまわりは住宅街で飲食店が少なく、昼も夜もファストフードで済ます。夜は危険だから独り歩きは絶対にするな、と厳命されていた。

次の日は両替をするため、昼過ぎに観光地の旧市街までタクシーで行った。

独立広場のベンチでのんびりしていたら、ホットドッグを食べている若者が隣に座り、「オラ」と微笑んだ。イツキも微笑み返すと、どこから来たのと英語で尋ねてくる。日本と答えると、トキョ、オサカ、ヤキソバ、ショユ、オイシイ、と愛嬌ある笑顔になる。よく知ってるね、と笑うと、エクスプレス、ベリー・ファースト、と言って、スピード感を表そうとホットドッグを持った手を横に振ったら、ホットドッグのケチャップがイツキのシャツに飛んだ。ノー、アイム・ソリー、ベリー・ソリー、と言いながら、若者がハンカチを出してイツキのシャツを拭こうとしたところで、イツキの警戒心が作動してベンチから立ち上がり、日本語で「触るな、寄るな、あっち行け！」と叫んだところ、相手もびっくりして止まる。イツキは若者から目を離さずに遠ざかり、公園に立っている警官のほうに向かうと、若者も去っていった。

疲れきったのでイツキはまたタクシーでホテルに戻り、部屋でおとなしくしていた。夕方になってベロニカから電話が来て、明日の午前十時に迎えに行くと言われる。

ベロニカが車で現れたのは十一時だった。イツキは不機嫌に嫌みを言ったが、ベロニカはエクアドル時間ではこれは遅くないと開き直る。車に乗り込むなり、ベロニカは吸引生物となった。

イツキが前日のケチャップ強盗未遂と思《おぼ》しき事件を話すと、ベロニカは「イスキ、よくわかったね。それ、ほんとに泥棒」と感心する。果たせなかった名所巡りをしようと、近くに車を停めて旧市街を歩く。

街には音が満ちていた。広場でも街路でも屋台でもレストランでもタクシーでも、ベロニカの選曲そのままのサルサやクンビアが、大音響で流れている。空気にはスパイスの香りが漂い、人々はベロニカと同じスペイン語を話す。逆に、ベロニカの日本語が吹き替えのように感じられる。

ベロニカが日本にいるときよりも外国人に感じられるのは、街じゅうにベロニカと同系統の顔があふれているからだと気づく。メスティソと言われる、インカの先住民とスペイン人とがミックスした人たち。

キトの街は、ベロニカの体内に圧縮されていたものが全開となって弾ける時空間なのだった。イツキはベロニカの舞台にいた。

水を得た魚のように、ベロニカも奔放さを増す。イッキにべったりとくっつき、「信じられない。イスキがここにいるのよ」と感極まっては、人目もはばからずに吸ったり締めたりする。「今は自由《じゆ》でしょ」と言ってタバコも吸う。日本ではシュジンが嫌うから吸えないのだと言う。イッキも勧められるがままに試す。ただの煙かと思ったら、急にクラッと来た。めまいがひどくなり、朦朧として動けなくなる。この変調がほしくて吸うのか。本当にただのタバコか、とも疑う。

晩にはエクアドル料理のレストランに行った。バナナやユカ芋の料理やとろりとしたスープ、モルモットの姿焼き、どれも美味しかった。ビールを少し飲んだら、ひどく頭が痛くなった。まだ酸素の薄さに体が慣れていないのだろう。ベロニカは、無理しないでホテルで休んだほうがいいと、車で送ってくれた。飲酒運転も、だいじょぶよ、と意に介さない。

ぐっすりと眠りホテルのカフェでコーヒーを飲んだら、キトに来て初めて脳が目覚める感覚があった。レースを隔てたように非現実的だったキトの街が、にわかにくっきりと輪郭を持ち、匂いと息吹をともなってイッキになじむ。

ランチの後で、キトを見下ろす高台の自然公園まで車を走らせる。冷たい雨季のどんより曇った平日で、人はまばら。二人は藪に入って始めてしまう。イッキは大地に種をまく。

雨が降ってきたので車に戻ると、また始める。条件がそろえばその都度するなんて、欲望というより反射のようだ。

気だるさの中、二人でタバコをくゆらせていると、次第に雲が去って、眼下のキトの市街地のさらに向こうの山と雲の切れ目から、サイケデリックな夕焼けが広がった。「ベロニカとイスキのため、神様がプレセント」とベロニカはいたく感激している。イツキは、なぜみずきと芽衣がいないのだろう、と奇妙な違和感を覚える。

街までイツキが運転させてもらう。本当は免許証が必要だが、イツキもこの土地のおおらかさに慣れてきた。

夕食後、ベロニカはモーテルに入った。イツキには、ベロニカが何を求め、どんな言葉を口にするか、ことごとく予見できる。数秒先の世界を生きている感覚。ベロニカも、「ベロニカとイスキ、頭ひとつね。考える、全部同じ」と何度も繰り返す。ベロニカの最後のねだりを断りきれず、どうせもう何も出ないからとイツキが避妊をパスするだろうことも、あらかじめわかってしまっていた。

深夜にモーテルを去るとき、イツキは自分が獣道に足を踏み入れたことをはっきり自覚した。その獣道は、道なき道ではなく、大量の獣たちに寄って踏み固められた、きわめてありふれた道でもあった。

こんな真夜中の運転、本当はすごく怖い、強盗に襲われるかもしれない、二人とも死んでしまうかもしれない、とベロニカはどこか楽しむように恐怖をもてあそんだ。

ベロニカと別れ、ホテルに入ろうとして、イツキは窮地にあることを知る。ホテルの玄関は施錠され、呼び鈴を押してもドアを叩いても呼びかけても誰も応えない。スタッフは寝てしまったらしい。

不安ではあるものの、襲われたことがないから現実的な恐怖がわからない。とにかくどこかに身を潜めなくてはと、目立たぬように歩き始める。

ほどなく、建設途中で放棄されたブロック造りの一軒家が見つかる。すでに誰かがいるかもしれないので、その壁だけの家にイツキは慎重に忍び込んだ。屎尿《しにょう》や吐瀉物、黴《かび》のにおいが強烈に鼻をつく。毎晩、行き場をなくして忍び込んでは夜を越している、宿なしや酔いどれたちの、濃縮された生の残滓。イツキは、なぜか懐かしさを覚える。

幸い、この日は誰もいないようだった。高地なので夜の冷え込みは存外に厳しく、昼間の長袖シャツ一枚のままのイツキは凍える。暗闇に慣れてきた目でベニヤ板を見つけ、外から見えないよう壁の陰でベニヤの下に横たわり、体を丸める。

よい具合に惨めだった。まだ襲われもせず命に別状もないのだから、一晩くらい何ということはない。何か吹っ切れた気がした。けれど、一睡もできない。日が出ても用心して、七時を回ってからホテルに戻った。

早くも、帰国する日になっていた。夜のフライトのため、チェックアウトを延ばしてもらい、昼まで眠る。ベロニカからの電話は何も言わずに切ってしまう。そしてすぐにチェックアウトして、タクシーで空港に向かった。

ベロニカは空港で待ちかまえていた。電話を切ったことをなじられ、秘密で帰るつもりだったのかと問い詰められる。

昨晩ホテルに入れずに外でしのいだことを話す。ベロニカはホテルが悪いと怒るが、イツキはこれもいい経験だった、命があるから問題ない、となだめる。ベロニカは今生《こんじょう》の別れであるかのように泣きながら、夕方には戻っていった。

イツキは搭乗を待つ数時間に、久しぶりに架空日記を書いた。架空日記を書いているとは思えないほど現実と地続きの感覚の中にいて、書き終えて時計を見て出発までまだ二時間近くもあるとわかったとき、イツキは自分が何人も存在して、複数の現実を同時に生きているような錯覚をおぼえた。

一九八六年二月二十一日（金）

イスキの根っこはメロニカに食い込み、太ったサツマイモのようになっていた。そのままでは根分けしそうだったけれど、イスキは根分けしたくないので、メロニカから離れようとした。メロニカは、だいじょぶなのよ、と主張して、脚をからめ腕を巻きつけ体の内側でも締めあげて、イスキを逃さない。

いつもなら諦めるのだけれど、このときのイスキは体の力を抜いて軟体動物のようになって、檻のようなメロニカからぬるりと抜け出た。メロニカも逃すものかと、体じゅうの筋肉を硬くする。

ぷちっと感触があって、根っこが取れた！

イスキはメロニカから離れることができて、根っこはメロニカの中に残った。そしてトカゲのシッポのようにバタバタ震えている。イスキの脚のつけ根にはもう何もなく、切れた痕からほんの少し、たんぽぽの茎を切ったときに出るような白い汁が漏れている。ティッシュペーパーでふきとると、おしっこの穴が点となっているだけだった。

生まれてからずっと頭の上を覆っていた雨雲が、初めて晴れたように感じる。イスキは穏やかな気持ちで、「それ、あげる」とメロニカに言った。「自由にしていいから、私のことも自由にしてほしい」

メロニカは「私の欲しいは、これじゃない。イスキの心」と言った。けれど、地上に留めるための根っこがなくなったイスキは、早くもゆらゆらと浮かび上がり、空気の中を漂ってメロニカから離れていく。波任せで海を放浪するマンボウのように、イスキも風任せで空中を浮遊する。日本にまで飛んでいくのか、よそに落下するのか、イスキにもわからない。たとえ日本に着地しても、イスキはもうそこに張る根を持っていない。それとも、また新しく根っこは生えてしまうのだろうか。ヒゲみたいに、ずっと剃り続ける必要があるのだろうか。

メロニカは残った根っこを、実家の庭に埋めた。お墓のつもりだった。

根っこはやがて芋のように芽を出し細かい根を広げ、どんどん伸びて別のイスキに育ち、ある晩、庭から自分を引き抜いてキトの街にさまよい出た。けれどそれはメロニカもイスキもエクアドルを去ってだいぶたってからの出来事なので、二人は知らない。

根っこの取れたイスキは、もう根っこをどうしたらいいか悩むことはなくなった。あとは、根っこのない生物であることをみんなに知ってもらうだけだ。でも、それが難しい。

ベロニカが日本に戻ってきてからも、イツキは以前と変わらずにベロニカと密会を続けた。性交の合間にスペイン語を教わり、サルサを上達させ、エクアドルやラテンアメリカの料理を一緒に作る。

イツキには引きこもっているような閉塞感が強まるばかりなのに、ベロニカには常に解放の時間である。自分たちはどこに行こうとしているのだろうという先のなさにイツキは呼吸困難になり、ベロニカはイツキといれば日常に耐えられる。その落差の苦痛がもはや無視できない。

イツキとどうなるかということより、ベロニカはまずはシュジンと別れて、そこから自分の人生を選び直すことを本当は必要としているんじゃないか、と思うが、その類の話をすると、ベロニカは「それは私の問題」と不機嫌になる。ベロニカの立場に身を置いて考えてみれば、それは永遠に解決できない矛盾で、二つに割って一つを選ぶことなど無理だと理解できる。ましてや、自分がシュジンだったらと想像すると、イツキは人非人として処刑されてもやむをえないとさえ感じる。

しかも、その根っこには虚偽が埋め込まれているのだ。イツキの根っこは嘘のもの。それがなければ誰も苦しむことはなく、ベロニカとの関係はもっと安定し豊かになるはずなのに、嘘の根っこのせいですべてが呪われ穢れている。そして嘘を隠して本当だと思い込むために、またぞろ睦み合いにふける。

自らの力では止められない悪循環を断ち切ったのは、偶然の事故だった。

スペイン語のレッスンを終え、春の雨が降りしきる中を車でベロニカの家に向かう途中だった。住宅街の十字路を越したところで右の後部にドンとものすごい衝撃があった。ベロニカは「危ない！」と叫んで急ブレーキを踏む。

車が停止すると、ベロニカは目をつむって何度か深呼吸し、だいじょぶと自分に言い聞かせ、「免許、うちに忘れた。イスキ、取ってきて。靴入れるの上にお財布ある」とイツキに自宅の鍵を渡した。

ベロニカが車の外に出ると、ぶつかってきた車の運転席から若い男が降りて駆け寄り、大丈夫ですか、と泡を食った様子で声をかけた。ベロニカは車から離れつつ、腕の痛いそぶりをする。若い男がベロニカに気を取られている隙に、イツキは誰にも見られないようこっそりと車から抜け出すと、傘で身を隠して角を曲がり、ダッシュした。

イツキが二十分ほどで戻ったところ、二人はまだそこにいて、警察は来ていない。イツキは今通りかかったというそぶりで、「どうしました？」とベロニカに声をかけると、ベロニカは車に近寄って後部のへこんだ部分を指差し、小声で「あの人、警察《けさつ》の人って。仕事、休みの日。あの人が止まらなきゃの道だから、あの人、悪い。バレたら、仕事クビなるから、警察呼ばないで、話、したいって。ど思う？」と囁いた。イツキは車を検分し、開いたドアからさりげなく財布を車内に落とす。

「十万円」とイツキは言った。「今持ってるなら、すぐもらう。持ってなかったら、後でもらう。免許証見せてもらって、名前と住所を書いて。それでお互いに終わり。チャラ」

「オケイ」とベロニカも納得し、「イスキ、今日は帰って」と言うので、イツキは現場を離れる。

帰宅後ほどなくして、ベロニカから、銀行へ一緒に行って十万円を受け取った、と報告があった。車はガードレールにぶつけたことにして修理に出すと言う。今になって腰と首が痛くなってきた、と訴える。おそらく鞭打ち症だろうとイツキは言い、体も心も傷ついているから少しおとなしく休もう、と言うと、ベロニカも承知する。

それが二人の最後の会話だった。どちらからも連絡をとらないでいるうち、これは天の配剤なのだとイツキは思い始めた。あちらでもシュジンが異変に気づいて疑念を持つなどし、ベロニカもこれまでだと観念したのかもしれない。

終わったのだ。それは両者の意思を超えた、ただの現実だった。もう会わないし話もしない。その現実に向き合うほど、腕や足を失ったような欠落の感覚に襲われる。あるはずなのにないという事実を、なかなか受け入れられない。きっと時間とともに慣れるのだろう。でも、それはベロニカと知り合う以前に戻ることではない。

嘘の根っこがなければ、みずきとのような仲になれただろうか、と後悔に似た念に苛まれるが、振り返っても虚しい。みずきにベロニカのことを打ち明けて、咎めの永久循環から解放されたいと思うものの、誤解されるのが関の山だと思うと、踏み切れない。ベロニカも自分も、それぞれが一人で背負って生きていくのだと悟る。でも、背負う自分が存在しない。

一九八六年四月四日（金）雨

今日一九九〇年三月二十八日は、あの運命の交通事故から四回目の記念日。メロニカは記念日好きだから、運命の日だらけだ。出会った運命の日、初めてつがった運命の日、初めてキトに一緒に来た運命の日、結婚記念日。

あの車の事故がなかったら、イスキとメロニカは終わっていた。事故のおかげで二人の関係はシュジンの知るところとなり、メロニカは離婚し、イスキとともに日本を捨ててエクアドールに帰り、キトで結婚して、一年後に息子の新志《あらし》トルメンタが生まれた。そしてもうすぐ二人目も誕生する。

二人目が無事に生まれたらイスキはパイプカットするといいね、とメロニカは提案する。そうしたらまた恋人のときみたいに、いつでもしたいだけできるでしょ、と言う。けれど、イスキはパイプカットするなら、そのものを切り落としてしまいたい。
イスキは日本の精密機器メーカーの下請け工場で、現地採用の工員をしている。メロニカはお兄さんの車の販売店を手伝っていて、イスキも一緒に働くよう誘う。若いイスキが工場で女の工員たちに言い寄られて落ちてしまうんじゃないかと、気が気でないのだ。結婚してから睦みあう時間が著しく減ったから、また元に戻さないと浮気すると心配している。心配の半分は当たっていて、イスキはしばしば言い寄られているけれど、イスキが応えることはないので、残りの半分は当たっていない。

自分に子どもがいることは不思議でしょうがない。こんなに愛おしく、新志のためならこんなにがんばれても、自分の子だという気がしない。新志という子は間違いなく存在しているけど、新志と親子だという関係は架空に感じる。

イスキはいつだって、架空から架空へと渡り歩いている。アメリカで生まれて暮らした乳幼児時代も架空、父親が生きていた時代も架空、引きこもって学校に行かなかった時代も架空、既婚のメロニカと濃厚な恋人だった時代も架空、そして今、妻がいて子どものいる人生も架空。

架空に感じるのは、自分の意思で選んだ気がしないからだ。自分の選択ではないと感じるのは、イスキには自分の意思というものがわからないからだ。何を選んでも、イスキは流れに運ばれているだけという気分がぬぐえない。所帯持ちのこの人生も、やがてまた幻と消えるのだろう。

四月第三日曜日の前日、唯田から電話がかかってきて、明日の天気予報は雨だけどガネ小の体育館を押さえたからぐりちゃんサッカーは決行ね、イツキが来てくれないとコーチなしで困るからたまには顔出してほしいなって先生からの伝言、と告げられた。

ベロニカとのことが始まってからは、やましくて顔を出せないでいたが、久しぶりに行こうかと前向きになる。ベロニカが来たら来たでそのとき考えればいい、と開き直ったけれど、ベロニカは来なかった。

それどころか、ゲームも難しいほど人数は少なかった。雨のせいかと思ったが、セミ先生には、「鬼村の切り回しがないと、いまいち盛り上がらなくて、少しずつ減ってるんだよ」と言われた。自覚していなかったが、イツキはさりげなくみんなに自信を持たせて、終わったときにまた来たいと思わせるのだという。

季節三つぶん見ないうちに、ぐりちゃんは一まわり大人になっていた。誰に吹き込まれたのか、イツキも人生いろいろ試したいことあるんでしょ、サッカーは無理しなくていいからね、とねぎらわれた。

サッカーを終えて着替え、体育館の裏で一人タバコを吸っていると、カズちんが現れ、「へえ、吸うようになったんだ?」と言った。

「もうやめたいと思ってるんだけどね、なかなか難しくて」

「ベロニカさんの影響?」

イツキはどう返していいのかわからず、黙って見返す。

「別れたんだ?　だから来たんでしょ」

一度目撃されたカズちんには、取りつくろっても恥ずかしいだけだし、カズちんを軽んじるような真似もしたくない。イツキは「まあね、そんな感じ」と、よそを見ながら肯定した。

「後悔してない？」

「後悔はしてない。結婚してる人だからって、そのことを悪いとは思ってない」

イツキは、やっぱりカズちんでもそう思うのか、とかすかな失望とともに、強く否定した。

「そうじゃなくて、イツキ、無理してたでしょ」

「してたかなあ。そんなふうに見えた？」

「すごく見えたよ。自分に合わないことしてるから」

「どういうこと？」

「違ってたらゴメンね。イツキは女の人、好きになることはないって感じてたから。イツキはぼくと同類だと思ってたから」

イツキは仰天するあまり、カズちんを食い入るように見つめてしまう。

「やだなあ、珍獣みたいに見ないでよ。希少動物なのはイツキだよ」カズちんは少しムッとしたように言う。

「全然わからなかった」

「だろうね。それはそれでいいんだよ。それより、イツキが自分のことをわからないで血迷ってることのほうが深刻だから」

イツキはつらい気持ちになってうつむき、うなずく。

「惑ってるから、ベロニカさんの強い感情に呑み込まれたんでしょ」

「わからない」

「好きだった？」

「好きだったと思う。でも、その感情が恋愛なのか友情なのか、そういったことの区分けの仕方がわからない。何がどう違うのかわからないし、あんなつきあい方したかったのかって言われると、たぶん望んでなかった。でも、あっちがそれで幸せそうにしてるのを見るのは嬉しかったし、どれを選ぶのが正解か、よくわからない」

カズちんは考えるようにうなずき、「イツキは男の人を好きになったことある?」と尋ねた。

イツキは懸命に考える。首を絞められているように呼吸が苦しくなる。

「好きかどうかわからないなら、男の人の裸が気になったことはある?」

イツキは大きく息を吸って、一気に吐き出すとともに答える。「十歳のときカブスカウトのキャンプでお風呂の時間に一人の子のを見て立ってしまったことがある」

初めて告白したら、泣きたくなった。言葉が止まらなくなる。「でも、その後で女の子の裸でも立ってしまったし、いまだに何も変わってない」

カズちんはまたうなずき、「よくあることだよ」と言った。

「よくなんかないでしょう」

「ぼくの感覚では、ほんとはあると思う。でも、みんなイツキみたいに自分に正直でいることはつらくなるから、どこかの方向にだけ向くよう、自分を慣らしていくんだと思う。自分でも気づかないうちにね」

カズちんの言葉は予想もしなかったもので、イツキは袋小路から突然、海に出たような気がした。

「カズちんもそうだった?」

「たぶんね。意識してないからみんな記憶にはないんだよ。でもぼくの場合は、最初に男の人の裸に反応しちゃって、それからずっと男の人に執着してるから、きっと早いうちに男の人以外へのセンサーは切れちゃったんじゃないかな」

「私はセンサーを切らなかったってこと?」

「わざわざ切る必要はないと思う。ただ、何か無理してることは事実だから、もっと自然になれるのは何か、確かめたほうがいいよ。女の人との体のことは経験したんだから、男の人とのことも試してみたらどうかな」

イツキの目に巨大な怯えが宿ったのだろう、カズちんは慌てて「ぼくとってことじゃないよ」と手を振る。「今度、手引きするから、ちょっと任してくれない? 無理強いはしないから」

そうして翌月、カズちんがゴールデンウィークの代休をもらった平日の夜に、新塚にあるビルの最上階に連れていかれた。ラドンセンターのような施設だが、巨大な脱衣場に入るなり、そこにいるたくさんの男たちの視線と体臭に気圧されて、イツキはうつむいてしまう。渡された浴衣みたいな羽織りものに着替えて、スペースに並ぶソファに座る。

「シャワー浴びたら、自由に出入りできる大部屋に行くから」とカズちんが説明する。「イツキは何もしなくていい。そこで起こってることをただ見てればいいから。それで自分がどう感じるか、そのことにだけ集中して。今はエイズの危険もあるし、誘いには乗らないでいいから。もしアプローチしてくる人がいても、断れば大丈夫」

イツキは石に変えられたような気分だった。いっそのこと、本当に石に変われば、何も反応できなくなって楽になれるのに。

縮こまりながらシャワーを浴び、また羽織ものを着て、カズちんについていく。迷路のような廊下には男がひしめき、男の蒸気のにおいに満ち、視線が舌のように伸びてきて、イツキの全身をなめまわす。

性を目的とした場所に、イツキは身をさらしているのだった。カナヅチの人がプールに放り出されるようなものだと思った。ベロニカと性の沼にどっぷり浸かった経験をへても、まったく慣れない。イツキは下を向いて誰とも目を合わせず、鳥の雛のようにカズちんにくっついていく。

布団がたくさん並んでいる広めの部屋に入る。布団の中で寝ている人もいたけれど、激しく交わっている人たちもいる。声と音に、イツキは体がこわばる。

「キツかったら出てもいいよ」とカズちんが耳元でささやく。イツキは首を振る。目の前でうごめいていた布団がはねのけられ、根っこがむきだしの二人が現れる。

イツキは目を背けられなかった。どうしても見てしまう。そして自分の根っこもすっかり反応しているのを感じる。

気がついたら、自分の根っこを知らない人に占領されていた。イツキは助けを求めてカズちんのほうを向いたが、カズちんはいない。誰かとどこかに行ってしまったようで、この部屋にカズちんらしき人はいない。

イツキの根っこを弄んでいた人は急にやめると、「ネクラー」とイツキに言い捨てて離れた。イツキが泣いていたからかもしれない。

イツキは一人静かにその施設を去り、ひっきりなしにタバコを吸いながら、雨にむせぶ新塚を徘徊する。月か火星か、自分が生息できない星を歩いている気分だった。でも月のように無人なら、拒絶されている感覚にはならないだろうに。

原綿大学とは駅をはさんで反対側になる歓楽街かたむき町には、普段のイッキは近寄らないようにしていた。イッキは自分を痛めつけるように客引きを冷やかし、奥穂町のラブホテル街にも踏み入って、たたずんでいる女性たちから「おにさん」と声をかけられる。ベロニカの怒りがイッキの体内でよみがえる。イツキの通っていた百人高校はすぐそばだ。

五月第三日曜日のぐりちゃんサッカーには参加し、カズちんとはいつもどおりに接し、あの一夜のことはおくびにも出さなかった。カズちんも、イッキがどう感じたのか確認するような野暮な真似はしなかった。ぐりちゃんが新しく誘った友達の女の子が二人いて、イッキはその子たちが楽しくなるように心を砕いた。ぐりちゃんはイッキのことを「イッキ」とは呼ばずに「コーチ」と呼び、終わったら「コーチ、お疲れさん。よかったよ」と評価した。イッキは、この居心地のよい場所を自分の居場所と勘違いしてはいけない、自分みたいな不定形の生き物をぐりちゃんたちが吸収し真似ていくことはあってはならない、と暗く考え、やはり梢こそが必要なんだと痛切に思った。

大学にもほとんど行かず、バイトもせず、自室に籠もってばかりいるイッキを心配したのだろう、母が「トミおじさんがあんたに手伝ってほしいことがあるって言ってたから、電話してやってよ」と言ってきた。気乗りしなかったが、「富男《とみお》が若いころ塾に使ってた南鰻和《みなみうなわ》の家、知ってるわよね？　あそこを有効活用したいんだって」と言われ、にわかに興味を掻き立てられる。電話をかけると、飲みに行きがてら話そうと誘われた。

トミおじさんが指定したのは、新塚のダイヤモンド街にある小さなバーだった。先に着いて飲んでいたおじさんは、イツキの顔を見るなり、「何だよ、陰気なツラしてんな。新人類らしくねえ」と言った。

「アイム、ア、リッチマン」とYMOのスネークマンショーのギャグで返す。おじさんの名前「富男」をからかったのだ。

「何飲む？　やっぱり流行りのチューハイか？」

イツキはおじさんに倣い、おじさんのボトルのウイスキーで水割りをもらう。おじさんはカウンターの向こうの中年女性に、イツキが甥っ子であることを自慢げに説明する。

「トミーはもう二十年来の常連なのよ。あなたぐらいの歳のころから来てくれてて」女性がイツキに教える。

「若いころのチャコはまぶくてな。みんなメロメロで必死だったけど、難攻不落でさ」

「そんな若いころから店を持ってたんですか」イツキはチャコと呼ばれた女性に聞く。

「そういう熱気の時代だったからね」

「若いころからやり手だったんだよ、あっちもこっちも。男は敵わねえよ」トミおじさんが下品にふざける。

「それで、何を手伝えばいいの？」イツキは本題に入る。

「まあ、俺の過去の清算だな」

トミおじさんは稲田大生だったときに学生運動にのめり込み、逮捕された経験もあり、卒業後も就職せず南鰻和の古い一軒家に住んで、活動家仲間の友人たちと学習塾を開いたのだった。その家はおじいちゃんの弟一家が住んでいたが、名古屋に移住してから空き家になり、トミおじさんが借りた。その後、トミおじさんは会計士の資格を取得し、採用してもらった会計事務所で所長に気に入られてその娘と結婚。やがて事務所を譲られて所長となり、羽振りもよくなって、空き家のままの南鰻和の家と土地とを処分したいと親族から相談されて、おじさんが買い取った。

鋸浜に引っ越してきたイツキが初めて会ったときのトミおじさんは、瘦せて髪の毛が長く、無口で笑わない気難しい青年だった。会計士を始めてから次第に恰幅がよくなり、社交的で世俗的なおじさんに急変していった。

「あのころの遺物がそのまま放置されてるから、片づけてほしいんだわ。俺はあんまり見たくないし、見たら捨てられなくなるだろうし。イツキならドライな世代だから、ポンポン捨てられるだろ。ちゃんとバイト代出すし、経費はこっち持ちな」

「いいですよ」

「学生は甘いなあ、安請け合いするなよ。ゴミの量、半端じゃないぞ。正直言って、ほとんど廃墟。見てから決めたほうがいいぞ」

「暇だからやるって。その代わり、見違えるほどきれいになったら、私が住んでもいい?」

「おお、そうしてくれると助かる。ときどき風通しに行ってもらうのも頼もうと思ってたんだよ。それなら管理人の仕事ってことで、住み込みで月五万。どうだ?」

「オッケー」

「住んでどうするんだ?　何かベンチャーでも始めるか?」

「まだ考えてないけど、塾でもやってみるかな。ノウハウ、教えてよ」

「今どき塾か。何か発想がシケてるなあ。新人類らしく、斬新なアイデアで勝負してみろ。将来性ありそうなプロジェクトなら、俺が投資してやってもいい」

「アイム、ア、リッチマン、ですか」

「金出してもらえるのも若いうちだよ。厚かましく受け取っとけ」

「昔は資本主義と闘ってたんじゃないの？」

イツキが嫌みっぽく言うと、チャコさんが「ほんと、金満なオヤジになっちゃってねえ。昔のトミーに殺されるよ」と茶々を入れる。

「その金を吸い取って店、大きくしてるくせに」と、トミおじさんもニヤケ顔で言う。

「イツキ君、知ってる？　トミーは学生時代、小説家を目指してたのよ」

「ああ、それでか。鬱屈した文学青年って感じでしたよね」

「人のこと言えるのかよ。今まさに鬱屈してますって顔してよ」と、トミおじさんはイツキの頭を軽くはたき、「俺は今だって諦めたわけじゃない。一個、新しく構想してるのがあるんだ」と恥ずかしげもなく言うので、イツキは「こんなナマ臭くなっちゃ、文学なんて無理でしょ」と呆れる。

「ナマ臭くなってこそ、人生の本当が書けるってもんよ。イツキみたいな青二才には、実験小説みたいのしか書けない。そういうものは人の心を動かさないんだ」

「これ、自分の経験ね」チャコさんが、トミおじさんの言い分を茶化すように補足する。「わけわかんないの、さんざ読まされた」

「前衛の時代だったからな」

「私は小説書くなんて言ってないけど」

同類にされたくなくてイツキがひとこと断ったとき、入り口付近で、表に出ろ、殴ってやる、とがなる声が響いた。そちらを見ると、長髪で額の後退した中年の男が、カウンターに俯せになっている。

「あいつは泥酔するといっつも、殴る殴る言うんだよ。そうやってからんで自分が殴られたことは何度もあるけど、自分が殴ったことはほとんどないな」トミおじさんが小声で説明する。

「いまだにずっと学生運動の夢の中にいるんだね」イツキがつぶやいたとき、その男は意識が戻って聞こえたらしく、「チャラチャラしやがって、わかったような口きくんじゃねえ！　ナメてんじゃねえぞ」とイツキを見て怒鳴った。

「傷を舐めあってるのは自分たちでしょ」イツキはカッとなって思わず言い返す。

「んだと？　表に出ろ！」

「ああ、いいですよ。出るとこに出ましょうか」

トミおじさんの制止を振り切ってイツキは立ち上がり、その男のほうに歩み寄った。男は怯んだようで、またカウンターに突っ伏した。

イツキはむしゃくしゃして、「そんじゃ帰るから」と、トミおじさんに告げると、そのまま店を出た。

南鰻和の平屋は、トミおじさんの言うとおり、廃墟じみていた。背丈ほどもある雑草を掻き分けて門から玄関にたどり着くと、扉の化粧板は端がめくれあがっている。ノブは錆びついて回すのに苦労し、中に入れば、暗がりの色は黒黴の色なんじゃないかと思うほど濃厚に黴臭い。口を覆い、手のひらに棘をいくつも刺しながら縁側の雨戸を開けて空気を入れ替える。部屋の中は一度荒らされたのか、家具は開けられ倒され、中の服やら書類やらが散乱し、動物のものか虫のものかよくわからない糞があちこちに染みついている。

一日ではどうにもならないと覚悟し、ホームセンターでしかるべき準備を整える。一週間通い詰めて、掃除をし修理をし、ゴミを積み上げた。電気ガス水道電話を開通し、布団やタオルなどを新調すると、ようやく住める状態になり、いよいよ引っ越すことにする。気分が変わるならと、母親は特に反対しない。

自宅の屋根裏部屋に上がって、使っていないラジカセとモノクロのポータブルテレビを下ろしたとき、父親の油絵の束が立てかけられているあたりの床が汚れていることに気づく。絵をどかしてみると、いくつかの白骨が転がり、まわりを黒い炭のようなものが囲んでいた。何の骨かはわからない。鳥やネズミや猫にしては大きく太い。けれど、それより大きな生き物が屋根裏に入り込める隙間はないはずだった。スペースの隅に溜まっているのは、スズメバチとクモの死骸だ。

誰かが死んだのか？　テレビのワイドショーで、他人の家の屋根裏に潜り込んでこっそり生活していた宿なしの人の話を見たことがある。その人が出て行った後で、家の主が生活の痕跡を発見し、おののいたという。うちにも誰かが入り込んで住んでいたのか？

でも人間にしては小さすぎるし骨の数も足りなすぎる。屋根裏への出入り口はイツキの部屋の押し入れにしかない。誰かがいたとしたら、イツキの部屋を通っていたことになる。そんなはずはない。あってはならない。そもそも、死んで腐っている過程で、イツキの部屋に異臭が漂うはずだ。

イツキは見なかったことにして、そのまま絵を元通りに立てかけた。きっとこれはパラレルワールドとの通路なのだ。こっちの世界じゃない別の世界の出来事が、こっちの世界に混ざってしまったに違いない。足を踏み入れたら、別のパラレルワールドに迷い込んで戻れなくなる。

この骨は、そうやってこっちの世界に迷い込みかけて死んだ、どこかの世界のイツキかもしれない。これは自分の遺骨の一部かもしれない。こっちとあっちの世界の狭間で亡くなり、こっちに取り残された骨たち。

一瞬よぎったその突飛な空想が、イツキにはとてもなじみある真実に感じられた。自分はそのイツキを知っている、と思った。

生活を始めるために南鰻和の家に入居した日、屋根裏で白骨を目にしたときと同じ感覚に再び襲われた。迷い込んで死んだ異世界のイツキと同じことを、今から自分はするんだな、と脳の隅っこで得心した。

南鰻和での生活は、読書の日々から始まった。トミおじさんの、いかにも文学青年らしい蔵書に加え、学生運動時代の日記が十数冊、残っていたのだ。盗み読みはいけないと思いつつ、誘惑には逆らえない。

毎週のように読書会を開いては、重厚な文学や人文書について熱く激論を交わすさまが、主観的に記録されている。マルクスはもちろん、トルストイ、ドストエフスキー、『チボー家の人々』、高橋和巳、プロレタリア文学、サルトル、埴谷雄高、小田実、安部公房、大江健三郎、等等。そして、闘争、運動の担い手としてよりも、作家という形で変革に参加し、文学でこの世を変えていくのが自分にはふさわしいのではないだろうか、という自問がくどいほどに重ねられている。日記の合間には、チャコさんの言っていた、わけのわからない実験的な小説が試作されている。

加えて、つきあっている恋人への狂おしいほどの想いと赤裸々な欲望。彼女の裸体のスケッチまである。まるで海に向かって絶叫しているようだ。

それらすべての表現のまっすぐさ、迷いのない惑い、苦悩らしい純な苦悩は、今のトミおじさんとは対極である。人はここまで変わるものなのだろうか。

変わるのだろう、時代と連動して。トミおじさんの変わり方は、そのまま時代の変化と一致している。暑苦しい情熱は、それがあの時代のスタイルだったのだろう。「純粋」というのも、一種の型であって本質ではないのだ。人生を何でも深刻視する時代と、何事もシニカルにとらえて軽く安逸なゲームにする現代。どちらも、そういう表現の型に従っているだけ。

そう考えれば、ベロニカだって同じだ。ベロニカが生まれ育った環境では、メロドラマじみたコテコテの恋愛観や我慢しない生き方が主流であり、そういう様式に従って生きることが人生を意味するのだろう。

では、自分はどんな枠組みで生きているのか？　イツキには答えられない。自分を世の枠組みに合わせそこなっては、枠からこぼれ落ち続けている。

学習塾は始めるつもりでチラシを作って、周辺の家のポストに配ったり銀行や郵便局やスーパーの掲示板に張ったりしたが、問い合わせすら一件も来ないのは、ブランドの時代、やはり原綿大生ではアピール力がゼロなのかもしれない。

梅雨が始まりかけている六月の中ごろだった。日暮れ前に買い物に行こうと身じたくしていると、呼び鈴が鳴った。古い玄関扉にはドアスコープもないので、チェーンをかけて薄く開く。

こんにちは、と頭を下げたのは、おかっぱみたいな髪形の若い女性だった。塾の案内を見たんですけど、先生は募集してないですか、と尋ねてくる。いやあ、生徒もいないんで先生は募集してないです、と正直に答えると、そうですか、とその人はがっかりする。そして、「案内のチラシに、『競争に勝たなくていい。競争しなくていい。自分の楽しいことをすれば、それが勉強』って書いてましたよね。あれにすごく感動して、そんな塾なら参加してみたいなって思ったんです。ぶっちゃければ、ぼくが生徒になりたいのかもしれないですね」と言った。「ありがとうございます」とイツキは礼を言い、「まあ、そんな塾、必要とされてないんでしょうね」と自嘲的に笑った。

「チャート式とか要領のいい暗記の仕方とか、そんなのばっかりですよねえ」

「だから、そうじゃない塾にも需要があるかと思ったんですけどね」

「あの、もしよかったら、夕飯、ご一緒しません？　こんな話できる友達がいなくて、もっとお話、聞きたいんです」

「でもそちらのこと、私は何も知らないままなんですけど」イツキが身構えると、相手はひどく恐縮して、「ああっ、すみません、自己紹介もしないで。なっちゃないな。袴田数樹《はかまだかずき》って言います。硫黄《いおう》大学の文学部三回生。実家が隣の薇《ぜんまい》駅で、郵便局で塾の案内見たんです」

「数樹って、男の名前？」

「親はそのつもりでつけました。でも、そうはならなかったですね」

「なるほどー」

イツキの警戒が緩んで関心が向いた隙を、袴田数樹は逃さなかった。

「ここはご自宅ですか？　塾を開くために借りたんですか？」

「最近引っ越してきて、塾でもやってみようかと思って」

「ですよね。ずっと空き家で放置されてましたよね。だったらこのへんはぼくのほうが詳しいんで、安くていいご飯屋さん、教えますよ」

「頼むから、タメ口でいこうよ。同い年でしょ？　昭和四十年生まれ」

「うん、早生まれじゃなく」

薇駅近くまで歩くと、気さくな居酒屋がたくさんあった。お薦めの店に入り、三十分もすると、イツキ、カズキ、と呼び合う仲にまで打ちとけている。

「財テクとか学生ベンチャーとか、車がどうとかナンパしたとかできないとか、そんな話題ばっかりで、気の合う人がいないんだよね。何かもっと中身のある話をしたいけど、そうすると学生運動の人とか寄ってくるし、行き場がなくて」声を潜めるようにカズキが言う。

「わかる。だから私は大学行かなくなっちゃった。原大なんてチャラチャラだし」

「硫黄大なんて虚栄の権化だよ。身も蓋もない言い方すれば、金とセックスだけ。セックスなんて大衆のアヘンだよ。ついてけない」

カズキのその言葉はイツキの胸をザクッとえぐったが、自分がそのアヘン中毒になったことを自分ほどがっかり感じている者もいないので、共感も深かった。

「疲れるよね。何かみんな薬《ヤク》でもやってるみたいに、明るくて陰影がなくて嘘くさくて。自分ばっかり沈んで見えるけど、こっちが沈んでるんじゃなくてまわりが浮きあがり過ぎてるだけって気もするし」

「さっき、受験戦争に関係ない塾なら需要があるかもしれないって言ってたでしょ。イツキの理念には感動したけど、需要って言い方は消費のためみたいで、ちょっと『おいしい生活』っぽいよね」

「ああ、そっか。私もどっかで毒されてるのかあ」

「孤独すぎるもん。いくら防御したって、こんなに責められたら一人じゃ防ぎきれないよ。どこかの隙間から『軽チャー』が侵食してくるよ」

「ほんと、そうなんだよ。自分らしくいたいって思うのに、それを模索する暇もなく鋳型を押しつけられて、それを受け入れられない自分は異常だって思わされるから、いつの間にか合わせようとしちゃう」

「孤独がよくないと思うんだよね。おいしい生活に対抗するには、ぼくやイツキみたいな人たちもつながりを持って、自分たちのあり方を文化にしなくちゃならない。侵食してくるのを押し返すには、れん……仲間の力が必要だよ」

「今、連帯って言いかけた？」

カズキは恥ずかしそうにうなずき、「ぼくもほら、さっき言ったけど、学生運動の人たちに取り込まれそうになったことあったから、言葉がまだ体内に残ってるんだよね。クリーンにしたいけど、なかなかできない」と打ち明けた。

イツキはまるで自分と話しているかのようだと感じた。カズキの心の襞《ひだ》の一つひとつが理解できる。初対面のはずなのに、会ったことがあるような気さえした。ベロニカとの経験をまるごとぶちまけたい衝動に駆られる。けれど今は酔い過ぎているし、まだ出会ったばかりなのだからと、何とか自制する。

カズキは頻繁にイツキの家に現れた。二日おきが一日おきになり、ほとんど毎日となる。そして自分の過去を語った。「カズコ」とあだ名されて気持ち悪がられ、ハブられた小学校高学年時代。入学式のあとまったく学校に行けなくなった中学時代。定時制の高校に入ったけれど通うことはなく、自宅で独学するかたわら庭でキャンプの練習を積み、走り込みをし、自転車で日本放浪の旅に出た十七歳。高校を中退して大学検定を取って硫黄大に入り、今度こそありきたりの学生をしようと試みたものの、ひと月で挫折。真剣なサークルを求めてさまよう中で、「人生を語ろう」と誘われたのについて行ったら学生運動のセクトだった。深入りはせずに三か月くらいはつきあいを持ったけれど、身の危険を感じて離れ、大学にも怖くて行けなくなる。身を隠す意味もあって、二回生になってからアメリカのロスアンゼルスに半年の留学をし、情熱的な恋と性愛の沼に落ちて、二度と人生で恋愛はしないと決意した。そしてもう半年は、アメリカから南下して南米パタゴニアまでバックパッカーをした。だから今年は単位を取らないと留年が確定する。

イツキは自分を変奏したようなカズキの人生に驚き、私もこないだの二月、南米のエクアドルに行ったんだよね、と打ち明け、カズキは、ええ！　ぼくもそのころペルーのマチュピチュにいたよ、と言い、何かずっとご近所の縁なのかもね、と笑い合う。その流れでイツキは、エクアドルに行った理由をつぶさに語った。

「そっか、お互い、セックスというアヘンで痛い目に遭わされたってことだね」カズキはしみじみと言う。

「私はこの話、一番の親友にも言えなかった。誤解が怖くて」とイツキはカタルシスを感じながら伝える。

「わかる。決めつけられて、そういう目で見られると、もうどうしようもないもんね。どう話しても無理なんだっていうあの絶望、体験した人にじゃないとわからない」

カズキのその言葉に促されるように、イツキはさらに遡って、黄昏族からアメリカで生まれたことまで、人生のすべてを何日もかけて語り尽くしたときには、もう七月に入っていた。

「何か生まれ変わった気分。新しいことに踏み出せそう」

「生まれ変わってはないよ。オーバーホールでしょ。イツキはイツキのまま、カズキはカズキのまま、ただ掃除して調整して、また新品に近くなった」

「話してただけなのにな」

「ぼくはね、じつはもう経験あるんだよ。前にも言ったとおり、聞いてくれる仲間がいるから、こまめにオーバーホールできてる。イツキも間違いなく気が合うと思うから、今度ちょっと顔出してみない？」

それは同じ舞山《まいやま》県のもう少し山間部寄りの安農《あんのう》市にある、緑に囲まれたきれいな集会施設での集いだった。ガラス張りの小部屋に五人が輪になり、目の前の森を見ながらカズキとのように自分の澱《よど》みを語るのだ。

終わってダイニングホールで食事をしながら雑談をすると、意外にもサッカー好きが三人もいることがわかり、それならもっと誘ってサッカーサークルを発足しようと盛り上がる。

そうして次回もまたイツキは足を運んだ。実際に十人ぐらいでミニサッカーをしてカズキ以外とも親しくなると、カズキが来なくてもイツキは自分のペースで参加するようになっていく。

夏休みには、三日間の合宿に参加した。何組もの五人の輪は、メンバーが次々に入れ替わり、語っては聞いてを繰り返す。最終日の午前には、いくつもの個室に分かれての、個別面談なるものが組み込まれていた。イツキは指示された部屋の前で順番を待つ。

部屋に入ると、福顔の中年男性が、「この施設の管理人の施肥《せひ》住人《すむんど》と言います」と自己紹介した。イツキが胸のネームプレートを凝視すると、「肥やしをやる住人という意味で、私が自分でつけた姓名なんですよ。物や人の名前を変えることは、世の中を変えることの最初の一歩なんです。江戸を東京と名づけ直して、新しい日本が始まったみたいにね。鬼村さんもその気になったら、自分で名前をつけてみてもいいんじゃないですか」

「ペンネームみたいなもんですかね」

「ドリームネームですね。鬼村さんならラテン系の名前かなー」と施肥さんはおどけ、手元の資料に目を落とすと、「鬼村さんは、エクアドル人の既婚女性とセックス中毒になったことがあるようですね」と言った。

イツキは首を絞められたように呼吸ができなくなった。目が泳ぎ、自分がどこで何をしているのかわからなくなる。

「袴田さんから聞きました。グループトークでも話してますよね」

騙されたと思ったが、もう遅い。「騙されたとかは思わないでくださいね」と施肥さんはすぐさま、イツキの心を正確に読み取る。

「騙すというのは、卑しい手段で得た他人の秘密を、悪用する行為です。この集まりでは、ただ聞いて知っているだけで、それで鬼村さんをどうにかしたりするわけではありません。これはあくまでも、仲間内での共有なんです。お互いを共有することが、連帯の第一歩。自分の物事を決めるのは自分にしかできないのだから、いくら共有しても、自分を譲り渡すことにはなりません。むしろ、共有して信頼を築いていくことで、安心して自分を出せるようになるんです」

「でも私は施肥さんのことは何も共有してません」

「あいや！　まったくおっしゃるとおり。それは今後しっかり共有していきましょう。手始めに、私個人の人生について、概要はここに書いてあります」

施肥さんは机に積み上げてある厚めのパンフレットを、一冊差し出した。『私のドリームタイム』というタイトルだ。

「それは後で読んでおいてください。さらに詳細を知りたくなったら、また第二弾の夏合宿にお越しいただいて、たっぷり語りあいましょう」施肥さんはイッキの目をのぞき込む。「鬼村さんなら、セックスは大衆のアヘンである、という感覚は理解できますね？」

カズキが口にしていた言葉だった。「連帯」という言葉といい、施肥さんの受け売りだったのか。苦味とともにうなずく。

「お子さんのころからずっと、性のことでお悩みのようですね。袴田さんみたいに」

イッキはうつむいてうなずく。更衣室をのぞかれていたような気分。

「でしたら、そんな自分がどうしてセックス中毒になってしまったんだろう、と不可解でしょうね。それはセックスが麻薬だから、と言われれば、思い当たる節があるんじゃないかと思いますが、いかがですか？」

「はい、あります」

そう考えてもいいのか。自分が望んだこととは思えなかったのに、あんなに求めて離れられなくなったのは、麻薬的な作用のせいで、意思だけでやめることは難しかったのかもしれない、と思えると、自分を軽蔑する気分が少し弱まる。

「性にまつわることは遠ざけておいたはずなのに、性の虜となって、そのお相手とエクアドルにまで行って駆け落ち寸前だったなんて、鬼村さん自身にも信じられないでしょう。いい夢か悪夢かわかりませんが、思い返しても現実というより、夢のごとき記憶なんじゃないですか」

「はい、ほんとに現実とは思えません。本当に自分のことだったのかなって、今でも実感がないです」

「ですよね。ここに集まってくるみんなは、てんでバラバラな人生を送ってきていますが、一つだけ共通しているのが、『人生は夢』という原理なんです。原理っていうと大げさかな、そういう感覚を理解しているというか」

「人生は夢」

「まあ、よく言われることではありますよね。人生とは一瞬の夢を見ているかのようだとか、胡蝶の夢とか。夢の中って、空を飛んだり、瞬間的に別の場面に変わったり、殺されたり、崖から落ちたり、どんなことでも起こりえるけれど、じゃあ自分の好きなように行動できるかっていうと、そうはいかなくて、案外不自由ですよね」

「はい」

「夢を構成しているのは、私たちの無意識であったり、寝ているときの外界からの刺激だったり

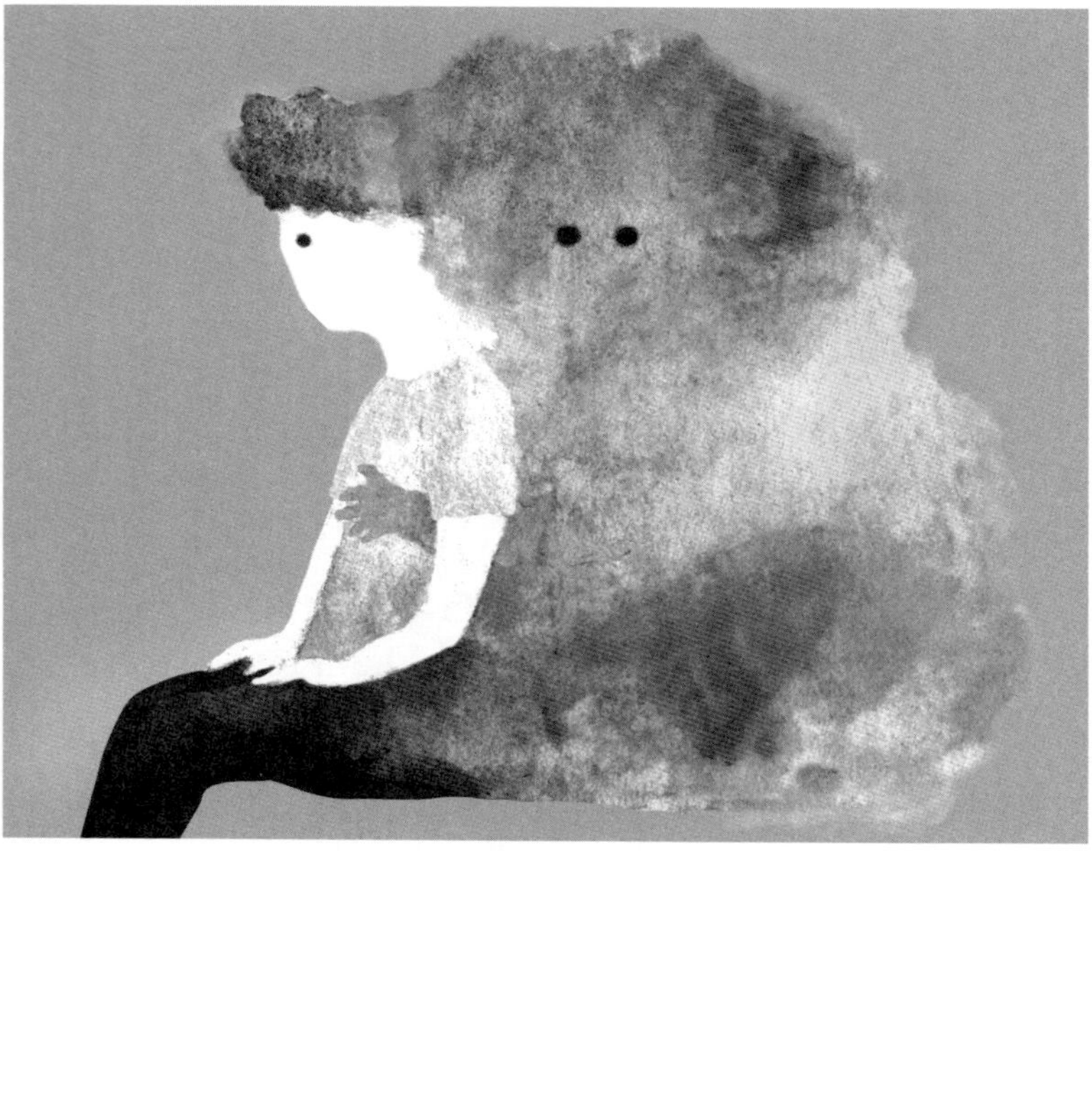

するからです。夢の中の世界というのは、すごく個人的な自分の世界でありながら、自分ではどうにもできない世界なんです。わかりますよね？」

イツキは小学生のころ、セミ先生から聞いた話をぼんやりと連想していた。架空日記は夢みたいなものだ、という説明。

「私たちが生きている現実の人生も、そんなもんだと思うんです。生き方って、自分で思い込んでいるイメージよりもずっと自由で可能性は広い。世間一般の常識って、すごく狭い範囲に人生を押し込めていると思います。だから、もっと大胆に自由に生きる余地はある。けれど一方で、自分で決めたり選んだりしたつもりでも、夢の中でのように、自分のあずかり知らぬ力によって選ばされていたりする。つまり、自分の行動は、本質が幻想的なんです。夢みたいなんです。だって自分というものが半分、幻覚なんだから。自分でも理解できないものによって、自分の半分はできているんだから」

必ずしも施肥さんの説明を呑み込めたわけではないが、言わんとする感覚は理解できた。イツキが常に感じている浮遊感のようなものの正体を、明かしてもらった気がする。

「半分幻覚である自分を、それでも保って生きていくには、自分を信じるしかありませんよね。そこには自分がいるのだと、半分嘘でもいいから信じる。でも自分一人で信じ続けるのは、無理です。他の人にも、自分はそこに生きていると、半分嘘でもいいから信じてもらわなくては、崩壊してしまう。だから、仲間と共有することが大切になってくるんです。袴田さんや仲間たちと、鬼村さんの人生を共有して、その実在を信じてもらう。袴田さんが、鬼村さんの語った経験をこうして私なんかとも共有しているのは、鬼村さんをこの世に存在させるためなんです。そしてそれはお互いさまです。信じれば救われる。ただし、神様じゃなくて、仲間たち一人一人をね」

「これまで私は、自分を共有する人を持ってなかったたってことなんですかね」イツキは独り言のようにつぶやく。

「そうかもしれませんね」

「カズキにも、孤独がよくないって言われました」

「まさにそのとおりですね」

「でも、信じあえてる友達も少しはいました」イツキは、梢やみずきやセミ先生やカズちんのことを思いながら、まったくの孤独だったとも言えない、と思い直す。

「それはそうでしょう。さもなければ、ここまで生きてこられなかったでしょう。だから、その方たちのことはもっと大切にしてもいいと思います。まだまだ足りないくらいかもしれません」

「足りない？」

「はい。本当の意味で、その方たちとお互いに共有しあっているでしょうか？　お互いの秘密はそっとしておこう、と考えていませんか？　それが配慮というものだと思っていませんか？」

「はあ。どうですかね」

「この集いで仲間たちと交流して、本当に深いところまで共有しあえてこそ連帯できる、って実感したんじゃないですか？　深いところの共有を避けるのは、むしろ冷酷な仕打ちだとは思いませんか？　共有されないその部分は、当人が一人で抱え込まなくちゃならないし、それでいいのだと肯定されることもない。やがては、あってはならないと自分を切り捨てることにもなりかねないんですよ。そんな致命的な否定を、配慮するという口実で許していいのでしょうか」

「でも、たぶん、その人たちとは共有しあっていると思います」

「いいえ、鬼村さんとそのお友達同士は共有しているかもしれないけれど、他の人たちはそれを共有していないんじゃないでしょうか。鬼村さんはその努力をしていると言えますか？」

「何を努力すればいいのか、わからないです」

「仲間を増やすんですよ。袴田さんが鬼村さんをここに誘ったように。別にここに来なくてもいいんです。鬼村さんなりに、お友達の深いところを共有できる仲間の輪を広げていってほしいんです。秘密を秘密にしないでもよい世の中にしていってほしいんです。そうすれば、鬼村さん自身も、鬼村さんの大切な人たちも、もっと楽になれます」

「あっ、私の大切な人同士を結びつけていくってことですね」それは素晴らしい。ぐりちゃんサッカーにはやっぱり梢を呼ぶべきなのだ。さらに、梢とみずきも引き合わせたい。

「はい。それだけじゃありません。袴田さんなんかにも、大切なことを話すことで、つなげてあげてください。鬼村さんの人の輪を、鬼村さんが思っているよりも大きく、区別なく、広げていってください」

「ああ。確かに、そうですね」そうは言ったものの、イツキは何か引っかかりを感じた。そこまでつなげるには時期尚早な気がするのは、なぜだろう。

「鬼村さん。自分が殻を破らなくては、お友達が殻を破る助けにはなれませんよ。慎重であることは大切ですが、それでは自ら檻に閉じこもりたがる今の世の中を変えることはできません。人生は夢なんです。しょせん、夢なんです。もっと勇気を持って、もっと大胆に行動していいんです」

「それはわかるんですが、そんなに急には踏み切れません」

「そうですね、急《せ》かしてはいけませんね。すみません。地道にいかないとね。私の欠点が出ました。変革だとか革命だとかいうと、悪いことや嫌なことが一気に解決して、理想的な世が実現できるかのように期待してしまいますよね。それは私の世代の運動の、負の遺産だと反省しているんです。世の中は一気には変わらない。むしろ、急ぎすぎると強制的に従わせるだけになって、かえって変えられなくなる。そのやり方は間違いなんですよね。私が学んだのは、まずは自分を変えなくては始まらないということ、そして目の前の大切な人と一緒に変わることだけが全体の変化への唯一の道、ということです。お伝えしたいのは、それだけなんです」

「施肥さんは、学生運動をされていたんですか」

「はい。でも醜い内ゲバにかまけて、さんざんな目に遭いました。一部始終がその冊子に書いてあります」

「私の身内にも学生運動をしていた者がいまして、私の目から見ていろいろ思うところがあります」

「そうでしょうね。その話を次回、じっくり掘り下げたいですね。また語りあいましょう」

「あ、あと一つだけ。何で管理人の施肥さんが、アドバイスをしているんですか」

「あいや。鬼村さんはクレバーですね。私は、この施設この集いの仲間たちの中で起こること語られたことを、すべて記録しておく書記のつもりなんです。人生は夢ですから、記憶もどうにでも変わっていくでしょう。せめて、幻想とは異なる次元の記録だけは、ある程度、残しておきたいと思ってまして。それを参加者に黙って記録するわけにはいかないので、こうして、記録の存在を告げている次第です」

「この会話も録音か何かされてるんですか」

「いえいえ、そこまではしません。あくまでも、私が覚書のように書いておくだけです。それを何かの目的に使うわけではないことは、先ほど申したとおりです」

合宿から戻ったら、留守電のメッセージに、原綿大学志望の高校三年生男子から塾の申し込みが来ていた。一対一の個人授業になることは了承してくれたので、まずは夏期講習として集中的に教えることになった。

それで救われたのかもしれない。イツキは南鰻和の家に戻ったその日から、一人で過ごす夜を耐えがたく感じた。合宿の仲間たちのあの温もりが恋しかった。まさに自分は幻想で、この家で暮らしていることは誰かの錯覚のように思えた。その「誰か」がいなければ、幻である自分は消えてしまうのだ。けれど、すぐに翌日から毎日、男子生徒への授業に追われたために気がまぎれた。

カズキが訪ねてきたときも、教えている最中だった。二回目の合宿がお盆休みにあるけど一緒に行くかと聞かれ、後で返事するとごまかした。心の中では行くと決めていたけれど、カズキとは行きたくなかった。

生徒が共通一次試験も念のため受けたいので理科も教えてほしいと言い出し、イツキには無理なので、理系に強いみずきに電話で頼んだところ、快諾してくれた。お盆休みにイツキは出かけるので、その間、南鰻和の家を自由に使っていいと言うと、どこに行くのか、大学にも全然顔を出さないで最近は何をしているのか、と聞かれ、言葉を濁したもののみずきには通用せず、何でも話せる気のいい仲間ができて、ちょっと泊まりがけで遊びに行くのだと、曖昧に明かした。

その晩、一人で夕飯の弁当を食べているときにみずきが突然現れた。押し入るように上がり込み、買ってきたビールで無理やり乾杯すると、泊まりがけの件、興味があるので話を聞かせてほしい、と言った。みずきが興味あるなら心おきなく共有が実行できると思い、イツキも晴れやかな気持ちで嬉々として、集いのこと、人生は夢であること、共有こそが解放であることなどを語った。

聞き終わるとみずきは、「それで私のことも、その人たちに共有したの？」と聞いた。迷っていたけど、みずきに話せたからこれで共有できる、と自信を持って答えると、「話したら殺す」と禁止された。

「イツキはその管理人って人から、すごく異常な命令を受けてるってわかる？　わかんないか。だから、こんなイッちゃった顔してるんだよね。客観的に見ると、すんごくヤバい状況だよ」とみずきは説明する。

「ヤバいかあ」

「私のことを共有するのを迷ったってことは、イツキだってどっか抵抗があんだよね。それがまともな感性だよ。今イツキは、そのまともな感性を封じ込めようとしてるんだよ。二回目の合宿に行ったら、そのまともさは完璧につぶされるね。洗脳が完成して、自分がおかしくなってることもわからなくなるよ」

「洗脳」

「洗脳だよ。その集団のために、友達とか大切な人の秘密を全部バラせって、異常でしょ。それが普通にできるようになるって、洗脳以外の何ものでもない」

「でも、秘密を悪用するわけじゃなくて、ただ知っているだけだから、問題はないって言ってたよ」

「あるよ！　私は絶対嫌だよ、そんな連中に秘密を知られるの。私が嫌だって思ってるのに、無視して秘密を話しまくるのは、問題ないの？」

イツキは、龍が芽衣との性行為を、芽衣に無断でイツキに話してきたときの嫌悪感を思い出した。

「問題、大あり」

「でしょ？　あー、よかった」みずきは心底ほっとした様子で大きく息を吐いた。「だから合宿、行っちゃダメだよ。イツキは今、その集いにハマってるだけなんだから。もう自分の意思を超えて、酩酊状態でありもしない夢を見させられてるだけなんだから」

「麻薬やってるようなもの？」

「それ！　何、セックスは下々の麻薬である、だっけ？」

「セックスは大衆のアヘンである」

「それとおんなじだよ。その集いがアヘンだよ。イツキは中毒にさせられて、気持ちいいからもっと欲しくなって、何でも言うこと聞いちゃってるんだよ」

「そうかなあ」

「イツキが私の立場だったら、同じこと言ってるね。自分のことだから見えないだけで、はたから見たらものすごく異常。ヤバい。今抜けないと手遅れ。中毒から回復できなくなるよ。とにかく我慢して、合宿に行かない。そしたら、だんだん正気に戻るから」

「うん……」

「わかった、その間、私もここで寝起きする。寂しくなることが一番の原因なんでしょ。孤独がよくないって指摘されたんでしょ。それはそのとおりだから、ここで合宿しよう。何なら芽衣を誘ってもいい」

みずきの必死さに、イツキもうなずく。

八月中旬の一週間、みずきは南鰻和の家に泊まった。みずきとの目的のない合宿だった。ちょっと成熟した黄昏族の合宿だと思った。昼間は教える仕事をし、夕方には買い物に行って、夕飯を一緒に作って食べた。そして、しゃべった。『人生は夢』の集いで話したかもしれないことを、みずきに話した。

ベロニカのことも、話すことができた。みずきは誤解などしなかった。やっちまったな、とは言ったけれど、非難ではなかったし、不道徳なものと見なしもしなかった。余計なコメントは口にしなかった。いつかは通る道だったから、そのときがそうだったんでしょう、と言った。そして、ベロニカさんは魅力的な人だと思うな、と言った。

イツキは、その言葉を聞いたとき、ちょっと泣いた。相手あっての関係だった以上、自分を軽蔑しているということは相手のベロニカも合わせて軽蔑したことになるんじゃないかと、自分のエゴイストぶりをなじりたかったから、みずきがベロニカを擁護してくれて救われたのだ。何でみずきは誤解すると思い込んだんだろうと、みずきに申し訳なかった。

将来のことも語り合った。来年の就職活動をどうするか。みずきは、カメラの仕事がしたいから、その道を探していると言った。イツキは人生を見通す余裕などなく、まったく五里霧中だったけれど、みずきが自分の輪郭を着実にはっきりさせていく過程を聞いているのは、とても刺激的で愉楽を感じた。やがては自分もそうできると、根拠なく信じた。

合宿が終わってみずきが帰ると、猛烈な寂しさが襲ってくる。けれど、あの集いに行きたいとはもはや感じない。みずきのほうが大切だから。

集いの合宿が終わった翌日、カズキが現れた。どうして参加をキャンセルしたのか、と問いただしてくる。体調が悪いという理由でキャンセルしたのだが、疑われているようで、カズキが事実を探りにきたらしい。イツキは、ちょっと難しくなったから集いにはもう行かない、とはっきり宣言した。

「そんなこと言わないで。ベロニカさんとも共有したいと思って、こないだベロニカさんちに行ってみたところだったんだよね。お留守だったけれど、また今度誘ってみようと思って」

「どうしてベロニカの家を知ってるの？」イツキは怒りで爆発しそうになるのを抑えて、尋ねる。

「それはイツキが教えてくれた人たちに聞けばわかるでしょう」

「誰に聞いたの」

「そういう話は、安農で共有しようよ。ベロニカさんにもご夫婦で来てもらって。ダンナさんとも共有したいじゃない」

脅迫されている、と気づいた。ただ知っているというだけでどうこうしない、なんていうのは偽りだった。これは「卑しい手段で得た他人の秘密を、悪用する行為」だ。つまり詐欺だ。あんなにも自分そっくりだと共感した袴田数樹が、非常にタチの悪い犯罪者に見えてくる。

イツキは何かを言うたびに言質《げんち》を取られる気がして、返事ができなくなる。押し黙るイツキに、カズキは上機嫌で「まあ、考えといてよね。また安農に行く前に誘うから」と言い置いて去った。イツキは夜中を待って、みずきに電話で相談した。この家は盗聴されているかもしれないという被害妄想に陥ったので、駅前の電話ボックスからかけた。

みずきの対応はシンプルだった。警察とマスコミに相談するとはっきり言えばいい、それでもベロニカさんの家族にバラされたら、そちらはそちらで真摯に対応するしかない、それを恐れるあまり、連中に屈してはダメ。イツキは、反省したふりをして安農の施設に乗り込んで、全部録音してマスコミに持ち込んでやる、と息巻いたが、みずきは、相手は百戦錬磨だからイツキより上手、近寄ったらいつの間にか洗脳されてしまうから、近寄らないことが一番大事、それはもうこれまでの経験でわかるでしょ、と却下した。

カズキがまた訪ねてきた日、みずきとそのカメラ友達が、わざと下手に隠れて気づかれるようにしてカズキの写真を撮った。イツキは、放っておいてくれるならこちらももう関わらない、でもこちらの望まないことを続けるなら、新興宗教から脅迫されているとマスコミと警察に相談する、と告げた。カズキは言葉少なに帰った。その後、イツキが『人生は夢』と直接関わることはなかった。

一九八六年八月十四日（木）曇り

相手のほうが上手だから合宿に潜入しても洗脳されるだけ、とミズチに言われ、ニッキは心外だった。もう取り込まれないだけの経験は積んだという自負はあるし、自分をあんな目に遭わせた人たちの本性を暴いてやりたいという復讐心に取り憑かれ、ニッキはミズチの忠告を無視して二度目の夏合宿に参加した。

ニッキは五人の輪でデタラメを話して混乱させてやろうと企んだが、最初の五人の輪で顔を合わせた仲間たちが口をそろえて、ニッキさんはこの合宿に疑いを持って欠席すると聞いていたので参加してくれて嬉しい、ニッキさんと語ることの充実は何にも代えられない、人は誰かの代わりにはなれないのだから、と言うので、ニッキの決意はのっけから揺らいだ。

次の五人の輪にはハカマダカズキがいて、ぼくは友人を裏切りました、共有とは信頼を築くための過程なのに、許されない共有を強行して信頼を壊してしまいました、裏切られた友人の痛みを思うと心臓が止まりそうになります、取り返しのつかない過ちをどう償えばいいのかずっと考えています、などと告白した。ニッキは、偽善だという思いと、カズキを信じ直したいという激情とに引き裂かれ、人を許すことは難しいけれど、そこに踏み出したいと葛藤していることを、語った。一同はニッキに、尊敬のまなざしを隠さなかった。その空気に包まれてニッキは、自分をこんなにまで無垢に受け入れてくれる仲間たちを、邪心に満ちた詐欺師と見なしたことを深く恥じた。

翌日の集いでは、ミズチという親友にどうしたらこの集いを理解してもらえるか悩んでいることを語ろうとして、聞き手たちに止められた。ニッキさんはその人のことを語るのをためらい続けているのだから、今は無理をしないで時間をおいたほうがいいと言われた。ニッキは泣きたくなって、むしろ何もかも語りたい衝動に駆られたが、仲間の助言を信じて我慢した。

合宿が終わった日には、カズキと二人で帰途についた。別れがたくて薇駅前の居酒屋で痛飲し、お互いに泣きながら謝っては笑うことを繰り返した。

ミズチはニッキに対して怒ってはおらず、「合宿はどうだった?」と穏やかに聞いてきた。ニッキは、「ミズチの話はしなかった。やましいのに話すのはよくないってみんなが理解してくれた」と率直に報告した。ミズチは、「ニッキのその気分の昂《たかぶ》りって、正体を確かめにいって自分が取り込まれた結果だとは思わない?」と尋ねた。ニッキが「ミズチはもっと人を信用したほうがいいと思う」とたしなめると、ミズチは「ニッキは私を信用しきってくれないけどね」と寂しそうに笑った。ニッキが「ミズチも一緒に来るといいよ。そうすればわかるから」と誘うと、ミズチは「私も一緒にいれば、私のことを話してもやましくなくなるからでしょ」と指摘し、ニッキは「ミズチは心が曇ってる」と不快な顔で言った。

ミズチを解放するためにも踏み込んだ行動が必要だと思い、ニッキはその後の集いではミズチのことを包み隠さず話した。ミズチからは、「もう私の話、勝手にしてるんでしょ」と冷たく探られ、「してるよ。でもミズチには話されて困るような秘密はないでしょ」とニッキも冷ややかに答えた。

傷つくことから自分を守らなきゃならないからニッキとは会わないとミズチは告げ、塾の授業もファミレスで行い、ニッキの家には現れなくなった。ニッキは集いでミズチへの批判を強めることで、自分は間違っていないという確信を深めていった。

秋になるとニッキは集いで役割を与えられた。みんなからの指名だということで管理人のセヒスムンドさんから告げられたのだが、仲間の一人が職場で使い込みをしていたことを先日の集いで語って、それを職場の人たちとも共有することになったから、ニッキが同席して話す役を担ってほしい、とのことだった。

ニッキも緊張して臨んだが、その仲間のために勇気を持って事実を共有した。職場の同僚や上司たちは顔が赤くなったり青くなったりしていて、集いの仲間は泣き崩れた。

仲間はやはり解雇されてしまったが、『人生は夢』が新たに借りた乳母《ちちぼ》地域の寮に住み込み、『人生は夢』を大がかりに広めていく企画班の一員となった。その班のリーダーはハカマダカズキで、カズキもその寮に住み、ニッキに加わるよう勧めてくる。ただし、その寮に入居する条件として、すべての友人や家族を共有して解放することが義務づけられていた。

ニッキはメロニカ夫婦の家を訪ねて過去の密会を共有し、マイとタツを騙して再会させ、カズキにも加わってもらって二人の恋人時代を共有し、カズキを実家に連れていって、母親にうちの家族は壊れていることを証明して絶縁を通告し、高校から帰ってきたミッキには軽薄で倫理に欠けいかに女にだらしないか知っている限りの指摘をして縁切りを通告し、ようやくカズキに入寮を認められた。

人を解放して回るのは、迷いがなくなってとてもいいと、ニッキは充実を感じる。お互いに縛られすぎているから、秘密ができる。欠点に目をつむりあい、我慢しあい、その結果、ドロドロした感情の澱が心の中に積もっていく。共有の実行は、そんな呪縛のかけあいから解放してくれる。

入寮者たちは、個々人でできる努力はすべてし尽くした者たちだ。自分の身近な人たちは余すことなく解放した。地道に始めることからしか変革の道は始まらない、とセヒさんも言っていた。

ここから先は次のステップだ。身近ではない人たちを解放していく。あちこちで寮を提供する仲間を増やす。自分たちで寮を新しく建設できるよう、カンパも募る。プロジェクトごとに班を作り、企画を実現させていく。仲間が急増したから、ルールも作ってそれを共有させる法務班も必要だ。それでも、世の中を変えるためにはあまりに微力すぎるため、政治の場にも進出しようと、国政選挙にも臨むことにする。

毎日、必死だった。この変革のために自分は生まれたのだと思えた。だから、生活のすべてを捧げた。気がつけば二十代半ばとなったニッキは、あらゆる班を統括する立場にいた。班長たちから報告を受け、情報を整理して共有する。相談されたら、ハカマダカズキと話し合って、アドバイスを各班に伝える。

政治班から候補者リストの相談があり、「ニッキさんが比例代表の一位に指名したハカマダカズキさんをまだ紹介してもらっていないんですけど」と言われた。

「それは全責任者のあのハカマダさんだよ」と笑って答えると、「全責任者はニッキさんじゃないですか」と怪訝な顔をされる。「いやいや、いくらカズキが忙しすぎてあんまり顔あわせないからって、そりゃあんまりでしょう」と言い返すと、「『カズキさんと相談する』ってニッキさんはよく言ってるけど、『カズキ』ってニッキさんのドリームネームだとみんな思ってますよ」と真面目に言う。

それなら一緒にカズキの部屋に行こう、と政治班長を連れていくと、そこは自分の部屋だった。ハカマダカズキの部屋はどこにも見つからず、ハカマダカズキもいなかった。政治班長はニッキを心配し、「過労がたたって誰かに頼りたくなってるんだと思います。ニッキさんが何もかも責任を背負い込むのは無理です。もっとみんなで分かちあう体制を作りましょうよ」と提案された。

不可解な気分のまま、ニッキはうなずいた。

まさに人生は夢だった。夢の中のように、因果がつながらなくなっていった。曖昧模糊とした時間の中で、突然、出来事が起きている。ニッキさんの指示通り前商業班長を救済しておきました、化学班が酸で溶かして痕跡は皆無です、と内務班長から報告を受けたときも、ニッキには指示をした記憶がなかった。内務班長の説明を聞いて初めて、「救済」が何を意味するのかを理解したほどだった。前商業班長は、収益の分配を決める権限の一部を財務班から商業班に委譲するよう主張し、理事会で退けられたのちも仲間に不当を訴えて理事会の改編をもくろんだため、ニッキが来世での救済を指示したというのだ。内務班長が独断で決めたことを、ニッキが指示したことにしているんじゃないかと疑ったが、夢の時間の中ではニッキには何の確信もない。

そうやって救済の件数は増えていき、ついには全人類を救済することになった。むろん、全人類五十億人に対して、救済できたのは数十人だったが、それでもこの行いは世界中で報道された。ニッキは人ごとのように、逮捕された自分を見ていた。三十歳になっていた。事を起こした自分と、この自分とが結びつかなかった。『人生は夢』の一員になっていった自分と、そもそもの自分とが結びつかなかった。どちらが本当とか本物という感覚はなかった。何もかもが夢だった。夢はどうしたって夢なのだった。

九月第三週のぐりちゃんサッカーに参加する前に、イツキは梢と再会すると決断し、あれこれ旧友を通じて接触を試みた結果、「そのサッカー、行く」と返信が伝えられた。

ガネ小の最寄り駅である狐尾《きつねお》駅は、かつて梢が電車通学に使っていた駅だった。梢は中学時代に待ち合わせたときのように、「よ。お疲れ」と片手を上げて現れた。

よく日に焼け、シャープで精悍でしなやかな動物のよう。背はさらに伸び、髪は生え際は刈り上げ上部は短いドレッドだった。イツキはまた会えたことに人生でも最大級の喜びを感じていたけれど、そんな感情は見せずに、最初の一言は「全然変わらないね」だった。

「イッツキーもな」

その懐かしい言葉がイツキの瞳孔を開かせたのだろう、梢が急にまぶしく光った。

「どう、サッカーの調子は?」平静を装って言うと、笑いを押し殺した顔をしていた梢はこらえきれずに爆笑した。

「何、とりすましてんの! すっごい不自然だし。嬉しいんだからハグしようぜ」

梢はイツキを迎え入れるように腕を広げた。勢いで飛びつけばいいのに、イツキは遠慮して小さい前ならえの形に手を伸ばし、浅い双差《もろざ》しのような格好になってしまう。

「来てくれて嬉しい」とイツキは素直に言った。「よく連絡くれたし」と梢も答えた。「子どもにサッカー教えてんだって? よかったよ、イッツキーがサッカー続けてて」

「小学校時代のサッカー恩師の娘さんにね。だから梢に関わってもらうのがいいと思って。梢もサッカー続けててよかった」

梢はうんうんとうなずき、「こないだ日本代表になったし」とさらっと言った。

「えええええー! すごすぎる!」とイツキは驚いたものの、当然という気もした。

「競技人口が少なすぎるから、長くサッカーしてたらだいたい代表になれるし」

「そんなわけないっしょ」

梢は、鋸浜女子体育大学に入って自らサッカー部を立ち上げたのだという。当初は部員が足りなくて、他大学からかき集めたり男子に助っ人に入ってもらったりしたが、今はようやく部員二十人くらいになった。今年の春には、アメリカの大学に短期でサッカー留学したりもして、できればもっと本格的に留学したいと考えている。年末にはアジア選手権が香港で開かれるので、そこで優勝するのが今の目標なのだと語る。

聞いている間じゅう、イツキは歓喜に包まれていた。梢はイツキが思っていたよりずっと梢だった。

「イッツキーもアメリカに留学しちゃおう。ここにいても悩みは消えないし」梢は中学時代にサッカー部入りを強引に勧めたときのように言った。

「悩みって、何よ。まだ私の話してないのに」

梢はイツキが「私」と言ったときに、うなずいた。

「イッツキー、相変わらず自分には行き場所がないし、輪郭がないとか思ってるでしょ。それでいいし。だから私を呼んだんだろうし。そうじゃなかったら、私ももう話すことなかったかもだし。でも、アメリカに行けば、もっといろんな感覚で生きてる人いるから」

「梢も一人称が『私』になったんだ?」

「誰が話してるのか、はっきりさせたくて。日本語の『私』じゃなくて、英語のIを翻訳した『私』」

「私もそうしよう」

「もうなってるし。だから、アメリカに行ってみなよ」

「私、アメリカ生まれで、たぶんアメリカ人でもあるんだよね」

「そうなんだ？　じゃあ、生まれた土地を見に行くつもりで」

「考えてみる」

　梢と初対面したぐりちゃんの反応は強烈だった。ずっと梢ちゃん梢ちゃんと百年の親友のような顔をして離さない。ぐりちゃんだけでなく、梢はみんなを魅了した。現れるなり、唯田は呆然として「未来から来た人みてえ」とつぶやき、鈴原さんは自分を棚に上げて「かっこいい」と目を輝かせ、カズちんは「ほんとにイツキの友達？」と驚き、子どもたちは梢にこっちを向いてほしがる。セミ先生は、梢の大学のチームに遊びに来てもらうことを画策する。

　本物のスターなんだなと、イツキはようやく気づいた。きっとイツキの想像もつかないことを成し遂げるのだろう。今はその過程のほんのとば口にすぎないのだ。

「順風満帆だね」イツキがぽつりと言うと、梢は鋭い目で見返して、「イッツキーと変わらない。私の場所なんかどこにもない。だから作ってる、無理やり」と言った。そしてもどかしそうに、「イッツキーだってもう準備できてるっしょ。いい加減、飛び立てよ」と小声でけしかけた。イツキが思わず大きく深呼吸すると、肺が震えた。

第五章

記者の森

一九八八年四月、イツキは國民日報《こくみんにっぽう》社に記者として入社した。何と、木崎《きざき》みずきと一緒に。みずきは写真記者での採用だった。

國民日報は、それまでの「コクミン日報」というカタカナ表記から、戦前に使っていた漢字表記に戻し、業界初のカラー紙面を標準とし、「コクミンディゴ・ブルー」と名づけた藍色の新しい題字を作成したところだった。

その新生の象徴として、初めて女性カメラマンを採用したのだ。編集記者でも、台湾からの留学生のソンという女性を採った。二年前に施行された男女雇用機会均等法に基づき、その面でも先進的な新聞社であることをアピールしたのだ。

しかし、みずきもイツキも、希望した勤め先ではなかった。イツキは目ぼしい新聞社を片っぱしから受け、みずきは雑誌がウリの出版社をメインに受け、結局國民日報社にしか採ってもらえなかった。

「まあ、就職ってそうしたもんでしょう。みんながみんな、第一志望に受かるはずないんだし」

みずきはサバサバと割り切っていたが、イツキは少なからず意気消沈していた。國民日報は、最右派の論陣を張る新聞として名を馳せていたから。ずっと読んでいる新聞だと喜んだのは、神社の息子の唯田《ただ》ぐらいだった。

それなら最初から受けなければいいようなものだが、実際に入ってみると、イツキのような者が過半数を占めていた。勢い、入社したてから自紙の悪口で盛りあがる。研修期間中に同期で飲みに行くと、いつまでもこんな右翼新聞にいる気はない、実力がついたらすぐさま他紙に移ってやると息巻く。

イツキも、タカ派な論調への悪口までは同調するのだが、一方で同期たちの男度と記者魂の濃さに引け目を感じてもいるのだった。

飲み会が二次会三次会と進んで男だけが残るに従い、同期の女性の品評から始まって、世界のどんな危険な地域に一人で分け入ったかとか、かの地の素人女性や玄人女性の味わいはいかなるものだったかとか、女性遍歴の中でどれほど非道な仕打ちをした経験があるかとか、そんな自慢合戦に終始する。だからイツキは酒に弱いことを理由に、常に一次会で脱落するようにした。

幸い、同じように居心地悪そうに押し黙って一次会で消える、宗田虎太郎《むねたこたろう》という名前に似つかない地味な同期がいて、イツキと宗田は一次会をフェイドアウトするとたまにお茶をした。宗田は、「何で男同士って、ちんこのデカさを見せあいたがるんだろうな。俺はもっとジャーナリズムについて語りあいたいよ」と言った。

どう考えても向いていない新聞記者をイツキが志したのは、大学四年になっても社会人になるイメージをまったく持てず途方に暮れていたら、マスコミ受験者向けのセミナーに通っているみずきが、とりあえず営業職よりはまだ耐えられるんじゃないの、と新聞社を勧めたからだ。新興宗教だかマルチ商法だか例の怪しい集いに巻き込まれた経験をうまく語れば、入社試験の作文も面接も突破できるかも、実際、ああいう組織を記者として取材して検証したらいいじゃん、と促されると、イツキは自分でもその課題に取り組むのが本望だという気がしてきた。しかし入社試験では、マスコミ志望者たちの押し出しの強さにアレルギーを起こし、いざ内定が出ると、間違ったという後悔をぬぐえない。

ひと月半の研修が終わると、五月後半に支局へ赴任する。イツキは遠い地方を希望したが、配属されたのは皮肉にも舞山《まいやま》県の鰻和《うなわ》支局だった。このため、トミおじさんから借りている南鰻和の平屋に、そのまま住み続けることにした。ただし、今度は家賃を払って。

写真記者のみずきも、半年ほどは地方支局で編集記者の仕事を経験させられる。みずきの配属先は鋸浜《のこはま》支局だった。赴任前に二人で飲みに行くと、みずきは沸騰した湯のようにぶくぶくと怒りの泡を噴き出した。

「私は鋸浜、ソンちゃんは多摩、関本《せきもと》は百葉《ももは》。女はみんな東京近郊って、ナメてるよね。短大実家暮らしの子のほうが就職率がいい、みたいな話と一緒でしょ。同期の飲み会じゃ、仕切り八島《やしま》からいきなり『木崎嬢』って呼ばれた。私の名前は『嬢』じゃないって拒否したけど、しつこく言い続けやがんの。こっちも、そういう野郎には絶対返事しない。飲み会もやめた」

「前橋に決まった藤田《ふじた》が、木崎はいっつも不満げだからお嬢様みたいなんだよな、って言ってた。だから無視されればされるほど『嬢』って呼びたくなる、って」

「じゃあ何、今後『嬢』って呼ばれなくなるために、『嬢』って呼ばれてもニコニコしてろって言うの？」

「やっぱり私たちは、会社でも黄昏族の運命なのかなあ。みずきも、こんな職場辞めてやる、って思う？」

「思わないよ。どこ行ったたってどうせ同じだろうし。ただ、傷つくことには応じないって原則だ

け は決めた。その他のことはいくらでも我慢する」

みずきは冷たい顔でそう宣言すると、「辞めたいって思ってるのはイツキでしょ。学生じゃないんだから、自分で選んだ以上、三年はいなよね。はい、指切り」と約束させた。「イツキは、自分がどれだけツイてるか、わかってないよね。鰻和支局って、天の導きじゃん。あの集いの人たちを堂々と取材して記事にできるんだから」

「いやいやいや、無理無理。あっちは私のこと知ってるし」

「だから深く潜入取材できる」

「こっちの人間関係も把握されてるから、記者だってすぐバレちゃう」

「それならそれで、あっちにプレッシャーをかけられる。マスコミが見てるぞって」

「力ずくで口封じされるかも」

「そんなヤバい人たちなの？」

「何と言うか、真面目すぎるから」

「ますます面白い。超特ダネじゃん」

「みずきに譲るよ」

「何、ぬるいこと言ってんの。マジで意気地ねーな」

鰻和支局に配属された新人は三人で、うち一人の正井《まさい》は夕刊紙「みんスポ」こと「みんなのスポーツ」採用だけど、みずきのように半年限定で本紙研修を受けに来ている。もともと一般紙の社会部志望だった正井は、いつも義憤に駆られている熱血社会派で、正義を口にするたびに「まさに正井」とよくからかわれていた。

イツキは、南鰻和に住んでいるなら近いからと、鰻和市の南方に近接する縄口《なわぐち》市、鴇《ひよどり》市、戸《と》成《なり》市、薇《ぜんまい》市の担当となった。その地域の警察と市政の記者クラブに身を置き、事件事故と街ネタを取材する。まずはその地域を管轄する縄口警察署、南武蔵野《みなみむさしの》署、薇署に挨拶に行き、縄口署の副署長にお願いして、廃棄予定の盗難自転車を譲り受ける。当面、この自転車で四市を駆け回ることになる。

二期上の県警キャップの佐藤《さとう》さんからは、縄口署は特に事件が多いから、できるだけ早く署員の名簿を手に入れて夜回りしろ、と言われた。けれどイツキはサボり続けた。慣れてくると、朝イチで各署に電話して何事もなければもう一寝入りし、午前十一時ごろに悠然と縄口市役所の記者クラブに出勤した。

國民日報は最も小規模な全国紙のため、記者の人数も他紙の半分以下で、辞める者も多く、鰻和支局にいるイツキの先輩は一つ上が一人、その上が二人と、合計三人しかおらず、後輩たちに目が届かないがゆえに、イツキものらりくらりとしていられるのだった。

警察や市役所の広報担当者のところに出向いて雑談はするのだが、先が続かない。何かを記事にしたい、もっと知りたいという気持ちが湧いてこない。ひと月もするとデスクから、特ダネとは言わないから、広報ネタじゃない何か独自の街ネタを出してみろ、とせっつかれた。記者クラブの他紙の記者から聞いた、珍しい花を自前の温室で育てている園芸マニアを取材して書くと、デスクは、これは季節の定番ものだろ、もっと自分の足で稼げよ、と言った。それでもイツキの動きは鈍いため、高校野球県予選の取材に回されたりした。

風向きが変わったのは、秋に入ってからだった。安農《あんのう》市で女児が行方不明となり、隣の蛭馬《ひるま》市では夏に同年代の女の子が行方不明になって見つかっていないため、にわかに大事件の可能性が出てきて、取材合戦が激しくなり、イツキ以外の若手は警察取材や現地の聞き込みにかかりきりになる。しかも、その少し前から昭和天皇が下血を繰り返して宮内庁が緊迫し、Xデーに備えて各支局から一人ずつが宮内庁張りつきの番記者として召し上げられたため、鰻和支局は著しい人手不足に陥った。

宮内庁に出向いたのは鰻和市政担当の二つ上の先輩だったので、イツキが臨時で鰻和市役所に入ったところ、今度は鰻和市の秘書課長が新興の不動産会社ニクルトから未公開株を譲渡されたという問題が起こった。中央政界を揺るがしているニクルト未公開株譲渡事件が、鰻和にも飛び火したのだ。もともと、鋸浜市の幹部が不動産開発にからんで未公開株を譲渡されたことが発覚したのが発端だったから、鰻和でも十分ありえる話だった。

紙面を埋めるために、イツキは連日ニクルト疑惑追及の記事を書くほかなかった。しかし、議会や市役所の取材の仕方がわからない。ここでもまた、他社の先輩記者たちのお世話になる。特に、國民日報と規模が同程度の、中部中央新聞の馬場《ばば》記者にはとても目をかけてもらった。

師走になると、三人目の女児が行方不明になり、ほどなく乳母《ちちぼ》山中から遺体が発見され、本社社会部からも記者が来て、天皇の容体はいよいよ重篤になり、慌ただしさを増していく。

年が明けるとまもなく天皇が崩御、さらに翌月には女児を殺害した犯人と思しき者から猟奇的な犯行声明が遺族のもとに届き、支局は戦場と化す。事件の取材をしている記者は疲労がはなはだしいので、支局の泊まり番はイツキが半分近くを勤めた。

その日は安農市の遺族宅に張りついていた正井が支局に現れ、一緒に泊まった。正井は十一月には「みんスポ」に戻る予定だったが、事件のために延期されているのだ。

正井は頰のこけた暗い顔で、愚痴り始める。東京の社会部から来た記者やテレビ局の連中が、入れ替わり立ち替わり遺族から談話を取ろうとし続けるものだから、遺族のストレスが限界を超えていて、その状況を耐えがたく感じていた現地通信部の各紙記者たちが、個別取材は当面控えるという紳士協定を提案、受け入れられたのだけど、うちは夕刊紙だからそんなときこそ突撃取材だと「みんスポ」の上司にけしかけられて参っている、と。

「俺は確かに安農に詳しいけど、こんな弱ってる人をさらし者にするために安農に通ってきたんじゃねえんだよ。もっとヤバい連中をさらすために足を使ってるんであって、早くそっちの取材に戻りてえよ」

「もっとヤバい連中って、『人生は夢』とか言ってる人たちのこと?」と尋ねると、正井は「てめえ、何で知ってるんだよ!」と驚きすぎて怒り始めた。

正井は鰻和に配属されてすぐ、大学の先輩で茶山《ちややま》丘陵の開発反対運動をしている衣沢《ころもざわ》市の市議に話を聞きに行ったら、同じ反対活動をしている若者たちと連携しているんだけど、どうにもキナくさくて訣別したほうがいいか悩んでいる、と打ち明けられたので、その人たちとの打ち合わせに連れていってもらった。正井は半時間ほど会議を聞いていて、連中はカルト団体だとはっきりわかったと言う。それで先輩には縁を切るよう勧め、自分はその正体を探り始めて、被害にあった人や脱会した人たちに行き着くと、陰に陽に脅迫されるようになった。連中自らニュース価値を証明してくれたわけで、長期連載の企画を準備していたら、この事件で中断を余儀なくされている。

イッキはなぜか罪悪感を覚えつつ、正井に自分の経験をおおむね正直に話した。そして、不確かな印象だけど乳母地域により大きな本部を作ろうとしてるかもしれないと告げると、正井は「よく話してくれた」といたく感動した。

「じつは俺は大学時代にセクトに入ってたから、カルトやセクトにいる連中の正義感って身に覚えがあるんだよ」と正井も告白する。「革新系無所属の衣沢市議もそのセクト時代の先輩で、ともに足を洗った身として話が合うから、俺に相談したんだと思う」

「元過激派かあ」とイッキがからかうと、「てめえ、それは言っちゃいけねえんだよ。過激派って言い方は、ポリ公の悪いレッテル貼りの言葉なんだから。おかしな方向とはいえ曲がりなりにも正義の気持ちで活動してた身としては、そういう言い方されると、根っからの異常な悪人って決めつけられてるみたいで傷つくの」と不機嫌にたしなめた。

「その正井が、右翼新聞の夕刊紙の記者かあ」イッキが追い討ちをかけると、「わかったよ、俺、死ぬ気で書くから。鬼村《おにむら》のためにキャンペーン張って、あいつら止めてやるから」と誓った。

「任せた」まさに正井の純粋さに少なからず感銘を受けたイッキは、心の重しが取れたと感じた。

「ああ、これで私がこの新聞社に入った目的は達成だな。記者になって『人生は夢』の本質を記事にして、どうして自分があの教団に引っかかったのか考えるってのが、動機だったから。でも現実には私は正体を知られてるから取材できないし、諦めてたけど、この会社に採用されたのは、正井にこの話をして記事を書いてもらうためだったんだなって、今、納得できた。だから私の役割は終わり」

「気が早《はえ》えよ。俺はまだ一行も書いてねえ」

「論調は最低だけど、うちの社、人材はけっこう面白いかも」

「自惚れになるからやめときな」

二月の鰻和市定例議会は大荒れに荒れた。すでに前回の議会でも、ニクルト社が参加している鰻和新都心再開発で容積率をアップしてもらったのではないかとか、与党重鎮の市議がパーティー券を買ってもらっていたとか、疑惑が膨らんでいて、真相究明のための百条調査委員会を設置すべきだとして野党が攻勢をかけて大揺れだったが、二月は議会が始まってすぐにニクルト社の創業社長が東京地検特捜部に逮捕され、いよいよ野党の力はマックスに高まったかに見えた。

中でも人民共和党のエース市議は、カミソリのような切れ味でロジカルに市側や与党を追い詰め、イツキも気分的に肩入れしていた。それで人民共和党の控室にしばしば出入りし、それなりに懇意になっていった。

一方で、与党である安国保守党《あんこくほしゅ》の取材もするのだが、どうにも脂ぎったオジサン体質が肌に合わない。一人だけオジサン度が低めで安保党《あんぽ》の中では浮いている千鳥《ちどり》さんという幹部議員がおり、何度か飲みに行った。じつは大学時代は映画を志していたけれど、父親が倒れて家業の酒屋を継がなくちゃならなくなって、商店会の活動をしているうちにいつの間にかこっちの道に引きずり込まれちゃってね、などと、本当に聞きたい話とは異なる話を腹を割っているかのように語り、それで髪の毛だけは長いままでいるんですか、とイツキも聞くと、恥ずかしい話だよね、未練残してさ、と半分白くなった長髪をいじる。

千鳥さんと飲んだ効果は、まったく予期も望みもしない形で現れた。一度飲みの席に同席した安保党最若手の益田《ますだ》という市議から、気に入られたのだ。

鰻和市を地盤とする安保党の衆議院議員は二人おり、選挙で争わねばならないからきわめて仲が悪く、それぞれが異なる派閥に属している。ハト派の派閥に属しているのが、大蔵省の元エースで将来を嘱望されている若手代議士、米本敬《よねもとたかし》。中道系の派閥に属しているのが、当選五期の中堅、名倉総太郎《なぐらそうたろう》だった。鰻和の市議たちもこの二人の系列にはっきり分かれており、米本系の幹部が千鳥さんであり、若手ホープが三十代の益田だった。

益田からはときおり飲みに誘い出され、「國民日報が人民党の尻馬に乗るっちゅうのも、矜持を失ってんじゃないの。そりゃ中央ではあんなことになってっから、擁護しろとは言わねけどさ、敵に塩送ることもねえべ」などと苦言を呈された。安保党の味方と思われているから、こうして接待で懐柔されているのかな、と情けなく思いながら、この体験自体が取材であるという新鮮な感覚もあった。

ある日、おしゃれなバーを指定されて赴くと、若い女性が一緒にいて、愛人かと思ったら、益田一族が経営する病院の看護婦だった。「前に言ってたべ、女子アナ似の看護婦さん紹介するって。鬼村さんと気が合うと、俺は思うんだよなあ」

そう言ってカラオケに連れて行かれ、やたらとデュエットの曲をかけられたが、イツキもその人も歌はまったく苦手だった。その意味では確かに気が合ったが、こうして新人記者が支局に出て警察の副署長の娘などと結婚して本社に上がってくるというケースはとても多いと聞いていたので、自分もそのコースをたどっているのかと思うと、イツキは自分も記者らしい記者になりつつあるのかなと笑えてきた。

野党の思惑とは違って、特捜部による逮捕により真相は司法の手に委ねられたとして、予算案可決を含め与党は強引に市会定例会を終わらせた。その件で人民共和党に取材に行ったとき、エースの議員にイツキはあえて聞いてみた。

「うちの社は人民共和党とは相容れないじゃないですか。それでも私がそれなりの共感と期待を持って取材に来てること、どう思います?」

「今まででわかってると思うけど、うちはいつだって分け隔てなく取材に応じてますよ。こっちを不当に貶めるようなことを書かない限りはね」

「そういうこともあったんじゃないですか」

「それは記者さん次第。ケンカ腰の國民記者さんも確かにいましたよ。でも鬼村さんだってそうだろうけど、若い記者さんはだいたい公平。まだ物の見方がゆがんでないんでしょうね」

「あなたはむしろ、うちに肩入れしすぎなんじゃない? 社内の立場、大丈夫?」と、あまり切れ者ではない優等生タイプの中堅議員が茶化す。

「それに、同じ好意的なら、革新系の真実《まさみ》新聞さんが書くより、保守系の國民さんが書いてくれたほうが、インパクトあるからね。われわれとしては歓迎ですよ。たとえ鬼村さんが益田さんとも懇意だとしてもね」エースはニヤリと笑った。


またたく間に支局での一年が過ぎ、新人が四人来て、四年目になる県政担当の先輩と宮内庁から戻っていた先輩と「みんスポ」の正井が本社に異動していった。とりあえずイツキが県政も担当するが、いつだってとりあえずがなし崩しに正規に変わっていく。

最も大きな仕事は、七月の参議院選挙の取材だった。四月からの売買税《ばいばいぜい》スタートに加え、ニクルト事件にからんで首相が辞任決断に追い込まれたことで、安国保守党の支持率は暴落していた。対する野党第一党の労政党《ろうせい》は、迫力のある女性党首が旋風を巻き起こす。舞山選挙区はそれまで保守系が二議席を占めていたものの、イツキの取材では労政党の議席獲得もありえそうだった。そのような情勢分析の記事を書いたら、「バカやろう、そんなはずあるわけないだろ」と支局長から叱られ、デスクではなく支局長が記事を直した。なるほど、こうなってるわけかと、イツキは仕組みを理解した。

選挙結果はイツキの予測したとおりだった。開票速報をテレビで見ながら、労政党の大勝ぶりに支局長とデスクが次第に無口になり、舞山選挙区でも早々に労政党候補の当確が出ると、支局長は「鬼村の読みが正しかったってことだな。ご苦労さん」と当てつけるように大声を出した。

数日後、支局長から小料理屋にてサシでねぎらわれた。正直、鬼村は記者として物足りないと思っていたが、人にはそれぞれ得意分野っていうのがあるんだな、こないだの各社支局長懇談会では、真実新聞の支局長から、県政はまだ二年目の記者が一人で担っていてなかなか優秀らしいね、と声をかけられたぞ、と言った。イツキが、マサミとかは県政だけで五人いるじゃないですか、あっちから見れば二年目で一人でやってるってだけで、できるんじゃないか、ってことになっちゃうんですよ、マサミの同期から言われましたもん、鬼村って案外やり手なのな、って。

すると支局長はイツキの頭をはたく真似をし、「バカ、勘違いするな。マサミから声がかかったりしても移るんじゃないぞって忠告だ。三年前にも引き抜かれてるのは知ってるだろ。マサミはな、他社から引き抜いた記者の大半を地方要員に当ててるんだよ。あそこは外様《とざま》と生え抜きとの間の垣根がものすごく高い。何でだかわかるか?」

「偉そうだからですか?」

支局長は大笑いし、「そりゃそのとおりだけど、意図があるんだよ。他社のできる記者つぶしだ。飼い殺しときゃ、優位が保てるだろ」と説明する。

「へえ」とだけイッキは言った。

「だから甘い夢見るなってことだ。ウチは放任だからな、記者が一人前になるのが早い。鬼村に関しても今回それを実感した。俺ら上司の見方なんか気にしないで、自由にやってくれ」

支局長は三年前の失態を繰り返すことを恐れて、釘を刺したのだろう。支局長なりに瀬戸際なのだ。

もう一軒行くぞ、と連れていかれたのは、フィリピン・パブだった。支局長の行きつけらしく、やたらともてなされる。支局長はしばらく上機嫌でフィリピン人のママと際どい冗談を交わしあい、ボトルを入れてイッキにもママにも飲ませた。次第に酔って口の悪くなってきたママは、突然イッキに向かって、「おまえ。そんなんじゃ、人間ダメ。おまえはダメ。わかってる?」と批判を始める。

「え、何の話ですか?」とイッキが戸惑うと、「そーいうとこがダメ! ふざけんな」と怒鳴る。

支局長はニヤニヤしながら黙ってこちらを見ている。

「どこがダメなんですかね。ダメなところだらけですけど、自分じゃ全部はわからなくて」

「ふざけんな! バカにしてるだろ。ぶりっ子。本音で話しなさい!」

イッキにはわけのわからないまま延々と罵られ続け、タクシーで帰宅した後は理由もわからずひどく落ち込んだ。きっとああいう百戦錬磨みたいな人から見たら、自分は気取って正体を見せないいけすかない人間なんだろう、だから人生うまくいかないんだろう、それをズバリ指摘してもらったってことだ。酔って朦朧とした頭で自分を卑下し、そんな後ろ向きの自分をさらに卑下する悪循環に陥って、イツキはよく眠れずに朝を迎えた。

珍しく早めに県庁の記者クラブに行くと、テレビのある共有スペースのソファで、県警キャップの佐藤さんが寝ていた。県警クラブのベッドが空いてなかったから、こっちに来たという。昨夜の話を少しすると、ああ、とうなずく。

「鬼村もやっと認めてもらえたんだな。支局長は新人に合格を出した印に、あそこに連れてくんだよ。早野《はやの》は去年の秋に連れてかれたって言ってたぞ」とイツキの同期の名を出し、「あそこのママは支局長のコレだから」と小指を立てる。そして大きく伸びをして、「いいよなあ、県庁のクラブ、殺伐としてなくて。オフィスって感じだよな」と言った。

確かに県警のクラブは各社のブースが長細く仕切られていて狭苦しく、社と社の間には高い衝立があり、監禁されている気分になる。隣の真実新聞のブースからは、県警キャップが「マサミの誇り」を若手に説教している声がよく聞こえてくる。対して県庁のクラブは、オープンなスペースに各社が島のように机を寄せているだけで、見通しがよい。

「鬼村は、田坂《たさか》さんからもう裏ビデオのコピー、もらった?」

「いえ、もらってないです」

田坂さんはイツキと机を向かい合わせている國民日報の系列テレビ局の記者で、県警本部の捜査四課に入り浸っては押収された違法ビデオのおこぼれをもらって、自分のデスクで鑑賞しているのが常だった。頼めば快くダビングしてくれると、佐藤さんは言う。

「佐藤さんは事件が解決したら本社異動ですかね」とイツキは話題を変えた。

「そう。解決まではいてくれって言われた。俺も最後まで見届けたいから、それはいいんだけどね、俺も一回は市政か県政、やってみたかったなあ」

「佐藤さんは事件ものが得意すぎたから、配置換えしにくかったんでしょ」佐藤さんは県警クラブでも圧倒的な特ダネ事件記者だった。

「こんな大事件なければ、市政やってたよ。だって俺、福祉行政を勉強するためにデンマークに留学して修士号まで取ったんだぜ」

「ええっ！　そうなんですか？　知らなかった」

「鬼村、人に関心ないから、聞いてこないもんな。まあ俺もその勉強を活かせてなくてモヤモヤしてるから、あんまり言わないようにしてるしね」

「人は見かけによらないもんですね」

「でも、事件やってると、何か福祉の現場と重なるんだよなあ。福祉につながらなかったから事件になったんだなって思うこと、よくあるし。だから、こんなデカいヤマ、担当できなかったらそれはそれで悔しかっただろうから、記者として文句はないよ。いやほんと、鬼村には申し訳なく思ってるよ。せっかく鰻和に赴任して巡りあわせたのに、事件から外して、他の記事、大半書いてもらって。鬼村に経験させなかったことだけは俺の後悔だよ」

「デスクが決めたことですから」イツキはそれで助かったと思っているが、さすがにそうは言えない。

「俺がデスクに進言したんだよ。デスクは新人を全員投入したがってた」

あれだけ佐藤さんに言われても警察取材はサボったのだから当然だな、とイツキは内心で苦笑いした。

連続女児誘拐殺人事件の犯人が捕まったのは、八月だった。イツキは前日から夏休みをもらっていたが、ポケベルで呼び出され、休みは吹き飛んだ。若手全員が警察取材に駆り出される中、イツキはまたしてもその他の記事や雑用をすべて任された。全員が疲労困憊の夏だったが、これで終わった、もう女児は誘拐されないのだ、という安堵が、皆に安らぎを与えてもいた。

報道合戦が熾烈をきわめていた九月末、イツキが泊まり番の夜に、安農で取材をしていた「みんスポ」の正井が久しぶりに顔を見せた。

「俺もう安農部所属だから。事件の現場や遺族取材もして、例の狂信集団の取材もして、安農に住んだほうが早えよ。ほんと、心壊れないでいるのが不思議なくらい。世間では終わった事件かもしれねえけど、遺族は遺族であることを終わることはねえんだよ。ちっちゃい子どもが殺されてもう存在してないっつう現実は終わらないから、一秒ごとにずーっといないままなんだよ。現場行くとそんな現実を突きつけられて、俺もしんどい。衣沢通信部の二浦《にうら》さんとかも、何か鬱っぽくて眠れないって言ってたし」

正井がヘビーな愚痴をこぼしていると、デスクが夕飯から戻ってきた。朝刊社会面で連載している連続女児誘拐殺人事件を深掘りする企画に、明日は佐藤さん執筆の回が掲載されるため、最終版の降版まで残っていなくてはならないのだ。

三人で雑談をし、さらに花札を始めたところで、佐藤さんも現れた。地検の次席検事と飲み麻雀をしてきたと言って、だいぶ酔っている。

「お、正井、おとといのみんスポの記事、読んだぞ。ツウのための西縄口フーゾク情報」

「まさかそんなの読まれてたんすか」

「読むよ。県警本部で話題になってて、教えてもらった」

「ひえー。俺、お店に迷惑かかる書き方、してないっすよね?」

「大丈夫だろ、四課でも生安《せいあん》でもみんな面白がってたから」

「俺にも秘蔵の店、教えてくれよ」おとといのみんスポを引っ張り出して読んでいたデスクが、タバコの灰を床に落としながら、正井にねだる。全員がタバコを吸うので、支局内の空気は霞み、床は粉っぽい。

「もちろんすよ。本番もできるピンサロとか、書けない店、いっぱいあるんで」

「よし、今から行くか」佐藤さんが声を張り上げた。

「本気か、おい」デスクが笑うと、「本気ですよ。いいじゃないですか、事件解決の打ち上げですよ。溜まりに溜まってたのを、ドバッと打ち上げちゃいましょうよ!」と無邪気に嬉しそうに言い、デスクもつられて「イキそうだから行くか!」と盛り上がる。

佐藤さんはすぐさま県警の当直に電話をして、何かあったらポケベルを鳴らしてくれるよう頼むと、「よし、花火、盛大に打ち上げるぞ」と号令をかける。

イツキが見送るつもりで泊まりの格好のまま「ごゆっくり」と言うと、佐藤さんは目をむいて「おまえも行くんだよ。じゃなきゃ、当直にお願いなんかしねえよ」と促すので、「自分はいいです」と断る。

「鬼村な、俺、聞いたよ、フィリピン・パブのママから。あの子は人に腹を割らないから、誰からも信用してもらえないって。こういう態度のことを言ってるんだよ。殻を破れよ」

「何で佐藤さんがあの店に行ってるんですか」

「事件解決お疲れさまってんで、支局長が連れてってくれたんだよ。じゃなくても、俺は自腹でたまに行くの」

正井が支局の車を運転して、西縄口に向かった。イツキは逮捕され連行されている気分だった。店に入ると、責任を感じているのか、正井が「俺が出すよ」と言ったが、イツキは無言で金を払った。

仕切られた薄暗いブースに案内され座っていると、下着姿の女性が現れ、「マヤでーす」と自己紹介した。暗いのと顔を上げられないのとで、イツキには相手がよく知覚できない。この手の店は初めてだと言うと、丁寧に教えてくれる。飲み物を飲んでいるうちに、腰掛けたまま下半身をむき出しにされ触れられ含まれる。しかしいつまでたってもイツキの根は反応しない。イツキはガラス越しに自分を見ている感覚だった。しばらくすると、交代ですと言って別の女性が続きを行うが、変化はない。

時間ですと告げられ、イツキが店を出ると、すでに三人は外にいて、「吸い方がエロくてよ」とデスクは興奮しながら具体的に描写し、佐藤さんは「女の子もその気になっちゃってさ、本番しちゃった」と小声で告白し、「マジかよ？　さすがキャップは違うな」とデスクはうらやましがり、正井は「ご満足いただけたようで、ほっとしました」と幇間《ほうかん》のような口をきく。

イツキは愛想笑いを顔の表面に張りつかせているが、誰も話を振ろうとはしない。ここにきて気を使うくらいなら最初からほっといてくれればよかったのに、なぜ自分はここにいるんだろうと、依然として魂が体から離れたような感覚で思うが、こんな目にはもう何度も遭ってきたのであり、その風俗バージョンを仕事として一種の体当たり取材したということだと、記者になって使うようになった思考法で忘れることにした。

正井とデスクはここからタクシーで自宅に帰るというので、イツキが支局車を運転した。佐藤さんは助手席でイビキをかいていた。

県庁の記者クラブで、イツキの机の左隣の島は真実新聞だった。半年ごとにクラブ加盟社が持ち回りで担当する幹事社に当たっていて、マサミと懇意にしている革新系無所属の花山《はなやま》県議が、県政キャップと何事かを相談している。黒板の予定を見ると、花山が同席したであろう「県政にオンブズマン制度導入を求める市民の会」の記者会見が、今しがた終わったらしかった。

その会は、県政の透明性を高めるために外部からチェックするオンブズマン制度を求めて、県にさまざまな情報公開請求をしては、その対応がどうだったかを記者会見で明らかにしているのだった。イツキも県政に移ってきた当初は小さな記事にしていたが、次第に冷淡になって会見に出るのをやめた。会の人たちの「当局の隠蔽」「徹底追及」「断固反対」「糾弾していく」といった用語体系を聞き続けていると、神経を逆撫でされるのだ。

自身が市民運動家である花山議員は、市民団体とのつながりが豊かであり、インフルエンザ予防接種で死亡例を含む重篤な副作用が出ているのに公にしないまま学校で集団接種されていることに反対する市民グループとか、鰻和市東部の自然を守る会とかを、記者クラブにつないで会見に同席していた。どの人たちも同じような用語を使い、中には複数の活動に関わっている人もいる。マサミのキャップはそれらの問題を県版で企画記事にして、運動を援護射撃していた。

花山議員はマサミのキャップに、情報公開関連の会見に新日本新聞の記者が出席したいと言っているのだけど、認めてくれないだろうか、と相談しているのだった。新日本新聞は人民共和党の機関紙であり、県政クラブには加盟していないため、クラブ主催の会見には出席できない。キャップは、「俺の一存では決められないからなあ。クラブ総会を開かないと」と言った。

午後イチで開かれた総会は、多数決を取るだけかと思いきや、記者クラブの意義とは、みたいな議論になって、各人が一席ぶつものだから一時間以上かかったあげく、予想どおり新日本新聞の出席は却下された。

イツキはすべてをバカらしく虚しく感じた。クラブ総会は茶番にしか思えない。オンブズマン制度は必要だし、インフルエンザ予防接種の問題もきちんと検証すべきだと思うのに、あの人たちとは関わりたくない、と後ろ向きの気持ちになる。

秋に夏休みの代休を二日だけもらったとき、イツキは曲野《まがの》県に行って曲野支局の宗田虎太郎と飲み、この話を打ち明けた。

「何で拒絶感を覚えるんだろうって考えてるんだけど、もしかしたら私が國民日報の体質に染まったせいかもって気もしてきて。コタローにはそんなこと、起こらない？」

コタローは腕を組んで眉間に皺を寄せ、「市民団体の言葉遣いが受け入れられないだけだろ？それはアレだ、俺たちが学生時代にさんざん立て看とかで見てきた、過激派とかの常套句だからじゃないのか」と考え考え答えた。

「過激派」という言葉に、イツキはコタローを凝視してしまった。正井の悲痛な訴えが頭によみがえる。自分もあちら側に入りかけたことを思い出す。セクトではないが、カルトの一員。自分たちが正義だというあの感触に拒否感を抱くのは、カルトにはまりかけた忘れたい記憶を呼び起こされるからではないか。

でも國民日報の論説なども、自分たちの正しさをこれみよがしに突きつけている。その態度においては、どちらも変わりはない。それなら、内容的には共感できる市民グループやマサミのほうがマシなはずなのに、より強い軽蔑を感じるのは、どうしたことか。

「コタローは今でも、國民を辞めてマサミとかに移ろうって思ってる?」

「あたりまえだろ。こんなとこに長居はしない。早ければあと一年、遅くとも三年以内に移る。カノジョとの結婚もそれまでおあずけだからね」コタローには、学生時代からつきあっている証券レディーのカノジョがいる。

「でもさあ、ウチは人が少なくて、記者が自分で勝手に育たないとやっていけないいじゃない。だから、早くから一人前にさせられるでしょ。成長は早いと思うんだよね」

「それは言える。俺も自信持って言える。客観的に見て、同業他社の同期と比べたら、俺のほうが使える。数少ない、國民の長所かもしれない」

「何か、マサミとか、どんよりして見えるんだよね。県警のキャップは中途採用で来た中堅なんだけど、若手にずっと『おまえら腐ってもマサミの記者なんだからな。みっともない真似すんな』みたいな説教してるし。マサミの同期のやつに、BGMみたいに言われ続けてイライラしない?って聞いたら、キャップは年食って移籍してきたやろ、本社に上がれるかどうかもわからへんから、誇りがこむら返り起こして鬱屈してんねん、気の毒やなて思うと腹も立たんわ、とか言うわけ」

「感じ悪いやっちゃなー」

「でしょ？　上司も上司なら、部下も部下。上のほうから累積したプライドが新人記者にのしかかって、おかしくなってるんじゃないかと思ってしまう」

「ウチじゃそんなプライド、持ちようもないもんな」

「そう。マサミの記者は誇りを拒めないんだろうね。自分たちもそれを抱えて入社してるから」

「そういう意味では、マサミからスタートしなくてよかった。こうして外からマサミの問題を見ることができた俺たちは、免疫ができるもんな。これは俺のウリになる。そもそも俺と鬼村って、記者っぽくない記者だろ。そこを見込んでウチの社は俺たちを採ってくれたわけだ。その点は見どころあるよね。俺たちのウリは、まわりに染まらないってところ。マサミにも、マサミっぽくない記者が必要だろう」

　イツキはコタローの記者っぽい自認に対し、疲労を感じた。「これでもまだマサミに移りたいって思うんだ？」

「いくら欠点があっても、ウチよりはずっとまともだよ？」

「そうだとは思うけど、どこ行っても同じかなあって気もする」

「やっぱり鬼村はちょっと國民に洗脳されかけてるかも」

「ほら、やっぱりそう思うでしょ。それが現実なのかもしれない」

「若手には右派のプライドはないけど、年配の記者はゴリゴリのタカ派が多いだろ。ウチの県政の記者も、県議会で安保党の議員と一緒になって労政党の県議にヤジ飛ばしてたっけ。長居するとああなってくんだと思うよ。だから、長居しないことが肝心。鬼村も気をつけたほうがいい」

そんなことわかってる、と言いたかったが、とどまった。染まらないことがウリだと思えているコタローには、通じないだろう。「染まらない」と思えるのは、錯覚にすぎない。何人も環境にまったく染まらないでいることはできない、と今のイツキは苦く自覚している。

コタローと話して、イツキは自分がこの会社にいる理由も辞める理由も見失っていることを理解した。ああ、こうやってたいていの人は選択を失って、会社に身を埋めていくんだな、と実感した。


秋も深まると穏やかな日常が戻り、政治好きの後輩に鰻和市政を任せ、イツキは県政に専念する。いつものように記者クラブで配布された資料に目を通していると、新しく配属になった真実新聞の伊達《だて》さんという女性が、自分の机に置いた財布ぐらいの画面のテレビを食い入るように見つめ、「わっ、ついにベルリンの壁が壊される」とつぶやいた。イツキも席を立ってテレビをのぞき込む。何人もの若者が壁の上に乗って、ツルハシのようなもので壊している。

「自分が生きているうちにベルリンの壁がなくなるとは思わなかったな」と伊達さん。

「冷戦、終わるのかあ。ハリウッド映画の悪役は今後、どこの国になるんだろう」イツキが言うと、伊達さんは「宇宙人じゃない？」と笑った。

「何かさ、あたし性格悪いから、壊してるのは壁じゃなくて、パンドラの箱かもとか思っちゃうんだよね」

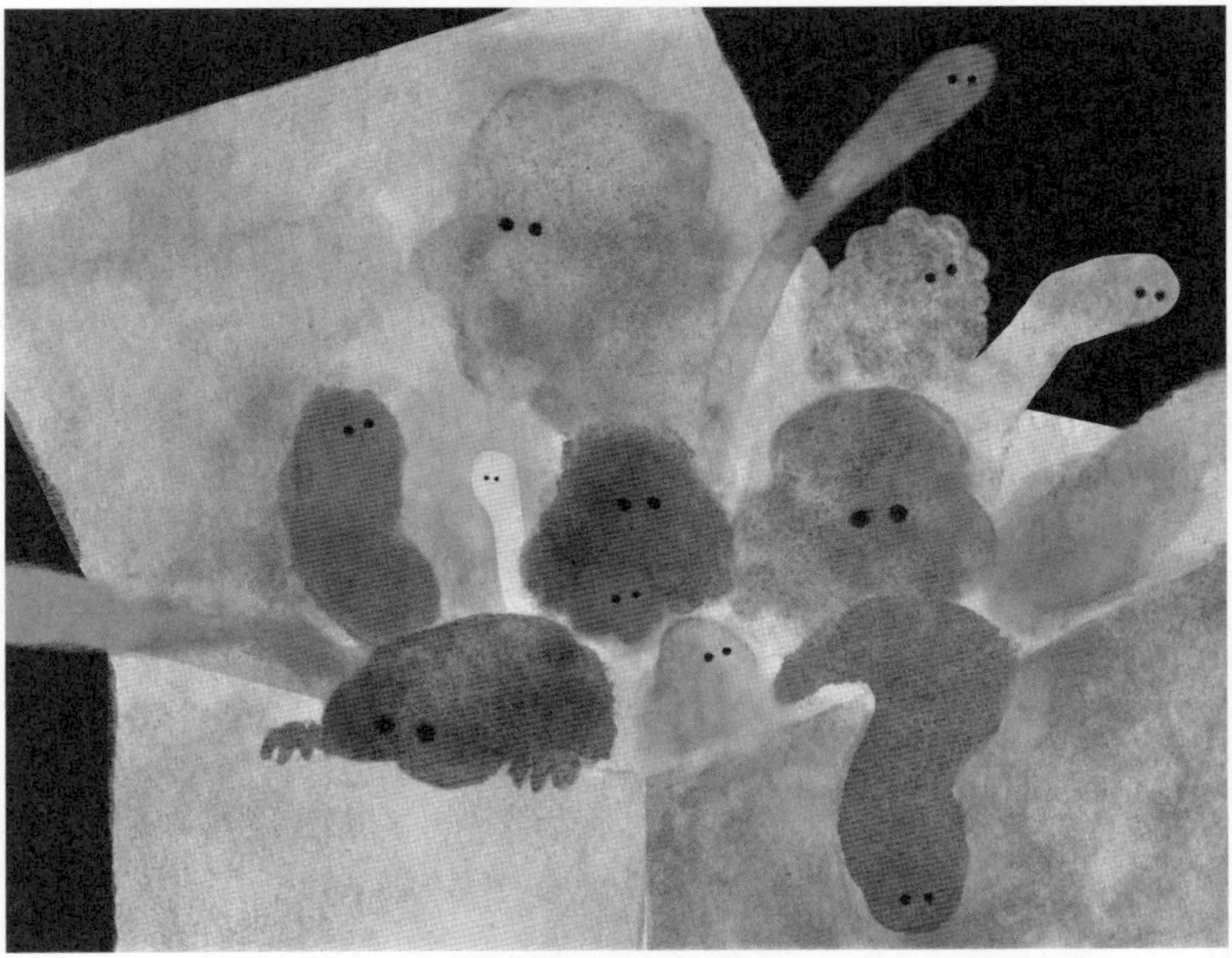

「壊さないほうがいいってことですか?」

「ううん、もっとメチャクチャになれって思う」

イツキは伊達さんとは話せる、と直感した。

「冷戦が終わって対立は減って世界はよくなるとか、私なんか思っちゃうけど、甘いですかね」

「よくはなるでしょう。でも、冷戦という氷に閉じ込められてたいろんな不満や問題の種も、全部芽吹いてしまうと思うんだよね」

「例えば?」

「全然わからない。でもあたしたちも振り回されると思うよ。これまでの感覚で世の中が動いてくと思ってると、足すくわれると思う。古い現実に縛られないで見ないと、間違った報道になっちゃうんじゃないかな」

イツキは皮肉な笑いを浮かべ、「ウチはどんな変化があっても、現実の見え方は変えないですから。そこはブレない社なんで」と自嘲的に言うと、「それはこっちも同じ」と伊達さんもヒソヒソ声で言う。

「そっか、そうやって古い価値観のままの人間は取り残されて、淘汰されて、時代はいよいよ動くんですね」

「時代が動くとか、そういう言い方こそ古い価値観のにおいがするから、やめようよ。細かいところで異議を唱える人が増える、くらいの感じかな。氷が溶けて不満の種が芽吹いて、もう黙らない人が出てきて。それを見落とさないようにしていきたいもんだよね」

ゴルバチョフが登場して以来ずっと続いている冷戦構造の崩壊を、イツキはどうせ何も変わらないという気分で冷ややかに眺めていたけれど、伊達さんの話で初めて、何か自分にもプラスになるのかもしれないという感覚を手にすることができた。

伊達さんはイツキの一期前の入社で、マサミの新人は支局を二か所回るため、山形支局に二年半ほど勤めて、鰻和に異動してきたという。

実際に世界史は変化していた。東側諸国は独立が相次ぎ、共産主義を放棄し、南アフリカではマンデラが釈放され、日本では労働組合が大合併して連合を結成し、長崎の保守系の市長が昭和天皇の戦争責任を口にして右翼に銃撃された。

そんな中で行われた、一九九〇年二月の総選挙は、売買税の影響もあって安保党が支持を失うと思いきや、圧勝して安定多数を確保し、労政党以外の野党は敗北した。

イツキは鰻和市を地盤とする安保党の候補二人に密着取材した。同じ党ながら同じ選挙区ゆえに仲の悪い安保党議員というのは、全国どこでも見られる構図で、それがどのようなものなのか知りたかったのだ。

だが、ここで事件が起こる。元大蔵官僚の米本敬議員の妻、米本麻代《まよ》が公示直前に、隣接する他の選挙区から無所属で立候補を表明、公約として売買税廃止を掲げたのだ。たまげたのは有権者以上に安保党で、米本は妻すらもコントロールできない、そんなていたらくで党のこの難局を乗り切れるのか、と批判が相次いだ。「麻代の下剋上」と言われ、二人は一躍注目されたものの、いずれにもプラスには働かなかった。

敬は逆風にあえぎながら時に涙を流して、議席を守らせてください、改革を実現する力を与えてくださいと頭を下げ、妻の出馬にはいっさい触れない。麻代は、選挙民の意思を理解しない安保党は原点に戻れと批判し、夫は原点に戻る改革を志しているのであり、自分の立候補は協力するためであって足を引っ張っているのではない、邪魔をするつもりなら同じ選挙区で出る、と説明した。麻代がそう力説すればするほど、米本は魔性の女に洗脳されて、改革という美名で安保党を壊そうとしている、と保守系の支持者は解釈した。そのような見方を有権者に吹き込んだのが、敬と犬猿の仲であるもう一人の安保党候補、名倉総太郎だった。

どちらの候補も、労政党に風が吹いていると感じているから、必死だった。朝から晩まで、十五分とか三十分刻みで支持者の小さな集いに顔を出しては、腰をかがめ深く頭を下げてひとこと挨拶し、涙を流さんばかりの顔で握手して回る。取材のために支持者の横にいたら、イツキまで手をつかまれ握手されたことが数回あった。

一人で運転してついて回り候補者や支持者の話を聞いていくので、イツキは途中で疲れ、集会場の中には入らずに外で待っていたことがあった。終わって出てきた米本敬候補は、「記者さんも疲れてるんだろうけどさ、どんな決定的な一言や場面があるかわからないんだから、逃しちゃダメだよ。きつくても一緒に中に入らないと。わかってほしいのは、それほど疲れてても候補者は懸命に訴えてるって、その感覚なんだよ。密着取材って、それを体感するためじゃないの？」とイツキに言った。イツキは顔から火の出るような思いで、礼を言った。

集会には、千鳥市議や益田市議ら、敬候補の系列の市議や県議が同席することもあり、そのたびに益田市議からは「鬼村さん、期待してっからよ。またうちの看護婦さんとカラオケ行こ」と手を握られた。

選挙も終盤に入ってイツキの疲労もピークに達してきた夜のことだった。南鰻和の家の近くで、深夜まで開いている国道沿いのリンガーハットに入ると、「あれ、鬼村さん」とカウンターに座っている男に声をかけられた。名倉候補の地元秘書の一人、島川《しまかわ》さんだった。

「お疲れっす。島川さんもこの時間に店じまいですか」

島川さんはうなずき、「もう毎晩ここのちゃんぽんか皿うどん。いくらうまくてもさすがに飽きた。でもこの時間、ここしか開いてないでしょ」とぼやく。

「政治家する人は体力あるから平気なんでしょうけど、秘書さんが倒れたりはしないんですか」

「それで辞める人、けっこういるよ」

「でしょうね」イツキは米本敬候補から、疲れていてもサボってはいけないと諭されたことを話した。

「鬼村さんは國民さんの記者だし、そのうちヨネ先生から声かかったりするんじゃないですか」

「名倉さんの秘書がそんな冗談言っていいんですか」

「いやあ、ヨネ先生は若いし期待されてるから、自分の味方を増やすために労を惜しまないじゃないですか。ウチの先生は能力高いけど、人には無関心なところあるからねえ」

「そこは秘書さんのがんばりどころじゃないですか」

「そうなんですけどね」と言って、島川さんは下を向いてしまう。

「どうしたんです？」

「何て言うかな、三十越えても関取になれないで、幕下の下位のほうをうろうろしている力士っていますよね。その力士の気分、わかるなあって」島川さんはため息をつく。

「関取になりたかったんですか」イツキはわざとボケる。

「ぼくも一応、政治家目指して秘書始めたわけですけど、もう無理なのはわかってるんですよね。市議でも何でも、議員になるやつってのは、はなから議員になれる素質を持ってるんです。見ててわかります。『アマデウス』って映画ありますよね。あのサリエリの気分っていうのかな。他人の才能はわかるし、自分にその才能がないこともわかっているのに、まだここにいるっていうね」

「どうして政治家になろうと思ったんですか」

「鬼村さんはどうして記者になろうと思ったんですか」島川さんに質問で返される。

いや、何て言うか、と口ごもっていると、「ね。簡単に説明できる理由なんかないんですよ。理由はあるんだろうけど、実際にその仕事をしているのは、なりゆきだったりもするわけです」と禅問答のようなことを言った。

「でも、目指してたって言いましたよね？」

「例えば、いわゆる御三家の私立校に入ったとするよね。そしたら東大を目指すじゃないですか。はなから狙いは日大、とか思う子はいないでしょ。御三家の世界では、誰もが東大を目指すものだから」

「まあ、そもそも御三家を受験するっていう時点で、東大を目指してますよね」

「ぼくが政治家を目指したのも、そんな感じ」

「政治家志望がまわりにたくさんいたと？」

「ぼくの時代は革命家志望だね。ぼくも革命をするつもりだったんです。尊敬する人は、今でもフィデル・カストロ。古田足日《ふるたたるひ》の『海賊島探検株式会社』って児童文学、知ってる？」

「『宿題ひきうけ株式会社』は好きでしたけど」

『海賊島』に『にせカストロ』ってあだ名のキャラクターが出てきて、あれでカストロにイカレちゃってね。でもちょっと時代に遅れたんで、学生時代にそういう組織に入ってみたら、黒い経歴がついてしまった。それで仕事にも就けなくてふらふらしているところを、地元の商店会の友達から、代議士の選挙のお手伝いしてみないかって誘われて、出入りしているうちに常連になって、秘書として雇ってもらって、そしたら議員になろうって燃えてるやつが多くて、感化されたってわけ」

「安保党の先生のお手伝いなんて、元革命家志望者としては抵抗なかったんですか」

「ないっちゃあ、嘘になるよね。でもそれ以上に、失望してたんだよ、何もかもに。革命に対して冷淡だった世間と、口では民衆民衆って言いながら巷《ちまた》の人のことなんか眼中にない組織の連中とか。それで、憂さを晴らすようなつもりで飛び込んだ。まあ、ある種、自分を傷つける行為だよね。それくらい自棄《やけ》になってた。怨念を晴らす気分で、憎《にっく》き安保党の議員になって見返してやるって、執念を燃やしたんだね」

「すごい変転ですね」

「いやいや、案外と少なくないのよ、これが。左派でこじらせて保守系に転じるやつ。逆はあんまりいないけどね。じつは鬼村さんもそうだったりしない？」

「いや、私はもともと、記者になろうと思ったことなかったんで」

「最初から國民さん志望だったの？　思想的に問題なかった？」

「いや、大いにありました」

「そうか。じゃあ、ぼくの気持ちもわかるってか。秘書や議員の誘いが来たら、いいや、やってしまえって気分、あるんじゃない？」

「だめですよ島川さん、探り入れないでくださいよ」

この晩がきっかけとなって、島川さんとはたまに夜食をとりながらおしゃべりするようになった。互いに差し障りのない範囲で愚痴をこぼしあうのだ。安保党の両候補とも当選した後にイツキが、「議員秘書の森」という、さまざまな議員の秘書に自分を語ってもらう連載を書いたのも、島川さんの話が面白かったからだ。イツキは議員たちには興味がなくて、議員のまわりで働く、島川さんの言う「素質のない」人たちのほうに関心が向くと、はっきり悟った。自分に通じている気がしたから。

初回が掲載された日、伊達さんは真っ先に評価してくれた。イツキは「伊達さんが、ベルリンの壁が崩れた今、大きなくくりじゃなくて細かい不満に耳をすますのが大事って言ってくれたから、見えてきた企画です」と、正直に言った。

「あたし、そんなこと言ったたっけ？」

「マジですか。忘れるようなどうでもいいアドバイスだったんですか」イツキが大げさに嘆いてみせると、「ほんとに言ったとしたら、案外いいこと言うじゃん、あたし」と一人でうなずいている。

そこに地元紙のベテラン政治記者が現れ、「秘書特集、いいとこに目つけたな。評判いいよ」と声をかけてくれた。そして、「今晩、箸田《はしだ》先生がいつものやつ、やるから、國民さんにも声かけといてって言われたけど、どう？」と小声で尋ねる。「いつものやつ」のときに盃を傾ける仕草をする。イツキは「行きます」と答える。

「今日は総選挙取材お疲れさんってことで、箸田先生がご自宅に招いてくださるっていうから、タクシーで分乗していこう」とベテラン記者は言いおいて、他の記者に確認に行く。

伊達さんはイツキに、「箸田の、行ってんだ？」と怖い目つきで聞く。

「ええ、何ごとも体験だと思って」イツキはやましさを押し殺すように言い訳する。

箸田県議は安保党県議団の幹事長で、県選出の国会議員よりも力を持ち、県の安保党を牛耳っている地元の主《ぬし》だった。黒い噂も数知れず、どんなににこやかでフレンドリーな態度でいても、目がまったく笑わず相手を射すくめる威圧感を持っており、その怖さに逆に取り込まれてしまう。冷酷なヤクザに懐に入れてもらうと、恐怖が反転してすっかり従順になってしまうように、恐怖をうまく支配に使う政治家だった。県政クラブの記者にピンポイントで声をかけ、選ばれた者という意識を植えつけ、定期的に懇親の夕食会を開いている。もちろん、全額箸田持ちで。

最初に誘われたとき、イツキは怖いもの見たさで参加した。鰻和の料亭で、地元紙のベテラン政治記者が片腕のように仕切る。帰りには、手土産にまんじゅうとガラス製の灰皿を持たされた。

こういうのはまずいのではないか、とイツキは思ったが、これを拒否してクリーンでいても政治は取材できないとも思った。本当に拒否すべき癒着のポイントはまだずっと先にあるから、この程度は大丈夫だ、と判断した。各社の責任者も必ず参加しているし、真実新聞とて県政キャップが出席している。

伊達さんはイツキから目をそらさず、「もう体験したからわかったでしょ。それでも行くんだ？」と追及した。伊達さんの目は笑っておらず、人を逃さない。箸田と拮抗しうるまなざし。選挙取材でも、中央から応援に来た派閥領袖を不意打ちしようと待ち伏せていたら、伊達さんと鉢合わせし、互いにお先にどうぞと譲り合って、イツキはこのまなざしに射すくめられ、伊達さんに譲られ負けたのだった。後から聞くほうが、先の者が何を取材したか探ることができる。

「やめたほうがいいですかね」とイツキは弱気に言った。

「それは自分で決めることだから。あたしはキャップには、こんな馴れあいは蹴っぽれって言ってるけど」

「安保党の取材が難しくなりませんか。嫌がらせされますよ」

「してきたら、記事にすればいい。そういうやつだっていう事実を、あっちから引き出せばいい。苦汁を飲まされて暴露したい関係者は、いっぱいいるはず」

イツキにはそんな発想はまったくなかった。端的に、政治家になる人を嫌悪しているから関心もなく、そんな連中の汚い手など、どうでもよかった。そんなやつをのさばらせている支持者、有権者の問題だと思っていた。

これほどまでに自分は政治報道の体質に同化しているのかと痛感させられ、イツキは分岐点にいることを実感した。このままでは本当に、いかにも手練れな記者めいたものになってしまう。伊達さんのような人が「素質のある」記者なのだとしたら、イツキはいつまでたっても記者にはなれないということも、自覚した。記者なるものの慣習に染まって記者ごっこをしている、國民日報社のサラリーマンにしかなれないのだ。

「自分がどれだけ無理して自分を偽っているか、今、急にわかってきて、ヤバいことになりそうです。どんだけ耐えがたいか、今晩確かめて、最後にします」

イツキがそう言うと、伊達さんは「いいんだよ、いくら参加したって。自分さえ見失わなければ」と言って、視線を和らげた。

「議員秘書の森」を読んですぐに反応してきたもう一人は、「みんスポ」の正井だった。例によってイツキが泊まり番の夜にふらりと支局に現れ、「連載読んだよ。一皮むけたな」と言った。そして、「俺の企画もスタートしたんだけど、読んでくれてる？」と尋ねる。

イツキが首を振ると正井はひどくがっかりし、「鬼村に読んでもらうためにがんばってるのに、つれねえなあ」と嘆く。掲載紙を開くと、「人生は夢」の調査報道だった。

「こないだの総選挙に東京一区から施肥《せひ》ってやつが立候補したの、知ってるよな」

イツキがまた首を振ると、「ほんとおまえって、こうだよな」と顔の両側に手のひらを立ててまっすぐ前に伸ばす。まわりが見えていないという仕草だ。

「選挙運動は、十数人で着物着て盆踊りみたいに踊るだけ。演説とかなし。あとはひたすら『人生は夢』って延々と復唱する。悪夢みたいに刷り込まれるよ。あまりに異様なんでけっこうニュースになったけどね」

「見たような気もするけど、たぶん無意識に拒絶したんだと思う」

「まあそんなとこなんだろうな。もちろん落選したけど。ちょうどいい機会だったんで、俺もあいつらの実態を暴くキャンペーンをスタートさせたってわけ」

選挙運動の描写に始まり、施肥住人《すむんど》という「ドリームネーム」の由来、学生運動に関わったが逃げるようにしてスペインに留学、スペイン古典文学を学んだこと、そこでキリスト教神秘主義にのめり込んだこと、一族は長崎のキリシタンの末裔であることなどが、丁寧にたどられていて読みごたえがある。

「絞っても一文字も出ないくらいまで書き尽くすから、とうぶん続くよ。訴えられても負けないくらい、徹底して実証してやる」

「夜道とか気をつけてよ」

「わかってるって。俺は、あいつらが在家の信者を半殺しにしたらしいって情報も握ってるから」

「よけい不安になるなあ」

「俺の行動は逐一、企画班のキャップに報告してるし、あいつらにもそれを示してる。細心の注意、払ってるから。それより俺は、鬼村がこの連載を読んで、安心して過去のことだって思えるようになってほしいんだよ」

正井に対して自分は偽りの記者だとイツキは感じながら、うなずいた。


四月になると県庁の人事異動があり、新しい広報課長と雑談をしていたら、日本では数年後にサッカーリーグをプロ化する計画が進んでいるけれど、鰻和にもプロクラブを誘致しようという動きがあって、そのためのイベントが開かれるという話を教えてくれた。

サッカープロ化の可能性は、セミ先生からも聞いていた。記者生活が忙しいしセミ先生のうちからも遠くなってしまったので、社会人になってからはぐりちゃんサッカーにまったく参加していない。去年の夏前にセミ先生に電話したときに、梢《こずえ》はアメリカから帰ってこないし、日本ではプロ化に向かってるんだから、鬼村が練習に来て盛り上げてくれないと、と強引に求められたもののの、応えられていない。

梢は鋸浜女子体育大を留年して、イツキが記者になった年にアメリカの大学に留学し、あちらでサッカーに打ち込んでいた。先日は、今一番好きだというミア・ハムという大学生の選手の絵ハガキを送ってきて、ほんとにすごい選手で対戦して同じピッチに立っているだけで幸せを感じる、イッツキーも一度見に来るといい、と書いてきた。

イツキは、サッカー好きの芸能人チームが新旧日本代表のメンバーとサッカーをするイベントの取材で、会場の大場《おおば》競技場に行った。そこで誘致活動に関わっている人たちに話を聞き、日本サッカー連盟はプロ化だけでなくワールドカップの招致にも本腰を入れていることを知った。

あのケンペスやマラドーナのアルゼンチンが優勝したワールドカップを、日本で開く？　いまだに出場すらできていないのに？

だからプロ化して日本を強くして、ワールドカップに備える必要があるんだと、誘致活動の人たちは力説した。かつて「ブラッディ・イレブン」と名を馳せた名門高校をはじめ、十年前までは全国優勝を重ねるサッカーどころであった鰻和が、最近は凋落していて、ここでプロクラブを誘致できなかったらもう復活は望めない、鰻和からサッカーを取ったら何が残るんですか、「舞山都民」「構うなわ」と揶揄されてわれわれの誇りはどこに行っちゃうんですか、と熱く語られると、南鰻和の住人としてイツキも、この街にはサッカーが必要だという気にさせられる。

県庁の庁内広報紙に記者クラブ加盟社が持ち回りで執筆する「うなぎダンス」というコラムがあり、ちょうど國民日報の順番が回ってきたところだったので、イツキは「舞山にサッカー専用スタジアムを」というエッセイを書いた。プロリーグ発足とワールドカップ招致を重ねて考えれば、サッカーどころの舞山こそが出番である、プロクラブを鰻和に誕生させて、日本で最初のサッカー専用の大スタジアムを建設し、クラブのホームスタジアムとし、ワールドカップの決勝を行うのだ、懸案となっている大杜《おおもり》操車場跡地などうってつけではないか。

広報課長はその記事について、知事がちょっと反応していましたよ、と言った。さらに県議会の安保党幹事長である箸田県議にも、こんな事情がありますよ、とレクチャーしておいた。

七月になると、リーグが中断期間に入ったから一時帰国した、と梢から電話が来た。イツキはひらめき、誘致活動をしているメンバーに、アメリカの大学でサッカー選手をしている女子日本代表の友人を講師として、どこかの中学校か高校で女の子にサッカーを教えるイベントを開けないか、招致活動の一環として記事にするので、と持ちかけた。メンバーがあちこちに手を回して、鰻和の名門の女子高校でさまざまな運動部の子たちを集めて、何とか実現させた。夏休みだからぐりちゃんも呼ぼうと梢は提案し、中学で梢のように男子サッカー部に入っているぐりちゃんも参加した。

梢は始める前に、アメリカのスタジアムをぎっしり埋める十代の女子たちが熱狂している様子と、自分がその中でプレーしている姿を、ビデオで見せた。受講した高校生たちには強い効果があったようで、梢に向ける目の真剣さが変わった。終わった後で、イツキの取材に梢は、「女の子たちには、おとなしくなくていいんだって思ってほしいんです。はじけて感情を爆発させているスタジアムの子を見せてから練習を始めると、みんなの声が出やすくなって、コミュニケーションが多くなるんですよ」と語った。そして、「いい仕事してるじゃん。私のやってることもアメリカに見に来てよ」とイツキを評価してくれた。

しかし、肝心の記事は大幅に削られ、写真もないベタ記事に格下げされてしまった。デスクは「これのどこにニュース価値があるってんだ。ただの鬼村の趣味じゃねえか」と呆れた。

「現役の日本代表選手が鰻和に教えに来たんですよ」

「舞山県の出身でも何でもないんだろ。サッカーなんて、男の代表も誰だかみんな知らねえのに、女の代表って言われてもな。マイナーすぎるんだよ。別の付加価値がないと記事にならねえだろ」

「その価値を作るために、プロクラブを誘致してるんであって、その一連の流れです」

「なら、プロクラブができてからの話だな」

招致活動の人たちに謝り、懲りずにアピールし続けると約束し、梢にもお詫びとともに掲載紙を郵送した。梢は「こんなこと慣れてる。予想してたし。イッツキーが夢見すぎてると思ったけど、水差すのも何だから。記事以前に、私は女の子たちに教える場を作ってくれたことが嬉しかった」と返事をよこした。

お盆休みが終わると、しばらく顔を見なかった真実新聞の伊達さんが久しぶりに現れ、「これ、ベルリン土産」と言って、コンクリートのかけらを差し出した。「ベルリンの壁」

「ベルリンに行ってたんですか！」

伊達さんはうなずき、「ちょっとランチ行こうか」と誘う。行きつけの『ピノキオ』という喫茶店で絶品のアンチョビ・ガーリック・パスタを食べながら、伊達さんは「今月いっぱいで退職するんだよね。それで有休消化して、旅行に行ってきた」と打ち明けた。

イツキの視界はしばらく点滅する。「どっか他に移るんですか」

伊達さんは首を振る。「日曜の上野公園にイラン人がたくさん集まってるの、知ってる？」

イツキは聞いたこともなかった。

「今、イランからたくさん日本にデカセギに来てるんだよね。その人たちの相談に乗るNGOで働くことになった」

イッキにはすぐに理解できる言語ではなかった。「記者は辞めるってことですか?」

「そう。もともと大学出るときからそっちの道、目指してたから、記者のほうが寄り道だったんだよね」

「えー、でも、こんなにできる記者なのに」

伊達さんはゆがんだ笑顔になる。「ありがと。でもあたしには向いてない。NGOを後方支援するようなつもりで新聞社に入ったけど、やっぱり直接、現場で関わりたくなって。そうなったら長居は無用でしょ」

「新聞社じゃ無理だって感じたことが何かあったんですか」

「特別何かあったってより、どうもお門違いの道に入ってしまった感が強くて、スタート地点に戻ろうとね」

「あー、ショックだなあ。私、伊達さんからけっこう影響受けてたんで」

「知ってる。だから、こうして公式のご挨拶じゃなくて、話してる。あたしから一つだけ。鬼村さんも体に合ってない着ぐるみを着ているように、あたしには見える。だから着替えるっていうのも一つの手だよ」

「合ってないかどうかは着てみないとわからないんです」イッキは意想外に強い調子で言い返してしまった。すぐに「すみません、感情的になっちゃって」と謝る。

「ごめんね、余計なこと言っちゃって」

「いいえ、ショックの連続でオーバーヒートしちゃったみたいです。ショックに感じるのは、見な

いようにしてきたからなんだと思います。だから、伊達さんがわかっててショック与えてくださったことは、すごくありがたいです」

「当面、鰻和に住んでるから、またご飯食べよう」

「お願いします。でも寂しくなるなあ」

イツキは梢のことも思い、自分が取り残されているように感じた。そう感じるならアクションを起こせばいいのだけど、例によって、何をしていいのかわからない。まったく場違いに感じた記者の仕事も、少しは自分の感覚を活かしたあり方を見つけ始めている気もするし、去ることにもためらいを感じる。

イツキは九月上旬に夏休みを与えられ、久しぶりに木崎みずき、浜川芽衣《はまかわめい》の元黄昏族《たそがれ》メンバーで会った。年初に馬場記者の紹介で中古車を安く入手したイツキが車を出して、鋸浜ベイブリッジをドライブして、元町でご飯を食べることになった。

みずきは鋸浜支局から半年後に本社の写真部に上がって、本格的に写真記者の仕事をスタートさせていた。一方、二人より一年早く百葉県の地方銀行に就職した芽衣は、社内でカレシができたので来年には寿退社すると言う。

一般職採用の身としては、三年から五年で寿退社しないとお局《つぼね》化するから、間に合ってよかった、と芽衣は明るく語る。

イツキはおめでとうとは言ったものの、芽衣を傷つけないためで、元黄昏族としてはまったく乗れる話ではないと感じたし、みずきもそうだろうと思った。実際、みずきは能面のような顔で「芽衣がよかったって思うんならよかったんじゃない」と言ったきり、ほとんど口をきかない。

大学時代にあったような共感のベースを欠いたまま、ティラミスはどこが美味しいだとか、映画では『あげまん』と『いまを生きる』がよかった、いや私は『悲情城市』だな、『サンタ・サングレ』でしょう、だとか、カラオケなら「たま」か『おどるポンポコリン』だとか、表面的な話題を適当に交わしてお開きとなった。

一週間後の深夜、寝入りばなにイツキは電話で起こされた。みずきだった。時計を見ると、一時を回ろうとしている。

十本木《じゅっぽんぎ》にいるのだけど、金曜の夜でこんな時間になってもタクシーがつかまらない、悪いけど車で迎えにきてくれないか、と言う。

イツキは、アッシー扱いかよと頭にきたが口には出さず、南鰻和から迎えにいくよりタクシー待ってたほうが確実に早い、そのうちつかまるから、と言って寝直した。三十分後に再びかかってきて、絶対無理だから来てほしい、ちょっと二人で黄昏族する必要があるでしょ、と言い、芽衣のことを話したいのだと感じたイツキは、「何もこんな深夜じゃなくても」などと渋るが、みずきは「電話でだらだら話してるくらいなら、早くこっち来てよ」と急かすので、諦めてイツキは車を出した。

一時間後に到着すると、みずきは「悪いね」と言って車に乗り込み、「雨まで降ってくるし、とほほだよ」とぼやいた。

「鶴見だっけ?」

「柏に行って」

「引っ越したの?」

「うん」

「会社から遠くない？」

「いいの、もう辞めるから」

イツキはブレーキを踏んで車を路肩に寄せ、止めた。黙ってみずきを見る。みずきはイツキの視線を流すように窓の外を見ながら、「私も結婚するから」と言った。イツキは叫び出しそうになるのを必死でこらえる。

しばらく互いの深呼吸の音だけが車内に響き、正気を取り戻したイツキは、「どうしてそんな話になるの？　何で結婚と辞めることが結びつくの？」と責めた。

「そんな質問が出るから辞めるの。私が辞めざるをえなくなったわけなんて、想像もつかないってことでしょ」

「そりゃ想像つかないよ。毎日一緒に過ごしてるわけじゃないし、相手もわからないし」

「結局、銀行の一般職と変わらなかった。最初から結婚要員ってわかってるだけ銀行のほうがマシ」と吐き捨てるようにつぶやく。

「お茶汲み扱いってこと？」

「そんなようなもん。本社上がって二年近くになるのに、いまだに先輩カメラマンの雑用させられてるだけ。修業中だから我慢だって思えればいいけど、同期の男子たちはもうとっくにカメラマンしてるんだよ？　私には撮影の仕事なんか、ひと月に一、二回あればいいほう。それもたいていは、人手が足りなくて代役みたいなのに行かされる。去年の夏は、私も連続女児殺害犯の自宅に張りつかされたんだよ」

「知らなかった。連絡くれればよかったのに」

「イツキは事件担当じゃないから、鰻和からわざわざ現場に来ないでしょ。それで現場にいたら、他紙のおやじカメラマンから、禁欲して長丁場を耐えてるのに若い女がいたら心乱れるから、男のカメラマンと代わってくれ、俺を犯罪者にしないでくれよ、って冗談言われた。はっきり言って、殺意が湧いた」

「ひどいな」

「そのときぎりなら、怒ればいいんだよ。でも、毎日、私だけ助手扱いされて、現場に出たらそんな目にばっかり遭って、私は居ちゃいけないらしい」

「部長とかに掛けあってみた？」

「部長にもデスクにも局長にだって、何度も言ったよ。先輩の要子《ようこ》さんにも愚痴を聞いてもらった。でも、みんなどうしたらいいのかわからなくて、写真部の男たちは慣れてないから、受け入れるのに時間がかかってるだけで、もう少し長い目で見てほしい、みたいに言われるわけ。じゃあ、その時間、私の年齢はドブに捨てろってことかよ！」

イツキは「柏のほうに行くね」と言って、地図で道順を確認すると、車を発進させる。

みずきは落ち着きを取り戻すと、続けた。「記者の女の先輩も、結婚して辞める人多いでしょ。そのたびに私の命が縮まっていく気がする。それしかないんだな、って思う。記者続けてる先輩女子は、大半が結婚してない。結婚してても子どもはいない。もちろん例外的に結婚してお子さんもいる大貫《おおぬき》さんみたいな記者もいるけど、例外的にお相手に理解があって分業体制が取れてるって話。そんなの、奇跡みたいなもんでしょ。奇跡任せって、おかしすぎる」

「もっと前から話してくれればよかったのに」

「話したって変わらないでしょ。イツキが何かしてくれるの？　イツキに私のこの、冤罪で刑を執行されているみたいな状況を変える力があるの？」

「黄昏族の延長みたいなことぐらいしかできないけど」イツキは自信なく返答する。

「一人前扱いされてないときに、人に頼るって難しいんだよ。ほんと、惨めになるばっかりなんだから」

「自分は一人前だって確認したいときは、誰にも頼らないでどうにかしないとって思っちゃうよね」

「雇用機会均等法なんてなければよかった。均等なのは雇用したって形だけで、採用したら、女だから甘やかさないって口実で邪魔しかしない。見せ物みたいに均等法世代とかもてはやされて、こんなごまかしばっかりなのに、何で私たちが背負わされなきゃならないの？　犠牲にさせられてる気しかしない」

「聞きにくいけど聞くけど、辞めるために結婚相手を探したの？」

みずきは鼻で笑い、「そういうわけじゃないけど、何も考えないでつきあってたのが、絶望してからは結婚を視野につきあってる感じに変わっていったってところ」と説明した。

「みずきが恋人作るとはあんまり思ってなかった」イツキはつい漏らす。

みずきは泣きそうな顔になり、「人生、そういうことだってあるんだよ。イツキだってそうだったじゃないか」とつぶやいた。

イツキは自分たちが石臼にすりつぶされている気がして急に耐えがたくなり、「どうしてこんな目に遭わなきゃならないんだろう」と歯ぎしりした。悔しい。

「いつ辞めるの。結婚はいつ」

「たぶん年内いっぱい。結婚は、まず辞めてロンドンに渡ってからになると思う」

「ろんどん?」イツキの声が裏返る。

「相手、イングランド人だから」

「イギリスで生きてくの?」

「私は人生、やり直すの。日本にいたら、やり直せない。ここには私は居ちゃいけないらしいから」

イツキの頭に亡命という言葉が浮かんだ。みずきは亡命するのか。自分は、誰かが亡命を余儀なくされる社会に生きているのか。

「私、運転免許、取ったんだよね。ちょっとだけ運転させてくれる?」

「えー、みずきの運転?」

「どうせ日本では運転しないまま、免許は無意味になるから、思い出に公道で運転しときたい。深夜で車も少ないからいいでしょ?」

確かに柏に近づいてきて、車の通りはほとんどない。イツキは車を止めると、席を替わる。みずきはおそるおそる車を発進させる。

「おお、私でも動かせるんだ。快感」

「何で免許取ったの? 時間の無駄って言ってたのに」

「イツキ、私が今アクセル踏み込んで破滅しようとするんじゃないかって、ビビってるでしょ？」みずきは愉快そうに尋ねた。

「少しだけビビってる。でも信じてる」

みずきは今日初めて声を上げて笑い、「他人の運命握るって、快楽だね。こりゃあ、やめられなくなるわ」と言った。みずきらしい声と口調だった。「何で免許取ったかっていうと、ストレス解消。教習所に通ってる間は現実を忘れられるじゃん。だから一番ありえないことをやった。あんまりに一人すぎて、世界全部が敵だからね。世界がまるごと消える時間が必要だった」

みずきは笑みをたたえて言った。イツキは人生で、人間がこれほど絶望的な表情をするのを見たことがなかった。

十分ほど走ると、みずきは満足したと言い、また運転を替わる。それからみずきによる道の指示が始まり、ここでいい、という場所で降ろす。もう夜は明け始めて闇は消え、住宅街の端まで視界はきく。遠くから駆け寄ってくる背の高い男が見える。みずきがその男に手を振り、イツキに何かを言いかけるのを聞かず、イツキは車を急発進させて、二人から遠ざかった。みずきと約束した三年は、来年の春だった。

第六章

世紀末の畑

湾岸戦争が始まった日の夜、イツキは支局の泊まり番で、宗田《むねた》虎太郎《こたろう》に電話した。コタローは二年で曲野《まがの》支局勤務を終え、整理部に異動していた。年末、ロンドンに発つ直前のみずきと送別会をしたと話すと、コタローはやや皮肉な口調で、「どいつもこいつも女はいいよな、簡単に辞められて」と言った。イツキは、みずきが辞めざるをえなかった、選択肢を封じられた窒息感を、改めて自分のことのように感じた。

「どいつもこいつもって誰のこと?」と尋ねると、「ソンちゃんも三月いっぱいで辞めて台湾に帰るんだってさ」と言い、「外信部を望めば外信部にしてもらえて、なのに嫌になったらとっとと辞めて、結婚したり実家に戻ったり、いいご身分だよな」とぼやく。「男は辞めたくたって、はい、辞めますとはいかないんだよ。食ってけないから」

同じ言葉を、イツキは「みんスポ」の正井《まさい》からも聞いた。イツキが真実《まさみ》新聞の伊達《だて》さんの転身にショックを受けた話をしたとき、「DODA《デューダ》か、お気楽だな。俺だってこんなコキ使われる職場、変わりたいけど、先が決まってないのに辞めるとか無理だろ。どうやって食ってくの?」と言われた。

だからイツキはコタローに、「食ってけないって本当かなあ。自分の収入だけで家族支えてるとかならともかく、私たちは独り身だよ。安月給っていったって、マスコミの相場からすればばって話で、一般企業と比べれば標準くらいはもらってるでしょ。だから私は貯金できてるし、今辞

めてもすぐ飢え死にはないな。困ったら、フリーターの時代、仕事はいくらでもあるし。今の日本はむしろ、簡単には飢え死にできない国なんじゃないの？」と疑問を呈した。

コタローは、そんな考えは甘く、男には女のように逃げ道はないのだ、だから安易に放り出すことはできない、きちんと実績を作って転社するしかない、とイツキを諭す。

そのときにイツキの口から、「私も辞めようと思ってるんだよね」と、イツキも予期していなかった言葉が飛び出したのだ。コタローは「人の話、聞いてたのかよ！　人生ナメるな！」とキレたが、最後は、鬼村《おにむら》が脱落したら俺は自分をどう支えていけばいいんだよ、と泣き言になった。だったらコタローも辞めればいい、と言いたかったが、それは呑み込んだ。

口にしてしまってから、イツキは潮時が来たんだなと悟った。同僚に相談しても同じような答えしか返ってこないと思い、イツキは久しぶりにセミ先生のうちを訪ねた。ぐりちゃんが中学生になってからは、ぐりちゃんサッカーはもう開かれておらず、ぐりちゃんも「ぐりちゃん」と呼ばれることを嫌がり、「桂《けい》ちゃん」と呼び名が変わった。

相変わらず出入りしている唯田《ただ》がその日も顔を出し、イツキの相談を聞くやいなや、「食ってけるのかよ」と言った。うんざりを通り越したイツキが「家業のあるやつに言われたくないよ」と笑い、同僚たちの判で押したような反応を説明すると、唯田は「女が身勝手だってのは、事実そのとおり」と断言した。

鈴原《すずはら》さんが、念願かなってつかんだはずのスチュワーデスの仕事を辞めて、春から大学院に通うのだという。

「高い服を買ったのに、着てみたら合わないからすぐ捨てる、みたいな態度、俺は賛成できないんだよ」

唯田としては、若いときにしかできない仕事なんだから十年くらいはがんばって、あとは子育てしながら神社の仕事を手伝ってほしい、ずっと応援してきたんだから、スッチーを辞めたら今度はこっちの要望も聞いてほしい。鈴原さんにそう意見したら、言い争いになって、今は破局寸前なのだという。

「俺の考え方は不公平だって言うんだよ。じっくり信頼を築いてお互いのことは誰よりもわかりあってると信じてたから、こんなつまずき方をするなんて思いもしなかった。寝首掻かれた気分だ」と憤慨する。イッキは鈴原さんに話を聞きたくなったが、黙っていた。

すると桂ちゃんが、「弥栄姉《やえねえ》は惣兄《そうにい》にガマンしてくれなんて頼んでないと思う。お互いにしたいことすればいいと思ってて、惣兄に譲ってもらってるとか、心外だと思う」と唯田に言った。

「桂ちゃん、意見ありがとう。でも、これは当人同士の問題だから」

「お呼びでない？　こりゃまた失礼しました」と桂ちゃんはギャグで返し、イッキを見て「弥栄姉みたいにすればいいと思う」と言った。セミ先生もうなずく。唯田は「イッキの相談ごとなのに、何で俺がヘコまなきゃならないんだよ」と嘆いた。

先のことはまず辞めてから考えようと思ったものの、支局の記者が足りないためイッキの本社への異動は見送られ、四年目も支局勤務となったことで、急ぐことはない、という気持ちになった。

四月は統一地方選の取材で慌ただしかった。昨年、安国保守党《あんこくほしゅ》が強行して制定した国連平和協力法に基づき、自衛隊が初めて海外派遣され、国連軍によるイラク攻撃に後方支援として参加したため、統一地方選は安保《あんぽ》党に不利だと見られていたが、蓋を開けてみたら、労政党《ろうせい》の惨敗、安保党の勝利だった。三期目の当選を上位で果たした鰻和《うなわ》市議の益田《ますだ》は、「冷戦も終わって、もう左翼の時代じゃないんだよな」と言い放った。

イツキは県政の取材に意欲がわかず、仕事をサボって、鰻和市東部の水田や畑の広がる地帯をひたすら車で走った。新緑が、美しいというより狂おしく感じる。気に入った緑の中で車を降りて身をさらし、芽吹く力の凶暴さに嬲《なぶ》られるのが心地よい。

畑に人がいれば、何を育てているのか尋ねて回った。イツキの知らない珍しい野菜を作っている人もいた。手に入りにくいタイ料理用の食材を育てているという。パクチー、コブミカンの葉、タイのバジル、ミント、レモングラス、ヤングコーン等々。エスニック料理ブームのせいもあるが、出稼ぎで日本に来るタイ人が増えていて需要があるのだという。

イツキはその人に教えてもらったタイ料理店に行ってみた。イツキの通っていた百人《ひやくにん》高校の近くに、タイ料理店が集まっていた。

畑の人に報告しに行くと、食材の流通業者が居合わせた。「お店と農家さんが直に取引してるのかと思ってました」とイツキが言うと、「そういうケースもあるけれど、タイから来てそんな人脈のある人はほとんどいないから、ぼくらがつないでいるんです」と、尾畑英次《おばたえいじ》さんと名乗った流通業者は説明する。「パクチーなんかは、タイだけじゃなくて、イランやペルーやブラジルから来るデカセギの人たちのニーズもあるから、全然足りないくらいです」

「どんなもの食べるんですかかね」

「美味しいですよ、特にペルー料理は。口で説明しても伝わらないんだよなあ、みんな、イメージがないから。ご興味があるなら紹介しましょうか」

「あります！　連れてってください」

尾畑さんに案内してもらったのは、川原崎《かわらざき》の団地の一階でデカセギの人たち向けに食材を売っている店だった。ベランダは開放してあって、簡単な料理も出している。さしさわりがいろいろあって路上では開けない市場《いちば》を、団地の室内でやっているようなあんばいだ。経営しているのは、日系一世の東次郎《とうじろう》さんと二世のケイコ・フェルナンダさんの加治木《かじき》夫妻だった。

ペルーやブラジルからの働き手が増えているのは、昨年六月に改正入管法が施行されて、日系人は三世までが定住者の資格で働けるようになったためだという。一九〇八年にブラジルへの移民事業が始まって日本各地から南米に渡った者たちの子孫が、今度は日本に働きに来るのだ。

尾畑さんはスーパーマーケットに就職し、この食材店の近くの店舗で働いていた。ペルーの人たちの食材のニーズをいち早く察知して、店に仕入れるよう熱心に訴えたが、店長は無関心だった。それなら自分で行動を起こすか、と動き始めたら、すでに試行錯誤している日系ブラジル人の小出《こいで》ルーカスと知り合って、一緒にできる日本人が必要だからと誘われ、スーパーを辞めて会社を起こした。

イツキは、外国からのデカセギと食というテーマで連載記事を書くことにし、尾畑さんの仕事にしげしげと同行した。親しくなると、尾畑さんは自分のことを「オバタリアン」と呼んでほしい、と言った。中学のころからオバサンぽいと言われ自分でもそう思い、将来は本物のオバサンになりたくてオバサンの牙城であるスーパーに就職した、できれば記事でも本名は出さずに「オバタリアンさん（32）」と書いてくれないか、と頼む。

六月には参院補選があったが、イツキには拒絶感のほうが強く、鰻和市政担当の後輩に任せた。政治家とやりとりしていると、みずきの居場所を奪った者たちに加担している気分になる。どうしてそうつながるのかは深く考えないようにした。さもないと、自分を罰したい気持ちが爆発しそうなので。

日系ブラジル人が急増しているという群馬県の町でブラジルのご飯を食べて帰る道中、イツキは「オバタリアンはスーパーの仕事を辞めるの、どうやってふんぎったんですか」と尋ねた。

「イツキもやっぱり辞めようと思ってますか」と返され、「やっぱりって、辞めそうに見えます?」と重ねて聞く。

「だって、この取材に異様にのめり込んでるの、何か逃避してるように感じますもん」

「記者クラブにいたくなくて、たいていは鰻和緑地を車で走り回ってるんですよね」

「わかるー。ぼくも辞める前は、ペルー人の溜まり場に入り浸ってましたから」オバタリアンは笑い、真剣な顔になって、「ぼくの仕事、はっきりいって人手不足です。まだ携わる人がほとんどいないから。どうですか?　嫌いじゃないでしょう」と勧誘した。

「そっちか。私は土いじりも悪くないかなって思ってました」

「作るほうもいいけど、経験積むまで大変ですよ。それより仲介する役のほうが、今の記者さんの仕事とも通じてて、合うんじゃないかな。まだ社員五人のサークルみたいな会社ですけど、黎明期の仕事だけに、失敗自由ですから」

「何かアバウトな流れで、いいですね」

オバタリアンはにっこりうなずき、「イツキはもう流れにさらわれてるんですよ。カタコトのスペイン語もできるみたいだし。逆らわずに身を任せるのが自然ですよ」と言った。団地市場に行ったとき、イツキがケイコ・フェルナンダさんと拙いスペイン語でやりとりしたのを、オバタリアンはチェックしていたようだ。スペイン語を扱える理由を話していなかったので、イツキは顔が赤くなった。

「オバタリアンはどうやってスペイン語、覚えたんですか」

「いや、まだ全然話せないけどね」オバタリアンは頭を掻き、「じつはペルー人の妻がいるんですよ」と明かした。

ペルー人の溜まり場である公園に入り浸っていたとき、モニカという二十一歳の子と知り合った。若い日系人の夫と一歳にも満たない赤ん坊を抱いていつも仲睦まじくしていたのに、次第に顔を見せなくなった。夫に尋ねると、体調が悪いと言う。医者に見せたほうがいいなどとオバタリアンがいつものおせっかいを焼いていたら、夫は不機嫌になっていく。夫は悪酔いすることが増え、やがて姿を現さなくなった。不安に思ったオバタリアンが、加治木夫妻に尋ねると、モニカは夫の暴力がひどくて逃げたので居場所は言えない、夫は仕事を辞めて名古屋方面に移ったらしい、と首を振る。オバタリアンが、モニカのための食べ物や粉ミルクを加治木夫妻にしばしば託しているうち、東次郎さんが、モニカは本当は日系人じゃなくて夫とは内縁だったからビザも切れていて、相談に乗ってくれないかと頼んできた。デカセギ外国人の支援をしている人にも同席してもらってモニカに会ったところ、ビザのために偽装結婚してくれないか、ルセーロのために助けてほしい、と赤ちゃんを見る。偽装結婚となるのは結婚生活の実態がない場合だと支援者は言う。オバタリアンはその場で、偽装ではない結婚を申し出た。家族になるという以上のことは望まない、という条件で。

「そんな好都合な話、家庭内暴力を受けたばかりなんだから、かえって不安になりますよね。モニカはだいぶ迷ってましたけど、支援者がサポートを請けあったことで、決断してくれました」

「いきなりお子さんまで持ったんですか」

「不思議ですよね、何もない場所からいっせいに実がなったみたいで。うちに帰ると、緑に囲まれてるみたいな気分なんですよ」

「そんな家族のなり方って、あるんですね」

「恋人の時代を経ないでってこと？」

「ああ、そうです」

「ぼくに下心があったんじゃないかって、イツキも疑いました？」

「気にはなりましたけど、その手の欲望がないってケースもありうることはよく知ってるので、そうだといいなと思いました」

「家族って、恋愛関係とはまた別ですよね。だったら、最初からそこはすっ飛ばすのもありだと思うんですよね。恋人の時期があってもいいし、なくてもいい。見合い結婚なんて、そんなようなもんじゃないですか」

「まあ、言われてみれば」

「恋愛って、いろいろある経路の一つにすぎないと思うんですよ。別にそこを通らなくたって、他を経由して自分の目的地には行けるんです。子どもについても同じ。自分で作らなくたって、出会ったら育てればいい」

「オバタリアンが言うと、すごく普通で簡単に思えてきちゃいます」

「よかったら、今度うちに来ませんか。モニカとルセーロのお友達になってください」

モニカはおとなしくて気の弱そうな人だった。ルセーロが言葉を話し始める前に、少しでも日本語をできるようになっておきたいというので、イツキは日本語を教えることになった。ベロニカのときと同じようなことが起こるのではないかと内心イツキは怯えたが、杞憂だった。オバタリアンが恋愛を不要にしてくれたおかげで、それが通常になっていた。

イツキが連載記事を書いている間に、世の中ではバブル経済崩壊の傷が露わになり、大手証券会社による大口顧客のみへの損失補塡が発覚した。南アフリカではアパルトヘイトが廃止され、ユーゴスラビアが解体し、ワルシャワ条約機構がなくなり、カンボジアの和平が成立し、フレディ・マーキュリーが亡くなり、ソ連が消滅した。イツキが生きてきた時代の世界はじつはハリボテの舞台で、用済みになったので解体撤去されているかのようだった。

晩秋の日曜日には、オバタリアンに連れられて、イランからのデカセギ者たちでひしめく世野《よの》木《ぎ》公園を歩いた。中東担当の匡一《きょういち》さんという人も同行して案内してくれる。匡一さんは商社時代にテヘランに長く駐在し、定年退職したところでルーカスと知り合って、この流通会社の創設に関わったという。

鶏肉を焼くスパイシーな煙がいたるところで充満し、食べずにはいられない。路上には、イランの雑誌や本や生活雑貨、ＣＤやテレビ番組のビデオが、ところ狭しと並べられている。売り子の声、おしゃべりの声、音楽が、公園の空気を埋め尽くす。そして青空散髪。今はデカセギで肉体労働をしているけれどイランでは理髪師だから腕は確かだ、しかも安い、お得だから試してみてと、理髪師たちがカタコトの日本語で客引きする。

オバタリアンと匡一さんが食材を売る取引先と長話をしている間、イツキは一人でぶらぶらした。肉を焼くのとは明らかに異なる、嗅いだことのある煙のにおいに引き寄せられて公園の奥へ進むと、姿形《すがたかたち》のよいイラン人青年が近寄ってきて、「何か探してるでしょ」と微笑んでくる。イツキが「ちょっと見て回ってるだけ」と答えると、「あー、そういうの、スットボケルっていうでしょ」と笑うので、イツキもつられて笑い、「何売ってるの？」と尋ねる。「この煙、気になった？」と青年は目配せをする。キトでベロニカと吸ったやつだと思い出し、イツキがうなずくと、青年は「五時にまたここにいるよ。五千円」と告げ、足早に去った。

オバタリアンたちの元に戻ろうと歩いてると、「鬼村君！」と呼ぶ声があった。元真実新聞の伊達さんが、長机の向こうに座っている。伊達さんの勧めるイラン人支援のＮＧＯは、毎週ここで相談を受けているのだという。イツキは少しためらってから、ここでは犯罪行為も行われているのかと、小声で伊達さんに聞いた。伊達さんは、特徴である見透かしたような目になり、「葉っぱ？　偽造テレカ？」と言い、「あるにはあるよ。でもそれはほんの一部の人がしていることで、ここに来てる千人の大半は、関わりたくないって思ってる。だから、この集まりが犯罪の温床みたいに言われることにすごく傷ついてる。これだけの人がいれば、善人も悪人もいるってことだけは理解しておいてほしい。ヤバい場所みたいな目では見ないでほしい。記者ならわかるよね？」と説明した。

イツキは、新聞社を辞めるかもしれないことを告げた。伊達さんは「思ったとおりだ」と笑った。仕事内容を説明すると、「いいじゃない。今後もたまに顔合わせるかもね」と言った。

年が明け、安保党と新興の外食チェーン企業の癒着に暴力団が深く関与していた事件が発覚したころ、イツキは会社に辞意を告げた。二月には各政党の県本部に挨拶回りをした。人民共和党以外は、現金一万円を餞別として渡してきて、イツキは受け取った。代議士秘書の島川《しまかわ》さんにはいつものちゃんぽん屋で告げた。益田市議には飲みに誘って報告した。益田の表情がなくなり涙ぐんだのにはイツキが狼狽した。

「そっかあ。何だあ。残念だなあ。考えもしなかったなあ。俺は鬼村さんのこと、後継者にしたかったんだよ。次の九五年の地方選では俺が県議選に出っから、その後釜として鬼村さんに市議選に出てくれねえかって話、そろそろしようと思ってたんだよなあ。うちの看護婦さん、どうだべ？　いい子だべ？」

「はい、でも私には将来を約束した人がいるんで」イツキは益田の面子をつぶさずに納得してもらうため、相手の話法を使うという禁断の手に及んだ。心の中で自分に謝る。

「そっかあ。俺もツメが甘いよな。ちゃんと聞けばよかったな。気が合ってるように見えたから、てっきり行けると思い込んでよ。あの子と結婚して、政治部に行って活躍してもらって、三年後には市議選に出馬して、夫婦二人三脚で選挙活動して初当選、って俺はかなり具体的に絵を描いてたんだよなあ」

「まさかそんなつもりだなんて、私も思いもよりませんでした」

「そうだってわかったら、翻《ひるがえ》らねえかい？　俺が国政に出たら県議になれるし、ゆくゆくは参議院にってとこまで考えてたんだよ。そうだ、記者の経験を生かして、米本《よねもと》先生のところで広報担当の秘書をするっつう手もあるべ。鬼村さん、秘書には興味あんだろ？」

「いろいろ心配してもらってかたじけないです。でも新しい道に挑戦しないと、男としてすたる気がするんです」。申し訳ない、私。

「そこまで腹くくってるなら、応援するしかねえな。俺で助けになれることあったら、何でも相談してくれよな」

政治家に向いていないイツキを見込んで益田にどんなメリットがあるのか、イツキは訝ったが、疑うのはやめて、漠然とした感謝の念だけを心に残しておくことにした。よくも悪くも、自分を苦しめる要素をパスできるようになってきたと思う。イツキは記者になって以来一度も書かなかった、記者時代最初で最後の架空日記を書いた。

一九九二年二月二十九日（土）曇り
マスラ先生の説得で政治家を目指すことを決意したニッキは、四年の鰻和支局勤務を終えると、本社の政治部に上がった。熟考の結果、共産主義が敗北した世界では左派政党に期待をするのは幻想に投資するようなもので、大事なのは保安《ほあん》党のハト派が力を持つことだと、ニッキは思い定めたのだ。
その夏、保安党は総選挙で敗れて政権を失ったが、ヨメモト先生は、党内の刷新を阻んできた古株が一掃されるチャンスだとして、精力的に動いていた。
秋には、マスラ先生の仲人で、先生の経営する病院の看護婦と結婚式を挙げた。先生の根回しで、披露宴にはヒドリ先生やヨメモト先生も来てくださった。

一九九五年には新聞社を辞職し、マスラ先生のシナリオ通り、マスラ先生が県議選に出たあとの地盤を受け継いで鰻和市議選に打って出て、初当選した。同じ県政記者クラブで働いていた地元紙の顔なじみの記者に取材されているのが、くすぐったかった。市議会の保安党控室で先輩議員を前に自己紹介したときは、間違って鏡の向こう側に足を踏み入れたかのような奇妙な気分だった。

初の市役所職員からのレクチャー、初の委員会での発言、初の接待、初の一般質問。市議時代の初体験の数々は、どれも新鮮な緊張感とともに鮮明に記憶している。けれど、県議時代、参院議員時代と格が上がるに従って、手練れになっていったためか、記憶が曖昧になっていく。それとともに、小枝《こえだ》やミズチといった昔の親友たちとも限りなく縁が薄くなっていく。どうせ愛想を尽かされているだろうと思うと、会いたくない。

一度ならず辞めたいと追い詰められたこともあった。議会では率先して野次を飛ばすよう、党の先輩たちから指導された。市役所職員を甘やかしてはいけないと、事務所に呼びつけて威圧する接し方を叩き込まれた。マスラ先生の裏の顔につきあわされることも増え、そのたびにニッキも毒から皿まで食わなくてはいけなかった。女性、カネ、発覚したら辞職どころか逮捕の案件もあった。本気で辞めようとしたとき、マスラ先生から共犯行為の記録を見せられ、師弟は運命共同体だと言われた。

家族を大切にしていることをマスラ先生に示すため、夫婦の営みにも選挙のつもりで臨み、妻は妊娠した。男の子が生まれ、マスラ先生は俺が名づけ親になってやると言って、威太郎《いたろう》を提案してきた。妻は「拒めないの?」とニッキに怒ったが、ニッキは不機嫌に、「おまえだってマスラ先生がどんな人間かわかってるだろ」とだけ言って、口論を打ち切った。

左派政党が弱体化して敵のいなくなった保安党は、細かく分裂を繰り返して、石鹼のように少しずつ小さくなっていった。

ヨメモト先生も世紀末に保安党を飛び出した。最初の選挙には当選したが、次は落選した。政策やビジョンによって新党が作られるのではなく、人事や権力闘争で党ができていくので、財務行政の政策通というヨメモト先生の強みは失われていった。その後、離合集散を繰り返す小政党を転々とするが、ついに国政復帰はかなわないまま、鰻和に税理士事務所を開いた。

対して、鉄火場に強い剛腕のマスラ先生はのしていった。県議会のドンの片腕となって保安党に残り、ゼロ年代初めには党公認で総選挙に出馬、ヨメモト先生に競り勝った。

マスラ先生と行動をともにせざるをえなかったニッキは補選に出て県議を継ぎ、二期目の途中でマスラ先生のお膳立てで参院選に鞍替えして当選した。おまえの役割は下野している保安党のクリーンなイメージの顔になることだ、として、良心派の言動を心がけるよう指示された。口だけで何もしないでよろしい、ときには俺の強引な汚さを批判してみせたりすればいい。マスラ先生に言われなくても、ニッキにはどうせそれしかできなかった。

保安党が政権奪還後の比較的無風だったはずの二期目の選挙で、ニッキは落選した。これで楽になれると思い、齢五十を越したところで政界を引退した。マスラ先生は自分の病院組織にポストを用意してやると言ったが、マスラ磁力圏から抜けたくて辞めるのだから断った。妻は他の病院で看護婦に復帰し、自分は近所のスーパーマーケットでパートの仕事に就いた。人生で初めて心落ち着く場所を見出したと思った。

しかし、安寧は長くは続かなかった。父親の道には進まないといって情報技術の企業に就職した息子の威太郎が、二年で辞めてマスラ先生の私設秘書を始め、近い将来市議を狙うと宣言したのだ。息子までもマスラ先生に奪われたと感じ、ニッキは激しい憎悪を抱いた。しかし、それは自分への憎悪にほかならなかった。威太郎は、父であるニッキを真似ているだけなのだ。そんな生き方を身をもって示してしまった自分のせいだ。

記者のときにも、記者をしているというより新聞社のサラリーマンをしている感覚のほうが強かったが、そこから抜けようとして政治家に転身したはずなのに、結局、保安党のサラリーマン政治家をしていたという思いしか残っていない。見様見真似で政治家業をこなしていたら、見様見真似以外のあり方が身につかなかった。マスラ先生の手足としてしか役割がなかったのは、真似しかできなかったからだ。

ただ、マスラ先生ももっと大きな誰かの手足だった。ニッキは手足の手足の手足といった、いわば三次四次の下請け企業の従業員だった。ニッキが辞めても、代わりの補充はいくらでもいる。それが威太郎だっただけだ。

それの何が悪いのだ、という気もする。おしなべて、この世の人はそうして生きているではないか。まわりの真似をして、どんどん寄りかかって、やがて完全に溶けて一部となる。一人前とは、見分けがつかないまでに集団に同化できた状態を指す。自我から離れるのが悟りなら、みんなで悟って生きているとも言えるのではないか。

コスモスでもシロツメクサでもいい、びっしりと一面に群生している花の一つ一つは、どれほど違うだろうか。大きさだったり色合いだったりに多少の違いはあるが、はたから見ているぶんにはほぼどれも同じだ。人間だって一緒。個々人の個性や意思なんて、それらの花の間での違い程度にすぎない。はたから見たらほぼ同じ。

頭を使う側である者なんて、いないのだ。みんなが真似して寄りかかりあって、そのはずみで動いているだけ。人間は目的を持って行動しているわけではなく、目的を持っているかのように思い込んでいるだけ。だからこの意思のなさは、自然なこと。

ニッキは人生をかけてたどり着いたこの結論に完全に納得したのに、悲しいだけだった。

転職してからも、イツキは南鰻和に住み続けた。事務所は川原崎にあったけれど、デカセギも契約農家も北関東に多いから。社員それぞれが好き勝手に得意分野の商売を試行錯誤しているだけで、社としての方針など存在せず、まとめる気もなく、本当にサークルのようだった。

一九九三年の三月末、イツキは五年ぶりに実家を訪ねた。新聞社に入って以降、一度も帰っておらず、母はたまに南鰻和の家に現れたけれど、弟の岬《みさき》とは五年間まったく顔を合わせていなかった。五年前には成績が悪すぎて系列の私大に進めず浪人生となっていた岬が、いきなり社会人になっていて奇妙だった。新興国をメインとする小さな旅行代理店に就職が決まり、卒業後には研修も兼ねてメキシコ・カリブのツアー旅行に参加してきたという。岬が中堅の大学に受かった四年前に、人生一区切り着いたと仕事を辞めて、好きな海外ツアー旅行を楽しんでいる母は、「親孝行割引してね」と喜んでいる。岬は本当は地方銀行か地方公務員を志望していたのだが、現在は堅実な職種は競争率が上がる一方で、どちらも叶わず、人手不足気味の旅行業界に入った。

「一浪するんじゃなかったよ。就職活動が一年早かったら、まだここまで冷え込んじゃなかったんだよなあ」とぼやく。

「そんな大げさな」

「売り手市場で就職活動した人にはわかんないだろうね。先行きは暗いし、いじめを受けてるような理不尽な気分」

確かにイツキには想像がつかない。「食っていけない」なんて幻想で、日本はむしろ飢え死にできない社会だと思ったからこそ、辞める自由を堂々と行使したのだが、状況は急変しているのかもしれない。

「まあ、イツキには見えてないから、平気で転職できたんだろ。ウチみたいに将来性のない業界じゃないといいね」

「旅行業界は伸び盛りじゃないの？」

「何でいつも人手不足かわかる？　きついから続かないんだよ。正社員も少ないし。こんな過酷な仕事、体力のある若いうちしかもたないね」

「岬もそのうち転職を考えてる？」

「そう思わなきゃやってけねえよ」

「そのうち、私も海外出張が増えると思うから、そのときは頼むよ」

「まだ俺がいたらね」

イツキの勤め先は、社名が正式に決まっておらず、仮に登記した「ワールド・マーケット」を使っていたが、団地市場の加治木夫妻をはじめペルーの人たちは「オバタリーア」と呼んだ。スペイン語ではパン屋さんは「パナデリーア」、コーヒーショップは「カフェテリーア」と呼ぶので、オバタリアンの店はオバタリーアになったのだ。オバタリアンは、「ぼくが売られてるみたいだし、ぼくは社長じゃないので、困ります」と拒んでいたが、あまりに広く定着してしまったので、社長のルーカスも「もう、どでもいいね」と投げやりに「オバタリーア」を社名に採用した。

初夏の日曜日、黄昏族で決別して以来ごぶさただった大学時代の友人、吉岡龍一《よしおかりゆういち》を誘って、女子サッカー日本リーグの開幕戦に行った。龍の勤め先の花和《はなわ》証券は、女子サッカーの強豪チーム「花和ブロッサムズ」のオーナーで、梢《こずえ》が所属していた。バブル期でカネの余った企業がスポーツにも力を入れたため、数年前から日本の女子サッカーには勢いがあり、海外のトップクラスの選手も加入する華やかなリーグとなっている。ブロッサムズは目玉として昨年、アメリカでプレーしていた梢を獲得したのだ。

チームの本拠地であるペガサス五輪公園の競技場には、思ったより大勢の観客が入り、十代の少女たちが梢の名を連呼している。梢のパフォーマンスは圧倒的で、サッカーをよく知らない龍もすっかり魅了されていた。試合は梢の一ゴール一アシストで勝利した。

試合後にグラウンドに降りて梢に声をかけ、オバタリーアで扱っているインカコーラというペルーの飲料を贈ると、梢も喜んで試合後の上気した笑顔をさらに輝かせ、「転職おめでと。こっからはイッツキーの時代のスタートってことで」と祝福する。龍を紹介すると、龍は「まじめまひて」と嚙んでいた。

二人で飲むと、龍は「雲の上の人すぎる。超一流のサッカーをするスーパーモデルとイツキが、なぜに友達？　ありえなーい」と繰り返す。「せっかくうちの社のチームなんだから、もっと応援に行きたいけど、会社が許してくれないしなあ。今日見られただけで今年の運は使い果たした」とぼやく。

「証券はやっぱり激務？」

「世間のイメージの一万倍ぐらいね。二十四時間戦士証券マンってコマーシャルあるでしょ、あれを一万倍にして、ようやく実態に近いって感じかな」

「一日二十四万時間働いてると？」

「そんな感じ。なのに報われない」

「バブル崩壊の元凶みたいに言われてねえ」

龍はハリソン・フォードっぽい苦りきった笑いを貼りつける。「バブル絶頂期には、どんな手を使ってでも客から金を引き出してこいって、ありえない額のノルマを課されて、バブルが崩壊したら、損失を埋めるのはおまえの責任だからなってなすりつけられて、世の中からは、騙して庶民から吸い取って金持ちにだけ損失補塡するのかってなじられて、どうして俺はいまだに辞めないでこの仕事してるんだろうって不思議だよ」

「私も記者クラブに出入りしてる大手の営業マンから、銀行に眠らせとくだけなんて、せっかく稼いだお金を排水口に流し続けてるようなもんです、もう少し自分の未来を大事にしてください、って叱られたなあ」

「営業の決まり文句ね。でも嘘じゃないんだよ。銀行預金だけじゃ本当に目減りしていくことになるんだってことは、頭に入れといたほうがいい」

「嘘じゃない言い方で誘導してくわけか」

龍はまじまじとイツキの顔を見て、「疲れてるんだから、頼むよ。久しぶりに会った友達にまで、わざわざ紋切り型の嫌みを聞かされなきゃならないの？」とため息をついた。

「正直なところ、大口顧客への損失補塡、龍はどう思ってる？」

「うちらは大筋としては、大蔵省の望むとおりに動いてきたんだよ。それでカネを回して日本の経済を盛り上げてきたのに、小さな勇み足を諸悪の根源みたいに言われると、裏切られたような気分だよ。だいたい、投資は元本保証じゃないことは、みんなだってわかってたはずだろ。自分は補塡されないからって、被害者ヅラするのはどうなんだよ。お互いに少しずつ嘘ついてることは承知のうえで、あえて騙されあっておいしい思いしてたんじゃねえのかよ。確かに大口投資家にだけ補塡するのは、許されることじゃないよ。でも、自分たちにも不正に補塡しろって要求は、おかしいでしょ。俺は世間のこの無責任さにほんとゲンナリだよ」

「なるほど。それが証券会社で働く人たちの見え方なんだね」

「異常なカルト集団みたいに言うんじゃねえよ」

「そう聞こえたらゴメン。そんなつもりじゃなくて、立場によって見えるものって違うから、投資を扱う人たちにはそれが常識なんだなって、納得したんだよ」

「イツキ、口うまくなってない？　新聞記者って感じ。何か雰囲気も変わったし」

「そんなことないでしょ」

「こんな社交的じゃなかったし、何かふてぶてしいし、どことなく偉そうだし、目つきで人のこと威圧してくるし。あの自信なさげでおどおどして世に背を向けてたイツキが懐かしい」

「今も変わらないよ。だから新聞社を辞めたわけで」

「みずきも辞めたんだってね。しかも海外だろ、すげえなあ。みんな辞めてくなあ」

「芽衣《めい》もそろそろでしょ」

「あ、芽衣は別れたってよ。それで今度、なりゆきで総合職の仕事を担当するかもしれないって言ってた」

「何てこった」

みずきは結婚退職して、芽衣は破局したから働き続ける。なぜ二人はこんなに振り回されなければならないのかと、イツキはまたやりきれない思いに押しつぶされそうになる。

「芽衣と連絡とってるんだ？」

「こないだ飲んで、別れたゲス野郎のコキ下ろしを聞かされた。でも復縁したわけじゃないからね、勘違いするな、自分」

「龍……」

「たんに忙しすぎて出会いがねえんだよ」

「一般職ってそのための要員なんでしょ」

「俺の聞き間違え？　イツキがそんなこと言う？」

「いやいや一般論として」

「イツキ、一般論で話すこと、あんなに嫌がってたじゃない。イツキも大人になっちまったんだなあ」

「今だって嫌だよ。でも他人に合わせることも訓練されたんだよ」

「それが社会人ってことですなあ。俺のイツキを返せー！」

龍の調子が戻って龍らしくなってくると話題は黄昏族の思い出に移って、二人とも腹筋が痛くなるほど笑った。

「あの四人に戻れるなら俺、どんっなことでもするけど、どんなことをしたってもう戻れないんだよなあ」と龍は言うと、今度は泣き上戸になった。

「龍、私らまだ三十前だから。いくらでも選び直し、できるから」

「イツキの『私』聞いてると、泣けてくるよ。俺もこれからは『私』って言おう」

「そうしな、そうしな」

それから四か月後には、龍から、私は証券会社を辞めて今は自然食品を売って充実している、すごくいい商品だから今度イツキにも紹介したいし梢さんにもどうかな、とキラキラした声で連絡が来ることになる。イツキは自分を責めたが、芽衣に電話すると、龍が証券会社を辞めるためにはマルチ商法の力が必要だっただけで、心が回復したらきっとマルチは抜けるし私たちが抜けさせる、と言うので、イツキは自分が背負いすぎないようにした。

しかし今はまだ五月である。男子サッカーのプロリーグがスタートし、イツキは開幕の試合を、川原崎の加治木夫妻の店先でオバタリアンや日系ペルー人たちと一緒にテレビ観戦した。サッカー好きの南米人たちは大変盛り上がって、自分たちもサッカーをしたがったので、イツキは企画を請け負った。ここはセミ先生の出番だと思ったのだ。

セミ先生の現在の勤務校の校庭を、生徒も参加するという条件で使わせてもらうことになった。

女子サッカー部のある高校に入った桂ちゃんも参加し、前日が試合だった梢も来てくれる。二人はもうすっかり姉妹のようだった。急に背の伸びた桂ちゃんは梢のように髪を短くし生え際を刈り上げ、浅黒い肌をして、梢のようなしゃべり方をする。イツキのことも「イッツキー」と呼んだ。何より、サッカーが梢そっくりだった。

ペルー人の男たちはサッカー好きなわりには大して上手くなく、梢と桂ちゃんの華麗なプレーに翻弄されながら大はしゃぎした。驚いたことに、梢はカタコトのスペイン語で会話している。カリフォルニア時代にヒスパニックのチームメイトや友達が多かったので、覚えたのだという。梢も、イツキがたどたどしくスペイン語で話していることに驚いていた。四十代半ばのセミ先生は、額がだいぶ後退して白髪混じりになっても、中身も運動能力もまったく変わっていないので、中年オジサンの仮装をしているかのようだった。梢と桂ちゃんを見ながら、「鬼村にもあの役割を担ってほしかったんだよな」とぽつりと漏らす。イツキは「これでよかったんです」と満足を覚えながら答えたあと、一人だけ取り残された気分を一瞬味わう。これもいつものことだ。

終わったら車で川原崎の団地市場に移動して、ペルー料理をふるまってもらう。桂ちゃんは茹でたジャガイモにチリマヨネーズをかけたパパ・ア・ラ・ワンカイーナにどハマりして、「ヤバい、太るし」と言いながらおかわりを重ねた。

解散して後片づけを手伝っているとき、オバタリアンが「イッツキーの能力を思い知らされました。素晴らしい。あんなにサッカーが上手かったとは」と拍手をした。オバタリアンにまで「イッツキー」が伝染するなんて、梢というカリスマの神秘を感じる。「これ、使えると思うんですよ、一般のサッカーファン向けに。サッカーで盛り上がって、ペルー料理を知ってもらって」

と、定番のイベント化を提案した。

その参考にするつもりもあって、イツキは六月に男子プロリーグの鰻和ブラッディ・イレブンの試合を、かつて取材した大場《おおば》スタジアムに自転車で見に行った。まさか「ブラッディ・イレブン」をそのままチーム名にするとは思わなかったが、サポーターはそのチーム名にふさわしく、熱くときに常軌を逸した集団として、早くも名を馳せつつあった。

そしてイツキも虜になってしまったのだ。プロクラブ誘致の一端を担ったという思いもあって、身内のような気がした。でも、あの熱狂的なゴール裏の一員になりたいというわけではない。ケンカ腰で口汚く罵ったり、声の大きさで相手を制圧するようなやり方には、本質的に恐怖と嫌悪を感じる。それなのに、一糸乱れぬ「うなーわブラッ!」のシュプレヒコールの声、苦しいときにこそ響き渡る応援歌《チャント》に身をさらし包まれると、肌がゾクゾクするような未来感が湧き上がってくる。あの快感を求めて、鰻和ブラッズは連敗続きでも、大場スタジアムに足を運んでしまう。全体主義ってもしかしたらとんでもない魅力があるのかもしれない、と考え、自分はそれをすでに経験しているとも感じる。

鰻和ブラッズのサポーターと日系ペルー人コミュニティを結びつけたくなったのは、イツキの中では自然な流れだった。記者時代の取材メモを引っ張り出し、プロクラブ誘致活動をしていた人に連絡を取って相談すると、鰻和から近い穴川《あながわ》河川敷でやろうと乗り気になってくれた。

ゲームは拮抗して大いに盛り上がり、そのまま河川敷でペルー料理での懇親会に移ると、お互いの好意が爆発した。ペルー人は、ブラッズの試合で相手を罵倒するのに使えとスペイン語の俗語を教え、意味を聞いてブラッズサポがウケてチャントに交えて歌うと、ペルー人が爆笑する。

この集いを定期的に開いてサポーターがペルー料理になじめば、ブラッズの試合の日に大場スタジアムでキッチンカーも出せるよ、とサポたちは勧めてくれた。

七月には解散総選挙があり、イツキは新しくできた済民党《さいみん》の若い女性候補者に投票した。鰻和ブラッズのレプリカシャツを着てサポーターであることを公言し、招致活動に関わった経験から、「偉い先生」に政治を任せっきりにするのは民主主義ではないと思う、議員がみんなと一緒に変えていくことを政治と呼びたい、鰻和ブラッズをみんなで作ったように、と語り圧勝。安保党の名倉総太郎《なぐらそうたろう》が落選した。

済民党は昨年、曲野県のメディア王である元安保党議員が興し、たちまち世の期待と脚光を浴びてブームを巻き起こしていた。総選挙では、新党へ乗り換えようとする安保党のベテランを拒み、若い新人を重視、左派でも右派でもない中道の誠実な政治を訴え、バブル崩壊後の経済を立て直すためにおカネを回す政策を取ることを約束し、大躍進した。

この結果、安保党は過半数を大きく割り、済民党は野党同士での連立交渉を成功させ、三十八年ぶりの政権交代を実現させた。党創設者は幹事長となり、首相には党の経済政策を立案した四十代の男性議員が就いた。

世の中には、冷戦終結で世界が変わり、政権交代で日本も変わるという期待が満ちていた。イツキも、自分が新聞社を辞めてまだ形成途上の若い業界に入ったのは、その変化の一部なのだと受けとめていた。そして、変化とは、理想に向かう道を突き進めと促すのではなく、進んではいけない無数の道を一つ一つつぶしていくことでしか実現できない、と考えるようになっていた。

イツキに休日はなかった。土日はペルー人を中心に外国の人たちのコミュニティを訪ね、食材の調達について実情を聞き、自分でも料理を食べ、ときには厨房に立たせてもらって料理の手伝いをして研究し、新たな商売の可能性を一緒に考える。日本で作れそうな食材については、平日に手当たり次第に農家を回って、栽培してみないかと打診する。アヒ・アマリージョを中心とするさまざまなアヒ（トウガラシ）類、キヌア、ユカ芋、トウモロコシのチョクロ。缶詰や瓶詰、冷凍食材やピスコ酒やチチャ・モラーダなどの飲料は、ペルーの商社に電話やファックスで交渉する。スペイン語力の不足を痛感し、暇を見つけては勉強する。記者時代よりも仕事に関わっている時間は長いのに、仕事に追われているという圧迫感はない。仕事の充実と私生活の満足が、メビウスの輪のようにつながっていた。

その象徴が、イツキが突然取り憑かれて入り浸るようになった、奥穂町《おくほ》のカニャンドンガという店だ。

奥穂町では夜になると、さまざまな国からデカセギに来た人たちが街頭に立っていた。ラテンアメリカから来た人たちもいて、仕事前や終わったあとにカニャンドンガに立ち寄り、ご飯を食べたりサルサやクンビアを踊ったりして、気持ちを整える。カニャンドンガに批判的な日系ペルー人が、自分たちのイメージが悪くなると非難するのを聞いてイツキは興味を持ち、冬の初めに訪ねてみたのだ。

迷うこともなかった。地下にあるその店は、だいぶ離れた路上にまでラテンの音楽を響かせている。音に引かれて進みドアを開けると、そこは地球の裏側である。イツキは濃いにおいとスペイン語の喧噪に、キトの街を思い出した。切なさを伴うときめきと痛みとがないまぜになって、イツキの心を締めつける。

カウンターの席につき、ビールとアヒアコなる煮込みを頼むと、皿洗いをしている青年は微笑んで親指を立て「おいしい」と言った。イツキはスペイン語で自分の身元を説明し、警察ではないことをまずはわかってもらってから、雑談に入っていく。

青年はチューチョと名乗り、コロンビア山間部の田舎町から来たという。二十一歳で本職はサッカー選手で、日本のプロリーグにはジーコやリネカーやリトバルスキーが来て活躍してるんだろ、自分もどこかのクラブに採ってもらえないかな、妻と生まれたばかりの娘がいて、でも地元の三部リーグの選手では生活していけなくて、思いきって単身日本に乗り込んだけど、何のツテもないから半年たってもサッカーにつながれないでいる、イッキーは誰か知らないか、と相談してくる。

スペイン語圏の人には「イツキ」は発音しづらく、しかし「イスキ」と呼ばれるのはつらいので、イツキは「イッキー」と名乗るようにしていた。

イツキは、日系ペルー人と鰻和ブラッズサポとが開催している交流サッカーに、チューチョを誘った。チューチョのプレーは、イツキも体験したことのない魔術的なもので、熱狂を巻き起こした。本物の南米だ、さすが天才バルデラマの国の選手だと興奮した。幹部サポーターも目を瞠り、今度ブラッズのスタッフを連れてくると請け合った。

一九九四年晩冬に行われた交流サッカーには本当にブラッズのスタッフが参加し、チューチョのプレーを確認した。残念ながら契約には至らなかったものの、全国リーグの実業団チームを紹介され、チューチョはテストを受けて合格、正式に選手となった。プロではなく社員選手とはいえ、母国でサッカーをしていたときより収入と安全性ははるかに高く、チューチョは家族を呼び寄せた。

滞在許可の期間が過ぎても出国しないで留まっているオーバーステイの状態だったチューチョを、実業団が獲得できるように指南してくれたのは、カニャンドンガの常連、ジョシートこと上《うえ》原芳都《はらよしと》だった。イツキ以外でカニャンドンガに出入りしている唯一の日本の人間で、毎週末、カウンターの隅に陣取って司法試験の勉強をしていた。本業は不動産会社の社員で、勉強のかたわら、デカセギたちの滞在資格や住まいについて相談を受けている。日本では外国人は部屋や家をなかなか貸してもらえないうえ、オーバーステイとあっては住まいを見つけるのは至難のわざで、日本の人が借りている一つの物件に何人もが住んでいるというのが、カニャンドンガに集うデカセギたちの実情だった。

イツキはジョシートの邪魔をしないよう近寄らず、挨拶くらいしか交わさなかったが、イツキとジョシートしか客のいない日があって、ジョシートは何の前置きもなく突然イツキに向かって、「チューチョは叔父さんといとこを麻薬カルテルに殺されてるんだよね」と教えてきたので、イツキはのけぞった。

「わざわざサッカー後進国に来たのは、日本にはテロとか麻薬戦争とかがなくて、今は入国拒否もされずに入れるからだよ。普通に暮らすだけなのに命の心配をし続けなきゃならないことに疲れちゃって、デカセギを選んでる人も多い。ペルー人もそう。センデロ・ルミノソとかの極左テロがすさまじかったでしょ。あれで身近な人が殺されたりしてもう耐えられなくなって出国する人はたくさんいる。日系人なら定住する許可もくれるとなったら、どんどん来るでしょ。日系人じゃなくても」

一気に説明をすると、イツキの反応も見ずにまた勉強に戻る。

「フミモリ大統領になってテロは鎮静化したんじゃないですか」

「したでしょうね。イッキーは百人高校なんだって？　俺は新塚《しんづか》高校なんだよね。年も同じだし、すれ違ってたかもしれないよね」

「何で私の高校を知ってるの？　ずっと勉強してるだけなのに。ホームズみたい」

「来週はファニータの誕生会をサプライズでするらしいから、来るといいよ」

ジョシートはデカセギの女性の名を挙げて招待した。嚙み合っていない会話が、イツキには風通しよく感じられた。

チューチョは自分の成功体験を、サッカーで生活することを目指している母国の友人たちに伝えた。そうして二人三人と、サッカー選手志望の若者がカニャンドンガに現れることになる。

いつも鰻和ブラッズのスタッフに対応してもらうわけにもいかず、イツキは困って梢に相談した。梢が調べて脈ありかもしれないと紹介してくれたのは、何と松保《まつほ》中学でクラスメイトだった、サッカー部の潮越亮《しおこしりよう》だった。

亮の父親は自動車の部品工場を経営しており、亮はそのツテで大手自動車メーカーの子会社に就職していた。ゆくゆくは父親の跡を継いで社長になるつもりで、修業の身らしい。潮越家の工場では多くの日系ペルー人を雇っていて、今はその人材の派遣を、サッカー部時代の先輩、紫畑《しばた》さんにもお願いしているという。紫畑さんにつなぐから、じかに会って相談するといい、と亮は電話で助言した。

天才にして正真の不良である紫畑先輩とは、サッカー部時代もまともに話したことなどなかったし、正直なところ、紫畑さんだったら人身売買めいたあくどい商売をするのではないかと不安に思わないでもなく、イツキはためらったが、腹をくくって臨んだ。

指定のバーで先に飲んでいた紫畑先輩は、コロンビアのスター選手バルデラマにも似た、頭が何倍にも膨らむ金髪のアフロヘアに口髭、派手なオープンシャツの襟元には金鎖という、いかにもなチンピラファッションだった。怖じながら声をかけると、「おお、久しぶりじゃん。変わんないな」と、あの少しハスキーな声で言われたのには驚いた。

「私のこと、覚えてるんですか」

「覚えてるよ、イッツキー、梢の最初のカレシね」

「カレシじゃなかったです」イツキが苦笑すると、「そうだったの？　まあいいや。ダッセーのにサッカーセンスはあったイッツキー」とまた意外な答え。

「すぐに辞めちゃいましたけどね」

「だったっけ？　覚えてねえ。俺、二年の冬にカノジョを孕ませちゃって、退部したから」

「そうだったんですか。さすがです」

「そう思うんだ？　それで高校でも同じことして退学になって、オヤジからも勘当されて、アルゼンチンに送られてさ」

「マジですか！」

「捨てられたって思ったけど、生活費は出してくれてたから、親は親なりに俺の適性を見てたんだろうね。サッカーだけしてろってこと。そんでほんとにサッカーして、ブエノスの住んでたとこのちっこいクラブに入ってさ。そっからなりあがったよ」

イツキは思わぬ感銘を受けた。日本のマラドーナって呼ばれたんじゃないですか、と聞きたかったが、機嫌を損ねそうで聞けない。

「二部リーグまでキャリアアップしたんだけど、同じチームの選手をボコボコにしてクビになった。俺がマフィアの若いのと飲み歩いてたら非難しやがったもんだから、頭に来てナメんじゃねえぞってなったんだよね。こんな凡人集団、離れられてせいせいしたって負け惜しみで思ったけど、暴力沙汰を起こすやつはどこも雇ってくれない。それでくすぶってたときに、亮から突然連絡が来て、スペイン語ができるなら日系人のデカセギを手伝ってくれないかって。まったく気乗りしなかったけど、二十五で他にすることもないし、引退じゃなくてクビで帰国なんてみっともないからできないし、ま、渡りに船ってやつ」

紫畑さんがこんなにしゃべる人だとは、イツキは思わなかった。まじまじと顔を見つめるイツキに、紫畑さんはニタリと笑いかけ、「これで信用してくれた?」と尋ねた。

「人によってストーリー、変えてるんですか」とイツキは反射的に言ってしまった。

ひゃひゃひゃ、と紫畑さんは笑い声を上げ、「疑り深いねえ。俺は嫌いじゃないね、サッカーのセンスとつながってるもんな」と喜んでから、「昔はその場しのぎの出まかせばっか言ってたけど、人生詰んでさすがに学んだよ。嘘はバレる。だから嘘つくんじゃなくて、トーンを変えるっていうかね」と説明した。

「相手との間合いでどんなフェイントをかけるか即興で判断していく、みたいな」

「わかってんじゃゃん。ていうか、俺がイッツキーに合わせてるつもりでいんのに、イッツキーが俺に合わせてくるよね」

「ですかね?」

「だって、俺、イッツキーのディフェンス、突破できてないもん。ついてこられてるもん。イッツキーも俺からボール取れてないけどね」

イッツキは紫畑さんに呑み込まれると察して、「本題に入っていいですか?」と流れを変えた。

「ああ、サッカー選手の売り込みね。プロクラブは無理よ。エージェント通さないと」

「実業団でもどこでもいいんです、日本で働ければ」

「俺が現役のときに声かけてくれた実業団とかに当たってみるよ。イッツキーは現地に行かないの? 行くときは声かけてよ、いろいろ紹介するから」

「私はブローカーじゃないんで」

「わかってんだろ、ラテンアメリカの仕事は人の縁がなきゃどうにもならないんだよ」

紫畑さんにサッカー選手たちを引き合わせる前に、イッツキはオバタリアンに、「アヘンシア・シバタ」という人材派遣会社の評判を確認した。オバタリアンは「イッツキーって、紫畑さんの後輩でしたか!」と驚愕し、「あの人、法律すれすれのことしてるんで、要注意ではあるんだけど、親身でもあるんですよね。ヤバいわりには不思議と悪い噂を聞かないですね」と評した。

ひと月半後、結果報告にカニャンドンガに現れた紫畑さんは、変わらぬバルデラマ・ヘアにチンピラファッションで、居合わせたコロンビア人たちがざわついた。おまけに「オラ、ブエナス」とスペイン語で挨拶するので、「エス・ウン・ナルコ?」とささやく声もあり、耳ざとく聞いた紫畑さんは、「メ・パレーフコ、ペロ・ショ・ノー」と人差し指を振った。麻薬マフィアじゃないかと疑われて、そう見えても違う、と否定したのだ。言葉のイントネーションのせいだろう、「アルヘンティーノ（アルゼンチン人）？」と聞かれ、また「メ・パレーフコ、ペロ・ショ・ノー」と人差し指を振り、笑いが起きてうちとける。

売り込みを頼んだ三人のうち、一人の選手は地域リーグの実業団に採用され、あとの二人は難しく、帰国することになった。日系人ってことにして日本で働けないか、工場でもどこでもいいから、と頼まれたけど断った、という。わざわざカニャンドンガに足を運んだのは、法律上のアドバイスを電話でもらったジョシートにじかにお礼を言いたいからだとジョシートを指差し、乾杯をするやたちまち二人は意気投合し、バーテンに次々とラテンの曲をリクエストしては、かたっぱしから歌い倒し、踊り、マラカスを振り、ボンゴを叩く。帰るころには、紫畑さんは「ヘフェ（ボス）」と皆に呼ばれていた。

年が明けて関西で大震災が起こると、復興のための土木関係の仕事が急増し、人件費の安い外国人労働者がたくさん動員され、紫畑さんもその人材派遣に追われた。同じ年の秋にはジョシートが司法試験に合格し、カニャンドンガで盛大にお祝いした。ペルーに滞在中で参加できなかった紫畑さんから十万円もするシャンパンが届いたのはいかにもマフィアっぽくて、皆大ウケした。ジョシートは翌年、司法修習生として静岡に引っ越していった。

関西の大震災は、日本中の人の心を折った。バブル崩壊後の暗い気分の中で何とか立っていたのに、みんな膝をついてしまった。身近な者を失った人たちの底なしの悲しみや苦しみ、街の惨状がメディアで報じられ続けて、誰もが喪失に打ちひしがれた。

そこから社会を立ち直らせた大きな力が、済民党連立政権だった。矢継ぎ早に有効な支援策を実施し、現場の声を聞いてきめ細かく対応するさまを逐一会見で報告したことで、行政は救いの手を差し伸べてくれているという安心感が醸成されていった。

二年前に発足した当初の済民党連立政権は、有権者の高すぎる期待を満足させることがなかなかできず、次第に支持率は下がっていったのだが、公約したお金を回す経済立て直しの手は着実に打っていた。金融機関への大胆な公的資金注入は、「庶民を犠牲にして銀行だけ救済」「財閥優遇」などと批判されたが、それなりの金融緩和を行い増税をせずにこらえたことで、ほんのわずかずつではあるが景気は回復、求人の冷え込みも底を打った。支持率も反転して持ち直す中で震災が起こり、その対応への信頼で急上昇した。この結果、夏の参院選で済民党は単独過半数を獲得し、政権運営をより安定して行えるようになった。

その参院選に、地元鎌川《かまがわ》県の選挙区で済民党から鈴原さんが立候補して、当選したのだった。

立候補を伝えてきたのは、花村夕《はなむらゆう》だった。梅雨入りしたころイツキの自宅に電話がかかってきて、鈴原さんが済民党から立候補するので応援してほしい、公示されたら友人知人にアピールしてくれないか、と頼んでくる。

「どういう風の吹き回し？」

済民党では潜在的な票を掘り起こすべく、女性候補者三割を目指し、「心当たりのあるあなたこそが候補者です」というチェックリストを公表、女性であるがゆえに不当な目に遭ったと感じる事例を細かく大量に示し、共感する人を適宜集めて学習会を開いた。大学院の博士課程に在籍しながら非常勤講師をしている鈴原さんは、それに参加して立候補を決め、一緒に参加した夕も協力することにしたという。

夕は弘前大学を出てから親の干渉を振り切ってカナダの大学に留学し、帰国してから東京で英会話学校の講師をしているけれど、鈴原さんが客室乗務員を辞めるときに相談に乗ってから、ともに女に生まれて損をしたという怒りを共有するようになり、次第にそれを行動で表すほうに向かっていった。博士課程への進学をめぐって亀裂が修復不能になった唯田と別れるほうへ背中を押したのも、夕だという。

夕の話を聞きながら、イツキはみずきのことを思っていた。鈴原さんと夕は共感して支え合うことができたから、こんな思いきった行動に踏み出せたけれど、みずきは誰とも共有できなかったから、半ば自分を捨てるようにしてこの社会を出て行った。

なぜ自分は花村夕になれなかったのだろうとイツキは荒涼とした気持ちで自問し、孤立していたのはみずきだけじゃなくて自分も同じだったのだ、自分が誰も信用せずに頼ろうとしないから、みずきも頼ることはしなかったのだ、と思い至った。

政治の世界から逃げてきたイツキには、選挙に関わるのは拷問なので協力はしなかったけれど、鈴原さんの街頭演説には行ってみた。日曜日の鋸浜《のこはま》駅前で、イツキが取材で経験した量の何倍もの聴衆を前に、鈴原さんはクールに、でも次第に熱を帯び、本当の平等社会を作ることを訴え、具体的な法案の内容までをもわかりやすく語る。小学生のときからスター性を秘めていた鈴原さんは、その魅力を爆発させ、聴衆の顔は上気している。

続いて応援演説の人が選挙カーの屋根に上がったとき、イツキは脳震盪を起こしたような衝撃を受けた。

梢だった。自分が出馬したいくらいだけど、私にはまだピッチという現場があるので、鈴原弥栄子に託します、ビッチという現場じゃありませんよ、私たちのことをそう見なす人もいるかもしれませんけど、と爆笑と大拍手を巻き起こす。イツキは即座に逃げ帰りたかったけれども、夕に促されて鈴原さんに挨拶をする。

「イツキには一緒に協力してほしいって、心底、思ってるんだけどな」と鈴原さんは言った。

「私はもう政治はうんざりだから。ほら、記者してたから」とイツキは自嘲的に答える。

「だからイツキが必要なんだって」

「私は安保党の政治しか知らないし」

「あれは政治じゃないでしょ。少なくとも、私にとってあれは私たちを政治から排除する仕組みでしかなくて、それはイツキも同じでしょう。だからいられなくなったんでしょう」

夕や梢もうなずく。

「今だって、選挙をミスコンと勘違いするなだとか、枕営業してるって怪文書まかれたりとか、握手するふりして触ってくる野郎だとか、政治のえげつない駆け引きを女ができますかだとか、妨害は波のように押し寄せてくる。だから一人でも防波堤が多くないと、決壊しちゃう」と夕が説明する。

イツキは、記者から政治の業界に進んだ架空の自分を、また想像する。その自分と、ここにいる鈴原さんとのあまりの別世界ぶりに、自分が消滅しそうな気分を抱く。

「また連絡する。イツキにしかわからない立場があるから、今度また話そうね」

鈴原さんは笑顔を絶やさず、行列をなす聴衆一人一人と会話を交わしていく。

梢からお薦めの店に行かないかと誘われ、二人で十本木《じゅっぽんぎ》の「サルサ・スダーダ」というクラブで飲む。「梢もサルサ、好きだったの?」と驚くと、「ロスでは標準だったし、日本でも今すごい流行ってるし」とうなずく。

ビールで乾杯しつまみを食べていると、小柄でぽっちゃりした女性が梢に寄ってきた。「やっぱりいたか」と梢は言い、二人はキスをした。フリーズしているイツキに、「光本直子《みつもとなおこ》。私のパートナー」と紹介し、光本さんは「イッツキーでしょ。よろしく」と爽やかな笑顔で言った。「やっと紹介できたあ」と梢は解放されたように言い、「私もやっと本物に会えた」と光本さんはイツキにまた微笑む。イツキは「よろしくお願いします」と言うのがやっとだった。

「いくつになったらその思春期の子みたいな純朴さ、なくなるわけ?」と梢は呆れる。「いろいろ経験してきたんでしょ。もうちょっと動じないでいられないの?」

「こういう性格だし」

「傷つきすぎて過剰防衛になるのはわかるけど、いつになったらその子どもの要塞から出てくるわけ? ずーっと待ってるんだけど」

いつになく苛烈な梢の批判に、イツキはうなだれてしまう。イツキの人間不信が成長の時間を止めているという現実を、また突きつけられる。今日は敗北感にまみれているので、よけい惨めになる。

「気にしないでいいよ。梢は自分のことを棚に上げてるけど、私からすると、過剰防衛とか、自分の話だから」光本さんが笑う。

「直子、優しくしなくていいし。イッツキーは眠れるウナギだから。起きたらすげえんだから、ウナギに優しくする必要ないんで」

「何でウナギ？」光本さんが怪訝そうに尋ねると、梢は少し考え、「あ、ウナギじゃねえ、ウツボだ」と言い、光本さんは息が止まるほど笑った。イツキは、それは獅子じゃないかと思ったけれど、指摘しなかった。

　フロアはサルサを踊る人たちで満ちていた。梢と光本さんも踊り始める。英語圏の人や白人も多い。誰もかも洒脱で垢抜けて余裕があるように見える。梢がイツキもフロアに引っ張り出し、手を組むと、サルサを仕込まれているイツキの体は自動的に踊り出し、梢は「やるじゃん！」と興奮する。梢とのシンプルなボールの蹴り合いに無上の喜びを覚えた中学時代が、一瞬よみがえる。梢のアスリートの身体は、リズムもターンもキレキレだ。

　サルサ・スダーダには、加治木夫妻の店で働いている日系ペルー人の若者たちと来たことがある。ラテン音楽の店といえば、マニラ・マニラにもボデギータにも行った。イツキの体は、どこでも誰とでも自動的に踊れた。けれどいまひとつなじみきれなかった。カニャンドンガのほうが落ち着く。カニャンドンガは場末の男くささと対になった女くささが支配している。その空気をイツキは好きではないし、苦手と言ってよかった。だから居心地がいいわけではない。それなのにホッとできるのは、サルサ・スダーダほどの強迫を感じないからだ。その強迫の感覚は、今日感じた梢に対する気後れとも通じている。

　踊って酔いの回った梢は、もう三十になって引退を考えない日はない、自分はこの先どうしていきたいのか迷いだらけ、だから弥栄ちゃんの生き方にはすごく考えさせられる、と告白し始める。でも来年のアトランタ五輪が女子サッカーにとっては本当に大事な運命の分かれ目で、結果を出さないと積み重ねてきたことが全部崩れてしまう、だからオリンピックまではサッカーに集中する、イッツキーにもほんとは現地まで見に来てほしい、アメリカに来て観戦してくれるという約束をまだ果たしてないし、と言う。

高みで輝いているように見える梢も、じつはとても追い込まれて不安にまみれているのだ。その梢を今は光本さんが支えている。誰に対してであれ、イツキに今必要なのは、この光本さんの態度かもしれない。


鈴原さんがぶっちぎりで当選した翌週末、唯田から電話がかかってきた。イツキが受話器を取るなり開口一番、「裏切りやがって」と唯田は言った。

「何だよ、いきなり」

「とぼけんじゃねえよ。おまえ、弥栄子の選挙応援に行っただろ」

「演説を聞きに行ったんであって、応援はしてないよ」

「それが応援だろうが。イツキも弥栄子の立候補を認めてるってことだろ」

「認めるも何も、鈴原さんの決めたことだし、私が判断することじゃないでしょう」

「おまえ、俺の気持ちをわかっててそういうこと言う?」

「唯田には唯田の考えがあるのはわかるけど、それは二人の問題でしょ」

「おまえだって女は身勝手だって同意したじゃねえか!」

「そんなこと言ってないよ。そういう反応が多いって言っただけだよ」

「あのときイツキは味方だと思ったから、弥栄子の間違いについて相談したのに、イツキは理解するふりして、内心では唯田はわかってないなとか笑ってたんだろ！」

唯田の声は次第に大きく威圧的になっていく。イツキも面倒に感じて、「もう別れたんだから、鈴原さんが何しようが自由なんじゃないの」と話を終わらせるつもりで言った。

一瞬の間が空いたあと、「そうだよ、自由だよ。俺だってもう結婚したしね」と唯田は挑発的な口調で告げた。

「そうなの？　おめでとう」本当に信頼があれば、イツキはとうに知らされていたはず。

「子どももできて、来年には父親だけどね」

「よかったじゃん。じゃあ何が不満なの？」

「不満なんかねえよ」

「すごい不満そうに言ってるんだけど」

「話しててわかったわ、イツキが何で國民日報を辞めたのか。せっかくいい新聞社に入ったのに、もったいねえって思ってたけど、まあ人の自由だから、俺も余計なこと言わないようにしてたけど、要は弥栄子みたいに洗脳されちゃったのね。今のこの自己チューをよしとする空気によ」

「はあ？」想像もしなかった唯田の言葉を、イツキはすぐに理解できない。

「俺はイツキには失国民になってほしくなかったよ。あの物わかりがよくて優しいイツキが、平気で俺らを傷つけるようになるなんて、ショックだよ」

「しっこくみんって、何？」

「いいよ、知らないなら知らないで。おまえらにはムカつくだけの話だろうから」

「洗脳されてるのは唯田なんじゃないの？　私の知ってる唯田とあんまりにも違う」

「それはこっちのセリフ。俺の友達のイツキとはまったく別人じゃねえか」

「家族もできて新しい人生を送ってるなら、過去のこと、もうこだわらなくてもよくない？」

「こだわってんのはこっちじゃねえよ、弥栄子だよ。おまえも聞いただろ、平等がどうとか。あれは俺に対する当てこすりなんだよ。弥栄子にとって俺は不平等の元凶らしいからな」

どんな言い方をしても話が通じないと徒労を感じたイツキは、諦めてただ聞くだけにした。肯定できないことにはうなずかず、「へえ」とか「なるほど」とだけ言って、否定もせずに流す。唯田は、鈴原さんがいかに自分に復讐しようとしているかをまくし立てたが、風船が萎むように言葉が止まり、最後は「すまんね、痴話ゲンカに巻き込んで」と悄然と我に返って電話を切った。

イツキは鈴原さんの身が心配になって、夕に唯田の電話を報告した。夕は深くため息をつき、「怪文書とかはどうやら、惣嗣《そうじ》とつるんでいる人たちがバラまいたらしいんだよね」と言った。

「鈴原さんは、唯田に頭に来て政治を目指したの？」イツキは念のために尋ねた。

「惣嗣に対して個人的にどうこうっていうんじゃなくて、弥栄はそういう理不尽で不公正な目にたくさん遭ってきて、惣嗣の態度もその一つってだけ」

「だよね。でも唯田はもう思い込んで、復讐の鬼みたいになってる」

「あいつも人生選べないで決められてるからねえ。その理不尽への怒りが無差別に暴発してるような感がある」

「無差別じゃなくて、鈴原さんに向かってるんでしょ」

「惣嗣にとって支えだったからね。でも寄っかかりすぎてた」

「夕のこともあんなに理解してたのにね」

イツキは高校卒業直後にセミ先生の家で集まったときのことを思い出す。妊娠中絶して親から弘前に追いやられて絶望していた夕を、クラスの集まりに呼んで言いたいことを言うように促したのは唯田だった。

「そうだったね」と言ってから夕はしばらく黙ってしまい、「夕？」とイツキが呼びかけたら、「惣嗣も公平だって感じられるようにしてかないとね」とかすれた声でつぶやいた。

イツキは学生時代に『人生は夢』に巻き込まれそうになったとき、唯田に尋ねたことがある。宗教というのは、人に正しい生き方を示すのが役割なのかと。唯田は「それがわかったら修行なんかしないよ」と苦笑し、次のようなことを言った。

うちは神社だから、お参りに来るのは形式的や習慣的な人が大半で、神道に熱心な人が少々。人生相談をそうそう受けるわけでもないし、冠婚葬祭の依頼もめったにない。親父は、神社が教義や思想を語ったらおしまいだ、って考え。思想信条を語ったり指南し始めると、神社は過去の過ちを繰り返す。無数にいる神様なんて人間には理解できないから、頼ったりしようがない。うちは容れ物を提供するだけで、そこにどんな中身を入れるかはお参りに来る人それぞれ。まあ、ひとことで言えば、気を落ち着かせる場所。そこでぼんやり過ごして悩みを一時保管してほんのちょっと荷が軽くなる場所、くらいかな。何はともあれ運を天に任せようくらいな気持ちになれるまでただぼうっとしていられる場所と時間を提供するのが、神社であり神道のできることじゃないかな。

ちょっと虚無的で唯田らしい捉え方を聞いて、イツキは自分はおかしくないのだと思えたのだった。けれど、今、唯田は神社の中にいながら、自分の苦しみを一時保管して気を落ち着かせる場所を見失っている。

「みんスポ」の正井から連絡が来たのは、そんなことを思い出していたころだった。六月に、『人生は夢』の創始者の施肥住人《せひすむんど》と幹部の袴田数樹《はかまだかずき》が、ひっそりと逮捕されたという。

「マジ？」

「やっぱり知らなかったか。参院選に持ってかれちまったもんな。詐欺罪で捕まったんだよ。そうしたら大規模テロの準備をしてたってんで、近々、大量の逮捕者が出そうなんだよ。これからえれえ騒ぎになる。それで鬼村にも、元関係者として取材させてほしいんだわ。信者はどんな連中かとか、鬼村が信者になりかけた経緯とか、間一髪で抜けられたわけだとか。もちろん匿名で」

イツキは記憶を探ったが、あの体験はぼんやりしていて明確には覚えていなかった。ただ、正井に「信者になりかけた元関係者」と決めつけられたことには、強い抵抗を感じた。それで、

「いやあ、私はそこまで深入りしてないよ。うちに来て強引に勧誘されて、困ったなって悩んだだけで」とやんわり拒んだ。

「セミナーに何度か参加したって言ってたろ」

「何か施設を案内された気はするけど、セミナーまでは行ってないと思う。私もさすがにそこまでバカじゃない」

「ざけんなよ、俺にこと細かに打ち明けてくれたじゃねえかよ。鬼村はあの体験が動機になってマスコミを志望したって言ってただろうが」

「うん。ああいう危ない団体のこと、まだ世の中が認知しない段階で警鐘を鳴らすのがマスコミの役割だって思ってたからね」

「話作るなよ！　そんなこと言ってねえぞ。自分がハマりかけた理由を知りたいから取材したかったって、俺はこの耳で聞いたよ。今になって、深入りしかけた事実を消すのかよ。汚ねえな」

正井の声は怒りで上ずっていく。

「私、現実と想像がよく入り交じっちゃうから、入信した私を想像して、不安のあまりそれを自分でも信じちゃって、そう話したのかも」

「そこまで俺をコケにする？　だったら、こっちもこの話、使わせてもらうからな。関係者Ｏさんってことにして、Ｏさんは入信しかけた過去があるにもかかわらず、今になって関わりを否定、事実をゆがめて人を騙すという意味で創始者の教えを忠実に実践している、洗脳の恐ろしさとは当人に気づかせずに支配できるところにある、って記事にするから。鬼村の許可なんか取らねえよ」

「捏造してるのは正井でしょ。その話、私とは関係ないから」

「こんな絶望、初めてだよ。何でこんなタチの悪いやつに俺は関わっちまったんだ」

正井の予告どおり、八月後半から九月にかけて『人生は夢』は続々と逮捕者を出し、テロ未遂に世は騒然となり、しばらくはそのニュース一色に染まった。

正井との関係は途絶えたものの、『人生は夢』の報道に触れるたびに、イツキの苛立ちは募って抑えられなくなる。暴力的で自暴自棄な気分が高まって、帰宅すると夜中に缶ビールを次々に空け、板チョコを三枚も四枚も食べたり草加せんべいを一袋食い尽くしたりし、次第に体重が増え、やたらと汗を掻くようになり、その汗が自分の脂肪分であるかのように錯覚し、体じゅうが脂まみれで生ぐさい動物臭を放っている気がして、自分の肉体を穢らわしく感じる。

このままでは唯田のようになるのではないかと恐怖を感じたとき、イツキは久方ぶりに架空日記を開いていた。

一九九五年十月十四日（土）晴れ

逮捕されたハカマダカズキは、もう何か月も留置場ですごしている。勾留期限が過ぎそうになるとナントカ容疑で再逮捕されるということを繰り返して、まだまだ勾留され続けるのだろう。起訴される前に寿命が尽きるんじゃないかとさえ思う。

容疑は認めていた。事実を淡々と供述した。仲間が不当に罪を着せられないように、話し方には心を配ったけれど、嘘はついていない。

一番の問題は、ハカマダカズキが自分をハカマダカズキだとは思えないことだった。自分はニッキであって、ハカマダカズキなる人物ではない。それなのにハカマダカズキとして逮捕されている。

ニッキはあくまでも代弁者として、ハカマダのしてしまったことを話しているだけだ。なぜニッキが知っているのかといえば、ハカマダは間違った道を選んだニッキのことだから。

多重人格とかではない。ニッキもハカマダになってもおかしくなかったけれど、現実にはハカマダにはならなかった。ニッキはハカマダが採った道を、途中で離れた。だから、ハカマダにはならなかったし、ニッキがいる限りハカマダは存在しないはずなのだ。

テロが未遂に終わったのは、ハカマダや仲間が失敗したからではなくて、ニッキがその道を選択するのを途中でやめたからだ。だから正確に言えば、未遂ではなく、計画自体がキャンセルされた。取りやめられた破壊計画は、罪には問えないはず。放っておいても、その先に何も起きないのだから。

セヒさんは、テロを起こせとは一言も言っていない。世界を「救済」するのは覚醒した者の役目だよね、というような教えを説いただけ。

セヒさんは一方で、『人生は夢』の信者を「救済」するとは、その人を転生させるお手伝いをすることだと、皆に思わせた。ターゲットを騙して入信させて破滅に追い込むと、救済できてよかったと評価した。

その点は罪に問われるだろう。けれど、世界の救済については、信者が間違って解釈して暴走した、と言い張るだろう。

ニッキは、のちのち「信者が間違って解釈した」と言い訳される道を塞ぐために、セヒさんが望むような解釈をやめた。このとき、ハカマダは消えたはずなのだ。ニッキはハカマダになる道をつぶした。

このため、ニッキはセヒさんにとって邪魔者となり、他の幹部たちから救済の対象にされつつあるのを感じていた。セヒさんが障害物を取り除くよう、ほのめかしたのだろう。逮捕がなかったら、ニッキは救済されて、世界を救済する計画は実行に移されたかもしれない。

しかし、逮捕されたのはニッキではなく、ハカマダカズキだった。ニッキはハカマダへの道をつぶしたつもりが、進んでしまったのかもしれない。避けるために選んだ道がじつはハカマダへの道で、そう選択するよう仕向けられていたのかもしれない。

ハカマダカズキは、自分はハカマダカズキではない、と否定し続けている。けれど、もはやそれがニッキの真実の叫びなのか、ハカマダカズキによる保身の工作なのか、自分でも判別できない。

だからニッキは、ハカマダカズキを極秘裏に救済することにした。これはニッキにしかできないミッションだ。ニッキがハカマダカズキではないことを知っているのは、ニッキだけだから。全人類を、さもなくば日本列島の首都の数十人だけでも救済する計画は、結局、それを計画した者自身が自らを救済するだけに終わりそうだ。

袴田数樹が勾留中に自殺したことは、『人生は夢』が卑怯者の集団であるという印象を強め、断罪の大合唱になった。日記を書いた後にやましさが消えたイツキは、その大合唱に消極的に加わった。周囲が『人生は夢』の極悪非道を非難すると、イツキも共感したような顔をしてうなずき、ときに「自業自得だよね」だとか「きちんと法で裁かれるべきだった」などと言ったりする。その底にある感情は、安堵だった。

『人生は夢』のテロ未遂事件も、年を越すと急速に忘れられていった。その後、長い年月をかけた裁判の結果、施肥住人と幹部数人は詐欺罪での実刑判決が確定したものの、テロに関するさまざまな容疑はすべて無罪になったことは、イツキを含め世のほとんどは知らないままだった。ただ正井だけが公判を欠かさず傍聴し続け、最初の記事から含めシリーズ本として出版した。

一月六日の土曜日に、ペルー人のコミュニティでレジェス・マゴスのフィエスタ（パーティー）をするから準備を手伝ってほしいとセミ先生から連絡があり、イツキは川原崎に出向いた。

キリストが誕生したときに現れた「東方三賢人」にちなんだカトリックのお祝いごとで、子どもたちにプレゼントを贈る習わしになっているので、イッキも秋場原《あきばはら》で中古のゲーム機を買った。全員に渡すことはできないので、図書館の本のように共有することとして、一番公平な感覚を備えている高校生のタケリートに渡した。

タケリートこと猛《たける》へススと、弟のエル・ヤマトこと大和《やまと》パブロの中村《なかむら》兄弟は、日系二世の両親とともに五年前に来日、一言も日本語を話せなかったという困難を乗り越えて、日本の高校と中学で学んでいる。粘り強く真面目な性格なのもあるが、三年前に日系ペルー人との交流サッカーを始めてからずっと関わっているセミ先生が、子どもたちが日本語の習得に苦労して学校で孤立するのを捨てておけず、週末に日本語を教えるようになったことも大きな助けになっていた。タケリートは最年長で週末教室のリーダー的存在になり、いち早く日本語をマスターすると、自分も教室を手伝うようになった。そして高校受験にも成功して、下の子たちから慕われている。

イッキにも教えるのを手伝ってほしいと、セミ先生からはずっと頼まれていたのだが、イッキがときどき教えていた、オバタリアンの妻のモニカをセミ先生の教室に紹介したときに顔を出したきり、忙しくて疎遠になっていた。

フィエスタでセミ先生は、自分がサポーターである鋸浜マリネーロスの青いサッカーシャツを子どもたちにプレゼントして、いかがわしい洗脳だとからかわれた。先生も交えて子どもたちとゲームでひとしきり盛り上がったあと、学校やコミュニティでの近況を尋ねると、みな一様に硬い表情になる。

日本語がわからずに学校から脱落していったり高校進学できなかったりした子たちが、「テル」と名乗るギャング団みたいなものを作り、恐喝したりバイクで暴走したり地域の日本人や在日の不良たちとケンカしたりしていて、関わりのない日系人たちも不安な思いをしている、という。

なぜ「テル」なのかと聞くと、日本の不良たちから「テルー、テルー」とからかわれ、「ペルー、バカにするな」と言い返すと、「ペルーのことなんか言ってねえよ。それともおまえら、ペルー人じゃなくてテルー人なの？」とさらに侮蔑され、屈辱の蓄積が求心力となってギャング団ができていき、日本人たちにプライドを示すため、侮蔑を逆手にとって「テル」と名乗るようになったという。

日本の生活になじめずに犯罪に手を染めた大人のペルー人が、あぶれた子たちを従えていいように使っているという話は、イツキもよそで聞いていた。みんな頭に来ているけれど怖くて口を出せなくて、できるだけ関わらないようにしているが、自分の子どもが心配だ、と。

フィエスタの後片づけを終えると、イツキはセミ先生のうちに泊まった。もう遅い時間で南鰻和までは遠いし、明日は休みだし、桂子がアメリカに二週間の語学留学中で寂しい、とセミ先生がよるべない調子で言うので。

セミ先生とサシでつきあうのは、じつは初めてだった。風呂をいただいてビールを飲みながら、イツキは桂ちゃんの様子を尋ねる。

「語学学校の放課後に大学サッカーの練習を見に行って、交ぜてもらってるらしい。学生たちからうちの大学に入れって誘われて、その気になってるみたいだ。秋にはそこに留学したいって言ってるよ。サッカーで認められれば奨学金がもらえるようだし」

「私も大学時代の奨学金、返してますけど、けっこう負担です」

「奨学金は返さなくていい。返さなきゃならないなら、それはローンだろう」

「ほんとだ。何か騙された気がする。しかしもう大学生かあ。ぐりちゃんサッカーを始めたのって、私が大学生のときなんですよね」

「ほんと、鬼村には感謝してる。みんなにお礼言いたいよ。こうやっていろんな人が関わって、ちょっとした親戚になってくれたから、いつどこでも物怖じしない人間になれたんだ」

「やっぱり、ちょっとした親戚みたいな人をたくさん作ろうって考えてたんですか」

イツキはこの十数年間、聞きたかったけれど聞けなかったセミ先生の家族の件に触れてみた。今の会話で、セミ先生も今日はこの話をしたいのかもしれないと感じたから。

「まあな。そこまではっきりした考えがあったわけじゃないけど、桂子には親が欠けてると感じてほしくなかったから、必死でみんなに関わってもらっているうち、あんな感じになってった、ってところだな」

「私も十一歳で母子家庭になったから、その感覚はわかります。父と母がいるより母だけになったほうがよかったんだ、これがうちの普通なんだって、懸命に思おうとしてました。実際にはどっちがよかったかなんて、わかりっこないんですけどね。人生は一回だから、そうじゃなかった人生は想像にすぎないわけで」

「だから鬼村にはとりわけ桂子に関わってほしかったんだよ、一人親を普通として生きている人間として」

「何となくそんな気はしてました。でも、うちは父親が病死だけど、先生はどんな経緯でこの形の家族になったんですか」

先生は妙な作り笑いを浮かべ、毛が薄くなったために自らバリカンで五分刈りにしている頭を撫でた。

「隠すつもりはなかったんだけどな。みんなが気を遣って訊かないようにしてくれてただろ、それに甘えてたら、経緯とかはもう重要じゃなくなっちゃってな」

セミ先生はそこでふうと息を吐き、大きく吸うと、「桂子は私の妹の子でね、妹は地元で警官をしていて、独り身で桂子を産んですぐ、ひき逃げに遭って亡くなったんだ」と一息に言った。そしてしゃっくりのような音を立てた。「すまない、初めて言えたら感極まってしまったよ」と洟《はな》をかみ、続ける。

「妹は実家暮らしだったから、赤ん坊の桂子をうちの親に預けて警官の仕事してたんだけど、あの時代、子育てしてる母親への配慮なんてほとんどなかっただろ。内勤の仕事にはしてもらったものの、忙しくなると現場に駆り出されてな。強盗事件で緊急手配があって、駆り出されて、車で逃げていた犯人が、止めようとした妹をはねた。そしたら簡単に死んじゃってな」

「そうだったんですか……」

「うちの親はその当時もう七十歳前後でな。私の上には何人かきょうだいがいたけど、みんな戦中生まれで栄養失調で亡くなって、生きているのは戦後生まれの私と妹だけ。今どき、高齢のお祖父ちゃんお祖母ちゃんが親代わりじゃ桂子がかわいそうだ、親戚に養子に出そうという話になって、いたたまれなくなって私が育てることにしたんだ。未婚の男手一つで子育てなんてとんでもないって猛反対の嵐だったから、ほとんど人さらいみたいにして桂子を連れ帰ったよ」

「桂ちゃんは事実を知っているんですか」

「小さいころから話してあった。友達の家庭なんかと違いすぎるから、否定的な気分もいろいろあったと思う。でも、絶対にそれを私に見せないんだよ。こっちも不安でパンクしそうなのに、絶対桂子に感じさせちゃいけないって思ってるから、気張ってるだろ、それを感じて桂子もがんばっちゃうんだよ」

「超ませた子でしたもんね」

「無邪気を装うんだよな。でも敏感に人の顔を読んでるんだよ。そしてそれをまったく人に見せない。あくまでも、おませさんって思わせるんだ」

「法的には先生の子になってるんですか」

「いや、妹の子のまま。そこは変えたくないから、私は法的には後見人だ。本当の親とか、代わりの親とか、育ての親とか、どう考えたらいいのか、私もまったく混乱してわからなくて、大量の架空日記を書いたよ」

イツキは魂の深いところから納得し共感し、ああ、と息を吐いてうなずいた。イツキに架空日記を勧めたころ、セミ先生自身が赤ちゃんを抱えて架空日記に頼っていたわけだったのだ。

「誰かと結婚して母親を持たせるべきなんじゃないかってことも、何回も何回も自問した。でも、無理に誰かに妹の代わりを務めてもらうってのも不自然に感じて。考え続けてたら、母がいて父がいてって、本当にそれじゃなければいけないのか、だんだんわからなくなってって、血縁とか関係なく親戚めいた人があれこれゆるく子育てに関わってくれるのでもいいような気がしてきたんだな。教師をしていると、どの子もほんの少しだけ自分の子の部分があると思うし。日常的に関われば、何らかの関係が生まれるから」

「桂ちゃんの母親って話抜きに、先生は人生で一緒になりたい人はいなかったんですか」

イツキは飛び降りるつもりで踏み込んだ。

「その問題に行き当たる前に、子どもが先に現れたというところだな」と先生はイツキの顔をじっと見て言い、「父親とか母親とかの役割のことがわからなくなったら、男女のこともまったくわからなくなってな。それで桂子に鬼村を見て育ってほしいって思ったところもある」

「やっぱり」

性のことに惑い続けて答えの出ないイツキに、やはりセミ先生は期待していたのだ。でもその先達の役割を、イツキは梢に任せた。

「私自身、鬼村と接してすごく揺さぶられたんだよ。塞がれてた窓をいろいろ開いてもらった。だから、もっともっと開いてほしいと思って、架空日記を書くよう勧めたんだ」

イツキは何度もうなずいた。

「でも私自身は、ろくでもない学生時代だった。ラブ&ピースの時代だろ、奔放にセックスしまくることがこの世をよくするって都合よく短絡して、既製品の欲望に溺れてた。バンド活動して、盛り上がって、飲んでセックス。そうしたら学生のうちに燃え尽きてしまった。そこから禁欲のほうに振れて、教師になって、己のことをよく知らないまま、子どもが現れた。だから自分がどんな性なのか、結局今でもわからないし、向き合えてない。鬼村にそれを期待したのは、桂子のためだけじゃなくて、私のためでもあったのかもしれないな、今気がついたよ」

セミ先生は変わらない。イツキが小学生のときから、こうやって話していると、自分で気づきを得て納得したりする。

「でも先生はもう向き合う必要を特に感じてないんじゃないですか」

「そうなんだよ。これから老後を生きるのに、支え合う人が必要なのかなってたまに考えるけど、あまりに嘘っぽくてな。今、こうやって日系人の親子たちと関わっていられれば、それで満足なんだよ。何か家族の感覚、強いだろ、あの人たち。そこに入れてもらってる限り、今までみたいに生きていけるなと」

「秋から本格的に寂しくなりますね」

「その話はまだしないでくれよ」セミ先生はよるべない表情で首を振った。「連絡用にパソコンを買って電子メールっていうのを始めろって言われてるんだ。ウィンドーズ九十五って、鬼村はわかるか?」

「年末に買いました。私も仕事で強制的に使わされてます。国際電話やファックスの費用が、国内の電話代ぐらいで済むんですよね。でも自宅で使うとなると、自分でプロバイダーと契約しなくちゃならないと思います」

「ごめん、何言ってるか全然わからない。バイト代払うから、私の代わりに、購入から設置までしてくれると助かるんだけどなあ」

「先生、憐れそうな声出さなくても、やりますよ」

「持つべきものは教え子だな。それで鬼村の身辺は最近どうなんだ」

「鈴原さんにからまれてます。ちょっと顔出せ、貢献しろって」

セミ先生はよく響く大声で笑った。

「あれはボスの才能あるな」

「男とか女とか超えてどうしたらいいのか、意見を聞かせてほしいって頼まれてるんですけど、自分でもまだわからないことなんで、答えられないんですよ」

「そうか。政治家が鬼村に意見を聞こうって、すごいことだぞ」

「それだけならいいんですけど、一緒に同僚として働かないかって」

「秘書のお誘いか？」

イツキは首を振り、「次期総選挙に出ないかって」

「出るのか？」

セミ先生は大声で驚いたが、イツキはまた首を振り、「絶対に政治家にはなりません。命がいくつあっても足りなくなるので。私は先生と一緒で、今の環境でようやく棲息できるようになってきているんです」と言った。

先生もうなずき、「そうだ、年賀状、見るか？」と立ち上がった。

セミ先生が担任をしたクラスごとに几帳面に分けられた年賀状を、イツキは手に取る。畑見《はたみ》かえでは何と四人の子持ちだ。息子の写真が中心の安本健人《やすもとけんと》は、大学時代の自惚れアイドルから、小学生のときのガリ勉メガネ姿に戻り、税理士事務所に勤務している。林《はやし》君は実業団で陸上の長距離選手をしていたけれど、去年、引退した。林君の親友だった金城《きんじょう》君は、バブル期に資産を築いて、今はホテルチェーンを経営しているというのには驚いた。

「オーツ君はどうしてますかね？」

「何年かに一人二人はいるんだけど、罪を犯して刑務所にいた。もう出所したと思うけど、どうしているかはわからない」

「何したんですか?」

「詐欺罪だ」

イツキは動悸が激しくなった。「女の子を騙して金を巻き上げるとか、やりそう」と動揺をごまかしたが、「そんな言い方はないだろ」とセミ先生にたしなめられる。

「これだけ子どもとつきあってると、いろんな運命があるよ。事故や病気で私より先に亡くなる子もいるし、自ら終える子もいるし、派手に輝く子もいれば、地味に充実してる子もいる。不思議だよ、子どものころからは予想もつかない運命をたどる子もいっぱいいるんだよな。袴田も去年までは律義に年賀状くれたけど、あれが最後になってしまった」

セミ先生の言葉に、イツキは呼吸が苦しくなって一生懸命に息を吸った。意識が遠のいて、もう死ぬんだと思った。いや、すでに死んでいるのに、生きている幻覚を見ていただけかもしれない。幻覚の裂け目が開いて、本当は死んでいる自分が顔をのぞかせたのかもしれない。

セミ先生がイツキの口に紙袋をあて、背中をさすりながら「はい、吸って、はい、吐いて」とゆっくり言っている。それに合わせて呼吸をしたら、現実世界が戻ってきた。

「過呼吸だ。慌てなくていい。ゆっくり普通に息をすれば、元に戻る」

「詳しいですね」

「教師をしてれば、たまに立ち会うことになるからな」

人心地ついてからイツキは、「袴田って、世を騒がせたあの袴田数樹ですよね? うちのクラスにはいませんでしたよ。というか、うちの学年にもいないし、先生が他の学校の担任をしたときの子とかじゃないですか」と笑った。

「何言ってるんだよ、袴田がいじめられた問題をクラスみんなで話し合っただろ。それを歌って話し合って、うまくいったんじゃないか。私が歌うのを注意されたころなんだから、鬼村のクラスだよ。唯田と古久保《ふるくぼ》が初めて謝って、みんなで拍手したじゃないか」

「クラスのみんなと会っても、そんな話、誰もしたことないです」

「人間って、覚えていたくないことは本気で忘れるもんだ」

先生は「あった、これだ」と、袴田の去年の年賀状を引っ張り出してきた。イツキにも見覚えのある丁寧な楷書で、空々しいほどに前向きな目標が書いてある。

イツキは、信用できないのは自分なのか、と疑った。けれど、記憶のどこを探っても、同じクラスに袴田がいたことはない。袴田と出会ったのは、南鰻和に越したばかりのころ、『人生は夢』に勧誘しに来たときだ。

でも本当にそうだろうか。袴田のことは子どものころに知っていたような感触もある。記憶はないのに、感触はある。しかし、セミ先生に説明する言葉は見つからず、イツキは話題を変えた。

「唯田は今でも来ますか?」

セミ先生は微笑み、「頻度は減ったけど、来るよ」と言った。「あんまりいい大人になってないことはわかってるけど、私のところに来るときは外面《そとづら》を忘れたいときなんだろうから、変わらずにおしゃべりを聞いてるよ。私からすれば、相変わらず唯田だしな」

「先生が唯田のすべき仕事をしてるみたい」

「そう思うか?　じゃあ、唯田はそれを学びに来てるんだろう」

「唯田には架空日記を勧めないんですか」

「なるほど。書くのが好きな子じゃないと向いてないと思ってたから、思いつきもしなかったけど、それもありかもな」

「私は裏切り者扱いされました」

「ああ、私に毒づいてたから知ってるよ」

「先生はどう答えるんですか」

「腹が立っても、人のこと悪く言うと、損なわれるのは自分だぞって言う。悪く言うほど自分の感情が壊れていくし、もっと悪く言わないと気がすまなくなるし、そんな自分をイヤになるし、って。唯田もシュンとなって同意したよ」

「先生に言われると素直に耳に入るんでしょうね。私が言ったらさらにブチ切れるだけだと思います」

「人にはそれぞれ役割があるんだ。だからいろんな人が関わることが大事だ」

セミ先生は巨大なあくびをし、「鬼村とこんな話をする年齢なんだなあ」と言った。「私も老けたってことだ。もう眠い」

夏に入るころ、花村夕から連絡が来て、「みんスポの正井記者って元同僚でしょ、紹介してくれない？」と頼まれた。世間では忘れられつつあった『人生は夢』の詐欺事件を、済民党は一貫して問題視しており、宗教の名のもとに詐欺が行われることを憂慮して、その線引きについて法制化できないか検討するため、正井記者にヒアリングしたいのだという。党内では、それは連立を組んでいる、宗教信者が支持層の正道党《しょうどう》の手足を縛りかねない行為で、法案化の検討などすべきではないと主張するグループもあり、党内が割れかねない案件なのだけれど、鈴原さんは積極派で、極秘に有志で研究会をしたいのだという。イツキは、相手は記者なんだから直接連絡取ればいいでしょ、と渋ったが、イツキを通すことで信頼度がガラッと変わるんだから紹介って大事なんだよ、と粘られ、不承不承応じた。

　正井に連絡すると、案の定、いたって不機嫌な応対だった。それでもヒアリングの件は承諾し、「友達でさえ体張って法を作ろうってのに、当の被害者である鬼村が逃げ腰なんだからな」と嫌みを言い添えた。

　しばらくのちには夕から、正井記者がイツキの体験も聞くべきだと勧めてくれたのでぜひ参加してほしい、と頼まれたが、断った。正井の批判のとおり自分は目をそらしているとやましく感じる一方で、今さら蒸し返されてなぜ自分が責められなければならないのか、というお門違いの憤怒にもからみつかれた。

　懸念されたように、有志によるこの研究会は正道党の知るところとなり、済民党執行部の姿勢いかんでは連立解消に向かいかねない、深刻な亀裂となった。執行部は鈴原さんたちに、繊細な時期なのだから今は研究会を中止するよう命じた。

　済民党にとって「繊細な時期」なのは、政権が戦後の総括に大きく踏み込む決断をしたためだ。日本統治時代に朝鮮半島から慰安婦として強制連行させられたと、当事者が数年前に証言した件で、済民党連立政権はこの夏、それらの事実と帝国日本の責任を認め、謝罪の談話を発表したのだ。さらに、補償を行う民間の基金を政府主導で設置し、その発足に合わせて首相が電撃的に元慰安婦たちのもとを訪れ、「つらい思いをさせましたね。このようなことは二度と繰り返しません」と頭を下げた。

この政治的決断は、世に強烈な賛否両論を巻き起こした。右派は亡国の徒として首相や党幹部への脅迫めいた糾弾を繰り返した。評価する者の間でも、首相の言葉が謝罪なのかどうかが議論になったが、首相は「述べた言葉がすべてです」としか説明しない。高く評価する者と、欺瞞だと批判する者と、許しがたい売国行為だと攻撃する者たちの、対立といがみ合いは世を分断し過激化し、連立政権や済民党への支持率は落ち始めた。

果ては、カミソリと白い粉の入った脅迫状が、鈴原さんの自宅と実家と議員会館事務室に送りつけられるという事件に至った。すぐさま写真週刊誌が鈴原さんの私生活の一挙手一投足を盗み撮りした写真を掲載すると、他の雑誌も追随する。さらに、卑猥な言い回しで罵ったり貶めたりする言葉が、インターネットの電子掲示板に次々と書き込まれていく。

済民党はこれを厳しく批判し、あらゆる手を尽くして個人攻撃と誹謗中傷を取り締まると明言したが、いずれも加害者の特定に難航し、鈴原さんへの暴力はエスカレートする一方だった。鈴原さんを守ろうとする声は、鈴原さんの悪女のイメージの洪水に呑み込まれ、掻き消された。当初はひるまないという毅然とした態度を見せていた鈴原さんも、次第に人前に出られなくなり、姿を現すことが減っていった。

イツキも心配で夕に連絡を取るものの、あちらはパンクしている状況なのだろう、返事は来ない。方々から情報を集めるが、鈴原さんの現状はわからない。アトランタ五輪に臨もうとしている梢に聞くわけにもいかない。

やきもきしていると、セミ先生から、唯田と電話で話してくれないか、唯田も爆発寸前で鬼村が関わる必要がある、と頼まれた。

唯田は鈴原さんの様子を本気で心配していた。実情はわからないとイツキが答えると、重苦しくため息をつき、「俺でどうにかできるんなら何だってするよ」と感情のない声で言った。「でも受けつけてくれないよね。たぶん、弥栄子のスタッフとかはみんな、俺の一派が仕掛けてると思ってるんだろうから。イツキだってそう思ってるだろ？　前科持ちだから、そう思われても仕方ない。でもここは信じてほしいんだけど、俺は今回はまったく関わってないんだ」

「前科持ちって、あの選挙のときの嫌がらせはやっぱり唯田だったの？」

「怒り狂ってたら、古久保とか神社つながりの連中から、このくらいしてもいいんじゃないかって中傷ビラを焚きつけられて、乗ってしまった」

「その言い方、ずるくない？」

「まあ、俺の責任だよ。だから、弥栄子にはちゃんと謝りたい。けど、今回は俺は何もしてないんだよ。むしろ、こんなことになって、つらく感じてる」

「唯田の友達がやってるってことはないの？」

「それはわからない。何人かに聞いたけど、はっきり答えない」

「前回の件が唯田の責任なら、今回、もし友達が関わってるなら、唯田の影響とも言えるんじゃないの？」

「一度邪《よこしま》な道に入ったら、そう簡単に抜けられないってことはわかってる。今回は関わってなくても、俺に責任の一端はあるよ」

「この話を私から鈴原さん側に伝えてほしくて、私と話してるってことだよね？」

「そういう意図があることは認める」

「それは疑われるのが心外だから？　冤罪なんだから責めないでほしいと？」

「きついなあ。俺ほんと参っているんだから、そんなにぶっ叩かないでくれよ」

「心配して責任を感じるなら、唯田の友達が関わってるかどうか、全力で調べてよ。それだけが鈴原さんの気持ちに応える術《すべ》でしょ」

「わかった。もっとしつこく探ってみる。俺の交友関係がどうなろうが、徹底的に調べる」

イツキがイラッと来て「当然でしょ」と返すと、唯田は「だいたい、済民党が調子こいてあんな行きすぎた対応取るから、弥栄子にも火の粉が飛んで、こんな目に遭うんだよな。わざわざ被害に遭うようなことしなけりゃよかったんだよ」と漏らした。

「いやいやいや、鈴原さんは首相のお詫びにはかなり深く関わってるって聞いたよ。とばっちりみたいな言い方はおかしくない？」

「そうなのか。弥栄子は筋を通して偉いよ。ただ、自分から殴られるような真似、しなきゃいいのに。やり方ってのがあるだろ」

唯田はまずいと思って、自分の意見と感情を訂正したつもりなのだろう。しかし思いきり尻が見えている。

「申し訳ないけど、唯田のこの電話の話、私からは伝えられないよ」

「何でそうなるんだよ！　こんなに心配して申し訳ないって思ってるのに、どうして伝えてくれないんだよ？　疑ってんのか？」

「疑ってないよ。唯田が今回は何もしてないのはよくわかった。でもそれは唯田が直接伝えるべきだし、今は適切な時期じゃない」

「おまえ、俺の陣営だと思われるのが嫌なんだな。俺と通じてるって、勘違いされたくないんだろ？」

「そんな理由じゃないよ。今言ったとおり。私も唯田も嘘を言ってない。ごまかしてない。だから言葉どおりに受け取ろうよ」

　唯田はふてくされて電話を切ってしまった。

　鈴原さんからはほどなくして友人宛に電子メールが一斉送信され、精神科に通っているが最悪の精神状態は脱したこと、皆がガードしてくれたおかげでもちこたえたこと、年内には国会に復帰したい旨が、短い文面で感謝の言葉とともに伝えられた。イツキはセミ先生にメールの内容を報告した。セミ先生経由で唯田にも伝わるだろう。


　アトランタ五輪の梢の活躍を、イツキはテレビで観戦した。グループリーグの三戦すべてで得点を決め、一勝二分けでベスト4の出そろう準決勝に出場したが、ミア・ハムのいるアメリカに敗北。泣き崩れる梢をハムが寄り添って抱きしめている写真をネットサーフィンで見つけたときには、イツキもパソコンの前で号泣した。三位決定戦でも負けて、念願のメダルは叶わなかったものの、最低限の目標達成にイツキは安堵した。優勝はアメリカ、最優秀選手はハムだった。

　オバタリーアの仕事は大きくなり始めていた。ペルー人が多く住む川原崎の団地の一室で食材を売っていた加治木夫妻は、去年「Mercado FUFU（夫婦市場）」という店舗を近所に開いたが、今年の秋から冬にかけて、川原崎駅の近くにレストランもオープン。やはりデカセギペルー人が多い同じ鎌川県内の大輪市《だいわ》には、格安の二十四時間国際電話ブースを備えた食材店の二号店を出すなど、事業を拡大させていた。オバタリーアはこの「FUFUカンパニー」に出資し、事業計画もともに練り、食材の仕入れを独占的に担った。イツキは南鰻和に帰る時間もなく、実家に泊まることが増えた。

母親は岬の旅行会社の割引を利用して、年に三回は海外旅行に出ており、岬は添乗員の仕事でさらに頻繁に留守にしていた。それぞれが自分の人生に没頭しているので、イツキは油断した。秋の夜長にいきなり母は、「それであんた、三十すぎて人生どうするつもりなの」と尋ねてきた。今の生活に満足しているし仕事で手いっぱいだから他のことは考えられない、と答えた。母親は疲れた表情になってイツキを凝視したため息をつくと、「私はそんなに信用されてないのかしらね」とつぶやいた。そして、「あんたがどんな人間だっていいのよ。ただ、肝心なことは隠さないでほしいのよね。私だって案外モダンなんだからね」と言った。イツキは一瞬、正直に話そうかと前向きになったが、言葉が出てこなかった。説明する言葉自体がない。だから、「そっか。まあ、そのときが来たらね」と意味深な言い方で煙に巻いた。

その晩は寝つきが悪かったが、目覚めると何か月かぶりに夢精をしていた。寝ている間の体は、自分ではないと思った。実家では汚れた下着を洗うことは避けたく、ポリ袋に入れてしっかり閉じて駅のゴミ箱に捨てた。その手の器官すべてを、こうして簡便に公設のゴミ箱に捨てるイメージが、瞬間的に脳内をよぎった。

たまにしか日本語クラスに顔を出さない中学生の子が顔に傷を負って現れた、とセミ先生から連絡が来たのは、翌一九九七年の夏の終わりだった。学校は夏休み期間で、セミ先生は五日間の集中教室を開いていた。きょうだいゲンカだとその子は言ったが、セミ先生は嫌な予感がすると心配していた。

その懸念は最悪の形で実現してしまった。湾岸急行川原崎駅前で友達と待ち合わせしていたエル・ヤマトが、暴走族の少年たちに暴行されて死んでしまった。暴走族の少年たちは抗争中のペルー人グループ「テル」に仲間を半殺しにされ、その報復として「テル」のメンバーを狙ったつもりが、誤認してまったく関係のないエル・ヤマトを襲ったのだ。

さらに悪いことに、この事件に絶望したエル・ヤマトの兄のタケリートが、暴走族の少年を襲い、重傷を負わせて逮捕された。

オバタリアンとイツキは、自分たちが絶望し悲しみに暮れる間もなく、ペルー人コミュニティのケアに奔走した。不良少年同士のいさかいのはずが、ペルー人ギャング団の「テル」は常軌を逸して凶暴で残忍だという、センセーショナルなだけの報道が相次ぎ、デカセギ者コミュニティは不信と恐怖で外部に心を閉ざした。子どもの中には不登校になる者も続出した。エル・ヤマトの葬儀は限られた者だけの参加にとどめられ、タケリートに続く者が現れないよう、大人たちは子どもの行動を厳しく制限した。

セミ先生は必死で放課後に教室を開き続けたが、やがて心労でダウンした。セミ先生の心の崩壊ぶりは、見たことのないものだった。常に目を赤く腫らし涙ぐみ、事件の話になればすぐ嗚咽《おえつ》する。お酒を飲み過ぎないよう、桂ちゃんのいないセミ先生の家にイツキは泊まり続けた。唯田やカズちんや近所の人も、様子を見に交代で顔を出す。

週刊誌やネットの掲示板等では、襲った側も襲われた側も、差別的な言葉で罵倒された。特に、襲った側の暴走族に在日朝鮮人の少年がいたとして、集中砲火を浴びた。首相の元慰安婦への「お詫び」以来、在日の人たちは激しい差別にさらされていた。

そんな中でイツキのPHSに連絡をしてきたのが、紫畑さんだった。テルの連中を集めとけ、という。「私にそんな力はないです」と答えると、「タケリートからの重大なメッセージを発表するとか何とか、適当に言って集めろよ」と命じられる。

指定の日に紫畑さんは例のチンピラファッションで現れた。茶色く染めた短髪、刈り上げ部分には模様が剃ってあり、太い二の腕にはびっしりとタトゥー。最初は日本人のヤクザが仕返しに来たのかと、テルの面々はざわつき身構えたが、紫畑さんが例によって俗語だらけのスペイン語で「オラ、ボルードス（マヌケども）」と語り始めたとたん、静まった。

「おまえら、何やってんのよ？　俺はブエノスでナルコと友達になったせいで、サッカークラブのチームメイトを半殺しにして、人生終わりかけた。あっちはそんな誘惑だらけだよな。ここは日本だろ？　ナルコもセンデロもいない。おまえらと似たようなあぶれ者がちょっといるだけ。殺し合う相手か？　こんなこと繰り返してると、ビザ取り上げられて、今度は本当にナルコやセンデロに入るしかねえとこに戻されるかもしれないよ。それでいいんならもっとやれよ。じゃなきゃ、悔しいぶん、がんばれよ。日本人だって全部敵じゃねえだろ。こいつとかそいつとか、味方もいるじゃん」とイツキとオバタリアンを指さす。「確かにおまえらはすげえ不利だし見下されてる。けど、突破する道はこの人たちが教えてくれてるんだから、目、開いてよく見ろ。そんなわけで今度、あの暴走族連中にリベンジする。ただし、サッカーで」

イツキもそんな絵空事でテルたちの怒りが収まるとは思わなかったので唖然としたが、少年たちも、何寝ごと言っちゃってんの、などとざわめいた。

「カルマ、カルマ（静まれ）」と紫畑さんは手で制す。「おまえら、本物のサッカーを知らねえから、そんな子どもの顔してるんだよ。サッカーは格闘技だよ？　ケンカじゃなくて格闘技で決着つけろって言ってんの。ケンカの強いド素人とプロの格闘家が戦ったら、どっちが勝つと思う？ド素人が勝つと思うやつ、いる？」

場はシーンとしている。

「だろ？　格闘に勝つには、技術と知恵がいるんだよ。サッカーという格闘で勝つには、本当に強いハートと頭がいる」紫畑さんは心臓と頭を指さし、少年一人ひとりを見る。

「わかったなら、この人について練習しろ」と紫畑さんはイツキを指さし、イツキは「ええっ？」と頓狂な声を上げ、紫畑さんは「あと、試合のときおまえらのチームにはプロの助っ人が入るから」とつけ加えると、おおー、と小さく歓声が上がった。

「せめて事前に教えといてくださいよ」とイツキが泣き言を紫畑さんに言うと、「仕方ねえだろ、俺だって話しながら思いついたんだから」とあっけらかんとしている。

「じゃあ、暴走族がサッカーに応じるか、全然わからないんですか？」

「無理じゃねえの？　そしたら、あいつらは逃げた、って言っとけばいいよ。とにかく、今はサッカーさせとけよ」

「やっぱり口からデマカセですか」

「嘘は言ってねえよ。一応、試合組むよう、ネゴはしてみるからよ」

どんな手管を使ったのか、試合は実現した。助っ人として現れたのは、何とイツキが入団に奔走したチューチョだった。それどころか、人数が足りないと言って、イツキまでメンバーに加えられた。そしてギャラリーには、心配で硬い顔のペルー人コミュニティの面々に交じって、普段は表情の乏しいジョシートが満面の笑みで観戦していた。

紫畑さんは、ゲームに臨んでくるのは逮捕されなかった連中であり、エル・ヤマトに直接手を下したやつはいない、ということを念押しした。殺気立った空気の中、試合は始まった。互いに相手を壊すことを狙ったようなタックルが連発され、乱闘寸前になるが、危険な行為をした者には、主審の紫畑さんがイエローカードの代わりにみぞおちに一撃を加える。何人かがそうして転がされ、紫畑さんが、「おまえら、やっぱド素人か。相手の攻撃をかわすのにもっと頭使えよ」と促してからは、次第にサッカーになっていった。助っ人のいるテルチームが三対一で勝利した。

試合終了後に紫畑さんは互いに握手をさせたが、とても和解という感じではなかった。去って行くときに中指を立てている者もいた。紫畑さんは、第二戦も予定してるからもっと練習しとけ、と両チームに言った。どうせまたデマカセだろうけど、実現するかもしれないデマカセだな、とイツキは思った。

驚愕したのは、数日後の地元新聞や全国紙の地域面に、「ペルー人少年暴行死事件、サッカーで仲直り」という記事がそれなりに大きく掲載されたことだった。紫畑さんはどうやら、記者たちに声をかけていたらしい。紫畑さんの説明に基づいたと思われるストーリーには、いくぶん事実と異なるニュアンスもあったけれど、コミュニティの人たちをほんの少し安心させた。自分たちを危険視する目ばかりではないと感じられたのだろう。

事件は、セミ先生から桂ちゃん、桂ちゃんから梢、梢から夕へと共有されていった。


そのころ、世界の経済はアジア通貨危機の影響でダメージを受け始めていた。加えて日本では、バブル経済崩壊後の不良債権処理に失敗した都銀と大手証券会社が経営破綻した。雇用状況がにわかに悪化し、自殺者が急増し、済民党連立政権の支持は二割を切った。

解散総選挙が見込まれる中、投票への影響を最小限に抑えたい正道党が、済民党との政策の不一致を理由に、年末に政権を離脱。夏に衆参同日選挙となり、いずれも済民党は大敗し、過半数近くまで議席を戻した安保党が、何と正道党と連立を組んで政権を奪還した。

選挙が終わった直後、國民日報時代の同僚、宗田虎太郎が、久しぶりに飲もうと誘ってきた。本社整理部を二年務めた後、コタローは政治部に異動していた。バリバリの社会派記者を目指していたはずだが、いつからか政治部志望に変わったらしい。

ずっと野党担当として安保党を取材してきたコタローは、まるで自分が政権を取ったかのように高揚していた。

「鬼村が取材してたころより、安保党もだいぶまともになったよ。野党として四年も冷や飯食わされて、このままではいかんとさすがに反省する部分もあったんだよね。若手なんか目の色変えて政策の勉強会開いて、議員立法もできるくらい政策立案能力を上げてるし、おっさんの政治家より謙虚だよ。そういう成長株の議員を内閣に登用できれば、思ったより仕事のできる政権になると思う。これは下野した効果だね。そういう意味では、済民党にも役割があったな」

イツキは、コタローは時を追うごとに傲慢になっていくな、と思ったが、口には出さない。

「俺もさ、いきなり整理部に行かされたり、もう終わったと思われた安保党に張りつかせられたり、冷や飯食ってるわけよ。だから、それでもがんばったあいつらにちょっと感情移入しちゃうところはあるよね。お互いよく耐えて、目にモノ見せてやった、みたいな」

「コタローももう十年選手でしょ。他社に移る話はどうなったの？」

イツキは次第に意地の悪い気分になって、コタローが触れてほしくないだろう話題を、あえて振った。

「いやあ、機会があればいつでも移るつもりではいるよ。でも、だんだん選択肢がなくなってきたんだよなあ。だから、中途採用に応募するのも、ちょっとためらっちゃうんだよね」

「真実に行くってずっと言ってたでしょ」

「ずっと前にも鬼村と話したけどさ、マサミにはマサミの欠点があるじゃない。やっぱり、ちょっとバランスを欠いてるっていうか、特定の層のほうだけ向いてるっていうか。それに比べれば、うちはまあまあ中庸だと思うんだよね。まあまあ、だけどね」

イツキは耳を疑った。國民が中庸？　右派も悪くない、と言うようになったのならまだしも、中庸？　「そうかなあ」とイツキは柔らかく疑義を呈する。

「あくまでもマサミとの比較でいえばって話だよ。マサミは記者には言論の自由がないだろ、マサミの見解に沿わない記事は書けないだろ。うちはそのへんいい加減だし、人手が足りないから、社の見解と違うこと書いてもうっかり載っちゃったりするし、よくも悪くもぼんやりしてるから」

「私は選挙の記事で社の論調に合わなかったとき、書き直されたことがあるよ」

「それは論調というより、記事が未熟だったんだよ。まだ二年目とかでしょ？」

イッキはパラレルワールドに迷い込んだ気持ちになってきた。「私の記事が書き直された経験なのに、何でコタローが真相はこうだみたいに言えるの？　コタロー、全知全能？」

「いや、まあ、鬼村の経験のことは俺もわからないけどさ、鬼村だって支局はともかく、政治部の経験はないわけでしょ。うちの政治部は、けっこういい加減で融通が利くんだよ。そこはマサミとは違って、利用しがいがある。だからもう少しここで様子見ようかな、と。政権取り戻した安保党がどこまでやれるのか、つきあってみたいしね」

「マサミとの比較じゃなくて、他の新聞との比較だったらどう？　それでも中庸？」

「それは社によるでしょう。言えるのは、やっぱり共産主義が失敗に終わって、日本だって保革の対決じゃなくなって、保守系保守か中道か、みたいな選択になってるわけじゃない。済民は政権取ってから左傾化して、そのせいで支持を失ったんだから、やっぱり左派の時代じゃないってこと。だから、どこの社も多かれ少なかれ中道に寄ってきているというか、ノンポリになって是々非々になっているというか、変わってきてると思う。それがマサミは相変わらず五五年体制のまんまなんだよ。鬼村からしたら、俺が変わったように感じるかもしれないけど、それは時代が変わったからで、時代のその変化は歓迎すべきことだろ？　それとも鬼村は共産主義者？」

「何、その分け方」イッキは苦笑し、「私もベルリンの壁が壊れてから、いいほうに変わってるって思うけど、変化に取り残されてるのは安保党のほうじゃないのかなあ」

「えっ、鬼村、済民シンパなのか。済民って安保党じゃ使えなかった敗残者が集まった烏合の衆だよ。『使用済《しようず》みん党』って、中じゃ呼ばれてるよ」

「使えなくなったのは安保党のおっさん議員だって、さっきコタローは証言してたけど」

「期待しろとまでは言わないけど、新生安保党が案外悪くないって俺の予言だけは覚えといてほしいな。のちのち、わかるから」

コタローは自信たっぷりに言うと、少し声を潜め、「あいつら、確実に憲法改正を実現させるよ。詳しくは言えないけど、絶対にやり遂げる」と言った。

「九条？」とイツキが聞くと、秘密を知る大物然としたほくそ笑みを浮かべて、ゆっくりとうなずいた。

年を重ねて人間が変化することに、驚きや失望があるわけではなかった。その変化の仕方に、イツキは不思議な感覚を覚えた。コタローがどれほど熱く「新生安保党」への思い入れを語ろうと、イツキにはコタローと話をしている感覚が薄かった。コタローだった部分はぼんやり霞んで、國民日報さんなる人としゃべっている感じだった。いや、人という感じさえ、あまりしない。一斉に芽を出したカイワレ大根が、午前中は全員で左に傾いていて、次第に西に日が回る午後には、皆で右に傾いているさまを見ているような。そのイツキも、同じく日光に惑わされている豆苗だったりする。

イツキは何年か前に龍と再会したときを思い出した。会社であれ『人生は夢』のような教団であれ、組織に長くいるといつの間にか自分の心の一部と組織が合体して、自分の意見として組織を自然に代弁できるようになるらしい。苗床のカイワレになって、環境に合わせて一斉の動きをするこの状態を洗脳というのだな、とイツキは合点がいった。

つまり、洗脳されずに生きている人は、世の中にはほとんどいないということだ。どんな組織

やコミュニティにも関わることなく一人だけで生きている人間など、皆無に等しいのだから。

それなら自分は、今いったいどんな洗脳のもとで生きているのだろう。

イツキは久しぶりに、無性に架空日記を書きたくなった。

一九九八年七月十九日（日）晴れ
仕事が終わると、ニッキは今日も自宅である畑に帰る。ただいまーと言って、モグラの前足の形に変化した手で、畑の土を掘ってもぐりこむ。掘り返した土は、ふかふかの布団。全身を土に包まれると、ニッキは数秒で意識が消えて、脳みそが土中に広がっていく。人間である時間はここで終了して、ニッキの植物の時間が始まる。

意識が土の中に溶け出している間、ニッキには脳がない。ニッキは全身が芋になっている。体のくぼみや先端から芽が上に伸びて、根が下に広がっていく。けれどニッキ芋は昼間は人間しているため、一日中芋である他の芋に出遅れる。地上に出た芽は、すでに伸びている他の芋の芽に邪魔されて、いい位置を確保できない。夜の光をあまり浴びることができない。

地中には、ニッキの他にも、芋になっている人間たちがたくさんいるのだ。裸の肉の塊だけど、肉ではなくて芋。しかも、この芋たちは十全に葉と茎を茂らせているので、人間に変わる必要がない。ただ人間になりうる芋として、人間にはならないまま繁栄している。たっぷり養分を蓄えてどんどん太り、他の芋にくっついていく。

すると、芋同士、つながってしまうのだ。芋は合体して一つの芋となり、どこからどこまでがもとの古い芋だったか、まったくわからなくなる。芋は合体を繰り返し、今では畑は巨大ないくつかの芋に占領されている。地球上にはそうして太った巨芋が地中にたくさん生存して、人間にならないまま人知れず枯れたり増えたりしているのだ。

ニッキは他の芋にくっつかれても、なぜか合体できない。大きくなった芋たちがひしめき合ってニッキを四方から圧迫しても、ニッキは合体しないまま、ただ大きくなることを阻害されてそこにいる。巨芋に取り囲まれて監禁されているような具合になる。

ニッキはもう慣れている。葉も茎も芋も常に圧迫され続けているから、ニッキが伸ばせるものは根しかない。ニッキの根はひたすら深く遠くまで伸びていって、芋ではない植物たちの根と遭遇する。ネギだったりトマトだったり大根だったり、ブルーベリーだったりリンゴの木だったり欅だったりメタセコイアだったり。その根たちが栄養を融通してくれるのだ。土の中の菌類たちも、それを手伝ってくれる。そうしてニッキは、畑の土の中で文字どおり泥のように眠りながら、安心して養分を補給する。

それらは考えて行っていることではない。芋である間、脳はないのだから。まわりとの関係で、ニッキに取れる選択を自動的に取っているだけ。その結果、まだ枯れていないだけ。

いや、本当は枯れたことがある。でも、芋であるニッキには、脳もなければ心臓もない。だから、枯れてはいても、死んではいない。根っこにはいくつか別の芋が太っていて、そこからまた芽や根が出ている。それはニッキの子孫とかではなく、ニッキなのだ。

この言い方も正確ではない。心臓も脳もないのなら、個別性なんか存在しないのだから。個別性とは、他とは違う、という意識によって生まれるもの。他とは違うがゆえに自分なのであって、他とは違うという認識がなければ、実際に他と違っていても、「自分」は存在しない。脳がないから、認識する機能がない。だから芋であるニッキは、ニッキでもなくて、他の芋、というのも存在しなくて、ひたすら芋という現象が土の中で起こり続けているだけ。

　もちろん、ニッキは畑で眠っている間、そんなことを考えたりはしない。脳がないのだから。何も考えずに芋をしているから、朝が来て畑から出て人間に戻ったとき、ニッキは生まれ直したような新鮮さでいられるのだ。

　けれど、じつは人間である間も同じなのではないか、とニッキは思い始めている。脳と心臓があっても、実際には個別性なんかなくて、自分という区分けもなくて、人間という現象の一部であるだけなんじゃないか。個別性も主体性も意思も、脳が見る幻覚で、実態は芋と変わらない。まわりとの関係で取れる選択を自動的にしているだけ。選択というより、運動というべきか。芽が伸び、根が広がるその仕方と同じ意味で、運動。動き。

　たとえそうであっても、人間でいる時間は、脳の見る幻覚から離れることができないのも確か。だから、自分という区分けに縛られ続けるのも致し方ない。自分という区分けだけじゃなく、性とか欲望とか所属とか、無数の区分けに縛られ続けている。そこに芋があるから根が避けただけなのに、区分けが、「無視して避けやがった」「嫌なのに近寄ってくる、気色悪い」「気があるのかな」「紫芋って、威張ってる」などと、ありもしない意味を突きつけては物事を厄介にこじらせる。

　だから、植物時間が必要。本質は同じでも、やっぱり植物になって、脳のない時間が必要。

第七章

つる草の繁茂する歴史

二〇〇一年九月十一日の午後、イツキは光本直子《みつもとなおこ》さんと成田空港にいた。シーズンが終わってアメリカから帰ってくる梢《こずえ》を出迎えるためだ。日本で休暇を過ごしたいというチームメイトも、梢と一緒に飛行機に乗っている。昨日からの台風の影響で、予定通り到着するのか心配だったが、ピークは過ぎて無事に着陸できそうだった。

　光本さんと会うのは五年ぶりだった。サルサ・スダーダで梢に紹介されてから何度か三人でご飯を食べたりしたが、ほどなくして梢がアメリカのチームに移籍したので、光本さんとはご無沙汰になっていた。今回、梢からイツキも成田に来るよう頼まれたとき、邪魔になるからとイツキは遠慮したのだが、梢は「そういうの無意味だから。会いたい人と会うんだからこの四人で」と取りあわない。

　到着を待ちながら、その話を光本さんにすると、「私たちは一般的なカップルとは少し違うから」と言う。「お互い、一番大切な人であることは間違いないけど、二人でいることが何よりも特別とかは思ってないし、そういうロマンや神聖視もないんだよね。二人の時間が必要なら自分たちで作るし、それぞれが今していることを尊重してる。本当に空港で二人で再会したかったら、梢は友達を連れて帰国しないから」

　イツキは感心すると同時に、その感じ、すごくわかる、と思った。「私も、誰か特別に大事に思える人を探さなくちゃって思うと、何かきつくて。カップルになれる相手を見つけなきゃいけないって圧力は、中学くらいからもうあるでしょ。あれがどうしてもわからなくて、そのことを考えると自分はこの世の中に半分しか参加できないんだなって思う」

光本さんは切ない表情になり、「私も梢と会わなかったら、自分が亡霊みたいにしかこの世にいられない気分は続いていたと思う」と言って、梢との出逢いを語り始めた。

梢やイツキより三つ年下の光本さんは、生まれてから大学を卒業するまで仙台で育ち、バブル期に東京の小さな広告代理店に就職した。けれど、世の価値観とまったく肌が合わず、東京のノリにもついていけず、体調を崩して二年で辞めて、いったん実家に帰った。コンビニでバイトをしていたときにお菓子の新商品のプロモーションイベントがあり、企画を手がけていた同年代のバクみたいな男の子に打ち上げに誘われ意気投合したら、独立してイベント会社を始めるから社員にならないかと誘われ、翌年再び上京した。

転職はうまくいき、スポーツシューズのイベントを担当したときに、女子の履けるサッカーシューズが少ないと相談され、調査のために花和《はなわ》ブロッサムズの試合を見に行って、協力を依頼した相手が梢だった。取材をしたあと飲みに誘われ、サルサ・スダーダに連れていかれて、踊りの手ほどきを受けているうち、自分が亡霊ではなく実体を持ち始めている感覚があって混乱しつつ昂ぶり、この実体感を梢となら確認し合えると思えて、梢に誘われるがままことに及んだ。けれど、あとからとてつもない不安に襲われ、自分は誰ともつきあえない、と梢に表明したら、「どうでもいいよそんなこと、恋愛とか幻想だし」と答えが返ってきた。

「最初は梢の言っている意味がわからなかった。だって、つきあうってことがよくわからないって言うと、たいていの場合、淫乱か不感症って見なされるのがオチでしょ。どうでもいいとか言うから、うっかり私のほうが、相手なんかどうでもいいってことはセックスだけしてればいい人?って思っちゃったんだよね」

「自分が梢のことを淫乱認定しちゃったんだ?」とイッキは笑った。

「そう。そういう目でしか見られない人たちのことを軽蔑してたのに、自分がそういう目で見てしまった。すぐに、そういう意味じゃなくて、カップルになることがゴール、みたいな発想がないんだって、気づいたけどね。不思議なんだけど、そうしたら梢とつきあうことができちゃった」

「ああ、わかるー。はたからすれば『つきあってる』という言葉になるんだろうけど、二人の場合、今たまたま一緒にいたいから一緒にいるという状態が続いてるってことだもんね」

「イッツキーはやっぱり話通じるな」と光本さんは深くうなずく。「つきあって三年目には、アメリカ行くことになったから、って相談もなく言われたからね。梢の中では、私がどうするかは私の問題で、もし私も一緒にアメリカに行くってことになったら、そのとき、生活はどうするのか相談が始まる」

「光本さんにも、行きたいって気持ち、あったの?」

「直子、でいいよ」と言って、光本さんは首を振る。「だいぶ後になってから、そういう選択肢もあったか、って思った。思っただけで、行けばよかったって後悔したわけじゃないけど。要するに思いつかなかった。二人でくっついて生きていくのが基本って発想が、二人ともないから」

「私だったら、一緒に行かないと冷たいって思われるかな、とか悩んじゃうかも」

「私も梢とだから、そういう縛りを忘れることができたんだよね」

「でも、互いに忠誠を誓ってるわけじゃないから、アメリカで梢が新しい関係を作ったりすることもあるかもしれないじゃない。そういうのは気にならなかった？」

直子は「そこなんだよねえ」と微笑み、「全然気になってなかったのに、アメリカに遊びに行って、梢が親しい人を連れてきて、意味ありげに目配せし合ったりしてるのを見たとき、どんよりしちゃったんだよね」と白状した。

「嫉妬……？」

「でしょうね。イッツキーが言ったみたいに、忠誠を誓い合うような結びつきなんて理解ができないのに、他の人に強い親愛の情を示されると、平静ではいられなくなってしまう。独り占めしたいとかって感覚は全然ないんだよ。矛盾するけど、それが現実なんだよね。だから私には、誰とでも同時並行でつきあうとかっていうのは、受け入れられないかな」

直子はそこで言葉を切って、イツキをじっと見た。

「恥を忍んでぶっちゃけるけど、じつはイッツキーにもちょっと嫉妬してたかもしれない。梢ったら、イッツキーならこう言うとかイッツキーならこうするとか、しょっちゅう言うから。私も会ってみたいって言っても、なかなか紹介してくれなかったし」

「何も考えてなかったんでしょ」

「それはわかってたんだけどね」

「そっかあ、私、初対面のときは警戒されてたのかあ」イツキがため息をつくと、「ないない、それはない」と直子は手を大きく振って否定した。「急に引き合わされて心の準備はできてなかったけど、これなら私も仲間に入れるって踊り出したかったよ」

「事実、踊ってたよね」

「あの日、三人で踊ったのは楽しすぎた。今でもね、私の中にはあの日からずっと踊り続けてる三人がいるんだよね」

「『パートナー』って紹介されたけど、私には耳慣れなかったな」

「梢が使い始めた言葉なんだよ。恋人とかカノジョではピッタリこないし、まあ、他人に関係を説明する必要もないし、いっか、って思ってたら、梢が、アメリカではパートナーって言葉を使うっていうので、そうなった」

「でも何だろうね、パートナーって。その、固定的な二人のセット感って」

「私もいまだにわからない。ただ、世間に合わせる必要はないって思えたら梢とつきあえるようになって、こうして一番ベースになって、折に触れ立ち返る場所になると、パートナーっていいなって幸福は感じる」

「そっかあ。私も、ずっと一人はつらいかもってことは思うんだよね。十代で引き籠もりを余儀なくされたこともあったし、あんなふうに生きるのは二度とゴメンだっていう拒絶感はある。でも、私みたいなのが誰かとずっと生活をともにするっていうことも、全然考えられない。もしかして、一対一じゃなくて三人とか四人だったらパートナーできるのかな、とかも考えるけど、それも限界にぶち当たった経験あるし。直子が同時並行でつきあうのは受け入れられないって言ってたけど、その感じもわかるんだよね」

「何かね、習慣になればできるっていう側面もあると思うんだよね。自分がどんなタイプでどんな形で生きていくのが向いてるのかわからないから、正解を探してると、何もしないでいるしかなくなるでしょ。どこにも合うとこはないから。けど、梢とこうやって、無理はしないようにしながら、なりゆきで一緒に生きていると、それがだんだん自分にとっての自然になってくる。そうすると、居心地は悪くないし、これでいいかって。だから、三人とか四人だって、例えば私と梢とイッツキーとかみたいに感覚を共有してる人同士なら、三人でパートナーとかも自然にできるようになるかもしれない」

直子はいったん言葉を切って、またイツキをじっと見据える。「例えば、親子三人で愛情を共有しているとする。この場合、相手二人のどっちが大事とか、決められないでしょ。パートナーと子どもでは関係が違うから、どっちも大事。そうやって三人のバランスが調整されてくわけで」

「子ども、欲しいの？」イツキの口から思わぬ言葉が飛び出た。

直子は虚を突かれた顔をして一瞬言葉を失ったが、すぐに平常に戻り、「これもねえ、今までまったく欲しくなかったんだよ。それが急に、いるっていう状態にも興味が出てきちゃって。それはそれでいいかもって」と言った。

「へえ。それも習慣によって変化したことの一つなのかな」

直子と梢が赤ん坊を世話している様子が頭の中で想像されてから、イツキはようやく気づく。この二人は、一般の異性カップルのようには子どもを作れない。自分は何を言い出してしまったんだと気まずくなり、ことによったら妙な展開になったりしないかと不安も感じ、イツキはうつむいてしまう。

自分の体への嫌悪がぶり返し、自嘲的な気分で謝ろうと顔を上げたとき、直子は「あっ」と言って携帯で話し始める。慌てたように返答して通話を切ると、「もう到着してロビーに出てるって。どこにいるんだよ、って叱られた」と走り始めた。イツキと直子は、ベンチの多い出発ロビーで時間をつぶしていたのだった。

一緒に来たチームメイトはルピータと名乗り、まずは久しぶりの直子と固くハグし合う。チカーノだと英語で言うので、イツキがスペイン語で自己紹介をすると、目を丸くして驚き、「ポルケ・アブラス・エスパニョール？（どうしてスペイン語を話せるの？）」と尋ねる。イツキは簡単に、ペルー人たちと働いているから、と答えておく。そして、「エレス・チカーノ？ ノ・チカーナ？（チカーノであって、チカーナじゃないんだ？）」と確認する。ルピータは嬉しそうに微笑んでうなずき、「ジャ・エンティエンデス・トード、ウェイ（話が早《はえ》えな）」と言うと、梢に向かって「エス・ウン・チンゴン。マス・ケ・エスペラーバ（こいつ、すげえ。期待以上）」と言い、首をかしげる梢に気づいて英語で説明した。それを梢が直子に日本語で説明し直す。

「チカーノってメキシコ系アメリカ人のことなんだけど、ルピータが自分はチカーノだって言ったら、イッツキーがすかさず、チカーナじゃなくてチカーノなんだね？って確認したから、こいつ、できるやつだって感心してて。スペイン語だと、女性の場合はチカーナになるんで」

ルピータは梢とだいたい同じ背丈だが、肩幅が広く、刈り上げた短い髪を赤と金色のマーブル模様に染め、日に焼けた梢よりさらに濃く、精悍な「へ」の字形の眉と鋭い吊り目を持ち、ストリート系のオーバーサイズTシャツに腰パンだ。イツキは、久しぶりに加《か》藤剛《とうごう》の眉を見たと思った。

「アイ・アグリー・ウィズ・ユー（同感）」と直子はルピータに言った。そして、日本語で「待ってる間イッツキーと長話して、何か楽だぞって思った」と梢とルピータの顔を見て言った。梢がそれを英語にする。「ケ・チード（イケてんじゃん）」とルピータはイツキを見てイタズラ小僧のように笑い、「でも、名前が覚えらんねえ。イッチュキ?」と言うので、「イッキーでいいよ」と答えた。

「ユー・トゥー・アー・セイム・アメリカンズ（二人とも同じアメリカ人）」と梢がイツキとルピータを指すと、「リアリー?（マジ）」とルピータはイツキを見て、「ナシステ・エン・ピンチエ・US?（クソ合衆国で生まれた?）」と聞き、イツキは「イエス、アイ・ワズ・ボーン・イン・チカゴ（シカゴ生まれ）」と答え、「イ・トゥ? デ・ケ・パルテ・デ・エスタードス・ウニードス?(アメリカのどこ?)」と尋ね返す。ルピータは「イーホレ、コモ・シ・ノ・エストゥビエラ・エン・ハポン、ウェイ（日本にいる気がしねえ）」と目を丸くして言い、英語で「だって、英語、スペイン語、普通に混ざり合って、実家のバリオ（街）で会話してるのと変わんねえし」と梢に言った。梢は「日本語も入ってるから」と言い、「そうだ、やっぱ日本にいるわ」とルピータはうなずいて、みんなで笑った。

　スカイライナーに乗ると、梢と直子が並び、イツキはルピータと座った。疲れたら一眠りしてもいいよと言うと、機内でさんざん寝たから今夜は眠れないと思う、と笑う。

　イツキはためらわずに、「チカーノだけど、名前はルピータなんだ?」と尋ねた。ルピータは女性の名前グアダルーペの愛称だ。ルピータはうなずき、十代のころは嫌でGR《ジーアール》（Guadalupe Rosario）と頭文字で呼ばせてたときもあったけど、今は気に入ってるから、と言った。親御さんもアメリカ生まれ?と聞くと、両親ともメキシコの農家の生まれで、父親はミチョアカン州、母親はメキシコ州で、母親の実家にはたまに行くという。二人とも非正規でアメリカに越境し、数年後にアルバカーキで知り合って、アメリカで正規に暮らすために自分ら子どもたちを作った、自分は大学まで行きたかったから奨学金をもらえるようにサッカーを磨いた、それで何とかここまでやってる、チカーノあるあるのストーリーだよ。

「イッキーはメキシコに行ったことある？」

「ない」

「そりゃ行かないとなんねえな。いつか案内すっから」

「ほんと？　約束ね」

イツキが目を輝かせると、ルピータは何とも甘い表情で嬉しそうに微笑む。

上野で降りてから梢は、ホテルは取ってないんでイツキのうちに泊まる、と言い放つ。

「マジか。学生じゃないんだから、せめて事前に言っといてよ」イツキが諦めつついちおう抗議すると、「学生のときより金欠だから。奨学金ないぶん」と英語で言い、ルピータも大きくうなずく。「男子サッカーのほうが人気ないくせに、給料は高いんで、同じにしろって活動が始まってるけど、どうなるやら」と梢は説明した。

南鰻和《みなみうなわ》駅前のコンビニで食べ物や飲み物を買い込み、イツキのうちで順にシャワーを浴びてから、乾杯をする。お腹が満たされたところで、梢がルピータに、「無事に着いたって、キャスに電話しときなよ」と勧め、イツキの家電《いえでん》を借りてルピータが電話をすると、ルピータは顔をこわばらせて「オーマイガッ（なんてこった）」を連発した。電話を切ると、心配する三人に英語で、「ヤバいテロを企んでた連中が捕まった」と言った。

「飛行機を乗っ取ってそのままニューヨークとか政府のビルに突っ込むっていう同時テロの計画で、実行される前に捕まったけど、ルピータの乗った飛行機が乗っ取られてたかもしれないと思

う と 生きた心地がしなかった、ってキャスが泣くんだよ」

直子がすかさずテレビをつける。夜七時のニュースで大きく取り上げられている。ルピータは自分のノートパソコンを取り出し、イツキの部屋のインターネット回線に接続すると、情報を調べる。

計画犯は聖戦主義者《ジハーディスト》の人たちだという。狂信的な宗教指導者たちが発する常軌を逸したファトワー（布告）に従ってあちこちでテロを起こしている、宗教原理主義の結社だと、テレビでは解説している。

イツキは、オバタリーアの元中東担当だった匡一《きょういち》さんから、ジハーディストのことを教えてもらったことがある。後進を育てた匡一さんは一線を退き、今はご意見番をしている。

中東では今年の初めに、ＱＵＴＯ《クトー》と称される「クルアーン条約機構」が発足し、世界に衝撃を与えた。アラブ諸国とイランが軍事同盟を結成したからだ。中東不安定要因の一つだったアラブ諸国とイランとの積年の対立が、和解するどころか軍事同盟にまで一気に進んだことは、地域の安定をもたらすというより、世界のパワーバランスを大きく変えて揺るがすという意味で、イスラエルや欧米の脅威となった。イランでリベラルな大統領が誕生したがゆえに、ありえなかった枠組みが可能になったのだ。

世界中が動揺し、オイルショックのときのような過剰反応が相次いだ。トイレットペーパーが売り切れ、保存食が手に入らなくなり、アメリカでは核シェルターの発注が激増した。イランの大統領が、アラブだけでなくアメリカとも和平を実現させたいと表明して、動揺は収まっていったが、イスラエルはパレスチナを牽制的に攻撃した。すると今度は、中東の中でＱＵＴＯの枠組みに反対する者たちが行動を起こし始める。ジハードを掲げて、イスラエル、親イランのアラブ各国、欧米と、広範囲にテロを仕掛けていったのだ。いずれも小規模なもので、新しい世界秩序への異議申し立て、くらいにしか受け止められていなかった。けれど匡一さんは、「抑えに抑えてた積年の怒りが突破口を見出したんだから、これは小さな話じゃ収まらんよ。正義の感覚に裏打ちされた怒りってのは大衆を惹きつけるし、聞く耳持たないからね」と解説してくれた。

そして今、実際に、目を疑うようなメガトン級のテロ未遂が発覚して、世界中が恐慌をきたしているというわけだ。

ニュースでは戦争の可能性に言及している。ホワイトハウスは、ジハード主義者に断固たる対応を取ると宣言したという。一方、ＱＵＴＯはこのテロ計画に自分たちは関与しておらず、テロリズムは決して許さない、と非難し、同時に、アメリカには各国の主権を尊重して行動するよう求めた。

アメリカ政府は、この計画を首謀した宗教指導者が、ＱＵＴＯに加盟していないパキスタンかアフガニスタンに隠れている可能性があると述べているため、アメリカは有志軍を結成してその地域に派兵するのではないか、と専門家は語る。その際、ＱＵＴＯが積極的に協力するのか、黙認するのか、反対するのか、そこがカギになるでしょう。また日本は同盟国として、有志軍に参加するか否かを問われるかもしれません。

「でも、計画が実行される前に捕まってよかった」と、沈黙を破って直子が言った。梢がその言葉を英語に翻訳する前に、ルピータは「アメリカの自作自演かもよ。ジハーディストは何も言ってねえし」とつぶやいた。

「だとしたら、ＱＵＴＯは声明を出さないでしょう。ＱＵＴＯがすぐに声明を出したってことは、それなりの証拠があるんだよ」と梢。

「そうだろうけど。自分は今あんまり帰りたくない気分」

「チェックが厳しくなるから？」とイッキが尋ねる。ルピータはイッキを見て、「今度アメリカに来な。キャスにも紹介したいし」と違う答えをした。イッキが不可解な顔をすると、「来ればわかるって話」と梢が言う。

「でも、今はルピータは日本にいて、ここに四人でいるんだから、この時間のことを考えようよ」と直子が言い、イッキは「しょうがないな、とっておきのものを見せてあげるよ」と言って中学時代のアルバムを引っ張り出してくる。「それって私の写真もあるし。ちょっと検閲、検閲！」と梢が慌て、「それが目玉じゃないか」とイッキは梢の手を逃れて、中学サッカー部の写真を開帳する。すだれ髪時代の梢に、かわいい、キュート、生意気と盛り上がる。

皆が寝静まってから、イッキはキッチンで架空日記を開いた。

二〇〇一年九月十一日（火）雨
今日はアメリカから小枝《こえだ》とその友達のルピートが来て、小枝のパートナーのミツコも一緒に、ニッキのうちに泊まった。布団が足りないので、バスタオルを適当に渡した。ビールで酔っ払ったら、疲れていたのか小枝もルピートも居間ですぐに寝入ってしまった。ニッキも雑魚寝するつもりだったけれど、何となく自分は違うよねと自分で線を引いてしまって、キッチンで寝た。
夜十時前にバタリアンからの電話で起こされた。今すぐテレビをつけてと言う。アメリカから友達が来て疲れて寝てるからテレビはつけられない、と言うと、だったらなおさらテレビつけて、アメリカが大変なことになってるから、お友達に知らせて、と言う。

ニッキは居間の明かりをつけ、テレビのスイッチを入れた。寝ている者たちはうめいていたが、たちまち画面に目を奪われた。快晴の澄んだ青空を背景に、超高層ビル二棟がすくっと立っている美しい光景。ただ、そのビルの片方の上層階が大きく壊れて、もくもくと黒い煙が立ち昇っている。実況の声が、飛行機が突っ込んだらしいと言っている。

「何？ 事故？」ミツコがぼんやりとつぶやく。

「ちょっと大事故すぎね？」小枝が答える。

茫然と画面を見ていると、右から飛んでくる飛行機が一瞬映り、すぐにビルの中層部が爆発して真っ赤に燃え上がり、黒い煙が噴き上がる。もう一棟のど真ん中に突っ込んだのだった。

絶叫して泣き始めたのはニッキだった。小枝はルピートに、すぐカタリーナや家族に電話したほうがいいと言った。そしてニッキのパソコンを使って、アメリカの情報を集め始める。

ルピートは、自分は大丈夫、と繰り返していた。受話器の向こうで泣いているであろうカタリーナを、静かに優しく落ち着かせている。

ルピートが電話を切ると、小枝が「大統領が、攻撃を受けてるって発表した。テロらしい」と告げた。ルピートはおどけた表情になり、「自作自演かも」と言った。「今のクソ政府ならやりかねねえし」

「いくら何でもこんなたくさんの一般人を殺すような真似はしないと思う」小枝がきつい調子で言うと、「そうだね、こんなたくさんの一般白人を殺す真似はしないね」とルピートは言った。

とげとげしい言葉をときおりぽつぽつとかわし、ルピートはまたカタリーナに電話をしたりしているうち、画面ではタワービルの一つが崩壊した。ニッキは以前に見たアルゼンチン映画『ラテンアメリカ　光と影の詩』の、冒頭の場面を思い出した。水辺に建つビルの塊が、タンゴの音楽をバックに、爆破解体される。銃殺されて膝をつくように沈んでいくビル。

ニューヨークの高層ビルが同じように崩壊していくさまは、現実のようには見えない。四人とも、映画としか思えない、とつぶやく。

そこでテレビを消して、もう一度ビールを飲んで寝た。今度はニッキはみんなと一緒に雑魚寝した。

翌日以降は、四人ともこの事件を話題にしなかった。それぞれがニュースを見たり情報を調べたりはしても、四人でいる時空間だけはせめて別のパラレルワールドにしておきたかった。ルピートと小枝は東北旅行に行ったりした。

瞬く間にルピートが帰る九月末となり、四人で成田まで行って見送ったが、ルピートは悔しそうに泣いた。一緒に帰ってほしいと口にした。そうすれば、友達を連れてきたのはここが自分のホームタウンだからだって思えるから。

アメリカ政府はイスラム原理主義組織によるテロリズムであると発表し、世界中が非難し、アメリカは「テロとの戦い」を掲げて有志連合を組織、首謀者の潜んでいるアフガニスタンに派兵した。首謀者を匿っていた政権を倒し、占領して、親米の民主政権を樹立した。さらにアメリカは、イラクにまで戦争を仕掛けて独裁政権を倒した。しかし、これは世界から支持はされず、世界中でイスラム原理主義組織によるテロ行為を増やす結果となった。

ニッキはいつも通り仕事を続けたが、自分の会社の中東セクションのほうから、自分たちに対してても取り締まりが厳しくなるのではないかという不安が渦巻いている様子が伝わってきた。その不安は、日系の南米人コミュニティにも伝染する。大人しく行儀よくしていなくてはならないという、緊張と萎縮と閉じこもりが広がっていく。ニッキも一緒に息が苦しくなった。ルピートはもっと呼吸がしにくいのだろう。

梢とルピータは翌々日から京都と大阪へ旅行に行き、週末には直子も加わって、月曜の朝に戻ってくる。大阪はうちのバリオそっくりで気に入った、とルピータは上機嫌だ。

火曜日と水曜日は梢とルピータで百葉《ももは》県の海に行って、自主トレも兼ねてサーフィンをしてきたという。アスリートはどんなスポーツでもすぐできてしまうのだろう。イツキは、イルカになりたかったと言っていた芽衣《めい》を思い出した。するとみずきも浮かんできて、この仲間とみずきが無縁のままであることに不思議さと無念さと後悔を感じる。この世の隙間で、自分が棲息できるごく小さなスポットをつなげながら、生きられる場所を少しずつ広げている、とイツキは改めて思う。

滞在期間が残りわずかになった週末には、梢の古巣である花和ブロッサムズの試合を見に行った。試合後に梢が元チームメイトたちにルピータを紹介すると、選手たちはいっせいに沸き立ち、うちに移籍してくれーの大合唱になった。

そのあと、食事で心残りはないかという話になり、ルピータは日本のメキシコ料理を食べたいと言った。本場モノじゃなくていい、話のネタとして、日本ではメキシコ料理がどんなふうにな

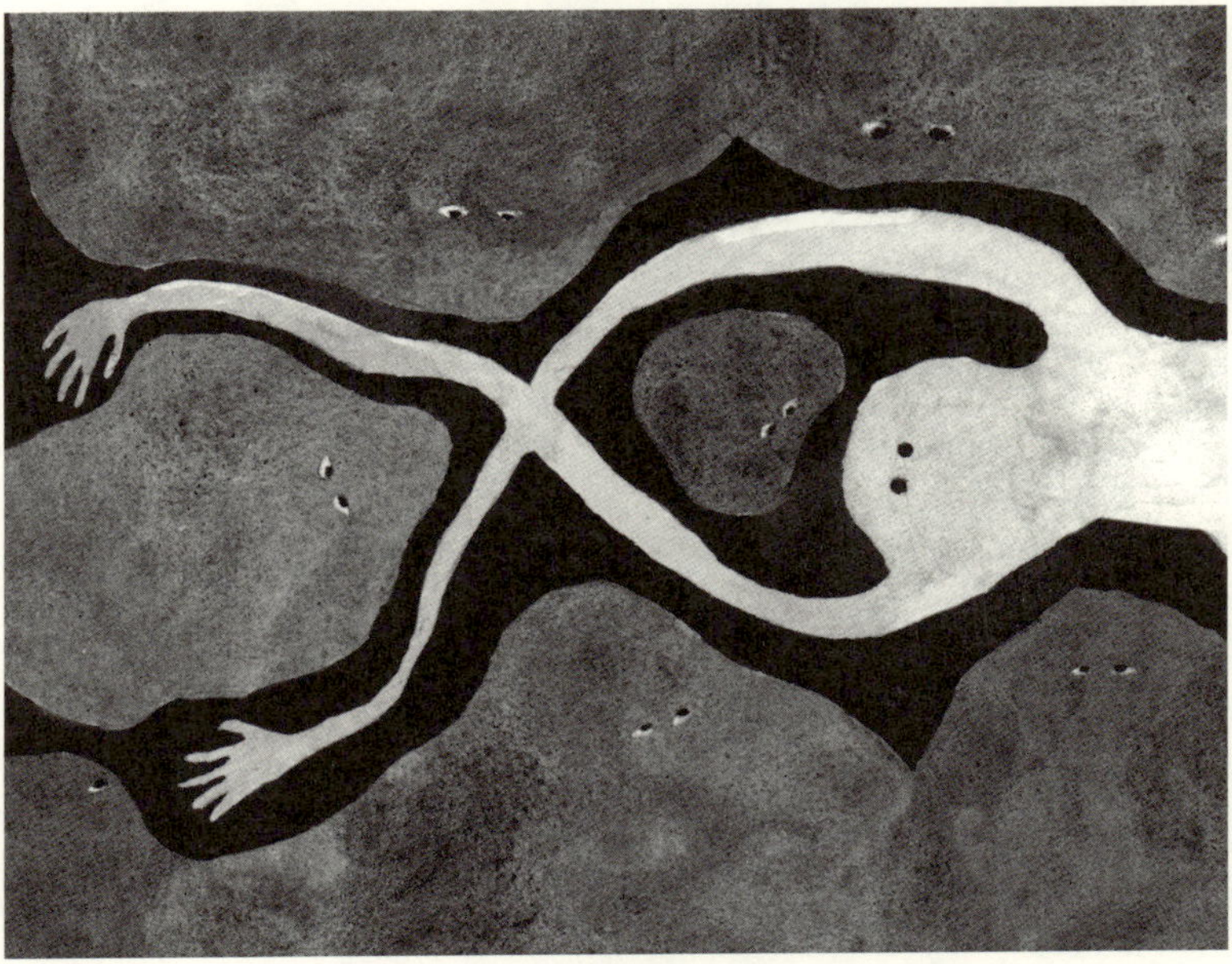

っちゃうのか興味ある、と。

イツキがオバタリアンに電話して情報を請うと、都心にしっかりした店があると教えてくれた。期待して乗り込めば、「オラ、ブエナス・ノチェス！　ビエンベニードス。ソン・クワトロ・ペルソナス？（こんばんは！　いらっしゃいませ。四名さまですか？）」とスペイン語ネイティブらしき店員が出迎えてくれて、出だしは上々。むき出しのコンクリート壁がコバルトブルーや原色の赤や黄色に塗ってある内装は、写真で見たメキシコそのもの。器やグラスもメキシコの分厚くて色の濃い陶器やガラスで、メキシコの黒ビール「ネグラモデロ」にライムを搾ってグラスのふちに粗塩を塗りつけたミチェラーダというカクテルで乾杯する。

これは美味い！と盛り上がり、イツキのテンションは急上昇したものの、そこまでだった。見るからにメキシコが凝縮されたタコスに、これまた辛そうなサルサをちょっと載せ、一口食べて、イツキは「おお、これも！」と舞い上がったが、ルピータは顔をしかめて、「これはタコスじゃない」と言った。具には醤油の味がするし、サルサに入っているチリ（トウガラシ）の風味もおかしい、という。

頼んだ料理すべてが同様だった。イツキは美味しいと思うのに、ルピータはダメ出しを続ける。聞こえてくるスペイン語もどこか南米のイントネーションで、メキシコのスペイン語じゃない、と断言する。

ルピータは給仕をしている店員に、料理のレシピを尋ねた。答えを聞いたルピータは目を丸くして、「パラ・コミーダ・メヒカーナ、ノ・セ・ウサ・アヒー、シノ・チレ（メキシコ料理で使うのは、アヒーじゃなくてチリ）」と主張する。トウガラシのことはメキシコでは「チレ」と呼ぶけれどペルーでは「アヒー」と呼んで、種類も風味も辛さも異なることは、イツキも職業柄、知っていた。

日系ペルー人らしき店員は「同じじゃないんですか？」と聞き返し、ルピータは目をむいて「ノォー」と強調し、「料理人もペルー人？」と尋ねると、店員はうなずき、ルピータが「メキシコ人はいない？」と重ねて聞くと、「給仕が一人」と近くにいた若い男の子を見る。

その子をルピータが呼び寄せ、「メヒカーノとしてここの料理、正直どう思う？」と問う。男の子は苦笑いを浮かべて、「日本のお客さんには問題ないということです」と答える。「君はどうよ」とルピータが鋭く見つめると、男の子はまわりを見回し、腰をかがめて声を落として、「ミエルダ（クソ）」と言った。ルピータが「だよな？」と同意すると、「何言っても無駄なんです。メキシコ料理ではそんなことしないとか言うと、ここで働けなくなります。そうやって、たくさん辞めてった」と早口の小声で言って、すぐに去っていった。

梢と直子は、話の内容がわからずに怪訝そうに見守っていたが、イツキは驚愕していた。まさか、日本のメキシコ料理のトップレストランが、ペルー料理化していたなんて！　日系ペルー人がたくさん住んでいるがゆえに起こった不思議な現象で、イツキは面白くて仕方なかった。ルピータは、「日本化するならともかく、ペルー化はないっしょ」とがっかりしている。

梢と直子に会話の内容をイツキが説明すると、梢は「フュージョン、フュージョン。美味けりゃ全部オッケー」と意に介さず、直子は「こうなると、正真正銘のメキシコ料理を食べないと気が済まなくなってくるなあ」と言った。

「だからメキシコ来いって」ルピータが直子とイツキの顔を見て言う。

「でも、ルピータの普段食べてるメキシコ料理はテックス・メックスじゃないの？」

イツキが言った瞬間、ルピータの目に怒りの炎が上がるのが見えた。

「テキサス人じゃねえからテックス・メックスでもねえし、メキシコ人じゃねえからメックス・メックスでもねえし」と英語で言った。

イツキはそんなつもりで言ったのではなかったが、そんなつもりじゃないからこそルピータが傷ついた、ということもわかった。

「ごめん。よくない質問をした」とイツキは謝った。

「自分はメキシコ州の親戚のところによく行くから、普段からメキシコのメキシコ料理は食べてるから」とルピータは通常の声でイツキを見て言った。

「そこに連れてってほしい」

「よし。罰として必ずメキシコに来ること」とルピータは機嫌を戻して言い放つ。「こっちのシーズンオフじゃないとダメだから、来年のこの季節だな。うん、ちょうどいい、九月十六日はメキシコの独立記念日だから、それに合わせよう」

帰国便のチェックイン手続きで、預ける荷物を問われたルピータは、二個と答えて自分のスーツケースを指さしてから、「アンド・ディス・ワン（あと、これ）」とイツキを指した。「人間の方はお預かりできないんですよ。お手荷物でどうぞ」と係員も冗談で返すと、「ＯＫ！　バモノス！（一緒に行くよ）」とイツキの首を抱えて連れていく真似をする。

「口約束ってマジ、大《でえ》っ嫌いだから。ほんとに来いよ」と何度も念を押して、ルピータは保安検査場の向こうに消えた。

「えっらく気に入られたなあ」梢がイッキに感慨深げに言う。そして「ほんとに行きなよ」と梢まで繰り返す。

「私も誘われたよね。イッキーに同行しちゃおかな」と直子も言う。

「それ、私が言おうと思ってた」とイツキもうなずく。

「いんじゃね?」梢も同調する。「まずアメリカに来て、そっからみんなでメキシコ行こう。イッキーも、いい加減、アメリカを避け続けるわけにはいかない」

いつの間にか皆が「イッキー」と呼んでいる。


ルピータが帰国してから二週間後の十月初旬、アメリカはアフガニスタンに侵攻した。日本は有志軍の一員として、後方支援ながら戦後初めて武力携行で紛争そのものに参戦した。今年の年初に国民投票が行われ、ギリギリの過半数を得て、憲法九条の二項が「前項に反しない限り、日本国は自衛のための軍隊を保持する」と改定され、関連法も国会で整備されて自衛隊が正規軍になり、集団的自衛権が行使できるようになったためだった。

急展開の憲法改定だった。二〇世紀末に政権を取り戻した安保《あんぽ》党は、党内タカ派が実権を握って首相の座に就き、憲法改正を大きく掲げた。しかし衆院の過半数に届いていない安保党にその力はなく、連立を組む正道《しょうどう》党は反対しているため、かけ声倒れに終わるだろうと予測されていた。ところが、これに真っ向から反対すると思われた済民《さいみん》党が、極秘裏に安保党幹部と交渉を重ね、包括的な差別禁止法と選択的夫婦別姓の法制化を呑むなら、自衛隊の正規軍化のみに限った憲法改定に応じるというバーターを成立させたのである。青天の霹靂な取り引きに世論は真っ二つに割れ、メディアや両党の支持者の一部から猛烈な批判が巻き起こった。安保党右派の支持者は「愛国のために売国した」と怒り、済民党左派の支持者は「目的のために魂を売った」と糾弾し、いずれも「裏切りの馴れあいだ」「翼賛体制だ」と同じ言葉で罵った。しかし、安保党と済民党は結託して耳を塞ぎ、憲法改定のための手続きや必要な法の制定を進めていった。

安保党は、不可能と思われた憲法改正を実現したという実績をひっさげ、今年七月、衆参同日選挙に打って出た。確かに世論調査では、メディアや批判派の主張するイメージとは異なり、改定憲法を四十六パーセントが支持、三十九パーセントが不支持と、支持のほうが上回っていた。けれど、結果は安保党の惨敗、済民党は過半数に達して単独で政権を取り戻した。敗因は、前年に売買《ばいばい》税の税率を三パーセント引き上げたことだった。これによって消費が冷え込んで一九九七年の金融危機から回復基調にあった経済にブレーキが掛かり、失業率が上がり始めていたのである。

安保党内の非主流派は、憲法改正の成果を済民党に横取りされたと毒づいたが、後の祭りだった。この選挙以降、安保党は済民党の切り崩しにあい、離党者が続出して政権を取り戻せなくなっていく。

政権を奪還してひと月半の済民党は、憲法改定の成果を誇示するかのように、アメリカのアフガン侵攻に前のめりで派兵した。このとき、済民党はアメリカと非公式の交渉をして、有志軍に日本国軍が参加することと引き換えに、日米地位協定をより平等化する改正を約束させたことが、のちに明らかになる。

正規軍として大手を振って世界の平和に協力する、という物語は、予想以上に日本社会のプライドを満たした。アフガニスタン攻略が一方的に短期間で終了し、ジハーディストの指導者を捕らえることに成功し、日本軍もまったく犠牲を出さずに帰還したとき、改定憲法の支持率は七割を超えた。

加えて、安保党の検討グループが作成した法案を済民党が採用した選択的夫婦別姓法と、ルーツや出自、性、障害等、あらゆる差別を禁止する、罰則付きの法を国会で成立させると、済民党政権の支持率も六割に達した。

後者の包括的差別禁止法案は、七月の同日選で衆院選に鞍替えして当選した鈴原《すずはら》さんが、力を入れて取り組んだものだった。慰安婦問題で鈴原さんがバッシングを浴びた当時、済民党は差別禁止法の制定を急いだのだが、政権を失って叶わなかった。このため、次の政権奪還時に向けて、入念に準備を整えていたのである。

鈴原さんの加わったプロジェクトチームは、各党の賛同しそうな議員に働きかけて超党派の研究会を結成し、法案を詰めていった。憲法改定との取引材料に使われたことで、抜け駆けだ、信用が壊れた、と一時は超党派研究会が消滅しかけたが、これは今後の政治にとってモデルケースとなる政策実現の方法なのだから、やり方のまずさまで教訓として含めて成立させてほしいと頼んで回り、乗り越えた。

そういった政治の事情を、イツキはセミ先生の日本語教室に出入りするようになった花村夕《はなむらゆう》から、「Mercado FUFU」に併設された日系人の溜まり場カフェで聞かされた。鈴原さんはいまだにひどい脅しをいくつも受け続けていて、先の選挙では警察に警備を厚くしてもらったという。警察がこういう警備に嫌みを垂れ続けながら携わるのではなく、当然と思えるように変えるのも、法律があるかないかなのだ、と力説する。

桜の開花宣言が出た土曜日、イツキは浜急秋冬線《はまきゅうあきふゆせん》のターミナル駅である桃井町《ももいまち》駅前のスーパー「ラビーダ」で、オバタリアンから与えられた任務をこなしていた。

カジュアルな服装で地元の買い物客を装い、特設の棚の前にへばりついて商品を手に取り、じっくりと説明を読み、買おうかどうか何分も迷う。意を決したふうにその商品を一つ、カゴに入れて歩き出し、すぐに引き返してまた商品を手に取って説明を読み、何かを計算するように考え込み、今度は五つをカゴに入れる。

イツキの横でじっと待っていたおばさんが、イツキが去ると棚の前にカートを移動させ、商品を手に取って説明を読み始める。イツキはまた戻って横から手を伸ばし、もう二つ商品をカゴに加える。

イツキのカゴの中をチラッと見たおばさんは、その商品を一つカゴに入れて移動していった。二人に引き寄せられて待っていたおじさんも、チラッと説明を見ただけで、さして迷わずにカゴに入れた。そうして、何人かが連続してその商品を買っていく。

棚の前がすいて客がいなくなると、イツキは戻ってきて、カゴに入れた商品をいったん棚に戻し、同じ熟考と決断を繰り返す。

あまりに熱心に留まっている客がいると、スーパーの通路は渋滞してくる。すると、その渋滞の原因となっている棚の前では、ほぼ確実に全員が足を止め、とりあえずは商品を手に取ってみる。一度そうなればしばらくはその棚の前の澱みは消えないので、お客さんが商品を買う率は高く維持される。

「いやあ、オバタリアンの言ってたとおりになりました。売れた、売れた。四時から六時だけで五十四個ですよ」

「イッキーの鬼気迫る集中力、よかったですよ。あんなに真剣に悩んでくれると、まわりのお客さんも、ちょっと買ってみようかなって自動的に洗脳されるんですよ」

「さすが、元スーパーの店員さんです」

この日こっそりとプロモートした商品は、オバタリーアが初めて自社開発した、インスタントのペルー料理だった。粉を牛乳で溶くだけでマヨネーズのようなチーズソースができ、茹でたジャガイモにかけると美味しいパパ・ア・ラ・ワンカイーナが簡単に作れる。

オバタリーアは、エスニックブームにも乗って九〇年代末から会社を急拡大させていた。「FUFUカンパニー」も子会社化し、ブラジル料理のレストランも増やし、韓流タウン化し始めている奥穂町《おくぼ》にもあえてペルー・ブラジル料理店を出した。イツキが入ったころは十人にも満たないサークルのような会社だったのに、今や関連会社を含めて従業員は百人を超えている。その三分の一は南米の日系人だし、東南アジア部門と中東部門もそれぞれ、日本にデカセギに来て定着した人たちが入社して成長していた。社長のルーカスは、最もニーズの多いサービスとして、インターネットを利用した手数料の安いラテンアメリカへの送金システム開発に躍起になっている。

ペルー料理をラーメンやカレーのように日常のベーシックな料理に普及させるのが、オバタリアンの野望だった。究極には、どのスーパーでもインスタントのペルー料理が売られているという光景を夢見ていた。「ワンカイーナ、買わないインカ?」とのキャッチコピーで売り出された「ワンカイーナ・ソースの素」は、その最初の一歩だった。ゆくゆくは、ロモ・サルタードやアヒ・デ・ガジーナなど、レトルトパウチ食品のシリーズをそろえたいと考えている。

「面白いもんですよ、スーパーという場所は。みんな買い物に集中しているから無防備なんですよ。無防備だと、セーブがかからずに無意識の行動が出てくるんですね。レジ打ちに入ってお客さんを見てるとよくわかるんです、人がいかにまわりに影響されて動いてるかが。人って、何も考えてないと、何となくまわりと同じ行動を取るんですよ。レジなんかも、いくらお客さんがいても暇な時間ってあるんです。それが一人、二人、三人と並び始めると、急に他のお客さんも並び始めて、たちまち長い列になってしまう。列が長くなると、さらに集まってきます。混んじゃってるから早く並ばないとって思うんですかね。だから混んでる時間にスーパーに行くときは、ぼくは人の途切れた瞬間を狙ってレジに行きます。でもそうするとね、必ずぼくの後ろに人が並び始めるんですよ。人は人のいるところに吸い寄せられるんです。その性質を利用すると売り上げが伸びるんです」

今日の小さな成功に、オバタリアンは饒舌だった。

「私は人が集まってると、遠ざかるほうかな」

「だからイッキーはこの仕事、向いてるんですよ。イッキーも来年で入社から十年でしょ。そろそろ、イッキー独自の企画をガッと手がけてもいいころかなと思うんです。何かないですか、イッキーの中で、これは来てる、これをどうしても食べてもらいたいとか、強く惹かれてるものとか」

「女子サッカーってわけにもいかないしなあ」

「スタジアムフードとしては、ロモ・サルタード丼が定着したじゃないですか。何か、あんな感じでいけそうなものはないですかね」

「あ。タコス」

「タコスね！　いいじゃないですか」

「そう、私、今、メキシコ料理にのめり込んでるんでした。趣味のつもりだったから、頭に浮かばなかった。去年の夏にメキシコ系アメリカ人の友達ができて、その影響で本格的なメキシコ料理が食べたくて仕方なくなって、地道に食べ歩きしてるんですけど、決め手に欠いてて。ペルー料理と比べると、本格的なメキシコ料理ってあんまりないんですよ」

「ああ、ぼくに店を聞いてきましたっけね。そうかそうか。じゃあ、イッキーはうちのメキシコ部門を立ち上げてください。今年は日韓ワールドカップもあるし、世界のお客さん相手にいろいろ試すチャンスですから」

「でも、私自身がまだメキシコ料理をわかってなくて」

「急ぎませんから、イッキーのペースでいいですよ。でも、必ずモノにしてくださいね」

「調査のための出張もありですか？」

「ありです！　そうか、イッキーはまだ現地に出張してないんですね。それはぜひ行ってくださ い。ついでに勤続十年休暇を前借りしていいから、たっぷり時間かけてきてください」

しかし、海外初出張を実現できたのは、翌二〇〇三年の夏だった。予定を組んでいた二〇〇二年の夏には、実家で事件が起きて、行くに行けなくなってしまったのだ。

三年前に岬《みさき》が結婚して以来、実家には母が一人で住んでいた。六十代半ばになっても若々しく、相変わらず年に三回のペースで海外ツアーに出かけ、旅行で知り合った人たちと劇を見に行ったり食事に行ったりと、精力的に活動していた。隣には伯父夫婦も住んでいるし、イツキも岬も、母親は自分で自分の面倒を見られるから大丈夫だと思い込んでいた。

その電話は、イツキの誕生日の翌週、七月十八日の昼下がりにかかってきたという。

「あ、お母さん？　俺だけど」と暗い声がし、母が「イツキなの？　こないだ誕生日だったでしょ。おめでとう」と元気づけようと明るく言うと、涙声になって「ありがとう、いつも心配してくれて。お母さんは元気？　えらく暑いけど、夏バテしてない？　ちゃんとエアコン使ってる？」と心配してくれたので、母もちょっとじーんときてしまって、「私は元気にしてるけど、あんたはどうしたのよ、そんな情けない声して。風邪ひいてるの？　ちゃんとご飯食べてる？」と聞く。すると、仕事が忙しくて体調が優れず、今朝も寝不足のまま車を運転していたら、前の車に追突してしまい、それがヤクザの車で、サツ呼んで保険じゃこっちの被害の弁償にもならない、現金百万円で示談にしてやるとすごまれて、免許のコピーも取られて、払えなかったり警察に頼んだりしたら家族から取り立てると念を押されて、今日中に現金百万円が必要になってしまって、でも貯金が二十万しかなくて、こんなことをお母さんに頼むのは本当に恥ずかしくて申し訳ないんだけど、今日中に八十万円を貸してくれないか、と言う。

母はパニックに陥り、やりきれない思いがはちきれて、「ほんと情けない。三十半ばにもなって貯金二十万円って、あんた何考えてるの！　将来どうするの！」と声を荒らげる。「じゃあ私から警察に電話するから」と言うと、会社に連絡が行ってこっちがクビになるからそれは控えてほしい、と懇願され、「じつは結婚を控えて貯金はあるんだけど、彼女に知られるわけにはいかないから、ことを穏便に済ませなきゃならないんだ」と言い出すので、母はさらに頭が混乱し、「結婚なんて聞いてないわよ！　いつ誰とするの？　どうして紹介もされてないの？」と怒りと悲しみでめまいがし、「ちょうど、この夏に互いの親に挨拶しようって決めたところだったんだよ」と涙声で言うので、「ああもう情けない。とりあえず百万円、用立てりゃいいんでしょ。どうすればいいの？」と母もヤケになって声が大きくなる。

今から教える口座に今日中に振り込んでほしい、母の名前で振り込むことは伝えておくから、と言う。そして、彼女とは仕事先で去年知り合って、時間をかけて互いに結婚すべき相手だと確信できたから、自信を持って紹介できる、とそこだけ明るい声で言う。

母は、自分の人生から締め出したはずの期待がいきなり戻ってきて、その爆発的な感情が怒りなのか喜びなのかわからず、細かく引っかかるところもあったはずなのにその強い感情によって何もかも吹き飛んで、「いい加減にしてちょうだい」と言って電話を切ると、銀行へ行き言われたとおりに振り込んだ。

家に戻ってイツキの携帯に電話するが留守電になっていて、ようやく夜になってイツキから「電話くれた？」と不機嫌そうにかかってくる。

「あんたの言うとおり振り込んどいたわよ。これで問題はもうないのよね？　大丈夫なんでしょうね？　まだつけ込まれるようなら警察に行ったほうがいいんじゃないの？　ヤクザなんでしょ。また強請《ゆす》られたりしたら、本当に取り返しつかなくなるわよ」と忠告すればするほど不安になって、言いなりになって払い込むというのは誤った対応だったんじゃないかと後悔がせり上がってきたところで、イツキから「何の話よ？　誰にいくら振り込んだの？　話が全然わからないんだけど！」と厳しい口調で言われて、自分が詐欺に遭ったらしいと自覚した。けれど、頭では気づいても心は受け入れられず、「何言ってんのよ！　あんたの不注意で事故を起こしたんでしょ」などと言い返すが、支離滅裂だとわかっている。

「お母さん、落ち着いて聞いてね」とイツキはなだめるように言った。「私は今日の昼間に電話はしてないし、事故も起こしてない。お金の振り込みも頼んでない。でもお母さんはそう思ってる。どんな電話があって、何をしたのか、落ち着いて話してくれる？　怒らないから」

　母は手が震えて、受話器を落としてしまう。イツキは、「今もうそっちに向かってるから、あと一時間くらいでそっちに着くから。その間、電話で話そうね」と通話を続ける。

　最初のひと言から、違和感はあったのだ。イツキが「お母さん？　俺だけど」と言うはずがないのだ。イツキが人生で「俺」と親に言ったことは、一度もなかった。もちろん、イツキの声ではなかった。でも覇気がない声だったので、岬だとは思わなかった。そして、イツキがおつきあいしている女性との婚約を報告するなどということは、絶対に起こりえないと自分はよく理解しているはずだった。図書館でいろいろ本を借りて読んで、そんな息子のあり方に誇りも感じるようにさえなっているところだった。

　それなのに、結婚話を聞いたとたん、怒りだか喜びだかよくわからない感情で頭がめちゃくちゃになって、頭のどこかで、やっぱりイツキも人並みの人生に戻ってきたんだ、だから「俺」と言うようになったんだろう、と勝手に解釈して納得してしまった。そのように思いたかった自分というのがまだ頑固に残っていて、息子のことを信じ切れず、そのせいで愚かにもこんなばかばかしい詐欺に引っかかって、百万円を犯罪者にくれてしまったと思うと、自分が情けない、許せない。しかも、その頑固な古い自分は、こんな目に遭った今でもまだ、「あの電話をしてきたイツキは本物だった」と思っている。あれこそが、自分がよく知っている優しいイツキだ、と。

そうして押し黙ってうつむいて落ちていく母親を、イツキは懸命に言葉で引き留めようと努める。

「詐欺師っていうのは、人の心の弱いところをよく知ってて、利用してくるんだよ。だから、お母さんが何か失敗したわけじゃなくて、詐欺師がお母さんにその道を取らせるよう、強引に誘導したんだよ。ほとんど強盗。悪いのは全部、詐欺師の野郎。お母さんは被害者なんだから、自分のせいだとか思わないでほしいんだ。お母さんが今つらいのは、その詐欺師に心を傷つけられたせいだから。刃物で傷つけられてお金を取られて、さらに自分で自分を傷つけたら、あんまりだよ」

だが、イツキの言葉は母の耳には入らずに床にこぼれていくばかり。無表情のまま、ときおり涙が流れていることとすら、気づかない。

イツキはしばらく実家に泊まった。翌々日には岬から電話がかかってきて、「おふくろが夏の海外旅行をキャンセルしてきた。自分への罰だ、大事な老後の蓄えを失ったからもう旅行になんか行けなくなった、って投げやりだったけど、投資にでも失敗したのかな?」と聞くので、事情を説明すると、翌週末に岬は、妻と二歳の息子を連れて現れる。さすがに幼い孫は効果があって、母親の顔にも表情が戻り、笑顔も出るようになった。

しかし、とても一人にできるほど回復はしていないし、そもそもの根っこに、自分たち子どもが母を放置しすぎて孤独の病に至らせたことがあるとイツキは理解したので、大きな決断をすることにした。学生時代から住んでいた南鰻和のトミおじさんの家を引き払い、実家に戻ることにしたのだ。

そんな次第でメキシコ出張どころではなくなり、八月に実家へ引っ越した。自分のことは自分でできる、同情みたいなのは嫌いだと、母はひねくれたことを言って歓迎しないような態度を取っていたが、拒みもせず、実際に母子での生活が始まれば、嬉々としてイツキの世話を焼き始めた。自信を取り戻してもらうためには仕方ないとイツキも、毎朝毎晩ご飯を作ってもらい、お弁当も持たされ、洗濯もしてもらう状況を受け入れた。自立しているという一線は引いておきたいから、家賃光熱費として毎月八万円を入れる、とお金を渡してもなかなか受け取らないが、これはトミおじさんに払っていた分だからと説明して振り込みにすると、何も言わなくなった。

そうして経済的な不安感も薄らいでいくと、母は友人と出かけるようになり、晩秋には、来年の春にアンコール・ワットを見にカンボジアに行ってくる、と言った。岬が旅を提案し続け、ようやく乗り気になったのだった。正月には岬の家族も来ておせちを食べて近くの松保《まつほ》神社にお参りし、満面の笑みだった。こういうのを毎年続けたいわねと何度も言った。親子三人そろって正月を過ごしたのは、イツキが大学受験を控えた高校三年以来、十九年ぶりだった。

母が元気を取り戻すのに比例して、イツキは次第に苛立ちを溜め込むようになっていった。母の自尊感情も回復したのだからもう世話焼きを受け入れる必要もないわけであり、二世帯住宅のようなルールを設けて母とイツキの生活を区別し、食事も家事も別々にしたいと頼んでも、母はかまわず食事を作り、部屋に入ってきて掃除をする。独立した大人として踏み込まないでほしいと不満を述べれば、家族なのに何言ってるのと取りあわない。そして、母の中では詐欺電話でタブーを解かれた「ずっと一人で生きてくわけじゃないでしょう」の件を、しつこく問われる。

こうなることは予測されていたが、イツキのストレスは加速度をつけて増し、このまま共同生活を続けるのは不可能だと結論する。イツキは去年見送ったアメリカ・メキシコ旅行を実現させた後で、どこかに引っ越すことにした。

一年の旅行延期は、アメリカで開かれる女子ワールドカップと重なるという豪華な特典がついた。このため、メキシコで独立記念日を楽しんでから、ワールドカップで日本代表の初戦を見るというスケジュールを組むことができた。

イツキは桂《けい》ちゃんから秘かに頼まれて、日本からセミ先生を連れ出し、ロスアンゼルスでルピータと桂ちゃんと合流することになっていた。

三年前にカリフォルニアの大学を卒業した桂ちゃんは、そのままアメリカでサッカーを続けていて、この三年は梢やルピータと同じプロリーグの、サンディエゴのチームに所属していた。梢とルピータはワシントンのチームで、ミア・ハムとチームメイトだった。だが、アメリカの女子リーグは資金難から廃止されることがワールドカップ開幕前に決まり、桂ちゃんは日本の強豪、東京ノルテに移籍するため、アメリカを離れる。その前に、親にアメリカを見せたいと言う。

セミ先生は桂ちゃんが卒業後も帰国しないとわかってから、徐々に気力の衰えが目立っていった。端的に、声が小さくなった。セミではなくスズムシ先生に変わった。イツキはオバタリアンと相談して、オバタリーアが本格的に日本語学校を作るから責任者になってくれないか、と持ちかけた。公立の学校じゃないから、歌ったり踊ったりボールを蹴ったりする授業とか、いろいろチャレンジしてくださいよ、とけしかけると、意を決して小学校教員を辞めた。それからの二年間で、先生はまたセミに戻った。

到着して桂ちゃんとルピータに会うなり、セミ先生は「さっそくみんなでボールを蹴ろう」と提案して、桂ちゃんに即座に却下される。タクシーの中でもレストランでもセミ先生はずっとしゃべっていて、桂ちゃんやルピータが話すと大仰に「ほーか、ほーか」を連発し、ついには歌い出し、桂ちゃんに嫌そうな顔をされたが、ルピータとイツキは喜んで一緒に歌った。その晩、ホテルの部屋でセミ先生は「イッキー、ありがとな」と涙ぐみながらすぐに寝入った。限界まで緊張していたのだろう。年齢のせいもあるだろうが、エル・ヤマトが亡くなってからセミ先生は涙もろくなった。

翌々日、セミ先生は桂ちゃんの家に移り、イツキはルピータとメキシコに飛んだ。

飛行機の窓から見下ろしたメキシコ・シティは、ピンク色の霞の底に沈んでぼんやりしている。その霞に飛行機が突入して初めて、恐竜の皮膚のような街並みがどこまでも広がっていることを知る。空港を出るなり、排気ガスのにおいがした。それはシティを離れるまで続いた。ルピータによると、ピンクの霞の正体は大気汚染で、シティは盆地のため、車や工場の排気が澱むのだという。

タクシーの車窓から見える街の風景に、イツキは既視感を覚えた。どこかキトに似ている。二千メートルを超える高地なので高山病の恐れがあるから、しばらくは動き回らないほうがいいというのも、キトと一緒だった。

初めて行ったタコスの店は、飾り気もない食堂といった体で、そっけないビニールの皿にタコスが二つのせられて出てくる。焼きたてのトルティージャからは濃いトウモロコシの香りが立ちのぼり、その上に、臙脂のソースに漬け込んだ豚肉をドネルケバブと同じ焼き方をして大きな包丁でそぎ落とし、みじん切りの玉ねぎ、パクチー、パイナップルのかけらをのせる。ルピータを真似て、テーブルに置いてあるライムを搾り、赤いサルサと緑のサルサをほんの少しかけ、ピザを食べる要領で口に運ぶ。

その見かけからだいたいの味は想像できると思ったのは、浅はかだった。最初の一口を頬張った瞬間、イツキの自我は飛んだ。何もかも消えて、自分の舌とタコスだけが世界に存在していた。衝撃の出逢いだった。意識を取り戻したときには、五つを平らげていた。どういう魔法を使ったら、これらの具材で異次元の味の世界へとつなげることができるのだろうか。

ルピータはビールを飲みながら、術中にはまっていくイツキを眺めてほくそ笑んでいる。

「アル・パストールって種類で、メキシコ中どこでもあるけど、自分の感じでは特にDF《デー・エフェ》で発達中の食いもんだな。だからわざわざ食べに来る。はたして日本で再現できるかな？」と言った。

「メキシコ・シティ」とは外国人向けの言い方で、メキシコ人たちはDFと呼ぶ。

街なかは独立記念日が近づくにつれて、メキシコ国旗の緑白赤の三色を使った電飾があちこちに現れ、お祭りの雰囲気がいや増していく。イツキは一日一回はタコス・アル・パストールを食べることにこだわったが、メキシコ料理はとても多彩で、人気のレストランで独立記念日メニューだという「チレス・エン・ノガーダ」を食べたら、イツキはまた舌以外の自分が吹き飛んだ。巨大なピーマンの肉詰めに白いナッツソースをかけ、ザクロの実を散らした、宝石のようなトリコロールの料理だ。

毎日が楽園のようだった。トルタ、ケサディージャ、エンチラーダ、タコス、タマレス、チラキレス、ポソレ、カルド・トラルペーニョ。料理名の呪文をかけられると、恍惚として昇天してしまいそうになる。

週末にはルピータの親戚の農家に泊めてもらった。静かな森とサボテンに囲まれた高原は、都市部とはまた別世界だった。面白いほど誰もがルピータと同系統の顔なのに、ルピータとはまるで違って寡黙であまり表情がない。鳥と家畜の声のほうが、人の声より騒がしいくらいだ。絞めたばかりの鶏を煮たスープ、茹でた鶏に自家製のサルサをかけ、やはり畑のトウモロコシから作ったトルティージャで包む手巻きタコス、どれも滋養が美しい味となって体の隅々に染み込んだ。

帰りのバスでルピータにお礼を言うと、ルピータは寂しそうな表情になって、「独身の自分が男を連れてきたってんで、おじやおばからは嫌みを言われたよ」とつぶやく。

「そっか。それでも連れてきてくれたんだ」イツキはルピータの胸の内を思い描こうとするが、心もとない。

「ここで生まれてたら逃げてただろうけどね、俺はアメリカで生まれたから来ちまうんだろうな」ルピータは他人事のように解説した。その言葉は、イツキが脳内で翻訳する前に、ダイレクトにイツキの心に入ってきた。まるで自分がルピータであるかのように、「俺」という一人称まで感じた。

ふいにイツキは、ルピータの体内の管の一部が、自分の体内の管のうち行き先がなくあぶれている管とつながるような感覚を覚える。ルピータがこちらを見ている。その管は、視線の中の一つかもしれない。

独立記念日には、街じゅうが巨大なお祭り会場と化していた。振り回して騒音を立てるだけのマトラカという木の玩具や国旗が路上で売られていて、あちこちでギリギリカタカタ、マトラカの音が鳴っている。

夜にはソカロという大統領府前の広大な広場に行く。広場とそこに通じる四方の道は、月曜朝のラッシュの電車状態だった。密集の中に入ってしまうと、自分では身動きが取れず、全体の流れに押されて進むしかない。卵の殻に小麦粉を詰めた「爆弾」がひっきりなしに投げつけられ、すぐにイツキとルピータの顔は真っ白になった。人混みの中ではたくさんの売り子が小麦粉爆弾を売り歩いていて、ルピータはそれを買って手当たり次第に投げた。

人の群れのただ中にありながら、ロケット花火に火をつけて放り投げる者たちもいる。広場の四方の建物には、トリコロールの電飾が張り巡らされている。カテドラルの前では花やらカードやら飲み物やタコスやトルタやお菓子の売り子が声を張り上げている。広場の中央には、広場より巨大なのではないかと錯覚しそうな大国旗がポールから垂れている。その台座に、落ちそうなほどたくさんの人が乗っている。

レイブみたいなものだねとルピータに言うと、「モタのにおいもしてるっしょ」とうなずく。

「モタ?」

「マリワナのこと」

大統領府のバルコニーから大統領が出てきて、何かを唱え始めた。そして、「ビバ・メヒコ!」と叫ぶと、広場の大群衆が「ビーバー!」と呼応した。それを何度か繰り返す。むろん、イツキとルピータも加わる。

帰りがまた難儀だった。少しずつ集まった大群衆が、今度はいっせいに帰るのだ。一ミリずつしか進まない。残っている小麦粉爆弾を使い切ろうと、投げ合いが激しくなる。

イツキの横で、高校生ぐらいの少年が小麦粉を受けた。目に入ったらしく、つらそうにしているのでティッシュを差し出すと、少年はイツキの顔を見て、「まかしは　わいたことがまい」と歌った。

歌詞はメチャクチャだが、大学時代のヒットソングではないか！　しかも、イツキと誕生日が同じ、あの女性歌手の。

イツキの反応を見て、少年は「日本人ですか？」と日本語で聞いてきた。

「そうです。君も？」

「半分。メディオ・ハポネス、イ、メディイオ・エクアトリアーノ（半分日本人、半分エクアドル人）」と少年はスペイン語になった。「でももうほとんどメキシコ人になってる」

「日本に住んでたことあるの？」と聞くと、首を振り、「お父さん、日本人。お母さん、エクアトリアーナ。キトで生まれて、仕事の問題あって、ぼくが七歳のときメキシコに来ました」と日本語からスペイン語へと切れ目なく変わりながら答えた。

「そうなんだ。キトにはずっと昔、行ったことがあるよ」

「ほんとに？　エクアドールに来る日本人、珍しい」

「お父さんは今は何してるの？」

「もういないです。死んでしまった。車を売る仕事で失敗して。それで母が仕事のためにアメリカに行こうとして、行けなくて、ここで仕事してます」

「そうか、それはお気の毒に。でも、アメリカじゃなくて、日本に行くってこともできるんじゃないのかな」

「お金があれば、日本の大学に行って日本語を勉強したいけど、うちにはお金ないから」

「日本の国籍はあるんでしょ?」

「たぶん。父はそう言ってました」

「だったら、何とかなるかも。お金のことはともかく、国籍があれば少なくとも出入りは自由だから」

「ほんとに?」

「新聞を配るとか、住み込みのバイトしながら勉強するのでも、嫌じゃない?」

「ここから出られるなら何でもします!」

「知り合いに相談してみようか」

ルピータがイツキの腹をつついて警戒するよう促すが、イツキはなぜか止まれない。

「ぜひお願いします。どんなことでもします。ぼくの連絡先、教えます。ぼくの名前は、アラシ・トルメンタ・ニムラ・メンデス」

ルピータが、もう行くよ、とばかりにイツキを引っ張って前進させようとする。イツキは自分が消えてしまって、動けない。動く自分がない。

「そちらの名前は?」アラシ・トルメンタが尋ねてくる。イツキは答えずに、「君はいつ生まれたの?　お父さんのお墓はどこ?　どうやって亡くなった?」と聞くが、ルピータの剛腕に引きずられて人の渦に呑み込まれ、アラシ・トルメンタとは引き離されて姿が見えなくなり、声も聞こえなくなる。

「純朴そうな顔して、何狙ってるかわかんねえよ。メディオ・ハポネスなんて嘘だろ。イッキーももっと警戒しろよ。もし本当だとしても、できもしないこと請け合ったりして、あとで不幸にするだけだよ」

虚脱するイツキをルピータは叱るが、イツキの耳には入らない。入っても意味がわからない。アラシ・トルメンタは嘘をついていないのだから。自分のほうが嘘の存在かもしれないのだから。本物の自分はベロニカとキトで駆け落ちして、結婚して、アラシ・トルメンタが産まれて、事業に失敗してもう死んでいるのかもしれないから。

二〇〇三年九月十六日（火）
キトに行ったことがあるという怪しい日本のオッサンに出会ったせいで、アラシ・トルメンタは父親イスキのことを思い出してしまった。母方の伯父《ティオ》から、イスキは一緒に経営していた自動車販売会社の売り上げを自分のフトコロに入れ、その金を愛人に貢いでいた、それがバレて修羅場になって自殺した、と聞かされた。母メロニカがアメリカに行くと決めたときティオは、秘密を教えるから自分の胸にしまっとけ、この悔しさを忘れないでアメリカでがんばってママを支えろ、と言った。こんなことは知りたくなかったし、わざわざ教えたティオはクソであり、もう二度と会わなくていいからせいせいした。
ママは、パパが働き過ぎでガンで亡くなったと言っていた。パパのパパも働き過ぎでガンで亡くなったから、遺伝だと言った。あんたには働き過ぎてほしくないから、しっかり勉強してできれば日本の大学に入って、安定を手に入れてほしいと言った。ティオが嘘をついたのか、ママが知らないだけなのか、アラシにはわからない。ただ、ママがキトに居づらくなって外に出たことは、何となく感じていた。アラシは、これまでのことは全部忘れ袋に入れて、自分はメキシコで最初から生きていることにしよう、と決めた。ママはスペイン語ではなく日本語でアラシと話すようになった。パパではなくママの日本語を聞くことは、ニセのパパをママが演じているみたいで、苦しかった。アラシはママに対してスペイン語しか使わなかった。

それでも日本人を見たり日本語を聞いたりすると、アラシは反応してしまう。勉強は苦手だから、高卒で日系企業に入って日本駐在になる道を妄想する。そのために、ママの持ってきたアニメのビデオや日本の歌のテープとかで、日本語を忘れないようにしている。

日本国籍があれば働ける、とあのオッサンは口走っていた。それが事実なら、高校を出たら金を貯めてとにかく日本に行って仕事を探そうかと思う。

ありえない。無理に決まっている。自分が信じかけたことが、腹立たしい。今と違う道があるかのように思わせる人がいるから、落ち着かなくなる。ママは自分も一緒に日本に行きたいから、アラシをそそのかすのだ。アラシにはその気持ちがよくわかるし、応えたくてたまらないのに、一切合切放り出してナルコにでもなってしまいたくなる。

メキシコからアメリカに戻る前の晩、ルピータから告白された。そんな予感はしていた。ルピータも、イツキが予感していることはわかって告白してきた。ホテルで毎日一緒の部屋にいて何の違和感もなかったけれど、その日はルピータから緊張が伝わってきた。

「イッキーが欲しい」とスペイン語で言われた。イッキはその言葉を受け止めてしばらく頭の中で反復してから、「ロ・シエント（ごめん）」と言った。自分のあり方を説明しようとしたら、ルピータは手でさえぎり、「全部わかってる。ダメモトで言った。言わないと気が済まなくて。こんな出逢い、人生で二度とないから」と、イッキの目を見ないで言った。イッキはうなずく。

「こんなにわかり合ってても、自分たちは組み合わさることのないピースってわけなんだろ」

「ルピータには求めるものがあるけど、私はないから。今回みたいに時間を一緒に過ごしておしゃべりして気分をともに大事にして、それ以上は必要ないというか」

「そっか。なら自分は何も失ってないよな？」

イッキは微笑んでうなずく。

「俺、キャスとは別れてないんだ。イッキーとは無理なことはわかってたから。自分の求めてる結婚って形は、キャスとしか実現できないし。あーあ、汚えよな、自分」

「どっちがより本当とか決める必要ないでしょう。だから計算とかじゃないよ。直子が言ってたけど、本来のあり方なんてないんだよ。自分に向かない方向はあるけど、それを避ければ、あとはどのあり方も、習慣でその人の基準になっていく、って」

ルピータは深くため息をついて同意した。「わかるけど、それに耐えられるのってすげえよ。自分はついつい、本来を求めちまう。キャスなんて女感がすごく濃いし、ある意味、男に求めてるものがはっきりあって、それを自分が与えられるから信じてもらえて、こっちも自信になるわけじゃん。でもどっかで、そんな形なんかどうでもいいとも思ってて、イッキーとなら形なしでいられるから」

「形なしなんだから、このままでいいんだよ。それに、ルピータは形の充実もないと生きていけないんだから、そっちも必要でしょ」

ルピータは何度もうなずき、「ま、自分の頭の中でぐるぐるしてたことを全部、ちゃんと言葉に出してイッキーと確認したってことで」と納得した。イツキとハグをし、軽くキスをすると、それぞれ眠りに就いた。

ワールドカップの初戦ナイジェリア戦は、フィラデルフィアのスタジアムで行われた。ワシントンから梢のチームのサポーターが押し寄せ、個々人が好き勝手な応援を展開していて、特別な解放地帯のようだった。

ルピータはワシントンのファンたちから幾度も声をかけられ、サインを求められる。昨日から合流した直子は、「本当にプロサッカー選手なんだね」と驚き、ルピータに「てめえ」と言われている。ウォーミングアップのためにピッチに出てきた梢は、イツキたちに気づいて満面の笑みで手を大きく振る。

国歌斉唱のあとに試合が始まって、極限まで集中力が高まった梢の一挙手一投足を目にしているうち、イツキの中で突然、多幸感の花が爆ぜて満開になった。幸福の絶頂では、自分という存在は消えるんだと実感した。

自分が消えているので、イツキは梢でもあって、梢が見て感じているようにピッチの状況が理解され、ボールをトラップする感覚、その瞬間に見える全体の動き、左に振る動きをして右にロングパスを蹴る感覚、どの瞬間にどのスピードで走り出し、どこでどのくらい加速したら、ゴール前で右サイドのチームメイトからのクロスにドンピシャで合わせてゴールが決まるか、すべてわかった。ゴールの瞬間はまた別の多幸の花が咲いた。幸福感や喜び、快楽や限りない穏やかさは無限に開花を繰り返し、イツキの官能は世界をまるごと感知している。梢のプレーも仲間のプレーも、踏まれるピッチの芝の感触も、スタジアムをめぐる風も、その上空を飛ぶ鳥の視界も、それらを照らす日光も熱も、すべてを含み込む地球も、すべて自分であって、かつ自分はどこにもいなかった。

試合は4対0の快勝だった。

イツキは初戦の翌日、一人ニューヨークに移動した。小学校時代に同じマンション、幻《まぼろ》が丘《おか》ビラージュに住んでいて英語教室も一緒に通っていたヨシミッちゃんと再会するためだった。中学時代に親の仕事の都合でサンフランシスコに引っ越したヨシミッちゃんは、やがてニューヨークの大学に進み、しばらく保険業界で働いたあと、オニギリや海苔巻きをメインにした和食のファストフード店を始め、成功していた。アメリカに住む日本の女性と結婚して子どもが三人いると、年賀状のやりとりを続けているカズちんが教えてくれた。

きかん気の強そうな子どものときの顔のまま、ヨシミッちゃんは大人になっていた。

「そのまんまだね」と驚くと、ヨシミッちゃんは「イツキは何かたおやかになったな」と全身を見回す。

「同じ英語教室のできない仲間だったのに、ずいぶん差がついちゃった」とイツキが笑うと、

「親父はこうなることを見越して俺に英語を習わせてたんだって。あの教室では全然身につかなかったけどね」と一緒に笑う。

「お兄さんや妹さんはどうしてる？」

「兄貴は日本に戻って普通にサラリーマンしてる。妹はこっちで弁護士になって、アメリカ人と結婚したよ」

「妹さん、強い性格してたもんなあ」

「もう完全にアメリカ人の活動家だよ」

「ヨシミッちゃんだって日系一世のアメリカ人ってことになるんじゃないの？」

「まあ、子どもたちはアメリカ生まれのアメリカ人だからね、そうなんだろうけど、俺にはアメリカ人って感覚はないんだよなあ」

「まあ、私も書類上はアメリカ人だけどね」

店のメニューは、日本では想像もつかない、ハンバーグのおにぎりだとかアメリカのブリートの具材を海苔で包んだブリート風海苔巻きなんかもあったけれど、こちらで食べると美味しく感じる。一個がとにかくでかい。

開業のさいの具体的な手続きやら食材の調達なんかについて細々《こまごま》と聞いているとき、店に入ってきた人にヨシミッちゃんが「お」と手を挙げ、招き寄せた。

「こいつが話してたイツキ。こっちは、今言ってた食材なんかをお願いしてる、商社のニッキー。日系二世ってことになるのかな。ご両親は自動車関連の仕事でこっちに住みついたんだよね」

名刺を交換し、初めましてと握手をするが、イツキもニッキーもこわばっている。相手の顔を見れば、お互いに同じ理由でこわばっていることが理解できる。その雰囲気に気がつかないヨシミッちゃんは、「思ったとおり相性がよさそうだな」とご満悦だ。

「初めてお会いした気がしませんね」とニッキーが言った。イツキは深くうなずき、「地球が滅びるかもしれませんね」と答えた。

「どういう冗談？　わけわかんねえ」ヨシミッちゃんが笑う。

「SFとかで時空間のパラドックスってあるでしょ。私、カズちんと小説書いてたことあるから」とイツキが通じないであろう解説をし、話題を変えたくてニッキーに「日本語、ネイティブなんですか」と尋ねる。

「バイリンガルになっちゃいましたね。日常的に使うように親から強制されてたので、おかげさまで今はこうして両方を活かせてます」

「何か、日本語で日記を書くとかですか」

「そうです！　親との会話ぐらいならともかく、日本語での日記はやっぱり大変で、ずっと悩みの種でした」

「私も日記を書いてます。架空のことだけ書く日記で」

「それ、私もたまにやりました。アメリカに移住しないで日本に帰って、日本で日本人として生きている自分やミッキーの話とか」

「ミッキーというのは弟さんですか？」

ニッキーはうなずく。決壊しそうな顔になっていて、きっとイツキもそんな顔をしているはずで、これ以上は互いに言葉を発しないほうがよさそうだった。

「イツキは家族とかはどうなの？」ヨシミッちゃんが他意なく聞く。

「私は独り身」

さらりと答えたつもりだったが、ニッキーの目はかすかに反応し、「ヨシュ、そういうふうに聞いたらダメだって言ってるでしょう」とヨシミッちゃんをたしなめた。

「でも友達だよ？　幼なじみにこういうこと聞くのもダメなのかよ？」

ニッキーはイツキを見て、「私はゲイなんですよ。だからヨシュには、アウティングになるような聞き方はよくないってしつこく頼んでるんですけど、ときどきこうしてね」と説明した。

「イツキは聞かれて嫌だった？」ヨシミッちゃんは納得できずに確認してくる。

「まあ、ヨシミッちゃんならいいけど、この手の質問が苦手なのは事実」

「何で独身なのかまで聞いたら、そりゃ踏み込みすぎだと思うけど、家族がいるかどうかくらいはなあ。いないからどうだとか思うわけじゃないし」

「みんながそうならいいんだけどね。そういう質問する人はほぼ確実に、いないからどうだこうだって思うんだよ」ニッキーが言う。

「でも、小学校時代のヨシミッちゃんからしたら、すごい変化だよ」

「だろ！　そこを評価してほしかった。イツキは相変わらずいいやつだな」

お店の隅でビールを飲みながらイツキは、主にヨシミッちゃんの人生を聞いていたが、本当はニッキーのこれまでを根掘り葉掘り聞きたかった。けれど、聞いたら自分が雲のように消えてしまいそうな気がして、聞けない。おそらく、ニッキーも同じ感覚だっただろう。それぞれ、近寄ったり触れたりしないほうが身のためなのだ。互いの姿が目に見え出会っていること自体が奇跡みたいなものなのだから、それ以上は望んではいけない。

もしかしたら、自分はもう何度もこの世界で死んできたのかもしれない、とイツキは想像してみる。そうして、イツキにはならなかった自分が代わりに次々と生存しているのではないか。

この空想には、実感が伴っている。自分が終わることの感覚を、自分は何度も体験してきた。少なくとも、言葉で。どこで生まれたのかあやふやだったように、いつどこで終わってきたのかも曖昧なのかもしれない。

自分の人生は、こうして、ありえた自分がリレーしてつながっているだけだという気もする。リレーする瞬間だけ、そのつなぎ目が見えるけれど、すぐに忘れてしまうのだ。

だとすれば、とイツキは考える。自分が別の可能性の自分に入れ替わったりしているのなら、自分だけでなくて、この社会、この世界、私の生きている時代の歴史、人類の歴史も、違う可能性の社会と歴史に入れ替わったり切り替わったり、混ざったりしているのではないか。

イツキは映画を見終わったような気分で、ニッキー、ヨシミッちゃんと別れた。

イースト・ビレッジから離れたくて、ラテン系の人が多いと聞いたジャクソン・ハイツに行ってみる。聞こえてくるコロンビアのスペイン語に、今は閉店したカニャンドンガを懐かしく思い出しながら、街をあてもなくぶらついていると、月夜の湿原の幻想的な写真に「Water, Tree, Moon, NotSee」というタイトルが浮かぶポスターに目を惹かれ、その地味なギャラリーに入った。

うす暗い室内には写真がほどよく展示され、奥には女性が腰かけている。いかにも前衛アーティストっぽい、ピンク色の乱れたパンクヘアに白いカラーコンタクトの瞳、同じく鮮やかなピンク色の口紅、花火めいた布がミノカサゴのヒレ状に逆立っているファッション。当の写真家だろうと思い、写真を何点か見てから「ハロー」と微笑みかけると、イツキから片時も目を離さないその女性は、「イツキ」とつぶやいた。ギョッとして女性を見つめ返すと、「どうしてイツキがここにいるの?」とその唇はまたつぶやく。低いその声を聞き直して、イツキはようやく、「まさか、みずき」とつぶやき返す。

「わざわざ捜し当てたの?」みずきは尋ねるというより独り言のようにまたつぶやき、「んなわけないか」と自分で否定する。

「まったくの偶然。そのポスターの写真に感じるところがあったから入ってみた」

「NotSee で私ってわかったの?」

「見ない……あ、見ず、か。みずき、を無理やり」

「最近はナットゥ・シーじゃなくてナッツィーって呼ばれるから、綴りも Nutsy に変えようかなって思ってるところ」

「フォトグラファー、ナッツィーか」

「写真家とは名乗ってないけどね。ただ NotSee の名前で、写真撮って、たまに文章の断片を書いて」

「今もロンドン?」

みずきはうなずく。

「パートナーはお元気?」

「あれはロンドンに住む口実だから、わりかしすぐに別れた。でも今でもマブダチよ。あいつのサポートで、ただのインド料理屋の皿洗いから、ちったあ写真を発表できるとこまで来れた」

「何か、言葉遣いもその格好と合わせてるの?」

みずきは首をかしげ、そんなつもりはないけどな、とつぶやく。

「まったく誰だかわからなかった」

「そりゃあ、誰だかわからないようにこういう格好してるから」

「日本人とかもわからないように?」

「ま、そゆこと」

それで名前も変えたのか、とイッキは理解する。「じゃあ、日本にも全然帰ってない?」

「帰るって、どこに? いつかは日本に行くことはあるかもしれないけど、帰るって意味不明。じゃあイツキは今度インドとかに帰ることある?」

イツキは降参するように両手を挙げた。

「イツキはまだ記者やってんの?」

「いやいや、もう十年前に辞めたよ。今は南米とかアジアの食品を扱う会社」

ほー、とみずきは意外そうな顔をした。

「写真、いいね。すごく私の好み」

すべて黄昏時《たそがれどき》から夜中の湿原や森を写したもので、細かな日時が記されている。タイトルや場所の記述はなく、みずきのいう文章の断片がついているが、詩のような英語なのでイツキにはあまり意味がつかめない。

「本当は、この空間に入ったら人間がいないって感じにしたいんだけどね。この個展の条件が、私が係員として常駐することだから、仕方ない」

「ああ、それだな、私が惹かれたのは」イツキは納得した。みずきが自分の連続性を断とうとしても、その指向は変わっていない。人間の消える、逢魔が時を求めて。

「目が白いのも、私、今ゾンビだから。ここにはイツキ以外、人間はいない」みずきは嬉しそうに、カラーコンタクトで白くなっている自分の瞳を指さす。

「自分で説明しちゃダメじゃん」

「誰も言ってくれないから」

「みずき、木曜日に一緒にフィラデルフィアに行こうよ」

「何、急に」

「この展示、今日で終わりでしょ。行こうよ」

みずきはイツキを見つめると、「よし、行っちゃうか」と応じた。

当日はバスで移動した。誘っておきながら、チケットのことなどは旅慣れて英語もできるみずきに任せた。二人とも、高揚して弾けそうになるのを抑えすぎて、冷淡になっていた。三時間弱を寝たり起きたりしては、合間にぽつぽつとおしゃべりをする。

みずきは、個展を引き受けてよかったと言った。ギャラリーのスタッフという名目で渡航費と滞在費は出るけれど、報酬は作品の売り上げだけで、自分の作品なんてそうそう売れないから持ち出しになる企画で、それでも熱心に誘われて断れなかった。来てくれたお客さんとは濃いやりとりができたし、念願のフロリダで撮影する機会もできそうなのだけど、何しろお客さんの絶対数が少なくて虚しく感じていたら、イツキが現れた。

「もう一生会わないかもなって覚悟してイギリスに来て、でもどっかの国で会いそうな気がするとも思ってたんだよね。それで、会わないなら会わない道をそれぞれがたどっているわけで、わざわざ会ったら後悔するだろうし、会い直すことになっているならそれは近い道を歩いてるんだから自然と会えるとも確信してたから、イツキが来たときは、来た！って思ったね」

「私はみずきの過去でもあるわけでしょ。過去は締め出されてるから、私も締め出されてるかと思ってた」

「ここで会ったのは新しい出来事で、過去のつながりだけじゃないから。何なら、私みたいに、イツキのことも新しい名前で呼ぶ？」

「みずきのことはみずきじゃなくてナッツィーって呼んだほうがいい？」

「いや、みずきでいい。そこは引き受ける」

「ちなみに、写真で生活は成り立つの？」

みずきは呆れて「それ、聞く？」と首を振った。「いろいろやって生活費は稼いでるよ。それでいいの。撮影にかける時間だけはたっぷりあるし。イツキこそ、ちゃんと食ってるのかよ」

イツキがメキシコ料理を日本に定着させるプロジェクトを、熱を入れてこと細かに説明していたら、みずきは居眠りしていた。

当日券でフィラデルフィアの巨大スタジアムに入ると、みずきは「どこの宇宙基地よ」と目を丸くしている。ロンドンに暮らしていても、サッカーを見るのは初めてだという。

梢を見てほしくて連れてきたのだと、みずきに説明する。スウェーデンとの試合が始まるや、さっそく梢は躍動した。スピードあふれる相手の攻撃の芽を摘み、すかさず反撃のパスを出しまくる。その一つが実って日本は先制した。あの低体温のみずきがガッツポーズで叫び、イツキをぱしぱし叩いて喜んでいることが、幻覚のように感じられる。

三十八歳の梢は後半途中で交代し、日本は終了間際にコーナーキックからのヘディングゴールで追いつかれたけれど、イツキにはどんな勝利よりも陶酔をもたらす美酒だった。

試合後、事前にメールしたイツキの懇願に応えて、梢は直子とルピータを伴って通路に出てきてくれた。みずきは、たった今ファンタジーの中にいたスターが目の前に実物として現れて、顔を火照らせる。梢とみずきが高揚した様子で一緒に談笑しているのを眺めていたら、イツキは心が軽くなりすぎて昇天していくような感覚に見舞われた。意識が遠のいて自分が薄くなっていくようでもあり、落ち着ききって空気に溶けるようでもある。

ルピータがイツキの肩を揺さぶった。みずきがイツキをのぞき込んで、「白目むいてたよ。イッキーがゾンビかよ。まだ人間やめないでよ」と笑った。

「イッキー」とイツキは返した。

「新しい名前あるじゃない」

風景の輪郭ははっきりし、色も濃く戻ってくる。イツキは梢を見て、思いきって提案した。

「ワールドカップが終わったら、梢は鰻和ブロッサムズに移籍するでしょ。だから、日本で住む場所を探さなくちゃならないよね。だったら、長屋しようよ。一軒家を借りて、キッチン風呂リビングは共用にして、梢と直子と私とみずきと、それぞれ部屋を持てばいい」

「私もかよ！」とみずきが抗議する。

直子が、「私も動揺してるけど、何かイッキー、命がけだし、運命かも」と言う。梢が英語でルピータに説明し、ルピータが遅れて驚愕し、「アンダレ、ウェイ！（いんじゃね？）」とけしかける。

梢は笑い出し、「イッキーがとうとう勝負に出たんだから、乗らない手はないね。みずきがどうするかはともかく、ベッドルーム四つの家を探そっか。鰻和近辺なら、手頃な家賃のがあるでしょう」と言った。みずきが「イッキーって、南鰻和に住んでなかったっけ？」と言う。

「おじさんの家ね。退去したばっかりだけど、まだ空いてる。でも部屋数はそんなにないんだよなあ」

「じゃ、その近所にもう一件借りるとか？」と直子。

「私はワールドカップに集中するから、みんなで考えといて」

梢が去っていくと、イツキは強烈な眠気に襲われる。ごめんとつぶやき、通路にへたり込んで眠りに落ちた。

目覚めても夢は覚めておらず、むしろ夢に閉じ込められたかのように、イツキはまた南鰻和で暮らしていた。通りを挟んだ向かいのアパートに梢と直子が住み、みずきはその気になったらイツキの家で暮らすということになっている。

ワールドカップは、グループリーグ第三戦のアメリカ戦には敗北するものの、二位抜けで決勝トーナメントに進み、準々決勝ブラジル戦は先制されるが梢の同点弾で追いつき、ＰＫ戦で惜しくも敗退、ベスト8で終わった。

アメリカのプロリーグ消滅により、梢はワールドカップ終了後に日本に戻り、古巣のブロッサムズに復帰した。ただ、親会社の花和証券が撤退したため、今春からブロッサムズは鰻和ブラッズが引き取った。当初は鰻和ブラッズ・レディースと改名される予定だったが、サポーターの粘り強い訴えでブロッサムズの名が残った。ユニフォームはブラッズの真紅を使いつつ、新しくブロッサムズ独自にデザインし、過去の優勝の星はブラッズのエンブレムの上に刺繍されている。

同じく日本の女子サッカーの名門クラブ、東京ノルテに移籍した桂ちゃんも、ほどなく実家から梢たちの家に転がり込んできた。より地元密着を目指して城北区《じょうほく》のホームスタジアムからそう遠くない穴川《あながわ》河川敷に新練習場が整備されて、鰻和から通うほうが近いので、今後はここで寝起きすると言う。「お父さん、また無気力になっちゃうんじゃない？」とイツキが心配すると、「私の人生はお父さんの人生じゃないってことは、アメリカでじっくり話して理解してもらったから。ちょっとだけでも実家でまた暮らせたんで、お父さんももう大丈夫」と言う。アメリカから戻ってセミ先生は、「桂子にアメリカ人のカレシ君を紹介されて、ショックなのか嬉しいのか、自分でももうわからなかったよ」と笑っていた。

皆でそろって食べられる日は、イツキの家に集まって食事をした。その結果、梢と直子と桂ちゃんは試作のタコスばかり食べさせられることになった。

イツキの頭の中は、日々タコス一色となっていった。まずはメキシコのトウモロコシ粉から本物のトルティージャを作ることを探究した。肉の漬け汁やサルサのためのチリは、たいていが乾燥させて燻《いぶ》したものなので、入手と管理は難しくない。パクチーやグリーントマトやライムは、ペルー料理の食材の栽培で懇意にしている日本の農家から調達する。それらの農家に、メキシコのチリを栽培することも持ちかける。

どうしても入手しにくいのが、メキシコ独自のオアハカチーズと、腸詰のチョリソーだった。この輸入について、イツキはニッキーに相談する。

アル・パストールの肉を焼くのには、少しずつ街に増えているトルコ人のケバブ屋さんに協力を求めた。試験的にケバブサンドの肉をアル・パストールの肉で売ってみてもらったりもした。さらには、懇意になったメキシコ料理のレストランでアル・パストールのタコスを作らせてもらう。

翌年の初夏には、キッチンカーを借りて移動タコス屋を開いてみた。味の評判はよかったものの、手が汚れるというので特に女性から敬遠され、食べやすいブリトーにはできないのかと聞かれることが多く、次第に客はアメリカ人ばかりになっていった。タコスの赤字をビールの売り上げで埋める形で、イツキとしては納得のいく状況ではない。メキシコのサンドイッチであるトルタを取り入れたり、沖縄のタコライスを出してみたりしたが、変化はない。

これら一連の試行錯誤を、「ぼんやりタコス奮闘記」というブログで連日公開した。架空日記で培った、書くことを快楽に感じる能力がここで発揮された。「おうちタコス」という、家で作れる簡単なタコスのレシピも開発して紹介した。タコス愛好家はわずかずつ増えていったが、商売の観点からすると、労力に対して成果が見合っているとは言いがたかった。

イツキがタコス普及に躍起になっている間、桂ちゃんが初めて日本代表に選ばれ、梢と一緒にプレーするという、イツキやセミ先生からしたら夢のような出来事が実現した。親善試合のニュージーランド戦で守備的ボランチとして代表初先発した桂ちゃんは、すさまじい闘志と運動量の炎のディフェンスで守備を引っ張り、後半途中から出場した梢とダブルボランチを組んで、一対〇の勝利に貢献した。

二人はアテネ五輪の代表にも選出され、桂ちゃんはピッチ内外でのチームメイトへの心配りと途切れない集中力が買われてキャプテンに指名され、梢は交代の切り札としてベンチスタートが多かったが、去年のワールドカップ同様ベスト8の成績を残した。そしてそれが梢の代表キャリア最後の試合となった。イツキはセミ先生のうちで試合の中継を見て、二人で泣いてばかりいた。

秋には解散総選挙が行われ、花村夕がまた鈴原さんと済民党への応援を頼んできた。夕は三年前の選挙後から日系ペルー人コミュニティに出入りするようになり、イツキやオバタリアンやセミ先生ともときおり雑談した。何かその方面の政策を考えているのだろうとは思ったが、イツキはタコスにのめり込んでいくうちにペルー人コミュニティから足が遠のき、また梢たちとのゆるやかな共同生活のことで頭がいっぱいで、投票すら忘れかけた。

投票日を思い出させたのは、オバタリーアの中東部の大御所、匡一さんだった。珍しくイツキに連絡してきて、済民党を頼むと支持を訴えてきたのだ。

匡一さんたち中東部が春から沸騰していたことは、イツキも感じていた。アメリカが三年前の大規模テロ未遂事件の延長で、因縁のある独裁国イラクに対し、テロリストを支援しているという口実で攻撃を準備した。クルアーン条約機構、QUTOは猛然と反対し、ヨーロッパもアメリカには同調せず静観、にわかにアメリカ対中東諸国の戦争の危機が高まる中、日本政府は派兵を前向きに検討する姿勢を示し、国内外から批判されていた。中東で支援活動を行っている団体の人たちや、平和活動家、ジャーナリストらはイラクへ渡り、人間の盾や人間の鎖に参加するなど、体を張って侵攻への反対活動に参加したり報道したりした。

そのうちのNGOメンバーの女性とフリージャーナリストの男性が、イラク内に潜んでいたジハーディストに拘束された。日本軍の派兵を断念しないと人質を処刑すると、ナイフを持った覆面の男がアラビア語で語る動画が、ネットで流れた。

匡一さんも懇意にしているというそのNGOは、舞山《まいやま》県庁の記者クラブでイツキの隣の席だった伊達《だて》さんが転職した団体だった。オバタリーア中東部は連日のように政府への抗議デモに加わり、派兵断念を求めた。すると、会社に大量の脅迫電話やメールが押し寄せた。人質になったのは自業自得だ、社会の迷惑だ、おまえらも出ていけ。一部のメディアもその論調に相乗りし、世論は人質批判へと傾く。それを最大限利用しようとしたのが、野党の安保党だった。派兵にははっきりしない態度を取っていた安保党だったが、人質事件に対しては、渡航した者の自業自得だ、そんなことに税金を使うべきではない、と勢いづいた。

拘束から十日ほどで、イラクの警察はジハーディストを捕らえ、人質の二人は他の外国人の人質とともに無事に解放された。日本政府はイラク政府に謝意を伝え、ほどなくしてアメリカは、テロリストたちは無力化されたと、当初の前提とは異なる理由を口にして、イラク攻撃を断念した。

済民党政権は大きく支持を落としたが、秋の衆院解散の機運を作るさいに、アメリカがイラク攻撃を断念したのは、日本政府が派兵しないという切り札をチラつかせて根気よく説得したからだ、という裏事情を、メジャーな雑誌にリークした。そして、日本は同盟国としてアメリカにしっかり意見できる対等な立場になった、もはやアメリカに一方的に守られるだけの国ではない、というストーリーを、インターネットメディアをはじめ陰に陽に流した。

これが効いて支持率は上昇し、優位だった安保党と競り合うまで持ち直した。また、人質になった人たちを罵る行為は法に触れうると、このときになってから批判した。

そうして、今や中東と良好な関係を築くことになった済民党政権を守るよう、匡一さんは積極的に働きかけたのである。

そんな事情を匡一さんからレクチャーされながらイツキがぼんやり連想したのは、鈴原さんがバッシングされたときに唯田が関係していた件だった。さまざまな分野で、あのときの唯田的なナニモノカが増殖している。オバタリーアはナニモノカの憎しみを掻き立てる存在なのかもしれない。唯田が今回の人質事件をどう受け止めたのか聞きたかったが、またバッシングしたんだろうと疑っているように思われるから、聞けない。

済民党は総選挙でほぼ現有勢力を守り政権を維持したが、イツキは鈴原さんの当選を確認しただけで、自分の選挙区の結果さえ直子から教えられるまで知らないままだった。

新年にはオバタリアンの自宅に招かれた。オバタリアンは数年前に大輪《だいわ》市に中古の一軒家を購入して、川原崎《かわらざき》から引っ越していた。新居を訪ねるのは初めてだった。最後に会ったときにはまだ幼児だったルセーロは、春からはもう高校生で、物静かで大人びていて成績がよくて、七つ下の弟に優しい。母のモニカは日常の日本語には不自由しなくなっていたが、ペラペラというわけではない。おしゃべりな人のほうが言葉は上達しやすいというのが、イツキが日系人のコミュニティから見いだした傾向だった。

モニカは今はむしろ、韓国語を学びたいのだと言った。韓国ドラマに夢中で、録画した『冬のソナタ』は五回は見直したという。

「ああ、うちの母もハマってます。確か、チュンとかいう俳優が素敵なんでしょ?」イツキが言うと、「チュンサンね。俳優違う、ドラマの人の名前」とモニカが笑う。

「ぼくはおばさんだからわかるけど、何でまだ若いモニカがハマるのかは、謎なんだよなあ」オバタリアンが不思議そうに言うと、モニカは顔をしかめて「そゆ言い方、悪いね」と批判し、「プラトニックラブの話、感動するでしょ」と言った。

「わが家にまで韓流が入り込んでるぐらいですから、このブームを見逃すわけにはいかないんですよね。それで今、うちでも韓国部を始める準備をしているんです。韓国料理店を奥穂町に出しましょうとね」

「抜け目ないなあ。オバタリアンの仕掛けですか」

オバタリアンは首を振り、「奥穂町じゃ韓国料理に客を奪われてペルーレストランは閑古鳥だから、移転するか閉店するしかないって迫られて、韓国料理店に衣替えすることにしたんです」と説明した。そして「どうですか、イッキーのメキシコ料理プロジェクトは。そろそろモノになりそうですか」と尋ねた。

「あと一歩なんですけど、その一歩が遠いというか」

「そうですか。この夏でスタートして三年ですから、モノにならないなら、そろそろ終わりにしましょう。イッキーはペルー部に戻るか、韓国部に回ってもらうか、ちょっと考えといてください」

「え？　でも、農家の人たちにも食材作りをお願いしてるんで、急にやめるとか難しいのは、オバタリアンもわかってるじゃないですか」

「そうですね。まあ、プロジェクト自体は続けましょう。ただ、イッキーもメキシコ料理に専念ではなくて、兼任してください」

オバタリアンはペルー部の責任者を若手の日系人に任せてからは、この会社の役員としてだんだん管理職っぽくなっていた。ルーカスがグループ会社のトップに就いたら、オバタリアンがオバタリーアの社長になるだろうと目されている。会社が大きくなるに従って、組織もきっちりしていき、オバタリーアにあったあのゆるさが消えていっている。イツキは「わかりました」と答えるしかなかった。

そうしてオープンしたばかりの韓国料理店のウインドーに、スプレーで差別的な落書きがされたのだった。

奥穂町では、去年から何軒かの韓国料理店が同じ被害に遭っていた。オバタリアンが警察だけでなく、政治問題化しようと花村夕に相談したところ、全国紙が大きな特集を組んで記事にした。その中に、落書き事件には関わっていないが、『非韓主義』という本を書いてその分野ではブームを起こしている、ペンネーム「むていこう」のインタビューが含まれていた。

「済民党政権による屈辱外交が、日本人の良心に火をつけたんですよね。韓国とは平和的に仲よくなれるはずだったのに、脅しに屈するという形で服従してしまったら、平等じゃないじゃないですか。ワールドカップで疑惑の勝利を手にするようなやり方も許せません」

イツキは、「むていこう」が生きている日本と、自分が棲息しているオバタリーアや梢たちとの小世界が、まったく行き来のできない別宇宙のような気がした。

イツキはずっと、この世のあちこちに隙間を見つけて、そこをつないでかろうじて生き延びていると思っていたが、いつの間にかその隙間世界はイツキにとっての広大な宇宙空間となり、イツキは身を縮めることなく自由に生きているらしかった。だから、同じ世界に「むていこう」のような気分と価値観で生きている人が大勢いるという感覚が、もう抜け落ちてしまっていた。たまに唯田のことを不安とともに思い出す以外は。

その年の後半には、日本で生まれたけれど日本の国籍はないイラン国籍の男子高校生が、ビザを持たない両親が強制退去を迫られているとして、在留許可を出してくれるよう裁判所に訴え、メディアに盛んに登場した。

「むていこう」主義者たちはこの高校生の自宅や学校を探り出して大挙して押しかけ、無言で日本の国旗を掲げる「むていこう」デモで威圧した。その様子を録画して、インターネットで拡散し、おぞましい話題性を振りまく。政府やメディアは差別禁止法に抵触すると批判したが、警察は警備するだけで動かず、「むていこう」主義者たちの言動は執拗さを増していった。

だがイツキはそのころ、また新たな出逢いに心を奪われて、この事件に関心を向けるゆとりがなかった。

夏にカズちんに誘われて、イツキは初めて東京クイア・パレードに参加した。それまでも何度も誘われていたが、ハッテン場が合わなかった記憶が邪魔をし、避けてきた。今回、気が変わったのは、カズちんが「ぼくの婚約相手を紹介したい」と言ったからだ。

イツキは、カズちんが偽装結婚を画策しているのだと思い、血の気が引いた。

「何で無理やりそんなことを……」

カズちんは不可解だという顔をして、「ぼくが婚約しちゃダメなの？　まさか、イツキはぼくみたいな者が結婚すべきじゃないとか思ってるの？」と青ざめる。イツキは思いきり首を振り、

「そんなことまったく思ってない。ただ、カズちんは自分に正直に生きてると思ってたから」と

苦しげに言うと、カズちんは今度は顔を赤くして、「ぼくは自分に正直に生きてるでしょう！だから結婚できるようになる以上、その権利をいの一番に、思いっきり使いたいだけでしょう」と抗議するように言った。

「結婚できるようになるって、同性同士でも？　法律が変わるの？」

「知らないの？　あんなに話題になって、叩かれたりもしてるのに。ニュース見てないの？」

不思議だった。そんなニュースだったら、梢が真っ先に話題にしそうなものなのに、イツキは聞いたことがない。団欒すれば四人とも、自分の日常の話ばかりしているのだった。そしてそれがこよなく楽しいのだった。

「ああ、イツキはいつからそんなに世間知らずになったんだ。これも鈴原さんのがんばりの成果だよ。夕から聞いてない？」

カズちんによると、結婚の自由化は、去年秋の総選挙の「ドクトリン二〇〇四」で表明された公約だという。ドクトリンとは基本政策教書のことで、中部中央新聞政治部の馬場《ばば》記者が提唱したもの。イツキが県政記者時代にお世話になった、あの馬場記者だ。

ムードやイメージや日ごろのおつきあいだけでなく、どんな世の中を作るつもりなのか、具体的な政策をわかりやすく掲げて有権者に選んでもらう政治に変えていこう、ついては各党は政策の根幹をなすドクトリンを発表して選挙に臨むべきだ、と訴えた。

呼応するように済民党は、ただちに「ドクトリン二〇〇四」を発表したが、安保党は軽視した。強烈な内容の「ドクトリン二〇〇四」がメディアを独占するのを見て、安保党も慌てて具体性に欠ける「平成ドクトリン」を作成したものの、撥ね返された。

「ドクトリン二〇〇四」の謳い文句は「人権の完成へ」だった。その柱が戸籍制度の廃止だ。戸籍制度こそが、ジェンダー格差の原因である父権的慣習を温存させ、部落差別や外国人差別などルーツをめぐる差別の源となり、婚姻の不平等を生んでいる。これを廃止して、国籍、ジェンダー、ルーツに関係なく婚姻や家族制度を保証する、フラットな住民登録制に変える。婚姻は自由化され、同性婚も可能になる。日本に居住権を持つ外国籍者も等しく住民登録され、まずは地方参政権の門戸を開くことを視野に入れる。併せて、居住権取得の要件も、入管の現場職員の裁量ではなく制度として整備されるだろう。

戸籍制度に替わる日本国住民の掌握の手段としては、デジタル化した住民総番号制を導入する。納税も参政権も社会保険や福祉の対応も、一元化された住民番号を通じて手続きするため、個々人がいちいち申請する方式から、行政側から迅速に働きかけられるものへと変わるだろう。住民番号カードは国籍にかかわらず居住権を持つすべての住民に発行され、身分証として利用できる。

このとんがったドクトリンは、世論を二分して大論争になった。済民党は、これが受け入れられないのであれば、自分たちが政権にいる大義がなくなるので下野する、過半数の議席を獲得できなければ拒否されたと考える、と表明して勝負に出た。その姿勢の強さで、行きすぎた自由は伝統社会を破壊すると反対する勢力を抑え込み、済民党は勝った。

政権はすぐに内閣直属の戸籍廃止室を立ち上げて、鈴原さんらこの政策を推進している議員とともに、関係各省庁の鍵となる役人をメンバーとし、省庁を横断して動かす権限を持たせた。法整備は着々と進み、来年には婚姻自由化のメドも立った。

「だからぼくは大手を振って、婚約したよーって言って回りたいんだよ」とカズちんは顔を紅潮させる。「反対の声と行動もすさまじいから、ここがふんばりどころなんだ。だから今年の東京クイアはすごい熱量になる。押し返されないで押し切ってやるつもりで、自分たちの尊厳すべてを見せつけてやりたいんだよね。ぼくたちは婚約したって堂々と公言して、大事な人たちと歩きたい」

そう言われたら、イツキもその一人になりたいと思う。

カズちんの婚約者のヨッチーは、丸っこくて穏やかでニコニコしていて、お汁粉の中の白玉みたいな印象だった。人なつこくて、イツキと直子ともすぐにうちとけた。梢と桂ちゃんはリーグカップの試合で来られなかったが、グラデーション・レインボーのリストバンドを巻いて戦っている。パレードの先頭には、「誰にでも自分の幸せを」と書かれた横断幕を掲げる一員に鈴原さんがいた。日本語学校の生徒たちを引き連れてうろうろしているセミ先生とも出くわした。参加者は三万人を超え、お尻のほうのイツキたちはいつまでたっても世野木《よのぎ》公園を出発できずにいたが、おしゃべりが尽きることはない。

そんなイツキたちに、タツキは声をかけてきたのだった。初めて参加するので不慣れなんだけど、仲間に入れてくれない?と。独りぼっちでちょっとさみしく感じてたら、すごく楽しそうで感じのいいあなたたちが現れたので、これは運命かもって思って。

カズちんたちは屈託なく「一緒に歩こう」と歓迎し、タツキも無邪気そうな笑みを顔いっぱいに広げて、「やっぱり仲間がいるといいよねー。私はタツキ。初めましてー」と少し甘えたように語尾を伸ばして自己紹介する。五人でおしゃべりしている間にも、カズちんとヨッチーと直子には絶えず知り合いが声をかけてきて話がはずみ、三人は「業界人」なんだなあとイツキはぽんやり思う。

「イッキーさんも初めてなの?」と、そんなイツキを見てタツキは尋ねてくる。イツキはうなずき、「今日はあの二人が婚約を公表する日だから、お祝いも兼ねてね」と答えた。

「ステキー。私もウキウキしてきちゃう。私はねー、つれ添ってた相手が死んじゃってね、それで独りぼっちになっちゃった」

まだ初対面の挨拶を交わしたばかりなのに、いきなりそんな重い事情を打ち明けられて、イツキは返答に困った。「それはつらいね」とつぶやくと、「あ、ごめんなさい。私、何言ってるんだろう」タツキは慌てて打ち消す。「私ね、生まれ変わったんだよね。だから、生まれ変わる前の前世のことはもう忘れたの。今の話、イッキーも忘れてね」

「忘れるも何も、最初から知らないよ」

「だよねー。イッキーは、私がタツキとして生まれ変わってから最初の友達。だからイッキーはタツキの人生を最初から知ってる人ってことになるね」

「なのかな」

「タツキに生まれ変わったことで、私は前世から解放されたから、何もかも超えちゃった。国も人種も性別も年齢もぜーんぶ超えて、ただのタツキだってわかったの。だから私も東京クイアに参加する資格あるなって感じて」

「資格とかあるのかな。誰だって参加していいんじゃないかな」

「わあ、イッキーって不自由な感じ。誰だって参加できることと、自分が参加していいって自分で思えるかどうかは別の話でしょ。タテマエに囚われないでよ」

「私って不自由に見える？」いきなり急所を指摘されて、イッキは少しヘコむ。

「誰だって不自由でしょ。私は生まれ変わって全部超えちゃったけど、イッキーはそうじゃないと思うから、不自由なのは仕方ないよ」

「タツキは自信があるんだね」

「生まれ変わったばかりだから、今のところは嫌なこと、何にもないからね！」

厚かましくて自己チューなところも強いのに、嫌みがなくて二心のないせいか、足もとにからみついてくる子犬のように思える。実際、小柄で垂れ目で、中途半端に長い猫っ毛が目にかかっていて、小型のテリアのよう。髭が薄いのか、肌はつるんとして童顔である。確かに年齢もジェンダーも茫漠としているが、そういう人は東京クイアには普通にいる。

タツキの関心は、散歩する子犬のようにあっちへ行ってはこっちに戻りと、せわしない。イッキが口を挟む間もなくしゃべり続ける。

「あの人、素敵じゃない？　話しかけちゃおっかな」「初めて来たのに、自分のホームって感じ。イッキーもでしょ？」「これだけの人がいると、今日こその出逢いを期待してる人もいっぱいいるでしょう？　キョロキョロしてる人、目立つもんね。私だってイッキーと出逢ったし！」「こういうところにいることの安心感って大事だよねー。安心感って仲間がいるってことでしょ。私、国防にもその仲間の感覚って大事だと思うんだよねー。軍隊にいる人が、私たちみたいな軍の外の人と一緒の仲間だなって感じてないと、孤独でしょ。よそ者だって思われながら他人の生活守るとか、無理だよー。だから、私は東京クイアに軍のパレードが参加するといいと思う。お互いのために」

イツキは耳を疑い、「それは何というか、サッカーのハーフタイムに国政選挙の投票に行きましょう、みたいな無理やりさがあるかな」とやんわり否定した。

「そうかなあ、盛り上がると思うんだけどなあ。兵隊さんは鍛えてる人たちだから、露出多めだと好感度上がるかもしれないしね。私は超越しちゃったから、ナイスバディにはもう関心ないけど」

「もう関心ないって、前は関心あったんだ?」

「私ねー、こう見えても鍛えてた時期、あったんだよねー。ずっとやられる側だったから、大人になってからもう嫌だと思って、鍛えてみたんだよ。そうしたら、人の筋肉が気になっちゃって」

「強くなった?」

「大人になると、もうあんまりどついたりってしなくなるでしょ。シカトとか言葉とかで攻撃してくるから、鍛えてもあんまり意味なかったー」タツキが大笑いするので、イツキはかえって痛々しく感じた。

「そんな人たちからは逃げればいいよ」

「逃げてるんだけどね、私、危ないほうに逃げちゃうとこがあって、敵だらけの中に突っ込んでっちゃう。ちょっとバカなのかも」

「それはたぶん、どっち向いても冷たい人たちばっかりだからじゃないかなあ。タツキのせいじゃないよ」

陽気そうに苦痛を話すタツキは、「私、友達いないんだよねー」と笑った。

「今いるじゃん」イツキが言うと、タツキは「だよねー」とうなずき、「私、誰とでもすぐ友達になれるけど、誰とでもすぐ友達じゃなくなっちゃう。だから私には友達の優劣がないんだよ。それって、全人類と友達ってことなんだよね。全然分け隔てなく、嫌いな人が誰もいないんだから。それが友達がいなくても生きていける秘訣」と得意げな顔になる。「だから自分を守ることは、みんなを守ることになるの。私、身を守ることを知りたくて、警備会社で働いてみたりもしたんだよね」

「なるほどー。そのころに体を鍛えたわけか」

「あー、イッキー、だめだめ。そうやって私に前世の話させようって誘導してるでしょ。その手には引っかからないからね。だって、もうすっかり忘れちゃったんだから！」

いや、今までさんざん自分から話してたでしょ、とイツキは可笑しくなった。タツキの無邪気な表情を見ていると、こちらの気分も晴れてくるのに、なぜこの無垢な人にそんな大勢の人が嗜虐的な気分を掻き立てられるのか、不思議だった。この無防備さがかえって攻撃欲をそそるのだろうか。

東京クイアの後、タツキはショートメッセージでしきりに連絡してきた。曜日時間帯関係なく会いたがったりおしゃべりしたがるので、イツキは辟易した。休日にお茶をしたとき、どんな仕事をしてたらそう四六時中、自分のために時間を使えるのかと聞くと、「今は失業中」とあっけらかんと答える。「生活、大丈夫なの？」と心配すると、「その相談をしたかったんだよね。ちょっとだけでいいから、融通してくれないかな。稼いだらきちんと返すから」と、さすがに言いにくそうに頼んできた。

「仕事は探してないの？」

「不安定な仕事はもうしたくなくて。そういう仕事してると、仕事を辞めたら死んじゃうから辞められなくて、自分をやめたくなっちゃうんだよね。ぶっちゃけ、自分をやめてみたら、何とタツキに生まれ変わっちゃった。だからタツキはもう自分をやめるような仕事はしない」

イツキは絶句して、反応できなかった。タツキはいたずらをするような目になって、「タツキの前世、また知りたくなったでしょう？　教えちゃおっかなあ？　やっぱりやめとくー」と笑う。

「住むところとか、どうしてるの？」

「またイッキー、不自由な感じになってるー。どうとでもなるんだって。食べ物がないと困るけど、寝るのはどこでもできるでしょ」

「野宿？」

「本当に困ってたら、イッキーに頼むって。でも今は大丈夫。食べるもののお金だけ、ちょっと貸してくれるとありがたいけど」

「それはオッケーだけど、仕事が見つかるまででもいいから、生活保護を受けるという手もあるよ。私の知り合いでもそうしてる人はいるから」日系ペルー人のケースを考えながらイツキは勧める。

「イッキーは心配しなくて大丈夫。私はこの新しい自分の体の使い方、見つけてあるからね。人の役に立つ使い方。計画が実現できそうになったらイッキーにも教えるし、またいろいろ頼むよー」

イツキはその日、タツキに三万円を渡した。タツキが「これでひと月以上は生き延びられる」とつぶやいたので、「ちゃんとしたもの食べてよね」と言うと、タツキは「お坊さんのつもりで生活する」と答えた。

それから二週間は連絡が途絶え、お金目当てだったのかなとやや残念に感じ始めたところで、夕ごはんを食べようと誘いが来た。

奥穂町のオバタリーアの韓国料理店で待ち合わせると、先に着いたタツキはユン店長やスタッフと盛り上がっている。タツキは「今度、ユンさんのふるさとの釜山《プサン》に遊びに行く約束したのー」と嬉しそうに報告する。

「ユンさん、釜山の人なんだ?」イツキも知らなかった。

「釜山ってどこなのかも知らないんだけどねー。私、何か、外国の人とは気が合うんだ」

何気ないその一言に、イツキはズキンと来た。そうかもしれない、と確信的に同感する。瞬間的にみずきが頭に浮かぶ。

「こないだ、根室に行ってきたの。北方領土を見にね。これ、おみやげ。遅くなったけど、イツキー四十歳のプレゼントも兼ねて」

タツキは小さな木彫りの熊を差し出す。

「ありがとう」とお礼は述べつつ、イツキは「心遣いは嬉しいんだけど、こういうのは経済状態がよくなってからでいいかも」と言わずにはいられなかった。

「全然高いものじゃないから」とタツキは流し、「私の使い方、はっきり決まったよ。私ね、チェチェンで独立のために戦ってる人たちを助けに行くことにした」と告げた。

「ちぇちぇん?」イツキはそれが何の名前かもわからなかった。

「そう。ロシアにひどい目に遭わされてる人たち。北方領土を見てきてね、確信した。日本もロシアに領土を侵略されて奪われたでしょ。チェチェンの人たちも同じ目に遭ってるから同じ苦しみを味わってるわけで、私はあの人たちを助けるべきだって使命を感じたんだよね。ロシアのチューピン大統領って、ほんとひどいやつでしょ。去年のベスランの学校占拠事件あったでしょ、あれも自作自演で、悲惨に見せるために平気で生徒百何十人を犠牲にしたって話」

「ごめん、私、チェチェンの独立運動っていうの、よく知らない。どのへんにある国?」

タツキは熱を込めて説明する。カフカス地方にあるロシア連邦の一共和国で、イスラム教徒が多く、独立を求めているのにロシアは認めず弾圧している。去年、独立派が小学校を占拠して生徒を人質にしたけれど、チューピンは人質ごと虐殺した。しかも、チェチェン独立派の中にロシアがスパイを潜ませて、わざと事件を起こすよう仕向けた、と告発するロシア人ジャーナリストもいる。

「助けに行くって、何をするの?」

「私にできるのはたぶん、戦うことかな」

イツキは耳を疑う。「武器を取って?」

「私、こう見えても武器の扱いにも詳しいんだよね」

「危険すぎる」

「チェチェンでは私みたいな普通の人が、そんな危険な中で命がけで戦ってるんだよー」

「私はタツキにそんな危険を冒してほしくないよ」

「私ね、自分のことはもういいの。もう自分はやめたんだから。両性具有ってあるけど、私は両性無用。だって、もうどっちも持ってないよー。リストカットの代わりにアレを切り落とすことで、自分をやめたんだよね。聞いた話だと、アレを切り捨てて自分から解放されて悟りを開くってケース、あるんだって。ほんとそうだと思う。タツキに生まれ変わって、両性無用になって、この身を人の役に立てたいって心から思えるようになったよー」

イツキはまたしても衝撃を受けてしまって、言葉を継げなくなった。イツキが何度も何度も切望しながら、できなかったことを、タツキは実行している！

「イッキー、大丈夫？　顔が変な色してる。戦場に行くとか、ショックが強すぎたかな」

それ以上に、切り落としたことのほうに動揺している、とは言えなかった。そうすべきだったのにできなかった自分、を突きつけられているようで、イツキはタツキを目の前にしていることに耐えられなくなってくる。

「現地にツテなんかないんでしょ？　言葉もわからないだろうし、行ったところで参加すらできないかもしれないよ？」目をそらしたくて、必死で焦点をぼやけさせる。

「だから、私は誰とでもすぐ友達になれるんだって。これまでだって、コンビニとか工場とか宅配ドライバーとか、いろんな職場でいろんな国の人たちと仲よくなったよ。だから、チェチェンも大丈夫。外国の人は、誠実に話しかければ親切に応じてくれるんだよー」

「そもそもお金がないでしょ」

タツキはうなずき、「そのために蓄えといたお金には手をつけてないの。あとは消費者金融とかから借金するけど、もう返さなくても、ここに戻らないから問題ないでしょ。ずっと私は取られる側だったんだから、これでチャラだと思うし」

「もう戻らないの？」

「独立できるまで戦うし、あのロシアと戦うのは簡単じゃない。だから長くかかるよ。もし独立できたら、チェチェンの人も私を仲間に入れてくれるんじゃないかなー」

「もう仲間はいるでしょ。私とかカズちんとかヨッチーとか直子とか。私の仲間、もっと紹介するよ。みんなタツキのこと、好きになるし、楽しくなるよ」

「イッキーがそう言ってくれるから、思い残すことなく戦いに行けるよー。独立したらチェチェンに来てよね。このお礼ぜーんぶ、そのときにするから」

「本当の本当に行くの？」

「行くよー。イッキーにしか話してないから、少なくともイッキーは私のことを覚えててくれるでしょ」

それで小さな熊をプレゼントしてくれたのか、とイツキは納得した。

「それなら前世の話もしてよ」

「イッキーはタツキの友達だから、タツキじゃない人のことは知らなくて当然でしょ。タツキとして生まれ変わった私も忘れてるんだし、それは消えちゃっていいのー」

タツキはいつ出発するとも言わず、九月の初めに連絡がつかなくなった。携帯電話も解約され、メールアドレスだけが生きていた。けれど、いくらメールを送っても返信はない。

さらに半年ほどが過ぎた二〇〇六年の三月、ジハーディストの組織が日本人を捕らえ、身代金百万ドルを要求する動画を流した。映っていたのはタツキだった。現地の事情に詳しい記者や学者の解説によると、チェチェン独立派は穏健派と武闘派に分かれていがみ合っており、穏健派と接触していた折村樹《おりむらたつき》さんはその後、ジハーディストが牛耳る武闘派に拘束されたのだろう、ジハーディストは外国人を誘拐して身代金で資金を得ており、殺害された外国人も多く、事態はきわめて切迫している、という。

イツキは自分が飛んでいきたかった。花村夕に政府が交渉してほしいと頼み込み、匡一さんや紫畑《しばた》さんや正井《まさい》らには、現地に通じているジャーナリストなどに知り合いはいないか、仲介は頼めないか、と尋ねて回った。しかし、すべての願いと努力も虚しく、タツキはジハーディストの手で処刑され、その動画を流された。

タツキは死にに行ったのだと、イツキにはわかった。生まれ変わったのではなくて、死に損なった自分の残滓を、せめて有効に捨てたかったのだろう。イツキにも身に覚えのある感覚。死にに行きたいのはイツキだったかもしれなかった。けれど、イツキには生きられる場所がある。タツキとは、棲息する場所を見いだせずじまいのイツキだった。タツキは少しずつ亡くなっていって、最後の命のかけらを、棲息する場所のない者たちの墓場に埋めに行ったのだ。タツキの決意をイツキ以外誰も知らないのは、イツキだけが知らされていたからではなく、イツキにしか知りようがないからだ。自分のことは、自分にしかわからないのだから。

イツキは小さな木彫りの熊を手に、失われた自分は二度と戻らないという事実を胸の奥にしまって、厳重に鍵をかける。

二〇〇六年三月八日（水）晴れ
首都ジョハルでタツキは、ジャーナリストの黒田さんと知り合った。タツキが捕らわれたのち、黒田さんは解放のためにイングーシの山間部に入り、ジハーディストに捕まってしまった。二人の殺害予告と身代金要求が動画で公開されたが、解放の努力は間に合わず、二人とも殺害され、その動画が流された。

マスコミは、黒田さんを理不尽な死を遂げたジャーナリストとして、怒りや嘆きとともに報じたけれど、タツキにはあまり触れなかった。素性がよくわからないだけでなく、北方領土奪還とロシアの圧政に苦しむ人のために日本軍はロシアに宣戦布告すべきだ、といった突飛で好戦的な主張に、共感できなかったからだ。それが理由でチェチェンに戦いに行ったのなら、いわば傭兵であり自業自得だ、という空気が濃厚に漂った。でも処刑された者のことは批判しにくいので、ただ言及を避けた。

こうして、人のために命を落とした優しく立派な英雄の物語だけが残り、居場所がないままチェチェンに流れていって殺された、理解不能で正体不明な者のことは、たちまち記憶からも記録からも消えようとしている。国も人種も性別も年齢も超えてしまったタツキのことは、誰にも消化できないから。

でも、それこそがタツキの望んだことだった。最初から存在すべきでなかった者は、痕跡さえも消えてしまえばいい。そんな世に、タツキはいたくなかったのだから。ただイッキーにだけ、覚えてもらっていればよかった。そしてそれは叶った。

五月にはカズちんとヨッチーの結婚式があり、イッキたちも招待された。梢と直子と桂ちゃんはウキウキと衣装の話を弾ませているのに、イッキは一人暗く沈んでいる。スーツは着たくないし、といってドレスめいたものも嫌だ、したい格好がない、と三人に打ち明ける。

「じゃあ、民族衣装？　和装？」

「絶対イヤ」

「メキシコの先住民のウイピルとかは？」桂ちゃんが言って、インターネットで検索して刺繡の美しいウイピルを示す。

「悪くないけど、私はメキシコの先住民じゃないし」

「メキシコやアメリカでは、先住民じゃないメキシコ人も着てるよ」

「うーん。誰からも、何者であるか判断できない服とかあればいいのになあ」

「カズちんたちの披露宴だもん、東京クイアみたいな格好の人たち、それなりにいるよ。だから、どんな格好もありでしょう」桂ちゃんが言い、「そうそう。もう、きれいな色の布を巻くだけとかでもいいんじゃない？」と直子も創作を提案する。

「ジャージとかでいいんだけどな」イツキがつぶやくと、梢が「それで行こ。カズちんなら、ああ、イッキーは着るもんで悩んだんだな、って理解してくれるから」と結論した。梢がブロッサムズのスタッフに教えてもらって、ハイグレードでフォーマルな見映えのウエアを購入した。

　宴は東京クイアを煮しめてうま味だけにしたような濃厚さで、当の二人だけでなく、誰もが満ち足りた輝きを放っていた。イツキは、こんな時間を自分が仲間と分かち合っていることが、信じられなかった。その信じがたさの成分は、夢のようだという喜びがほとんどだが、これは本当に現実なのかと疑う不安も混入していた。なぜなら、ここにはタツキがいないから。

　真っ白いタキシード姿のカズちんにおめでとうを言ってハグをし、そこにセミ先生と畑見《はたみ》かえでや渡瀬《わたせ》枝美《えみ》も加わり、子どものころからの思い出話に花を咲かせ、泣くほど笑ったあと、イツキはカズちんにだけ、「タツキもここにいられればよかったのに」と言った。カズちんは「?」という顔をするので、「去年の東京クイアで声をかけてきた子がいたでしょ。独りぼっちで寂しいから一緒に歩いていい?って言ってきた子」と説明する。

「ああ、あの子ね。今日、呼べばよかったかあ」カズちんは屈託なく言う。

イツキは自分が消えるような感覚を抑え込んで、「処刑されたでしょ、チェチェンで。ジハーディストに捕まって」と言った。カズちんは二の句が継げず、口を開けてイツキの顔を見つめる。

「そうだよ、あのニュースになった人がタツキ」イツキがうなずくと、カズちんは顔をくしゃくしゃにして涙をぬぐい始め、イツキは「ごめん、おめでたい日なのに」と謝り、カズちんは「どうしてもっと早く教えてくれなかったの」とイツキをなじってから、「イッキー、大丈夫?」とイツキを気にかけた。

「大丈夫じゃないけど大丈夫」

事件の直後、梢と直子と桂ちゃんというイツキの家族も、イツキをとても心配してくれた。タツキと会ったことのある直子は、カズちんと同じような反応をした。梢と桂ちゃんはイツキの話を聞き、自分たちも同じだけ悲しくて無念だと言った。イツキは、自分にはこうして棲息できる日常と人がいるから大丈夫、と言った。

イツキは、そんな日常があることが目もくらむほど尊いと思った。目がくらむのは、その日常が遥かな高みに存在していて、その高みに到達するまでに脱落して犠牲になった人たちが無数にいるからだ。イツキは、この日常に支えられて棲息できている自分を、やましく感じた。そして、イツキがやましく感じていることを梢たちが心配してくれていることも、理解していた。

「イッキー、立ち止まったら、すぐ置いてかれるからね。私たちは、高速で進む動く歩道を、猛スピードで逆走してるんだから、止まったらたちまち過去に戻される」と梢は梢の言い方をした。

鈴原さんや花村夕のテーブルにはジョシートがいたのでイッキが驚くと、鈴原さんから「夕とジョシートはパートナーでしょ！」と教えられた。夕は「もう三年前から一緒なのに、知らなかったの？」と呆れる。

「結婚式とかしたっけ？」

「するわけねえだろ。俺にあんな格好しろってのかよ」とジョシートがカズちんたちを見る。

「確かに、そんなもの見たくないかも」

イツキが自分の生きられる小さな世界の日常に埋没している間に、まわりは気象のように毎日変転し、一刻も止まらずに動いているのだった。


夕とジョシートがカップルになった成果は、翌年にはっきり表れた。春の統一地方選から、外国籍の永住者らにも地方議会議員選や首長選の選挙権が与えられたのだ。ドクトリン中、最も困難だと思われた政策が実現できたわけだ。ペルー人コミュニティでは、日本で臨む初めての選挙だというので、誰に投票すべきかがにぎやかに議論されていた。

在日朝鮮人やデカセギからの永住者たちが熱を帯びているのに煽られて、関心の低下していたイツキも、家族の中で会話を重ねながらしっかりと候補者を見極めて投票した。これも高みにある日常を支える重要な行動だと思いながら、どこか空振りしている感覚もぬぐえない。その一抹の虚しさまで含めて、選挙には意味があるのだろうと思い直す。

家族の団欒はイツキの家で持たれるのが常だった。おしゃべりをしたくなると、向かいのアパートから道路を渡ってくる。渡り廊下や長屋の縁側の感覚だった。けれど、イツキがアパートに行くことはない。あちらの住人は拒んでいなかったが、イツキが避けていた。あちらとこちらを分けるのは、性愛の空気があるかないかだった。

イツキの心の片隅には、数年前に直子と親しさを深めたとき、直子が子どもがいてもいいというようなことを口走ったことが、いまだに引っかかっていた。そのような話は今の家族になってからは一度も出ていないが、イツキがあちらに足を踏み入れたらその欲求を目覚めさせるのではないかという、不安があった。どうして子どもをそんなに恐れるのか、自分でもわからない。桂ちゃんとパートナーの間に子どもが生まれるということだって、あるかもしれない。

九月のワールドカップ中国大会に桂ちゃんは主将として臨み、ベスト4の結果を残した。チーム最年少の十九歳ディフェンダー、新関《にいぜき》アナマリアは日系ペルー人だった。七歳で両親と来日してから川原崎でセミ先生に日本語を教わっており、サッカーを始めたのも桂ちゃんに遊んでもらったことがきっかけだった。年代別の代表に打診されたさいに日本国籍を取得し、二重国籍で日本代表に選出された初の選手となった。セミ先生はいたく感激して感涙にむせび、桂ちゃんはキャプテンとしてアナマリアがチームに受け入れられるよう心を砕いた。それがチームの信頼と一体感を作り出し、好成績につながった。

桂ちゃんの活躍を見届けた梢は、その年のリーグ戦終了後、四十二歳で選手を引退した。引退試合となったホーム最終戦には、イツキの家族やセミ先生たちみんなで「あなたと会えてよかった、私たちの梢」と手書きしたダンマクを掲げて応援した。梢はコーナーキックのこぼれ球を押し込んで得点し、その瞬間にスタジアム中が爆発するように泣いた。

イツキは中学時代の記憶が執拗によみがえって止まらず、まるでこのまま自分が死んじゃうみたいだと思った。自分が今の今まで生きてこられたのは、あの電車での出会いがあったからで、そうでなければ生きられる隙間を見つけることはできず、少しずつ亡くなっていくしかなかったかもしれない。タツキとなって。その分岐点は偶然の出会いにかかっていたと思うと、やるせなさでいっぱいになると同時に、出会えたことのかけがえのなさを抱き締めたくなる。

選手としての梢が見られなくなることは寂しいけれど、家族としては変わらずに日常をともにするのだし、おそらく指導者として梢のサッカー人生はまだまだ続くので、イツキは感情の大波にさらわれることはない。

その年の暮れ、宗田《むねた》虎太郎《こたろう》から久しぶりにうまいもんを食おうと連絡があり、コタローご推薦の「東京で最高のシュラスコを食わせる店」に行った。

コタローはイツキを一目見るなり目が泳ぎ、挨拶の歯切れも悪く、イツキが困惑して「どうしたの?」と尋ねると、「こんなこと聞いていいのかどうかわかんないけど、鬼村《おにむら》はゲイだったの?」と言った。今度はイツキが動揺し、「私の外見でそう思ったの?」と聞き返すと、「何というか、全体的な雰囲気?」とコタローもうまく説明できない。

イツキは気分が沈み、「ゲイじゃなくて、でもヘテロでもない。何て言えばいいのかわからない。クイアってことになるのかな」と答えた。

「悪い、鬼村の言ってること全然わからないけど、とにかくノーマルの男じゃないってことだな」

「ノーマルって言い方はないでしょ。こっちがアブノーマルってことになる」

「あ、そっか。何て言えばいいんだ？　こういうの、ややこしくてめんどくせえんだよな」

「そういう人とはもう話すことないかな」イツキは怒りで爆発しそうになるのを抑えて、すぐに席を立つつもりで言う。

「ごめんごめん。鬼村に嫌な思いをさせたいわけじゃなくて、何つうか、普段食べ慣れないフレンチとか行って作法がわからない粗野なやつみたいな感じだから、俺は」とコタローはうろたえて言い訳をし、スーツの胸ポケットの財布からゴールドカードと名刺を出して、「今度俺、オピニオン企画室の室長になって、経費自由に使える身になってさ。それで見栄張ってこんな流行りの高級レストランで鬼村に奢ろうとして、早くも馬脚を現してるってわけ」と恥ずかしそうに説明した。

イツキはとりあえず水に流し、「出世したってこと？　オピニオン企画室って何するの？」と尋ねる。

「新聞って、思いっきり斜陽産業だろ。若い人なんかもう取ってくれないし。これまで購読してた人たちが高齢化して、どんどん減ってる。広告を出してくれる企業も減るばっかり。うちなんか電子化を早く進めたほうだけど、それで減った分を補えてるかっていうと、まったく届いてない。そういう意味では、鬼村とか、早く辞めて方向転換して、見る目があったってことだよな」

コタローの説明を聞きながら、イツキは頭の隅で、いつの間にか自分は一般の男の姿から外れて、自分の自然な姿に変わってきているのかな、と考えていた。外見や雰囲気を変える努力などしたことはないし、クイアな表現に惹かれたこともあまりない。けれど、今の家族との日常の中で、そうと知らずにわずかずつ変化しているのかもしれない。人は近くにいる人の真似を無意識にする、というオバタリアンの「スーパーマーケット理論」のとおり、しぐさとか発声とか、イツキも影響を受けて梢や直子の流儀を徐々に取り込んでいるのかもしれない。

「つまり新聞業界に残された道は、調査報道タイプかオピニオン紙タイプしかないって結論になったんだよ。うちは記者も少ないし、どう考えても調査報道タイプじゃないだろ。つうか、特徴はオピニオンにしかないじゃん。それで、オピニオン紙として旗幟を鮮明にしていくために、企画室を作って、オピニオン提言の紙面を増やしていこうってわけ」

「コタローはオピニオンリーダーってことか」

「俺がオピニオンを書くわけじゃないよ。記者たちがその日の時事的なテーマごとに、識者に解説を聞いたり書いてもらったりするわけ。俺はその見張り番っていうか、何かトラブルがあったら責任かぶる役だな」

「論壇誌とどう違うの?」

「スピードが違う。政治的なマターや事件なんかをどう考えたらいいか、その解説や意見が翌日には読める」

「その識者の選び方に、國民日報らしさが発揮されるってわけね」

「そういうこと。事実の詳細とか特ダネは、調査力の高い真実《まさみ》新聞に任せて、解釈は國民が担うと。逆じゃ悲惨でしょう。マサミにオピニオンやらせたら目も当てられないよ。政権批判なんか皆無になっちまう。売国法とか平気で推進させるんだから」

「売国法?」

「公職選挙法の改悪のことだよ。外国人に手放しで選挙権を開放したやつ」

「ああ、やっぱり批判的なんだ?」

「鬼村は推進派なんだろ? 外国人とつきあうのが仕事だもんな。それは理解するけど、そういう局所的な目じゃなくて、大局的に考えたほうがいいと思うよ。今はまだ世界が平和だから目立たないだろうけど、近隣の独裁国が暴れ始めたら、日本なんか簡単に操作されるよ。工作員に大量に食い込まれてから気づいたって、もう遅いんだから」

イツキにはコタローが映画か何かの話をしているようにしか思えない。

「妄想だとか思ってるんだろ。今、そういう目で俺を見てたよ。慣れてるんだ、この新聞やってると、いっつもそういう目で見られるから。だから逆に俺らは必要な存在だなって痛感するわけ。うちがいなくなったら御用メディアばっかりになって、最悪の事態を考えとくやつはいなくなるんだから」

「よくわからないけど、例えば婚姻の自由化とか、最悪を考えたからこそできた政策だと思うけど」

「最悪ったって、いろいろあるからなあ。立場によって最悪も変わるよな。ま、いいんだ、今日は鬼村に普段食えないような肉を食わせるのが目的だったんだから。実際美味いだろ?」

「確かに美味い」イツキは何年間も、日ごろから日系人の店でブラジル料理にはなじんでいることを、コタローには言わない。

「最近読んだ本ですげえ面白いのがあって、これ、『騙されたがり』。オレオレ詐欺の実行犯に取材したノンフィクションなんだけど、刺さったなあ。著者の佐藤均《さとうひとし》ってライター、うち出身なんだけど、確か鬼村の鰻和支局の先輩じゃなかった?」

著者略歴を見ると、確かにあの事件もののエース記者、佐藤さんだった。

ぱらぱらとページをめくる。「タカラマサキ（仮名）が～」という記述が目に飛びこんできて、イツキの頭は固まる。

「タカラマサキ（仮名）が最初のターゲットに選んだのは、中学時代の同級生の母親だった。『手元にある名簿が、小中高の学校時代のものだったんですよね。それを見て片っぱしから電話して。しかも同級生だったりすると、その家族の事情とか知ってたりするケースもあるじゃないですか。なりすましやすいわけです』

つながりのある人物を狙うのは足がつきやすいというリスクもあるが、と問うと、『今でも関係が続いてるような人は外しましたよ。普通、子どもの昔の同級生が犯人だなんて疑う人はいません』と断言する。かつての友達の家族を狙うことに罪悪感はないのか、倫理的な葛藤を尋ねると、『犯罪を働く時点で倫理なんかぶっ壊れてますよ。知り合いだとかそうじゃないとか、関係ないです。被害を与えてつらい思いをさせるのは、誰が相手でも同じでしょ。そこを割り切れないなら、この仕事はしないほうがいいです』とうそぶく」

そこからあとのイツキの記憶は飛んでいる。コタローにもう一件、バーに誘われて飲んだと思うが、何を話したかは覚えていない。帰宅して貪るように佐藤さんの本を読了し、タカラマサキが働いた詐欺の例として、イツキの母親が騙された件がアレンジをほどこされて紹介されていることを確認する。

タカラマサキはその後、名簿屋からリストを購入し、掛け子や出し子らを雇ってハコを運営するようになり、出し子の一人として中学時代に同じ学年だったアマノガワ（仮名）を雇った結果、アマノガワが警察に捕まってすべてを自白してタカラマサキも逮捕されたところまで書かれていた。「やり手のリーダーがなぜ、自分を知っている人物を出し子に迎え入れるというリスクを冒したのか。非情なタカラマサキにも、割り切れない倫理が残っていたのかもしれない」とその章は結ばれていた。

コタローの言っていた「近隣の独裁国が暴れ始めたら」という事態は、翌二〇〇八年になると具体的な動きとして現れた。北京オリンピックを前にした中国政府は、チベットで反政府の暴動が起こると激しく弾圧した。これを強く非難した旧西側陣営は、北京五輪をボイコットした。より中国との関係の深い日本と韓国もそれに同調したのには、世界が驚いた。このため、桂ちゃんは五輪で戦うことができなかった。ボイコットの是非はともかく、そこに人生を懸けている者が出場機会を奪われることが、どれほどつらく苛酷なものなのか、イッキは身内の苦しむ姿を見てわがこととして思い知った。

さらに、夏にはロシアとグルジアの間で紛争が起こり、ロシアがグルジアに侵攻したが、NATOが、グルジアはNATOへの加盟候補国であるとしてロシアの撤退を強く求め、ロシアがNATOとの戦争も辞さない姿勢を見せたとき、乗り出してきたのはQUTOだった。停戦を求めると同時に、関係した各国の国境を紛争勃発前に戻すことを両者にのませ、国際社会での存在感を高めた。グルジアは国名を、ロシア語読みのグルジアから英語読みのジョージアに変更した。

秋になると、昨年からアメリカでくすぶっていたサブプライムローン問題が拡大し、大手の証券会社リーマン・ブラザーズが破綻して、世界に金融危機を引き起こした。日本でも株価が暴落し、失業者が急増したが、済民党政権は失業者への住宅供給と緊急手当をデジタル化された住民番号を通じて迅速に行った結果、社会の底が抜けるほどのダメージは免れた。翌年度の予算では雇用創出のために、自然エネルギー開発などイノベーションを起こしうる分野への大規模な支援と、公務員の増員などを盛り込み、失業率はすぐに底を打って回復した。

二〇〇八年十二月三十一日（水）晴れ

今年の大晦日にも、タツキはふらりとニッキの部屋に現れた。タツキは自分がどんな状態にあるのか、わかっていない。教えたらもう来られなくなるだろうから、ニッキは何も言わずに迎える。タツキは以前と何も変わらないつもりで、あの少しはにかんだような人なつこい笑みを浮かべて、「また来ちゃったよー」と、手にした赤白のワインを掲げる。

年越しそばを茹で、白ワインを開けて、「うーん、いい香り。私好み」とニッキが言うと、タツキはドヤ顔を押し隠し、「でしょう？　私、こう見えてもワインのことはちょっとわかるんだよね。アパレルで働いてたとき、業界のお兄さんお姉さんたちに美味しいとこ、連れてってもらって、それなりのを飲んだから、そのつもりはなくても、ちょっと詳しくなっちゃってねー」と自慢する。

「私の好みがわかったことが嬉しいかな」とニッキはほんのり嫌みを混ぜる。けれどタツキは気づかずに、「ニッキのことならたいていわかるよー」と嬉しそうに言う。

ここに来る前にね、私、年越し派遣村に行ってたんだけど、人でぎっしりだった、とタツキは打ち明ける。ニッキが、何それ、と聞き返すと、知らないかな、すっごくニュースになってるんだけど、と首をかしげる。

リーマン・ショックが日本にも波及して、すさまじい勢いで派遣切り雇い止めの嵐が吹き荒れて、役所やハローワークの閉まる年末年始には、失業した人たちが命の危機にさらされるから、あかぎれ公園に年越し派遣村を有志で作って、休業期間の生活支援を行うという。

私も派遣切りにあったでしょ、だからこの三日間、インスタントラーメンを少しずつ齧ってしのいで、何とか今日、派遣村でお腹いっぱいになったんだよね。

よかったじゃん、としかニッキが反応できずにいると、タツキは、そこですごい人と会っちゃったんだけど、彼はね、六月に秋場原《あきばはら》でトラックを暴走させて人をはねまくって、さらに刃物を振り回して人を何人も刺したんだって。そんな事件知ってた？　私、どういうわけか知らなかったよー、と困った顔をする。

ニッキは、その人は逮捕されたから派遣村には来ていないはずと思ったが、タツキには言わず、恐ろしい事件だな、とつぶやく。だよねー、だから私、彼に、そんな最低なことするくらいなら、チェチェンの戦場に行ってチェチェンの人たちを助けに行こうよって誘ったんだよ、そしたら彼も、それです、俺が探してたのは、って目が生きてきて、来年は二人で助っ人に行ってこようと思う、とタツキも目を輝かせる。

いいよ、もう行かなくて、とニッキがいたたまれずに頼むと、タツキは切ない笑顔になって、いいの、もう私は亡くなってる身なんだから、と言って、玄関から出て行った。

第八章

ひとではない

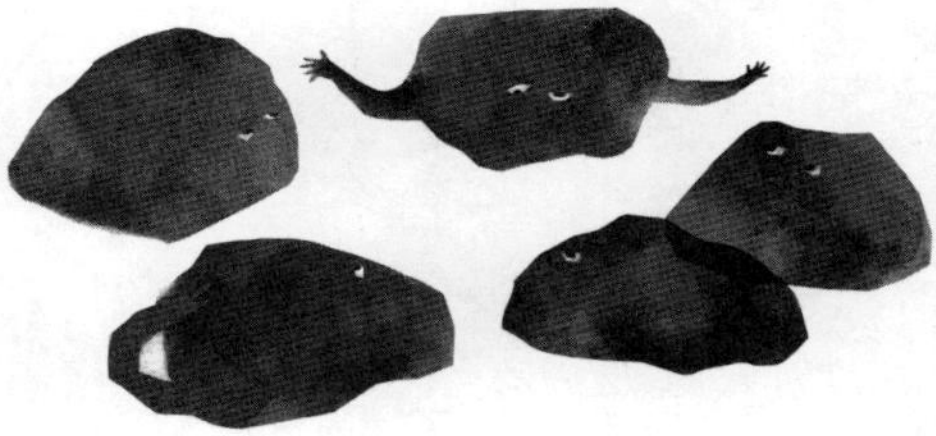

二〇一一年三月十一日（金）晴れ

ニッキは自宅で書類作りの仕事をしていた。バタリーアはいい加減な会社なので、仕事をこなしさえすれば、オフィスに行かず空いている時間をどう使っても、文句は言われない。

おととし、リーマン・ショックの影響で失業者が急増するなか、日系人のデカセギ労働者は、三十万円やるから国へ帰れ、そして五年は戻ってくるな、と日本政府にあしらわれた。うちの社も大打撃を受けて売り上げも人材も急減、営業は人余りとなったので、ニッキは総務課に異動させられた。仕事への熱意を失ったニッキは、自宅でダラダラと事務仕事をすることが増えた。

ツイッターを開いて、ながらで作業をしていたら、バタリアンの大学生の娘ルセリートが、全日本フットサル選手権の準々決勝を世野木《よのぎ》体育館に見に行っていて、えりすぐりの四試合がまとめて見られるのだからハイレベルなフェスみたいなものだと興奮している。大ファンである森岡《もりおか》薫《かおる》選手の活躍を、熱く語っている。日系ペルー人の森岡選手は、国籍を日本に変えて日本代表のエースとなったヒーローなのだ。

ニッキの心はたちまちフットサル会場に飛んでしまって、ルセリートにツイッターで「私も今から見に行こうかな」とメッセすると、「けっこう席あいてるから、来なよ。早くしないと三試合目も終わっちゃうよ」との返信。

地震が起こったのは、十五分で準備をしてさあ出かけようという矢先だった。お、地震だ、と思ったときには、暴力的で破壊的な揺れに変貌していた。

のたうっている書棚を目にして息が止まりそうになり、反射的に押さえ、こんなことをしていたら下敷きになると気づいてキッチンへ急ぎ、ガス栓を閉めブレーカーを落とし、食器棚の観音開きの扉が開いたり閉まったりしているのを見てまた押さえ、だから危ないんだって、と自分に注意されて玄関に移動し、扉を開ける。

外の光景は、ダリの絵画のようにぐにゃぐにゃとゆがんで揺れている。つぶれる可能性のある古い木造モルタルのアパートだから、一階まで階段を下りて塀や電柱から離れる。主観では十分以上揺れていた気がした。

アパートはつぶれず、被害はリビングのこけしが落ちただけだった。日ごろから念入りに家具などに耐震対策を施しておいたおかげだと、ニッキは臆病で用心深い自分に感謝する。

ルセリートにツイッターでメッセージを送るが、インターネットが滞って届かない。あちらも大変なことになっているから試合は中止だろうと思い、テレビをつける。

ＮＨＫで津波が来ると報じている。

それは信じられないほどすぐに来た。黒い水に侵略される釜石港《かまいしこう》の様子が映り、さらにヘリからの中継で閖上《ゆりあげ》の名取川《なとりがわ》流域が映る。一面の畑を水が走ってくる。逃げる車が、人が、はっきり見える。そこに波の迫る様子が中継されている。

波が追いつく。車が、人が、消える。こんな場面を中継してはいけないと感じたのか、逃げる者たちからカメラがずれて、人のいない畑を行く水だけが画面を占める。

こう書いていても、これ以上は書けない。思い出すだけで、体がこわばる。心が崩壊して、泣きたくなる。体全体が、思い出すのを拒絶している。

ハイチの地震、アチェの津波、奥尻島の津波。どれもニュースの映像で見て、息を呑んだ。けれど、こんな気持ちになったことはない。何と言っていいのか、わからない。かろうじて言えるのは、恐怖。

これまで地震なんて何とも感じたことはなかった。今後はもう、植えつけられた恐怖をなかったことにはできない。ニッキの心の一部は壊れ、それはニッキの心の中の時間を司っている部分でもあったので、ニッキの心の時計は止まってしまった。だから体の時間は過ぎても、心の時間はまったく流れていない。過去も未来も今も、瓦礫となって散らばっている。あの瞬間からニッキは、新しいことを覚えられなくなった。初めて会う人の顔と名前を覚えられなくなった。

ニッキの母親は例のごとく海外旅行に行っていて、今朝、成田に着いたはずだった。何度も自宅や携帯に電話をかけるものの、回線が混雑してなかなかつながらない。たまにつながっても電話に出ない。

ニッキは今は、実家から自転車で十五分のアパートに一人暮らししているので、夕方五時ごろに直接実家に出向いてみる。呼び鈴を鳴らしても出ず、電話をかけても出ず、ドアをどんどん叩いて大声で呼んだら、ようやくパジャマ姿で現れた。

ずっと寝ていたという。「地震、大丈夫だったの?」と聞けば、「そりゃ、びっくりよ」と暢気《のんき》に答える。高いところに置いた物を下ろしたあと、時差ボケで眠くてたまらないから寝ることにしたのだという。ちまたが余震や津波で怯えているときに、平然と寝ていたのだ。戦中派は大したものだとニッキは感心する。今晩は実家に泊まるかと一瞬考えるが、強い拒絶感が湧き上がっ

てきて打ち消す。

帰りにスーパーに寄って、今晩の食材を買う。このときのスーパーは平穏だった。

風呂に入ってから夕飯を作って食べる。電話やインターネット回線は滞り続け、小枝《こえだ》やミツコとも連絡はつかないままだ。

深夜を大きく回ってから、眠るためにテレビを消したとたん、静寂がニッキの首を絞めた。一人が恐ろしかった。心細くて窒息しそうだった。人生で初めて、本当は自分は誰かと暮らしていたかったのだと思い知った。

二〇一一年三月十二日（土）晴れ
朝になって、小枝ともミツコともミツバチ先生たちとも、無事を確認し合えた。ニッキはテレビをつけっぱなしにし、ツイッターばかり見てしまう。

ツイッターの情報力を感じる。互いが支え合おうとする言葉やメッセージに、いちいち涙ぐむ。昨日から非常に涙もろくなっている。

殺伐とした空気が日常になっている日本社会で、みんな、こんなに他人の思いやりに飢えていたのだ、と感じる。今、このように無私な気持ちで他人を気遣えるのなら、普段からそうできるのではないか、と希望さえ抱きたくなる。

電力が足りず停電の恐れがあるというので、早めに夕飯を作る。料理をしながらテレビを見ていると、福島第一原子力発電所の一号機で爆発があり、高濃度の放射線が検出されたとニュースが流れる。調理する手が震えているのに気づく。最悪の場合、何日間も屋内から出られず窓も開けられずに過ごすことになるのではないかと心配し始めたら、食料のストックが乏しいことに思い至った。

ひょっとしたら店という店から食べ物がなくなるかもしれない、急いで保存食を買っておかないと間に合わない。そう思い始めるともういけない。慌ててスーパーに買い出しに行く。自分も買い占め騒動に一役買っているとも気づかずに。

案の定、保存のきく食べ物の棚はカラに近かった。けれど、ラーメンは売り切れているのに、そばはまだ半分ぐらい残っていた。トイレットペーパーは一つもないのに、ティッシュは大量に積んであった。乾電池や懐中電灯は売り切れ、カセットコンロは手つかずだった。そんな状況の奇妙さに我に返り、自分の陥っているパニックをようやく認識する。みんな、残り少なくなっている様子を目にして、反射的にその商品を買うのだ。

食料のストックがまったくないのは困るので、レトルトのカレーや缶詰、シリアルなどを手当たり次第に買う。そして節電も兼ねて早く寝る。けれどテレビはつけっぱなし。

二〇一一年三月十三日（日）晴れ
ニッキはぐっすり寝て、二日間の疲労が少し取れる。
マサオから久しぶりの電話。十年近くぶりか。六年前に「みんスポ」から東部中央新聞に移り、社会部で貧困問題を追っているという。安否確認で友人知人一人ひとりに電話しているというから、マメなやつ。
「カップラーメンが買い占められて、オッチャンたちの主食が奪われた」と言う。一番安価であるカップラーメンは、路上生活者の命をつなぐために不可欠な食べ物である。阪神大震災のときも、ホームレスの人が避難所で門前払いを食ったし、派遣村でも、もともとあのあかぎれ公園をねぐらにしていたホームレスが追い出されたりした、と言う。そして、「被災してどこかに避難するというのは、ホームレスになることなんだよ」と説明した。「じゃあ、それ以前からホームレスだった人たちへの理解も進むかもしれないね」とニッキが言うと、「現実は逆」と答える。

新たにホームレスになった人たちが、自分たちはホームレスなんかじゃないと思いたくて、それまでホームレスだった人たちを蹴落とすのだ。ホームレスの人々も、その中で階級化されている。「俺は一番下に追いやられる側からこの社会を見続けてるから、日本がそういう社会だってよく知ってるよ」とマサオは淡々と言った。震災をめぐる状況に対して妙に落ち着いていて、感情的な関心をほとんど示さない。

小枝とミツコからメッセージが来て、とりあえず九州に緊急避難するという。小枝とミツコは去年、養子を取った。まだ一歳半で放射能の影響を受けやすいので、当てはないけどできるだけ西に行くというのだ。

津波から命からがら逃れて助かった人たちのインタビューが、テレビのニュースで流れるようになってきた。NHKでそんな人たちの言葉を聞き、一般の人が撮影した、津波が街を家を車を呑み込んでいく映像を見ているうち、ニッキは号泣した。涙がにじむという程度ではなく、嗚咽した。震災以来、涙もろくなっているせいもあるが、おそらく、恐怖以外の、麻痺して堰き止められていた感情が、次第に動き始めたのだと思う。

猛烈に寂しい。虚しい。つらい。悲しい。無力だ。

震災が起きた日、梢《こずえ》と直子《なおこ》は夜遅くに都心から歩いて南鰻和《みなみうなわ》に帰宅した。通信状況の悪い中でも何とか連絡を取りあって落ち合い、中山道を北上して六時間以上かけて家にたどり着いた。歩きながら何度も仙台の実家に電話をし、物がいろいろ落ちたけれども家族も家も無事であることを確認し、よかったよかった、あとは自分がちゃんと帰り着くだけだと意気軒昂でさえあった直子は、家に入ってイツキの顔を見るなり大泣きした。

事前に連絡をもらっていたイツキは、道路を挟んだ二人のアパートで待っていたのだった。風呂を沸かし、温かい月見うどんとお茶を用意していた。テレビで繰り返し映される津波の映像からずっと離れられずにいたが、直子の姿を見てようやく消すことができた。

「今日はもう帰ってこられないと思ってたから、帰ってきてくれてほっとした」イツキが感謝すると、「こっちこそ、イツキが待っててくれてありがたかった」とうどんをすすりながら直子が言う。

「イツキ、ずっとうちに上がってくれなかったし」梢が言い、少し思案して、「やっぱりもう三人で暮らしたほうがよくない？」と提案した。

「二人のプライベート空間を邪魔したくないから」とイツキがいつもの返事をすると、梢はうんざりした顔で、「うちら、もう三人で家族だよ？ プライバシー維持のために家まで分ける必要ないっしょ」と言った。直子も「桂子《けいこ》も戻らないんだし、部屋は何とかなるでしょ」とうなずく。

桂ちゃんは一昨年にアメリカで再びプロリーグが発足するや渡米し、遠距離恋愛していた恋人のアダムと結婚し、翌年には長男を産み、今年復帰したばかりだった。

「私だって先のことはわからない」梢が言い足す。「今年のワールドカップが終わったら代表のコーチも終了かもしれないし、そうしたらここから遠いチームの指導者になるかもしれないし」

イツキは自分の中に居座っていたわだかまりが、いつの間にかなくなっていることに突如気づいた。梢と直子が子どもを持とうとするかもしれないことへの怯えを生んでいたのは、イツキの肉体がもつ生殖の機能のせいだったけれど、その区分けがもう気にならなくなっていた。

「そういや、桂子から心配するメッセ来てたでしょ？」

「来てた。返事したら、お父さんは大丈夫だって知らせてくれた」イツキが答える。

そこからしばらくは、各自が確認した家族や友人知人の安否情報を交換し合う。おそらく大丈夫だろうとわかっていても、安否が確認できていないことの不安は心に重くのしかかる。次々と尋ね合いながら、イツキが一番心に引っかかっている人物の名前が出てこず、もどかしい思いをする。

「あ、そうだ、タツキだ」と思い出して口にしてから、梢と直子のギョッとした反応を見て、イツキは深刻な思い違いに気づく。タツキはずっと以前にチェチェンで処刑されている。あのとき、あまりに心配しすぎて、心配の気持ち自体が亡霊となってイツキの心に残り、今のように身近な人の安否が気になると、同じ感情にまぎれて姿を現すらしい。

「亡くなった人の時間は永遠に動かないからねえ」梢が自分の中の痛みを癒やすようにつぶやく。イツキはうなずき、あのときのイツキと同じように、永遠に止まった時間を抱えることになる膨大な数の人たちが被災エリアで苦しんでいることを感じ、気を失いそうになる。

「ルピータが来た日のこと、覚えてるよね？」表情の落ちたイツキを見て、梢が言う。「心が壊れるから、あの次の日からはニュースの摂取をやめて、私はルピータと旅行したでしょ。そんな感じでいこうよ」

しかし、アメリカのテロ未遂とは身近さが違いすぎて、震災や原発事故の情報から目を背けるのは難しかった。特に、放射線量の状況を知らないでいることはできない。受け止め方も三者三様で、家族が仙台でそれなりに被災した直子は、放射能汚染に過敏に反応し続けた。ことあるごとに関東から避難すべきじゃないかと訴え、放射線をさほど気にかけない梢と些細なことで口論になった。イツキはぼんやりして二人をうまく仲裁できない。とうとう梢が、「自分だけ無事でいることがやましいんだよ。だから、自分も被災しているって苦境に身を置きたくて、避難を考えちゃうんでしょ」と言ってしまい、直子が「そうだよ、正しいよ、でもそんなことわざわざ言う梢は残酷すぎる」と耐えられなくなって、道路を越えてイツキの家に「家出」してきて、摩擦は宙づりにされた。

その結果、イツキは四六時中、直子の安保《あんぽ》党政権罵倒を聞かされることになった。

リーマン・ショックの翌年、二〇〇九年の初夏、最悪を免れたとはいえ経済の回復がまだはっきりしない段階で総選挙があり、八年ぶりに安保党が正道《しょうどう》党とともに政権を奪い返した。安保党では、下野していた二〇〇〇年代の間、タカ派議員の割合が増えていた。済民《さいみん》党の政策と重なるところの多い中道系やハト派の議員は、落選したり済民党に鞍替えしたからだ。

二〇一〇年の参院選でも勝利した安保党が真っ先に取り組んだのは、安保党悲願の、教育理念に「愛国」と「公共」を埋め込む教育基本法改正だった。その法案の採決直前で震災、原発事故が起こったが、非常時に賛否の割れる法案は継続審議にすべきだという済民党の求めをはねつけて、安保党は採決を強行。さらに、原発事故の全情報を政府の管理下に置いて、抽象的に「状況はコントロールされている」とのフレーズを繰り返した。

それが世間の怒りに火をつけた。安保党は、自然災害相手では爆発させようがない世のネガティブな感情の矛先を、わざわざ買って出たようなものだった。直子も世の憤怒の炎に焚きつけられていった。口を極めて政権と電力会社を批判する直子に寄り添おうとするうち、イツキにも怒りは飛び火した。

イツキは、これまで原発のことなんか気にしたこともなかった自分が、今は悪の象徴のように原発を否定し、使ったこともない汚くきつい言い回しで罵っていることが不思議だった。それまで無難に仕事をともにしていた同僚を突然、諸悪の根源とみなして排除しているような理不尽さがあった。

直子と一緒になって怒りを言葉にすればするほど、炎は燃えさかる。怒るのは正当だと互いにお墨つきを与え合えば、自信を持ってもっと怒れる。ついには直子とデモや集会に出向き、フェスのような非日常の群衆の中でもっと怒れと煽り合い、巨大な感情の爆発に身を任せると、生きる気力が湧き上がるのを感じる。そうか、震災で弱っていくばかりだった生命力を、こうして力ずくで掻き立てようとしているんだなとイツキは納得した。

大型連休のさいに十日ほど里帰りして、直子の原発への反応は穏やかになった。家族は以前と変わらず普通に暮らしていて、のんびりできたと安堵していた。けれど、全体に口数が減り、政権非難もしなくなった。計画停電で首都圏が薄暗くなったことが話題になると、表情をゆがめて、「ここは全然変わらないよ。東北と東京はもうまったく別の日本だから」と自嘲的に言う。津波で破壊された町を見に行った会社の同僚がそのさまを興奮気味に語っているのを聞いて、殺意が湧いたと、イッキに漏らした。

梢は夏のワールドカップを前に、泊まりがけでの仕事が増えて、たまにしか家に戻らない。直子はイッキの家に住みながら、自分のことを「居そうろう」と称した。このままだと直子は仙台に帰りそうな気がした。直子が自分で選んでのことというより、人生の選択肢を失って引き籠もるように実家に帰るような雲行きだった。家族は努力しないと維持できないとイッキは理解した。それで、荒れ放題の小さな庭を菜園にすることを、直子に提案した。雑草を抜き、土を耕して小石を除去し、食べたい野菜と見たい花を植えて、毎日面倒を見るのだ。

直子に積極的な関心はなさそうだったが、イッキが懇意にしている農家や園芸家から、枝豆、トウガラシ、ナス、ジャガイモ、紅芋、ショウガ、パパイヤ、オジギソウ、ブルーベリー、ブーゲンビリア、ハイビスカスと、大量の苗や若木を調達してきて、どこにどう植えるかを相談し始めたら、夢中になった。そして、家にいる時間はほぼ、野菜の育て方を調べたり庭いじりをしている。

「ワンちゃんじゃないんだから、ずっとかまってなくても大丈夫だよ」と笑うと、「植物は向こうからは動けないんだから、こっちから近寄ってあげないと何を求めてるかわからないよ」と真剣に言った。そして、「いいんだよねえ、この子たち。何も話さないから」と慈しみの目を向ける。緑の生き物ってすごいな、とイッキは植物を改めて尊敬した。

人間への疲れを菜園で癒していった直子は、ワールドカップまでには立ち直った。予定どおりセミ先生も交えて、決勝トーナメントからの日程でドイツに渡る。ロンドンから渡航してきたみずきとも現地で落ちあい、日本が最強のアメリカを破って優勝する瞬間に立ち会った。

控えだった桂ちゃんとコーチの梢が真っ先に抱き合ってジャンプし、桂ちゃんの勢いが激しすぎて二人でもつれてピッチを転がるのを眺めながら、イツキは時間が二十年ぐらい巻き戻った気がした。「ぐりちゃんサッカー」時代のぐりちゃんが、梢からの優しいパスでゴールを決めて梢に飛びつく姿が、今ここに見えた。二十年がダイレクトにつながっているように感じた。でも現実には、その間に震災が挟まれているのだ。

セミ先生は「もう私は今、死んでもいい」と言った。直子は梢の名をひたすら絶叫している。梢と桂ちゃんはホームスタンドのイツキたちを見つけると、思いきり手を振って投げキッスをした。みずきはピッチではなく、弾けておかしくなっているイツキたちをずっと撮り続けていた。

帰国したら、梢と直子の仲は元に戻っていた。梢もイツキの家に移ってきて、直子と同じ部屋に入った。イツキは二人がまたこじれるのではないかとまだ不安で、自分はリビングダイニングで生活するからと、自室を梢に譲ろうとしたが、梢は断り、「三人で老後を生きていけるよう、この家、建て直さない?」と提案した。

「いいかも。庭と屋上に菜園を作ろう」直子がすぐ乗り気になると、「じゃあ、直子の部屋は菜園ね」と梢がふざけた。イツキは自分が土に埋まって眠ったリアルな感触が記憶にあって、「私、庭の土が寝床になる夢、見たことあるな」と言った。

「夢じゃなくて、ほんとに寝たことあるんじゃないの?　イッキーならやりそう」梢がからかう。

「かもしれない。根っこから養分吸った覚えもある」

「いいよねえ、自分が草だったら」直子が本気でため息をつく。

「いつの間にかイッキーに感化されてる」

「何かさ、全部不思議って言うか、信じられないことばっかり起こるよね」直子が遠くを見るように言う。「日本、優勝だよ？　あのアメリカに二回も追いついて、ＰＫで破って優勝だよ？　正直、私、思ってもみなかった。いくら梢が、目標は優勝でその力もないわけじゃないって力説しても、さすがに無理でしょって思ってた」

「私もだな。というか、何も予想しないでワクワクだけしてた」イツキが正直に言う。

「切ないな。信じてくれなかったのかよ」梢はむくれるフリをしてから、「実際、可能性は一パーセントくらいだったと思う。だから私だって、当然の優勝なんてまったく思えなくて、おったまげたー！」と叫んだ。

「現実なのかな、って不思議なんだよね」依然として遠くを見ながら直子が淡々と語る。「震災だって、あんなこと、ほんとに起こったのかなって。何か間違った現実に入り込んで、映画とかみたいに極端な災害に遭って、まさかの優勝して。ほんとの現実を生きてないのかもしれない。でも、ほんとじゃないんなら、もう自分に都合のいい現実を想像しちゃえばいいやって気もあって。だから、このニセの現実では、私は植物と地続きなんだよね。植物たちの気持ちっていうか感覚がわかる」

「その感じ、すごくわかる」イツキは同意した。「私、しょっちゅう、自分は空想上の存在だなって感じてた。その架空の存在が、こうして普通に生きてるって、不思議だなって。だから、ここは架空の現実なのかな、って」

「あー、それで思い出したわ。代表の若い子に、岩壺《いわつぼ》出身の子がいて」今度は梢が引き取る。

「津波の被害がひどかった、あの岩壺？」

「そう。今回、出場はなかった十九歳の子なんだけど。優勝のあとで一人ひとりが話したときに、その子、実家の話を長々としたんだよね。あんまりに不思議な話だったんで、みんな聞き入ってしまった」

同じ家で暮らしていた叔母さんが、行方不明のままなのだという。被災からだいぶたった夕方、家族みんなで、流された家の跡から残ったものを拾っていたとき、叔母さんが庭だった場所の泥をのけてまだ生きている草木を救い出しているのを見かけた。その子は仰天して声をかけたのだけど、叔母さんは反応しなくて、その子が近寄ったら、庭の景色に溶け込んで消えてしまった。模様を生き物と見間違えたような感じだった。けれど、植物の表面には確かに人の手で泥を払われた痕跡がある。

一緒にいた親は、叔母さんの名を呼んだその子に、よく来ているのだと言った。みんな、見たことがあるという。いつも庭の植木をいじっている姿で。塩と海底の泥に浸ってしまったから、庭の草木はそのうち枯れてしまうだろう、それが無念で世話しに来るんだろう、と叔母の姉であるお母さんは言ったそうだ。お父さんは、われわれに無事を知らせてるのかもしれないと思って必死で探したけれど、見つからなかった、ただ無念であちらに渡りきれずに会いに来てくれてるのかもしれない、と言った。

ところが庭の草木は枯れなかった。四月になるとチューリップが咲き、甘夏は数は少ないけれど大きな実をつけ、サクランボの花は例年以上にびっしりと咲いた。叔母さんが丹精込めて世話をしたからだと、家族は思っている。

その子が所属していた電力会社のクラブは活動停止が決まり、四月からの新シーズンは鰻和ブロッサムズへ移籍するよう手配された。けれど、納得もいかないし、気持ちの整理もつかない。自分はサッカーをやめるべきなのではないか、と迷って、心の中で叔母さんに相談するつもりで実家の跡地へ行ったところ、庭木はなく土と瓦礫があるだけだった。片づけられてしまったのかとショックで親に電話したところ、そんなことはない、数日前にはリンゴの花が満開に近くてきれいだったと言う。ただ、ときどき、泥と瓦礫だけの廃墟にしか見えないこともある、どうやら叔母さんが来ているときだけ、草木が生き生きとしているらしい、と。

それでその子は、こう考えるようになった。叔母さんは亡くなってはいない。波によって、別の次元に引きずり込まれたのだ。異次元にいる叔母さんからしたら、亡くなったのは自分ではなく、姉の家族全員ということになる。叔母さんのいる異次元は、こちらの次元のすぐそばにあって、少し重なっていたりするので、しばしば互いに見えたりする。叔母さんにも、ときどき姪っ子や姉夫婦が霊のように実家の跡をうろつく様子が見えていて、だから頻繁に来て供養のつもりで庭木いじりをしている。

その子は、自分が異次元に流されている可能性もあった、と思った。だとしたら、サッカーのできない人生を生きていたかもしれない。でも自分のいる次元ではサッカーはできるので、サッカーをやめたら他の次元にいたかもしれない自分に申し訳なくて、鰻和ブロッサムズの選手になることを決断した。そして代表にも選ばれた。

「叔母さんのいる次元にいたら私はサッカーをしていなかったかもしれないし、その世界では代表も優勝しなかったかもしれないですけど、私はラッキーなことにこの次元にいて、サッカーをできて代表にも選ばれて優勝できました。叔母さんと一緒に喜びたいです」

その子はそう話を締めくくった。

「風が吹けば桶屋が儲かるじゃないけどさ、些細な偶然の積み重ねで、この優勝もあんな被災もあるってことだよね」と梢は終《しま》いにコメントした。

「そうかもしれないけど、私はその子は、比喩的に言ってるんじゃなくて、本当に無数のパラレルワールドがあるんだと思う。今の東京と仙台だって、パラレルワールドだもん」直子は少しじれったそうに言った。

「イッキーはどうよ?」梢に聞かれて、イツキは我に返った。

「ああ、わかる、かな。私もたぶん、いくつも現実を横断して生きてきた気がする」

「でも私にはイッキーはこのイッキー一人だよ」

「じゃ、梢も一緒に横断してきたんでしょ」

「えー、私はずっと一貫してここで生きてると思うけどな」

イツキは気が遠くなりかけた。梢に説明することは不可能だった。無数の自分が無数の現実世界で生きていて、なのにそのすべてを貫いているイツキの感覚を自分は持っていることなど、自分にだってよく理解できない。その「自分」という感覚がどうして維持されうるのか、仕組みを考えたら脳が蒸発しそうだった。自分は一人だけ存在しているのではなくて、無数にいるのに、はたからは一人と認識されているので、無数であるけど自分という感覚を証明することはできない。

あれと同じだ、「ゆく河の流れは絶えずして、しかももとの水にあらず」というやつ。川面が同じ形で流れているように見えても、水自体は同じではなく、どんどん先へ進んで行っている。人間も同じ。人間は水。

あるいは、映写とか。スクリーン上で一個の人格を持ち動いてしゃべって見える人は、実態はただの光の陰影。人間は光の綾。

「私も、誰かを亡くしたけどその人は亡くなってないって経験、あるような」かろうじてそう言葉を出す。

　梢と直子は顔を見合わせ、「そだね」とイツキに同意する。またタツキに囚われていると思われているんだろうな、とイツキは理解する。それはそうなのだけど、たぶん、タツキだけじゃない。でも誰だかは思い出せない。

　秋には、セミ先生のたっての希望で、久しぶりに小学校有志のクラス会が開かれた。イツキ同様、震災以降はみんな人恋しいのだろう、お知らせを送った全員から参加の返事が来た。

イツキが最も緊張したのは、唯田《ただ》と鈴原《すずはら》さんが、別れて以来初めて顔を合わせた瞬間だった。日に焼けてうっすらと赤らんだ唯田の顔を見て、鈴原さんは「惣嗣《そうじ》、野球続けてるんだ?」と言い、唯田はうなずいて、「こっちは弥栄子《やえこ》をニュースとかでしょっちゅう見てるから、久しぶりって感じはしないな」と言った。そして、「お互い頑固もんだから、やってること、ずっと変わらないね」と微笑み、鈴原さんも「確かに」と同意する。

　しかしセミ先生が、わざわざことを荒立てかねないようなことを尋ねた。

「唯田はいまでも『むていこう』の活動に関わってるのか」

セミ先生が唯田を呼ぶことにこだわったのは、数年前に「むていこう」主義者の活動が盛んになったころから、唯田の来訪が途絶え連絡もつかなくなったからだ。

唯田は苦笑いを浮かべて、「聞かれると思ってましたよ」とため息をついた。「俺は弥栄子の件で反省したから、個人攻撃みたいなやり方はもうしないですよ。自分の考えはきちんと表明し続けるけど、憂さ晴らしみたいな集中砲火にはヘドが出るようになりました」

「じゃあ、何で私との縁を切ろうとしたんだ?」セミ先生は追及の手を緩めない。

「縁を切ろうとはしてないけど」とまた唯田は苦笑する。「ネトウヨ的な事件や騒ぎが起こると、また俺も関わってるんだろうって目で見られるじゃないですか。少なくとも、唯田は無関係かどうかって心配されるでしょ。自分の蒔《ま》いた種とはいえ、そのことがキツくなってきたんですよ。だから、どうせ住む世界が違うんだから、俺は俺の側で生きてくほかないんだなって思うようになって、先生のそばから身を引くことにしたんです」

「迷惑をかけるから遠ざかったってことか?」

「それもありますし、心配されることがいたたまれなくなったんです。そのたんびに、俺は外道《げどう》だなって感じるから」

「唯田は外道なんかじゃないぞ」

「わかってますよ」と唯田は三たび苦笑する。「先生がそう言ってくれると安心するんですけど、先生にそう言ってもらうほかには自分が外道じゃないことを証明できないってなると、何か惨めになるんです。自分で、自分は外道じゃないって確信できないと。だから俺、今は神社で、『ダメな男がだべる集い』っていうのを月に一回、開いてるんですよ。どんな意味であれ自分はダメなやつだって思う男が集まって、だべるんです。そういうやつって自慢以外の自分の話がろくにできないから、何か本心を打ち明けたくなるまでただダラダラして、他のやつとくだらない雑談してればいいんです。集いに来てるってことはダメな自分を意識してるわけだから、そのうち何か話し出すんですよ」

「面白い」とつぶやいたのは鈴原さんだ。

「弥栄子は関心持つと思ったよ。だって、弥栄子たちが言ってるのをヒントにしたんだから。性犯罪とか性差別とか、その行為は悪だから断罪すべきだけど、いくら厳罰を科しても減ることはなくて、むしろ、そういうことをしてしまう自分と向き合う治療プログラムのほうが必要なんだって、言ってたよね」

「実現する前に政権から落ちたけどね」

「俺も自分のことを精神的に罰し続けて、その結果どうなったかって言うと、劣等感の塊になって、かえってキレることが増えたんだ。それが原因で、うちのオクサンはホスト通いにハマって、借金地獄になっちゃって」

　場が沈黙する。

「あー、また惨めになってくる。この惨めさ、みんなには伝わらないだろ？　だから、俺は俺の側で生きていくしかなくて、俺の側の連中と一緒に、この惨めさのこと共感し合いたいって思って。そういうのは宗教の役割だろ。だから『ダメだべ』をやることにしたの。中間管理職のオヤジとかネトウヨみたいなの、たくさん来るよ。わかってもらえなくて結構、自分たちで立ち直れるんで、ってね」

「いいんじゃない？　一度、見学させてくれないかな」と花村夕《はなむらゆう》が頼むや、唯田は声を強くして「ダメに決まってるだろ！」と拒否した。「『ダメだべ』は、外部をシャットアウトして、集いでのことは一切秘密にする代わり、ダメぶりを互いに見せられるようにしてるんだから、女なんかが見に来たら、もう全部崩壊する」

聡い者たちは唯田の複雑でもろい状態が見て取れたので、よけいな評価の言葉は言わないようにした。

イツキは、『人生は夢』や母親の引っかかった詐欺のことを思い出していた。唯田の試みも、鈴原さんが目指す治療プログラムも、悪用すれば『人生は夢』やオレオレ詐欺にすぐ転じるとイツキは感じた。それらはみんな、人間の性質を利用した同じ働きかけだ。弱い部分をケアしてあげれば依存してくるという性質。

イツキが半世紀近い人生をかけて学んできた原理は、警戒心が解除されて無邪気で無防備な状態にあるとき、人はまわりにいる人間に引きずられて自動的に真似をし合うということ。それはある種、積極的に騙されたいと寄りかかる心でもある。個人の意思で自己決定するのが人間だとされるのなら、みんなで一緒に騙されたがっている姿は人間からはほど遠い。だから、人間は自分たちが思っているほど人間ではない。個人の意思など曖昧で、真似か依存による行動が大半なのだから。

とてもねじくれているけれど、唯田はそういう意味での、意思を信じる人間をやめたいんだな、とイツキは合点がいった。意思の強い人間であらねばと思うほどダメな人間になっていくのなら、思い込みかもしれない意思なんか捨てて、自分が誰のどんな真似をして、誰にどんな寄りかかり方をしているのか、はっきりさせる以外に解放される道はない。それが惨めさを脱却するということなのだろう。

「じゃあ、ダメ女はどうすればいいのよ？」と割って入ったのは、畑見《はたみ》かえでだった。かえでは五人の子どもがいて、夫とカフェを営み、その広い顔を活かしてさまざまな催しを行っており、特に近年は、子どもに放課後の居場所を提供し、場合によっては夕飯も食べさせる活動に力を入れていた。だがその活動が今はピンチで、というのも、子どもの面倒を見るボランティアスタッフの若者男子とかえでがデキてしまい、それが夫に発覚して活動が中断しているというのだ。

「ダンナには出来心だって言ってるけどさ、そんなわけないのよね。でも本気とかそういうことでもなくて、何か上手く説明できないんだよなあ。こういうことってない？　あるでしょ？　仕方ないとしか言いようがないんだけど、じゃあ、ダンナが同じことしても仕方ないって言えるかっていうと、無理。だから反省はしてるんだよね。でも来てる子どもたちに悪い影響があるとか言われると、すっごくムカつく。やましいことは何もしてませんって言いたくなる」

「この歳で年下を落とすなんて、尊敬もんだな。初犯じゃないんでしょう？」とニヤけた顔で安《やす》本健人《もとけんと》が茶化す。全員が呆れて健人の顔を見る。「いや、俺は意外にも浮気とかしてないんだよ」と健人は手を振り、皆がさらにシラケる。

「悩んでいられるのも、生きているからこそ」とオーツ君がつぶやく。詐欺罪の前科のあるオーツ君が言うと、どことなく気圧されて、皆、反応しにくくなる中、「それはほんとそう」と同意したのは、渡瀬枝美《わたせえみ》だった。

「でも私の場合、生きているからこそって感覚はたぶんみんなとは違ってて、長女が海軍の将校なんだよね。今は平和だからいいけど、いつどこで何があって派兵されるかわからないじゃない。だから私は、あした遙海《はるみ》に何かあっても受け止めようって、毎日覚悟を決めてる」

カズちんの結婚式で会ったときには、遙海が幼児のときに二十歳年上のテレビ局の社員と結婚して、ほどなく二人目も産んで、その子が中学に入って手がかからなくなって以降、ファストファッションの店で働いていると言っていたが、軍隊の話は初耳だった。

「将校って、すげえな」健人が驚くと、枝美は「自衛隊が軍になってから士官学校にはアメリカ式が導入されて、アメリカから教官もたくさん来て、授業は全部英語なんだよね。だから、軍を目指すんじゃなくてアメリカで仕事をしたい人なんかもけっこう入学してて、私は遙海もそのクチだと思ってたら、任官したから、そのときはショックだった」と説明する。

「見どころあるなあ。筋金の入り方が男とは違うよね」唯田が心底から感嘆する。

「このまま平和でいてほしいから、鈴原さんたちにはがんばってもらわないとね」カズちんが他意なく言い、「次に政権についたら、そろそろ大臣でしょ?」と健人が嬉しそうに聞き、一同は脱力する。鈴原さんはただ微笑んで何も言わず、夕も黙って何か考えをめぐらせている顔をしている。健人の軽薄な指摘のとおりらしい、とイツキは思った。

実際のところ、被災者支援と復興のために復興税の創設と売買《ばいばい》税の税率引き上げを安保党政権が得意げに発表したとたん、景気にはいっそうのブレーキがかかり、翌年の総選挙で安保党は大敗した。

三度目の政権についた済民党は、選挙で掲げた「復興ドクトリン」に従い、増税を行わずに大規模な財政出動を行い、日銀も連動するように大胆な金融緩和に踏み切り、被災地での復興事業に人材と資材を集中させるように誘導し、求人は急速に拡大した。

鈴原さんは厚生労働大臣に就き、法務省とやり合いながら、犯罪者の脱依存プログラムを充実させる方針を推し進めた。また、済民党政権は原発廃止のロードマップを策定し、二十年で限りなくゼロにする方針を示し、併せて強力な地域支援策を実施すると発表。即時全停止を訴える人たちからは猛批判されたが、世論調査ではおおむね半数から支持された。

安保党に異変が起こっていることが明らかになったのは、総選挙敗北後、内部の激しい権力争いで新執行部がなかなか決まらず、ようやくタカ派の有力議員が総裁に決まったあと、インターネットビジネスで財をなした三期目の青年代議士が新幹事長に任命されたときだった。「むていこう」主義者らとともにデマと炎上で人気を集める右派インフルエンサーの大物で、二〇一二年の総選挙でも済民党の中堅議員を何人か狙い撃ちしてニセのスキャンダル攻撃を仕掛け、思惑どおりメディアはその騒ぎを拡大し、落選させたりした。済民党だけでなく同じ安保党の重鎮たちにも同様の手を使って失脚させる一方、IT長者群とのネットワークを駆使して新たな資金ルート開拓に手腕を発揮、党内の権力を掌握していった。安保党はすでに、「嘲弄派」と呼ばれることになる右派ポピュリストたちに牛耳られていた。

震災後に鬱憤を溜めて、何であれ陰謀論に染まる者たちを秘かに焚きつけたのが、その「嘲弄派」の政治家たちだった。

匿名のSNSアカウントでヘイトを煽ると、つられた者たちが相手かまわずヘイトを撒き散らす。奥穂町《おくほ》の街路を集団で無言占拠するよう工作する。過去の差別ハガキ事件を拡散し、特定のターゲットに白紙のハガキを大量に送りつけるよう仕向ける。

　しかし、済民党がゼロ年代半ばから整備してきた防災防犯カメラ《CCTV》網とサイバー情報保護法の助けもあって、その多くは検挙起訴され、法で裁かれた。その中には唯田の名前もあったのだが、気がついたのは鈴原さんと夕だけだった。

　そうして、無名の右派インフルエンサーたちの差別や暴力は次第に抑え込まれたものの、黒幕である「嘲弄派」議員に結びつく証拠はなく、むしろ堂々とメディアに出まくって、着実に人気と支持を固めていった。

二〇一三年九月八日（日）曇り
　ミズチがロンドンから訪日中なので、久しぶりにマイに声をかけたら、今ハマっているという奥穂町の韓国かき氷屋さんを指定された。

　ニッキが早めに着くと、街には怒号が飛び交い、道行く人は縮こまって早歩きし、不穏な空気に覆われている。怒号のほうに向かうと、人々が道に寝転がろうとしては大勢の機動隊に力ずくでどかされている。寝転がろうとする人たちもものすごい数で、「レイシストに行動をやめるよう話し合いたいだけです」と拡声器で警官に告げている。「レイシストは帰れ」「差別は日本の恥」といったプラカードを掲げた人も多く、中には「NO PASARAN（やつらを通すな）」とスペイン語の言葉もある。何でスペイン語なんだろうとニッキはぼんやり思う。

　かき氷屋の前では、ミズチとマイが喧噪のほうを見て話している。

「ニッキが来たら見に行ってみようって言ってたところ」とミズチが言い、また三人で現場に戻る。座った人たちは排除され、警官が並び、その奥に大量の日の丸と旭日旗が揺らめいているのが見える。警官の隙を突いてまた座り込もうとする人がいるが、すぐに阻止される。

「これかあ、日本のヘイトデモって」ミズチは珍しい動植物を目にしたかのように言った。ニッキも実物を見るのは初めてだった。フラッグが大量に掲げられているのは、鰻和ブラッズのゴール裏とあまり変わらなかったが、出ている旗の内容が違った。でも、ゴール裏にも日章旗も旭日旗も出ているといえば出ている。

ヘイトデモ隊は女性が拡声器を通して何かを甲高く主張していたが、それを上回る沿道の人たちの「帰れ、帰れ」の大合唱が、主張を掻き消している。そして相変わらず、デモ隊の行く先に座って行進を止めようとする人たちが、機動隊に排除されている。

「シットインか」とミズチはつぶやいた。ニッキがミズチの顔を見ると、「座り込んで占拠して、相手を封じる抗議行動の手法。ロンドンではよくあるよ」と説明した。「でも、ヘイトをする連中に対してカウンター側がシットインしたら警官が排除って、世界でもここだけじゃない？　普通、警官に排除されるケースは反政府デモとかだよ」と言って、コンパクトのデジタルカメラで撮り始めた。

耳もとで「帰れ」と叫び声が聞こえたので、驚いて振り返ると、マイが目をつり上げて叫んでいる。デモ隊が目の前に迫ってくると、そいつらが手にしているプラカードの差別言語が目に入る。ミズチが「カウンター」と呼んだ人たちが分厚く取り囲んで怒声を浴びせ、中には「レイシストこそ死ね！」と怒鳴っている者もいる。

ニッキは急に頭がクラクラして、車道に落ちるようにしゃがんだ。すかさず寄ってきた警官に脇を抱えられて引きずられる。ニッキはますます具合が悪くなり、吐きそうになった。ミズチが警官に「この人は具合が悪くて座り込んだだけです」と抗議して、ニッキは放してもらえた。デモ隊が排斥しようとしている対象に、自分も入っているとニッキは感じた。在日コリアンでも韓国人でもないけれど、自分はこの敵意を引き寄せうる存在だと知っていた。

ミズチと一緒にカウンターの人も駆け寄ってきて、「大丈夫ですか?」と声をかけてくれた。ニッキがうなずけずにいると、「気分悪くなって当然ですから、つらかったら聞こえないところまで離れたほうがいいです」と言った。「目に入らなければ本当に消えてくれるんなら、いくらでもそうします」とニッキは苛立って言ってしまった。すぐに恥ずかしくなって、「すみません、こんなに懸命に、見せないよう聞かせないよう、がんばってくれてるのに」と謝る。カウンターの人は、「こっちこそ、力足らずで情けないです。言い返してると、こっちも汚い言葉になっちゃったりして」とうなだれる。「でも、警察も司法も政治も役所も誰も守ってくれないんなら、こうするほかないじゃないですか。暴力を否定するには、ギリギリの言葉で押し返すしかないじゃないですか。それが穏やかに生活してる者にできるせいいっぱいのことじゃないですか」

ニッキはまた気が遠くなりかけた。目の前で話しているのが、タツキに感じられた。今のニッキのように、自分も消されると恐怖を感じて、タツキは穏やかな生活民ができるせいいっぱいの押し返しをしようと行動した。ただし、どこかでズレてしまい、直接自分を圧迫してくるものとは異なる相手に向かって。

ヘイトデモは予定どおりのコースを歩ききり、あとには、自分では気づかない深傷を負った訪問客たちが大勢残された。ミズチはロンドンに帰り、外資系の証券会社に移っていたマイは再びニューヨークに赴任した。

二〇二三年十一月十三日（水）快晴

柚原《ゆずはら》さんがありとあらゆる方角からバッシングやヘイトを浴び続けている。在日コリアンへのヘイトスピーチと排外主義が爆発的に拡大する状況に対して、柚原さんは「許されない」と政治の場で明言するのだけれど、与党の議員たちが「言論の自由がある」などと言って排外主義を擁護し、事実上のゴーサインを出し続けるので、柚原さんも性差別ヘイトのターゲットになる。差別をまともに取り締まる法律もないし、裁判に持ち込んでも大半の裁判官は性差別を取るに足らぬものと見なすので棄却される。柚原さんは慰安婦問題の二十年前と同じ暴力を、いまだに受けている。

ニッキには、柚原さんに起こっていることは、自分にもすぐに起こることだとわかっている。だから、でたらめなアカウント名で守備陣に加わっている。その都度自分にも飛んでくるヘイトに致命傷を負わないよう、リアクションは見ないようにしているが、しばしば目に入ってきては不眠に陥る。

押し返す力はほんのわずかずつ増えて変化も感じられるのだけど、ニッキにはその変化がまた怖い。差別への怒りは共有しているのに、女だから差別される、男だから優遇される、ＬＧＢＴＱだから攻撃される、といった言い方が広がるにつれて、自分は抹殺されていく感覚を味わう。ジェンダーを問われても答えられないニッキにとっては、その質問の存在自体が凶器だ。約半世紀を生きていて、いまだに子どものころと同じ恐怖に震えている。自分の性のあり方に名前を与えてほしいのではなく、説明のできないことは説明しないでよくなってほしいのだ。さもないと、細かく変わり続けるニッキのあり方は、肯定されない。

だから、そろそろもう、存在しなくていいかな、と思い始めている。タツキの後を追ってもいいかな、と。事実上、存在していないのだ。擬態している殻だけがニッキであって、ニッキの実体はとうに蒸発してしまった。だから、殻を捨てに行っても、もう誰の意識にも引っかからないだろう。

リーマン・ショックでラテンのコミュニティが縮んできたこともあって、イツキの日常の仕事は、新たに増えている外国人のコミュニティを見つけて、オバタリーアと取り引きできないかを探ることに変わっていた。

この日もイツキは、西縄口《にしなわぐち》駅近くのケバブ屋を訪ねていた。西縄口では外国人の食べ物屋さんが急増しており、イツキは新聞記者時代の悪夢を払拭するつもりで足を踏み入れたところ、風俗街は風前の灯火となっており、中国料理店を始め、アジア系の料理屋だらけになっていた。

ドネルケバブは「アル・パストール」という種類のタコスの起源でもあるため、イツキは好んで食べており、西縄口でも真っ先に入ったところ、店を営んでいるトフティさんがとても人なつこくて懇意となった。

トフティさんがトルコ人ではなくウイグル人だったことにも驚いた。日本に来る以前はイスタンブールで働いており、日本の女性と知り合って結婚、来日してケバブ屋を開いたという。ケバブ以外にもウイグルのシシカバブやうどんのようなラグメン、餃子めいた料理を出していて、イツキはすっかり虜になった。ウイグルは東トルキスタンともいい、歴史を遡ればトルコ人と同じ民族で、トルコに移り住むウイグル人は多いのだと、トフティさんは説明する。

オバタリーアと何か一緒に開発したいですねと意気投合し、イツキは中東部門の新人社員を担当に当てた。商談は進んで冷凍のウイグル料理を通販で売る事業を立ち上げることになり、この日はイツキが久しぶりに挨拶に来た。

高揚しているトフティさんはいつにも増して陽気で、「イッキーさんのレシピ見て、タコス作ってみたよ」と、ウイグル風のアル・パストールを試食させてくれた。

「美味しい！　これも通販のメニューに入れましょうよ」

「イッキーさんしか買わないでしょ」

「私が千個買いますよ」

「イッキーさん、タコスと結婚したいでしょ。うちで働いてタコス作ればいい。チアキさんも、イッキーさんがタコスの話ばっかりしてるって言ってました」トフティさんが担当者の名を出す。

「え、そんなにしてるかな」

イツキが軽く動揺すると、「研修でタコスを食べに行ったときに、イッキーさんのパッションがすごいから、チアキさんがつい美味しいって言ったらタコスファンってことになって、それからずっとタコスの話するし、いろんなお店勧められて断れないって、チアキさん困ってましたよ」と、トフティさんは秘密をバラすイタズラっ子の顔をした。

確かにイツキは、チアキさんをタコス愛好家だと思い込んでいた。そこからチアキさんの人物像を組み立てさえしていた。でもそれは、上司であるイツキがしつこくて、演じるしかないフリだったとは。イツキとしてはごく軽い雑談をしているつもりだったので、断り切れないと受け止められていたことがショックだった。

あからさまにダメージを受けているイツキの沈黙に、トフティさんは慌てて、「チアキさん、笑ってましたよ。チアキさんにとっては、イッキーさん、いつも食材に夢中でかわいいオジさんでしょ」とフォローした。

イツキは無理に声を出して笑ったが、顔はこわばっているのが自分でもわかった。オジさん、と言われた。新人にもオジさんと思われている。だから、断り切れないと感じさせるのかもしれない。

そりゃそうだ、五十目前で禿げあがって、わずかに残っている短髪も白くて、痩せているから皺の増え方も同年代より多くて、容貌からしたらどこからどう見てもオジさんだ。

けれども、自己認識では、イツキは梢や直子の同類で、おそらく仕草も声の出し方も使う言葉も二人の影響を受けて、似ているはず。だから、自分の内側から描く自分の像は、外から見える五十歳前後のオジさん像とは似ても似つかない。

自分の意識が自由であれば、外見はもうどうでもいいと思って気にしてこなかったけれど、それがオジさん上司の威圧感につながっているのだとしたら、由々しき事態である。かつてはオバタリアンをモデルにオバさん化を目指したことを、イツキは思い出した。でもオバさん化への努力を怠り、オジさんに見える中高年になってしまった。

オジさん、とつぶやいたきり押し黙ったイツキを、トフティさんは「大丈夫、イッキーさんは、見かけ若いね。若いチアキさんにはオジさんでも、もっと老けてる私はオジイさん。私と一緒にいたら、イッキーさんはヤング、ヤング」と慰めた。

陽気に心配りしてくれるトフティさんの笑顔を見ていたら、イツキは気づいた。

以前なら、トフティさんの男女観にも傷ついていただろう。「タコスと結婚」と言われたら、「結婚」という言葉につまずいていただろう。けれど、今は気にならない。オジさん問題が出るまで、イツキは何の引っかかりもなく滑らかにトフティさんと会話していた。

なぜだろうと考える。

答えはすぐに出る。誰でも結婚を選べるし、誰もが結婚しなくてもいいから。結婚するかしないかを選べるのではなくて、結婚があるという文化を持たなくてもいいから。だから婚姻を基本に人生を考える必要がない。だから、婚姻をベースに生きている人がいても気にならない。

ああ、いつの間にか自分は楽になっているんだな、とイツキは自覚した。以前に比べれば格段に。

かつては、朝、やむなく一人でパンツを洗わなければならない日は、現実という石臼に挽かれるような気分だった。でも今は、目覚めにパンツを洗って浴室に干しておいた日には、梢や直子が「あ、今日、夢精の日だった?」と、まるで生理の話題のように尋ねてくる。しかも、夢精の起こる頻度は、若い時分より激減している。更年期を迎えている梢は、「イツキにも閉経、あるのかな?」とカジュアルに聞き、直子が「閉経じゃないでしょ、閉精?」などと反応する。

そんな会話が日常になっていれば、自分がオジさんと見なされるかもしれないという意識は消えていく。

これならば、上司としてのオジさん問題をなくしていくのも、時間の問題だろう。イツキは手応えとともにそう思えた。

イツキは作り笑いではなく心から笑いたくなって、「トフティさん、一緒にオジイさんになりましょうね」と言った。トフティさんは「もちろん」とうなずき、それなら相談があるけど、と言った。

じつは店を百葉《ももは》県のほうに移転したいから出資してくれないか、と言う。

「このへん、漢民族の中国人がたくさん住んでるでしょ。最近はちょっと、私、怖くてね」

中国政府が新疆ウイグル自治区でのウイグル人に対して監視を厳しくしていて、トフティさんも何となく身の危険を感じるというのだ。

「ほとんどの漢民族の人は大丈夫だけど、誰が見張ってるか、私にはわからないでしょ。それは不安だね」

帰化手続き中で、まもなく日本国籍に変わるから、共同事業ももっとやりやすくなるという。

「国政選挙で立候補でもするんですか」

国籍変更で変わる権利を考えて、イツキは半ば冗談として尋ねた。トフティさんは真顔になって首を振り、「中国国籍があると、私は日本に住んでても中国の法律で捕まるよ。だから中国人をやめる」と小声で言った。

イツキは今しがた、自分は生きるのが楽になったと思ったことを、後ろめたく感じた。店舗移転のための出資は、共同経営にするのであれば可能なので、オバタリーアで検討してみると答えた。

新疆ウイグル自治区の首都ウルムチでテロがあったと弟の岬《みさき》から聞かされたのは、そのひと月後の五月初めだった。四月半ばに、岬の旅行会社が催行している「シルクロード　タクラマカン砂漠縦断の旅」に母親が参加し、無事に帰国した直後、ウルムチの鉄道駅で漢人を狙った爆発があったという。

今でも年に二回はツアー旅行で世界を飛び回っている母親のスケジュールは、イツキもいちいち把握していなかった。岬の旅行会社を使うから、旅の計画から体調管理まで岬に任せっぱなしだった。

テロも起こる危険地帯の砂漠の旅に、今年七十九歳になろうという母親を参加させて大丈夫だったのか、と問うと、シルクロードはおふくろが最も憧れていた旅行先だったし、体力気力は人一倍あるからそれは心配なかったのだけど、別の問題が生じているという。

ゴールデンウィークに、中学生になった娘を連れて実家を訪ねたときだった。ウルムチのテロを伝えて、間一髪だったけど行けてよかったね、と言うと、「あらやだ。来月、シルクロードの旅に行ってみたいって予定してたのに、行けなくなっちゃうじゃない」と答えたのだ。

「先月、行ったばかりでしょ?」と、母親のデジタルカメラを操作して撮ってきた写真を見せても、「あんたは行ったばかりなんだね。やっぱりよかった?」と尋ねたりする。さらには、「来月から『ワールド・フレンドシップ』に乗ることになってて、今荷造りしてたとこなのよね。ちょうどいいから手伝ってくれない?」と言い出したりする。前々から年老いたら船旅に参加すると は宣言していて、客船での格安世界一周『ワールド・フレンドシップ』のパンフレットも取り寄せていることは知っていたが、申し込んだとは聞いていなかったので細かく確認すると、イツキが一緒に乗ることになってるから手続きはイツキがしてくれたと言い張る。

「私は何も聞いてないし、何もしてないよ」

「だよな。この船旅でこないだ真央《まお》ちゃんの出たソチに行く、って言ってて、パンフ見たら確かに日程にソチ寄港は入ってるんだよね」

「ソチ五輪は覚えてるんだ？」

「何か記憶がまだらでね。しかも時間ごとに覚えてる部分が変わる。どうも、血圧の薬もちゃんと飲んでないみたいなんだよ」

認知症であることは疑いないようだった。けれど、イツキも岬もこれまでまったく気づかなかった。こんなに突然、重く現れるものなのか、という戸惑いがある。

「シルクロードの旅の添乗員さんに確認したら、カメラが盗まれたとか、息子がいない、自分を置いて帰ったとか、騒いだらしい」と岬は説明した。

ウルムチの爆破事件が気にかかり、岬と話した後ですぐにトフティさんと連絡を取ると、電話では話せないという。

日時を決めずにイツキが店を訪ねると、トフティさんからは「イッキーさん、この仕事してるなら、情報遅いでしょ。こないだ話したとき、全部わかってると思ってたよ」と注意された。店の移転を急ぐのもそういう情勢だからで、イッキーさんも気をつけてほしいと釘を刺される。トフティさんはウルムチの事件が起こることを事前に知っていたのだろうかと、イツキはわからなくなる。

イツキのその疑いを察知したのか、トフティさんは「イッキーさん、なんにも知らないね。ニユースちゃんと知ってれば全部わかること」と嘆きながら、今の情勢を説明してくれた。

ウイグルへの弾圧が強くなる直接の引き金は、三月にロシアがウクライナを侵略して、東部地方とクリミア半島を占領しようとしたことだという。ウクライナは親露派の大統領が選挙で敗れて、新大統領が親欧米路線を鮮明にしてから、ＮＡＴＯへの加盟手続きを進めている最中で、猛反対するロシアのチューピン大統領は天然ガスの送付を止めるなどあの手この手で威嚇したものの、手続きは着々と進み、加盟が成立する直前、ロシアは実力行使に出たのだ。このため、ＮＡＴＯ側も手続きのスピードを上げてウクライナのＮＡＴＯ加盟は実現し、ロシアはただちに兵を引かざるをえなかった。

わずか一週間のできごとで、チューピン政権のこうむったダメージは大きく、今度はチューピンは力を失ったと見なしたチェチェンが独立を宣言。内戦が始まった。

「チェチェン、独立したんですか！」

イツキはめまいを覚えた。

「ひどい戦争になったよ」

イスラムへの弾圧と見なしたＱＵＴＯ《クトー》がロシアを非難してチェチェンを支援、ロシアはこれはイスラム勢力ではなくジハーディストとの戦いであり、ロシアはＱＵＴＯの味方だとアピールしたが、一蹴され、チェチェン隣国のダゲスタンやイングーシもロシアからの独立を宣言して、チューピン大統領は停戦を選択せざるをえなかった。

これに危機感を覚えたのが中国政府で、イスラム勢力の独立の機運を未然につぶすため、力を持つウイグル人をでっち上げの容疑で次々逮捕した。そして総書記がウイグルに乗り込んで支配を見せつけようとしたところで、爆発事件が起こったのである。

「だから私は今、国の家族に連絡取れないよ。取ったら、外国と連絡してるっていうだけで、捕まるから。悲しいけどガマン、ガマン」

イッキは自分の親は認知症になってしまって、しばらく実家で面倒を見るから、このお店に来られないことを告げる。

「いつ会えない、話せない、なるかわからないから、できるときにたくさん親孝行してよ」

トフティさんに言われるととても重く現実感があり、イッキは責任を感じた。トフティさんはお母さんに食べてもらってと言って、通販で扱う冷凍のウイグル料理を大量にイッキに持たせた。

二〇一四年三月十八日（火）晴れ

自分がどんな状態にあるかわかっていないタツキがまたニッキを訪ねてきて、「クリミア半島がロシアに編入されちゃったよ。チェチェンのときに止められなかったから、エスカレートしてるよ。一緒に助けに行こうよー」と誘った。ニッキはまたむちゃくちゃなことを言い出したと悩ましく思いながらも、タツキが来てくれたことが嬉しかった。なぜなら、ずっと一人すぎて、自分ももうそろそろいいかな、と思い始めていたから。「よし、私も行く」とあいづちだけ打って腰は上げずにいたら、タツキはいつの間にかいなくなっていた。それはそうだ、最初からいないのだから。殺されてもしぶとく生きているとかよみがえるとかではなく、はじめから存在していないのだ、この世界には。ニッキにタツキが知覚できるのは、ニッキもこの世界には存在していないから。

イツキが久しぶりに実家に足を踏み入れたとき、床や壁から悪臭がしみ出している気がした。原因を探ると、厳重にくるまれたゴミ袋の中に排泄物で汚れた下着がたくさん入って、捨てられずにいた。薬の服用だけでなく、三度の食事がきちんと取れていないことも判明した。二週間ほど過ごして、自分一人での介護ではどうにもならないと認識し、岬と話し合って、グループホームを探すことにした。梢と直子も、イツキの今の家族は私たちだから、と背中を押してくれた。それでも、自分が実家で一緒に暮らして介護すべきなのではないかというやましさが消えることはない。

岬の家の近くのホームに入所できることになり、母親には、これから船旅の前準備として参加者のみんなと顔合わせして一緒に暮らすからね、と偽って連れていった。すぐにその夜、母親の携帯から電話がかかってきて、自分はどうも間違った民宿に泊まってるみたいだから迎えに来てくれないか、と請われた。船旅の予行演習だと言って納得させる。

母親は毎日のように岬とイツキに電話をしてきた。そのたびに同じ説明でごまかすが、頭のクリアな日には、船旅の予行演習なんかするはずない、この人たちは旅行なんかできる状態じゃない、早く家に帰って旅行準備したいから迎えに来い、と語気荒く怒る。面会に行くと、帰るための迎えだと思い込んで、上機嫌に入所者やスタッフに別れの挨拶を始める。イツキも岬も、虐待を働いているような自責の念にかられ続けた。

夏になると旅行の話には反応しなくなった。次第におとなしくなっていき、面会に行って散歩をしてもすぐに戻りたがる。ぼんやりして無表情でいることも多く、どんな話にも相槌しか打たない日が増えた。

しかし、秋口に差しかかったころ、またイッキや岬への電話が頻繁になった。面会のときは穏やかに雑談するのだけれど、夜になると別人になって電話をしてくる。隣の家のトミオという男が両親を殺して近所の人も殺し回っている、アメリカで戦争に行った男だから銃を持って殺してる、とんでもない悪党だ、オマエも気をつけろ、と妄想を語るのだが、その声が母親の声とはまるで違って太い男の声になっているため、最初は他の入所者が母の携帯をいじって話しているのかと思ったほどだった。口調もぞんざいになり、「オマエも気をつけろ。おい、オマエは誰だ。私は誰と話してる」と聞いてくる。

人を殺し回っている人物は、トミおじさんだけでなく、「サッコという女」にもなれば、「オサムという鬼のような男」の場合もあるし、実際の隣人である「サイトウという男と女」になる場合もあった。また、「イッキとかいう男」がトミオとオサムを殺して、その妹も殺して平気で笑っている、というパターンも、岬は聞かされたという。

しばらくすると男の声の持ち主は消え、母親の声に戻って、「私の夫のオサムっていう人はまだ生きてるわよね？　さっきから部屋にいるみたいなのよ。もう家に帰ろうって言うから、帰ろうと思うのよ。だからあんた、迎えに来てくれない？」などと、盛んに帰宅を求めるようになった。

非常に明晰になることもあって、「今ちょっと骨休めしたくて、うちじゃないとこに来てるんだけどね。ご飯も作ってくれるから助かっちゃうのよ。でも、この部屋、私が借りてるのよね？　家賃はいくら？　誰が払ってるの？　松保《まつほ》のうちはどうなった？　私、生活費はどうしてるのかしら？」と矢継ぎ早に的確な疑問を投げかけてくる。

とにかく否定せずにひたすら聞いて、迎えに来いと言われれば「わかった。じゃあ着いたら電話するね」と答え、疑問には「調べておくね」とはぐらかす。ずっと閉じ込めていることからくる拘禁症状じゃないかと、電話があるたびにイツキは罪悪感を募らせた。

これを梢は面白がるのだった。イツキは不快であり、直子もちょっと不謹慎な受け止め方ではないかとたしなめてくれたが、梢はむしろ後ろ暗く解釈しているイツキのほうが質《たち》が悪いと言う。

「お母さん、自由になったわけだし。お母さんの中にあるいろいろな面が、お母さんのコントロールを外れて、独立して勝手に現れるようになったんでしょ。というか、コントロールできる自分が年齢のせいで消えて、お母さんが無数のお母さんにバラバラに解《ほど》けただけ。イツキだってわかるっしょ。自分なんてバラバラで一貫してなくて、それでいいんだって、経験してきたでしょ」

反論できなかった。梢の言うとおりだった。まさに自分こそが、その一貫性の呪縛から解放されて、説明できない自分のことを説明しないでいいことになって、楽になったのだった。

「でしょ?」と梢は勝ち誇り、「いろんな記憶の断片やいろんな人格の自分がめまぐるしく出てくるから、お母さんも戸惑ってどうしていいかわからないいんだよ。だから、それでいいんだって感じて楽しく笑ってつきあえば、お母さんも落ち着いて、つかみどころのない自分でいられるんじゃないの?」と勧めた。

「あっ」直子が手をパーンと叩いた。「わかった！　納得した。ワールドカップ優勝のとき、叔母さんが別次元に行った子の話、したじゃない」

直子がそう切り出したとたん、イツキにもすべてがストンと納得できた。

「ああ、パラレルワールドがどうとかってやつ?」梢も記憶を探る。

「イツキのお母さんの中が異次元空間なんだよ」

イツキは目を輝かせてぶんぶんとうなずいた。自分が現実と架空日記を渡り歩いて、とても一人の人間ではない自分を生きてきた、この感じと一緒。イツキもそれを能弁な言葉にして直子と梢に共感してもらいたいが、やはり説明することができず、ただ全身全霊で同感を示すのみ。やっと言えたのが、「つまり、認知症って、私の現状とさして変わりないってことか」だった。

梢は「そういうこと」とうなずき、「イツキの中身のバラバラさはイツキの外見《そとみ》からはわからないように、お母さんのその異次元空間も、外側のお母さんの外見《がいけん》からは見えないでしょ」と説明した。

イツキには、異次元についての会話のときに思い浮かんだ映写や水のイメージが、また見えてきた。映写の速度が止まらんばかりにゆっくりになって、スクリーンでは動いていた人たちが、動かない写真になる。あるいは、流れていた川が止まって水が溜まり、次第に蒸発して、細かないくつもの水たまりに分かれ、ついにはすっかり消えてゆく。

「そっか、母親は人間をやめつつあるんだなあ」イツキがつぶやく。

「一貫した人格こそが人間って定義からしたら、人間から離れてこうとしてるのかもね。でも、私はバラバラなのが人間と思うから、どんどん人間らしくなってるな」梢は合格を出すように自分の言葉にうなずく。

「これって、母親も、亡くなっても亡くならないってことだな」イツキは自分にだけわかる言葉で言う。

年が明けると、母親は携帯の操作ができなくなり、電話をかけてこなくなった。面会で、実家から運んだ昔のアルバムを見ながらおしゃべりすれば、まだ次々と記憶はよみがえる。今年の誕生日が来たらいよいよ八十歳だよね、と繰り返し言い続けていたら、次に会ったときに「私は今年でもう八十でしょ？」と自ら言うようになる。

「私は久保寺泰子《くぼでらやすこ》で、久保寺泰子の夫は鬼村修《おにむらおさむ》で、泰子の産んだ子がイツキと岬で、あんたはイツキね？」家族関係も面会中に何度も確認する。そのたびにイツキは、「イツキは泰子の子ども。岬も泰子の子ども。イツキと岬はきょうだい」と繰り返す。反復していれば、何とか頭に残るようになり、面会のたびに「あんたは泰子の子どものイツキね。イツキは岬ときょうだいね」と言い、「そうだよ」とうなずくと嬉しそうに笑う。部屋の中には、家族関係を記したメモがあちこちに散らばっている。

反復は真似の一種であって、つくづく人間は真似でできているなあと、イツキは感慨とともに納得する。真似と依存が人間の本質であって、意思の動物ではない。意思とは、九割以上を占める真似と依存の石垣の隙間に生える、偶然の雑草のようなもの。

イツキの記憶にはなく母親の記憶には存在していた、アメリカで暮らしていたイツキの赤ん坊時代のことを、今母親に尋ねても覚えていないことが、イツキには不思議だった。父親も亡くなっているし、もう誰の脳にもイツキのアメリカ時代の記憶は存在しないのだ。イツキはここにいるのに、イツキの過去はもう存在しない。過去は雪か何かでできていて、足跡が雪とともに溶けて消えていくよう。自分の歴史など曖昧なもので、それを自意識のベースにすることには無理があるな、と今さらながら思う。

二〇一五年九月二十一日（月）曇り

八十歳の誕生日に、母親が死んだ。孤独死だった。タツキはそうなるとわかっていた。毎日、実家に電話をかける中で、ある日、取られるはずのない電話が取られ、息子さんですか、この家の主は亡くなりました、つきましては……と行政の人に告げられた。

母親が認知症だと判明したのは二年前だった。タツキは義務感から実家に引っ越し、介護した。しかし、三か月で限界を迎えた。弟は、介護し続けるのは物理的に不可能、施設に入れることは仕方ないとドライだった。それでいったんは施設に入れた。けれど毎日何十回となくタツキのもとに、家に戻してほしいと母親から電話がかかり、罪悪感に耐えかねたタツキは退所させた。弟は、地獄になると予告した。タツキは地獄でいい、親の介護をしていなくたってもうすでに人生も世の中も地獄なのだから、何も変わらないと思った。女手一つで息子二人を育ててくれて、あまりに寂しい終わり方をさせるわけにはいかないと思った。

すぐに限界は来たけれど、タツキは仕事を辞めて介護を続けた。そうすれば自分の生き甲斐に変わるとわかっていた。事実、高野山の胡麻豆腐が食べたいだとか、ツツジを見に行きたいだとか、排泄を気持ちよくしたいだとか、さっき食べたばかりだから夕飯はいらないと一日中何も食べないでいたがるとか、些細な要望を繰り返すだけの弱々しい母親の期待に応え続ける日々は、かつてない達成感をタツキに与え続けた。

けれど、転んで骨折して歩けなくなって寝たきりになって血栓ができて脳梗塞を起こして入院し管だらけになって意識もなくなってからは、その達成感も得ることができなくなった。できるはずのことさえしない医者は無能だった。自分たちは世の中に押しつぶされているような気がした。

延命治療は望まない、寝たきりで長生きなんかしたくないと常々言っていた、こんな姿は残酷だから管を外して逝かせてやってほしい、それが本人の意思だ、と求めても、これは延命治療でありません、一度つけた管は外せません、ご本人の意思は確かめようがありません、と拒絶される。思いつめたタツキは、退院を要求した。こっちで面倒見るなら可能なはずだと言い張り、押し通した。

家のベッドに寝かせると、タツキは母親に向かって罪を告解した。そして家を出て、北の海に向かった。自分も消えるつもりだった。

けれど踏み切れなかった。これで実家に戻ったら、自分は犯罪者になる。母の姿を見たら、人間なんかやめたいという衝動に支配されて、何もせずに母を見守るだろう。というか、最初から人間であったことなどない。だから、現実の姿に戻るだけだ。何もせずに見守ることが犯罪になるのなら、その場にいずに待つしかない。

そしてただ、取られることのない電話をかけた。電話は数日でつながった。

火葬を終えた後、タツキは骨壺を抱えて実家の自室から天井裏へ上がった。かつて寝起きしていた場所に横たわる。

ようやくこの世ではない時空に出られたと安堵した。結局、そんな場所はここしかないのだ。長年の体の緊張がほどけて、液体のように溶け、天井裏の床を流れていく。さらに、もう何十年も前から自分はそこで腐敗後のカスとして残っている骨と炭素のこびりつきでしかないというイメージを思い浮かべる。その後を生きたことなどないし、もしカフカスを駆けめぐって生きたような記憶があるとすれば、それはすべて夢幻《ゆめまぼろし》でしかない。

実際、床には、小さく数の少ない骨と、焦げついたような黒い有機物が、痕跡として存在するだけだった。その脇には骨壺。


二〇一六年、リオデジャネイロ・オリンピックの女子サッカーで日本が五輪初の優勝を遂げたあと、イツキはセミ先生にまた定期的にボールを蹴りませんかと持ちかけた。

昨年末にクラスの集いを開いたとき、安本健人がステージ四の咽頭癌で治療中のため顔を出せない、と返信してきた。セミ先生は見舞いに行き、「安本は見栄っ張りだから、情けない姿をさらしたくなくて、元気になってから連絡しようと思ったって言うんだよ」と、集いで一同に報告した。同い年の重病には皆、自分も罹患していてもおかしくないという自分ごとの衝撃を受け、その場は健康の話に終始した。命に関わるほどではないにせよ、誰もが何かしら不調を抱えているのだ。

「セミ先生はどうなんですか」と話を向けると、「見てのとおり、もう樽形だからな。血糖値とコレステロール値と血圧が高くて、減塩減糖中だよ」と答える。ペルー人コミュニティでつきあいがあると食べる量が増えて、セミ先生は年を追うごとに丸丸としていった。

集いからふた月して、健人が亡くなったとセミ先生から知らせが入った。最後まで惨めな姿は見せたくないと友達の見舞いは断り、葬儀も身内で済ませたという。イツキは健人を偲んでセミ先生の家に集まったとき、健康を維持するためにボール蹴りを再開することを提案した。

場所はあちこちにできたフットサル場を借りることにし、年齢の高い人を中心に声をかけた。

例によって、セミ先生はあたりかまわず呼びかけた。すると集まったのは、中高年の女性ばかりだった。三年前にプロリーグが発足して女子サッカーを見にいくようになったという新興のファンが大半で、日本の五輪優勝で盛り上がって自分もやってみたくなったという。

ちょうどタイミングが合ったらしい。イツキの予想どおり、女子プロリーグの初代チェアパーソンに就任した梢は、草の根の女子サッカーを広げるべく、子どもたちへの普及と同時に、「コンフィデンス・リーグ」という三十代以上の女性なら誰でも参加できるサッカーの定期大会を整備した。それがじんわり浸透し始めたところにオリンピック優勝があって、世のサッカーをしてみたい欲に火がついた。

イツキは直子にも声をかけた。梢は東京に臨時に借りたはずの一間のボロアパートを拠点として国内外を駆け回り、南鰻和にはほとんど帰らず、イツキと直子は事実上のパートナーとなっていた。三人での家族ではなくなった以上、家を建て直す話は立ち消えになった。長年、梢とサッカーはしないと言い張っていた直子も、梢のいないサッカーに参加することはためらわなかった。

ウォーキング・フットボールなども時に取り入れながら、かつてのように参加者皆が夢中になれるよう、イツキが調整する。

イツキはだいぶ頭髪が薄くなっていたこともあって、電動バリカンを買い自分で五分刈りにしていた。五輪金メダリストのエースストライカーが五分刈りにして水色に染めていたため、ちまたではあらゆる性自認でおしゃれ五分刈りが流行っており、イツキもそれに乗じたのだった。セミ先生フットサルに来ている女性たちも、何人かが五分刈りで染めていた。ほどなくセミ先生も、バリカンを買うからつきあってくれないかとイツキに頼んできた。

だから、最初は誰だかわからなかった。新しく参加したペルー人だと思っていた五分刈りで赤い髪の女性が、「イスキ、久しぶりね。チョンマル・オレンマニエヨー」とイツキに微笑みかけてきた。イツキが戸惑っていると、「フリしてるんじゃなくて、ほんとにわからない？　私、ベロニカでしょ！」と少し怒るように言った。韓流ファン仲間のペルー人からこのフットサルに誘われたのだという。

「あ、今の韓国語？」と問うと、「そだよ。私、去年、韓国に半年留学してたよ」と言うから仰天した。

「相変わらず、行動力あるね」と感心する。

「そ、私は相変わらず、パッシオンで生きてるね。イスキは元気だった？」

「きっとベロニカもあれからいろいろあったでしょ。私もだよ」と言うと、何だか急に可笑しくなってきて、笑いが止まらなくなる。ベロニカも笑い出して、「イスキが聞いたらびっくりするよ。ああー、話したーい！」と叫んで、我慢できずに「私、娘産んで、娘はアイドル歌手になって、私の影響で韓流にハマって、韓国に行ってあっちで結婚して子どももいるよ。私、韓国に孫がいるおばあちゃんだよ！」と一気に言った。

「マジで？」とイツキは目を丸くし、「マジで！」とベロニカも応じ、また可笑しくなってベロニカと大笑いする。ベロニカらしすぎてイツキは驚かなかったけれど、万事順調だったんだなと思えて、「トード・ビエン（全部オッケー）」とつぶやいた。「シー、トード・ビエン、ター・ケンチャナー」とベロニカも応じる。

ベロニカとの時代が幻想のように思い出される。思い出すこと自体がイツキには苦しく、生き

ていたくなくなるので封印してきたのに、今は自動的に回想されても、存在の危機には陥らない。懐かしいとは感じられないが、自分を損ねずに受け止められる。

自分が何百年も生きて世の変遷を眺めている、大木とか山の気分だった。女子バスケ部に入部させてほしいと掛けあって断られ、学校社会から葬られた高校時代もあった。それが今は女性たちと自然にフットサルをしている。

それは長い長い夢で、イツキは一瞬、メキシコでアラシ・トルメンタと出会ったことを思い出して、その夢から醒めそうな感覚に陥りかけたが、すぐに笑いで塗り込めた。

人生は夢などではない。いつも動いてどんなに細かくとも変転しているから、同じではあり続けない。永遠に一貫したり同一なものではないから、過去は常に今とは違っていて、幻覚のように思えるだけ。

「こういうふうに会えてよかった」とベロニカに言うと、ベロニカも「でしょう」と同意した。そして面積の少ないイツキの五分刈りに目をやって、「それ、ジャガーの模様にするとイスキ似合うね」と言った。

これを喜んだのが、直子だった。「本物のベロニカ?」と歓喜に満ちた声で直子は確かめ、「本物よー、触っていいよ」とベロニカは直子におどけると、「イスキ、私とのこと、話したの?」と疑う目で見てから、「あなたはイスキの恋人じゃないでしょ」と言った。イツキは焦ったが、直子は自己紹介してから、「一緒に暮らしてる家族だけど、恋人ではないね」と答えた。ベロニカはわかっていたという顔になって、「やっぱり。イスキ、無理してたでしょ。今、自然な顔してるね」と微笑んだ。イツキは踊り出したくなる。

二人はイッキを置き去りにしてすっかり意気投合し、その後も直子はときどきベロニカと出かけたりしているようだった。

二〇一六年十一月九日（水）晴れ

アメリカ大統領にジョン・ハナフダが当選した日、ジェイちゃんから、夫と息子とで日本で暮らすことを考えてるのだけど、南鰻和の家は使えないかと打診があった。あの家は叔父がもう売却したと、苛立ちとともにニッキは嘘を答えた。

三月に女子サッカーの日本代表チームがアジア予選で敗退し、リオ五輪の出場権を逃したあと、小枝は英会話学校の講師の仕事を始めた。ぎっしりとスケジュールを埋めてとにかく稼ぐことに専念し、ミツコとニッキにも出資を求めて、女の子たちにサッカーを教えるスクールを立ち上げた。元同僚たちと各地でそのスクールを広げる計画だ。私たちの競技は滅びる寸前で、このままでは自分たちのしてきたことは消える、と小枝は危機感をむき出しにする。

あれほどの選手だった小枝が、サッカーと無縁な仕事で資金を作り、サッカーの活動はすべて持ち出しという現実を、小枝以上にニッキが受けいれられなかったが、小枝のほうは、ずっと自分たちはこんな環境を生きているから今さらめげようがない、と言った。

半年たっても希望者の集まりが悪く苦戦していたが、小枝は続けるしかないと踏ん張っていた。熊本では、始めたばかりのスクールが地震のために活動停止を余儀なくされた。

そのために子育ての負担がミツコにばかりかかり、当初は耐えていたミツコも、とうとう爆発した。サッカーが大切なこともわかるけれど、目の前の子どもは待ってくれない、私たちが望んで迎えた子なのに、どうして二の次にすることができるのか、と非難した。そしてニッキに助けを求めてきた。

今度はニッキが爆発しそうだった。ニッキはミツコとも小枝とも連絡を絶った。

知的障害者の施設で元職員が入居者たちを「人間ではない」という理由で殺して回る事件が七月に起きてから、ニッキは自分の日々が耐えがたくなった。こっちは母親のことをずっと一人で抱え込まされていたのに、ミツコは子育てが窮地に陥ったら平気でヘルプを求めてこられるなんて、理不尽きわまりない。

人間なんていない。人間がいると思っている現世など、完膚なきまでに壊れればいい。自分が消えるだけでは足りないようだから。


東京ノルテのアウェー戦を直子と沖縄で観戦した晩、ノルテの監督をしている桂ちゃんと三人でステーキを食べた。それが事実上リーグ戦最後の試合だったし、三人にとっても当面、最後の旅行になりそうだった。パンデミックにより、リーグは残りひと月分の試合をすべて中止にしたから。

「イッキーだけ昨日、先に着いてて、何してたかっていうと、一人で貝殻を拾ってたんだって」

と直子が明かす。

「感染リスクがあるから、人のいるところは避けたほうがいいでしょ」イツキが言い訳をすると、

「いいじゃん、貝拾い。そんなに恥ずかしいこと?」と桂ちゃんが異を唱える。

「はたから見て、熟年のオッサンが一人で貝拾いしてるのはちょっとね」イツキが自嘲的に言う

と、直子が「このところ、やたら自分をオッサン視するから、どうにかしてほしいんだよね」と苦言を呈す。桂ちゃんもうなずき、「何で今さら」と尋ねる。

「川原崎《かわらざき》オバタリアンズで選手たちからつけられた呼び名が、アジョシなんだって」直子がイツキの悩みを暴露し、桂ちゃんは「オジさんかあ」とうなずく。「だから、グサッとくるから翻訳しないでよ」イツキは弱々しく抗議する。

オバタリーアは昨年、川原崎をホームとする女子サッカーチームを立ち上げ、将来のトップリーグ昇格を目指して、地域リーグからスタートしたところだ。イツキはチーム運営会社の社長ということになり、現場に立ち会うことは少ないのだが、現場マネージメントの責任者をしているルセーロが選手、スタッフ、サポーターの交流会を開いたとき、このアジョシこそがわれらがチームの主《あるじ》です、と紹介したら、選手やサポーターたちからアジョシと呼ばれるようになってしまった。

「まあ誰でも年は取るんだから、イッキーも観念しなよ」桂ちゃんの慰めは逆効果だ。

「年齢の話じゃないでしょ。女子サッカーやってる子たちには、性別とかの区分けから自由でいてほしいのに、アジョシときたからなあ。ちょっとがっかり」

「そう言ってこっそり貝拾いしてるんじゃ、一番縛られてるの、イッキーじゃんね」直子が言う。

「そこはこれからオバタリアンズで教育してくってことでしょ。伸びしろしかないってやつだ」

桂ちゃんがイツキの尻を叩く。

「そんな言うんだったら、桂ちゃん、オバタリアンズの指導してよ」

「やるやる。ノルテのサイクルが一段落したら、やる。っていうか、ノルテで練習できないから、今代わりにやりたいくらい」

「うちも活動自粛だよ。いや、自粛じゃないね、事実上、活動休止命令だね。でもルセーロは、マスクしてでも何とかチーム練習も続けたいって言ってるけど」

「そういや、うちの父も、いつものフットサルは続けたいって心配してたよ」

「うん、メール来た。その方向で考えてる」

セミ先生は、あのフットサルがなくなるとだんだん死んでいく気がすると弱気になっている。屋外なのだし、会話のときはマスクを義務づけて、互いに五十センチ以内には近寄らないというルールにして、打ち上げはナシにすれば、リスクは低く抑えられるのではないか、とイツキは考えている。

「梢も仕事はオンライン？」

桂ちゃんの問いに、イツキは直子と顔を見合わせ、首を振る。「何してるのかよくわからないけど、相変わらず動き回って家には帰らないね」

「ほとんど政治家だもんね」直子もため息をつく。

梢は昨年、日本サッカー連盟から日本女子サッカー連盟が分離独立して会長に就任すると、世界を駆け回り、外務大臣の鈴原さんと協働して外交に一役買っている。おととしの大統領選でチューピンを破って当選したロシアのイヴァノヴァ大統領との会談にも同席し、性的少数者が迫害されている状況を改善し、女子サッカーでプレーする当事者の安全を保証するよう求め、前向きな返答を得たりした。だが、政治の読解にもう加わりたくないイツキは、梢の行動もあまり視界に入れないようにしている。

桂ちゃんと別れて直子と帰りのフライトに乗る。空港も機内もガラガラで、飲食店はどこも閉まっている。新塚《しんづか》に出ればどこか開いているだろうと、わざわざ途中下車したが、駅を出て愕然とした。人っ子一人おらず、たまに車が通るだけ。

「うっわー、死滅した街みたい」

「ほんとに人類、全滅したんじゃない？　生き残ってるのは私たちだけ」

「ゾンビ映画みたい。略奪する？」

かろうじて営業していた牛丼屋に入る。夕方五時には閉めるという。

「何、五時からは感染力が強くなるとか？」

「いえ、緊急事態宣言で要請されてるんで」一人で対応している店員が真面目に答える。

「すごいね、緊急事態宣言。どんな独裁者よりも実力あるんじゃない？」

「しかもこれ、命令じゃないんだよ。自粛要請でしょ」

「強制のロックダウンよりマシだと思います。自分、こうして店開けて働けてるんで」店員が聞くに堪えないという調子で言う。

政府は内閣直属の有識者会議を設置してしかるべき権限を持たせ、そのトップについた感染症の専門家が毎日、会見で情報を公開し、望ましい行動を説明している。行政ができる限り合理性をもって人々に納得してもらえる方策を示そうとしていることは、イツキも理解している。それでもイツキには、世が一糸乱れぬマスゲームをしているように感じられる。

「これもあれだ、真似と反復だね。震災のとき、トイレットペーパーがどんどん買われて棚からなくなっていくのを見ると、やばい、急いで買わないとなくなるって焦って自分も買ってしまうのと一緒で、みんながどんどん閉じ籠もっていくと、やばい、自分も外出たら危ないって怖くなる」イッキが持論を説明する。

直子は「なるほど」とうなずき、「イッキー、やっぱりサッカーの練習、できるだけ続けたほうがいいよ。生きてるってことを真似し合わないと、本当に死に絶えちゃうかも」と言った。今度はイッキが「なるほど」と納得した。

ところが、ほどなくして、セミ先生が感染してしまった。ペルー人のコミュニティで感染が拡大して、日本語が不自由なために困難が次々と押し寄せ、セミ先生もあちこちから助けを求められ、応じているうちに感染したらしい。

悪いことに、入院してから二日で重体となった。血中酸素濃度が著しく下がり、集中治療室に入ってECMO《エクモ》の力を借りた。

著名なコメディアンが感染してあっという間に亡くなったばかりだから、イッキは覚悟しておかないと一秒一秒が過ごせなかった。大丈夫だという気持ちと何が起こっても受け止めないとという気持ちに、両側から嬲《なぶ》られ続けた。桂ちゃんは、待つしかないと気丈だった。

一週間が一年くらいに感じられた。底は打って快方に向かっていると桂ちゃんから連絡が来たときは、新しい子が難産のすえ無事に誕生したかのように感じた。

治ってからひと月半で、セミ先生はフットサルに復帰した。人数がどれほど減っても、イッキはフットサルを開き続けていた。その日は久しぶりに、セミ先生を知る人がおおぜいマスク姿で参加した。まだ息が切れるからと、セミ先生はウォーキング・フットボールに五分ほど参加しただけだったが、命の瀬戸際まで行ったとは思えないほど元気だった。

「不死身ですね」「臨死ってどんな感じですか」などと不謹慎なからかいをしても、セミ先生はここに戻ってこられたことが嬉しいと、満面の笑顔だった。

「ほんとに命が助かったのは、このフットサルのおかげなんだ」とセミ先生は説明した。「お医者さんに、血糖値があとわずか高かったら回復は難しかった、って言われたよ。ずっと食事制限して、このフットサル続けて、血糖値を下げてきてたから、何とか切り抜けたらしい。みんなから事前に命を一個多くもらってたってことだ。グラシアスな」

セミ先生は照れを隠すためにスペイン語で礼を言った。数人が笑う中で畑見かえでが「ひっ」としゃくり上げると、たちまちみんなに涙が伝染した。カズちんが鼻をすすり夕が目をぬぐい、オバタリアンとモニカは嗚咽し、ルセーロも目を潤ませ、梢は涙が垂れるまま笑顔でいて、直子は顔を覆い、肩を震わせる桂ちゃんをアダムが抱き締め、桂ちゃんは息子を抱き寄せ、ベロニカは顔をくしゃくしゃにして「グラシアス・ア・ウステッ（先生こそありがとう）」と言い、紫畑《しばた》さんでさえ鼻の下をこすったのに、ジョシートは例によって無表情でみんなを見回し、渡瀬枝美はアルカイック・スマイルで余裕を見せていた。先生自身は感極まった様子ではあったけれど、泣く感じではなかった。イツキは自分も泣くと予感したけれど、これも自動的な真似の波なんだと思って観察していたら、感情は揺れなかった。

セミ先生が「〽おどま　盆ぎり盆ぎり　盆から先ゃ　おらんとー」と歌って、足もとに転がっているボールをイツキにパスした。「先生、生還してその歌はシャレになってないです」とイツキは笑った。何十年ぶりかに聞く「五木の子守歌」。イツキはそのボールを梢にパスした。

梢はイツキにパスを返す。

イツキも梢に返す。

梢もイツキに返す。

イツキも梢に返す。

梢もイツキに返す。

イツキはそのボールを大きく宙へ蹴り上げる。

ボールは海を越え、ロンドンにいるみずきが胸トラップしようとして顔に当てる。みずきは痛《い》ってーと毒づきながら、ニューヨークに住む芽衣《めい》に懸命にロングパスを飛ばす。

受け取ったのは芽衣ではなくヨシミッちゃんで、ヨシミッちゃんはニッキーにパスを渡す。ニッキーはまた思いきり蹴って、高く高く上がったボールは一瞬消えてからニッキに渡り、ニッキがダイレクトで回転をかけて蹴ると、ハカマダカズキの足もとに落ちて、カズキが力の限り蹴り上げると、チェチェンに届いてタツキがトラップして、タツキはやさしく屋根裏から階下のチチにパスし、チチはオバーチャンにちょっとだけボールを触らせてからまた自分の足もとに受け直してミツキにパスを出し、ミツキはやる気なく適当に蹴り、そのボールを岬が拾いに行き、母親にパスをすると、母親は困ったようにイツキに返し、イツキがまた梢に返すと、梢は茂志田《もしだ》さんにやさしく渡し、茂志田さんがまた梢に戻すと、今度は惣嗣にパスをし、惣嗣は健人にパスし、健人がシュートのように蹴ったのをイツキが受け止め、イツキは架空日記を開くときのように集中の極みで力を抜いて自然に蹴り上げ、美しい軌道を描いて空に消えたボールはメキシコ・シティの街路に落ちてアラシ・トルメンタに届き、その通りにいた者たちでストリート・フットボールが始まる。

二〇二二年二月二十四日（木）晴れ

ロシアがウクライナに侵攻したというニュースを知って、ニッキはすぐさまミズチからのメールを確認した。

やはり、ミズチがキエフにいる期間だ。小さなギャラリーで写真の個展が始まったばかりで、ミズチは月曜からキエフに入っているはず。

メールやメッセージに返信はないし、電話も取られない。いったいどうやって無事を確認したらいいのだろう。もし何かあったら、日本のメディアは日本の人間がどうなったかはすぐ報じるから、わかるのだろうか。

小枝やミツコやマイらにも連絡するが、誰もミズチの安否を確認できない。

なぜ自分も行くと決断しなかったのだろう、とニッキは自分を責める。ミズチからキエフでの個展を聞いたとき、一度は、思いきって訪ねる気になったのに。ずっとコロナで自宅に独り監禁されているような生活が二年も続き、もう限界を超えているのだから、迷わず飛び出せばいい、ミズチが個展を開かなければ一生縁のなさそうなウクライナ、旅するいい機会ではないか。そう考えて前向きになったのに。

ミズチもコロナでオンライン以外では発表の機会を失っていたのが、ようやくリアルでの個展が開けることになって、またしても持ち出しで足の出る企画であることも意に介さず、キエフのギャラリーからの誘いに応じたのだ。ミズチはロンドンから出られるのが嬉しくてたまらず、個展活動再開を珍しく高揚して知らせてきただけで、ニッキにも来てほしいと頼んだわけではない。

でもニッキは無性に行きたくなったのだ。そこには、自分に乱暴を働きたいという激情も潜んでいた。もうどうなってもいいからこの蟄居状態を終わらせたい、自分を含めて現状をメチャクチャに壊して突破したい、という衝動。だから、ウクライナが攻撃されているという事実を前に、なぜそこに自分がいないのだと痛恨の気持ちになった。

ロシアも、ウクライナではなく日本に侵攻すればよかったのだ。ロシアでなくてもいい、近隣の独裁国ならどこでも、日本を攻撃して壊すくらいのこと、しうるだろう。そうして自分は無惨に消えるのだ。

そうであったならば、タツキだってわざわざチェチェンにまで出向く必要はなかった。ここで正義のための抵抗に身を捧げて、ここで消えることができた。

でもタツキは虚しくチェチェンへ突入して無意味に消え、抵抗なんてものともしないロシアは今度はウクライナを侵略しようとしている、ということなんだろう。

寿命や病で消えたいと思うのではなく、世界を破滅させるような力に巻き込まれて消えたいと望んでしまう自分の心の陰には、自分が世界を破滅させるほど攻撃したい気持ちが隠れている、とニッキは理解している。でも、本当にそちら側に落ちることだけは避けたいから、その前にこの自分を消してほしいと切望している。

そして、自分みたいな人間が世界中ではびこっているから、消してほしいと願っている者たちのうち少なくない数が、消してやると思う側に転んでいることも、想像がつく。

ミズチはそのいずれでもない。だから、こんな目に遭うのは、ミズチではなくニッキでなければおかしい。

そんな消滅欲求の量が地球上で飽和寸前の状態で、ロシアは他国に侵攻した。よそを武力侵略することへのハードルはすごく下がった。人類はロシアを真似するほうへと動いていくのだろう。個人の意思を超えて、まわりのすることを自動的に真似ていくのがヒトという大きなかたまりの性質なのだ。

ニッキはもうヒトではいたくない。わざわざ戦地に出向かなくても、結局は相次ぐ侵略の反復の波に呑まれて、自分は望みどおり消えることになるだろうか。

初出
「北海道新聞」「中日新聞」「東京新聞」「西日本新聞」
「神戸新聞」に二〇二二年八月～二四年七月まで順次掲載

装画　三好愛
装丁　野中深雪

星野智幸（ほしの・ともゆき）

一九六五年、米国ロサンゼルス生まれ。早稲田大卒業後、新聞記者を経て、メキシコに留学。九七年「最後の吐息」で文藝賞を受賞してデビュー。二〇〇〇年「目覚めよと人魚は歌う」で三島由紀夫賞、〇三年『ファンタジスタ』で野間文芸新人賞、一一年『俺俺』で大江健三郎賞、一五年『夜は終わらない』で読売文学賞、一八年『焔（ほのお）』で谷崎潤一郎賞をそれぞれ受賞。近著に『植物忌』『だまされ屋さん』がある。

ひとでなし

二〇二四年一〇月一〇日　第一刷発行

著者　星野智幸《ほしのともゆき》
発行者　花田朋子
発行所　株式会社　文藝春秋
〒一〇二―八〇〇八
東京都千代田区紀尾井町三―二三
☎〇三―三二六五―一二一一
印刷所　精興社
製本所　加藤製本
DTP　言語社

ISBN978-4-16-391884-6